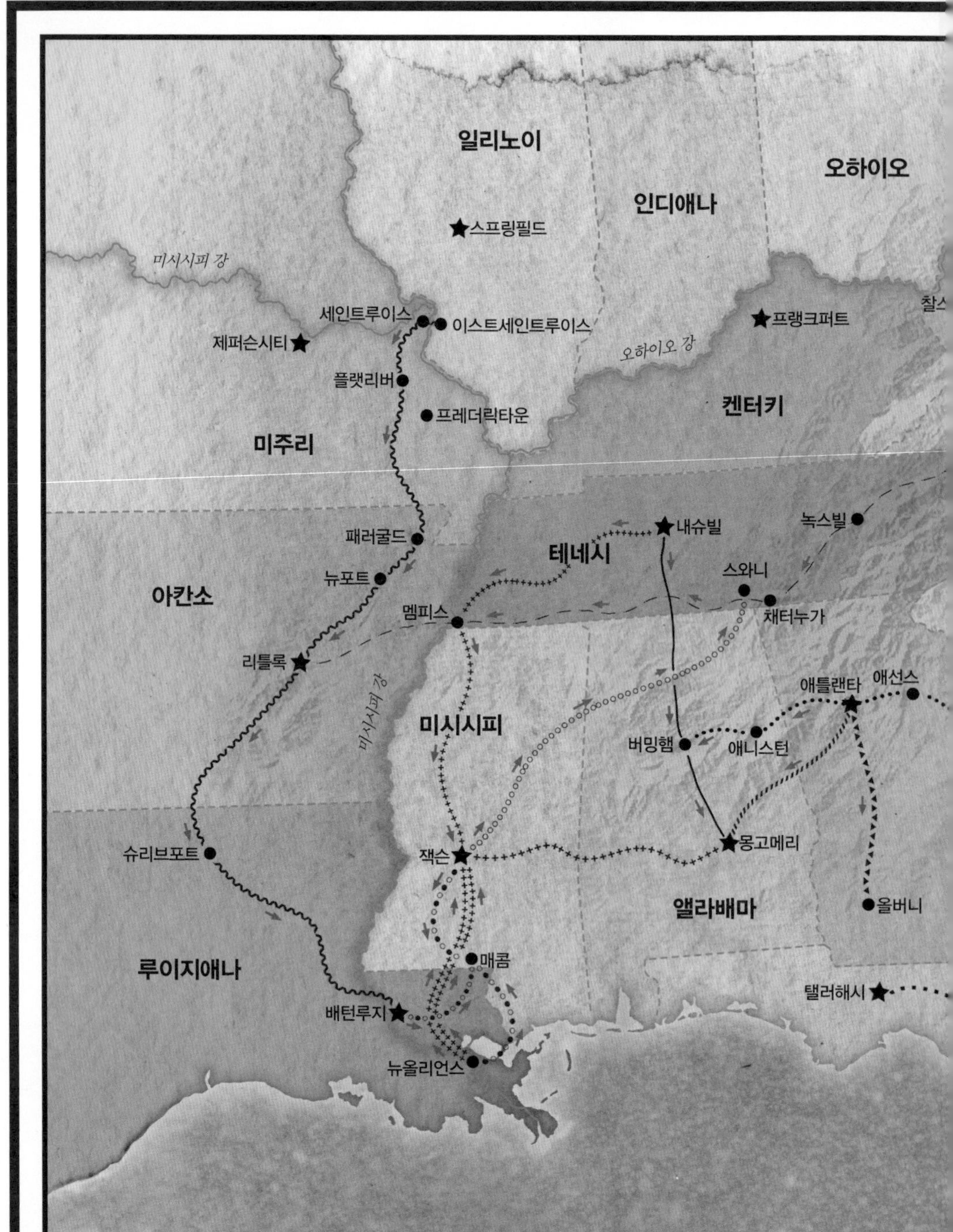

일리노이
오하이오
인디애나
스프링필드
미시시피 강
세인트루이스
이스트세인트루이스
제퍼슨시티
프랭크퍼트
오하이오 강
플랫리버
프레더릭타운
켄터키
미주리
내슈빌
녹스빌
패러굴드
테네시
뉴포트
스와니
아칸소
채터누가
멤피스
리틀록
미시시피 강
애틀랜타
애선스
미시시피
버밍햄
애니스턴
몽고메리
슈리브포트
잭슨
앨라배마
올버니
매콤
루이지애나
탤러해시
배턴루지
뉴올리언스
멕시코 만

영원의 끝

20세기 3부작 제3부

프리덤 라이드 1961

- 인종평등회의 첫 프리덤 라이드, 5월 4일~5월 17일
- 내슈빌 인권운동 프리덤 라이드, 5월 17일~5월 21일
- 미시시피 프리덤 라이드, 5월 24일~8월
- 코네티컷 프리덤 라이드, 5월 24일~5월 25일
- 통합 종파 프리덤 라이드, 6월 13일~6월 16일
- 노동조합/전문직 프리덤 라이드, 6월 13일~6월 16일
- 미주리-루이지애나 인종평등회의 프리덤 라이드, 7월 8일~7월 15일
- 뉴저지-아칸소 인종평등회의 프리덤 라이드, 7월 13일~7월 24일
- 먼로 프리덤 라이드, 8월
- 순례기도회 프리덤 라이드, 9월
- 올버니 프리덤 라이드, 11월~12월
- 매콤 프리덤 라이드, 11월~12월
- 40번 도로 캠페인, 11월~12월

영원의 끝

2

EDGE OF ETERNITY
by Ken Follett

This Korean edition was published by Munhakdongne Publishing Corp.
in 2016 by arrangement with Ken Follett c/o Writers House LLC, New York
through KCC(Korea Copyright Center Inc.), Seoul.

이 도서의 국립중앙도서관 출판예정도서목록(CIP)은
서지정보유통지원시스템 홈페이지(http://seoji.nl.go.kr)와
국가자료공동목록시스템(http://www.nl.go.kr/kolisnet)에서 이용하실 수 있습니다.
(CIP제어번호: CIP2016014195)

2

EDGE OF ETERNITY

KEN FOLLETT

켄 폴릿
장편소설

남명성 옮김

문학동네

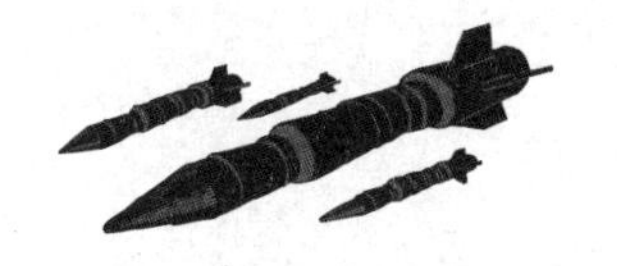

EDGE OF ETERNITY
CONTENTS

:

5부
노래

1963 ~ 1967

:

31장

마리아는 장례식에 참석할 수 없었다.

암살 다음날은 토요일이지만 다른 백악관 직원 대부분과 마찬가지로 그녀도 출근해 눈물을 줄줄 흘리며 공보실에서 할 일을 했다. 하지만 눈에 띄지는 않았다. 사람들 절반이 울고 있었다.

집에 혼자 있느니 여기 있는 편이 나았다. 일을 하면 조금이나마 슬픔을 덜 수 있었고, 일은 끝이 없었다. 전 세계의 언론이 장례 절차의 세세한 부분까지 전부 알고 싶어했다.

모든 것이 TV로 방송되었다. 미국의 수백만 가족은 주말 내내 텔레비전 앞에 앉아 있었다. 세 방송국은 모든 정규 프로그램을 중단했다. 뉴스는 전부 암살과 관련된 내용이었고 사이사이는 존 F. 케네디와 그의 삶, 가족, 경력, 그리고 대통령직 수행에 관한 다큐멘터리로 채워졌다. 방송에서는 잭과 재키가 금요일 오전 그의 죽음 한 시간 전에 러브필드의 군중에게 인사하는 행복한 자료화면을 인정사정없이 비장하게 몇 번이고 내보냈다. 마리아는 한가하게 재키와 자리를 바꾸었으면 어떨까 스스로 묻던 일을 떠올렸다. 이제 두 사람 모두 그를 잃었다.

일요일 정오 댈러스 경찰서 지하에서 유력한 용의자인 리 하비 오즈월드가 잭 루비라는 하찮은 깡패에게 살해당하는 광경이 텔레비전으로 생중계되었다. 견딜 수 없는 비극 위에 불길한 수수께끼가 쌓였다.

일요일 오후 마리아는 넬리 포덤에게 장례식에 참석하려면 초청장이 있어야 하느냐고 물었다. "이런, 마리아. 안타깝지만 우리 사무실에서는 아무도 초청받지 못했어." 넬리는 점잖게 말했다. "피어 샐린저만 가지."

마리아는 공황상태에 빠졌다. 가슴이 쿵쾅거렸다. 어떻게 사랑했던 남자가 무덤 속에 묻히는 곳에 갈 수 없단 말인가? "난 가야 해요!" 그녀가 말했다. "내가 피어에게 말하겠어요."

"마리아, 넌 못 가." 넬리가 말했다. "절대 못 간다고."

그 말투의 뭔가가 경고의 종을 울렸다. 넬리는 그저 충고를 하는 것이 아니었다. 거의 겁을 집어먹은 듯했다.

마리아가 말했다. "왜요?"

넬리는 목소리를 낮췄다. "재키가 너에 대해 알아."

누가 됐든 사무실 사람이 마리아와 대통령이 관계를 맺고 있었다는 걸 안다고 밝히는 최초의 순간이었다. 하지만 마리아는 너무 고통스러운 나머지 그런 중대한 사실을 눈치채지 못했다. "그럴 리 없어요! 난 언제나 조심했다고요."

"어떻게 알았는지는 묻지 마. 나도 모르니까."

"당신 말 못 믿어요."

넬리는 기분이 상했을 수도 있지만 그냥 애처롭다는 듯 고개만 저었다. "내가 그런 일은 전혀 모르지만, 아마 아내라면 언제나 알고 있을 거야."

마리아는 분연히 부정하고 싶었지만 그 순간 비서 제니와 제리, 저명 인사인 메리 마이어, 주디스 캠벨을 비롯한 다른 사람들이 생각났다. 그들 모두 케네디 대통령과 성관계를 맺는 사이였다고 마리아는 확신했다. 증거는 없지만 그와 함께 있는 모습을 보면 그냥 알 수 있었다. 재키 또한 여자의 직감이 있었다.

그 말은 마리아가 장례식에 갈 수 없다는 뜻이다. 이제는 알았다. 부인으로 하여금 그런 때 죽은 남편의 정부를 억지로 보게 할 수는 없는 노릇이다. 마리아는 비참한 심정으로 온전히 확실하게 이해했다.

월요일, 그녀는 집에 머물며 TV로 장례식을 봤다.

시신은 의사당 내부 원형 홀에 안치되어 공개됐다. 열시 반 국기로 덮인 관이 건물을 나와 여섯 마리의 하얀 말이 끄는 일종의 포차인 탄약차로 운반되었다. 행렬은 그곳에서 백악관으로 향했다.

장례행렬 가운데 나머지보다 키가 몇 센티미터는 큰 두 사람이 보였다. 프랑스 대통령 샤를 드골, 그리고 새 미국 대통령 린든 존슨이었다.

마리아는 울 만큼 다 울었다. 거의 사흘 내내 울었다. 이제 텔레비전 속 광경은 가장행렬, 세상 사람에게 보이기 위해 꾸며낸 쇼 같았다. 그녀에게 그의 장례식은 북이나 깃발, 제복이 아니었다. 그녀는 한 남자를 잃었다. 따뜻하고 잘 웃고 섹시한 남자를. 허리가 아프고 개암나무색 눈가에 살짝 주름이 지고 욕조 끄트머리에 고무 오리 한 세트를 놓아두었던 남자를. 그녀는 두 번 다시 그를 보지 못할 것이다. 그 없는 길고 텅 빈 삶이 그녀 앞에 뻗어 있었다.

카메라들이 재키를 줌인하자 베일에 가려져 언뜻언뜻 비치는 그녀의 얼굴이 마비된 것 같다고 마리아는 생각했다. "난 당신을 모욕했어요." 마리아는 화면 속 얼굴에 대고 말했다. "하느님, 용서하소서."

현관문에서 울리는 초인종 소리에 화들짝 놀랐다. 조지 제이크스였다. 그가 말했다. "혼자 봐서는 안 되죠."

그녀는 솟아나는 고마움을 억누를 길이 없었다. 진정으로 친구가 필요할 때, 조지가 있었다. "들어와요. 단정치 못한 모습이라 죄송해요." 그녀는 잠옷에 낡은 목욕가운 차림이었다.

"멀쩡해 보이는데요." 조지는 그녀의 초라한 모습 그 이상도 보았다.

그는 데니시 페이스트리를 한 봉지 사왔다. 마리아는 페이스트리를 접시에 담아서 냈다. 아침도 먹지 않았지만 페이스트리에 손도 대지 않았다. 배가 고프지 않았다.

텔레비전 해설에 따르면 백만 명이 길에 나란히 서 있었다. 관은 백악관에서 미사가 열릴 세인트매슈 성당으로 옮겨졌다.

정오에 오 분간 묵념이 있었고 미국 전역에서 차량이 멈춰 섰다. 카메라들이 도시의 거리마다 멈춰 서서 묵념하는 사람들을 비췄다. 워싱턴에서 바깥의 차 소리가 들리지 않으니 묘했다. 마리아와 조지는 그녀의 작은 아파트 TV 앞에 서 있었다. 두 사람은 고개 숙여 예를 표했다. 조지가 그녀의 손을 꼭 잡았다. 그녀는 그를 향해 물결치는 애정을 느꼈다.

오 분간의 묵념이 끝나자 마리아는 커피를 끓였다. 식욕이 돌아와 함께 페이스트리를 먹었다. 성당 안에서는 촬영이 허용되지 않아 한동안 볼 것이 없었다. 조지가 고맙게도 기분전환 삼아 이런저런 이야기를 해주었다. 그가 말했다. "공보실에 계속 있을 건가요?"

딱히 생각해본 적은 없지만 그녀는 답을 알고 있었다. "아뇨. 백악관을 그만둘 거예요."

"좋은 생각이에요."

"다른 무엇보다 공보실에서는 나 자신의 미래가 보이지 않아요. 그들은 절대 여자를 승진시키는 법이 없고, 나는 평생 조사원을 하기는 싫어요. 내가 정부에서 일하는 이유는 일이 되도록 하고 싶기 때문이에요."

"법무부에 당신에게 맞는 일자리가 있어요." 조지는 마치 방금 생각났다는 투였지만 마리아는 미리 준비해둔 것이 아닌지 의심스러웠다. "정부의 규정에 따르지 않는 기업들을 다루는 일이에요. 규정 준수 업무라고 부르죠. 재미있을 거예요."

"내가 그 자리를 잡을 수 있을까요?"

"시카고 로스쿨을 졸업했고 백악관 경력이 이 년인데요? 당연하죠."

"그래도 흑인은 많이 고용하지 않잖아요."

"그거 알아요? 내 생각에 린든이 그걸 바꿀 수도 있을 것 같아요."

"진짜요? 그는 남부 사람인데!"

"속단하면 안 돼요. 솔직히 말하자면 우리 쪽에서 그를 잘못 대한 거죠. 보비가 그를 증오하는데, 이유는 내게 묻지 말아요. 어쩌면 스스로 자기 거시기를 점보라고 불러서인지도 모르죠."

마리아는 사흘 만에 처음으로 킬킬 웃었다. "농담하지 마요."

"진짜로 크긴 한가봐요. 친해지고 싶은 사람이 있으면 이래요. '점보랑 인사해.' 사람들이 그러더라고요."

남자들은 그런 이야기를 한다는 걸 마리아는 알았다. 사실일 수도, 아닐 수도 있다. 그녀는 다시 궁금해졌다. "백악관에서는 모두 존슨의 태도가 냉담하다고 생각해요. 특히 케네디 형제에게요."

"난 아니에요. 대통령이 사망하자마자 아무도 다음에 뭘 해야 할지 몰랐고, 미국은 끔찍이도 위태로웠죠. 만일 소련이 그 순간을 택해서 서베를린을 점령하면요? 우리는 세계에서 가장 강력한 국가의 정부고, 일 초의 중단도 없이 맡은 일을 해내야 해요. 슬픔이 아무리 깊더라도요. 린든은 즉시 고삐를 잡고 아주 훌륭히 해내고 있어요. 아무도 그런 생각은 못했어요."

"보비조차요?"

"보비가 가장 그랬죠. 그 사람을 아주 좋아하지만, 그는 슬픔에 항복했어요. 재키를 위로하고 형의 장례를 준비하긴 해도 미국을 통제하지는 못한다고요. 솔직히 우리 쪽 사람들은 다 그러고 있어요. 린든이 냉담하다고 생각할 수도 있죠. 내가 보기에 그는 대통령답게 행동하고 있던 거예요."

미사가 끝나자 관이 성당 밖으로 나오고 다시 마차에 올라 알링턴 국립묘지로 길을 떠났다. 이제 문상객들은 길게 늘어선 검은 리무진을 타고 열을 지어 움직였다. 행렬이 링컨 기념관과 포토맥 강을 지났다.

마리아가 말했다. "존슨은 공민권법을 어떻게 할까요?"

"중요한 질문이에요. 지금 당장 그 법안은 망했어요. 하워드 스미스가 위원장인 운영위원회에 막혀 있는데, 언제 논의를 시작할지 말도 안 나오고 있죠."

베리나는 주일학교 폭탄 테러가 떠올랐다. 어느 누가 그런 남부 인종차별주의자들의 편을 들 수 있단 말인가? "위원회가 위원장 결정을 뒤집을 수는 없어요?"

"이론적으로는 가능하죠. 하지만 공화당이 남부 민주당원들과 손을 잡으면 다수가 되고, 그들은 대중이 어떻게 생각하든 늘 공민권법을 물리쳐요. 이런 자들이 어떻게 민주주의를 믿는 척하고 있는지 이해가 안 돼요."

텔레비전에서는 재키 케네디가 무덤 위에서 끝없이 타오를 영원한 불꽃을 붙였다. 조지가 마리아의 손을 다시 잡았고, 그녀는 그의 눈에서 눈물을 보았다. 그들은 관이 천천히 땅속으로 들어가는 모습을 말없이 지켜보았다.

잭 케네디는 떠났다.

마리아가 말했다. "오, 하느님. 이제 우리 모두에게 무슨 일이 벌어질까요?"

"모르겠어요." 조지가 말했다.

*

조지는 마지못해 마리아의 집을 떠났다. 면 잠옷과 낡은 벨벳 목욕가운 차림에, 공들여 펴지 않아 자연스럽게 흐트러진 곱슬곱슬한 머리의 그녀는 스스로 생각하는 것보다 더 섹시했다. 하지만 그녀는 이제 그가 필요치 않았다. 그날 저녁 넬리 포덤을 비롯해 백악관에서 일하는 다른 여자 몇 명과 함께 중국 음식점에 따로 추도 모임을 갖기로 했으니 혼자 시간을 보내지 않을 터였다.

조지는 그레그와 저녁을 먹었다. 식사 장소는 백악관 지척의, 짙은색 나무로 벽을 장식한 옥시덴탈 그릴이었다. 아버지가 나타나자 웃음이 나왔다. 늘 그랬던 것처럼 그는 비싼 옷을 거지처럼 입고 있었다. 좁은 검은색 새틴 넥타이는 비뚤어졌고 셔츠 소매 단추는 풀어졌고 검은색 정장 옷깃에는 허연 자국이 나 있었다. 다행히 조지는 그의 단정하지 못한 성격은 물려받지 않았다.

"좀 기운을 내야 할 것 같아서." 그레그가 말했다. 그는 고급 레스토랑과 세련된 요리를 매우 즐겼고 이런 성격은 조지도 확실히 물려받았다. 두 사람은 바닷가재와 샤블리 와인을 주문했다.

조지는 쿠바 미사일 사태 때 금방이라도 모두 죽을 수 있다는 위기감에 그레그가 마음을 연 후로 아버지가 더 가깝게 느껴졌다. 조지는 서자로서 늘 자신이 부끄러운 존재이며 그레그가 아버지 노릇을 할 때조차 어쩔 수 없이 건성으로 행동한다고 느꼈다. 하지만 그 놀라운 대화

이후 그레그가 진심으로 그를 사랑한다는 것을 알았다. 두 사람은 전처럼 어쩌다 한 번씩 만나며 거리를 유지했지만 조지는 이제 그 관계가 진실하고 영속적인 무언가에 기초를 두고 있다고 믿었다.

음식을 기다리는 동안 조지의 친구 스킵 디커슨이 그들이 앉은 테이블로 다가왔다. 장례식을 위한 검은 정장에 검은 넥타이 차림이 그의 연한 금발과 창백한 피부에 극적으로 대비되는 모습이었다. 남부 악센트로 그는 느릿느릿 말했다. "안녕, 조지. 안녕하십니까, 상원의원님. 잠깐 합석 좀 해도 될까요?"

조지가 말했다. "이쪽은 스킵 디커슨이라고, 린든 밑에서 일해요. 대통령 밑에서 일한다고 해야겠네요."

"의자 가져오게." 그레그가 말했다.

스킵은 빨간 가죽의자를 가져와 앉더니 몸을 앞으로 기울이고 그레그에게 열심히 말했다. "대통령께서는 의원님이 과학자인 걸 압니다."

이런, 이건 무슨 일이야? 조지는 생각했다. 스킵은 결코 예의상의 잡담으로 시간 낭비를 하는 사람이 아니었다.

그레그는 웃었다. "대학에서 물리학을 전공했지, 맞네."

"하버드를 최우등으로 졸업하셨고요."

"린든은 그런 일에 필요 이상으로 깊은 인상을 받아."

"하지만 의원님은 핵폭탄을 개발한 과학자들 가운데 한 사람이죠."

"맨해튼 프로젝트에 참가했지, 그건 맞아."

"존슨 대통령께서는 의원님이 이리 호수 연구 계획을 확실히 찬성하시길 바라십니다."

조지는 스킵이 무슨 이야기를 하는지 알았다. 연방정부는 주요 항구 건설 프로젝트로 이어질 수 있는 버펄로 시 수변 지역 연구에 자금을 대고 있었다. 뉴욕 주 북부의 몇몇 기업에는 수백만 달러의 가치가 있는 건이었다.

그레그가 말했다. "글쎄, 스킵, 우리는 그 연구에 대한 예산이 잘려나가지 않도록 확실히 했으면 좋겠는데."

"그건 믿으셔도 좋습니다, 의원님. 대통령께서는 이 프로젝트를 최우선으로 여기십니다."

"그 말을 들으니 기쁘군, 고맙네."

대화는 과학과는 아무 상관이 없다고 조지는 확신했다. 문제는 의원들이 '이권'이라 부르는, 특정 주에 정부 예산 프로젝트를 할당받는 특혜였다.

스킵이 말했다. "별말씀을요. 식사 즐기시기 바랍니다. 아, 가기 전에 여쭤봐야겠네요. 의원님은 이 빌어먹을 '밀 법안' 건에서 대통령을 지지하시겠습니까?"

소련은 올해 작황이 나빠 필사적으로 곡물을 구하고 있었다. 케네디 대통령은 소련과 조금이라도 우호적인 관계를 유지하려는 일환으로 미국의 남은 밀을 그들에게 외상으로 판매했다.

그레그는 뒤로 물러나 앉아 생각에 잠겨 말했다. "의회 의원들은 공산주의자들이 인민을 먹여 살리지 못한다 해도 반드시 도와야 하는 건 아니라고 생각하지. 문트 상원의원의 밀 법안은 케네디의 협상을 취소할 테고, 나도 문트가 옳다는 쪽이네."

"존슨 대통령도 의원님과 같은 뜻입니다!" 스킵이 말했다. "대통령께서는 분명 공산주의자들을 돕길 원치 않으십니다. 하지만 이건 장례식 이후 첫 표결이 될 겁니다. 우리는 진정 죽은 대통령의 빰을 치는 것이나 다름없는 일을 바라는 걸까요?"

조지가 끼어들었다. "그게 정말 존슨 대통령이 우려하는 겁니까? 이제 자기가 외교정책의 책임자이며 본인이 내리는 결정에 의회가 시시콜콜 비판하도록 두지 않겠다는 메시지를 보내고 싶은 건 아닙니까?"
그레그는 빙그레 웃었다. "가끔 네가 얼마나 똑똑한지 깜빡하는구나, 조지. 린든이 원하는 게 바로 그거다."
스킵이 말했다. "대통령께서는 외교 분야에서 의회와 긴밀히 공조하길 원하십니다. 하지만 내일 의원님의 지지를 기대할 수 있다면 정말로 고마워하실 겁니다. 대통령께서는 밀 법안이 통과되면 케네디 대통령의 기억에 끔찍한 불명예가 될 거라고 생각하십니다."
두 사람 모두 이곳에서 실제로 벌어지는 일에 대해서는 언급을 피하고 있다는 걸 조지는 알아차렸다. 단순한 사실은, 그레그가 밀 법안에 찬성하면 버펄로 항구 프로젝트를 취소하겠다고 위협하는 중이라는 것이었다.
그레그는 굴복했다. "대통령께 우려하시는 바 이해했고 내 표결을 믿어도 된다고 전해주게." 그가 말했다.
스킵이 일어섰다. "감사합니다, 의원님." 그가 말했다. "대통령께서 무척 기뻐하실 겁니다."
조지가 말했다. "스킵, 가기 전에요…… 새 대통령이 생각해야 할 사안이 무척 많은 거 압니다. 그래도 앞으로 며칠 내에 공민권법에 대해서도 고민해보시겠죠. 만일 내가 뭐든 도움이 될 일이 있으면 꼭 전화주세요."
"고마워, 조지. 고맙게 받아들이지." 스킵은 떠났다.
그레그가 말했다. "잘 처리했군."
"그냥 문이 열려 있다는 걸 알려주는 거죠."
"그런 일이 정치에서는 무척 중요해."
주문한 음식이 나왔다. 웨이터가 물러가자 조지는 나이프와 포크를 들었다. "저는 속속들이 보비 케네디의 사람이에요." 그는 말하면서 바닷가재를 자르기 시작했다. "하지만 존슨을 과소평가해서는 안 되죠."
"네가 옳아. 하지만 과대평가하지도 마라."
"무슨 말이에요?"
"린든은 두 가지 결점이 있어. 그는 지적으로 약해. 아, 들어봐라. 그는 텍사스 족제비처럼 교활하지만 그건 다른 이야기야. 그는 사범대를 다녔고 추상적인 사고는 해본 적이 한 번도 없어. 우리처럼 하버드에서 교육받은 사람들에게 열등감을 느끼고, 그 느낌이 옳아. 외교정책에 대한 장악력이 약하지. 중국, 불교 국가, 쿠바, 볼셰비키. 그들의 다른 사고방식을 그는 결코 이해하지 못한다고."
"또다른 결점은요?"
"도덕적으로도 약해. 신념이 없어. 진심으로 공민권을 지지하지만 윤리적인 근거는 없어. 그는 흑인들을 사회적 패배자라 느끼고 연민하면서 자기 스스로도 패배자라고 여긴다고. 가난한 텍사스 가정 출신이라 이거지. 본능적인 반응인 거야."
조지는 웃었다. "방금 아버지는 그가 원하는 대로 움직였잖아요."
"맞아. 린든은 가끔 사람을 어떻게 다뤄야 하는지 알아. 내가 만나본 사람들 가운데 가장 노련한 의회 정치꾼이다. 하지만 진정한 정치가는 아니야. 잭 케네디는 반대였지. 의회를 주무르는 데는 구제불능으로 무능했지만 국제무대에서는 훌륭했어. 린든이 의회는 명인의 솜씨로 다룰 수 있지만, 자유세계의 지도자? 모르겠구나."
"그가 하워드 스미스의 하원위원회에서 공민권법을 통과시킬 가능성이 있을까요?"
그레그는 씩 웃었다. "린든이 뭘 할지 정말 보고 싶구나. 바닷가재나 먹어라."
다음날 문트 상원의원의 밀 법안은 57 대 36으로 부결됐다.

하루 뒤 신문 헤드라인은 다음과 같았다.

밀 법안, 존슨의 첫 승리

*

장례식은 끝났다. 케네디는 떠났고 존슨이 대통령이었다. 세상이 변했지만 조지는 그게 무슨 뜻인지 몰랐고 그걸 아는 사람은 아무도 없었다. 존슨은 어떤 유의 대통령일까? 그는 어떻게 다를까? 대부분의 사람이 알지 못하는 남자가 난데없이 자유세계의 지도자가 되었고 가장 강력한 나라의 통치자가 되었다. 그는 무엇을 할 것인가?

그가 그 얘기를 하려는 참이었다.

하원 회의장은 사람들로 가득찼다. 모여 앉은 상하원 의원들 위로 텔레비전용 조명이 번쩍거렸다. 연방대법원 대법관들은 그들의 검은 법복을 입었고 합참 장성들의 훈장이 빛났다.

조지는 마찬가지로 가득찬 방청석에서 스킵 디커슨 옆에 앉았다. 통로 계단에도 사람들이 앉아 있었다. 그는 아래층 내각 좌석 끝에 앉아 고개를 숙이고 바닥을 멍하니 바라보는 보비 케네디를 자세히 살폈다. 암살 이후 닷새 사이 더 마른 모습이었다. 게다가 잘 맞지도 않는 죽은 형의 옷까지 입고 있어서 더 쪼그라든 인상이었다.

대통령 특별석 구역에는 레이디 버드 존슨이 두 딸과 앉아 있었는데 한 명은 평범한 반면 한 명은 예뻤고, 세 여자 모두 머리 모양이 구식이었다. 민주당의 몇몇 저명인사도 그들과 함께 특별석에 있었다. 시카고 시장 데일리, 펜실베이니아 주지사 로런스, 그리고 케네디의 내부 전략가 아서 슐레진저도 보였는데—조지가 우연히 알게 된 바로는—그는 이미 내년 대통령 선거에서 존슨을 밀어내려고 모의중이었다. 놀랍게도 특별석에는 두 명의 검은 얼굴이 보였다. 조지는 그들이 누군지 알았다. 존슨 가족의 요리사와 운전사인 제퍼 라이트와 새미 라이트였다. 좋은 신호인가?

커다란 쌍여닫이문이 활짝 열렸다. 피시베이트 밀러라는 우스운 이름의 문지기가 외쳤다. "의장님! 미합중국 대통령이십니다!" 그때 린든 존슨이 걸어들어왔고 모두 일어서서 박수를 쳤다.

조지는 오늘 린든 존슨에 대해 품고 있던 두 가지 걱정스러운 의문의 답을 들을 수 있었다. 첫번째. 그는 성가신 공민권법을 단념할 것인가? 민주당 내 실용주의자들은 그에게 그러라고 재촉하고 있었다. 원한다면 존슨에게는 그럴듯한 핑계도 있었다. 바로 케네디 대통령이 법안에 대한 의회의 지지를 받아내지 못했으니 해당 법안은 실패할 운명이라는 점이다. 새 대통령은 공민권법이 가망 없다고 판단해 포기할 수 있는 자격이 있었다. 존슨은 인종차별이라는 쟁점에 대해 제 기능을 못한 채 분열만 일으키는 법률 제정은 선거 뒤로 미뤄야 한다고 말할 수도 있었다.

만일 그렇다면 공민권운동은 수년 전으로 퇴보할 것이다. 인종차별주의자들은 승리를 축하하고, KKK는 그들이 저지른 모든 짓이 정당했다고 여기고, 남부의 부패한 백인 경찰, 판사, 교회 지도자와 정치인은 앞으로도 정의를 두려워하지 않고 흑인들을 기소하고 때리고 고문하고 살해해도 괜찮다는 것을 알게 될 것이다.

하지만 존슨이 그렇게 말하지 않는다면, 공민권 지지를 확약한다면 다른 의문이 생긴다. 그는 케네디를 대신할 만큼 권위가 있는가? 그 역시 이제 곧 답을 얻을 것이며, 전망은 그다지 밝지 않았다. 린든은 한 사람을 상대로 얘기할 때는 부드럽게 잘해냈지만 많은 사람을 앞에 둔 공식석상에서 연설할 때면 가장 덜 인상적이었다. 바로 잠시 후가 정확히 그런 상황이었다. 지금이 그가 미국 국민의 지도자로서 그들 앞에 중요하게 모습을 드러내는 첫 시간이었고, 좋든 나쁘든 이 등장이 그를 정의할 터였다.

스킵 디커슨은 손톱을 깨물고 있었다. 조지가 그에게 말했다. "당신이 연설문을 썼나요?"

"그중 몇 줄만. 여럿이서 했으니까."

"무슨 내용이에요?"

스킵은 불안하게 고개를 저었다. "기다렸다가 확인해."

워싱턴 내부자들은 존슨이 망칠 거라고 예상했다. 그는 연설에 약해서 지루하고 뻣뻣했다. 가끔은 너무 서둘렀고 가끔은 장황했다. 뭔가 강조하고 싶을 때면 그냥 소리를 질렀다. 몸짓은 당황스러우리만큼 괴상했다. 한 손을 들어 손가락 하나로 위를 찌르거나 양팔을 들어서 주먹을 흔들기도 했다. 그가 연설하는 모습은 대개 최악이었다.

조지는 존슨이 박수치는 사람들 사이로 걸어들어와 연단 위로 올라서서 검은색 루스 리프 노트를 펼칠 때까지 그의 태도에서 아무것도 읽을 수 없었다. 그는 자신감도 긴장감도 드러내지 않은 채 무테안경을 쓰더니 박수가 잦아들고 청중이 자리잡고 앉을 때까지 참을성 있게 기다렸다.

마침내 그가 입을 열었다. 안정적이고 신중한 목소리로 그는 말했다. "오늘 이 자리에 서지 않을 수 있다면 저는 가진 것을 모두 기꺼이 바쳤을 것입니다."

회의장이 조용해졌다. 그는 슬픔과 겸손을 정확히 드러내는 제대로 된 말을 찾아냈다. 시작은 좋군. 조지는 생각했다.

존슨은 천천히 품위 있게 같은 맥락의 이야기를 이어나갔다. 서두르려는 충동을 느꼈는지는 몰라도 단호히 자신을 통제하고 있었다. 짙은 파란색 정장과 넥타이, 그리고 태브 칼라 셔츠의 격식을 차린 남부의 옷차림이었다. 가끔 한쪽에서 다른 쪽으로 시선을 보내는 모습이 회의장 전체를 향해 연설하는 동시에 전체를 지휘하는 듯했다.

마틴 루서 킹을 따라 그는 꿈에 대한 이야기를 했다. 케네디가 꾸었던 우주 정복, 모든 어린이를 위한 교육, 평화 봉사단의 꿈. "이건 우리의 도전입니다." 그가 말했다. "이 끔찍한 순간 머뭇거리거나 멈추거나 돌아보거나 미적거리지 말고 가던 방향으로 계속 전진해야만 역사가 우리를 위해 준비한 운명을 성취해낼 수 있을 것입니다."

그 순간 그는 박수 때문에 연설을 멈춰야 했다.

그리고 말했다. "우리의 가장 시급한 과업은 이곳 의회에 있습니다."

이것이 핵심이었다. 의회는 1963년 대부분의 기간 동안 대통령과 전쟁을 벌여왔다. 의회는 법률 제정을 늦출 수 있는 권력을 가졌고, 대통령이 열심히 대중을 설득해 자신의 계획에 대한 지지를 얻어냈을 때조차 그런 권력을 자주 휘둘렀다. 하지만 존 케네디가 그의 공민권 법안을 선언한 뒤로는 공격적인 노동자로 가득찬 공장처럼 아예 파업을 선언했고, 모든 것을 뒤로 미루고 통상적인 법안의 통과까지 끈질기게 거부하며 대중의 의견과 민주적인 절차를 비웃고 있었다.

"첫째." 존슨이 말했고 조지는 숨을 참고서 새 대통령이 무엇을 처음에 두었는지 기다렸다.

"그 어떤 기념 연설이나 추도문도 케네디 대통령이 오랫동안 싸워온 공민권법의 조속한 통과 이상 그에 대한 기억을 효과적으로 기릴 수 없습니다."

조지는 벌떡 일어나 기쁨의 박수를 쳤다. 그만이 아니었다. 박수가 다시 터져나왔고 이번에는 아까보다 더 길게 이어졌다.

존슨은 갈채가 가라앉기를 기다려 말했다. "우리는 이 나라 안에서 공민권에 대해 충분히 오래 이야기했습니다. 백 년, 그 이상을 이야기했습니다. 이제 다음 장을 써야 할 때입니다. 그리고 그 내용은 법률이 되어야 합니다."

청중은 다시 한번 박수를 보냈다.

행복에 취한 조지는 회의장에 있는 몇 안 되는 흑인들의 얼굴을 보았다. 캘리포니아 출신으로 사실상 백인처럼 보이는 거스 호킨스를 포함한 다섯 명의 하원의원. 대통령 특별석에 앉아 박수를 치고 있는 라이트 부부. 방청석 여기저기 흩어져 있는 검은 얼굴들. 그들의 표정에서 안심과 희망, 기쁨이 보였다.

그다음 그의 시선이 행정부 각료 뒤쪽 다선 상원의원들의 자리로 향했다. 대부분 남부 출신인 그들은 시무룩하고 분한 얼굴이었다.

그 가운데 박수를 치는 사람은 한 명도 없었다.

*

엿새 뒤 스킵 디커슨은 대통령 집무실 옆 작은 서재에서 조지에게 모든 계획을 펼쳐 보였다. "우리의 유일한 기회는 이행 신청이야."

"그게 뭡니까?"

디커슨은 흘러내려 눈을 가리는 금발을 넘기며 말했다. "의회가 결의안을 통과시켜서 특정 법안을 운영위원회의 소관으로부터 넘겨받아 강제로 본회의에서 토론에 부치는 거지."

조지는 마리아의 할아버지가 유권자 등록을 신청했다는 이유로 유치장에 던져지는 걸 막기 위해서 이런 식의 불가사의한 절차를 밟아야 한다는 사실에 좌절했다. "들어본 적이 없네요." 그가 말했다.

"표결에서 이겨야 해. 남부 민주당원들이 반대할 테니까 내 계산으로는 58표가 모자라."

"젠장. 옳은 일을 하려면 공화당 의원들의 58표가 필요하단 겁니까?"

"그렇지. 그리고 그 지점에서 자네가 들어오는 거야."

"저요?"

"많은 공화당원이 공민권을 지지한다고 주장해. 사실 그들이 속한 당은 노예를 해방한 에이브러햄 링컨의 당이니까. 마틴 루서 킹과 모든 흑인 지도자가 그들을 지지하는 공화당 의원들에게 전화를 걸어서 결의안을 찬성하라고 말해주면 좋겠어."

조지는 고개를 끄덕였다. "그거 좋군요."

"일부는 공민권을 지지하지만 이런 식의 성급한 진행은 마음에 들지 않는다고 할 거야. 그들은 하워드 스미스 의원이 강경파 인종차별주의자라는 사실을 알 필요가 있어. 본인이 이끄는 위원회에서 계속 토의한다는 핑계로 너무 늦어 통과가 불가능해질 때까지 법안을 붙들고 있을 거라고. 그가 하는 짓은 지연작전이 아니라 파괴공작이야."

"좋아요."

비서 한 명이 문에서 고개를 내밀더니 말했다. "준비되셨습니다."

두 젊은이는 일어서서 대통령 집무실로 들어갔다.

늘 그렇듯 조지는 린든 존슨의 엄청난 덩치에 놀랐다. 190센티미터가 넘는 키만이 아니었다. 머리도 크고 코는 길고 귓불은 팬케이크 같았다. 그는 조지와 악수하며 다른 한 손으로는 조지의 어깨를 붙잡고서 지나친 친밀감이 불편할 정도로 가까이 붙어 섰다.

존슨이 말했다. "조지, 나는 케네디를 위해 일했던 모든 사람에게 백악관에 남아서 날 도와달라고 부탁했네. 자네들은 모두 하버드에서 공부했고 나는 사우스웨스트 텍사스 주립 사범대학교를 나왔지. 보다시피 케네디보다 내가 더 자네들이 필요해."

조지는 뭐라고 말해야 할지 몰랐다. 이런 수준의 겸손은 난처했다. 잠시 머뭇거리다 말했다. "어떤 식이든 도움을 드리고 싶어서 여기 왔습니다, 대통령 각하."

지금쯤이면 그렇게, 혹은 그 비슷한 말을 한 사람이 천 명은 될 테지만 존슨은 생전 처음 듣는 사람처럼 반응했다. "그렇게 말해주다니 정말 고맙군, 조지." 그는 열렬히 말했다. "고맙네." 그리고 업무 얘기로 들어갔다. "많은 사람이 내게 남부에서 삼키기 수월하도록 공민권법을 좀 부드럽게 바꾸라더군. 그들은 공공 숙박시설에서의 인종차별 금지 조항을 빼낼 것을 제안했네. 나는 두 가지 이유로 그 제안을 물리칠 작정이야, 조지. 첫번째 이유는, 그들은 딱딱하든 부드럽든 법안을 증오할 것이기 때문이야. 내가 아무리 불평 거리를 없앤다 해도 지지하지 않겠지."

조지가 듣기에 옳은 소리였다. "싸워야 한다면 정말로 원하는 걸 위해 싸워야겠죠."

"바로 그거야. 두번째 이유를 말해주지. 내게는 제퍼 라이트 부인이라는 친구이자 피고용인이 있네."

조지는 하원의 대통령 특별석에 앉아 있던 라이트 부부를 떠올렸다.

존슨은 말을 이었다. "한번은 그녀가 텍사스에 차를 몰고 갈 일이 있다고 해서, 내 개를 데리고 가달라고 부탁했네. 그녀가 그러더군. '제발 그런 부탁은 마세요.' 내가 이유를 물었지. '남부 지방을 차를 타고 다닐 때는 그냥 흑인인 것만으로도 힘들어요.' 그녀가 말했어. '먹거나 잘 곳을 찾을 수도 없고 심지어 화장실도 못 간다고요. 개까지 데리고 있으면 불가능할 게 뻔해요.' 마음이 아팠네, 조지. 거의 눈물을 쏟을 뻔했어. 라이트 부인은 대학을 졸업했다네. 나는 그때 인종차별에 대해 이야기할 때 공공 숙박시설이 얼마나 중요한지 깨달았네. 나는 괄시받는다는 게 어떤 건지 알아, 조지. 그리고 나는 분명히 누구든 괄시받는 걸 원하지 않네."

"그러시다니 정말 다행입니다." 조지가 말했다.

그는 구애받고 있다는 걸 알았다. 존슨은 여전히 그의 손과 어깨를 놓지 않고 여전히 조금 가까이 붙어 선 채 검은 눈으로 조지를 뚫어져라 바라보고 있었다. 조지는 존슨이 뭘 하는 건지 알았다. 하지만 그럼에도 효과가 있었다. 조지는 제퍼의 이야기에 감동했고 괄시받는다는 것이 뭔지 안다는 존슨의 말을 믿었다. 그는 흑인 편에 선 것으로 보이는 커다랗고 서툴고 감정적인 남자를 향해 존경과 사랑이 솟구치는 것을 느꼈다.

"힘들겠지만 난 우리가 해낼 수 있으리라 생각하네." 존슨이 말했다. "최선을 다해주게, 조지."

"네, 각하." 조지가 말했다. "그러겠습니다."

*

조지는 마틴 루서 킹이 대통령 집무실로 가기 전에 존슨 대통령의 전략을 베리나 마퀀드에게 짧게 설명했다. 환한 빨간색 비닐 레인코트 차림의 그녀는 놀랄 만큼 아름다웠지만 처음으로 조지는 거기 정신을 팔지 않았다. "우리는 가진 모든 걸 이번 활동에 쏟아부어야 해요." 그는 절박하게 말했다. "결의안이 실패하면 법안이 무산되고 남부 흑인들은 출발점으로 다시 돌아가야 합니다."

그는 결의안에 아직 서명하지 않은 공화당 의원들의 명단을 건네주었다.

그녀는 깊은 인상을 받았다. "케네디 대통령은 우리에게 표결 이야기를 하긴 했지만 이런 식으로 명단을 준 적은 한 번도 없었어요." 그녀가 말했다.

"그게 린든입니다." 조지가 말했다. "많은 사람이 그들이 얻어낼 수 있는 표가 어느 정도라 생각한다고 말하면, 그는 이러죠. '생각만으로는 안 돼. 난 알아야겠어!' 그는 명단을 알아야 하는 사람이에요. 그리고 그가 옳습니다. 예상만으로 진행하기에 이 일은 너무 중요해요."

그는 공민권운동 지도자들이 진보적인 공화당 의원들에게 압력을 가해야 한다고 말했다. "여기 명단에 오른 사람 모두 누군가 그들이 신경 써야 하는 사람의 전화를 반드시 받아야 해요."

"오늘 아침 대통령께서 킹 박사에게 할 말이 이건가요?"

"정확히 그래요." 존슨은 중요한 시민권운동 지도자들 모두를 한 사람씩 만나고 있었다. 잭 케네디였다면 그들 모두를 한방에 모았을 테지만, 린든은 여럿이 무리지은 사람들을 상대로는 그만의 마술을 걸지 못했다.

"존슨은 시민권운동 지도자들이 여기 모든 공화당 의원의 의견을 돌려놓을 수 있다고 생각하는 거예요?" 베리나는 회의적으로 말했다.

"그들만으로는 안 되겠죠. 하지만 다른 사람들에게도 협조를 요청하고 있어요. 모든 노조 지도자를 만나고 있어요. 오늘 아침에는 조지 미니와 아침을 드셨죠."

베리나는 놀라 아름다운 얼굴을 흔들었다. "행동력 하나는 알아줘야겠네요." 그녀는 깊이 생각에 빠진 듯 보였다. "케네디 대통령은 왜 이렇게 못했을까요?"

"린든이 요트를 몰지 못하는 이유와 같겠죠. 어떻게 하는 건지 몰랐으니까요."

존슨과 킹의 면담은 순조롭게 진행되었다. 하지만 다음날 아침 인종차별주의자의 역습에 조지의 낙관주의는 상처가 났다.

지도층 공화당 의원들이 결의안을 비난했다. 오하이오 주 출신 매컬러는 결의안만 없었다면 공민권법을 지지했을 사람들이 짜증스러워한다고 말했다. 제럴드 포드는 의회 운영위원회에게 청문회를 열 시간을 주어야 한다고 기자들에게 말했다. 헛소리였다. 스미스가 법안을 둘러싼 토의가 아니라 법안의 폐기를 원한다는 것은 모두가 아는 사실이었다. 그럼에도 기자들은 결의안이 실패했다고 보도했다.

하지만 존슨은 낙담하지 않았다. 수요일 오전 그는 여든아홉 명의 미국 내 주요 기업가로 구성된 기업자문위원회에서 발언했다. "저는 여러분의 유일한 대통령입니다. 제가 실패하면 여러분이 실패하고, 나라가 실패합니다."

가장 큰 노조 연합체인 AFL-CIO 집행위원회에서는 이렇게 연설했다. "저는 여러분을 필요로 하고, 여러분을 원하고, 여러분이 제 편에 서실 것을 믿습니다." 그는 기립박수를 받았고, 철강노조의 로비스트 서른세 명이 의회로 쳐들어갔다.

조지가 의회 근처 레스토랑에서 베리나와 저녁을 먹고 있는데, 스킵 디커슨이 그들의 테이블을 지나가며 속삭였다. "클래런스 브라운이 하워드 스미스를 만나러 갔대."

조지가 베리나에게 설명했다. "브라운은 스미스의 위원회에 속한 공화당 다선 의원이에요. 참고 견디면서 로비를 무시하라고 말할 수도 있고…… 아니면 공화당 의원들이 이런 식의 압력은 오래 견딜 수 없다고 할 수도 있죠. 만일 위원회에서 두 사람이 스미스에게 등을 돌리면 다수결로 그의 결정을 뒤집을 수 있어요."

"이렇게 빨리 모든 게 끝날 수 있다고요?" 베리나는 깜짝 놀랐다.

"스미스가 떠밀리기 전에 제 발로 뛰어내릴 수도 있죠. 그래야 더 당당해 보이니까." 조지는 접시를 옆으로 치웠다. 긴장감 탓에 입맛이 달아났다.

삼십 분 뒤 디커슨이 다시 찾아왔다. "스미스가 굴복했어." 그는 의기양양했다. "내일 공식 발표가 있을 거야." 그는 뉴스를 알리며 돌아다녔다.

조지와 베리나는 마주보며 웃었다. 베리나가 말했다. "린든 존슨에게 축복이 내리길."

"아멘." 조지가 말했다. "우리 축하해야겠군요."

"뭘 하죠?"

"내 아파트로 가요." 조지가 말했다. "뭘 할지는 생각해볼 테니."

32장

데이브가 다니는 학교는 교복은 없지만 지나치게 차려입으면 조롱거리가 되었다. 단추가 넷 달린 재킷에 칼라가 길고 뾰족한 하얀 셔츠, 무늬가 잔뜩 들어간 넥타이, 파란색 골반바지에 하얀색 비닐 허리띠로 차려입고 등교한 날 데이브는 약간 놀림을 받았다. 그러건 말건 데이브는 신경쓰지 않았다. 그에게는 임무가 있었다.

레니의 그룹은 여러 해 동안 연예계의 주변부를 맴돌았다. 지금 같은 상황이라면 앞으로 십 년은 클럽과 술집에서 로큰롤을 연주할 터였다. 1964년 데이브는 그보다는 더 많은 것을 원했다. 그리고 성공으로 가는 길은 음반을 내는 것이었다.

방과후 그는 지하철을 타고 토트넘 코트 로드로 가서 덴마크 가의 한 주소까지 걸어갔다. 건물 1층은 기타 판매점이었지만 그 옆에 위층 사무실로 통하는 문이 나 있고 클래식 레코드라는 간판이 걸려 있었다.

데이브는 줄곧 음반 계약을 해보자고 말해왔지만 레니가 의욕을 꺾었다. "애는 써봤지." 그가 말했다. "문지방도 못 넘는다니까. 그쪽은 자기들끼리만 논다고."

말도 안 되는 소리였다. 들어가는 문이 있을 터였다. 안 그러면 아무도 음반을 낼 수 없을 것이다. 하지만 데이브는 레니에게 억지를 부릴 정도로 바보는 아니었다. 그래서 혼자서 해내기로 했다.

그는 히트곡을 내는 음반회사들의 이름을 공부하는 것으로 시작했다. 몇몇 기업이 아주 많은 음반사를 소유하고 있는 통에 복잡한 작업이었다. 정리하는 데 전화번호부가 많은 도움이 되었고, 클래식 레코드로 목표를 잡았다.

그는 회사에 전화를 걸어 말했다. "여기는 영국 국철 분실물 센터입니다. 상자에 든 테이프가 하나 있는데 '클래식 레코드, 연주자 녹음 부서장'이라고 적혀 있습니다. 어느 분께 보내야 하나요?" 전화를 받은 여자는 그에게 이름 하나와 덴마크 가에 있는 주소를 일러주었다.

계단을 다 올라가니 접수 담당자가 있었는데, 아무래도 전화로 통화한 여자 같았다. 자신감 넘치는 태도를 잃지 않고 그녀가 일러준 이름을 댔다. "에릭 채프먼 씨를 보러 왔습니다." 그가 말했다.

"성함이 어떻게 되시죠?"

"데이브 윌리엄스라고 합니다. 바이런 체스터필드가 보냈다고 하면 됩니다."

거짓말이었지만 잃을 게 전혀 없었다.

여자가 문 안쪽으로 사라졌다. 데이브는 주위를 둘러보았다. 로비는 금색과 은색 레코드가 든 액자로 장식되어 있었다. 흑인 빙 크로즈비인 퍼시 마퀀드의 사진에는 "모든 일에 감사하며, 에릭에게"라고 쓰여 있었다. 데이브는 모든 레코드가 적어도 오 년 전 것들임을 알아보았다. 에릭에게는 참신한 인재가 필요했다.

데이브는 긴장했다. 남을 속이는 일이 익숙지 않았다. 소심하게 굴지 말자고 속으로 다짐했다. 법을 어기는 일은 아니다. 만일 들통이 나도 벌어질 수 있는 최악의 상황은 다른 사람 시간 낭비하지 말고 꺼지라는 소리를 듣는 것이다. 위험을 무릅쓸 가치가 있다.

비서 여자가 나왔고 중년 남자가 문가에 서 있었다. 그는 하얀 셔츠와 특징 없는 넥타이 위에 카디건을 걸친 모습이었다. 회색 머리는 듬성듬성 숱이 빠지고 있었다. 그는 문가에 기대서서 데이브를 위아래로 훑어보더니 말했다. "그러니까 바이런이 자네를 내게 보냈다고?"

회의적인 말투였다. 믿지 않는 것이 분명했다. 데이브는 거짓말을 되풀이하지 않기 위해 다른 거짓말을 했다. "바이런이 말했죠. 'EMI에는 비틀스가 있고 데카에는 롤링 스톤스가 있으니 클래식에는 플럼 넬리가 필요해.'" 바이런은 그런 말을 한 적이 없다. 데이브가 음악 잡지를 읽으며 지어낸 말이었다.

"플럼 뭐?"

데이브는 채프먼에게 그룹의 사진을 건넸다. "저희는 비틀스처럼 함부르크의 다이브에서 활동을 마쳤고, 스톤스처럼 런던의 점프 클럽에서 연주를 했습니다." 그는 아직도 쫓겨나지 않았다는 점에 놀라는 한편 운이 얼마나 더 갈지 궁금했다.

"바이런은 어떻게 알지?"

"그가 우리 매니저죠." 역시 거짓말이었다.

"어떤 음악?"

"로큰롤이지만 하모니가 들어간 노래가 많아요."

"요즘 많은 팝그룹과 다를 게 없군."

"하지만 우리가 더 잘하죠."

한참 말이 없었다. 데이브는 채프먼과 대화까지 나눌 수 있어 기뻤다. 레니는 말했다. "문지방도 못 넘는다니까." 데이브는 그가 틀렸다는 걸 증명했다.

그때 채프먼이 말했다. "넌 빌어먹을 거짓말쟁이야."

데이브는 반박하려고 입을 열었지만 채프먼이 한 손을 들어 가로막았다. "더는 허풍 떨지 마. 바이런은 너희 매니저도 아니고 널 여기로 보내지도 않았어. 그가 널 만났을지는 몰라도 클래식 레코드에 플럼 넬리가 필요하다는 말은 안 했고."

데이브는 잠자코 있었다. 들통난 것이다. 굴욕적이었다. 허풍을 쳐서 음반회사에 들어가려다 실패했다.

채프먼이 말했다. "너 이름이 뭐라고?"

"데이브 윌리엄스요."

"나한테 원하는 게 뭐냐, 데이브?"

"음반 계약이요."

"그거 놀랍군."

"오디션을 보게 해주세요. 후회하시지 않을 거라고 약속합니다."

"비밀 하나 알려주지, 데이브. 내가 열여덟살 때 처음 녹음 스튜디오에 일자리를 잡았는데, 그때 자격증이 있는 전기기사라고 했다. 거짓말이었지. 내가 가진 자격이라고는 피아노 조금 치는 것밖에 없었어."

데이브는 희망으로 가슴이 뛰었다.

"너 뻔뻔한 게 마음에 드는구나." 채프먼이 말했다. 그리고 약간 서글픈 듯 덧붙였다. "시간을 되돌릴 수 있다면, 위험한 짓을 하던 젊은 시절로 다시 돌아가도 괜찮겠지."

데이브는 숨을 멈췄다.

"오디션을 보게 해주지."

"감사합니다!"

"크리스마스 지나고 녹음 스튜디오로 와라." 그는 접수 담당자를 엄지손가락으로 가리켜 보였다. "체리가 약속 시간을 정해줄 거야." 그는 안으로 들어가 문을 닫았다.

데이브는 자신의 행운을 믿을 수 없었다. 바보 같은 거짓말이 들통났지만 그럼에도 오디션을 따낸 것이다!

그는 체리와 잠정적으로 약속을 정하고 그룹의 다른 멤버들과 검토해보고 확정하겠다고 했다. 그리고 하늘을 나는 기분으로 집으로 돌아갔다.

그레이트 피터 가의 집에 들어서자마자 복도에 있는 전화기를 들고 레니에게 전화를 걸었다. "클래식 레코드에서 오디션을 따냈어!" 그는 의기양양하게 말했다.

레니는 데이브가 기대했던 것처럼 열광적인 반응을 보이지 않았다. "누가 그러랬어?" 데이브가 나서서 일을 벌여 분한 것이다.

데이브의 자신감은 수그러들지 않았다. "우리가 잃을 게 뭐 있어?"

"어떻게 해낸 거야?"

"뻥 좀 치고 들어갔지. 에릭 채프먼을 만났는데, 그가 좋다고 했어."

"순전히 운이네." 레니가 말했다. "가끔 그런 일이 생기지."

"그래." 데이브가 말했다. 하지만 속으로 생각했다. 집구석에 엉덩이나 붙이고 있었다면 운 좋을 일도 없었을걸.

"클래식은 딱히 팝 음반사도 아니잖아." 레니가 말했다.

"그러니까 그들이 우릴 필요로 하는 거지." 데이브는 인내심이 사라지고 있었다. "레니, 이게 나쁘게 풀릴 일이 뭐가 있다고 그래?"

"아니, 괜찮아. 어떻게 될지는 차차 알겠지."

"이제 오디션에서 뭘 부를지 결정해야 해. 비서가 그러는데 두 곡을 녹음할 수 있을 거랬어."

"글쎄, 당연히 〈셰이크, 래틀 앤드 롤〉을 불러야지."

데이브는 가슴이 철렁했다. "왜?"

"우리 최고의 곡이잖아. 늘 성공적이고."

"그거 좀 구식인 거 같지 않아?"

"클래식한 거지."

데이브는 지금 당장 이런 문제로 레니와 싸울 수 없다는 걸 알았다. 레니는 이미 한 번 자존심을 꺾었다. 밀어붙일 수도 있지만, 너무 심하면 안 된다. 하지만 그들은 두 곡을 할 수 있었다. 두번째는 뚜렷하게 차별되는 곡을 하면 괜찮을지 몰랐다. "블루스는 어때?" 데이브는 필사적이 되어 말했다. "대비가 되게 말이야. 우리가 소화할 수 있는 범위를 보여주자고."

"그래. 〈후치 쿠치 맨〉을 하자."

그 곡은 롤링 스톤스가 부르는 곡들과 비슷해 조금 나았다. "좋아." 데이브가 말했다.

그는 거실로 들어갔다. 발리가 무릎에 기타를 얹은 채 앉아 있었다. 그는 함부르크에서 그룹과 함께 온 이래 계속 윌리엄스 가족과 살고 있다. 그와 데이브는 가끔 이 거실에 앉아 방과후 저녁식사 전까지 연주하며 노래했다.

데이브는 발리에게 소식을 전했다. 발리는 기뻐했지만 레니가 고른 곡들을 걱정했다. "둘 다 1950년대에 히트한 곡이잖아." 그가 말했다. 그의 영어 실력은 빠르게 좋아졌다.

"레니의 그룹이니까." 데이브는 어쩔 수 없다는 듯 말했다. "혹시 그의 마음을 바꿀 수 있을 것 같으면 제발 그래봐줘."

발리는 어깨를 으쓱했다. 데이브는 발리가 엄청난 뮤지션이지만 조금 수동적임을 깨달았다. 에비는 윌리엄스 가족에 비하면 누구나 수동적이라고 했다.

그들이 레니의 취향을 고민하고 있을 때 에비가 행크 레밍턴과 함께 들어왔다. 〈여자의 재판〉은 케네디 대통령이 죽던 날 첫 공연의 재앙에도 불구하고 인기를 얻었다. 행크는 코즈와 새 앨범을 녹음하는 중이었다. 두 사람은 오후를 함께 보낸 뒤 서로 떨어져 각자의 일을 했다.

행크는 크러시트 벨벳 소재의 골반바지와 물방울무늬 셔츠 차림이었다. 에비가 옷을 갈아입으러 올라간 사이 그는 데이브와 발리 옆에 앉았다. 늘 그렇듯 유쾌하고 즐겁게 코즈의 순회공연 이야기를 해주었다.

그는 발리의 기타를 들더니 아무 생각 없이 코드 몇 개를 튕기고는 말했다. "새로운 노래 들어볼래?"

두 사람은 당연히 좋았다.

〈그건 사랑이야〉라는 감성적인 발라드였다. 듣자마자 매력이 느껴졌다. 사랑스러운 멜로디에 조금씩 박자가 바뀌었다. 두 사람이 다시 한 번 청하자 그는 또 들려주었다.

발리가 말했다. "처음 넘어갈 때 코드가 뭐예요?"

"C샤프 마이너." 행크가 운지법을 보여준 다음 발리에게 기타를 넘겼다.

발리가 코드를 연주하자 행크가 세번째로 불렀다. 데이브가 화음을 넣었다.

"멋지네." 행크가 말했다. "녹음을 할 수 없다니 안타깝군."

"네?" 데이브는 믿을 수 없었다. "아름다운 곡인데!"

"코즈는 너무 감상적이라고 생각해. 그들 말로 우리는 록그룹이니까. 피터 폴 앤드 메리 같은 음악은 원하지 않는다 이거지."

"내 생각에는 최고의 히트곡이 될 것 같은데." 데이브가 말했다.

그의 어머니가 문가에서 고개를 내밀었다. "발리." 그녀가 말했다. "독일에서 전화 왔다."

함부르크에 사는 발리의 누나 레베카라고 데이브는 추측했다. 동독에 사는 가족은 전화를 걸 수 없었다. 동독 정부가 서방으로 거는 전화는 허가하지 않기 때문이다.

발리가 방에서 나가 있는 사이 에비가 돌아왔다. 머리는 틀어올리고 청바지와 티셔츠 차림으로 헤어와 의상 담당자들이 일하기 좋도록 미리 준비한 모습이었다. 행크가 녹음 스튜디오에 가는 길에 그녀를 극장에 데려다줄 계획이었다.

데이브는 코즈가 원하지 않는다는 엄청난 곡 〈그건 사랑이야〉에 대해 생각하느라 정신이 팔려 있었다.

발리가 돌아왔고 뒤따라 데이지가 들어왔다. 발리가 말했다. "레베카였어."

"난 레베카가 좋아." 데이브는 돼지갈비와 감자튀김을 떠올렸다.

"누나가 동독에서 아주 오래 걸려 도착한 카롤린의 편지를 막 받았대." 발리는 잠시 말을 멈췄다. 뭔가 강렬한 감정에 사로잡혀 있는 기색이었다. 그러다 마침내 입을 열었다. "카롤린이 아기를 낳았대. 딸이야."

모두가 펄쩍 뛰며 축하했다. 데이지와 에비는 그에게 키스했다. 데이지가 말했다. "언제 낳은 거야?"

"11월 22일이요. 기억하기 쉬워요. 케네디가 총에 맞은 날이에요."

"몸무게는 얼마나 나간대?" 데이지가 물었다.

"몸무게요?" 발리는 왜 그런 걸 묻는지 이해할 수 없다는 듯 말했다.

데이지는 웃었다. "갓난아기 얘기를 할 때면 사람들이 늘 그런 질문을 하거든."

"몸무게는 물어보지 않았어요."

"신경쓰지 마. 이름은 뭐래?"

"카롤린은 알리스가 어떠냐고 해요."

"예쁜 이름이구나." 데이지가 말했다.

"카롤린이 제게 사진을 보낼 거예요." 발리가 말했다. "제 딸의 사진이요." 그는 멍하니 덧붙였다. "하지만 레베카를 통해야 해요. 영국으로 나가는 편지는 검열 당국에서 더 오래 붙잡고 있어서요."

데이지가 말했다. "얼른 사진을 보고 싶구나!"

행크는 조바심을 내며 자동차 열쇠를 흔들었다. 아무래도 아기 이야기가 지겨운 모양이었다. 아니면 아기에게 스포트라이트를 빼앗겨 불만인지도 모른다고 데이브는 생각했다.

에비가 말했다. "이런, 맙소사. 시간 좀 봐. 모두 안녕. 다시 한번 축하해, 발리."

두 사람이 떠날 때 데이브가 말했다. "행크, 정말로 코즈가 〈그건 사랑이야〉 녹음 안 해요?"

"정말이야. 그 친구들 뭔가 반대하기 시작하면 엄청 고집부리거든."

"그러면 발리랑 내가 플럼 넬리에서 해도 돼요? 클래식 레코드에서 1월에 오디션이 있거든요."

"그럼." 행크는 어깨를 으쓱하며 말했다. "왜 안 되겠어?"

*

토요일 아침 로이드 윌리엄스는 서재로 데이브를 불렀다.

데이브는 막 나가려던 참이었다. 파란색과 흰색으로 가로줄무늬가 있는 스웨터에 청바지, 가죽재킷 차림이었다. "왜요?" 그는 대들듯이 물었다. "아버지는 이제 용돈도 안 주시잖아요." 플럼 넬리에서 버는 돈은 많지 않지만 지하철 요금을 내고 술을 마시고 가끔 셔츠나 새 부츠를 사기에는 충분했다.

"너는 아버지랑 이야기하는 이유가 오직 돈인 거냐?"

데이브는 어깨를 으쓱하고 아버지를 따라 서재로 들어갔다. 골동품 책상 하나와 가죽의자 몇 개가 있는 방이었다. 벽난로 안에서 불꽃이 연기를 내고 있었다. 벽에는 로이드가 삼십대에 케임브리지에서 찍은 사진이 걸려 있다. 이 방은 시대에 뒤처진 모든 것의 성지였다. 진부함의 냄새가 풍기는 것 같았다.

로이드가 말했다. "어제 리폼 클럽에서 윌 퍼빌로를 우연히 만났다."

윌 퍼빌로는 데이브가 다니는 학교의 교장이었다. 머리가 벗어진 그의 별명은 당연히 대머리였다.

"그의 말이 네가 전 과목에서 낙제할 위기라던데."

"그 선생님은 절 좋아한 적이 한 번도 없으니까요."

"낙제하면 계속 학교 못 다녀. 그럼 그걸로 공식적인 학력은 끝이야."

"그러면 정말 좋겠어요."

로이드는 화를 내지 않을 작정인 듯했다. "회계사부터 동물학자까지 어떤 직업도 못 가져. 그런 직업들은 모두 시험을 통과해야 하니까. 다음으로 남는 가능성은 도제로 들어가 기술을 배우는 거야. 뭔가 유용한 걸 배울 수도 있지. 뭐가 마음에 들지 생각을 좀 해봐야 할 거다. 벽돌공이나 요리사, 자동차 정비사……"

데이브는 아버지가 정신이 나간 게 아닐까 의심스러웠다. "벽돌공이요?" 그가 말했다. "내가 누군지나 아세요? 저 데이브예요."

"그렇게 엄청난 얘기라도 들은 것처럼 말하지 마. 시험을 통과 못하는 사람들은 그런 일을 하니까. 그 수준 밑으로는 상점 직원이나 공장 노동자가 될 수 있다."

"이런 말을 듣고 있다니 믿을 수가 없네요."

"네가 이러고 있을까봐 걱정이었어. 현실에 눈감고 있을까봐."

아버지야말로 눈감고 있군요. 데이브는 생각했다.

"아버지 말에 복종할 나이는 이제 지나고 있다는 거 알아."

데이브는 깜짝 놀랐다. 새로운 접근법이었다. 그는 아무 말도 하지 않았다.

"하지만 나는 네가 우리 상황을 확실히 알았으면 한다. 학교를 그만두면 넌 일을 해야 해."

"저 상당히 열심히 일하고 있어요. 일주일에 서너 번은 밤에 연주를 하고요, 발리랑 새로 곡도 쓰기 시작했어요."

"내 말은, 스스로 벌어서 독립하라는 거야. 네 어머니가 부를 물려받기는 했지만 우리는 오래전에 놀고먹는 아이들은 절대 도와주지 않기로 합의했다."

"저는 놀고먹지 않아요."

"넌 네가 하는 게 일이라고 생각하지만 세상은 그렇게 보지 않을 수도 있어. 어쨌든 네가 여기서 계속 살려면 네 몫의 돈을 내야 해."

"집세를 내라고요?"

"그렇게 부르고 싶다면 그게 맞겠지."

"재스퍼는 집세 한 번 안 내고 여기서 몇 년을 살잖아요!"

"그애는 아직 학생이야. 시험도 통과했고."

"발리는요?"

"배경이 다른 특별한 경우지. 하지만 걔도 조만간 제 몫을 내야 해."

데이브는 아버지의 말이 무슨 의미인지 생각했다. "그러니까 벽돌공이나 상점 점원이 되지 않고, 그룹으로 충분히 돈을 못 벌면 그때는……"

"그때는 다른 살 곳을 찾아봐야 해."

"절 내쫓는 거네요."

로이드는 고통스러워 보였다. "넌 평생 힘들이지 않고 그것도 가장 좋은 것들만 받았어. 좋은 집, 훌륭한 학교, 최고 수준의 음식, 장난감과 책, 피아노 레슨, 휴일에는 스키를 탔지. 하지만 그것도 네가 어린아이일 때야. 이제 곧 어른이니 현실을 직시해야지."

"제 현실이죠, 아버지의 현실이 아니라."

"넌 평범한 사람들이 하는 종류의 일을 경멸해. 넌 다르다는 거지, 반항아니까. 좋아. 반항에는 대가가 필요해. 조만간 배우게 될 거야. 그게 전부다."

데이브는 잠시 깊은 생각에 잠겨 앉아 있었다. 그러다 일어섰다. "좋아요." 그는 말했다. "무슨 뜻인지 알겠어요." 그리고 문으로 향했다.

방을 나서면서 뒤돌아보니 묘한 표정으로 그를 바라보는 아버지가 눈에 들어왔다.

집을 나서며 현관문을 쾅 닫으면서도 그 모습이 떠올랐다. 그 표정은 뭐지? 무슨 뜻이지?

그는 지하철 표를 사면서도 여전히 그 생각이었다. 에스컬레이터를 타고 내려가면서 연극 〈비통의 집〉 광고를 보았다. 저거야. 그는 생각했다. 아버지의 표정은 바로 그것이었다.

아버지는 비통해 보였다.

*

알리스의 작은 컬러사진이 우편으로 도착하자 발리는 열심히 사진을 들여다보았다. 여느 아기와 다르지 않았다. 작은 분홍빛 얼굴에 초롱초롱한 파란 눈, 짙은 갈색의 가느다란 머리칼, 얼룩덜룩한 목. 몸의 다른 부분은 하늘색 담요에 단단히 싸여 있었다. 그럼에도 발리는 자신이 만들어낸 무력한 생명체를 보호하고 보살펴야겠다는 생각이 불쑥 들었고 사랑이 솟아나는 기분이었다.

평생 딸아이를 볼 수나 있을까.

사진과 함께 카롤린이 편지를 보내왔다. 발리를 사랑하고 그리워한다고, 동독 정부에 서독으로의 이민을 승인해달라는 신청을 하겠다고 적었다.

사진 속에서 카롤린은 알리스를 안고 카메라를 보고 있었다. 카롤린은 살이 붙어서 얼굴이 좀더 동그래졌다. 머리는 커튼처럼 얼굴을 가리지 않고 뒤로 당겨 묶었다. 그녀는 더이상 미네젱거 포크 클럽의 다른 예쁜 여자들과 비슷하지 않았다. 이제 어머니였다. 그런 그녀가 발리는 더욱 좋았다.

그는 데이브의 어머니 데이지에게 사진을 보여주었다. "이런, 정말 아름다운 아기네!" 그녀가 말했다.

발리는 웃었지만 어떤 아기라도 아름다울 수는 없을 것 같았다. 아무리 자신의 아기라 해도.

"눈이 널 닮은 것 같아, 발리." 데이지가 말을 이었다.

발리의 눈은 약간 동양적인 분위기를 풍겼다. 오래전 조상 중 틀림없이 중국인이 있다고 생각했다. 알리스의 눈이 그를 닮았는지는 잘 알 수 없었다.

데이지는 계속 칭찬을 쏟아냈다. "그리고 이쪽이 카롤린이구나." 데이지는 그녀를 처음 보는 것이었다. 발리에게 사진 한 장 없었으니까. "진짜 예쁘고 젊은 여자네."

"제대로 차려입은 모습을 보셔야 하는데." 발리는 자랑스레 말했다. "사람들이 지나가다 멈춰 서서 바라본다니까요."

"우리도 언제 그녀를 볼 수 있었으면 좋겠다."

구름이 해를 가리듯 발리의 행복에 그림자가 드리웠다. "저도요." 그가 말했다.

그는 공공도서관에 가서 독일 신문을 읽으며 동독의 뉴스를 확인했고, 가끔은 외교가 전문 분야인 정치인 로이드 윌리엄스에게 질문을 하기도 했다. 발리는 동독을 벗어나는 일이 그 어느 때보다 더 힘들다는 걸 알았다. 장벽은 더 크고 더 어마어마해졌고, 경비병도 감시탑도 늘었다. 카롤린은 절대 탈출을 시도하지 않을 테고 이제 아기까지 있으니 더욱 그랬다. 하지만 다른 길이 있을 수도 있다. 공식적으로 동독 정부는 법적인 이민이 가능하다고 말하지 않았다. 사실 어느 부서에서 신청을 받는지조차 밝히지 않았다. 하지만 로이드는 본에 있는 영국 대사관을 통해 일 년에 만 명 정도는 허가를 받을 수 있다는 사실을 알아냈다. 어쩌면 카롤린도 그 가운데 한 명이 될 수 있다.

"언젠가는 꼭 그럴 거라는 느낌이 들어." 데이지가 말했지만 그저 친절하게 구는 것일 뿐이었다.

발리는 거실에 앉아 대본을 읽고 있던 에비와 행크 레밍턴에게 사진을 보여주었다. 코즈가 영화를 만들고 싶어했고 행크는 에비가 출연하기를 바랐다. 두 사람은 대본을 내려놓고 아기 사진에 감탄을 쏟아냈다.

"오늘 우리 클래식 레코드에서 오디션을 봐요." 발리가 행크에게 말했다. "학교 끝나고 데이브랑 만나요."

"그래, 행운이 함께하길 바랄게." 행크가 말했다. "〈그건 사랑이야〉 부르기로 했어?"

"불렀으면 좋겠어요. 레니는 〈셰이크, 래틀 앤드 롤〉을 하고 싶어하지만."

행크는 고개를 흔들었다. 긴 붉은 머리가 어린 소녀 백만 명의 즐거운 비명을 이끌어낼 법한 모습으로 흔들렸다. "너무 구식인데."

"알아요."

그레이트 피터 가의 집에는 사람들이 끊임없이 오갔다. 지금은 재스퍼가 발리는 전에 본 적 없는 여자를 데리고 들어왔다. "이쪽은 내 누나 애나예요." 그가 말했다.

애나는 이십대 중반으로 보이는 검은 눈의 미인이었다. 재스퍼 역시 잘생겼다. 가족이 전부 잘생겼나보다고 발리는 생각했다. 애나는 푸근하고 굴곡진 몸매였는데, 모델이라면 누구나 진 '새우' 슈림프턴처럼 가슴이 납작한 요즘 유행과는 달랐다.

재스퍼가 모두를 소개했다. 행크는 일어서서 애나와 악수하며 말했다. "만나고 싶었어요. 재스퍼에게 책 편집자라고 들었습니다."

"맞아요."

"난 자서전을 써볼까 생각중이거든요."

발리는 스무 살인 행크가 자서전을 쓰기에는 조금 어리다고 생각했다. 하지만 애나는 시각이 달랐다. "정말 멋진 생각이에요." 그녀가 말했다. "수백만 명이 읽고 싶어할걸요."

"아, 그렇게 생각해요?"

"잘 알죠, 자서전은 내 분야가 아니지만. 나는 독일어와 동유럽 문학 번역 쪽을 전문으로 해요."

"삼촌이 폴란드인인데, 도움이 될까요?"

활짝 웃는 애나의 모습에 발리는 그녀가 마음에 들었다. 행크도 같은 마음이었고, 그들은 앉아서 책에 대해 의견을 나눴다.

기타 두 개를 들고 발리는 집을 나섰다.

그가 보기에 함부르크가 깜짝 놀랄 정도로 동독과 대조를 이루었다면 런던은 불안하게 달랐다. 무질서의 아수라장이었다. 사람들은 중절모부터 미니스커트까지 온갖 종류의 옷을 입었다. 머리를 길게 기른 남자는 너무 흔해서 빤히 바라볼 거리도 안 되었다. 정치적인 발언은 자유로운 정도가 아니라 충격적이었다. 발리는 텔레비전에 나온 사내가 수상인 해럴드 맥밀런을 흉내내는 모습에 충격을 받은 적이 있었다. 그는 작은 은색 콧수염을 붙이고 수상의 목소리로 바보 같은 발표를 했다. 그런데도 윌리엄스 가족은 실컷 웃었다.

또 얼굴이 검은 사람의 수에 놀랐다. 독일에는 얼굴이 커피색인 터키인 이민자가 소수 있었지만 런던에는 카리브의 섬과 인도아대륙에서 온 비슷한 사람이 수천 명이나 되었다. 그들은 병원이나 공장에서, 버스나 기차에서도 일했다. 발리는 카리브 출신의 여자들이 섹시한데다 아주 멋지게 차려입는다는 것을 알게 되었다.

그는 교문 앞에서 데이브와 만나 지하철을 타고 런던 북부로 향했다.

발리가 봐도 데이브는 긴장상태였다. 발리는 겁나지 않았다. 자기가 훌륭한 뮤지션이라는 걸 알았다. 매일 점프 클럽에서 일하며 기타리스트 수십 명의 음악을 들어봐도 그보다 더 기량이 뛰어난 사람은 거의 없었다. 대부분은 코드 몇 개와 엄청난 열정으로 그럭저럭 해냈다. 누군가의 솜씨 좋은 소리가 들리면 그는 잔을 씻다 말고 그룹 연주를 보고 들으며 사장이 돌아가 일하라고 할 때까지 기타리스트의 테크닉을 연구했다. 그리고 집에 돌아와서는 자기 방에 앉아 들은 것을 완벽하게 연주할 수 있을 때까지 흉내냈다.

불행하게도 기교만으로는 팝스타가 될 수 없었다. 그 이상의 뭔가가 필요했다. 매력, 미모, 제대로 된 의상, 홍보, 똑똑한 매니저, 그리고 가장 중요한 좋은 곡들.

그리고 플럼 넬리는 좋은 곡이 있었다. 발리와 데이브가 〈그건 사랑이야〉를 다른 멤버들 앞에서 연주했고, 그룹은 바쁜 크리스마스 시즌을 보내며 몇 번의 공연에서 그 곡을 연주했다. 음악에 맞춰 춤을 출 수는 없지만—레니가 지적한 것처럼—반응이 좋았다.

하지만 레니는 그 곡으로 오디션을 보고 싶어하지 않았다. "우리 스타일이 아니야." 그가 말했다. 코즈와 비슷한 생각이었다. 록그룹이 부르기에는 너무 곱고 감상적인 곡이었다.

지하철역에서 발리와 데이브는 방음 시설을 갖추고 녹음 스튜디오로 사용하는 오래된 큰 주택으로 향했다. 그들은 홀에서 기다렸다. 몇 분 뒤 나머지 멤버들이 도착했다. 접수 상담원은 그들 모두에게 서명을 부탁했는데, 그녀 말로는 "만약을 위한 것"이라고 했다. 발리가 보기에는 계약서나 다름없었다. 데이브가 읽으면서 인상을 찌푸렸지만 다들 서명했다.

잠시 후 안쪽 문이 열리고 호감이 가지 않는 젊은 남자가 구부정한 자세로 나왔다. 그는 브이넥 스웨터와 셔츠 차림에 넥타이를 매고 손으로 만 담배를 피우고 있었다. "좋아." 그는 자기소개 대신 그렇게 말하고 눈앞을 가리는 머리를 넘겼다. "우린 거의 준비가 끝났어. 너희 녹음 스튜디오 처음이야?"

그들은 그렇다고 인정했다.

"자, 우리 일은 너희가 최고의 소리를 내도록 하는 거니까 시키는 대로만 해, 알았지?" 그는 자기가 큰 호의라도 베푼다고 생각하는 것 같았다. "스튜디오 안으로 들어가 선을 꽂아. 그다음부터는 우리가 할 테니까."

데이브가 말했다. "성함이 어떻게 되세요?"

"로런스 그랜트." 자기 역할을 정확히 말하지 않는 것을 보고 발리는 그가 하찮은 보조인데 중요하게 보이고 싶은가보다 추측했다.

데이브가 자기 자신과 그룹을 소개했고, 로런스는 안달이 난 것처럼 꼼지락거렸다. 소개를 마치고 그들은 안으로 들어갔다.

스튜디오는 조명이 흐린 커다란 방이었다. 한쪽 옆에는 발리의 동배

클린 집에 있는 것과 똑같은 표준 크기 스타인웨이 그랜드피아노가 있었다. 피아노는 두툼한 커버에 덮인 채 일부는 담요로 가려놓은 스크린 뒤에 감춰져 있었다. 레니가 피아노에 앉아 높은 음으로 올라가며 일련의 코드를 두드렸다. 스타인웨이 특유의 따뜻한 음색이었다. 레니는 깊은 인상을 받은 듯 보였다.

드럼 세트가 준비되어 있었다. 자신의 스네어드럼을 챙겨온 루가 막 바꿔놓으려던 참이었다.

로런스가 말했다. "우리 드럼에 뭐 문제 있어?"

"아뇨, 제가 쓰던 스네어가 익숙해서요."

"우리 것이 녹음하기에 더 알맞아."

"아, 그러죠." 루는 자기 드럼을 치우고 스튜디오에 있던 스네어를 다시 받침대에 올렸다.

바닥에 앰프 세 대가 서 있고, 불빛이 들어온 걸 보니 전기도 꽂혀 준비를 끝낸 것 같았다. 발리와 데이브는 두 개의 복스 AC-30 앰프에, 버즈는 더 큰 암펙 베이스 앰프에 기타를 꽂았다. 그들은 피아노에 음을 맞췄다.

레니가 말했다. "다른 그룹 멤버들이 안 보여. 이 스크린은 꼭 있어야 합니까?"

"그래, 필요해." 로런스가 말했다.

"뭐에 필요하죠?"

"방음벽이야."

발리가 표정을 살피니 레니는 여전히 이해가 되지 않는 모양이었지만 그냥 두기로 했다.

다른 문으로 카디건을 입은 중년 남자가 들어왔다. 그는 담배를 피우고 있었다. 확실히 이미 만나본 분위기로 데이브와 악수하더니 나머지 멤버에게 자기를 소개했다. "난 에릭 채프먼이고, 여러분의 오디션을 지휘할 거다." 그가 말했다.

이 남자가 우리 미래를 손에 쥐고 있군. 발리는 생각했다. 그가 잘한다고 생각하면 우리는 음반을 낼 수 있다. 그러지 않으면 두번째 기회는 없어. 그가 뭘 좋아하는지 모르겠군. 로큰롤을 좋아하게는 안 생겼어. 프랭크 시나트라를 좋아할 것 같은데.

"이런 경험이 없다고 들었네." 에릭이 말했다. "하지만 진짜 별것 없어. 우선 장비는 무시하는 게 최고야. 그리고 보통 때 공연처럼 편안히 연주해보는 거야. 작은 실수가 나와도 그냥 가고." 그러고는 로런스를 가리켰다. "여기 래리는 모든 궂은일을 해주는 말단이니까, 뭐든 필요하면 요청해. 차, 커피, 추가 케이블이나 뭐든."

발리는 말단이라는 영어 단어를 들어본 적이 없었지만 무슨 뜻인지 알 것 같았다.

데이브가 말했다. "한 가지 있어요, 에릭. 우리 드러머 루가 자기 스네어를 가져왔어요. 그게 더 편해서요."

"종류가 뭔데?"

루가 대답했다. "루딕 오이스터 블랙 펄이에요."

"괜찮아." 에릭이 말했다. "바꾸고 싶으면 바꿔."

레니가 말했다. "여기 이 방음벽은 꼭 있어야 하나요?"

"있어야 해." 에릭이 말했다. "그게 있어야 피아노 마이크에 드럼 소리가 너무 많이 안 들어가거든."

그러니까 에릭은 자기가 무슨 말을 하는지 다 알았고, 래리는 거짓말쟁이였다.

에릭이 말했다. "내 마음에 들면 앞으로 어떻게 할 건지 이야기하기로 하지. 마음에 안 들면 빙빙 돌려 말하지 않을 거야. 너희는 내가 찾는 사람이 아니라고 대놓고 말할 거라고. 그래도 모두 문제없겠지?"

그들은 모두 문제없다고 했다.

"좋아, 한번 해보자고."

에릭과 래리는 방음문을 통해 나가 안쪽 창문에 다시 나타났다. 에릭이 헤드폰을 쓰고 마이크에 대고 말하자 벽에 매달린 작은 스피커로 그룹에게 그의 목소리가 들렸다. "준비됐지?"

그들은 준비가 되었다.

"테이프는 돌았어. 플럼 넬리 오디션. 테이크 원. 마음대로 시작하면 돼, 친구들."

레니가 피아노로 부기우기를 연주하기 시작했다. 스타인웨이의 음색은 훌륭했다. 네 마디 뒤 나머지 멤버가 시계처럼 합류했다. 이 곡은 모든 공연에서 연주했다. 자면서도 할 수 있었다. 레니는 전력을 다해 제리 리 루이스의 노래를 화려하게 불렀다. 곡이 끝나자 에릭은 아무 말 없이 녹음을 들려주었다.

발리가 듣기에는 괜찮았다. 하지만 에릭은 어떻게 생각할까?

"연주를 아주 잘하는군." 노래가 끝나자 그는 인터컴에 대고 말했다. "자, 좀더 현대적인 거 없나?"

그들은 〈후치 쿠치 맨〉을 연주했다. 이번에도 피아노 소리가 멋지게 들렸다. 마이너 코드가 우레처럼 울렸다.

에릭은 두 곡을 한 번씩 더 연주해달라고 했고 그들은 다시 연주했다. 그러자 그가 컨트롤 부스에서 나왔다. 그는 앰프에 앉아 담배에 불을 붙였다. "난 있는 그대로 말하겠다고 했고, 그렇게 할 거야." 그 말에 발리는 그가 거절하려 한다는 것을 눈치챘다. "연주는 잘하는데 너무 구식이야. 세상은 또다른 제리 리 루이스나 머디 워터스를 필요로 하는 게 아냐. 나는 다음 세대에 최고가 될 사람들을 찾고 있고, 너희는 아니야. 미안하군." 그는 담배를 길게 빨아들이더니 연기를 내뿜었다. "테이프는 너희가 가져도 되고, 그걸로 뭐든 원하는 대로 해. 와줘서 고맙다." 그는 일어섰다.

다들 서로를 바라보았다. 모두의 얼굴에 실망이라고 적혀 있었다.

에릭은 컨트롤 부스로 다시 들어갔고, 발리는 유리창 너머 그가 오픈릴 테이프를 기계에서 빼내는 모습을 지켜보았다.

발리는 기타를 싸려고 일어섰다.

데이브가 자신의 마이크를 후후 불자 소리가 크게 났다. 모든 게 여전히 켜져 있었다. 그는 코드를 튕겼다. 발리는 망설였다. 데이브가 뭘 하려는 거지?

데이브는 〈그건 사랑이야〉를 부르기 시작했다.

발리도 즉시 합류해 두 사람은 화음을 넣어 노래했다. 루가 조용히 박자를 넣으며 들어왔고, 버즈는 단순한 워킹베이스를 연주했다. 마침내 레니의 피아노도 들어왔다.

이 분 동안 연주가 이어지다 래리가 모든 전원을 끄자 그룹의 소리가 나지 않았다.

모든 게 끝났고, 그들은 실패했다. 발리는 생각보다 훨씬 실망감이 컸다. 그룹의 실력이 좋다고 확신했기 때문이었다. 에릭은 왜 그걸 못 보는 거지? 그는 기타 스트랩을 풀었다.

그때 에릭이 돌아왔다. "빌어먹을, 그 노래는 뭐야?" 그가 말했다.

데이브가 말했다. "익힌 지 얼마 안 되는 새 노래예요. 마음에 드세요?"

"그건 완전히 다르네." 에릭이 말했다. "연주는 왜 멈춘 거야?"

"래리가 다 껐어요."

"다시 켜, 래리. 멍청한 놈." 에릭이 말했다. 그는 데이브에게로 다시 고개를 돌렸다. "이 노래는 어디서 알았지?"

"행크 레밍턴이 써서 우리에게 줬어요." 데이브가 말했다.

"코즈의 행크 레밍턴?" 에릭은 대놓고 의심을 품었다. "왜 그가 너희에게 곡을 줘?"

데이브도 마찬가지로 솔직했다. "왜냐하면 그 사람이 우리 누나랑 사귀거든요."

"아. 그럼 설명이 되는군."

부스 안으로 다시 돌아가기 전에 에릭은 래리에게 조용히 속삭였다. "가서 파울로 콘티에게 전화해." 그가 말했다. "여기 바로 모퉁이만 돌면 되는 곳에 살아. 혹시 집에 있으면 곧장 이리 오라고 해."

래리는 스튜디오를 빠져나갔다.

에릭은 다시 부스로 들어갔다. "테이프 돌았어." 그가 인터컴에 대고 말했다. "준비되는 대로 시작해."

그들은 다시 노래를 불렀다.

에릭이 한 말이라고는 "다시 부탁해"가 다였다.

두번째로 다 부르니 에릭이 밖으로 나왔다. 발리는 그가 어쨌든 그렇게 좋지는 않다고 할까봐 두려웠다. "다시 해보자." 그가 말했다. "이번에는 먼저 반주만 녹음하고 그다음에 노래를 녹음할 거야."

데이브가 말했다. "왜요?"

"왜냐하면 노래를 안 불러도 될 때 연주가 더 잘되고, 연주를 안 해도 될 때 노래가 더 잘되기 때문이지."

그들은 반주를 녹음한 다음 헤드폰으로 녹음된 반주를 들으면서 노래를 불렀다. 그러고 난 뒤에는 에릭이 부스에서 나와 그들과 함께 노래를 들었다. 머리 모양이 비틀스 같은 잘 차려입은 청년도 나타나 함께했다. 아마도 파울로 콘티 같았다. 그는 여기 왜 온 거지?

모두 노래와 반주를 합쳐서 들었고, 에릭은 앰프 위에서 담배를 피우고 있었다.

노래가 끝나자 파울로가 런던 악센트로 말했다. "마음에 들어요. 좋은 노래네요."

그는 아직 스무 살 정도밖에 안 되어 보였지만 자신감이 넘치고 권위가 있었다. 발리는 그가 무슨 권리가 있어서 의견을 내는지 궁금했다.

에릭은 담배를 한 번 빨았다. "자, 이 곡은 물건이 될 수도 있어." 그가 말했다. "하지만 문제가 하나 있어. 피아노 파트가 안 좋아. 기분 나쁘게 듣지 마, 레니. 하지만 제리 리 루이스 스타일은 좀 굼뜨잖아. 여기 파울로가 내 말이 무슨 뜻인지 보여줄 거야. 파울로가 피아노를 치고 다시 녹음해보자고."

발리는 레니를 보았다. 그는 화가 나 있었다. 하지만 눌러 참았다. 그는 피아노 의자에 여전히 앉은 채로 말했다. "확실히 해둘 것이 있어요, 에릭. 이건 내 그룹이에요. 당신이 날 빼고 파울로를 넣을 수는 없어요."

"내가 자네라면 그렇게 걱정하지는 않을 거야, 레니." 에릭이 말했다. "파울로는 로열 내셔널 심포니 오케스트라와 협연했고 베토벤 소나타 앨범을 세 장 발매했어. 팝그룹에는 들어가고 싶어하지도 않아. 난 그랬으면 좋겠는데. 자네가 히트곡 퍼레이드라고 한마디 마치기도 전에 그를 받아들일 그룹을 대여섯 팀은 알거든."

레니는 바보처럼 보였고 공격적으로 말했다. "좋아요. 서로 이해하면 된 거죠."

그들은 다시 곡을 연주했고 발리는 즉시 에릭의 말뜻을 알아들었다. 파울로는 오른손으로 가벼운 트릴을, 왼손으로 간단한 코드를 쳤고 그것이 노래에 훨씬 더 잘 어울렸다.

그들은 레니와 함께 다시 녹음했다. 그는 파울로처럼 연주하려 애썼고 제대로 해냈긴 했지만 진짜 솜씨가 있는 것은 아니었다.

반주를 두 번 더 녹음하며 한 번은 파울로가, 한 번은 레니가 연주했다. 그리고 노래만 세 번 녹음했다. 마침내 에릭은 만족했다. "자, B면에 넣을 곡이 필요해. 이거랑 비슷한 거 없어?"

"잠깐만요." 데이브가 말했다. "그럼 우리가 오디션에 통과했어요?"

"당연히 통과했지." 에릭이 말했다. "내가 퇴짜놓으려는 그룹이랑 이렇게까지 고생하겠어?"

"그럼…… 플럼 넬리가 부른 〈그건 사랑이야〉가 음반으로 나온다고요?"

"꼭 그랬으면 좋겠군. 상사가 거절하면 회사를 그만두겠어."

발리는 에릭에게도 상사가 있다는 사실에 놀랐다. 지금까지 그는 자기가 사장이라는 인상을 풍겼다. 하찮은 속임수였지만 발리는 기억해두었다.

데이브가 말했다. "이 노래가 히트할까요?"

"난 예언은 안 해. 이 업계에 너무 오래 있었거든. 하지만 이 곡이 실패할 거라고 생각했다면 여기서 너랑 얘기하는 대신 벌써 술집에 한잔하러 갔겠지."

데이브는 웃으면서 그룹 멤버들을 둘러보았다. "우리 오디션 통과했어." 그가 말했다.

"그래." 에릭은 조급하게 말했다. "이제, B면에 실을 건 뭐가 있지?"

*

"좋은 소식 들을 준비 됐나?" 한 달 뒤 에릭 채프먼이 전화로 데이브 윌리엄스에게 말했다. "너희 버밍엄으로 갈 거야."

처음에 데이브는 그게 무슨 말인지 몰랐다. "왜요?" 그가 말했다. 버밍엄은 런던에서 북쪽으로 200킬로미터쯤 떨어진 공업도시였다. "버밍엄에 뭐가 있는데요?"

"〈잇츠 팝!〉을 만드는 텔레비전 스튜디오가 있지, 바보야."

"아!" 데이브는 갑자기 흥분으로 숨을 쉴 수 없었다. 에릭이 말하는 것은 팝그룹이 출연해 레코드에 맞춰 립싱크를 하는 유명한 쇼였다. "우리 출연해요?"

"당연하지! 〈그건 사랑이야〉가 이번 주 신곡으로 소개돼."

음반이 출시된 지 닷새였다. BBC 라이트 프로그램에서 한 번 방송되었고 라디오 뤽상부르에서는 여러 번 나왔다. 데이브는 에릭이 얼마나 많은 음반이 실제로 판매되었는지 모른다는 사실에 깜짝 놀랐다. 음반 산업은 판매량 추적에 그리 뛰어나지 못했다.

에릭은 파울로가 피아노를 친 버전으로 음반을 냈다. 레니는 모르는 척했다.

에릭은 레니가 한 말에도 불구하고 데이브를 그룹의 리더로 대했다. 지금 그가 말했다. "제대로 된 의상 있어?"

"우리는 보통 빨간 셔츠에 블랙 진을 입었어요."

"흑백텔레비전이니까 멋져 보일 수도 있겠네. 모두 머리 꼭 감아."

"언제 가요?"

"모레."

"학교에 결석해야겠네요." 데이브는 걱정스럽게 말했다. 그걸로 문제가 생길 수도 있었다.

"어쩌면 학교를 그만둬야 할 수도 있어, 데이브."

데이브는 침을 꿀꺽 삼켰다. 정말 그럴 수 있을까.

에릭이 마무리했다. "아침 열시에 유스턴 역에서 만나. 내가 너희 표를 갖고 갈게."

데이브는 내려놓은 수화기를 멍하니 바라보았다. 〈잇츠 팹!〉에 출연한다.

정말 노래하고 기타를 연주하는 것으로 먹고살 수도 있다는 생각이 들기 시작했다. 그런 전망이 좀더 현실에 가까워지자 선택하지 않은 대안에 대한 두려움이 더 커졌다. 어쨌거나 평범한 직업을 선택했다면 지금 엄청나게 실망했을 터였다.

그룹의 나머지 멤버들에게는 즉시 연락했지만 가족에게는 일이 끝날 때까지 입다물고 있기로 결심했다. 아버지가 그를 못 가게 하려고 애쓸 위험이 너무 컸다.

그는 저녁 내내 흥미진진한 비밀을 혼자 즐겼다. 다음날 점심시간에 교장인 늙은 대머리에게 면담을 신청했다.

교장의 서재에서 데이브는 겁을 먹었다. 학교에 들어온 지 얼마 되지 않았을 때 복도에서 뛰는 등의 행동으로 이 방에서 여러 번 회초리를 맞았다.

그는 상황을 설명하고 아직 아버지의 허락을 받을 틈이 없었던 것처럼 굴었다.

"내가 보기에 너는 제대로 된 교육을 받든, 팝가수가 되든 둘 중 하나를 선택해야겠구나." 퍼빌로 씨는 팝가수라는 말을 발음하며 불쾌하다는 듯 얼굴을 찡그렸다. 마치 차가운 개밥 통조림을 억지로 한 통 먹으라는 지시를 받은 사람 같았다.

데이브는 사실 제 꿈은 기둥서방이 되는 겁니다, 라고 말할까 생각했지만 퍼빌로의 유머 감각은 그의 머리칼만큼이나 부족했다. "아버지에게 제가 모든 시험에서 떨어지고 학교에서 쫓겨날 거라고 말하셨죠."

"네 성적이 빠르게 향상되지 않으면, 그 결과 네가 O 레벨 시험에 전부 낙제하면 너는 최고 학년으로 올라가지 못해." 교장은 지나치게 점잔을 빼며 엄격하게 말했다. "그러니까 쓰레기 같은 텔레비전 프로그램에 나가려고 며칠 결석하는 것은 더욱 하면 안 되겠지."

데이브는 "쓰레기"라는 말에 따져볼까 하다가 그래봐야 소용없다고 결정했다. "텔레비전 스튜디오에 다녀오는 걸 교육적 경험으로 여기실 수도 있다고 생각했어요." 그는 합리적으로 말했다.

"아니야. 요즘은 교육적 '경험'에 대해 너무 이야기가 많은 것 같더구나. 교육은 교실에서 이루어지는 거야."

퍼빌로의 완강한 고집에도 데이브는 그에게 논리적으로 설명하려는 노력을 계속했다. "저는 음악계에서 경력을 쌓고 싶어요."

"하지만 너는 학교 오케스트라에도 속해 있지 않아."

"오케스트라는 지난 백 년 사이 발명된 악기라곤 사용하지 않잖아요."

"그러니 그편이 낫지."

데이브는 화를 억누르기가 점점 더 어려워졌다. "저는 전자기타를 상당히 잘 칩니다."

"나는 그런 걸 악기라고 부르지 않는다."

그러면 안 된다는 걸 알면서도 데이브는 목소리를 높여 도전했다. "그럼 뭔데요?"

퍼빌로가 턱을 들어올려서 더욱 오만해 보였다. "소음이나 만드는 깡통이 물건이라고 해야겠지."

데이브는 잠시 침묵했다. 그리고 냉정을 잃었다. "이런 고집스럽기만 한 무식꾼!"

"감히 그런 식으로 말하지 마라."

"당신은 무식할 뿐 아니라 인종차별주의자야!"

퍼빌로는 일어섰다. "당장 나가."

"부잣집 아이들이 다니는 학교의 맛이 간 교장이라는 이유만으로 그렇게 상스러운 편견을 드러내도 된다고 생각하다니!"

"조용히 해!"

"싫어요." 데이브는 그렇게 말하고 밖으로 나왔다.

교장실 밖 복도에서 이제는 교실로 갈 수 없다는 생각이 들었다.

잠시 후 학교에 있을 수조차 없다는 걸 깨달았다.

이럴 생각은 아니었지만 순간적으로 정신이 나가는 바람에 사실상 학교를 그만둔 셈이었다.

될 대로 되라지. 그는 생각했다. 그리고 학교를 나섰다.

근처 카페로 가서 달걀과 감자튀김을 주문했다. 예전으로 돌아갈 수 없는 상황이었다. 교장을 무식하고 맛이 간 인종차별주의자라고 했으니 무슨 일이 있어도 학교에 다시 받아줄 리 없었다. 자유로운 기분인 동시에 두려웠다.

하지만 자신의 행동이 후회되지는 않았다. 그에게 팝스타가 될 기회가 찾아왔다. 그런데 학교는 그런 기회를 그냥 날려버리라고 했다!

아이러니하게도 그는 새로 찾은 자유로 뭘 해야 할지 어쩔 줄 몰라하고 있었다. 몇 시간 길거리를 쏘다니다가 다시 학교 교문으로 돌아와 린다 로버트슨을 기다렸다.

그는 방과후 그녀를 집까지 데려다주었다. 같은 반 학생들은 당연히 그가 자리에 없다는 걸 알았지만 교사들은 아무 말도 하지 않았다. 데이브가 무슨 일이 있었는지 들려주자 린다는 감탄했다. "그러니까 넌 어쨌든 버밍엄으로 간다는 거야?"

"당연하지."

"학교 그만둬야 하잖아."

"이미 그만뒀어."

"뭘 할 건데?"

"음반이 히트하면 발리랑 아파트를 얻을 돈이 생길 거야."

"와. 근데 그렇게 안 되면?"

"그럼 문제가 생기겠지."

그녀는 그를 집안으로 데리고 들어갔다. 그녀의 부모가 집에 없어서 두 사람은 전에도 그랬던 것처럼 그녀의 방으로 갔다. 두 사람은 키스했고 그녀는 가슴을 만지게 해주었다. 하지만 데이브가 보기에 그녀는 걱정하고 있었다. "왜 그래?" 그가 말했다.

"넌 스타가 될 거야." 그녀가 말했다. "난 알아."

"기쁘지 않아?"

"예쁜 애들이 네게 몰려들어서 갈 데까지 가는 사이가 되겠지."

"그럼 좋지!"

그녀는 눈물을 터뜨렸다.

"농담이야." 그가 말했다. "미안해."

그녀가 말했다. "난 이렇게 귀엽고 작은 너랑 이야기하는 게 좋았어. 다들 너하고 키스조차 하기 싫어했는데. 그러다 그룹에 들어가더니 넌 학교에서 가장 멋진 아이가 되었고, 모두 날 부러워해. 이제 넌 유명해지고 난 널 잃을 거라고."

아무래도 그녀는 무슨 일이 있어도 그녀만을 좋아하겠다는 말이 듣고 싶은 모양이었다. 그리고 데이브 역시 끝나지 않을 사랑을 맹세하고 싶은 유혹을 느꼈지만 참았다. 그녀를 정말 좋아했지만 그는 이제 겨우 열여섯 살이었고, 매여 있기에는 너무 젊다는 걸 알았다. 하지만 그녀의 기분을 망치기 싫어서 말했다. "그냥 어떻게 되는지 보자, 응?"

얼굴에서 실망감이 드러났지만 그녀는 재빨리 감정을 감추었다. "좋은 생각이야." 그녀가 말했다. 그녀는 눈물을 닦았고 두 사람은 주방으로 내려가 어머니가 올 때까지 차를 마시고 초콜릿 비스킷을 먹었다.

그레이트 피터 가로 돌아왔을 때 평상시와 다른 조짐은 전혀 보이지 않았다. 그래서 그는 학교에서 부모에게 전화를 하지 않았다고 추측했다. 대머리는 분명 편지를 더 좋아할 터였다. 그렇게 데이브는 은혜로운 하루를 벌었다.

다음날 아침까지도 데이브는 부모에게 아무 말 하지 않았다. 아버지는 여덟시에 집을 나섰다. 그때 데이브는 어머니에게 말했다. "학교에 안 갈 거예요."

어머니는 버럭 화를 내지 않았다. "아버지가 정해둔 길을 이해하려고 노력해보렴." 그녀가 말했다. "너도 알지만 아버지는 서자로 태어났어. 할머니는 정치를 하시기 전에 이스트엔드의 공장에서 노동력을 착취당하며 일했다. 아버지의 할아버지는 광부였어. 하지만 네 아버지는 세계 최고의 대학교에 들어갔고 서른한 살의 나이로 영국 정부의 각료가 됐어."

"하지만 저는 달라요!"

"물론 넌 다르지. 하지만 아버지가 보기에 넌 아버지와 그 부모, 조부모가 이뤄낸 모든 걸 그냥 던져버리려는 것 같은 거야."

"난 나만의 삶을 살아야 해요."

"알아."

"학교 그만뒀어요. 늙은 대머리 교장이랑 싸웠어요. 아마 오늘 학교에서 편지가 올 거예요."

"아, 이런. 네 아버지는 쉽게 용서하지 않을 거야."

"알아요. 집에서도 나갈 거예요."

데이지는 울기 시작했다. "어디로 가려고?"

데이브도 눈물이 날 것 같았지만 꾹 참았다. "며칠 YMCA에 있다가 발리랑 아파트를 얻을 거예요."

어머니가 데이브의 팔에 손을 얹었다. "아버지에게 화만 내지 마라.

아버지는 널 아주 사랑해."

"화나지 않아요." 데이브는 사실 화가 나지만 그렇게 말했다. "난 그저 아버지의 방해를 받고 싶지 않은 것뿐이에요."

"아, 하느님." 그녀가 말했다. "넌 나처럼 제멋대로인데다 고집 센 것도 꼭 나구나."

데이브는 놀랐다. 어머니의 첫번째 결혼이 불행했다는 건 데이브도 알았다. 그럼에도 어머니가 제멋대로였다니 상상이 되지 않았다.

어머니가 덧붙였다. "네 실수들이 내가 저질렀던 것만큼 나쁘지 않기를 바란다."

집을 나서는 그에게 어머니는 지갑에 있는 돈을 전부 꺼내주었다.

발리가 홀에서 기다리고 있었다. 그들은 기타를 들고 집을 나왔다. 바깥의 거리로 나오자마자 후회의 감정은 사라지고 흥분과 불안이 동시에 느껴졌다. 텔레비전에 나가는 거야! 하지만 데이브는 모든 걸 걸어야 했다. 학교를 그만두고 집을 나왔다는 사실을 떠올릴 때마다 약간 어지러웠다.

그들은 지하철을 타고 유스턴으로 향했다. 데이브는 텔레비전 출연을 성공적으로 치뤄내야 했다. 이것이 다른 무엇보다 중요했다. 음반이 팔리지 않으면, 그리고 플럼 넬리가 실패하면 어떡하지? 그는 두려운 마음으로 생각했다. 발리처럼 점프 클럽에서 설거지를 해야 할 수도 있었다.

어떻게 하면 사람들이 음반을 사도록 할 수 있을까?

좋은 생각이 떠오르지 않았다.

에릭 채프먼은 줄무늬 양복 차림으로 기차역에서 기다리고 있었다. 버즈, 루, 레니는 이미 와 있었다. 그들은 기타를 열차에 실었다. 드럼과 앰프는 래리 그랜트가 운전하는 밴에 실려 따로 버밍엄으로 향하고 있었다. 하지만 아무도 소중한 기타를 맡길 만큼 그를 신뢰하지는 않았다.

열차에 오른 데이브는 에릭에게 말했다. "기차표 사줘서 고마워요."

"고마워할 것 없어. 너희 출연료에서 차감할 거야."

"그럼…… 방송국에서 우리 출연료를 당신한테 줘요?"

"그래, 그러면 내가 25퍼센트를 제하고, 경비 빼고 나머지를 너희한테 줄 거야."

"왜요?" 데이브가 말했다.

"내가 너희 매니저니까."

"당신이요? 몰랐네요."

"너희가 계약서에 서명했잖아."

"제가요?"

"그래. 안 그랬으면 내가 녹음을 하지도 않았겠지. 내가 무슨 자선단체에서 일하는 사람으로 보여?"

"아, 그 오디션 전에 서명했던 종이 말이에요?"

"그래."

"그 여자 말이 그냥 만약을 위해서라던데요."

"다른 여러 가지도 있지."

데이브는 속은 기분이었다.

레니가 말했다. "쇼는 토요일에 하잖아요, 에릭. 우린 왜 목요일에 가는 거죠?"

"쇼의 대부분은 미리 녹화해. 한두 장면만 당일에 생방송으로 하지."

데이브는 깜짝 놀랐다. 그는 그 쇼가 아이들이 잔뜩 모여 춤을 추며 끝내주는 시간을 보내는 재미난 파티 같다고 생각했었다. 그가 말했다. "관객이 있을까요?"

"오늘은 아니야. 너희는 천 명의 여자애가 비명을 지르며 너희를 보고 속옷을 적시는 상황인 척 노래해야 해."

베이스 주자인 버즈가 말했다. "그건 쉬워요. 전 열세 살 때부터 있지도 않은 여자애들을 상상하며 연주했거든요."

농담이었지만 에릭은 말했다. "아니, 그 말이 맞아. 카메라를 보면서 너희가 아는 가장 예쁜 여자애가 브래지어 벗는 모습을 상상해. 약속하건대 그러면 너희 얼굴에 제대로 된 미소가 떠오를걸."

데이브는 자기가 이미 웃고 있다는 걸 깨달았다. 어쩌면 에릭의 속임수가 통했는지도 몰랐다.

스튜디오에 도착한 시간은 한시였다. 아주 멋지지는 않은 곳이었다. 대부분은 공장처럼 칙칙했다. 카메라가 비추는 곳은 싸구려처럼 화려했지만 화면에 보이지 않는 곳은 모두 닳았고 더러웠다. 바쁜 사람들은 플럼 넬리를 무시한 채 돌아다녔다. 데이브가 초짜임을 모두가 아는 것 같은 기분이었다.

그들이 도착했을 때 빌리와 아이들이라는 그룹이 무대에 올라가 있었다. 레코드를 크게 틀어두었고, 그들은 연주하며 노래를 불렀지만 마이크도 없었고 기타는 앰프에 꽂지도 않은 채였다. 데이브는 친구들 이야기를 듣고 시청자 대부분은 가수들이 시늉만 한다는 사실을 모른다는 걸 알았다. 어쩜 다들 그렇게 멍청한지 궁금했다.

레니는 빌리와 아이들의 경쾌한 노래를 비웃었지만 데이브는 인상깊었다. 그들은 보이지도 않는 관객에게 웃으며 몸짓을 해 보이고 노래가 끝나자 박수가 쏟아지기라도 하는 것처럼 고개를 숙이고 손을 흔들어 보였다. 그러더니 그 모든 걸 처음부터 다시 했는데, 힘과 매력이 전보다 전혀 덜하지 않았다. 프로는 저런 거군. 데이브는 깨달았다.

플럼 넬리의 대기실은 넓고 깨끗한데다 할리우드식 조명이 달린 커다란 거울에 둘러싸여 있었다. 냉장고에는 음료수가 가득했다. "전에 우리가 쓰던 곳보다 좋네." 레니가 말했다. "화장실에 두루마리 휴지도 있어!"

데이브는 빨간 셔츠를 입고 녹화 현장을 다시 보러 갔다. 지금은 미키 맥피가 녹화를 하고 있었다. 그녀는 1950년대에 연이어 히트곡을 냈고 이제 다시 인기를 회복하는 중이었다. 적어도 서른 살은 되어 보였지만 가슴에 딱 붙는 분홍색 스웨터를 입은 모습이 섹시했다. 목소리도 굉장했다. 〈가슴이 너무 아파〉라는 흑인풍 발라드를 불렀는데 진짜 흑인 여자처럼 들렸다. 그렇게 자신감이 넘치면 어떤 기분이 들까. 데이브는 어찌나 불안한지 뱃속에 벌레가 가득한 느낌이었다.

카메라맨들과 기술자들은 미키를 좋아했다. 대부분 나이가 있는 세대였다. 그녀가 노래를 마치자 그들이 박수를 쳤다.

무대에서 내려온 그녀가 데이브를 보았다. "안녕, 얘야." 그녀가 말했다.

"정말 멋지시네요." 데이브는 그렇게 말하고 자신을 소개했다.

그녀는 그룹에 대해 물었다. 데이브가 함부르크 이야기를 하는 중 아가일 스웨터를 입은 한 남자가 끼어들었다. "플럼 넬리 무대 준비해주세요." 남자는 부드러운 목소리로 말했다. "방해해서 미안해요, 미키." 그가 데이브에게 고개를 돌렸다. "난 프로듀서 켈리 존스라고 해." 그리고 데이브를 위아래로 훑어보았다. "너 아주 멋지구나. 기타 가져와." 그는 다시 미키에게로 고개를 돌렸다. "나중에 마저 먹어치울 수 있어요."

그녀는 항의하듯 말했다. "나도 좀 비싸게 굴어볼 수 있게 해줘."

"무슨 그런 말씀을."

미키는 손을 흔들어 보이고 사라졌다.

데이브는 두 사람이 나눈 대화에 한 단어라도 진심이 담겼을까 궁금했다.

그런 생각을 하고 있을 겨를이 없었다. 그룹은 무대에 올라 각자의 자리로 안내받았다. 늘 하듯 레니는 엘비스를 흉내내 셔츠 깃을 세웠다. 데이브는 긴장하지 말자고 속으로 말했다. 그냥 시늉만 하는 거니까 심지어 노래를 틀리지 말아야 할 필요도 없다! 그 순간 녹화가 시작되었고 발리는 레코드에서 시작하는 것처럼 전주를 연주했다.

데이브는 텅 빈 객석을 보며 미키 맥피가 분홍색 스웨터를 머리 위로 벗고 검은색 브래지어를 드러내는 모습을 상상했다. 그는 카메라를 향해 행복한 미소를 지으며 화음을 넣어 노래를 불렀다.

이 분짜리 곡이었지만 오 초 만에 끝난 것 같았다.

왠지 다시 해달라는 말을 들을 것 같았다. 모두 무대에서 기다렸다. 켈리 존스가 에릭에게 진지하게 말하고 있었다. 잠시 후 그들 두 사람이 그룹에게 다가왔다. 에릭이 말했다. "기술적인 문제가 있다, 친구들."

데이브는 그들 연주에 무슨 문제가 있어서 텔레비전 출연이 취소될까봐 두려웠다.

레니가 말했다. "무슨 기술적인 문제요?"

에릭이 말했다. "네가 문제야, 레니. 미안하다."

"무슨 소리를 하는 겁니까?"

에릭이 켈리를 바라보자 그가 말했다. "이 쇼는 멋진 옷차림에 비틀스 머리를 한 애들이 최신곡으로 난리치는 내용이야. 미안하다, 레니. 하지만 넌 애도 아니고 머리 모양도 오 년은 더 지났어."

레니는 화를 내며 말했다. "미안하게 됐네요."

에릭이 말했다. "저들은 너 없이 그룹이 출연하길 원해, 레니."

"말도 안 돼요." 레니가 말했다. "이건 내 그룹이라고요."

데이브는 깜짝 놀랐다. 오늘을 위해 모든 걸 희생했는데! 그가 말했다.

"저기, 레니가 머리를 앞으로 빗어내리고 셔츠 깃을 내리면 어때요?"

레니가 말했다. "그렇게는 안 해."

켈리가 말했다. "그래도 나이는 들어 보이고."

"상관없어요." 레니가 말했다. "우리 모두 나가거나 아니면 모두 안 나가요." 그는 멤버들을 둘러보았다. "그렇지, 친구들?"

누구도 말을 하지 않았다.

"그렇지?" 레니가 되풀이해 물었다.

데이브는 겁이 났지만 어쩔 수 없이 입을 열었다. "미안해, 레니. 하지만 우린 이 기회를 놓칠 수 없어."

"이 나쁜 놈들." 레니는 불같이 화를 냈다. "그룹 이름부터 바꾸게 두는 게 아니었다. 가즈맨은 작지만 위대한 로큰롤 밴드였어. 이제 빌어먹을 플럼 넬리라는 이름의 학생 밴드가 되었어."

"자." 켈리가 조급한 듯 말했다. "레니 빼고 무대로 돌아가서 그 노래 다시 불러봐."

레니가 말했다. "내가 내 그룹에서 잘리는 거야?"

데이브는 배신자가 된 기분이었다. 그가 말했다. "오늘만이야."

"아니, 그렇지 않아." 레니가 말했다. "친구들한테 내 그룹이 나 빼고 텔레비전에 나온다고 어떻게 말해? 헛소리 마. 죽기 아니면 살기지. 지금 떠나면 난 안 돌아와."

입을 여는 사람은 아무도 없었다.

"좋아, 그럼." 레니는 그렇게 말하고 스튜디오를 걸어나갔다.

모두 부끄러운 것 같았다.

버즈가 말했다. "잔인한 일이네."

에릭이 말했다. "연예계가 그런 거야."

켈리가 말했다. "다시 한번 잘 찍어봅시다."

데이브는 이렇게 불쾌한 싸움을 겪고 즐겁게 노래할 수 없을 것 같아 두려웠지만 놀랍게도 잘해냈다.

그들은 두 번 더 노래를 불렀고 켈리는 무대가 정말 좋다고 말했다. 모두가 이해해줘서 고맙다고, 금방 다시 볼 수 있길 바란다고도 했다.

그룹이 대기실로 돌아가고 스튜디오에 남은 데이브는 잠시 텅 빈 객석에 앉아 있었다. 감정적으로 진이 빠진 상태였다. 텔레비전 방송에 데뷔했는데 사촌형을 배신했다. 레니가 해주었던 온갖 유용한 조언을 떠올리지 않을 수 없었다. 난 배은망덕한 쓰레기야. 그는 생각했다.

멤버들에게 돌아가던 그는 열린 문을 들여다보다 대기실에서 손에 술잔을 든 미키 맥피를 발견했다. "보드카 좋아하니?" 그녀가 말했다.

"무슨 맛인지 몰라요." 데이브가 말했다.

"내가 보여주지." 그녀는 발로 차 문을 닫고 그의 목에 팔을 감고 입을 연 채 그에게 키스했다. 그녀의 혀에서 느껴지는 술맛은 진과 조금 비슷했다. 데이브도 그녀에게 열정적으로 키스했다.

그녀는 팔을 풀고 술잔에 보드카를 더 붓고는 그에게 내밀었다.

"싫어요, 당신이 마셔요." 그가 말했다. "난 그러는 편이 더 좋아요."

그녀는 술잔을 비우고 나서 다시 그에게 키스했다. 잠시 후 그녀가 말했다. "이런, 세상에. 넌 살아 있는 인형이구나."

그녀는 뒤로 물러서더니 몸에 딱 붙는 분홍색 스웨터를 머리 위로 벗어서 옆으로 던졌다. 데이브는 놀랍고도 기뻤다.

그녀는 검은색 브래지어를 하고 있었다.

33장

딤카의 할머니 카테리나는 일흔의 나이에 심장마비로 세상을 떠났다. 그녀는 기념비와 작은 예배당으로 가득찬 작은 공원인 노보데비치 묘역에 묻혔다. 마치 아이싱을 바른 케이크 조각처럼 눈이 묘비 위를 곱게 덮었다.

이 훌륭한 묘역은 지도층 시민들을 위해 준비된 것이다. 카테리나는 언젠가 10월 혁명의 영웅인 할아버지 그리고리가 같은 무덤에 묻힐 것이기 때문에 여기 묻혔다. 그들은 오십 년 가까이 부부로 살았다. 평생을 함께한 동반자가 얼어붙은 땅속으로 내려가는 광경을 멍하니 바라보는 딤카의 할아버지는 상황을 납득하지 못한 기색이었다.

딤카는 반세기 동안 한 여자를 사랑하다 갑자기, 심장이 한 번 뛰는 사이 그녀를 잃는다면 심정이 어떨지 궁금했다. 그리고리는 계속 말했다. "그녀와 함께했던 내가 운이 좋았지. 난 정말 운이 좋았어."

아마 세상 최고의 결혼일 거라고 딤카는 생각했다. 두 사람은 서로 사랑했고 함께 행복했다. 그들의 사랑은 두 번의 세계대전과 한 번의 혁명에서도 살아남았다. 그들은 아이들과 손주들을 얻었다.

지금부터 오십 년 뒤 자기 몸이 모스크바의 땅속으로 들어갈 때 사람들이 그의 결혼에 대해서는 뭐라고 할까. "죽을 때까지는 그가 행복하다는 말을 하지 말라"고 극작가 아이스킬로스는 말했다. 대학 때 들은 이후 딤카가 늘 기억하는 말이었다. 젊었을 때 약속은 훗날의 비극으로 망가질 수도 있다. 고통의 보상은 지혜다. 가족에게 전해오는 이야기에 따르면 카테리나는 젊은 시절 그리고리의 깡패 동생 레프를 더 좋아했다. 그는 임신한 그녀를 남겨두고 미국으로 달아났다. 그리고리는 그녀와 결혼해 볼로댜를 자기 아들로 키웠다. 그들의 행복은 아이스킬로스의 주장을 증명하듯 첫 시작이 불길했다.

딤카 자신의 결혼도 또다른 깜짝 임신으로 시작되었다. 어쩌면 그와 니나는 그리고리와 카테리나처럼 행복한 끝을 맺지 못할 수도 있다. 그는 나탈리야를 향한 감정에도 불구하고 할머니 할아버지처럼 행복하게 끝맺을 수 있기를 바랐다. 나탈리야를 잊고 싶었다.

그는 무덤 건너편에 있는 외삼촌 볼로댜와 외숙모 조야, 그리고 그들의 십대 아이 둘을 바라보았다. 쉰 살인 조야는 차분하게 아름다웠다. 영원히 행복할 듯한 또다른 부부였다.

부모에 대해서는 확신할 수 없었다. 세상을 떠난 그의 아버지는 차가운 남자였다. 비밀경찰이라 그랬는지도 모른다. 그토록 잔인한 일을 하는 사람이 어떻게 다정하고 호의적일 수 있겠는가? 딤카는 어머니를 잃고 우는 자신의 어머니 아냐를 바라보았다. 어머니는 아버지가 죽은 뒤로 더 행복한 것 같았다.

시야 한구석으로 니나가 보였다. 엄숙했지만 눈물은 흘리지 않았다. 그녀는 나와 결혼해서 행복할까? 그녀는 한 번 이혼했고, 딤카를 만났을 때 다시는 결혼하고 싶지 않고 아기를 가질 수도 없다고 말했다. 지금 그녀는 태어난 지 아홉 달 된 그리고르를 곰가죽 담요에 싸서 안은 채 그의 곁에 아내로 서 있다. 딤카는 가끔 그녀가 마음속으로 무슨 생각을 하는지 알 수 없는 느낌이었다.

1917년 겨울궁전으로 휘몰아쳐들어간 할아버지 그리고리의 부인에게 마지막 인사를 건네고자 장례에 참석한 사람이 아주 많았다. 일부는 소련의 현직 고관이었다. 그 가운데 눈썹이 무성한 레오니트 브레즈네프 중앙위원회 서기가 조문객들과 반갑게 인사하는 모습이 보였다. 2차 세계대전 당시 그리고리의 젊은 후배였던 미하일 푸시노이 원수도 보였다. 과체중인 바람둥이 푸시노이는 화려한 회색 콧수염을 어루만지며 조야 숙모에게 매력을 발산하고 있었다.

이렇게 많은 손님을 예상한 볼로댜 외삼촌은 붉은 광장에서 가까운 레스토랑 한곳을 예약해두었다. 웨이터들이 무뚝뚝하고 변변찮은 음식이 나오는 음침한 곳이었다. 그리고리와 볼로댜에게 들어보면 서방은 달랐다. 하지만 소련에서는 대부분 그랬다. 그들이 도착했을 때 재떨이는 꽉 차 있었다. 가벼운 요깃거리로 준비된 음식들도 신선하지 않았다. 말라빠진 블린과 얇게 썬 삶은 달걀, 훈제 생선을 구색 맞추기로 얹은 오래되어 뒤틀린 토스트가 나왔다. 다행히 러시아인들이라 해도 보드카를 망치지는 못했기에 술은 많았다.

소련의 식량 위기는 지나갔다. 흐루쇼프는 미국 등지에서 곡물을 사오는 데 성공했고, 덕분에 이번 겨울에는 기근이 없을 터였다. 하지만 위기는 오랜 실망감에 정점을 찍었다. 흐루쇼프는 소련의 농업을 현대적이고 생산적으로 바꾸는 일에 희망을 걸었다. 그리고 실패했다. 비능률과 무지, 서툰 솜씨에 대해 과장되게 떠들어놓고 그런 문제들을 해결하고 전진하지 못했다. 농업은 그가 추진한 개혁의 전반적 실책의 상징이었다. 온갖 개성 넘치는 아이디어와 갑작스러운 급진적 변화에도 불구하고 소련은 군사력을 제외하면 모든 면에서 여전히 서방에 수십 년 뒤져 있었다.

최악은 크렘린에 있는 흐루쇼프의 반대파가 더 많은 개혁이 아니라 더 적은 개혁을 바라는 완고한 보수파라는 점이었다. 이를테면 잔뜩 멋 부린 푸시노이 원수나 시끄럽게 친밀감을 표현하는 브레즈네프처럼. 두 사람은 지금 그리고리의 전쟁 이야기를 하면서 왁자하게 웃음을 터뜨리고 있었다. 딤카는 조국의 미래와 그의 지도자의 미래, 그리고 자기 경력의 미래에 대해서 이렇게까지 걱정해본 적이 없었다.

니나는 아기를 딤카에게 건네고 술을 마셨다. 잠시 후에는 브레즈네프, 푸시노이 원수와 함께 웃고 있었다. 사람들은 장례식 후 식사 자리에서 늘 웃는다는 걸 딤카는 알아차렸다. 엄숙한 의식을 치르고 난 반작용이었다.

그는 니나가 즐길 자격이 있다고 생각했다. 그녀는 그리고르를 임신해 낳고 모유를 먹였고, 그러는 일 년 동안 제대로 즐기지 못했다.

그녀는 케네디가 죽던 날 밤 딤카가 한 거짓말 때문에 화냈던 일을 잊었다. 딤카는 또다른 거짓말로 그녀를 진정시켰다. "진짜 늦게까지 일했어. 그러고 나서 동료들과 한잔하러 간 거지." 그녀는 한동안 화가 나 있었지만 좀 누그러졌고, 이제는 아예 잊은 것 같았다. 그가 나탈리야에게 잘못된 감정을 품고 있다고는 의심하지 못하는 게 거의 확실했다.

딤카는 그리고르를 친척들에게 데려가 처음 난 이를 자랑스럽게 보여주었다. 레스토랑은 오래된 주택 1층의 크기가 제각각인 여러 방에 테이블이 흩어져 있는 구조였다. 그는 볼로댜 외삼촌과 조야 외숙모가 있는 가장 멀리 떨어진 방으로 갔다.

그곳에서 여동생이 그를 몰아붙였다. "니나가 뭐하고 있는지 봤어?" 타냐가 말했다.

딤카가 웃었다. "술에 취했나?"

"그래서는 꼬리를 치고 있지."

딤카는 동요하지 않았다. 어차피 니나를 비난할 입장이 못 되었다. 나탈리야와 함께 리버사이드 바에 갔을 때 그도 마찬가지였다. 그는 말했다. "파티잖아."

타냐는 쌍둥이 오빠에게 아무 거리낌이 없었다. "같은 방에 있는 제일 높은 사람한테 곧장 달려들더라. 브레즈네프는 막 떠났고, 여전히 푸시노이 원수한테 눈길을 보내고 있어. 그 사람 니나보다 스무 살은 더 먹었을 텐데."

"어떤 여자들은 권력을 매력으로 느끼지."

"너는 니나의 첫 남편이 그녀를 페름에서 모스크바로 데려와 철강조합에 일자리를 얻어준 거 알아?"

"몰랐어."

"그러고 나서 남편을 떠난 거야."

"그걸 어떻게 알아?"

"니나 어머니한테서 들었어."

"니나가 내게서 얻은 건 아기뿐이야."

"정부 주택에 있는 아파트도 얻었지."

"그럼 니나가 돈을 보고 결혼했다는 거야?"

"걱정돼서 그래. 넌 모든 일에 똑똑하지만 여자는 몰라."

"니나가 물질만능주의 경향이 약간 있긴 해. 그게 최악의 죄는 아니잖아."

"그러니까 신경 안 쓴다는 거네."

"그래."

"좋아. 하지만 니나가 네 마음을 아프게 하면 내가 눈알을 파내버리겠어."

*

타스 건물의 매점에서 다닐이 걸어와 타냐의 맞은편에 앉았다. 그는 쟁반을 내려놓고 넥타이를 보호하기 위해 손수건을 셔츠 깃 안으로 밀어넣었다. 그러고는 그가 말했다. "『새로운 세계』 사람들이 「동상」을 마음에 들어해."

타냐는 설렜다. "좋아요!" 그녀가 말했다. "오래도 걸렸네. 최소 육개월은 지난 것 같아요. 하지만 굉장한 소식이에요!"

다닐은 플라스틱 컵에 물을 따랐다. "아마 지금까지 그들이 실었던 글 중에서 가장 과감한 내용이 될 거야."

"그럼 잡지에 낸다는 거예요?"

"그래."

바실리에게도 알려줄 수 있으면 좋을 텐데. 하지만 그는 스스로 알아내야 했다. 그가 잡지를 구할 수 있을지 궁금했다. 시베리아의 도서관에서 분명히 구할 수 있을 것이다. "언제요?"

"아직 결정 안 됐어. 하지만 그 친구들 뭐든 서두는 법이 없으니까."

"참고 기다려야죠."

*

딤카는 전화에 잠이 깼다. 여자 목소리였다. "당신은 날 모르지만 나는 당신에 대한 정보를 갖고 있어요."

혼란스러웠다. 그 목소리는 분명 나탈리야였다. 딤카는 옆에 누워 자는 아내 니나를 향해 죄책감 어린 표정을 지어 보였다. 그녀의 눈은 여전히 감긴 채였다. 시계를 보았다. 새벽 다섯시 반이었다.

나탈리야가 말했다. "질문은 하지 말아요."

딤카의 머리가 돌아가기 시작했다. 나탈리야는 왜 모르는 사람인 척하는 걸까? 그에게도 같은 태도를 요구하는 것이 분명했다. 그녀를 향한 애정이 목소리에 묻어나 옆에 누운 아내에게 들킬까봐 두려운 걸까?

그는 장단을 맞췄다. "당신 누굽니까?"

"저들이 당신 상관에 맞서 음모를 꾸미고 있어요." 그녀가 말했다.

딤카는 첫 해석이 틀렸다는 것을 깨달았다. 나탈리야가 우려한 것은 전화가 도청당할지 몰라서였다. 혹시라도 듣고 있을 KGB에게 딤카가 그녀의 정체를 절대 밝히지 않기를 원한 것이다.

두려움에 오싹했다. 진짜든 아니든 이것은 곤경을 뜻했다. 그는 말했다. "누가 음모를 꾸민다는 거죠?"

옆에 누웠던 니나가 눈을 떴다.

딤카는 어쩔 수 없다는 듯 어깨를 으쓱해 보였다. 나도 무슨 일인지 모르겠어.

"레오니트 브레즈네프가 다른 최고회의간부회 멤버들에게 접근해 쿠데타를 꾸미고 있어요."

"젠장." 브레즈네프는 흐루쇼프 밑에서 가장 권력이 큰 대여섯 명 가운데 하나였다. 또한 보수적이고 상상력이 부족한 자였다.

"벌써 포드고르니와 셸레핀을 자기편으로 끌어들였어요."

"언제?" 딤카는 질문을 하지 말라는 지시를 무시하고 물었다. "그들이 언제 실행하죠?"

"스웨덴에서 돌아오는 흐루쇼프 동지를 체포할 거예요." 흐루쇼프는 6월에 스칸디나비아 여행 계획이 있었다.

"하지만 왜요?"

"그들은 그가 미쳐가고 있다고 생각해요." 나탈리야가 그렇게 말하더니 전화는 끊겼다.

딤카는 수화기를 내려놓고 다시 젠장이라고 말했다.

"뭐야?" 니나가 졸음에 겨운 목소리로 물었다.

"그냥 일 문제야." 딤카가 말했다. "다시 잠이나 자."

흐루쇼프는 미쳐간다기보다 우울해했고, 조증 환자처럼 신이 났다가 한껏 처지는 사이에서 왔다갔다했다. 불안의 뿌리는 농업 위기였다. 안타깝게도 그는 일시적인 해결책에 쉽게 넘어갔다. 기적의 비료나 특수한 수분受粉, 새로운 품종 따위였다. 고려 대상이 아닌 제안이 하나 있다면 중앙의 통제를 느슨하게 푸는 것이었다. 그럼에도 그는 소련 최고의 희망이었다. 브레즈네프는 개혁가가 못 되었다. 만일 그가 지도자가 된다면 나라는 예전으로 뒷걸음칠 터였다.

지금 딤카가 걱정하는 것은 흐루쇼프의 미래만이 아니었다. 자기 자신의 앞날도 걱정이었다. 그는 이 통화 내용을 흐루쇼프에게 밝혀야 했다. 모든 것을 감안할 때 숨기는 것보다는 그편이 덜 위험할 것이다. 하지만 흐루쇼프는 나쁜 소식을 가져오는 사람을 처벌할 정도로 충분히 무식쟁이였다.

딤카는 지금이 흐루쇼프 밑에서 일하기를 그만두고 배에서 뛰어내려야 할 때인지 스스로에게 물었다. 쉽지 않을 터였다. 관료들은 보통 지시받은 곳으로 간다. 하지만 방법이 없지는 않았다. 다른 고위급 인사를 설득해 특별한 기술을 가진 젊은 보좌관을 자기 사무실로 보내달라고 청하게 만들 수도 있다. 그렇게 되도록 손쓸 수 있다. 음모를 꾸미는 인사 중 한 사람 밑에서, 이를테면 브레즈네프 밑에서 일자리를 구해볼 수도 있다. 하지만 그래봐야 무슨 소용이 있겠는가? 경력은 지킬 수 있지만 헛된 일이다. 딤카는 브레즈네프를 도와 발전을 가로막으며 평생을 보내고 싶지는 않았다.

하지만 살아남으려면 그와 흐루쇼프는 이 음모보다 앞서 움직여야 했다. 기다리면서 무슨 일이 벌어지는지 지켜보는 것이 최악이었다.

오늘은 1964년 4월 17일, 흐루쇼프의 일흔번째 생일이었다. 딤카는 그의 생일을 맨 처음 축하하는 사람이 될 터였다.

옆방에서 그리고르가 울기 시작했다.

딤카가 말했다. "전화 때문에 깼나보군."

니나는 한숨을 내쉬더니 일어났다.

딤카는 씻고 재빨리 옷을 입은 다음 차고에서 오토바이를 꺼내 레닌 언덕이라 부르는 교외의 흐루쇼프 관저로 달렸다.

그는 흐루쇼프의 생일 선물을 가져온 밴과 동시에 도착했다. 그는 경호원들이 거실로 거대한 새 라디오 겸용 텔레비전을 옮기는 모습을 지켜보았다. 텔레비전에는 다음과 같은 금속 장식판이 붙어 있었다.

중앙위원회 및 각료회의에서

함께 일하는 동지들로부터

가끔 흐루쇼프는 자기 선물을 사는 데 공금을 낭비하지 말라고 짜증스럽게 말했지만, 그가 선물을 받으며 남몰래 행복해한다는 것은 모두 알았다.

집사인 이반 테페르가 딤카를 위층 흐루쇼프의 옷방으로 안내했다. 축하 행사가 있는 날 입는 검은색 새 양복 한 벌이 준비되어 걸려 있었다. 흐루쇼프의 사회주의 영웅 훈장 세 개는 이미 재킷 가슴께에 달려 있었다. 흐루쇼프는 가운 차림으로 앉아 차를 마시며 신문을 보고 있었다.

호루쇼프가 이반의 도움을 받아 셔츠를 입고 넥타이를 매는 동안 딤카는 걸려온 전화에 대해 보고했다. 혹시 KGB가 딤카의 전화를 도청하고 있다면 설령 흐루쇼프가 확인해본다고 해도 누군지 모르는 사람에게 받은 전화임을 증명해줄 터였다. 나탈리야는 언제나 그랬듯 똑똑했다.

"저는 중요한 정보인지 아닌지 알 수 없었고, 제가 결정할 문제가 아니라고 생각했습니다." 딤카는 조심스럽게 말했다.

흐루쇼프는 무시했다. "알렉산드르 셸레핀은 아직 지도자가 될 준비가 안 됐어." 그가 말했다. 셸레핀은 부수상이자 전직 KGB 의장이었다. "니콜라이 포드고르니는 편협해. 브레즈네프도 마찬가지로 적합하지 않지. 한때 사람들이 그를 발레리나라고 불렀던 거 아나?"

"아뇨." 딤카는 말했다. 다부지고 흉하게 생긴 브레즈네프보다 더 발레와 어울리지 않는 사람은 상상하기 어려웠다.

"전쟁 전 그가 드네프로페트롭스크 시 서기였을 때였지."

딤카는 당연한 질문을 해야 할 것 같다는 생각을 했다. "왜요?"

"누구든지 그를 돌려세울 수 있었거든!" 흐루쇼프가 말했다. 그러고는 신나게 웃더니 재킷을 입었다.

그래서 쿠데타 위협은 농담과 함께 무시되고 말았다. 딤카는 바보 같은 보고를 했다는 이유로 책망을 듣지 않아 안도했다. 하지만 한 가지 걱정은 다른 걱정으로 바뀌었다. 흐루쇼프의 직관이 옳을까? 과거에 그의 본능은 믿을 만한 것으로 증명되었다. 하지만 나탈리야는 늘 뉴스를 처음 입수했고, 딤카가 아는 한 그녀의 말이 틀린 적은 한 번도 없었다.

그때 흐루쇼프가 다른 이야기를 꺼냈다. 그는 교활한 농사꾼 같은 눈을 가늘게 뜨더니 말했다. "그 옹졸한 음모자들이 불만을 품은 이유가 있겠지? 익명으로 전화를 걸어온 자가 분명 자네에게 말했을 텐데."

당황스러운 질문이었다. 감히 흐루쇼프에게 사람들이 그를 미쳤다고 생각한다는 말은 할 수 없었다. 딤카는 필사적으로 이야기를 지어내 대답했다. "농업 생산량입니다. 작년 가뭄에 대한 비난입니다." 너무 가당찮은 소리라 흐루쇼프가 거슬리지 않기를 바랐다.

흐루쇼프는 불쾌해하지는 않았지만 짜증을 냈다. "우린 새 방식이 필요해!" 그가 화를 내며 말했다. "그들은 리센코의 말을 들어야 한다고!" 그는 재킷 단추를 더듬거리다 테페르가 잠그게 두었다.

딤카는 얼굴에서 표정을 숨겼다. 트로핌 리센코는 자신을 홍보하는 데 뛰어난 돌팔이 과학자로 쓸모없는 연구를 통해 흐루쇼프의 총애를 받았다. 그가 약속한 수확량 개선은 한 번도 실현된 적이 없지만 그는 자기에게 반대하는 사람들은 '반진보주의자'라며 수완 좋게 정치 지도자들을 설득했다. 그런 비난은 미국에서의 '공산주의자'나 마찬가지로 소련에서는 치명적이었다.

"리센코는 소에게 실험을 했어." 흐루쇼프는 말을 이었다. "그의 라이벌들은 초파리를 썼지! 누가 초파리 따위에 신경이나 쓰겠나?"

딤카는 조야 외숙모가 과학 연구에 대해 했던 말이 떠올랐다. "저는 초파리의 유전자가 더 빨리 진화한다고—"

"유전자?" 흐루쇼프가 말했다. "쓰레기야! 지금까지 유전자를 본 사람은 없어."

"원자를 본 사람은 아무도 없지만 원자폭탄이 히로시마를 파괴했습니다." 딤카는 말을 입 밖으로 뱉자마자 후회했다.

"뭘 안다고 그래?" 흐루쇼프는 소리를 질렀다. "자네는 그저 들은 소리를 되풀이하는 것뿐이야. 앵무새처럼! 부도덕한 자들은 자네 같은 선량한 이들을 이용해 거짓말을 퍼뜨리지." 그는 주먹을 흔들었다. "우리 수확량은 향상될 거야. 두고보라고. 비켜."

흐루쇼프는 딤카를 밀치고 지나 방을 나갔다.

이반 테페르는 미안하다는 듯 딤카에게 어깨를 으쓱해 보였다.

"걱정 마십시오." 딤카가 말했다. "전에도 제게 화내신 적이 있습니다. 이런 일은 내일이면 기억도 못하실 겁니다." 그는 자신의 말이 사실이길 바랐다.

흐루쇼프의 분노도 그의 잘못된 생각만큼 걱정스럽지는 않았다. 그는 농업에 대해 착각하고 있었다. 최고회의간부회에서 가장 뛰어난 경제학자인 알렉세이 코시긴은 농업과 다른 산업에 대한 정부 장악력 완화를 포함한 개혁안을 갖고 있었다. 딤카의 의견으로는 기적의 치료법이 아니라 그런 식으로 가야 했다.

흐루쇼프는 음모를 꾸미는 자들에 대해서도 그렇게 착각하고 있는 걸까? 알 수 없었다. 보스에게 경고하는 것으로 딤카는 최선을 다했다. 그가 독단적으로 반反쿠데타를 시작할 수는 없었다.

계단을 내려가던 딤카는 식당의 열린 문을 통해 박수 소리를 들었다. 흐루쇼프가 최고회의간부회 멤버들에게 축하를 받고 있었다. 딤카는 홀에 멈춰 섰다. 박수 소리가 잦아들자 브레즈네프의 느린 베이스 목소리가 들렸다. "친애하는 니키타 세르게예비치! 우리, 당신의 가까운 전우인 최고회의간부회 멤버와 후보, 그리고 중앙위원회 서기 일동은 우리의 가장 가깝고 개인적인 친구이자 동지인 당신의 일흔번째 생신을 맞이해 특별한 인사와 함께 열렬한 축하를 보냅니다."

소련의 기준으로 봐도 역겨웠다.

그것은 나쁜 징조였다.

*

며칠 뒤 딤카는 다차를 받았다.

집세는 내야 했지만 명목뿐인 액수였다. 소련에서의 사치품 대부분과 마찬가지로 문제는 값을 치르는 것이 아니라 줄 선 사람들 맨 앞으로 가는 것이었다.

다차—주말 집 또는 휴가용 빌라—는 이제 막 출세하는 소련의 부부가 가장 먼저 갖는 꿈이었다. (두번째는 자동차였다.) 다차는 당연하지만 대개 공산당원에게만 허락되었다.

"내가 어떻게 이걸 받았는지 모르겠군." 딤카는 편지를 열어보고 깊은 생각에 잠겼다.

니나는 이상할 것 없다는 의견이었다. "당신은 흐루쇼프를 위해 일하잖아." 그녀가 말했다. "진작 하나 받았어야지."

"꼭 그렇지는 않아. 보통은 몇 년 더 근무해야 되거든. 아무리 생각해도 최근에 특별히 그를 기쁘게 한 일은 없는 것 같은데." 그는 유전자에 관한 논쟁이 떠올랐다. "사실 그 반대였지."

"그는 당신을 좋아해. 누군가 그에게 빈 다차 목록을 넘겼고, 그는 그중 하나에 당신 이름을 써넣은 거야. 오 초도 생각하지 않았을 거라고."

"당신 말이 맞겠지."

다차는 바닷가 궁전부터 들판의 오두막까지 다양했다. 다음 일요일, 딤카와 니나는 그들의 다차는 어떻게 생겼는지 보러 갔다. 소풍 도시락을 싸서 아기 그리고르와 함께 기차를 타고 50킬로미터쯤 떨어진 모스크바 외곽 마을로 향했다. 엄청나게 궁금했다. 역무원은 그들에게 다차로 가는 길을 알려주며 그곳을 산장이라고 불렀다. 그곳까지 걸어가는데 십오 분이 걸렸다.

1층짜리 통나무 오두막집이었다. 커다란 주방 겸 거실에 침실이 두 개였다. 집을 둘러싼 정원에서 비탈을 내려가면 냇가가 나왔다. 딤카는 천국 같은 집이라고 생각했다. 도대체 자기가 무슨 일을 했길래 이렇게 운이 좋은지 다시 궁금해졌다.

니나도 좋아했다. 흥분해서 이 방 저 방 돌아다니고 찬장을 열어보았다. 딤카는 그렇게 행복해하는 그녀의 모습을 몇 달 동안 보지 못했다.

뒤뚱거리며 아직 잘 걷지 못하는 그리고르도 발이 걸려 넘어질 새 공간이 생겨서 기쁜 모양이었다.

딤카는 낙관적인 생각에 젖었다. 매년 여름 주말이면 니나와 함께 이곳에 오는 미래를 마음속으로 그려보았다. 계절이 바뀔 때마다 일 년 전에 비해 그리고르가 얼마나 컸는지 놀랄 것이다. 여름마다 아들의 키를 잴 것이다. 그리고르는 계절이 바뀌면 말을 할 것이고 다음 여름이면 수를 세고, 그다음엔 공을 던지고 읽고 헤엄을 칠 것이다. 아기는 이곳 다차에서 아장아장 걷는 아이가 되고 정원 나무에 오르는 소년이 되었다가 여드름쟁이 청소년을 거쳐 마을 여자애들의 마음을 빼앗는 청년이 될 터였다.

일 년, 또는 그 이상 사용하지 않은 공간이라 그들은 창문을 모두 열어젖히고서 먼지를 떨고 바닥을 쓸기 시작했다. 가구가 일부만 구비되어 있어 다음번에 가져올 것들의 목록도 작성했다. 라디오, 사모바르, 양동이.

"여름에는 내가 그리고르를 데리고 금요일 오전마다 이리 올 수 있겠어." 니나가 말했다. 그녀는 싱크대에서 도자기 접시를 닦는 중이었다. "당신은 금요일 밤에 오든지, 일이 늦어지면 토요일 아침에 오면 되고."

"밤에 여기 당신만 있어도 괜찮겠어?" 부엌 화덕에서 아주 오래된 기름때를 문질러 닦던 딤카가 말했다. "조금 외로울 텐데."

"당신도 알다시피 난 겁이 없잖아."

그리고르가 점심을 달라며 울었고, 니나는 앉아서 젖을 물렸다. 딤카는 밖으로 나가 주위를 둘러보았다. 그리고르가 냇물에 빠지지 않도록 정원 끄트머리에 울타리를 세워야 했다. 그다지 깊지는 않았지만 어린 아이는 8센티미터밖에 안 되는 물에서도 익사할 수 있다는 내용을 어디선가 읽었다.

담장 문 너머에는 더 넓은 정원이 있었다. 딤카는 이웃이 누군지 궁금했다. 문이 잠겨 있지 않아 열고 들어가보았다. 그가 있는 곳은 작은 숲이었다. 안을 둘러보니 더 큰 집이 나타났다. 딤카의 다차는 한때 이 큰 집의 정원사가 살던 집인 모양이었다.

다른 사람의 사생활을 방해하고 싶지 않아 돌아섰다. 그때 제복 입은 병사와 마주쳤다.

"누구십니까?" 병사가 말했다.

"드미트리 드보르킨이라고 합니다. 옆에 있는 작은 집으로 이사 온 사람입니다."

"운이 좋으시군요. 아주 예쁜 집이죠."

"그냥 둘러보던 참이었습니다. 무단침입을 한 게 아니면 좋겠군요."

"이쪽으로 넘어오지 않는 편이 좋을 겁니다. 여기는 푸시노이 원수님 집이거든요."

"이런!" 딤카가 말했다. "푸시노이? 우리 할아버지 친구분이시죠."

"그럼 그래서 다차를 받으신 모양이군요." 병사가 말했다.

"네." 딤카가 말했다. 막연히 불편한 느낌이 들었다. "그런 것 같군요."

34장

조지의 아파트는 의사당 근처 동네에 있는 높고 좁은 빅토리아식 연립주택 꼭대기층이었다. 그는 현대적 건물보다 이곳이 더 좋았다. 19세기의 방들은 비율이 마음에 들었다. 가죽의자와 하이파이 전축이 있고 책을 꽂을 데가 많고 요란스러운 커튼 대신 평범한 캔버스 블라인드가 창문을 가리고 있다.

베리나가 안에 있으니 더욱 좋아 보였다.

그는 그의 집에서 일상적으로 지내는 그녀를 보는 일이 무척 좋았다. 신발을 벗어던지고 소파에 앉아 있거나, 브라와 팬티 차림으로 커피를 끓이거나, 욕실에 발가벗고 서서 완벽한 모양의 이를 닦는 모습까지. 무엇보다 가장 좋은 것은 지금처럼 침대에 잠든 모습이었다. 부드러운 입술은 살짝 벌어졌고, 사랑스러운 얼굴은 온화한 표정이고, 길고 가느다란 한쪽 팔은 위로 들어올린 채여서 묘하게 섹시한 겨드랑이가 훤히 드러났다. 그는 그녀의 몸 위로 고개를 숙여 겨드랑이에 키스했다. 그녀는 목에서 소리를 냈지만 깨지는 않았다.

베리나는 워싱턴에 올 때마다 이곳에 머물렀지만 한 달에 한 번꼴이었다. 그것이 조지를 미치게 만들었다. 그는 그녀를 늘 갖고 싶었다. 하지만 그녀는 마틴 루서 킹을 위해 일하는 자리를 포기할 생각이 없었고, 조지는 보비 케네디를 떠날 수 없었다. 그래서 두 사람은 꼼짝할 수 없었다.

조지는 일어나 벌거벗은 채 주방으로 향했다. 커피를 한 주전자 끓이면서 보비에 대해 생각했다. 그는 형의 옷을 입고 재키와 손을 잡은 채 묘지 옆에서 너무나 많은 시간을 보내며 정치 경력을 지옥으로 떨어뜨리고 있었다.

보비는 대중이 부통령으로 가장 선호하는 인물이었다. 존슨 대통령은 11월에 그의 러닝메이트가 되어달라고 부탁하지도 않았고 그렇다고 그를 제외시키지도 않았다. 두 사람은 사이가 나빴지만 민주당의 승리를 위해 한 팀이 되지 말아야 한다는 법도 없었다.

어쨌든 보비는 조금만 노력하면 존슨의 친구가 될 수 있었다. 존슨에게는 조금만 알랑거려도 효과가 컸다. 조지는 존슨과 가까운 친구인 스킵 디커슨과 그 계획을 짰다. 버지니아 주에 위치한 보비와 에설의 저택 히커리 힐에서의 존슨을 위한 만찬. 보는 눈이 있는 의사당 복도에서의 따뜻한 악수 몇 번. 존슨이 형의 훌륭한 후계자라는 보비의 연설. 쉽게 해낼 수 있었다.

조지는 그런 일이 생기길 희망했다. 비탄에 빠진 보비가 선거를 치르다보면 마비상태에서 빠져나올지 몰랐다. 또한 조지 자신도 대통령 선거 유세에서 일한다는 기대감을 즐길 수 있었다.

보비라면 법무장관이라는 역할에 혁명을 불러왔듯 마찬가지로 보통은 딱히 중요하지 않은 부통령의 자리도 뭔가 특별한 것으로 만들 수 있다. 공민권처럼 그가 믿는 사안들에 대해 명확한 태도의 옹호자가 될 수도 있다.

하지만 먼저 어떻게든 원기를 회복해야 했다.

조지는 커피 두 잔을 따라서 침실로 돌아왔다. 다시 침대 속으로 파고들기 전에 텔레비전을 켰다. 그는 엘비스처럼 모든 방에 텔레비전을 갖추어두었다. 뉴스에서 너무 오래 떨어져 있으면 마음이 불편했다. "자, 캘리포니아 주 공화당 예비선거에서 누가 이겼는지 보자고." 그가 말했다.

베리나가 졸린 듯 말했다. "자기 너무 로맨틱하네. 죽고 싶을 정도야."

조지는 웃었다. 베리나는 가끔 그를 웃게 했다. 그녀의 가장 좋은 점들 가운데 하나였다. "누굴 놀리려는 거야?" 그가 말했다. "당신도 뉴스 보고 싶잖아."

"좋아, 자기 말이 맞아." 그녀는 일어나 앉아 커피를 마셨다. 시트가 그녀의 몸에서 흘러내렸고 조지는 화면을 보기 위해 어렵게 눈길을 돌려야 했다.

공화당의 지명을 받을 가능성이 높은 후보는 애리조나 주의 우익 상원의원 배리 골드워터와 뉴욕의 진보적 주지사 넬슨 록펠러였다. 골드워터는 극단론자로 노동조합과 복지, 소련, 무엇보다도 공민권이라면 질색했다. 록펠러는 인종차별 폐지론자로 마틴 루서 킹을 존경했다.

두 사람은 지금까지 격전을 벌여왔지만 어제 캘리포니아 예비선거의 결과가 결정적일 터였다. 승자는 주 선거인단 전체를 차지하는데, 그 수가 공화당 전당대회에 참가하는 전체 가운데 15퍼센트 정도였다. 누구든 어젯밤 승리한 사람이 공화당의 대통령 후보가 될 것이 거의 확실했다.

광고가 끝나자 뉴스가 시작되었고 예비선거가 첫 소식이었다. 골드워터가 이겼다. 아슬아슬한 승리—52퍼센트 대 48퍼센트였다—였지만 골드워터는 캘리포니아 대의원 전체를 가져갔다.

"젠장." 조지가 말했다.

"아멘이라고 해야겠네." 베리나가 말했다.

"이건 진짜 나쁜 소식이야. 두 대통령 후보 중 하나가 심각한 인종차별주의자라니."

"어쩌면 좋은 소식일 수도 있어." 베리나가 주장했다. "분별 있는 공화당원이라면 모두 골드워터를 떨어뜨리려고 민주당에 투표할 수도 있으니까."

"기대할 가치가 있겠군."

벨이 울려 조지는 침대 옆에 놓인 전화 수화기를 들었다. 그는 스킵 디커슨 특유의 남부 말투를 알아들었다. "결과 봤어?" 그가 말했다.

"빌어먹을 골드워터가 이겼네요." 조지가 말했다.

"우리 입장에선 좋은 소식이야." 스킵이 말했다. "록펠러였다면 우리 후보를 이길 수도 있지만 골드워터는 지나치게 보수적이지. 11월에 존슨이 그를 납작하게 누를 수 있어."

"마틴 루서 킹 쪽도 그렇게 생각하더군요."

"그걸 어떻게 알아?"

베리나가 말해주었기 때문이었다. "얘기했어요…… 그쪽 몇몇하고."

"벌써? 결과는 방금 나왔는데. 자네 진짜 킹 박사랑 같이 자는 사이인 거 아니지, 조지?"

조지는 웃었다. "내가 누구랑 자는지는 신경쓰지 말아요. 결과를 말하니까 존슨은 뭐라던가요?"

스킵은 머뭇거렸다. "들으면 기분 나쁠 텐데."

"그럼 반드시 들어야겠네요."

"글쎄, 이러더라고. '이제 난 그 작은 꼬마 녀석 도움 없이도 이길 수 있겠군.' 내가 사과할게. 하지만 자네가 물어봤어."

"빌어먹을."

작은 꼬마란 보비였다. 조지는 존슨의 정치적 계산을 즉시 알아차렸다. 만일 록펠러가 상대라면 존슨은 진보 진영의 표를 위해 열심히 노력해야 했고, 보비를 데려간다면 그 표들을 얻는 데 도움이 될 것이다. 하지만 골드워터를 상대로 싸운다면 모든 진보적 민주당원에 더해 많은 진보적 공화당원의 표까지 자동적으로 기대할 수 있다. 이제 그의 문제는 백인 노동자들의 표를 어떻게 지키느냐였다. 그들 가운데 다수가 인종차별주의자였다. 그래서 그는 보비가 필요 없었다. 사실 이제 골칫거리였다.

스킵이 말했다. "미안해, 조지. 하지만 자네도 알다시피 현실 정치가 그렇잖아."

"네. 내가 보비에게 말하죠. 어쩌면 벌써 짐작하고 있을 거예요. 알려줘서 고마워요."

"고맙긴."

조지는 전화를 끊고 베리나에게 말했다. "존슨이 이제 보비를 러닝메이트로 원하지 않는대."

"말 되네. 그는 보비를 좋아하지 않아. 이제는 필요도 없지. 대신 누굴 고를까?"

"진 매카시, 휴버트 험프리, 아니면 토머스 도드."

"그러면 보비는 어떻게 되는 거야?"

"그게 문제야." 조지는 일어나서 텔레비전 볼륨을 중얼거리는 소리 정도로 낮추고 침대로 돌아왔다. "보비는 암살 이후 법무장관으로는 쓸모없어졌어. 내가 여전히 남부에서 흑인의 투표를 막는 행위에 소송을 걸도록 밀어붙이고 있지만 그는 별로 관심이 없어. 조직범죄에 대해서도 다 잊었지. 정말 잘해내고 있었는데! 지미 호파*도 유죄판결을 받게 했는데, 보비는 알아차리지도 못하더라니까."

베리나가 날카롭게 물었다. "그럼 당신은 어떻게 되는 거야?" 그녀는 조지만큼이나 빠르게 앞서서 생각할 수 있는 몇 안 되는 사람 가운데 하나였다.

"그만둘 수도 있어." 조지가 말했다.

"와."

"육 개월이나 제자리걸음을 하고 있는데, 더는 그러지 않을 거야. 보비가 정말로 영향력을 잃었다면 난 움직여야지. 누구보다도 그를 존경하지만 그를 위해 내 인생을 희생하지는 않을 거야."

"그럼 뭘 할 건데?"

"워싱턴의 로펌에서 끝내주는 일자리를 잡을 수도 있고. 법무부에서 삼 년이나 경력을 쌓았는데, 그거면 큰 가치가 있거든."

"그들은 흑인을 많이 고용하지 않아."

"사실이야. 많은 로펌이 나한테는 면접 기회도 안 주지. 하지만 어떤 회사는 자기들이 진보적이라는 걸 증명하겠다는 단순한 이유로 나를 채용할 수도 있어."

"진짜?"

"상황은 변하고 있어. 린든은 기회균등에 정말 열광적이야. 보비에게 법무부가 고용한 여자 변호사 수가 얼마나 적은지 불평하는 메모를 보냈다니까."

"잘한다, 존슨!"

"보비는 엄청 화를 냈어."

---

* 화물 운송 노조의 지도자로 마피아와 결탁해 부정행위를 저질렀다.

"그러니까 당신은 로펌에서 일하겠구나."

"워싱턴에 계속 남는다면 그렇지."

"다른 곳으로 간다면 어디?"

"애틀랜타. 킹 박사가 아직도 날 원한다면."

"당신이 애틀랜타로 온다고." 베리나는 곰곰이 생각에 잠겨 말했다.

"갈 수도 있지."

침묵이 흘렀다. 두 사람 모두 텔레비전 화면을 보고 있었다. 링고 스타가 편도선염을 앓고 있다고 아나운서가 말했다. 조지가 말했다. "내가 애틀랜타로 가면 우린 늘 함께 있을 수 있어."

그녀는 멍하니 생각에 빠진 것 같았다.

"당신은 그러면 좋겠어?" 그는 그녀에게 물었다.

그녀는 여전히 아무 말도 없었다.

이유를 알았다. 그는 그들이 어떻게 함께 있을지는 말하지 않았다. 이럴 계획은 아니었지만 이제 결혼을 할지 결정해야 하는 시점에 이르렀다.

베리나는 그의 청혼을 기다리고 있었다.

예상하지도, 원하지도 않은 마리아 서머스의 모습이 머릿속에 떠올랐다. 그는 망설였다.

전화가 울렸다.

조지는 수화기를 들었다. 보비였다. "이봐, 조지. 일어나라고." 그는 익살을 부리며 말했다.

조지는 집중했고, 결혼 생각은 잠시 머릿속에서 밀어내려 애썼다. 보비의 목소리가 오랜만에 행복했다. 조지가 말했다. "캘리포니아 결과 보셨습니까?"

"그래. 그 결과는 린든에게 내가 필요 없다는 뜻이지. 그래서 난 상원의원에 출마할 거야. 어떻게 생각해?"

조지는 깜짝 놀랐다. "상원의원이요! 어느 주에서요?"

"뉴욕."

그럼 보비는 상원의회에 간다. 어쩌면 필리버스터와 지연전술로 무장한 그 퉁명스럽고 늙은 보수주의자들을 흔들어놓을지도 모른다. "그거 멋지네요!" 조지가 말했다.

"자네가 내 선거팀에 들어왔으면 좋겠네. 어떤가?"

조지는 베리나를 보았다. 막 결혼하자고 말할 참이었다. 하지만 이제 그는 애틀랜타로 가지 않을 것이다. 선거 유세 여행을 떠날 것이고, 만일 보비가 이긴다면 다시 워싱턴으로 돌아와 케네디 상원의원을 위해 일할 수 있다. 모든 것이 다시 뒤집혔다.

"좋습니다." 조지가 말했다. "언제부터 시작할까요?"

35장

1964년 10월 12일 월요일, 딤카가 흑해 피춘다의 휴양지에 흐루쇼프와 함께 있을 때 브레즈네프가 전화를 걸어왔다.

흐루쇼프는 최고의 상태가 아니었다. 에너지가 부족했고, 늙은이들이 은퇴해 다음 세대에게 길을 터주어야 할 필요성에 대해 이야기했다. 딤카는 장난기 어린 아이디어로 가득했던 땅딸막한 난쟁이가 그리웠다. 과거의 그 흐루쇼프는 언제 돌아올까.

벽을 나무로 장식한 서재에는 동양풍 융단이 깔렸고 마호가니 책상 위에 전화기 여러 대가 놓여 있었다. 울린 전화는 당과 정부 기관들을 연결하는 특수 고주파 기기였다. 수화기를 든 딤카는 지하에서 울리는 듯한 브레즈네프의 목소리를 듣고 수화기를 흐루쇼프에게 건네주었다.

딤카는 대화의 절반만 들을 수 있었다. 브레즈네프가 뭐라고 했는지는 몰라도 지도자는 이렇게 말했다. "왜? ……주제가 뭐요? ……나는 휴가중이오. 뭐가 그리 시급하다고? 무슨 말이오? 모두 함께 모인다니…… 내일? ……좋소!"

전화를 끊은 뒤 그가 설명했다. 최고회의간부회는 그가 모스크바로 돌아와 시급한 농업 문제들을 논의하기를 원했다. 브레즈네프가 고집을 부렸다는 것이다.

흐루쇼프는 한참 깊은 생각에 잠겨 앉아 있었다. 딤카는 그냥 있도록 했다. 결국 그는 말했다. "그들에게 시급한 농업 문제는 없어. 이건 자네가 여섯 달 전 내 생일에 경고했던 일이야. 저들이 날 쫓아내려고 해."

딤카는 깜짝 놀랐다. 결국 나탈리야가 옳았던 것이다.

딤카는 흐루쇼프의 자신감을 믿었고, 그 믿음은 6월 흐루쇼프가 스칸디나비아에서 돌아왔을 때 위협을 받고 체포당하는 사태가 생기지 않음으로써 확인된 것 같았다. 그 시점에서 나탈리야는 일이 어떻게 돌아가는지 자기도 더는 모르겠다고 인정했다. 딤카는 음모가 수포로 돌아갔다고 판단했다.

이제 보니 연기된 것일 뿐이었다.

흐루쇼프는 늘 싸움꾼이었다. "어떻게 하실 겁니까?" 딤카가 물었다.

"아무것도 안 해." 흐루쇼프가 말했다.

더더욱 충격이었다.

흐루쇼프가 말을 이었다. "브레즈네프가 스스로 더 잘할 수 있다고 생각한다면 한번 해보라지, 커다란 똥덩어리 녀석."

"하지만 그가 책임자가 되면 무슨 일이 생기겠습니까? 그는 관료들을 통해 개혁을 밀고 나갈 상상력도 에너지도 없습니다."

"변화할 필요조차 못 느낄걸." 흐루쇼프가 말했다. "어쩌면 그가 옳을지도 모르지."

딤카는 경악했다.

지난 4월 그는 흐루쇼프를 떠나 크렘린의 다른 고위 공직자 밑의 자리를 찾아볼까 하다가 그러지 않기로 결정했었다. 이제 그때의 결정이 실수로 보였다.

흐루쇼프는 현실로 돌아왔다. "우린 내일 떠날 거야. 프랑스 장관과의 점심 약속을 취소해."

천둥이 칠 듯한 우울한 먹구름 아래서 딤카는 스케줄을 조정하기 시작했다. 프랑스 대표단의 도착을 앞당기고 비행기와 흐루쇼프의 개인 조종사가 준비되도록 다음날 일정표를 바꾸었다. 하지만 일하는 내내 최면에 걸린 기분이었다. 어떻게 최후가 이렇게 쉽게 오지?

과거에 은퇴한 소련 지도자는 없다. 레닌과 스탈린 모두 재임중 사망했다. 흐루쇼프는 죽임을 당하는 건가? 그의 보좌관들은 어떻게 되지?

자신은 얼마나 살 수 있을지 딤카는 자문했다.

그들이 어린 그리고르를 볼 수나 있게 해줄까.

그런 생각들은 머릿속 깊은 곳으로 치워두었다. 두려움에 마비되면 제대로 움직일 수 없었다.

그들은 다음날 오후 한시에 출발했다.

모스크바까지의 비행은 시간대 변화 없이 두 시간 반이 걸렸다. 딤카는 여행의 끝에 무엇이 기다리고 있는지 알지 못했다.

그들은 공무용 비행편을 위한 모스크바 남쪽의 공항 브누코보 2로 날아갔다. 딤카가 흐루쇼프를 뒤따라 비행기에서 내리니 정부 고위 관리들이 우르르 몰려나오던 평소와 달리 몇 안 되는 하급 관리들이 모여 그들을 맞이했다. 그 순간 딤카는 모든 것이 끝났음을 확실히 알았다.

활주로에 자동차 두 대가 서 있었다. ZIL-111 리무진 한 대와 5인승 모스크비치 403이었다. 흐루쇼프는 리무진을 향해 걸어갔고 딤카는 수수한 세단으로 안내받았다.

흐루쇼프는 두 사람이 따로 떨어지고 있다는 것을 눈치챘다. 차에 오르기 전 그가 돌아서서 말했다. "딤카."

딤카는 눈물이 터질 것 같았다. "네, 제일서기 동지."

"다시는 자네를 못 볼 수도 있겠군."

"그런 일은 없습니다!"

"꼭 말해줄 게 있어."

"네, 동지?"

"자네 마누라는 푸시노이랑 놀아나고 있네."

딤카는 아무 말도 못하고 그를 바라보았다.

"자네가 아는 게 좋을 것 같아서." 흐루쇼프가 말했다. "잘 가게." 그는 차에 타고 출발했다.

딤카는 멍하니 모스크비치 뒷좌석에 앉아 있었다. 다시는 장난꾸러기 같은 니키타 흐루쇼프를 못 볼 수도 있다. 니나는 회색 콧수염을 기른 뚱뚱한 중년의 장군과 잠자리를 하고 있다. 받아들이기에 너무 버거운 일들이었다.

잠시 후 운전사가 말했다. "집으로 갈까요, 사무실로 갈까요?"

딤카는 선택할 수 있다는 사실에 놀랐다. 그 말은 그가 루뱐카 지하에 있는 감옥으로 끌려가지 않는다는 뜻이었다. 적어도 오늘은. 형 집행이 유예된 것이다.

어떻게 할지 생각했다. 일을 할 수는 없었다. 실각할 지도자를 위해 약속을 잡고 보고 준비를 하는 건 의미가 없었다. "집." 그는 말했다.

집에 도착한 그는 니나를 비난하는 일에 놀라울 정도로 머뭇거리는 자신을 발견했다. 잘못을 저지른 사람이 자신인 양 난처하기만 했다.

그리고 그는 실제로 죄가 있었다. 나탈리야와의 하룻밤 오럴섹스는 흐루쇼프의 말이 암시한 니나의 지속적인 관계와는 달랐지만, 그것만으로도 충분히 나빴다.

딤카는 니나가 그리고르에게 젖을 먹이는 동안 아무 말도 하지 않았다. 젖을 다 먹인 뒤 딤카는 아이를 목욕시킨 다음 잠자리를 봐주었고 니나는 저녁 준비를 했다. 저녁을 먹으면서 딤카는 니나에게 흐루쇼프가 오늘밤이나 내일 사임할 거라고 말했다. 아마 며칠 내로 신문에 날 것 같았다.

니나는 깜짝 놀랐다. "당신 자리는 어떻게 돼?"

"어떻게 될지 나도 몰라." 그는 불안하게 말했다. "지금 당장 보좌관을 신경쓰는 사람은 없어. 그들은 아마도 흐루쇼프를 죽일지 말지 결정하고 있을 거야. 하찮은 사람들은 나중에 다루겠지."

"당신은 괜찮을 거야." 그녀는 한참 생각하더니 말했다. "가족이 영향력이 있잖아."

딤카는 확신할 수 없었다.

그들은 식탁을 치웠다. 그녀는 딤카가 음식에 별로 손대지 않은 것을 알아차렸다. "스튜가 맛이 없어?"

"신경이 곤두서서 그래." 그러고는 불쑥 말했다. "당신 푸시노이 원수의 정부야?"

"바보 같은 소리 마." 그녀가 말했다.

"아니, 나 진지해." 딤카가 말했다. "그래?"

그녀는 싱크대에 쾅 소리가 나도록 접시들을 내려놓았다. "왜 그런 바보 같은 생각을 한 거야?"

"흐루쇼프 동지가 말해줬어. 아마도 KGB에게서 정보를 받았겠지."

"그들이 어떻게 알겠어?"

딤카는 아내가 질문에 질문으로 대답하고 있다는 것을 알아차렸다. 대개 그건 거짓말이라는 신호였다. "그들은 모든 정부 고위 관료의 동태를 지켜보고 있어. 체제에 반하는 행동을 하는지 보려고."

"말도 안 되는 소리 마." 그녀는 다시 말했다. 그러고는 앉더니 담배를 꺼냈다.

"당신 우리 할머니 장례식에서 푸시노이하고 시시덕댔잖아."

"그거랑—"

"그다음에 우리는 그 사람 다차 바로 옆에 있는 집을 받았지."

그녀는 담배를 물고 성냥을 그었지만 불이 붙지 않았다. "그건 우연이라고—"

"당신은 냉정한 사람이야, 니나. 하지만 손이 떨리는군."

그녀는 못쓰게 된 성냥을 바닥에 버렸다. "그럼 내가 어떤 기분일 것 같아?" 그녀가 화를 냈다. "나는 이 아파트에서 온종일 아기하고 당신 어머니 말고는 말할 사람도 없이 처박혀 있어. 난 다차를 갖고 싶은데 당신은 못 얻어내잖아!"

딤카는 깜짝 놀랐다. "그럼 몸을 판 걸 인정한단 말이야?"

"오, 현실을 좀 봐. 안 그러면 모스크바에서 누가 뭘 얻을 수 있겠어?" 그녀는 담배에 불을 붙이고 힘껏 빨아들였다. "당신은 미친 서기장을 위해 일해. 나는 발정난 원수에게 다리를 벌려. 별로 다를 것도 없잖아."

"그럼 나한테는 왜 벌린 건데?"

그녀는 아무 말도 하지 않았지만 무심결에 주위를 둘러보았다.

그는 즉시 이해했다. "정부 주택에 있는 아파트 때문에?"

그녀는 부인하지 않았다.

"당신이 날 사랑하는 줄 알았어." 그는 말했다.

"아, 당신 좋아했어. 하지만 언제부터 그걸로 충분했어? 애처럼 굴지마. 이게 진짜 세상이야. 원하는 게 있으면 대가를 지불해야지."

그는 아내를 비난하는 자신이 위선자처럼 느껴졌고, 그래서 고백했다. "사실은, 나도 당신한테 충실하지 못했다고 해야겠지."

"이런!" 그녀가 말했다. "당신이 그럴 용기가 있는 줄은 몰랐네. 누구랑?"

"그건 말하지 않겠어."

"크렘린에 있는 어린 타이피스트겠지, 물론."

"그냥 하룻밤뿐이었고 정말 섹스를 했다고 할 수도 없지만, 그렇다고 기분이 나아지지는 않는군."

"이런, 맙소사. 내가 신경이나 쓸 것 같아? 마음대로 해. 즐기라고!"

니나는 분노로 발광하는 걸까? 아니면 진짜 속마음을 드러내는 걸까? 딤카는 갈피를 잡을 수 없었다. 그가 말했다. "우리가 이런 식의 결혼생활을 하게 될 줄은 정말 몰랐어."

"정말이야, 다른 식의 결혼은 없어."

"아니야, 있어." 그는 말했다.

"당신은 당신 꿈을 꿔, 난 내 꿈 꿀 테니까." 그녀는 텔레비전을 켰다.

딤카는 잠시 앉아 화면을 바라보고 있었지만 어떤 프로그램인지 보이지도, 들리지도 않았다. 한참 뒤 잠자리에 들었지만 잠을 이루지는 못했다. 나중에 니나도 침대에 누웠지만 두 사람은 서로의 몸에 손대지 않았다.

다음날 니키타 흐루쇼프는 크렘린을 영원히 떠났다.

딤카는 매일 아침 일하러 나갔다. 새 파란색 양복을 입고 돌아다니는 예브게니 필리포프는 승진했다. 그는 흐루쇼프를 향한 음모에 가담한 것이 분명했고 대가를 받았다.

이틀 뒤 금요일에 신문 〈프라우다〉는 흐루쇼프가 사임했다고 밝혔다.

별로 할 일도 없이 사무실에 앉아 있던 딤카는 서방의 신문들이 바로 그날 영국 수상 역시 물러났다는 소식을 전하는 것을 확인했다. 보수당의 상류층 앨릭 더글러스 홈 경이 총선을 통해 노동당 당수 해럴드 윌슨으로 교체된 것이다.

한창 냉소적인 딤카에게는 뭔가 경멸받아 마땅한 일로 보였다. 자본주의가 맹위를 떨치는 나라에서는 인민의 뜻에 따라 귀족적인 수상을 해고하고 사회민주주의자를 앉히는 마당에, 세계를 선도하는 공산주의 국가에서는 같은 일이 비밀리에 소규모 지배 엘리트층의 음모로 진행되고 며칠이 지나서야 무력하고 다루기 쉬운 인민들에게 발표되는 것이다.

영국은 심지어 공산주의를 금지하지도 않았다. 총선에는 공산당 후보가 서른여섯 명이나 출마했다. 아무도 당선되지는 못했지만.

일주일 전이었다면 이런 생각이 들어도 공산주의 체제의 압도적인 우월성으로, 특히 개혁이 되었을 때를 떠올리며 상쇄했을 터였다. 하지만 이제 개혁의 희망은 시들었고, 가까운 미래에도 소련은 모든 결함을 끌어안은 채 그대로 주저앉아 있을 것이다. 여동생이 뭐라고 할지 알 것 같았다. 변화를 가로막는 울타리는 이 체제의 필수 요소이자 또하나의 결점이지. 하지만 그는 그 말을 받아들일 수 없었다.

다음날 〈프라우다〉는 주관주의에 따른 정책 표류, 경솔한 계획 수립, 허풍과 엄포, 그외 여러 죄목으로 흐루쇼프를 비판했다. 딤카의 의견으로는 모두 헛소리였다. 지금의 상황은 그저 비틀비틀 뒷걸음치는 것이었다. 소련의 엘리트들은 진보를 거부하고 그들이 아는 최선을 선택하고 있었다. 엄격한 경제 통제, 반대의 목소리에 대한 억압, 실험의 회피. 그러면 그들은 편안함을 느끼고 소련이 계속해서 서방의 부와 권력, 세계적인 영향력의 꽁무니나 느릿느릿 뒤따르게 할 터였다.

딤카는 브레즈네프를 위한 소소한 일을 맡았다. 며칠 지나지 않아 작은 사무실을 브레즈네프의 보좌관 한 명과 나누어 썼다. 쫓겨나는 것은 시간 문제였다. 하지만 흐루쇼프는 여전히 레닌 언덕의 관저에 머물렀고 딤카는 상관과 그가 살아남을지도 모른다고 생각했다.

일주일 뒤 딤카는 새로운 자리로 배치되었다.

베라 플레트네르가 명령이 담긴 봉투를 가져왔는데, 봉투는 봉해져 있었지만 그녀의 슬픈 모습에 딤카는 열어보지 않아도 나쁜 소식이라는 것을 알았다. 즉시 명령서를 읽었다. 하리코프 공산당 부서기로 임명된 것을 축하하는 내용이었다.

"하리코프라고." 그가 말했다. "지랄하네."

가족의 유명한 영향력보다 실각한 지도자와의 관계가 중대한 것이 분명했다. 이것은 심각한 좌천이었다. 월급은 오르겠지만 소련에서 돈은 크게 가치가 없었다. 아파트와 자동차가 나오겠지만 권력과 특권의 중심에서 멀리 떨어진 우크라이나에 있어야 했다.

최악은 나탈리야와 720킬로미터나 떨어져 지내야 한다는 점이었다.

책상에 앉아 우울감에 빠져들었다. 흐루쇼프는 끝장났고, 딤카의 경력은 뒷걸음쳤고, 소련은 내리막을 향했고, 니나와의 결혼은 전복된 기차였고, 삶의 가장 밝은 빛인 나탈리야에게서 멀리 떠나야 했다. 어디서부터 잘못된 걸까?

요즘은 리버사이드 바에서 술자리가 잦지 않았지만 그래도 그날 저녁 그는 피춘다에서 돌아온 뒤 처음으로 그곳에서 나탈리야와 마주쳤다. 그녀의 상관 안드레이 그로미코는 쿠데타에 영향을 받지 않은 채 외무장관으로 남아 있었고, 그래서 그녀도 자리를 지키고 있었다.

"흐루쇼프가 이별 선물을 줬어요." 딤카는 그녀에게 말했다.

"어떤 선물인데요?"

"니나가 푸시노이 원수랑 놀아나고 있다고 알려주더군요."

"그 말 믿어요?"

"아마 KGB가 흐루쇼프에게 알린 모양이에요."

"그렇다고 해도 실수일 수 있잖아요."

딤카는 고개를 흔들었다. "아내가 인정했어요. 우리가 지급받은 멋진 다차는 푸시노이의 다차 바로 옆집이었어요."

"오, 딤카. 안됐군요."

"그들이 침대에 있을 때 그리고르는 누가 볼까 싶네요."

"어떻게 할 거예요?"

"그렇게 화가 많이 나지도 않아요. 나도 용기만 있었다면 당신과 바람을 피웠을걸요."

나탈리야는 괴로운 것 같았다. "그렇게 말하지 말아요." 그녀가 말했다. 그녀의 얼굴에 여러 감정이 빠르게 스쳐갔다. 연민, 슬픔, 갈망, 두려움, 그리고 의심. 그녀는 불안한 몸짓으로 아무렇게나 흘러내린 머리를 뒤로 쓸어넘겼다.

"어쨌거나 이젠 너무 늦었어요." 딤카가 말했다. "나 하리코프로 발령났어요."

"네?"

"오늘 들었어요. 하리코프 공산당 부서기예요."

"하지만 언제 당신을 볼 수 있을까요?"

"영원히 못 볼 거예요."

그녀의 눈에 눈물이 차올랐다. "당신 없이는 못 살아요." 그녀가 말했다.

딤카는 깜짝 놀랐다. 그녀가 그를 좋아한다는 건 알았지만 이런 식으로 말한 적은 한 번도 없었다. 두 사람이 하룻밤을 함께 보낼 때도 그랬다. "무슨 뜻이에요?" 그는 바보처럼 물었다.

"당신을 사랑해요. 몰랐어요?"

"아뇨, 몰랐어요." 그는 멍해졌다.

"당신을 오랫동안 사랑해왔어요."

"왜 내게 말 안 했어요?"

"무서웠어요."

"누가……?"

"남편이요."

딤카는 뭔가 이럴 거라고 의심했다. 증거는 없지만 왠지 나탈리야의 돈을 떼어먹으려던 암시장 상인을 잔인하게 구타한 것도 니크 같았다. 그런 사람의 아내가 다른 남자를 사랑하고 있다고 말하기 두려워하는 건 놀랄 일이 아니었다. 그것이 나탈리야가 하루는 섹시하고 따뜻했다가 다음날이면 차갑게 거리를 두며 이랬다저랬다 하는 이유였다. "나도 니크가 두려운 것 같아요." 그가 말했다.

"언제 떠나요?"

"가구를 실을 밴이 금요일에 와요."

"그렇게 빨리!"

"사무실에서 난 어디로 튈지 모르는 인물이에요. 내가 무슨 짓을 할지 그들은 모르죠. 그들은 날 치워버리고 싶어해요."

그녀는 하얀 손수건을 꺼내 눈가를 닦았다. 그러더니 작은 테이블 위로 몸을 숙여 가까이 다가왔다. "오래된 차르의 가구들로 가득찬 방 기억해요?"

그는 웃었다. "절대 못 잊을 거예요."

"네 모서리에 기둥이 달린 침대도?"

"물론이죠."

"먼지가 많았죠."

"춥고."

그녀는 기분이 또 변해서 이제 장난스럽게 놀리고 있었다. "가장 기억나는 게 뭐예요?"

머릿속에 즉각 대답이 떠올랐다. 그녀의 작은 젖가슴과 톡 튀어나온 큰 젖꼭지. 하지만 그는 그런 생각을 억눌렀다.

그녀가 말했다. "어서요, 말해도 돼요."

잃을 게 뭐 있나? "당신 젖꼭지요." 그가 말했다. 절반은 부끄러웠고 절반은 흥분됐다.

그녀는 킥킥 웃었다. "또 보고 싶어요?"

딤카는 거칠게 침을 삼켰다. 그녀의 가벼운 분위기에 맞춰 대답했다. "맞혀봐요."

그녀는 일어서더니 갑자기 단호해졌다. "거기서 일곱시에 봐요." 그녀는 말했다. 그러고는 걸어나가버렸다.

*

니나는 불같이 화를 냈다. "하리코프?" 그녀는 소리를 질렀다. "빌어먹을 하리코프에서 나더러 뭘 하란 말이야?"

니나는 보통 험한 말을 쓰지 않았다. 상스럽다고 느꼈다. 그런 저급한 습관에서는 이미 벗어났다. 그녀의 실수는 얼마나 화가 났는지 보여주는 신호였다.

딤카는 동정심이 느껴지지 않았다. "그곳 철강조합에서 당신한테 일자리를 줄 수 있을 거야." 어떤 상황이든 이제 그녀는 그리고르를 탁아소에 보내고 다시 직장으로 돌아갈 때였다. 소련의 어머니들은 그렇게 해야 했다.

"나는 촌구석 도시로 추방당하기 싫어."

"나도 그래. 내가 자원이라도 한 것 같아?"

"이렇게 될 줄 몰랐단 말이야?"

"알았지. 자리를 바꿀까 고민까지 했었지만 반란이 취소된 줄 알았어. 알고 보니 연기된 거였지만. 당연히 음모를 꾸민 자들이 내가 알아차리지 못하도록 최대한 손을 썼겠지."

그녀는 계산하는 듯한 표정을 지어 보였다. "어젯밤은 당신이 만나는 타이피스트와 작별인사를 하며 보냈겠네."

"신경 안 쓴다며."

"좋아, 잘났어. 우리 언제 가야 해?"

"금요일."

"젠장." 불같이 화를 내며 니나는 짐을 싸기 시작했다.

수요일에 딤카는 외삼촌 볼로댜와 이동에 대해 이야기했다. "제 경력 문제만이 아니에요." 그는 말했다. "절 위해 정부 일을 하겠다는 게 아니니까. 저는 공산주의가 작동한다는 걸 증명하고 싶어요. 하지만 그러려면 변화하고 발전해야 해요. 이제 우리가 퇴보할 수도 있다는 걱정이 듭니다."

"최대한 빨리 모스크바로 돌아올 수 있도록 우리가 손을 써보마." 볼로댜가 말했다.

"감사합니다." 딤카는 매우 고마워하며 말했다. 삼촌은 늘 그를 지지해주었다.

"넌 그럴 자격이 있어." 볼로댜가 따뜻하게 말했다. "똑똑하고 일을 잘하지. 우리에겐 그런 사람이 넘치지 않아. 나는 네가 내 밑에서 일했으면 좋겠다."

"전 군인하고는 전혀 맞지 않아요."

"하지만 들어봐라. 이런 일이 닥치면 불평 없이 열심히 일하면서 충성을 증명해야 해. 가장 중요한 건, 다시 모스크바로 보내달라는 요구를 하지 않는 거고. 그렇게 오 년만 보내면 네가 돌아올 수 있도록 작업을 시작해보마."

"오 년이요?"

"그때가 시작이라고. 십 년이 되기 전까지는 기대하지 마. 아니, 사실은 아무것도 기대하지 마라. 우리는 브레즈네프가 어떻게 될지도 몰라."

십 년이면 소련은 가난과 낙후의 끝까지 다시 되돌아갈 거예요. 딤카는 생각했다. 하지만 말해봐야 소용없었다. 삼촌은 그의 가장 큰 기회가 아니었다. 그의 유일한 기회였다.

딤카는 목요일에 다시 나탈리야를 만났다. 입술이 찢어져 있었다.

"니크가 그랬어요?" 딤카는 화를 내며 말했다.

"얼음이 언 계단에서 굴러 얼굴을 찧었어요." 그녀가 말했다.

"안 믿어요."

"정말이에요." 그렇게 말했지만 그녀는 다시는 가구를 보관하는 방에서 그를 만나려 하지 않았다.

금요일 아침 소형 트럭 ZIL-130이 도착해 정부 주택 밖에 주차했고, 작업복 차림의 남자 둘이 엘리베이터로 딤카와 니나의 짐을 옮기기 시작했다.

트럭이 거의 가득차자 그들은 잠시 멈추고 쉬었다. 니나는 그들에게 샌드위치와 차를 대접했다. 전화가 울리고 도어맨이 말했다. "크렘린에서 메시지가 왔는데, 직접 전해드려야 한답니다."

"올려보내요." 딤카가 말했다.

이 분 뒤, 나탈리야가 샴페인색 밍크코트를 입고 문가에 나타났다. 입술을 다친 그녀의 모습은 유린당한 여신 같았다.

딤카는 이해할 수 없다는 눈으로 그녀를 멍하니 보았다. 그 순간 니나를 흘깃 보았다.

니나는 죄지은 듯한 그의 표정을 읽고 나탈리야를 노려보았다. 딤카는 혹시 두 여자가 서로에게 달려들지나 않을까 생각했다. 뜯어말릴 준비를 해야 했다.

니나는 가슴 위로 팔짱을 꼈다. "그러니까, 딤카, 이 여자가 당신의 어린 타이피스트인가봐." 그녀가 말했다.

뭐라고 해야 하지? 그렇다고? 아니라고? 그녀는 내가 사랑하는 여자라고?

나탈리야는 반항적으로 보였다. "난 타이피스트가 아니에요." 그녀가 말했다.

"걱정 말아요." 니나가 말했다. "난 당신이 뭔지 정확히 아니까."

다차를 받으려고 뚱뚱하고 늙은 장군과 잠자리를 한 주제에 이런 비난을 하다니 어처구니가 없군. 딤카는 생각했다. 하지만 입 밖에 내지는 않았다.

나탈리야는 도도한 태도로 그에게 공문서인 듯한 봉투를 내밀었다.

그는 봉투를 뜯었다. 개혁적인 경제학자 알렉세이 코시긴으로부터 온 것이었다. 그는 세력 기반이 강력했고, 그래서 사고방식이 급진적인데도 브레즈네프 정부에서 각료회의 의장 자리를 차지했다.

가슴이 뛰었다. 편지는 딤카에게 코시긴의 보좌관 자리를 제안하고 있었다. 이곳 모스크바에서.

"어떻게 이걸 해냈죠?" 그는 나탈리야에게 말했다.

"이야기가 길어요."

"고마워요." 그녀를 안고 키스하고 싶었지만 참았다. 그는 니나에게 돌아섰다. "난 살았어." 그가 말했다. "모스크바에 남을 수 있어. 나탈리야가 코시긴과 일할 수 있게 해줬어."

두 여자는 증오의 눈길로 서로를 노려보았다. 두 사람 다 무슨 말을 해야 할지 알지 못했다.

한동안 아무도 말이 없자 짐을 싼 인부 한 명이 물었다. "그럼 트럭에 실은 거 전부 내려야 됩니까?"

*

타냐는 아에로플로트를 타고 시베리아 이르쿠츠크로 가는 도중 옴스크에 내렸다. 비행기는 편안한 투폴레프 Tu-104 제트기였다. 밤새 여덟 시간이 걸려 날아왔고 오는 시간 대부분은 꾸벅꾸벅 졸았다.

공식적으로 그녀는 타스 통신사의 업무로 왔다. 비밀리에 바실리를 찾아볼 예정이었다.

이 주 전 다닐 안토노프가 그녀의 책상으로 와서 조심스럽게 「동상」의 원고를 건넸다. "『새로운 세계』에는 결국 싣지 못하게 됐어." 그는 말했다. "브레즈네프가 엄중하게 단속하고 있거든. 이제 정통파적 신념이 좌우명이 된 거야."

타냐는 여러 장의 종이를 서랍에 쑤셔넣었다. 실망스러웠지만 한편으로는 이런 상황을 준비하고 있었다. 그녀가 말했다. "삼 년 전 내가 시베리아 사람들의 삶에 대해 썼던 기사 생각나요?"

"물론이지." 그는 말했다. "우리 기사 가운데 가장 인기 높은 연재 중 하나였지. 그리로 가고 싶다는 가족들의 지원이 정부에 몰려들었고."

"아무래도 후속기사를 써야 할까봐요. 그때 만났던 사람들을 일부 만나서 어떻게 지내는지 묻는 거죠. 새로 온 사람들 인터뷰도 하고."

"좋은 생각이야." 다닐은 목소리를 낮췄다. "그가 어디 있는지 아나?"

그러니까 그는 짐작하고 있었다. 놀라울 것도 없었다. "아뇨." 그녀가 말했다. "하지만 찾아낼 수 있어요."

타냐는 여전히 정부 주택에 살고 있었다. 그녀와 어머니는 카테리나가 세상을 떠난 뒤 할아버지 그리고리를 보살피기 위해 한 층 위인 그의 넓은 아파트로 이사했다. 할아버지는 1차 세계대전이 터지기 전 상트페테르부르크의 빈민가에서 공장노동자로 살 때 그와 남동생 레프를 위해 요리하고 청소도 하며 살았다고 자랑스럽게 말했다. 하지만 사실상 그는 일흔여섯 살이었고 혁명 이후로는 식사를 준비하거나 바닥을 쓸어본 적이 없었다.

그날 저녁 타냐는 엘리베이터를 타고 내려가 딤카의 아파트 문을 두드렸다.

니나가 문을 열었다. "아." 그녀는 무례하게 말했다. 그리고 문을 열어둔 채 아파트 안으로 사라졌다. 그녀와 타냐는 서로를 좋아하지 않았다.

타냐는 작은 복도로 들어섰다. 딤카가 침실에서 나왔다. 그는 여동생을 봐서 기분좋은지 웃었다. 그녀가 말했다. "조용히 얘기 좀 할까?"

그는 작은 테이블 위에 놓인 열쇠를 들고 그녀를 데리고 나가 아파트 문을 닫았다. 그들은 엘리베이터를 타고 내려가 넓은 로비의 벤치에 앉았다. 타냐가 말했다. "바실리가 어디 있는지 찾아줬으면 해."

그는 고개를 저었다. "안 돼."

타냐는 거의 울 것 같았다. "왜 안 돼?"

"난 하리코프로 쫓겨날 상황을 막 간신히 벗어났어. 새 일자리를 잡았고. 반체제 범죄자의 행방을 묻고 다니면 어떤 인상을 주겠어?"

"난 바실리와 이야기를 해야 해."

"이유를 모르겠네."

"그가 어떤 심정일지 생각해봐. 일 년도 더 전에 형기를 마쳤는데 아직 그곳에 있어. 어쩌면 평생 강제로 붙잡혀 있을지도 모른다며 두려워할 거라고! 우리가 그를 잊지 않았다고 말해줘야 해."

딤카는 그녀의 손을 잡았다. "미안하다, 타냐. 그 사람 좋아하는 거 알아. 하지만 나를 위험한 상황에 몰아넣어봐야 좋은 일이 뭐 있겠어?"

"「동상」에 힘입어서 그는 엄청난 작가가 될 수도 있어. 글 속에 우리 나라의 잘못된 모든 걸 압축해 녹여넣는다고. 더 쓰라고 해야 해."

"그래서 뭐?"

"넌 크렘린에서 일하잖아. 아무것도 못 바꿔. 브레즈네프는 절대 공산주의를 개혁하지 않을 거야."

"알아. 나도 괴로워."

"이 나라 정치는 끝났어. 문학이 우리의 유일한 희망일 수도 있어, 지금은."

"짧은 이야기가 조금이라도 변화를 만들어낼 수 있어?"

"누가 알겠어? 하지만 우리가 달리 할 수 있는 것도 없잖아? 딤카, 제발. 공산주의를 개혁해야 하느냐 포기해야 하느냐를 두고 우리는 늘 의견이 맞지 않았지만 둘 다 결코 포기하진 않았어."

"모르겠네."

"옌코프 바실리가 어디서 살고 일하는지만 알아봐줘. 네 보고서에 쓰기 위한 비밀스러운 정치적 요청이라고 하면 되잖아."

딤카는 한숨을 쉬었다. "네가 옳아. 그냥 포기할 수는 없어."

"고마워."

그는 이틀 뒤 정보를 얻어냈다. 바실리는 노동수용소에서 풀려났지만 무슨 이유에선지 그의 자료에는 새 주소가 남아 있지 않았다. 하지만 그는 이르쿠츠크에서 외곽으로 몇 킬로미터 떨어진 발전소에서 일하고 있었다. 당국의 권고는 그에게 가까운 미래에 여행 비자를 발급해 주어서는 안 된다는 것이었다.

공항에는 시베리아 인력모집국의 대표로 이리나라는 이름의 삼십대 여자가 마중나왔다. 남자였으면 더 좋았을걸. 타냐는 생각했다. 여자들은 직관력이 있다. 이리나는 타냐의 진짜 임무가 뭔지 눈치챌 수도 있다.

"중앙백화점에서 시작하는 게 좋겠군요." 이리나는 밝게 말했다. "아시겠지만 우리는 모스크바에서 쉽게 살 수 없는 것을 많이 갖고 있어요!"

타냐는 억지로 관심 있는 척했다. "대단하네요!"

이리나는 그녀를 모스크비치 410 사륜구동차에 태우고 시내로 들어갔다. 타냐는 센트럴 호텔에 가방을 둔 다음 상점으로 향했다. 그리고 조급한 마음을 억누르며 매니저와 계산대 보조원과 인터뷰를 했다.

그러고 나서 말했다. "첸코프 발전소를 보고 싶네요."

"오!" 이리나가 말했다. "왜요?"

"지난번 왔을 때 거기 갔었거든요." 거짓말이었지만 이리나는 모를 터였다. "제가 쓰는 한 가지 주제는 모든 게 어떻게 변했나, 라는 거예요. 지난번 거기서 봤던 분들을 다시 인터뷰할 수 있으면 좋겠어요."

"하지만 발전소는 미리 알려주신 방문 장소가 아닌데요."

"괜찮아요. 그분들 일하는 걸 방해하고 싶지 않네요. 같이 둘러보고, 점심시간에 제가 사람들하고 얘기해볼게요."

"그렇게 하시죠." 이리나는 탐탁지 않아했지만 중요한 기자를 기쁘게 하기 위해서라면 가능한 한 모든 것을 들어주어야 했다. "미리 전화만 좀 할게요."

첸코프는 1930년대 청결에 대한 의식이 별로 없던 시절 지은 낡은 석탄 화력발전소다. 공기중에 석탄 냄새가 떠돌았고 모든 표면에 가루가 덮여 흰 것은 회색으로, 회색인 것은 검은색으로 바꾸어놓았다. 양복에 지저분한 셔츠를 입은 매니저가 그들을 맞았는데 깜짝 놀란 기색이 역력했다.

타냐는 안내를 받는 동안 바실리를 찾았다. 키가 크고 검은색 머리가 무성한 영화배우 같은 외모이니 쉽게 눈에 띌 터였다. 하지만 이리나

또는 주변의 다른 누구에게도 절대 그를 잘 알고 있다거나 그를 찾아서 시베리아까지 왔다는 티를 내선 안 되었다. "당신 낯이 익군요." 그녀는 그렇게 말할 생각이었다. "지난번 여기 왔을 때 인터뷰했던 분이 틀림없어요." 머리가 빨리 돌아가는 바실리는 무슨 상황인지 금방 파악할 것이다. 그래도 그녀는 가능하면 이야기를 길게 이어가며 그녀를 만난 충격에서 회복할 수 있는 여유를 줄 것이다.

전기기사라면 조정실이나 보일러가 있는 곳에서 일하리라 추측했다. 그러다 발전소 어딘가에서 전기 콘센트나 전등 배선을 고치고 있을 수도 있다는 걸 깨달았다.

오랜 세월이 지난 지금 그는 어떻게 변했을까. 아마도 여전히 그녀를 친구로 생각할 것이다. 자기가 쓴 글을 그녀에게 보냈으니. 이곳에 틀림없이 여자친구가 있을 터였다. 그라면 여럿일 수도 있다. 형기를 마치고도 더 갇혀 있게 된 상황에 대해 그는 체념하고 있을까? 아니면 자기에게 가해진 부당함에 분노하고 있을까? 비참해할까? 아니면 그를 꺼내주지 않은 그녀에게 화를 낼까?

그녀는 노동자들에게 그들과 가족들이 시베리아 생활을 어떻게 생각하는지 물어보면서 자신의 본분을 다했다. 그들 모두 높은 임금과 기술인력 부족으로 인한 빠른 승진을 언급했다. 많은 사람이 고난에 대해 즐겁게 이야기했다. 개척자로서의 동지애 정신이 있었다.

정오가 될 때까지도 그녀는 바실리를 찾지 못했다. 실망스러웠다. 멀리 떨어져 있지는 않을 것이다.

이리나는 타냐를 간부식당으로 데려갔지만 그녀는 구내식당에서 노동자들과 먹기를 고집했다. 사람들은 음식을 먹을 때 느긋해지기 때문에 더 진솔하고 다양한 얘기가 나온다는 핑계를 댔다. 타냐는 그들의 말을 받아적었고, 계속 실내를 둘러보며 다음 인터뷰 대상자를 고르는 동시에 바실리를 찾았다.

하지만 점심시간이 다 지나도록 바실리는 나타나지 않았다. 구내식당은 비어가기 시작했다. 이리나는 다음 장소로 이동하자고 제안했다. 학교를 방문해 젊은 엄마들과 대화를 나눌 수 있었다. 거절할 만한 이유가 떠오르지 않았다.

아무래도 그의 이름을 대고 물어봐야 할 것 같았다. 이렇게 말하는 것을 상상했다. 지난번에 재미난 분을 만났던 기억이 나는 것 같아요. 전기기사였나 그랬는데, 이름이 바실리라고…… 바실리, 음, 옌코프였나? 그 사람이 아직 여기서 일하고 있는지 찾아봐주시겠어요? 그럴듯하지 않았다. 이리나는 부탁을 들어줄 것이다. 하지만 바보는 아니었다. 타냐가 왜 그 남자에게 특별한 관심을 보이는지 궁금해할 것이 분명했다. 바실리가 정치범으로 시베리아에 왔다는 사실을 알아내는 데는 그리 오래 걸리지 않을 것이다. 그러면 문제는 이리나가 입다물고 자기 일에나 관심을 쏟자고 마음먹을지—소련에서는 흔히 그렇게들 한다—아니면 타냐가 물어본 사실을 공산당 계급구조에서 자기보다 위인 누군가에게 언급하면서 환심을 사려고 할지에 달려 있다.

오랜 세월 타냐와 바실리의 우정에 대해 아는 사람은 없었다. 그것이 둘 사이의 안전장치였다. 그랬기 때문에 체제전복적인 소식지를 찍어내고도 종신형을 선고받지 않았다. 바실리가 체포된 뒤 타냐는 한 사람, 그녀의 쌍둥이 오빠에게만 비밀을 털어놓았다. 그리고 다닐은 짐작은 하는 눈치였다. 그러나 이제 그녀는 낯모르는 사람의 의심을 받을 위험에 처했다.

말을 꺼내려고 단단히 마음먹고 있는데, 그 순간 바실리가 나타났다.

타냐는 터져나오는 비명을 막으려고 손으로 입을 막았다.

바실리는 늙은이 같았다. 마르고 허리가 굽었다. 머리는 아무렇게나 길게 자랐고 드문드문 회색이 섞여 있었다. 한때 살이 붙어 관능적이던 얼굴은 핼쑥하고 주름이 졌다. 주머니에 드라이버들이 꽂힌 지저분한 작업복 차림이었다. 그는 발을 끌며 걸어갔다.

이리나가 말했다. "무슨 문제라도 있나요, 타냐 동지?"

"치통이에요." 타냐는 둘러댔다.

"저런."

이리나가 그녀의 말을 믿는지는 알 수 없었다.

가슴이 두근거렸다. 타냐는 바실리를 찾아내 매우 기뻤지만 황폐해진 그의 모습에 충격받았다. 또한 이런 폭풍 같은 감정을 이리나에게 숨겨야 했다.

그녀는 바실리가 볼 수 있도록 일어섰다. 구내식당에 남은 사람은 별로 없었고, 그러니 그녀를 보지 못할 리 없었다. 그녀는 이리나의 의심을 피하기 위해 그에게서 고개를 돌렸다. 그리고 나가려는 것처럼 가방을 들었다. "집에 돌아가는 대로 치과에 가봐야겠어요." 그녀가 말했다.

시야 한구석에서 바실리가 우뚝 멈춰 서더니 그녀를 바라보는 모습이 보였다. 그래서 이리나가 눈치채지 못하도록 그녀는 말했다. "우리가 찾아갈 학교에 대해 말해주세요. 학생들 나이가 어떻게 되죠?"

두 사람은 함께 문을 향해 걸었고, 이리나는 질문에 대답했다. 타냐는 대놓고 바실리를 보지 않으면서 그를 관찰하려 애썼다. 그는 여전히 얼어붙은 채 한참 그녀를 바라보고 있었다. 두 사람이 그와 가까워지며 이리나는 그에게 의아한 표정을 지어 보였다.

그 순간 타냐는 다시 바실리를 똑바로 바라보았다.

퀭한 얼굴은 이제 멍해 보였다. 그는 입을 벌린 채 눈도 깜박이지 않고 그녀를 보고 있었다. 하지만 그의 눈에는 충격 말고도 뭔가 더 있었다. 타냐는 그것이 희망이라는 걸 깨달았다. 깜짝 놀란, 믿을 수 없는,

간절한 희망. 그는 완전히 패배하지 않았다. 무너져내린 이 남자에게 뭔가가 놀라운 이야기를 써낼 힘을 주었다.

그녀는 준비한 말을 기억해냈다. "낯이 익네요. 삼 년 전 제가 여기 왔을 때 저랑 이야기하지 않으셨나요? 제 이름은 타냐 드보르킨이고, 타스에서 일해요."

바실리는 입을 다물고 마음을 가라앉히기 시작했지만 여전히 놀라서 말을 하지 못했다.

타냐는 말을 이었다. "저는 시베리아 이주에 대한 연재 후속기사를 쓰고 있어요. 그런데 그쪽 분 성함이 기억나지 않네요. 지난 삼 년 동안 수백 명을 인터뷰했거든요!"

"옌코프." 마침내 그가 입을 열었다. "바실리 옌코프입니다."

"우린 가장 재미있는 대화를 했죠." 타냐가 말했다. "이제 기억이 나네요. 당신하고 꼭 다시 인터뷰를 해야겠어요."

이리나는 시계를 들여다보았다. "시간이 없어요. 이곳에서는 학교가 일찍 끝나거든요."

타냐는 그녀에게 고개를 끄덕여 보이고 바실리에게 말했다. "저녁에 만날 수 있을까요? 실례지만 센트럴 호텔로 와주시겠어요? 어쩌면 한잔할 수도 있고요."

"센트럴 호텔에서." 바실리가 반복해 말했다.

"여섯시?"

"여섯시 센트럴 호텔로 가죠."

"그때 뵙죠." 타냐는 그렇게 말하고 밖으로 나갔다.

*

타냐는 바실리가 스스로 잊히지 않았다고 그를 안심시켜주고 싶었다. 이미 그렇게 했지만, 그것으로 충분할까? 그에게 조금이라도 희망을 줄 수 있을까? 그의 이야기가 훌륭하고 더 써야 한다고 말하고 싶었지만 이번에도 용기를 줄 수 없었다. 「동상」은 출판할 수 없고, 어쩌면 그가 쓰는 모든 글이 마찬가지일지 몰랐다. 그녀는 그의 기분을 좋게 하는 대신 더 나쁘게만 할 수도 있다는 생각에 두려웠다.

그녀는 바에서 그를 기다렸다. 호텔은 나쁘지 않았다. 시베리아를 방문하는 사람은 모두 VIP였고—이리로 휴가를 오는 사람은 없다—그래서 이곳은 공산당 엘리트가 기대하는 수준의 화려함을 갖추고 있었다.

바실리는 아까보다는 나아진 모습으로 나타났다. 머리를 빗었고 깨끗한 셔츠도 입었다. 여전히 병에서 회복중인 사람처럼 보였지만 눈에서는 지성의 빛이 비쳤다.

그가 그녀의 양손을 잡았다. "와줘서 고마워." 그의 목소리는 감정으로 떨렸다. "내게 얼마나 큰 의미인지 어떻게 얘기를 시작해야 할지도 모르겠어. 당신은 친구야, 순금 같은 친구."

그녀는 그의 뺨에 키스했다.

두 사람은 맥주를 주문했다. 바실리는 공짜로 나오는 땅콩을 허기진 사람처럼 먹었다.

"당신이 쓴 글은 훌륭해요." 타냐가 말했다. "그냥 좋은 게 아니라 놀라울 정도예요."

그는 웃었다. "고마워. 이렇게 끔찍한 곳에서도 뭔가 가치 있는 게 나올 수도 있겠지."

"나만 그 작품을 좋아하는 게 아니에요. 『새로운 세계』의 편집자들도 실어주겠다고 했어요." 그는 기쁨으로 밝아졌지만 그녀가 다시 실망시켰다. "하지만 흐루쇼프가 실각하자 마음을 바꿨어요."

바실리는 풀이 죽은 것 같았지만 그 순간 다시 땅콩을 한 움큼 집어 먹었다. "놀랍지도 않아." 그는 냉정을 되찾고 말했다. "최소한 좋아했다는 거잖아. 그게 중요하지. 써볼 만하네."

"내가 복사본을 몇 부 만들어서 우편으로—물론 익명으로—〈반대〉를 받아보던 몇 사람에게 보냈어요." 그녀는 덧붙였다. 그리고 망설였다. 계획해둔 다음 말은 아주 무모했다. 일단 뱉으면 돌이킬 수 없었다. 그녀는 고민 끝에 말해버리기로 했다. "내가 시도해볼 수 있는 다른 유일한 방법은 사본을 서방으로 내보내는 거예요."

그의 눈에 희망의 빛이 비쳤지만 그는 짐짓 미심쩍은 척했다. "그러면 당신이 위험해져."

"당신도 위험하죠."

바실리는 어깨를 으쓱했다. "저들이 내게 뭘 어쩌겠어? 시베리아로 보내? 하지만 당신은 모든 걸 잃을 수도 있어."

"이야기를 더 써줄 수 있어요?"

그는 재킷 안에서 커다란 헌 봉투를 꺼냈다. "이미 썼어." 그러고는 봉투를 건넸다. 그리고 잔에 조금 남은 맥주를 마저 마셨다.

그녀는 봉투 안을 들여다보았다. 페이지마다 바실리의 작고 깔끔한 글씨들이 빼곡했다. "와." 그녀는 크게 기뻐하며 말했다. "책으로 내도 충분하겠어요!" 순간 이 원고를 갖고 있다가 체포되면 자기도 시베리아에 갇힌 채 끝날 수도 있다는 걸 깨달았다. 그녀는 봉투를 숄더백에 얼른 밀어넣었다.

"그걸로 어떻게 할 건데?" 그가 물었다.

타냐는 이 상황에 대해서도 생각을 좀 해두었다. "동독의 라이프치히에서 매년 도서전이 열려요. 타스에서 취재하러 가려고요. 내가 독일어는 조금 하니까. 전시회에 서방의 출판사들이 참가해요. 파리와 런던, 뉴욕의 편집자들 말이에요. 어쩌면 내가 당신 작품을 번역본으로 낼 수도 있어요."

그의 얼굴이 달아올랐다. "그럴까?"

"난 「동상」이 충분히 훌륭하다고 믿어요."

"그렇게 되면 정말 멋지겠군. 하지만 당신은 끔찍한 위험을 감수하는 거야."

그녀는 고개를 끄덕였다. "당신도 마찬가지죠. 소련 당국이 어떻게든 이 이야기의 저자를 알아낸다면 당신은 곤경에 빠질 거예요."

그는 웃었다. "날 봐. 굶주린데다 걸레 같은 옷을 입고 항상 추운 남성용 호스텔에서 혼자 살아. 내 걱정은 안 해."

그녀는 그가 제대로 못 먹고 지낼 수도 있다는 생각은 하지 못했다. "이 호텔에 레스토랑이 있어요. 같이 저녁 먹을래요?"

"그거 좋지."

바실리는 비프 스트로가노프*와 삶은 감자를 시켰다. 웨이트리스가 연회에서처럼 작은 접시에 롤빵을 담아 테이블에 올려주었다. 바실리는 빵을 전부 먹었다. 스트로가노프를 먹은 다음에는 피로시키**와 끓인 자두로 속을 채운 튀긴 빵을 주문했다. 타냐의 접시에 남은 음식도 전부 먹어치웠다.

그녀가 말했다. "기술 인력은 여기서 월급을 많이 받는 줄 알았어요."

"자원자들은 그렇지. 출소자들은 안 그래. 당국은 어쩔 수 없을 때만

* 길쭉하게 썰어 볶은 쇠고기에 사워크림을 곁들인 음식.

** 밀가루 반죽 안에 다양한 소를 채워 굽거나 튀긴 러시아식 파이.

가격 메커니즘에 따르지."

"내가 음식을 보내줘도 돼요?"

그는 고개를 흔들었다. "모든 걸 KGB가 훔쳐가. 소포는 뜯기고 '의심 물품, 공무상 수색 완료'라는 표시가 붙어서 도착하고, 좋은 건 다 사라져. 옆방에 사는 친구는 잼 여섯 통을 받았는데 전부 빈 통이었어."

타냐는 저녁 먹은 계산서에 서명을 했다.

바실리가 말했다. "당신이 묵는 호텔방에 욕실이 딸렸나?"

"네."

"뜨거운 물 나와?"

"당연하죠."

"나 샤워 좀 할 수 있을까? 호스텔에서는 뜨거운 물이 일주일에 한 번만 나오고 그나마도 떨어지기 전에 얼른 써야 해."

두 사람은 위층으로 올라갔다.

바실리는 욕실에 오래 머물렀다. 타냐는 침대에 앉아 창밖의 더러워진 눈을 바라보았다. 정신이 멍했다. 노동수용소의 실상은 어렴풋하게나마 알고 있었다. 하지만 바실리를 보고 나서야 통렬하고 생생한 방식으로 절실히 깨달을 수 있었다. 그녀의 상상력은 전에는 수감자들이 느끼는 고통에 이르지 못했다. 그리고 그 모든 것에도 불구하고 바실리는 절망에 굴복하지 않았다. 사실 자신의 경험에 대해 열정과 유머를 담아 쓸 힘과 용기를 어디선가 불러냈다. 그녀는 그를 그 어느 때보다 더 존경하게 되었다.

마침내 그가 욕실을 나왔고 두 사람은 작별인사를 했다. 예전이었다면 그는 잠자리를 갖자며 수작을 걸었겠지만 오늘은 그런 생각이 없는 모양이었다.

그녀는 지갑에 있는 돈 전부와 초콜릿 바 한 개, 그리고 짧은 것만 빼면 잘 맞을 내복 두 벌을 그에게 주었다. "지금 입은 것보다는 나을 거예요."

"분명 그럴 테지." 그가 말했다. "속옷은 하나도 안 입었거든."

그가 떠나고 나서 타냐는 울었다.

36장

라디오 뤽상부르에서 〈그건 사랑이야〉를 틀어줄 때마다 카롤린은 울었다.

이제 열여섯 살이 된 릴리는 카롤린의 기분이 어떤지 알 것 같았다. 집에 돌아온 발리가 옆방에서 연주하며 노래하는데, 다만 그들이 그리 가서 그에게 노래가 얼마나 좋은지 말해줄 수 없는 느낌이었다.

알리스가 깨어 있으면 그들은 라디오 가까이 앉히고서 말했다. "저게 아빠야!" 아무것도 모르는 알리스도 뭔가 재미있다는 건 알았다. 가끔은 카롤린이 노래를 불러주었고 릴리는 함께 기타를 치며 화음을 넣었다.

릴리의 인생의 사명은 카롤린과 알리스가 서독으로 이주해 발리와 다시 합치는 것을 돕는 일이었다.

카롤린은 여전히 베를린 미테의 프랑크 가족이 사는 집에서 지냈다. 그녀의 부모는 그녀와 아무 상관도 없을 터였다. 그들은 그녀가 결혼도 하지 않고 애를 낳아 부모를 욕보였다고 했다. 하지만 사실은 슈타지가 그녀의 아버지에게 카롤린이 발리와 관련있으니 버스 정류장 관리인 일자리를 잃을 줄 알라고 말한 것이다. 그래서 부모에게 쫓겨난 카롤린은 발리의 가족에게 와 살게 되었다.

릴리는 카롤린이 함께 살아서 좋았다. 카롤린은 레베카를 대신한 언니 같았다. 아기도 아주 예뻤다. 릴리는 매일 학교에서 돌아오면 카롤린이 쉴 수 있도록 두 시간 동안 알리스를 봐주었다.

오늘은 알리스의 첫 생일이라 릴리는 케이크를 만들었다. 그녀가 아기도 먹을 수 있는 가벼운 스펀지케이크를 만드는 동안 알리스는 유아용 의자에 앉아 나무 숟가락으로 신나게 접시를 두드려댔다.

카롤린은 위층 자기 방에서 라디오 룩상부르를 듣고 있었다.

알리스의 생일은 또한 암살이 있었던 날이기도 했다. 서독의 라디오와 텔레비전은 케네디 대통령과 그의 죽음이 준 충격에 대한 프로그램을 방영했다. 동독 방송국들은 작은 기사로 취급했다.

린든 존슨은 경쟁도 없이 승계한 대통령 노릇을 일 년 가까이 했지만 삼 주 전에는 선거에서 공화당의 극단적 보수주의자 골드워터를 상대로 압도적인 승리를 거두었다. 릴리는 기뻤다. 히틀러는 그녀가 태어나기도 전에 죽었지만, 그녀는 조국의 역사를 알았고 인종적 증오에 핑계를 대는 정치인들을 보면 무서웠다.

존슨은 케네디만큼 감동을 주지는 않았지만 마찬가지로 서베를린을 지키겠다는 결심이 굳건한 것 같았고, 장벽을 사이에 둔 양쪽 독일인들에게는 그 점이 가장 중요했다.

릴리가 오븐에서 케이크를 꺼내고 있는데 어머니가 퇴근해 집에 왔다. 카를라는 과거 사회민주주의자였음이 밝혀졌는데도 어찌어찌 큰 병원에서 수간호사로 일하고 있었다. 한때 그녀가 쫓겨날 거라는 소문이 돌았는데, 간호사들이 파업을 벌이겠다고 위협하는 바람에 병원 책임자는 어쩔 수 없이 카를라가 계속 그들의 상사로 남아 일할 수 있다고 안심시키는 것으로 문제를 막아야 했다.

릴리의 아버지는 서베를린에 있는 사업체를 멀리서나마 운영해보려고 여전히 노력중인데도 취직을 강요받았다. 그는 동베를린에 있는 국가 소유 공장에서 기술자로 일하며 서독 제품보다 훨씬 뒤떨어진 텔레비전을 만들어야 했다. 처음에는 품질 향상을 위해 몇 가지 제안도 했지만, 그런 행동이 상사를 비판하는 태도로 받아들여지자 그만두었다. 오늘 저녁 퇴근하고 집에 도착하자마자 아버지는 주방으로 들어왔고 모두 함께 〈호흐 졸 지 레벤〉이라는 독일 전통의 생일 축하 노래를 불렀다. '오래 살기를'이라는 뜻이었다.

그리고 그들은 주방 테이블에 모여 앉아 알리스가 아버지를 만날 수 있을지 이야기했다.

카롤린은 이민 신청을 해두었다. 탈출은 해를 거듭할수록 더 어려워지고 있었다. 그래도 홀몸이었다면 시도해봤을 것이다. 하지만 알리스의 목숨을 위태롭게 할 생각은 없었다. 매년 소수의 사람이 적법하게 빠져나갈 수 있었다. 어떤 기준으로 신청서를 평가하는지는 아무도 몰랐지만, 떠나도 좋다는 허가를 받는 사람들 대부분은 생산능력이 없는 피부양자인 어린아이와 노인이었다.

카롤린과 알리스는 생산능력이 없는 피부양자였지만 그들의 신청서는 거절당했다.

언제나 그랬듯 이유는 알 수 없었다.

당연히 정부는 이의 제기가 가능한지 알려주지 않았다. 이번에도 정보의 빈틈을 소문이 채웠다. 사람들은 국가의 지도자인 발터 울브리히트에게 탄원서를 쓸 수 있다고 했다.

레닌을 흉내내 수염을 기른 키 작은 남자인 그는 모든 일에 비굴할 정도로 정통파적이라 구원자와는 거리가 멀어 보였다. 모스크바에서 벌어진 쿠데타에 흐뭇해한다는 소문도 돌았는데, 흐루쇼프가 무능하고 비현실적이라고 생각했기 때문이라고 했다. 그럼에도 카롤린은 그에게 개인적으로 편지를 써서 아이아버지와 결혼하기 위해 이민을 가야 한다고 설명했다.

"사람들이 그러는데 그는 구식의 가족 윤리를 믿는 사람이래." 카롤린이 말했다. "그게 사실이라면 그는 자기 아기에게 아버지가 생기기만을 원하는 여자를 도와줘야지."

동독 사람들은 인생의 절반을 정부가 무엇을 계획하고 원하고 생각하는지 추측하려 애쓰며 보냈다. 정권은 예측할 수가 없었다. 그들은 젊은이들이 가는 클럽에서 로큰롤 레코드 몇 장을 틀어도 된다고 허가했다가 난데없이 전부 금지해버렸다. 한동안 옷차림에 대해 관대하더니 청바지를 입은 소년들을 체포하기 시작했다. 나라의 헌법에는 여행의 자유가 보장되어 있는데 서독에 사는 친척을 방문할 허가를 얻는 사람은 거의 없었다.

할머니 모드가 대화에 끼었다. "폭군이 앞으로 뭘 할지는 알 수 없는 법이야." 그녀가 말했다. "불확실성이 그들의 무기 가운데 하나니까. 나는 공산주의뿐 아니라 나치 치하에서도 살아봤다. 둘은 울적할 정도로 비슷해."

현관문 두드리는 소리가 들렸다. 문을 연 릴리는 현관 앞에 서 있는 과거의 형부 한스 호프만을 보고 공포에 휩싸였다.

릴리는 문을 한 뼘만 열어놓고 말했다. "왜 왔어요, 한스?"

그는 덩치 큰 남자였고 쉽게 릴리를 밀쳐낼 수 있었지만 그러지 않았다. "문 열어, 릴리." 지치고 성마른 목소리였다. "경찰과 같이 왔어. 날 막을 수 없어."

릴리는 가슴이 쿵쾅거렸지만 그 자리를 지키며 어깨 너머로 소리질렀다. "엄마! 한스 호프만이 문 앞에 와 있어요!"

카를라가 뛰어왔다. "한스라고?"

"네."

카를라는 릴리 대신 문을 막고 섰다. "자네는 여기서 환영받지 못해, 한스." 그녀가 말했다. 차분한 경멸조였지만 릴리는 어머니의 숨소리가 빠르고 불안한 것을 들을 수 있었다.

"그렇습니까?" 한스는 냉정하게 말했다. "그럼에도 불구하고 카롤린 쿤츠와 이야기 좀 해야겠습니다."

릴리는 두려움에 낮은 비명을 질렀다. 왜 카롤린을?

카를라가 물었다. "왜?"

"그녀가 발터 울브리히트 서기장 동지께 편지를 썼습니다."

"그게 범죄인가?"

"반대죠. 그는 인민의 지도자입니다. 누구나 그에게 편지를 쓸 수 있죠. 그는 기꺼이 사람들의 말을 듣습니다."

"그럼 왜 카롤린을 괴롭히고 겁주려고 여기까지 온 거야?"

"내가 온 이유는 쿤츠 양에게 설명하겠습니다. 나를 들이는 편이 좋지 않겠습니까?"

카를라는 릴리에게 속삭였다. "이민 신청서에 대해 무슨 얘기를 하려는 건지도 몰라. 알아보는 게 낫겠어." 그녀는 문을 활짝 열었다.

한스는 홀hall로 들어섰다. 삼십대 후반인 그는 덩치 큰 몸을 살짝 웅크린 모습이었다. 동독 상점에서 쉽게 구할 수 없는 품질의 두툼한 질은 파란색 더블브레스트 코트를 입고 있었다. 그래서 더 크고 위협적으로 보였다. 릴리는 본능적으로 그에게서 떨어졌다.

이 집을 잘 아는 그는 마치 지금도 여전히 이곳에 사는 사람처럼 굴었다. 코트를 벗어 홀에 있는 옷걸이에 걸더니 허락도 구하지 않고 주방으로 걸어들어갔다.

릴리와 카를라는 그를 따라갔다.

베르너는 서 있었다. 릴리는 아버지가 프라이팬 서랍 뒤에 숨겨두었던 권총을 꺼냈는지 궁금하면서도 두려웠다. 어쩌면 카를라가 문가에서 실랑이를 한 것은 그에게 총을 꺼낼 시간을 벌어주기 위해서였는지도 몰랐다. 릴리는 떨리는 손을 멈추려고 애썼다.

베르너는 적대감을 숨기지 않았다. "이 집에서 자네를 보다니 놀랍군." 그가 한스에게 말했다. "그런 짓을 했으면 얼굴 보이기를 부끄러워해야지."

카롤린은 불안하면서도 어리둥절해 보였는데, 생각해보니 그녀는 한스가 누군지 몰랐다. 릴리는 혼잣말을 하듯 설명했다. "저 사람 슈타지예요. 우리 언니랑 결혼해서 일 년 동안 여기 살면서 우릴 감시했어요."

카롤린은 손으로 입을 막더니 숨도 제대로 못 쉬었다. "그게 저 사람이야?" 그녀가 속삭였다. "발리가 말해줬어. 어떻게 그런 짓을 할 수 있지?"

한스가 둘이서 속삭이는 소리를 들었다. "네가 카롤린이겠구나." 그가 말했다. "네가 서기장 동지께 편지를 썼군."

카롤린은 두려워 보였지만 도전적이었다. "난 내 아이의 아버지와 결혼하고 싶어요. 그렇게 해주실 건가요?"

한스는 유아용 의자에 앉아 있는 알리스를 보았다. "아주 사랑스러운 아기군." 그가 말했다. "아들이야, 딸이야?"

릴리는 한스가 알리스를 보는 것만으로도 두려움에 몸이 떨렸다.

머뭇거리며 카롤린이 말했다. "딸이에요."

"그럼 이름은 뭐지?"

"알리스."

"알리스. 그래, 네가 편지에 이름을 썼던 것 같군."

어쩐지 아기에게 짐짓 친절하게 구는 모습이 협박하는 것보다 더 무서웠다.

한스는 의자를 하나 당겨와 주방 식탁 앞에 앉았다. "그래, 카롤린, 너는 조국을 떠나고 싶은가보지."

"당신들이 기뻐할 줄 알았는데. 정부는 내 음악을 싫어하니까요."

"그런데 너는 왜 퇴폐적인 미국 음악이 연주하고 싶은 거야?"

"로큰롤은 미국 흑인들이 만들었어요. 학대받는 사람들의 음악이죠. 혁명적이라고요. 그래서 나는 울브리히트 동지가 로큰롤을 증오하는 게 이상하다고 생각해요."

한스는 논쟁에서 지면 늘 그냥 무시해버렸다. "하지만 독일에는 아름다운 전통음악이 많아." 그가 말했다.

"나는 독일 전통음악을 사랑해요. 분명 당신보다 내가 더 많이 알걸요. 하지만 음악은 국제적인 거예요."

할머니 모드가 몸을 앞으로 숙이더니 속삭이듯 말했다. "사회주의처럼 말이야, 동지."

한스는 그녀를 무시했다.

카롤린이 말했다. "그리고 제 부모님이 절 내쫓았어요."

"네가 부도덕한 생활을 했기 때문이지."

릴리는 격분했다. "한스 당신이 언니 아버지를 협박해서 그들이 언니를 내쫓은 거죠!"

"전혀 그렇지 않아." 그는 건조하게 말했다. "딸이 반사회적이고 난잡하게 살면 훌륭한 부모로서 어떻게 해야겠니?"

카롤린의 눈에 분노의 눈물이 차올랐다. "나는 한 번도 난잡했던 적 없어요."

"하지만 넌 결혼도 안 하고 아이를 낳았잖아."

모드가 다시 말했다. "자네 생물학이 좀 헷갈리는 모양이군, 한스. 아기를 만들 때는 남자가 한 명만 있으면 돼. 결혼을 했든 안 했든 말이야. 난잡한 건 아무 상관이 없다네."

한스는 한 방 먹은 눈치였지만 이번에도 미끼에 넘어가지 않았다. 그는 여전히 카롤린에게 말했다. "네가 결혼하고 싶어하는 사람은 살인죄로 수배중이야. 그는 경비병을 죽이고 서독으로 달아났어."

"난 그를 사랑해요."

"그래, 카롤린, 서기장에게 이민 갈 수 있는 특전을 달라고 편지를 썼지."

카를라가 말했다. "그건 특전이 아니라 권리야. 자유로운 사람은 원하는 곳으로 갈 수 있어."

그 말에 한스는 걸려들었다. "당신들은 뭐든 할 수 있다고 생각해! 모두가 한 사회에 소속되어 하나로 움직여야 한다는 걸 깨닫지 못하지. 심지어 바닷속 물고기도 무리지어 헤엄쳐야 한다는 건 안다고!"

"우린 물고기가 아니야."

한스는 그 말을 무시하고 다시 카롤린을 향해 말했다. "너는 터무니없는 행동을 저지르고 가족에게서 쫓겨난 부도덕한 여자야. 성향이 반사회적인 것으로 알려진 가족의 집에 몸을 맡기고 있지. 게다가 살인자와 결혼하고 싶어해."

"그는 살인자가 아니에요." 카롤린이 속삭이듯 말했다.

"울브리히트에게 편지가 오면 그 편지는 슈타지로 가서 평가를 받아." 한스가 말했다. "카롤린, 네 편지는 하급 장교에게 배정되었어. 젊고 경험이 없던 그는 결혼도 못한 애엄마를 불쌍히 여겨서 허가를 내주도록 추천했어." 이 말은 좋은 소식처럼 들렸지만 분명 이다음에 반전이 있을 거라고 릴리는 생각했다. 그녀가 옳았다. 한스가 말을 이었다. "다행히 그의 상관이 내게 보고서를 보냈지. 내가 이……" 그는 구역질이 난다는 표정으로 모두를 둘러보았다. "……이 규율 없고 지시에 따르지 않고 말썽만 일으키는 무리와 과거에 관계가 있었다는 걸 떠올렸기 때문이야."

릴리는 그가 이제 무슨 말을 하려는지 알았다. 가슴 아픈 일이었다. 한스는 카롤린의 신청서를 거부한 사람이 바로 자기라는 걸 알려주며 약을 올리려고 몸소 이곳에 온 것이다.

"넌 정식 답변을 받게 될 거야. 누구나 받아." 그가 말했다. "하지만 이민 허가가 나지 않을 거라는 사실은 지금 말해줄 수 있어."

"발리를 방문하면 안 돼요?" 카롤린은 애원했다. "그냥 며칠만이라도? 알리스는 한 번도 아버지를 못 봤어요!"

"안 돼." 한스는 딱딱한 미소를 지으며 말했다. "한번 이민을 신청했다 거부당한 사람은 그후 절대 해외로 휴가도 나갈 수 없어." 덧붙이는 그의 말에 순간적으로 증오가 드러났다. "우릴 뭘로 생각하는 거야, 바보?"

"일 년 뒤에 다시 신청할 거예요." 카롤린이 말했다.

한스는 일어섰다. 승리를 거둔 거만한 웃음이 입가에 감돌았다. "내년에도 대답은 똑같을 거야. 그다음 일 년 후에도, 그리고 언제나." 그는 모두를 둘러보았다. "당신들 가운데 누구도 이민 허가는 못 받아. 절대. 내 약속하지."

그 말을 남기고 그는 가버렸다.

*

데이브 윌리엄스는 클래식 레코드에 전화를 걸었다. "안녕, 체리, 데이브예요." 그가 말했다. "에릭하고 통화할 수 있어요?"

"지금은 외출중이야." 그녀가 말했다.

데이브는 실망했고 화가 났다. "이게 세번째 전화예요!"

"운이 없구나."

"에릭이 저한테 전화해줄 수도 있잖아요."

"그렇게 전해줄게."

데이브는 전화를 끊었다.

운이 없는 게 아니었다. 뭔가 잘못되었다.

플럼 넬리는 엄청난 1964년을 보냈다. 〈그건 사랑이야〉는 순위 차트에서 1위까지 올라갔고 그룹은—레니 없이—전설 척 베리를 포함한 팝스타들과 함께 영국 투어를 했다. 데이브와 발리는 극장가에 있는 침실 두 개짜리 아파트로 이사했다.

하지만 이제 완전히 가라앉았다. 아주 실망스러웠다.

플럼 넬리는 두번째 음반을 냈다. 클래식 레코드가 레코드 B면에 〈후치 쿠치 맨〉을 넣어 〈셰이크, 래틀 앤드 롤〉을 크리스마스에 맞춰 발매했다. 에릭은 그룹과 상의하지 않았고, 데이브였다면 새로운 노래를 녹음했을 터였다.

데이브가 옳았던 것으로 밝혀졌다. 〈셰이크, 래틀 앤드 롤〉은 실패했다. 지금은 1965년 1월이었고, 다가올 일 년을 생각하면 데이브는 지독히도 공포스러웠다. 밤이면 떨어지는—지붕에서, 비행기에서, 사다리에서—꿈을 꾸다가 목숨이 끝장날 듯한 느낌에 깨어나곤 했다. 문득 자기 미래도 다를 것 없다는 느낌이 들었다.

그는 스스로에게 뮤지션이 된다는 믿음을 허락했다. 부모님 집과 학교도 떠났다. 열여섯 살이니 결혼하고 세금을 내기에 충분한 나이였다. 경력을 쌓고 있다고 생각했다. 그런데 난데없이 모든 게 무너져내렸다.

어떻게 해야 할지 알 수 없었다. 음악 말고는 잘하는 것이 아무것도 없었다. 부모님 집에 살겠다고 다시 들어가는 굴욕은 견딜 수 없었다. 옛날이야기에서 소년 영웅은 "달아나서 바다로 간다". 자기도 사라졌다가 오 년 뒤 구릿빛 피부에 수염을 기른 모습으로 다시 돌아와 머나먼 곳들의 이야기를 들려줄 수 있으면 좋을 것 같았다. 하지만 데이브는 자기가 해군의 규율을 매우 싫어한다는 걸 마음속 깊이 알고 있었다. 그곳은 학교보다 더 나쁠 것이다.

여자친구도 없었다. 학교를 그만둘 때 린다 로버트슨과의 연애도 끝났다. 그녀는 그렇게 될 거라고 말하면서 울었다. 플럼 넬리가 〈잇츠 팹!〉에 출연하고 돈을 받았을 때 그는 에릭에게서 미키 맥피의 전화번호를 받아 그녀에게 혹시 데이트를 하지 않겠느냐고, 저녁을 먹거나 영화를 보러 가면 어떠냐고 물었다. 그녀는 한참 생각하더니 말했다. "아니야. 넌 정말 귀엽지만 난 열여섯 살짜리와 데이트하는 꼴을 보일 수는 없어. 이미 평판이 안 좋아도 그렇게 바보처럼 보이긴 싫어." 데이브는 마음이 아팠다.

발리는 지금 데이브 옆에서 언제나처럼 기타를 잡고 있었다. 그는 왼손 가운뎃손가락에 금속 튜브를 끼우고 기타를 치며 노래를 불렀다. "오늘 아침 일어나 난 빗자루를 털 거야."

데이브는 얼굴을 찌푸렸다. "그건 엘모어 제임스* 노래잖아!" 잠시 후 그가 말했다.

"보틀넥 주법이라는 거야." 발리가 말했다. "전에는 깨진 병목을 썼는데 지금은 누가 이걸 금속으로 만들었더라고."

"소리 멋진데."

* 미국의 블루스 가수.

"왜 계속 에릭에게 전화하는 거야?"

"우리 〈셰이크, 래틀 앤드 롤〉이 몇 장이나 팔렸는지, 미국에서 〈그건 사랑이야〉를 발매하는 일은 어떻게 되어가고 있는지, 곧 투어를 하게 되는 건지 궁금해서. 그런데 우리 매니저가 나랑 얘기를 안 하려고 해!"

"해고해버려." 발리가 말했다. "능력자잖아."

발리의 영어는 이제 거의 완벽해졌다. "무능력자겠지." 데이브가 말했다. "무능력자라고 해야지, 능력자가 아니고."

"고마워."

"통화도 못하는 판에 어떻게 해고를 해?" 데이브가 침울하게 말했다.

"그의 사무실로 가."

데이브는 발리를 보았다. "있잖아, 넌 말하는 것처럼 멍청하지는 않아." 데이브는 기분이 나아지기 시작했다. "내가 하려는 게 바로 그거야."

밖으로 나서자 가라앉았던 기분은 사라졌다. 런던 거리의 뭔가가 항상 그를 기운나게 했다. 이곳은 세계에서 가장 큰 도시 가운데 하나였다. 무슨 일이든 벌어질 수 있다.

덴마크 가까지는 불과 1.6킬로미터도 되지 않았다. 십오 분 만에 도착했다. 데이브는 클래식 레코드 사무실이 있는 위층으로 올라갔다.
"에릭은 외출했어." 체리가 말했다.

"정말이에요?" 데이브가 말했다. 그는 대담해져서 에릭의 사무실 문을 열었다.

에릭은 책상 앞에 앉아 있었다. 속임수를 쓰다 들킨 그는 약간 멍청해 보였다. 곧 분노에 찬 표정으로 바뀌더니 그가 말했다. "왜 그래?"

데이브는 당장은 아무 말도 하지 않았다. 아버지가 가끔 그랬다. "누군가 네게 질문한다는 이유만으로 대답을 해야 한다고 생각하지 마. 내가 정치에서 배운 거다." 데이브는 그냥 안으로 들어가 문을 닫았다.

계속 서 있으면 마치 언제든 나가라는 말을 기다리는 것처럼 보이겠지. 데이브는 생각했다. 그래서 에릭의 책상 맞은편에 있는 의자에 앉아 다리를 꼬았다.

그리고 말했다. "왜 나를 피하는 거예요?"

"바빴어, 이 거만한 꼬마 녀석아. 무슨 일이야?"

"아, 온갖 종류의 일이죠." 데이브는 툭 터놓고 말했다. "〈셰이크, 래틀 앤드 롤〉은 어떻게 되고 있어요? 새해에 우린 뭘 하나요? 미국에서는 어떤 소식이 있죠?"

"없고, 없고, 없어." 에릭이 말했다. "만족해?"

"그런 말에 어떻게 만족하겠어요?"

"잘 봐." 에릭은 주머니에 손을 넣더니 지폐 한 뭉치를 꺼냈다. "여기 20파운드 있다. 너희가 〈셰이크, 래틀 앤드 롤〉로 번 거야." 그는 5파운드 지폐 네 장을 책상 위에 던졌다. "이제 만족하냐?"

"수치를 좀 보고 싶어요."

에릭이 웃었다. "수치? 네가 뭐라도 된다고 생각하는 거야?"

"난 당신 고객이고 당신은 내 매니저죠."

"매니저? 무슨 할 일이나 있어야 매니저지, 이 바보 녀석아. 너희는 한 곡 반짝한 거야. 이쪽 계통에서는 늘 있는 일이지. 운이 좋아서 행크 레밍턴한테 곡을 받았지. 하지만 넌 정말 재능이 전혀 없어. 끝났어, 잊어버려, 학교로 돌아가."

"못 돌아가요."

"왜 안 돼? 너 몇 살이야? 열여섯? 열일곱?"

"난 시험만 보면 낙제예요."

"그럼 일자리를 구하든가."

"플럼 넬리는 세계에서 가장 성공적인 밴드 중 하나가 될 거예요. 그리고 난 남은 평생 뮤지션으로 살 거라고요."

"계속 꿈꿔라, 얘야."

"그럴 거예요." 데이브는 일어섰다. 막 떠나려는데 문제 하나가 떠올랐다. 그는 에릭과 계약서를 작성했다. 그룹이 정말로 잘되면 에릭이 수익의 일부를 요구할 수도 있다. 그가 말했다. "그럼 에릭, 당신은 더 이상 플럼 넬리의 매니저가 아니라는 거죠?"

"할렐루야! 마침내 메시지를 받으셨도다."

"그럼 계약서 돌려받을래요."

에릭은 갑자기 의심스러워했다. "뭐? 왜?"

"우리가 〈그건 사랑이야〉 녹음하던 날 서명한 계약서요. 그거 갖고 있을 것도 아니잖아요, 그렇죠?"

에릭은 망설였다. "왜 돌려달라는 건데?"

"방금 나한테 재능이 없다면서요. 물론 우리 그룹에 엄청난 미래가 있다고 본다면—"

"웃기지 마라." 에릭은 수화기를 들었다. "체리, 내 사랑. 플럼 넬리 계약서를 파일에서 꺼내 젊은 데이브 군이 나가시는 길에 드려." 그는 수화기를 내려놓았다.

데이브는 책상에서 돈을 집었다. "우리 둘 중 하나는 바보예요, 에릭." 그가 말했다. "그게 누군지 궁금하네요."

*

발리는 런던을 사랑했다. 어디나 음악이 있었다. 포크 클럽, 비트 클럽, 극장, 콘서트홀, 오페라하우스. 플럼 넬리의 연주가 없는 날 밤이면 그는 음악을 들으러 나갔다. 가끔은 데이브와 함께였고 가끔은 혼자였다. 이따금 클래식 연주회에 가서 새로운 코드를 듣기도 했다.

영국인들은 이상했다. 그가 독일인이라고 하면 그들은 늘 2차 세계대전에 대해 말했다. 자기들이 전쟁에서 이겼다고 생각했고 그가 실제로 독일을 물리친 건 소련이라고 말하면 불쾌해했다. 가끔은 그저 똑같이 지겨운 대화를 반복하고 싶지 않아서 폴란드인이라고 말하기도 했다.

하지만 어차피 런던의 인구 절반은 영국인이 아니었다. 그들은 아일랜드, 스코틀랜드, 웨일스, 카리브 해, 인도와 중국에서 왔다. 마약 거래상은 모두 섬 출신이었다. 몰타에서 온 자들은 흥분제를 팔고 헤로인을 파는 자들은 홍콩 출신, 마리화나는 자메이카인들한테서 살 수 있었다. 발리가 잘 가는 카리브 해 클럽들에서는 음악을 특이한 박자로 연주했다. 그런 곳에만 가면 여자가 많이 몰려서 그는 늘 약혼했다고 말했다.

어느 날 데이브가 나간 사이 전화가 울렸고 상대방이 말했다. "발터 프랑크와 통화할 수 있을까요?"

발리는 그의 할아버지는 이십 년도 더 전에 세상을 떠났다고 대답할 뻔했다. "제가 발리입니다." 그는 머뭇거리며 말했다.

전화를 건 사람은 독일어로 말하기 시작했다. "에노크 아네르센이야. 서베를린에서 전화하고 있네."

아네르센은 발리 아버지의 공장을 관리해주던 덴마크인 회계사였다. 발리는 머리가 벗어지고 안경을 썼고 재킷의 가슴 주머니에 볼펜을 꽂은 그를 떠올렸다. "무슨 문제라도 있나요?"

"자네 가족은 잘 있네. 하지만 실망스러운 소식을 전해야겠군. 카롤린과 알리스의 이민 허가가 나오지 않았네."

발리는 한 대 맞은 기분이었다. 털썩 자리에 앉았다. "왜요?" 그가 말했다. "이유가 뭐죠?"

"동독 정부는 그들의 결정에 대해 이유를 밝히지 않네. 하지만 슈타지 요원이 집을 찾아왔다는군. 한스 호프만이라고, 아는 사람일 거야."

"악당놈."

"그가 가족 누구도 서독으로 이민이나 여행 허가를 절대 받을 수 없다고 했네."

발리는 손으로 눈을 가렸다. "절대로요?"

"그렇게 말했다는군. 당신 아버지가 그렇게 전해달라고 했어. 정말 유감이네."

"감사합니다."

"혹시 가족에게 전할 말 있나? 나는 여전히 일주일에 한 번 동베를린으로 넘어가거든."

"모두 사랑한다고 전해주세요." 발리는 목이 메었다.

"잘 알았네."

발리는 침을 삼켰다. "그리고 언젠가 꼭 모두 다시 만날 거라고 말해주세요. 분명히 그런 느낌이 와요."

"가족에게 그렇게 전하지. 잘 있게."

"감사합니다." 발리는 외로움을 느끼며 말했다.

잠시 후 그는 기타를 들고 마이너 코드를 튕겼다. 음악은 위안이 되었다. 음악은 추상적이고 그저 음표와 음표끼리의 관계뿐이었다. 스파이도 없고, 배신자도 없고, 경찰도 장벽도 없었다. 그는 노래했다. "네가 보고 싶어, 알리스……"

*

데이브는 누나를 다시 만나 기뻤다. 그는 누나의 기획사 인터내셔널 스타스 사무실 밖에서 그녀를 만났다. 에비는 보라색 중산모자를 쓰고 있었다. 그녀가 말했다. “너 없으니까 집이 아주 따분해.”

“아무도 아버지랑 안 싸워?” 데이브는 씩 웃으며 말했다.

“노동당이 선거에서 이긴 뒤로 아버지는 너무 바빠. 지금은 내각에 들어가셨잖아.”

“누나는?”

“난 새 영화 찍고 있지.”

“축하해!”

“하지만 넌 매니저를 잘랐구나.”

“에릭은 플럼 넬리가 한 곡 반짝 히트한 거래. 하지만 우린 아직 포기하지 않았어. 그런데 공연을 좀더 잡아야 해. 일정표에 있는 거라고는 점프 클럽에서 며칠 정도인데, 그걸로는 집세도 못 내.”

“인터내셔널 스타스가 너희를 받아들인다고 약속할 수는 없어.” 에비가 말했다. “얘기를 해보자고 한 거지. 그게 전부야.”

“알아.” 하지만 기획사 사람들이 아무 일도 없이 사람을 만나지는 않을 거라고 데이브는 생각했다. 그들은 런던에서 가장 떠오르는 젊은 여배우 에비 윌리엄스에게 틀림없이 잘 보이고 싶을 테고, 그래서 기대가 컸다.

두 사람은 안으로 들어갔다. 에릭 채프먼의 사무실과는 달랐다. 접수 담당자는 껌을 씹고 있지 않았다. 로비 벽에 트로피도 없고 그저 고상한 수채화 몇 점이 걸려 있었다. 세련되어 보이기는 하지만 로큰롤 느낌이 많이 나지는 않았다.

두 사람은 기다릴 필요가 없었다. 접수 담당자는 그들을 마크 배철러의 사무실로 데려갔다. 그는 키가 큰 이십대 남자로 유행하는 태브 칼라 셔츠에 니트 타이 차림이었다. 그의 비서가 쟁반에 커피를 내왔다. “우린 에비를 사랑하고 에비의 동생을 도와주고 싶어.” 첫 만남의 의례적인 인사가 오간 뒤 배철러가 말했다. "하지만 그럴 수 있는지 확신이 안 서는군. 〈셰이크, 래틀 앤드 롤〉이 플럼 넬리에 해가 됐어."

데이브가 말했다. "부인은 못하겠네요. 하지만 정확히 무슨 뜻인지 말해주세요."

"솔직히 말해도 된다면……"

"물론이죠." 데이브는 에릭 채프먼과의 대화와는 참 많이 다르다고 생각하며 말했다.

"플럼 넬리는 어쩌다 운 좋게 행크 레밍턴의 곡을 얻은 평범한 팝그룹 같아. 사람들은 너희가 아니라 그 노래가 대단하다고 생각하지. 우리가 사는 세상은 작고—음반사 몇 개에 공연 기획자도 몇 안 되고, 텔레비전 쇼도 두 개뿐이지—모두가 같은 생각을 해. 나는 그중 누구에게도 너희를 팔 수 없어."

데이브는 침을 삼켰다. 배철러가 이렇게 솔직하리라고는 예상하지 못했다. 그는 실망감을 애써 감췄다. "행크 레밍턴의 곡을 받은 건 운이 좋았죠." 그는 인정했다. "하지만 우리가 평범한 팝그룹은 아니에요. 일류 리듬 파트가 있고, 리드기타리스트 연주가 끝내줘요. 외모도 괜찮고요."

"그럼 너희가 한 곡 반짝하고 끝날 그룹이 아니란 걸 증명해야지."

"알아요. 하지만 녹음 계약도 없고 큰 공연도 없이 어떻게 그럴 수 있을지 모르겠어요."

"끝내주는 노래가 더 필요해. 행크 레밍턴에게 노래를 또 받을 수는 없나?"

데이브는 고개를 저었다. "행크는 다른 사람들을 위해 곡을 쓰지 않아요. 〈그건 사랑이야〉는 발라드 곡이라 코즈가 녹음을 원하지 않았던 거고, 한 번뿐이었어요."

"그가 다른 발라드 곡을 쓸 수도 있지." 배철러는 누가 알겠느냐는 식으로 양손을 펴 보였다. "난 창조적인 사람이 아니야. 그래서 기획 일을 하지. 하지만 행크가 천재라는 감을 잡을 정도는 돼."

"글쎄요……" 데이브는 에비를 보았다. "부탁해볼 수는 있겠죠."

배철러는 경쾌하게 말했다. "그런다고 잘못될 게 뭐 있겠어?"

에비는 어깨를 으쓱했다. "난 괜찮아." 그녀가 말했다.

"그럼 됐네요." 데이브가 말했다.

배철러는 일어서더니 손을 내밀어 악수했다. "행운을 빌어." 그가 말했다.

건물을 나서며 데이브는 에비에게 말했다. "지금 행크 만나러 갈까?"

"난 쇼핑 좀 해야 돼." 에비가 말했다. "그이한테 오늘밤 보자고 했어."

"정말 중요한 일이야, 에비. 내 인생 전체가 엉망이라고."

"좋아." 그녀가 말했다. "내 차 모퉁이에 있어."

두 사람은 에비의 선빔 알파인을 타고 첼시로 향했다. 데이브는 입술을 깨물었다. 배철러는 잔인하리만큼 솔직하게 말하는 것으로 호의를 베풀었다. 하지만 그는 플럼 넬리의 재능을 믿지 않았다. 행크 레밍턴의 재능만 믿었다. 그럼에도 데이브가 행크에게서 좋은 노래 한 곡만 얻어낼 수 있다면 그룹은 다시 궤도에 오를 수 있다.

뭐라고 말해야 하지?

안녕, 행크. 발라드 곡 좀더 있어요? 그건 너무 가벼웠다.

행크, 나 곤란한 상황이에요. 너무 곤란해 보인다.

우리 음반사가 〈셰이크, 래틀 앤드 롤〉을 음반으로 내는 진짜 실수를 저질렀어요. 하지만 이 상황을 되돌릴 수 있어요. 당신이 조금만 도와주면요. 데이브는 이 가운데 어떤 식의 접근도 마음에 들지 않았다. 가장 큰 이유는 매달리는 게 너무 싫어서였다.

하지만 해야 했다.

행크는 강가에 아파트를 갖고 있었다. 에비는 앞장서서 크고 오래된 집으로 들어가더니 끽끽거리는 엘리베이터를 타고 올라갔다. 요즘 그녀는 대부분의 밤을 이곳에서 보냈다. 그녀는 자기 열쇠로 아파트 현관문을 열었다. "행크!" 그녀가 큰 소리로 불렀다. "나예요."

데이브는 그녀를 뒤따라 들어섰다. 눈에 확 띄는 현대적인 그림이 걸린 복도가 나왔다. 두 사람은 환한 주방을 지나 그랜드피아노가 놓인 거실로 들어섰다. 그곳에는 아무도 없었다.

"나간 모양이네." 데이브는 실망해 말했다.

에비가 말했다. "낮잠이라도 자나봐."

다른 문이 열리더니 침실이 분명해 보이는 곳에서 행크가 바지를 입으며 걸어나왔다. 그는 나오면서 문을 닫았다. "안녕, 자기." 그가 말했다. "침대에 있었어. 여, 데이브, 여기는 웬일이야?"

"정말 큰 부탁이 있어서 에비에게 말해서 왔어요." 데이브가 말했다.

"그렇구나." 행크는 에비를 보면서 말했다. "좀더 나중에 올 줄 알았는데."

"데이브가 급하대서."

데이브가 말했다. "우린 새 노래가 필요해요."

"지금은 때가 좋지 않아, 데이브." 행크가 말했다. 데이브는 무슨 뜻인지 설명을 기대했지만 행크는 더 말이 없었다.

에비가 말했다. "행크, 무슨 일 있는 거야?"

"사실은 그래." 행크가 말했다.

데이브는 깜짝 놀랐다. 그 질문에 그렇다고 대답하는 사람은 없었다.

여자인 에비의 직감은 데이브보다 한참 앞서나갔다. "침실에 누구 있어?"

“미안해, 자기.” 행크가 말했다. “자기가 돌아올 줄 몰랐어.”

그 순간 침실 문이 열리고 애나의 머리가 나왔다.

데이브는 깜짝 놀라 입이 벌어졌다. 재스퍼의 누나가 에비의 남자친구와 한 침대에 있다니!

애나는 스타킹에 하이힐까지 포함해 일하는 모습으로 완벽하게 차려입었지만, 머리는 헝클어졌고 재킷 단추는 제대로 잠겨 있지 않았다. 그녀는 누구와도 눈을 마주치지 않고 잠자코 있었다. 그저 거실로 가더니 가방을 들고 돌아왔다. 그러고는 현관문으로 가서 옷걸이에 걸린 코트를 내려 말없이 밖으로 나갔다.

행크가 말했다. “내 자서전 때문에 들렀다가 어쩌다보니……”

에비는 울고 있었다. “행크, 어떻게 이럴 수 있어?”

“그러려고 했던 게 아니야.” 그가 말했다. “그냥 그렇게 됐어.”

“자기가 날 사랑하는 줄 알았어.”

“사랑했어. 사랑해. 이건 그냥……”

“그냥 뭐?”

행크는 도움을 청하듯 데이브를 바라보았다. “남자가 이겨내지 못하는 충동이란 게 있어.”

데이브는 미키 맥피를 떠올리고는 고개를 끄덕였다.

에비는 화를 내며 말했다. “데이브는 애잖아. 당신은 남자인 줄 알았어, 행크.”

“이런.” 그는 갑자기 공격적으로 변했다. “말조심해.”

에비는 귀를 의심했다. “말조심하라고? 방금 다른 여자랑 침대에 있는 걸 들켜놓고, 나더러 말조심하라고?”

“진짜야.” 그는 위협하듯 말했다. “너무 멀리 나가지 마.”

데이브는 갑자기 두려웠다. 행크는 에비에게 주먹이라도 날릴 기세였다. 아일랜드 노동자들은 이런 식인가? 그럼 데이브는 어떻게 해야 하나? 누나의 애인에게서 누나를 보호해? 엘비스 프레슬리 이후 최고의 음악 천재와 싸워야 하는 걸까?

"너무 멀리?" 에비는 격분해 말했다. "이제 너무 멀리 나갈 거야. 저 빌어먹을 문밖으로 말이야. 그건 어때?" 그녀는 돌아서서 걸어나갔다.

데이브는 행크를 보았다. "음…… 그 노래 말인데요……"

행크는 말없이 고개를 저었다.

"좋아요." 데이브가 말했다. "알았어요." 대화를 이어갈 길이 보이지 않았다.

행크가 문을 열어주었고 데이브는 밖으로 나왔다.

에비는 차에서 오 분 동안 울더니 눈물을 닦았다. "집에 태워다줄게." 그녀가 말했다.

그들이 웨스트엔드에 돌아왔을 때 데이브가 말했다. "올라가자. 내가 커피 끓여줄게."

"고마워." 에비가 말했다.

발리가 소파에서 기타를 치고 있었다. "에비가 좀 속상한 일이 있었어." 데이브는 그에게 말했다. "행크와 깨졌어." 그는 주방으로 가서 주전자에 물을 올렸다.

발리가 말했다. "영어로 '좀 속상하다'는 아주 불행하다는 뜻이구나. 약간 불행하다면, 그러니까 상대방 생일을 잊었다고 털어놓을 때는 '끔찍하게 속상하다'라고 하는 거지, 맞지?"

에비가 웃었다. "이런, 발리, 너 아주 논리적이구나."

"독창적이기도 해." 발리가 말했다. "내가 힘나게 해줄게. 이걸 들어봐." 그는 연주를 시작하더니 노래를 불렀다. "네가 보고 싶어, 알리샤."

주방에 있던 데이브가 노래를 들으러 왔다. 발리는 D 마이너의 슬픈 발라드를 부르며 데이브가 알 수 없는 코드를 짚었다.

노래가 끝나자 데이브가 말했다. "아름다운 노래네. 라디오에서 들었어? 누구 노래야?"

"내 노래야." 발리가 말했다. "내가 만들었어."

"와." 데이브가 말했다. "다시 불러봐."

이번에는 데이브가 즉석에서 화음을 넣었다.

에비가 말했다. "너희 둘 다 끝내준다. 그 빌어먹을 행크 자식 필요도 없네."

데이브가 말했다. "이 노래를 마크 배철러에게 들려주고 싶은데." 그는 시계를 보았다. 다섯시 삼십분이었다. 그는 전화를 들고 인터내셔널 스타스로 전화를 걸었다. 배철러는 아직 자리에 있었다. "우리 노래가 있어요." 데이브가 말했다. "사무실에 가서 들려드려도 되나요?"

"꼭 듣고 싶지만 막 퇴근하려던 참이라서."

"집에 가는 길에 헨리에타 가에 잠깐 들를 수 있어요?"

잠시 머뭇거리더니 배철러가 말했다. "그래, 그러지. 내가 탈 전철역에서 가깝네."

"마실 거 뭐 좋아해요?"

"진토닉 부탁해."

이십 분 뒤 배철러는 술잔을 손에 들고 소파에 앉아 있었고, 데이브와 발리는 기타 두 대로 연주하면서 화음을 넣어 노래를 불렀고, 에비가 코러스로 함께했다.

노래가 끝나자 그가 말했다. "다시 불러봐."

두번째로 노래를 부르고 난 뒤 그들은 기대감을 품고 배철러를 바라보았다. 그는 잠시 잠자코 있었다. 그러더니 말했다. "히트곡을 듣고도 모른다면 내가 이 바닥에 있지 않았겠지. 이건 히트할 거야."

데이브와 발리는 씩 웃었다. 데이브가 말했다. "나도 그렇게 생각했어요."

"아주 좋은 곡이야." 배철러가 말했다. "이거라면 내가 녹음 계약을 해줄 수 있어."

데이브는 기타를 내려놓고 일어서서 배철러와 악수하는 것으로 동의했다. "이제 시작하면 되겠군요."

마크는 길게 한 모금 마셨다. "행크가 그 자리에서 곡을 써낸 거야? 아니면 어딘가 서랍에 넣어둔 거였나?"

데이브가 활짝 웃었다. 이제 악수까지 했으니 배철러에게 터놓고 말할 수 있었다. "행크 레밍턴 곡이 아니에요." 그가 말했다.

배철러는 눈썹을 치켜세웠다.

데이브가 말했다. "그럴 거라고 생각했을 텐데, 아니라고 미리 말 안 해서 미안해요. 하지만 열린 마음으로 들어줬으면 했어요."

"곡이 좋아, 그거면 된 거지. 그런데 어디서 난 곡인데?"

"발리가 썼어요." 데이브가 말했다. "오늘 오후 내가 당신 사무실에 있을 때."

"끝내주는군." 배철러가 말했다. 그는 발리에게 고개를 돌렸다. "B면에 실을 곡은 없어?"

*

"언니는 나가야 돼." 릴리 프랑크가 카롤린에게 말했다.

릴리가 해낸 생각은 아니었다. 사실은 어머니 생각이었다. 카를라는 카롤린의 건강을 걱정했다. 한스 호프만이 다녀간 뒤 카롤린은 몸무게가 줄었다. 얼굴이 창백하고 무기력해 보였다. 카를라가 말했다. "카롤린은 이제 겨우 스무 살이야. 남은 평생 수녀처럼 틀어박혀 지낼 수는 없어. 어디라도 좀 데려갈 수 없겠니?"

지금 그들은 카롤린의 방에서 기타를 연주하며 바닥에 앉아 장난감에 둘러싸인 알리스에게 노래를 불러주고 있었다. 알리스는 이따금 양손으로 열심히 박수쳤지만 대부분은 두 사람을 무시했다. 알리스가 가장 좋아하는 노래는 〈그건 사랑이야〉였다.

카롤린이 말했다. "못 나가. 알리스를 돌봐야지."

릴리는 반대에 대꾸할 준비가 되어 있었다. "우리 엄마가 봐줄 수 있어." 그녀가 말했다. "아니면 모드 할머니도 있고. 저녁에는 알리스도 별로 속 안 썩이잖아." 알리스는 이제 십사 개월이었고 밤새 잤다.

"모르겠어. 잘하는 일 같지 않아서."

"몇 년 동안, 정말 몇 년 동안 밤에 외출한 적 없잖아."

"하지만 발리가 어떻게 생각하겠어?"

"오빠도 언니가 숨어서 스스로 즐기지도 못한 채 살기를 바라지는 않을걸, 안 그래?"

"모르겠어."

"오늘 저녁 장크트 게르트루트 청년 클럽에 갈 거야. 같이 가면 어때? 음악도 있고 춤도 추고 토론도 하거든. 발리도 나쁘게 생각하지 않을 거야."

동독의 지도자 발터 울브리히트는 젊은이들에게 놀거리가 필요하다는 걸 알았지만 문제가 있었다. 하나같이 젊은이들이 좋아하는 것—팝음악, 패션, 만화, 할리우드 영화—은 구할 수 없거나 금지된 것이었다. 스포츠도 허가하긴 했지만 대개 남자와 여자 따로였다.

릴리가 알기로 자기 또래 대부분이 정부를 증오했다. 십대 아이들은 공산주의나 자본주의에 크게 신경쓰지 않지만 헤어스타일, 패션, 팝음악에는 열을 올렸다. 그들이 좋아하는 모든 것을 철저히 싫어하는 울브리히트 때문에 릴리의 세대는 정부와 멀어졌다. 설상가상으로 그들은 서독 또래들의 삶에 대해 아마 완전히 비현실적일 것인 환상을 키웠다. 상상 속 그들은 침실에 전축이 있고 옷장은 최신 유행하는 새 옷으로 가득차 있고 매일 아이스크림을 먹었다.

교회의 청년 클럽은 청소년들이 생활의 빈틈을 채우려는 어정쩡한 시도를 할 수 있도록 허락받은 모임이었다. 그런 클럽들은 위험할 만큼 논쟁이 자유롭지는 않았지만, 그래도 공산당 청년 조직 '젊은 개척자' 처럼 숨막힐 정도로 옳은 말만 해야 하는 것은 아니었다.

카롤린은 곰곰이 생각하는 눈치였다. "네 말이 옳을지도 몰라." 그녀가 말했다. "평생을 희생자로만 살 수는 없어. 운이 나빴지만 거기에 매여 있을 수는 없지. 슈타지는 내가 국경 경비병을 죽인 살인자의 여자친구에 불과하다지만 그 말을 내가 받아들일 필요는 없는 거야."

"바로 그거야." 릴리는 기뻤다.

"발리에게 편지를 써서 다 말할 거야. 하지만 너랑 나갈게."

"그럼 옷 갈아입자."

릴리는 자기 방으로 가서 짧은 치마를 입었다. 동독 사람이라면 누구나 보는 서방의 텔레비전 쇼에 나오는 여자애들이 입는 미니스커트는 아니고, 무릎 위까지 내려오는 것이었다. 이제 카롤린도 동의했지만 릴리는 이게 잘하는 일인지 스스로 물었다. 카롤린은 분명 그녀만의 인생이 필요했다. 슈타지가 자기를 규정하도록 둘 수는 없다는 그녀의 말은 딱 맞았다. 하지만 발리가 알면 어떻게 생각할까? 카롤린이 그를 잊을 거라고 걱정하지 않을까? 릴리는 오빠를 못 본 지 거의 이 년이 다 되어갔다. 이제 오빠는 열아홉 살이고 팝스타였다. 오빠가 어떻게 생각할지 그녀는 알지 못했다.

카롤린은 릴리의 청바지를 빌려 입었고 그들은 함께 화장을 했다. 릴리의 언니 레베카가 함부르크에서 검은색 아이라이너와 파란색 아이섀도를 보내주었고, 기적적으로 슈타지에게 빼앗기지 않았다.

두 사람은 나가기 전에 주방에 들렀다. 카를라가 알리스를 보고 있었는데, 엄마에게 잘 가라며 신나게 손을 흔드는 알리스의 모습에 카롤린은 약간 발끈했다.

그들은 도로 몇 개를 걸어서 개신교 교회로 갔다. 집에서 교회에 다니는 사람은 할머니 모드밖에 없지만 릴리도 전에 교회 지하실에서 모이는 청년 클럽에는 두 번 와본 적이 있다. 이곳을 운영하는 사람은 비틀스 같은 머리 모양의 새로 온 젊은 목사 오도 포슬러였다. 적어도 스물다섯 살인 그는 릴리에 비해 나이가 너무 많았지만 섹시했다.

음악을 위해 오도는 피아노 한 대와 기타 두 대, 그리고 전축을 갖춰두었다. 그들은 정부가 불만을 품을 만한 포크댄스로 시작했다. 릴리의 짝은 열여섯 살로 나이가 비슷한 베르톨트였다. 착하지만 섹시하지는 않았다. 릴리는 약간 더 나이가 들고 폴 매카트니처럼 보이는 토르스텐에게 눈길을 주었다.

박수를 많이 쳤고 빙글빙글 도는 스텝은 힘이 넘쳤다. 릴리는 카롤린이 춤추는 무리에 들어와 미소짓다가 웃음을 터뜨리는 모습을 보니 즐거웠다. 벌써 평소보다 보기 좋았다.

하지만 포크댄스는 적의에 찬 심문을 받았을 때 대답하기 위한 미끼에 불과했다. 누군가 〈아이 필 파인〉이라는 비틀스의 노래를 틀자 모두 트위스트를 추기 시작했다.

한 시간 뒤 그들은 잠시 쉬면서 동독의 콜라인 비타콜라를 한 잔씩 마셨다. 흥분해서 행복해하는 카롤린의 모습에 릴리는 만족했다. 오도는 돌아다니며 한 사람씩 이야기를 나누었다. 그의 말은 인간관계와 섹스를 포함해 누구든 뭐든 문제가 있으면 들어주고 조언해주겠다는 것이었다. 카롤린이 그에게 말했다. "제 문제는 아이아버지가 서독에 있다는 거예요." 그리고 두 사람은 다시 춤추기 시작할 때까지 진지하게 토론을 했다.

열시가 되어 전축이 꺼지자 릴리는 기타를 집어드는 카롤린을 보고 깜짝 놀랐다. 그리고 릴리에게도 다른 기타를 잡으라는 시늉을 해 보였다. 집에서라면 몰라도 사람들 앞에서 함께 연주하고 노래하다니 릴리는 한 번도 생각해보지 못했다. 지금 카롤린은 에벌리 브러더스의 〈웨이크 업, 리틀 수지〉를 시작했다. 두 대의 기타는 서로 잘 어울렸고 카롤린과 릴리는 화음을 넣어 노래했다. 곡이 끝나기 전, 지하실의 모두는 노래에 맞춰 자이브를 추었다. 노래가 끝나자 춤추던 아이들은 더 부르라고 요청했다.

두 사람은 〈네 손을 잡고 싶어〉와 〈내게 망치가 있다면〉을 연주했고 그다음엔 느린 춤곡으로 〈그건 사랑이야〉를 불렀다. 다들 두 사람이 멈추지 않기를 바랐지만 오도는 한 곡만 더 부르고 경찰이 와서 체포하기 전에 모두 집으로 가라고 했다. 웃으며 말했지만 진심이었다.

마지막 곡으로 그들은 〈미국에 돌아오니〉를 불렀다.

37장

1965년 초 대학교의 마지막 시험을 준비하고 있던 재스퍼 머리는 주소를 찾아낼 수 있는 미국의 모든 방송사에 편지를 썼다.

모두 같은 내용이었다. 그는 에비와 행크의 열애설 기사와 그가 쓴 마틴 루서 킹 기사, 그리고 〈진실〉의 암살 특집호를 보냈다. 그리고 일자리를 달라고 했다. 미국의 텔레비전 방송국이라면 어떤 일자리든 좋았다.

이렇게 간절했던 것은 없었다. 신문보다는 텔레비전 뉴스가 나았고—빠르고 매력적이고 더 생생했다—미국 방송국이 영국 방송국보다 나았다. 그리고 그는 잘해낼 수 있다는 걸 알았다. 필요한 건 시작하는 것뿐이었다. 괴로울 정도로 원했다.

편지들을 부치고 나서—돈도 꽤 들었다—누나인 애나에게 점심을 사달라고 했다. 그들은 좌익 작가들과 정치인들이 좋아하는 헝가리 식당 '게이 허자르'에 갔다. "미국에서 일자리 못 잡으면 뭐할 거야?" 애나는 주문을 마치고 재스퍼에게 물었다.

앞날의 전망은 그를 우울하게 했다. "진짜 모르겠어. 이 나라에서는 우선 지방신문에서 일하면서 고양이 선발대회나 오래 일한 부시장의 부고 따위를 취재해야 한다는데, 난 그런 일은 못하겠어."

애나는 이 식당에 유명한 차가운 체리 수프를 먹었다. 재스퍼는 타르타르소스를 곁들인 버섯 튀김을 먹었다. 애나가 말했다. "저, 네게 사과해야 할 게 있어."

"그래." 재스퍼가 말했다. "빌어먹을, 당연하지."

"야, 행크하고 에비는 결혼은커녕 약혼도 안 한 사이야."

"하지만 누나는 두 사람이 커플이란 걸 뻔히 알고 있었지."

"그래, 그 사람이랑 잔 건 잘못이야."

"맞아."

"그렇게 빌어먹을 정도로 고매한 척할 거 없어. 그건 나답지 않은 일이었고 오히려 네가 잘하는 짓이잖아."

사실이라서 토를 달지는 않았다. 그는 유부녀나 약혼자가 있는 여자와도 잔 적이 있었다. 대신 이렇게 말했다. "어머니가 아셔?"

"그래, 엄청나게 화나셨어. 데이지 윌리엄스는 삼십 년 동안 어머니의 가장 친한 친구였고 너한테는 더없이 친절을 베풀며 집세도 안 받고 살게 해줬는데 이제 내가 그분 딸에게 그런 짓을 했으니. 데이지가 너한테 뭐라고 해?"

"누나가 딸에게 그런 고통을 안겼으니 화가 났지. 하지만 자기도 로이드와 사랑에 빠졌을 때 이미 다른 사람과 결혼한 상태였고, 그래서 지나치게 도덕적으로 분노할 자격은 없는 것 같다더군."

"그래, 어쨌든 미안해."

"고마워."

"진심으로 미안한 건 아니지만."

"그게 무슨 말이야?"

"내가 행크랑 잔 건 그를 사랑했기 때문이야. 그 첫날 이후로 거의 매일 밤을 그와 보냈어. 지금까지 만나본 남자 가운데 가장 멋져. 그 사람을 바닥에 못으로 박아놓고서라도 결혼할 거야."

"도대체 그 친구가 누나의 뭘 보고 그러는지 동생으로서 물어볼 자격은 있겠지."

"가슴 큰 거 빼고?" 그녀는 웃었다.

"누나가 예쁜 것도 아니고 나이도 행크보다 몇 살 많잖아. 게다가 그 친구가 손가락만 튕겨도 침대로 뛰어들 섹시한 아가씨가 영국에만 백만 명은 될 텐데."

그녀는 고개를 끄덕였다. "두 가지야. 첫째, 그는 똑똑하지만 교육을 못 받았어. 난 그의 마음속 세계의 안내인이야. 예술, 연극, 정치, 문학. 그런 것들을 거들먹거리지 않고 알려주는 사람에게 푹 빠지더라고."

재스퍼는 놀라지 않았다. "로이드나 데이지하고 그런 이야기 나누는 걸 정말 좋아했으니까. 하지만 다른 하나는 뭐야?"

"그 사람이 내 두번째 애인이란 건 너도 알겠지."

재스퍼는 고개를 끄덕였다. 여자는 그런 걸 인정하는 게 아니라지만 그와 애나는 늘 서로의 이성관계를 알았다.

그녀가 말을 이었다. "난 서배스천이랑 사 년 사귀었어. 그렇게 오래 사귀면 여자는 많이 배워. 행크는 섹스에 대해 거의 몰라. 진짜로 가까워질 때까지 오래 사귄 여자친구가 한 명도 없었으니까. 에비가 제일 오래 사귄 상대인데, 걔도 남자에게 많은 걸 가르치기에는 너무 어리거든."

"알겠군." 재스퍼는 남녀관계를 이런 식으로는 한 번도 생각해본 적이 없었지만, 말이 되었다. 그도 행크와 조금 비슷했다. 여자들이 그가 침대에서 세련되지 못하다고 생각하는지 궁금했다.

"행크는 미키 맥피라는 가수한테 많이 배웠다던데, 그 여자하고도 두 번밖에 안 잤다더라고."

"진짜? 데이브 윌리엄스가 그 여자하고 대기실에서 했다던데."

"그 얘길 데이브가 너한테 했어?"

"모두에게 얘기했을걸. 아마도 첫 경험이었을 테니까."

"미키 맥피가 발이 넓군."

"그러니까 누나는 행크의 사랑 선생님이군."

"그는 빨리 배워. 빠르게 성장하고 있고. 그가 에비에게 한 그런 짓은 절대 다시 하지 않을 거야."

재스퍼는 확신이 없었지만, 걱정을 입 밖에 내지는 않았다.

*

딤카 드보르킨은 1965년 2월 나탈리야 스모트로프를 포함한 외무부 관리 및 보좌관 대규모 일행을 따라서 베트남으로 날아갔다.

딤카로서는 소련을 벗어나는 첫 여행이었다. 하지만 나탈리야와 함께라는 사실이 더욱 흥분되었다. 무슨 일이 벌어질지 확실히 알지 못했지만 신나는 해방감이 느껴졌고 그가 보기에 나탈리야 역시 마찬가지였다. 그들은 모스크바에서, 그의 아내나 나탈리야의 남편에게서 멀리 떨어져 있었다. 무슨 일이든 생길 수 있었다.

딤카는 대체로 낙관적인 기분이었다. 흐루쇼프 실각 이후 그의 상관이 된 코시긴은 소련이 경제 때문에 냉전에서 지고 있다는 걸 이해했다. 소련의 산업은 비능률적이었고 시민들은 가난했다. 코시긴의 목표는 소련을 더 생산적으로 만드는 것이었다. 다른 나라 국민들이 구매하고 싶을 만한 물건을 생산하는 방법을 배워야 했다. 그들은 단지 탱크와 미사일만이 아니라 부에서 미국과 경쟁해야 했다. 그래야 세상을 그들 삶의 방식대로 바꿀 희망을 품을 수 있었다. 이런 태도는 딤카에게 용기를 북돋아주었다. 지도자인 브레즈네프는 한심하리만큼 보수적이었지만 어쩌면 코시긴이 공산주의를 개혁할 수도 있다.

경제 문제의 일부는 국민소득의 너무 많은 부분이 군사 분야에 사용된다는 점이었다. 이런 절름발이식 지출을 줄이겠다는 희망에 흐루쇼프는 자본주의자들과 전쟁을 하지 않고 함께 살아가는 평화적 공존 정책을 제시했다. 그런 사상을 실행에 옮기는 시도는 딱히 한 것이 없었다. 베를린, 그리고 쿠바에서의 분쟁은 군사적 비용을 줄이기는커녕 늘려놓았다. 그러나 크렘린에서 진보적으로 생각하는 사람들은 여전히 그런 정책을 신봉했다.

베트남은 혹독한 시험대가 될 터였다.

비행기 밖으로 발을 내디딘 딤카에게 이제껏 그가 경험해보지 못한 따뜻하고 축축한 공기가 달려들었다. 하노이는 오래된 나라의 오래된 수도였다. 처음에는 중국, 다음에는 프랑스, 그리고 미국 등 외국에 오랫동안 억눌려온 나라. 베트남은 딤카가 지금까지 본 어느 곳보다 더 사람이 많고 화려했다.

또한 둘로 갈라져 있는 나라이기도 했다.

베트남의 지도자 호찌민은 1950년대 반식민지 전쟁에서 프랑스를 물리쳤다. 하지만 호는 비민주적인 공산주의자였고 미국은 그의 권력을 인정하길 거부했다. 아이젠하워 대통령은 주 수도인 사이공에 근거지를 둔 남쪽의 꼭두각시 정권을 지원해왔다. 선거로 뽑히지 않은 사이공 정권은 압제적인데다 인기가 없었고 베트콩이라 부르는 저항운동 전사들의 공격을 받고 있었다. 1965년 현재 남베트남은 군사력이 너무 약해 이만삼천 명에 달하는 미군의 지원을 받고 있었다.

미국은 소련이 동독을 두고 하나의 국가인 척하는 것과 똑같이 남베트남이 독립된 국가인 것처럼 행동했다. 베트남은 독일을 거울에 비춰 놓은 듯한 나라였지만, 딤카는 절대 그런 말을 입 밖에 내지 않았다.

장관들이 북베트남의 지도자들과 연회를 갖는 동안 소련의 보좌관들은 대등한 지위의 베트남 사람들과 덜 형식적인 저녁식사를 했다. 그들 모두 러시아어를 했고, 일부는 모스크바를 방문한 적도 있었다. 음식은 대부분 채소와 쌀이었고 생선과 고기는 조금이었지만 맛이 좋았다. 베트남에는 여자 관료가 없어서 남자들은 나탈리야와 다른 두 명의 소련 여자를 보고 놀라는 기색이었다.

딤카는 팜안이라는 이름의 뚱한 중년 관료 옆자리에 앉았다. 맞은편에 앉은 나탈리야는 회담을 통해 무엇을 얻고 싶은지 그에게 물었다.

안의 대답은 쇼핑 목록이었다. "우리는 비행기, 대포, 레이더, 공중 방어 시스템, 소형 무기, 탄약, 의료 지원을 원합니다." 그가 말했다.

소련이 정확히 피하고 싶었던 것들이었다. 나탈리야가 말했다. "하지만 전쟁이 끝나면 그런 것들은 필요가 없을 텐데요."

"우리가 미 제국주의자들을 물리치고 나면 다른 쓸모가 있을 테죠."

"우리 모두 베트콩이 압도적인 승리를 거두는 걸 보고 싶습니다." 나탈리야가 말했다. "하지만 다른 결과도 가능하겠죠." 그녀는 평화적 공존에 대한 생각을 꺼내보려는 것이었다.

"승리만이 유일한 가능성입니다." 팜안이 거만하게 말했다.

딤카는 충격을 받았다. 안은 소련이 이곳에 온 이유인 논의 주제에 참여하기를 완강하게 거부하고 있었다. 어쩌면 여자와 논쟁을 벌이는 것이 품위가 상하는 일이라고 느끼는지도 몰랐다. 딤카는 그가 완고하게 구는 이유가 오로지 그뿐이기를 바랐다. 만일 베트남이 전쟁의 대안에 대해서는 대화하려 들지 않는다면 소련 대표단은 실패할 터였다.

나탈리야는 목표를 쉽게 포기하지 않았다. 지금 그녀가 말했다. "확실한 군사적인 승리만이 유일하고 가능한 결과가 아닐 수도 있습니다." 고집 있고 대담한 그녀의 모습이 딤카는 뿌듯했다.

"패배를 말하는 겁니까?" 안은 발끈해 말했다. 아니, 적어도 발끈하는 척했다.

"아니죠." 그녀는 차분하게 말했다. "하지만 승리로 가는 길은 전쟁만이 아닙니다. 협상도 대안이 될 수 있어요."

"우리는 프랑스와 많이 협상했습니다." 안은 화를 내며 말했다. "모든 합의는 그들이 추가 공격을 준비하는 동안 오직 시간을 벌기 위한 수단일 뿐이었지. 이것이 우리 인민들이 배운 교훈이고, 제국주의자들을 상대할 때 필요한 교훈이고, 우리가 절대 잊지 않을 교훈입니다."

베트남의 역사에 대해 읽은 딤카는 안의 분노가 정당하다는 걸 알았다. 프랑스는 다른 모든 제국주의자와 마찬가지로 부정직하고 신뢰할 수 없었다. 하지만 그것이 이야기의 끝은 아니었다.

나탈리야는 포기하지 않았다. 당연히 그래야만 했던 것이, 이것이 코시긴이 호찌민에게 명백하게 전하는 메시지였기 때문이다. "제국주의자들을 신뢰할 수 없다는 건 우리 모두 압니다. 하지만 혁명가들도 마찬가지로 협상을 이용할 수 있어요. 레닌은 브레스트리토프스크에서 협상했습니다. 그는 양보했지만, 권력을 잃지 않고 더 강해진 뒤에 그 모든 양보를 뒤집었죠."

안은 호찌민의 말을 그대로 가져왔다. "우리는 베트콩 대표들을 포함한 중립연립정부가 사이공에 생기기 전까지는 협상을 고려하지 않을 것입니다."

"합리적으로 생각해야죠." 나탈리야는 부드럽게 말했다. "주요 요구사항을 전제조건으로 내세우는 건 협상을 회피하는 것에 불과해요. 타협을 고려해야만 합니다."

안은 화를 내며 말했다. "독일이 러시아를 침공하고 모스크바의 문턱까지 쳐들어갔을 때, 당신들은 타협했습니까?" 그는 주먹으로 테이블을 내려쳤다. 딤카는 이해하기 어려운 동양적 태도에서 비롯되었을 그 행동에 깜짝 놀랐다. "안 돼! 협상이나 타협은 없어요. 미국인도 안 돼!"

얼마 지나지 않아 연회는 끝났다.

딤카와 나탈리야는 호텔로 돌아왔다. 그는 그녀를 방까지 데려다주었다. 문 앞에서 그녀는 간단하게 말했다. "들어와요."

이제 겨우 세번째로 함께하는 밤이었다. 처음 두 번은 크렘린의 오래된 가구들이 가득찬 먼지투성이 창고 안 네 모퉁이에 기둥이 달린 침대에서 보냈다. 하지만 어찌된 일인지 침실에 함께 있는 것이 마치 몇 년 동안 연인으로 지낸 사이처럼 자연스러운 느낌이었다.

두 사람은 키스하고 신발을 벗고 다시 키스하고 이를 닦고 다시 키스했다. 그들은 걷잡을 수 없는 욕망으로 미쳐 날뛰지 않았다. 오히려 느긋하고 장난스러운 분위기였다. "밤새 뭐든 원하는 대로 할 수 있어요." 나탈리야가 말했다. 딤카는 그것이 지금까지 들어본 가장 섹시한 말이라고 생각했다.

두 사람은 사랑을 나눈 다음 그녀가 가져온 캐비아를 곁들여 보드카를 마시고 다시 사랑을 나누었다.

그리고 나서 어지럽게 흐트러진 시트 위에 누워 느릿느릿 돌아가는 천장 선풍기를 보며 나탈리야가 말했다. "누가 우리 얘기를 엿듣는 것 같아요."

"그래야죠." 딤카가 말했다. "엄청난 돈을 들여 KGB 팀을 이리로 보내서 호텔방을 어떻게 도청하는지 가르쳤잖아요."

"어쩌면 팜안이 듣고 있는지도 모르죠." 나탈리야는 그렇게 말하고 킥킥 웃었다.

"그렇다면 그가 저녁식사 때보다는 더 즐거웠으면 좋겠네요."

"흠. 그건 재난에 가까웠어요."

"우리에게 무기를 받아내려면 그들은 태도를 바꿔야 해요. 브레즈네프조차 우리가 동남아시아에서 대규모 전쟁에 휘말리는 걸 원치 않아요."

"하지만 우리가 무장시켜주지 않으면, 이들은 중국에 갈 수도 있어요."

"이들은 중국을 증오해요."

"알아요. 그래도……"

"맞아요."

두 사람은 스르르 잠들었다가 전화 소리에 깼다. 나탈리야가 전화를 받고 이름을 말했다. 그녀는 한참 듣고 있더니 말했다. "젠장." 또 한참이 지나고 나서야 그녀는 전화를 끊었다. "남베트남에서 들어온 소식이에요. 어젯밤 베트콩이 미군 기지를 공격했대요."

"어젯밤? 코시긴이 하노이에 도착하고 몇 시간 뒤에요? 그건 우연이 아니군요. 어디서요?"

"쁠래이꾸라는 곳이에요. 미국인 여덟 명이 죽었고 백여 명이 부상이래요. 지상에 있던 미군 비행기 열 대도 파괴했어요."

"베트콩 사상자는 얼마나 되죠?"

"기지 내부에 한 명의 시체만 남았다는군요."

딤카는 놀라 고개를 흔들었다. "베트남 사람들은 도리가 없군. 엄청난 전사들이야."

"베트콩이 그렇죠. 남베트남 군대는 가망이 없어요. 그래서 대신 싸워줄 미국인이 필요하잖아요."

딤카는 얼굴을 찌푸렸다. "지금 남베트남에 미국인 거물이 와 있지 않나요?"

“맥조지 번디라고 국가안보 보좌관인데, 가장 끔찍한 제국주의적 자본주의 전쟁광 중 하나죠.”

“지금은 존슨 대통령하고 통화중이겠군요.”

“그렇죠.” 나탈리야가 말했다. “무슨 말을 할지 궁금하네요.”

그녀는 같은 날 시간이 한참 지나고 나서 답을 알 수 있었다.

항공모함 레인저 호에서 날아오른 미국 항공기들이 북베트남 해안의 동허이라는 군 기지를 폭격했다. 북측에 대한 미국의 첫 폭격으로 분쟁의 새로운 국면이 시작된 것이다.

딤카는 하루 만에 코시긴의 위치가 조금씩 무너져내리는 걸 괴로운 심정으로 지켜보았다.

폭격 후 세계 곳곳의 공산주의국가와 비동맹국들은 미국의 공격을 비난했다.

제삼세계 지도자들은 이제 모스크바가 미 제국주의로부터 직접적인 공격을 받은 공산국가 베트남을 지원하기를 기대했다.

코시긴은 베트남전쟁이 확대되는 걸 원치 않았고, 크렘린은 호찌민에 대한 대규모 군사 지원을 감당할 수 없지만 지금 그들이 바로 그러고 있었다.

달리 선택지가 없었다. 그들이 물러서면 어떻게든 소련 대신 작은 공산주의국가들의 강력한 친구가 되고 싶어하는 중국이 개입할 것이다. 세계 공산주의의 수호자라는 소련의 위상이 위험했고, 모두가 그걸 알고 있었다.

평화적 공존에 관한 이야기는 모두 잊히고 말았다.

딤카와 나탈리야는 물론이고 전체 소련 대표단이 침울한 분위기였다. 베트남과의 협상력은 치명적으로 약해졌다. 코시긴은 내놓을 카드가 없었다. 호찌민이 요구하는 모든 걸 승인해야 했다.

그들은 하노이에 사흘 더 머물렀다. 딤카와 나탈리야는 밤새 사랑을 나누었지만 낮에 하는 일이라고는 팜안의 쇼핑 목록을 구체적으로 정리하는 것뿐이었다. 그들이 떠나기도 전에 소련제 지대공 미사일의 운송이 시작되었다.

딤카와 나탈리야는 귀국하는 비행기에 나란히 앉아 있었다. 딤카는 게으르게 돌아가는 천장 선풍기 아래 사랑을 나누던 눅눅한 나흘 밤을 흐뭇하게 떠올리며 졸았다.

"왜 웃어요?" 나탈리야가 말했다.

그는 눈을 떴다. "알잖아요."

그녀는 킥킥댔다. "그거 말고……"

"네?"

"이번 방문을 머릿속에서 돌아보면 기분이……"

"우리가 완전히 관리당하고 이용당한 기분? 맞아요, 도착한 날부터."

"사실상 호찌민은 세계에서 가장 강력한 두 나라를 교묘하게 조종해서 결국 원하는 모든 걸 얻어냈어요."

"그래요." 딤카가 말했다. "내 느낌도 정확히 그래요."

*

타냐는 바실리의 체제전복적인 원고를 가방에 넣은 채 공항으로 향했다. 두려웠다.

전에도 위험한 일은 해본 적이 있다. 선동적인 신문을 발행했다. 마야콥스키 광장에서 체포되어 악명 높은 KGB의 루뱐카 건물 지하에 끌려가기도 했다. 시베리아에 있는 반체제분자와도 접촉했다. 하지만 지금이 가장 무서웠다.

서방과 연락을 주고받는 일은 더 중대한 범죄였다. 그녀는 타자기로 친 바실리의 원고를 라이프치히로 가져가고 있었다. 그곳에서라면 서방의 출판사에 넘겨줄 수 있을 것 같았다.

그녀와 바실리가 발행했던 소식지는 소련 내에서만 배포되었다. 반체제 인사의 글이 서방으로 흘러나간 걸 알면 당국은 훨씬 더 화를 낼 것이다. 그 일에 책임이 있는 사람들은 단순한 저항 세력이 아니라 반역자 취급을 받을 것이다.

위험을 생각하며 택시 뒷자리에 앉아 있자니 두려움에 구역질이 올라와 당황한 나머지 속이 가라앉을 때까지 손으로 입을 막고 있었다.

공항에 도착했을 때는 기사에게 차를 돌려 집으로 가자고 말할 뻔했다. 그 순간 시베리아에서 굶주림과 추위에 시달리는 바실리가 떠올라 마음을 굳게 다지고서 여행가방을 들고 터미널로 들어갔다.

시베리아에 다녀온 뒤 그녀는 변했다. 이전에는 공산주의를 좋은 의도의 실험이지만 실패했으니 폐기해야 할 대상으로 보았다. 이제는 사악한 지도자들의 잔혹한 압제 행위로 보았다. 바실리를 떠올릴 때마다 그녀의 가슴은 그에게 그런 짓을 저지른 사람들을 향한 증오로 가득찼다. 심지어 쌍둥이 오빠에게도 말하기 어려웠다. 딤카는 아직도 공산주의가 폐지되기보다는 개선될 수 있다는 희망을 품고 있었다. 그녀는 딤카를 사랑했지만 그는 현실에 눈감고 있었다. 그리고 그녀는 어디든 잔인한 억압이 있는 곳에는—이를테면 미국의 최남동부, 영국의 북아일랜드, 그리고 동독—그녀의 가족처럼 소름끼치는 진실을 외면하는 착하고 평범한 사람들이 존재한다는 사실을 깨달았다. 하지만 타냐는 그 가운데 하나가 되지 않을 터였다. 끝까지 싸울 작정이었다.

어떤 위험이 있을지라도.

데스크로 가서 서류를 건네고 가방을 저울에 올렸다. 만일 신을 믿었다면 기도를 했을 것이다.

체크인 카운터 직원은 모두 KGB였다. 이 요원은 삼십대로 숱 많은 수염 자국이 퍼렇게 보였다. 타냐는 가끔 사람들을 볼 때 인터뷰를 하면 어떨까 상상하며 평가하곤 했다. 이 사람은 공격적이라 느껴질 정도로 자기주장이 강하겠군. 그녀는 생각했다. 그리고 중립적인 질문에도 마치 적대적인 뜻이 있는 양 대답했고 숨겨진 의도나 은근한 비난은 없는지 끊임없이 살폈다.

직원은 그녀를 뚫어져라 노려보며 사진과 비교했다. 그녀는 겁먹지 않으려고 애썼다. 하지만 결백한 소련 시민도 KGB 요원이 쳐다보면 겁을 먹는다고 속으로 말했다.

그는 여권을 데스크에 내려놓더니 말했다. "가방 여시오."

이유는 알 수 없었다. 수상해 보인다고 판단했거나, 달리 할 일이 없거나, 그것도 아니면 여자의 속옷을 만지는 걸 좋아하기 때문일 수도 있었다. 그들은 이유를 알려주지 않았다.

타냐는 두근거리는 가슴으로 가방을 열었다.

직원은 무릎을 꿇고 그녀의 물건들을 뒤지기 시작했다. 일 분도 안 돼 타이핑한 바실리의 원고를 찾아냈다. 그는 원고를 꺼내 제목을 읽었다. 『포로수용소: 나치 강제수용소에 관한 소설』. 클라우스 홀슈타인 지음.

제목은 가짜였고 목차와 서문 도입부도 마찬가지로 가짜였다.

그가 말했다. "이건 뭐요?"

"동독 작품을 일부 번역한 겁니다. 라이프치히 도서전에 가거든요."

"이거 허가받은 거요?"

"동독에서는 당연히 그렇습니다. 다른 곳에서는 아직 출판되지 않았습니다."

"소련 내에서는?"

"아직 출판 전입니다. 책들은 출간되기 전까지는 허가를 받지 않아도 됩니다. 당연한 겁니다만."

그녀는 직원이 원고를 넘겨보는 동안 평소처럼 숨을 쉬려고 애썼다.

"여기 사람들 이름이 러시아식인데." 그가 말했다.

"아시다시피 나치 수용소에는 러시아 사람이 많이 갇혀 있었죠." 타냐가 말했다.

만일 그가 원고 내용을 검토해본다면 당장 실패라는 사실을 그녀는 알았다. 시간을 들여 처음 몇 페이지 이상 내용을 읽는다면 이야기가 나치가 아닌 소련의 노동수용소에 관한 것임을 알게 될 터였다. 그리고 KGB는 두 시간이면 동독에 이런 책이나 출판사가 존재하지 않는다는 사실을 알아낼 테고, 그때쯤이면 타냐는 루뱐카의 지하실로 다시 끌려가고 있을 것이다.

그는 이걸로 소란을 피울까 말까 고민하는 듯 한가롭게 원고를 대충 넘기고 있었다. 그 순간 옆 데스크에서 소동이 일었다. 승객 한 명이 성상聖像 압수에 항의하고 있었다. 타냐를 맡은 직원은 서류와 탑승권을 돌려주며 가라는 손짓을 해 보이고는 동료를 도우러 갔다.

그녀는 다리 힘이 쭉 빠져 제대로 걷지 못할까 두려웠다.

기운을 되찾고 나머지 수속을 밟았다. 비행기는 익숙한 투폴레프 Tu-104였다. 민간인 승객을 위해 설계된 것으로 한 줄에 좌석이 여섯 개씩이라 조금 비좁았다. 라이프치히까지 비행거리는 1600킬로미터로 세 시간이 조금 더 걸렸다.

목적지에 내려서 가방을 받아든 타냐는 조심스럽게 살폈지만 누가 열어본 흔적은 찾지 못했다. 하지만 아직 안전한 것은 아니었다. 세관 및 출입국 구역으로 가방을 가져가면서 마치 방사성 물질이라도 들고 있는 기분이었다. 그녀는 동독 정부가 소련 정권보다 더 무자비하다는 말을 떠올렸다. 슈타지는 KGB보다도 더 많은 곳에 존재했다.

그녀는 서류를 내밀었다. 관리가 꼼꼼히 보더니 무례한 몸짓으로 그녀를 통과시켰다.

그녀는 제복을 입고 서서 승객들을 샅샅이 살피는, 모두 남자인 공항 직원들의 얼굴을 보지 않은 채 출구로 향했다.

그때 직원 가운데 한 명이 그녀 앞으로 나섰다. "타냐 드보르킨?"

그녀는 떳떳지 못한 마음에 눈물을 터뜨릴 뻔했다. "네, 네."

그는 독일어로 말했다. "저랑 함께 가시죠."

이거야. 그녀는 생각했다. 내 목숨은 끝났어.

그녀는 남자를 따라 옆에 난 문으로 향했다. 놀랍게도 그 문은 주차장으로 연결되었다. "도서전 책임자가 차량을 보냈습니다." 관리가 말했다.

기사가 기다리고 있었다. 그는 자신을 소개하고는 녹색과 흰색이 섞인 바르트부르크 311 리무진 트렁크에 죄를 진 여행가방을 넣었다.

타냐는 뒷좌석에 쓰러지듯 앉아 술 취한 사람처럼 맥을 못 추고 널브러졌다.

자동차가 그녀를 도심으로 데려가는 동안 다시 기운이 나기 시작했다. 라이프치히는 오래전부터 교통의 요지로 중세 이래 여러 박람회를 열고 있다. 이곳 기차역은 유럽에서 가장 컸다. 타냐는 기사에서 이 도시의 강력한 공산주의 전통과 1940년대까지 지속된 나치에 대한 항거를 언급할 계획이었다. 라이프치히의 위엄 넘치는 19세기 건물들이 브루탈리즘 양식의 소련 시대 건축물보다 훨씬 더 우아하다는, 지금 떠오른 생각은 써넣지 않을 것이다.

자동차는 그녀를 도서전이 열리는 곳으로 데려갔다. 창고처럼 생긴 커다란 행사장에 독일과 해외에서 온 출판사들이 칸막이를 세우고 각자의 책을 전시했다. 책임자는 타냐가 둘러볼 수 있도록 안내했다. 그는 도서전에서의 주거래는 실제 책이 아니라 해외 번역 출판권을 사고파는 일이라 했다.

오후가 끝나갈 무렵에야 그녀는 간신히 책임자에게서 풀려나 혼자 도서전을 둘러보았다.

책의 어마어마한 수량과 갈피를 잡을 수 없을 만큼 다양한 종류에 놀랐다. 자동차 사용 설명서, 과학 잡지, 연감, 아동 도서, 성경, 미술 서적, 지도책, 사전, 교과서, 그리고 유럽의 모든 주요 언어로 된 마르크스 레닌 전집도 있었다.

그녀는 러시아 문학을 번역해 서방에서 출판하길 원하는 누군가를 찾고 있었다.

다른 언어로 번역된 러시아 소설을 전시한 진열대를 찾기 시작했다.

서방의 알파벳과 러시아 문자는 서로 달랐지만 타냐는 고등학교에서 독일어와 영어를 배우고 대학에서는 독일어를 전공한 덕분에 작가의 이름을 읽을 수 있고 대개는 제목도 유추해낼 수 있었다.

그녀는 몇몇 출판사 관계자와 이야기를 나누었다. 타스에서 온 기자라고 밝히며 그들에게 도서전을 통한 이득이 어떤 것들인지 물어보고 기사에 인용할 만한 괜찮은 말들을 따냈다. 그들에게 제안할 만한 러시아어 책이 있다는 사실은 귀띔조차 하지 않았다.

런던에서 온 롤리라는 출판사 전시장에서 그녀는 알렉산드르 파데예프가 쓴 소련의 인기 높은 소설 『젊은 친위대』의 영어 번역본을 집어들었다. 그녀가 잘 아는 소설이었고 첫 페이지의 영어를 해독하며 즐거워하고 있는데 누군가 다가왔다. 그녀 또래의 매력적으로 생긴 여자가 독일어로 말을 걸었다. "혹시 궁금한 게 있으면 알려주세요."

타냐는 자신을 소개하고 도서전에 대해 그녀와 인터뷰를 했다. 두 사람은 편집자의 러시아어 실력이 타냐의 독일어보다 낫다는 사실을 금세 깨닫고 러시아어로 바꿔 이야기를 나눴다. 타냐는 러시아 소설의 영어 번역에 대해 물었다. "저는 좀더 많은 러시아 책을 번역하고 싶습니다." 편집자가 말했다. "하지만 많은 현대 소련 소설은—지금 당신이 손에 든 걸 포함해서—지나칠 정도로 비굴하게 공산주의를 옹호하고 있어요."

타냐는 발끈하는 척했다. "반소련 선전물을 출판하고 싶다는 건가요?"

"전혀 그렇지 않아요." 편집자는 관대한 웃음을 지으며 말했다. "작가들은 그들의 정부를 좋아할 자유가 있죠. 우리 회사는 대영제국과 대영제국이 거둔 승리를 축하하는 책을 많이 출판해요. 하지만 자기 주변 사회에서 잘못된 점을 아무것도 찾아내지 못하는 작가라면 진지하게 받아들여지지 않을 수도 있어요. 단지 신뢰성 때문이라고 하더라도 약간의 비판을 넣는 것이 더 현명하죠."

타냐는 여자가 마음에 들었다. "우리 다시 만날 수 있을까요?"

편집자는 머뭇거렸다. "제게 주실 것이 있나요?"

타냐는 질문에 대답하지 않았다. "숙소가 어딘가요?"

"유로파요."

타냐는 같은 호텔에 방을 예약해둔 참이었다. 편리했다. "이름이 어떻게 되죠?"

"애나 머리예요. 그쪽 성함은?"

"다시 얘기하죠." 타냐는 그렇게 말하고 다른 곳으로 갔다.

그녀는 본능적으로 애나 머리에게 끌렸다. 소련에서 살아온 사반세기 동안 갈고닦은 본능이었다. 하지만 그런 직감을 뒷받침하는 증거도 있었다. 첫째, 애나는 영국인이 분명했다. 영국인인 체하는 러시아인이나 동독인이 아니다. 둘째, 그녀는 공산주의자도 아니고 필사적으로 그 반대인 척하는 사람도 아니었다. 그녀의 느긋하고 중립적인 태도는 KGB의 스파이라면 꾸며내는 것이 불가능했다. 셋째, 그녀는 특수한 단어를 쓰지 않았다. 소련의 정통파적인 분위기에서 자란 사람은 당이나 계급, 간부, 이데올로기에 관해 언급하지 않을 수 없다. 애나는 그런 키워드를 쓰지 않았다.

녹색과 흰색이 섞인 바르트부르크가 밖에서 기다리고 있었다. 기사가 그녀를 유로파 호텔로 데려갔고, 그녀는 체크인을 했다. 그리고 방에 들어가자마자 거의 바로 다시 나와 로비로 돌아왔다.

리셉션 데스크에 애나 머리의 방 번호를 묻는 것만큼의 관심도 끌고 싶지 않았다. 데스크에서 일하는 직원 가운데 적어도 한 명은 슈타지의 정보원일 테고, 소련의 기자가 영국의 출판사 관계자를 찾았다는 사실을 기억해둘 수도 있다.

하지만 리셉션 데스크 뒤쪽에는 방 번호가 매겨진 작은 우편함들이 줄지어 있고, 그곳에 방 열쇠와 투숙객에게 전달할 메시지를 보관했다. 빈 봉투를 봉해 겉에 '프라우 애나 머리'라고 쓴 다음 말없이 건네기만 하면 그만이었다. 직원은 즉시 봉투를 305호실 칸에 집어넣었다.

거기 열쇠가 있는 걸 보니 애나 머리는 지금 방에 없는 모양이었다.

타냐는 바bar로 갔다. 그곳에도 애나는 없었다. 타냐는 한 시간 동안 앉아서 맥주를 마시며 노트에 대강의 기사를 작성했다. 그리고 레스토랑으로 들어갔다. 애나는 그곳에도 없었다. 어쩌면 동료들과 함께 시내 식당으로 저녁을 먹으러 갔을 수도 있다. 타냐는 혼자 앉아 이 지역 특산 채소 요리인 알러라이를 시켰다. 커피까지 마시며 한 시간을 앉았다가 레스토랑을 나왔다.

로비를 지나며 다시 우편함을 확인했다. 305호 열쇠가 보이지 않았다.

타냐는 자기 방으로 돌아와 원고를 들고 305호로 향했다.

그곳에서 그녀는 망설였다. 일단 저지르면 죄를 짓게 된다. 어떤 이야기를 꾸며대도 그녀의 행동에 대한 설명이나 변명이 될 수 없다. 그녀는 반소련 선전물을 서방에 유포한 것이다. 만일 잡힌다면 목숨을 잃을 것이다.

문을 두드렸다.

애나가 문을 열었다. 맨발에 칫솔을 손에 들고 있었다. 잠자리에 들 준비를 하고 있던 것이 분명했다.

타냐는 소리내지 말라는 뜻으로 입술에 손가락을 대 보였다. 그러고는 애나에게 원고를 건넸다. 그녀는 속삭였다. "두 시간 뒤에 다시 올게요." 그리고 자리를 떠났다.

그녀는 자기 방으로 돌아와 덜덜 떨면서 침대에 앉았다.

만일 애나가 작품을 거절하기만 해도 충분히 나빴다. 하지만 타냐의 보는 눈이 틀렸다면 애나는 당국의 누군가에게 자신이 반체제 서적 출간 제의를 받았다는 사실을 털어놓아야 한다고 느낄 수도 있다. 입다물고 있으면 음모에 가담했다는 죄를 뒤집어쓸지 모른다면서 두려워할 수도 있다. 자기가 할 수 있는 합리적인 행동은 자신에 대한 불법적인 접근을 신고하는 것뿐이라고 생각할지 모른다.

하지만 타냐는 서방 사람들 대부분은 그렇게 생각하지 않는다고 믿었다. 극적인 대책을 써가며 접근한 타냐와 달리 애나는 그저 원고를 읽을 뿐 죄를 짓는다는 느낌은 사실상 없을 것이다.

그러니 가장 중요한 질문은 애나가 바실리의 작품을 마음에 들어할 것인가였다. 다닐은 마음에 든다고 했고, 『새로운 세계』의 편집자들도 그랬다. 하지만 이야기를 읽은 사람은 그들이 전부였고 그들 모두 러시아인이었다. 외국인은 어떻게 반응할까? 한 가지만은 자신했다. 애나는 이것이 잘 쓴 작품임을 알아볼 것이다. 하지만 작품이 그녀에게 감동을 줄까? 그녀의 가슴을 찢어놓을 수 있을까?

열한시가 조금 지난 시간, 타냐는 305호로 돌아갔다.

애나는 원고를 손에 든 채 문을 열었다.

얼굴은 눈물에 젖어 있었다.

그녀는 작게 속삭였다. "참을 수가 없네요." 그녀가 말했다. "세상에 대고 말해야 해요."

*

어느 금요일 밤, 데이브는 플럼 넬리의 드러머 루가 동성애자라는 걸 알게 되었다.

그때까지는 루가 그저 부끄럼이 많은 줄 알았다. 많은 여자가 팝그룹에서 연주하는 남자와 섹스하고 싶어했고 대기실은 가끔은 매음굴 같을 때도 있지만, 루는 절대 그런 짓을 하지 않았다. 그건 놀랍지 않았다. 그러는 사람도 있고 그러지 않는 사람도 있었다. 발리는 절대 '그루피'* 와 어울리지 않았다. 데이브는 가끔 어울렸고, 베이스 연주자 버즈는 마다하는 법이 없었다.

플럼 넬리는 다시 공연을 하게 되었다. 〈네가 보고 싶어, 알리샤〉는 인기 가요 스무 곡 가운데 열아홉번째였고 순위가 올라가고 있었다. 데이브와 발리는 함께 곡을 쓰며 LP판을 만들 희망을 품고 있었다. 어느 날 늦은 오후 그들은 포틀랜드 플레이스에 있는 BBC 스튜디오에 가서

---

* 록그룹을 따라다니는 열광적인 팬.

라디오 프로그램을 미리 녹음했다. 출연료는 쥐꼬리만큼 적었지만 〈네가 보고 싶어, 알리샤〉를 홍보할 기회였다. 어쩌면 이 노래는 1위까지 올라갈 수도 있다. 그리고 데이브가 가끔 말한 것처럼 사람은 쥐꼬리만으로도 살아갈 수 있다.

그들은 석양에 눈을 껌벅이며 나와 근처 골든혼이라는 술집에서 한 잔하기로 했다.

"술 마시고 싶지 않은데." 루가 말했다.

"바보 같은 소리 마." 버즈가 말했다. "맥주 한잔을 언제 마다했다고 그래?"

"그럼 다른 술집으로 가자." 루가 말했다.

"왜?"

"저 집은 생긴 게 마음에 안 들어."

"시달릴까봐 그러는 거면 선글라스를 쓰면 돼."

그들은 텔레비전에 여러 번 출연했고, 가끔은 식당과 술집에서 팬들이 알아보기도 했지만 문제가 생긴 적은 거의 없었다. 그들은 젊은 십대들이 모일 가능성이 있는 곳, 이를테면 학교 근처 커피숍 같은 곳은 피하는 게 좋다는 사실을 터득했다. 그런 곳에서는 폭력적인 상황이 벌어질 수도 있기 때문이다. 하지만 어른들이 가는 술집은 문제없었다.

그들은 골든혼에 들어가 바bar로 다가갔다. 바텐더가 루를 향해 웃으며 말했다. "안녕, 루시. 뭐 마실 거야? 보드톤?"

멤버들은 놀라 루를 바라보았다.

버즈가 말했다. "너 여기 단골이야?"

발리가 말했다. "보드톤이 뭐야?"

데이브가 말했다. "루시?"

바텐더는 긴장한 것 같았다. "네 친구들 누구야, 루시?"

루는 나머지 세 명을 보며 말했다. "나쁜 놈들, 알아냈네."

버즈가 말했다. "너 동성애자야?"

일단 들키자 루는 과감해졌다. "나는 시계태엽 오렌지만큼, 3파운드짜리 지폐만큼, 보라색 유니콘이나 축구 방망이만큼 이상했어. 너희가 눈먼 바보가 아니라면 몇 년 전에 알아차렸을걸. 그래, 난 남자랑 키스하고 들킬 염려만 없으면 언제든 남자랑 자. 하지만 너희한테 접근할 일은 없으니 걱정하지 마. 너희 모두 빌어먹게 못생겼으니까. 이제 술이나 마시자고."

데이브는 환호하며 박수를 쳤고 충격에 머뭇거리던 버즈와 발리도 잠시 후 데이브를 따라 했다.

흥미로운 일이었다. 데이브는 동성애자에 대해 알았지만 그저 이론적인 데 그쳤다. 친구가 동성애자였던 경우는 그가 아는 한 없었다. 물론 대부분 루가 그랬던 것처럼 비밀을 지키기 때문이었다. 그들의 행동은 범죄였다. 데이브의 할머니 레이디 레크위드가 법을 바꾸자며 운동을 벌이고 있지만 아직까지 성공하지 못했다. 데이브는 할머니의 법 개정 운동을 지지했고, 가장 큰 이유는 그녀에게 반대하는 부류의 인간들을 미워해서였다. 오만한 성직자, 분노한 토리당원, 퇴역 고위 장교. 하지만 그 법률이 실제로 자기 친구에게 뭔가 영향을 미친다는 생각은 단 한 번도 해보지 못했다.

그들은 두 잔째 술을 마시고 또 세 잔째를 마셨다. 데이브는 가진 돈이 줄어들고 있었지만 희망은 컸다. 〈네가 보고 싶어, 알리샤〉는 미국에서 발매될 예정이었다. 그곳에서 히트한다면 그룹은 평생 안락하게 지낼 수 있을 것이다. 그러면 그는 두 번 다시 철자법으로 고민하지 않아도 되었다.

술집은 금세 꽉 찼다. 대부분의 남자들은 뭔가 공통점이 있었다. 건고 말하는 방식이 약간 연극적이었다. 서로를 부르며 "사랑스럽다"거나 "소중하다"고 했다. 시간이 조금 흐르자 누가 동성애자이고 누가 아닌지 구분하기 쉬워졌다. 어쩌면 그래서 그렇게 부르는지도 몰랐다. 또 여자 커플도 몇 보였는데, 대부분은 짧은 머리에 바지 차림이었다. 데이브는 새로운 세계를 보는 기분이었다.

하지만 그들은 배타적이지 않았고 자기들이 좋아하는 술집을 이성애자 남녀와 함께 나눌 수 있어 행복해 보였다. 그곳에 있는 사람 절반 정도가 루를 아는 듯했고, 어느새 그룹은 이야기를 나누는 사람들 한복판에 있었다. 데이브는 동성애자들의 독특한 농담이 웃겼다. 루와 비슷한 셔츠를 입은 남자가 말했다. "어머, 루시, 너 내가 입은 셔츠와 같은 걸 입었네! 정말 멋지다." 그리고 혼잣말처럼 덧붙였다. "상상력 부족한 년 같으니." 루를 포함해 다들 웃었다.

키 큰 남자 하나가 데이브에게 다가와 낮은 목소리로 말했다. "이봐, 친구, 누가 나한테 약 좀 팔 수 있는지 아나?"

데이브는 그가 무슨 말을 하는지 알았다. 많은 뮤지션이 흥분제를 먹었다. 점프 클럽 같은 곳에서 다양한 종류의 흥분제를 살 수 있다. 데이브도 조금 먹어봤지만 효과가 정말 좋지는 않았다.

그는 낯선 남자를 째려보았다. 청바지에 줄무늬 스웨터 차림이었지만 바지는 싸구려에다 스웨터와 어울리지도 않았다. 게다가 군인처럼 짧은 머리였다. 데이브는 어딘가 석연치 않았다. "몰라요." 그는 퉁명스럽게 말하고 돌아섰다.

한쪽 구석에는 마이크가 갖춰진 조그만 무대가 있었다. 아홉시에 코미디언 한 사람이 뜨거운 박수를 받으며 무대에 올랐다. 여자처럼 차려입은 남자였는데, 머리와 화장이 감쪽같아서 다른 상황이었다면 데이브는 눈치채지 못했을 것 같았다.

"다들 여기 좀 봐주시겠어요?" 코미디언이 말했다. "중요한 발표 하나 할게요. 제리 로버트슨이 VD 걸렸대요."

모두가 웃었다. 발리가 데이브에게 물었다. "VD가 뭐야?"

"성병." 데이브가 말했다. "고추에 뭐가 났다고."

코미디언이 잠시 말을 멈췄다가 덧붙였다. "난 알고 있었죠. 왜냐면 내가 옮겼거든."

사람들은 다시 한번 웃었는데 그때 출입문에서 소동이 일었다. 데이브가 돌아보니 제복을 입은 경찰관 몇 명이 사람들을 밀치며 뚫고 들어오고 있었다.

코미디언이 말했다. "오, 경찰이네! 난 제복이 좋더라. 경찰은 여기 자주 와요, 다들 알았어요? 뭐가 끌리는 걸까?"

그는 농담으로 하는 말이었지만 경찰은 언짢아 보였고 진지했다. 그들은 필요 이상으로 거칠게 구는 걸 즐기기라도 하는 듯 사람들을 밀치며 움직였다. 네 명이 남자 화장실로 들어갔다. "아무래도 그냥 오줌누러 오셨나보네." 코미디언이 말했다. 경관 한 명은 무대로 올라갔다. "경위님이시네, 그죠?" 코미디언이 교태를 부리듯 말했다. "어떤 경위로 오시게 된 거예요?"

경찰 두 명이 더 올라와 코미디언을 끌고 내려갔다. "걱정 말아요!" 그는 소리질렀다. "순순히 갈 테니까!"

경위가 마이크를 잡았다. "좋아, 이 더러운 계집놈들." 그가 말했다. "이 가게에서 불법 약물이 팔리고 있다는 정보가 들어왔다. 다치고 싶지 않으면 벽 보고 서서 조사받을 준비를 해라."

여전히 경찰관들이 쏟아져들어오고 있었다. 데이브는 빠져나갈 길을 찾아 주위를 둘러봤지만 모든 출입구는 파란 제복이 막고 있었다. 일부 손님들은 구석으로 이동해 벽을 보고 서서 고분고분 따르는 모습이었는데, 전에도 이 모든 상황을 겪은 적이 있는 눈치였다. 점프 클럽은 거의 대놓고 마약을 팔아도 경찰의 습격을 받는 일은 절대 없다고 데이브는 생각했다.

화장실에 들어갔던 경찰들이 남자 두 명의 팔을 뒤로 꺾은 채 붙잡고 나왔는데 한 명은 코피를 흘리고 있었다. 경찰 한 명이 경위에게 말했다. "같은 칸에 들어가 있었습니다, 경위님."

"공공장소 외설로 집어넣어."

"알겠습니다."

데이브는 등을 맞고 아파서 비명을 질렀다. 경찰관 한 명이 방망이를 휘두르며 말했다. "벽으로 가서 붙어."

데이브가 말했다. "왜 때리는 겁니까?"

경관은 데이브의 코앞에 방망이를 들이댔다. "입 닥쳐, 호모 자식아. 아니면 이 경찰봉으로 닥치게 해주겠다."

"저는 그런 게 아니고—" 데이브는 말을 멈췄다. 믿고 싶은 대로 믿으라지. 그는 생각했다. 경찰 편에 서느니 동성애자들이랑 함께하는 게 낫지. 그는 지시받은 대로 벽으로 가 서서 아픈 등을 문질렀다.

알고 보니 옆에 서 있던 루가 말했다. "괜찮아?"

"조금 멍들었어. 어때?"

"별것 없어."

데이브는 왜 할머니가 법을 바꾸고 싶어하는지 배우고 있었다. 이렇게 오래 무지하게 살아온 것이 부끄러웠다.

루가 낮은 목소리로 말했다. "최소한 경찰들이 우리 그룹을 알아보진 못한 것 같아."

데이브는 고개를 끄덕였다. "저런 치들은 팝스타의 얼굴에 익숙하지 않으니까."

시야 한구석에서 경위와 그에게 약 사는 걸 물어본 형편없는 차림의 남자가 이야기하는 모습이 보였다. 그제야 그 싸구려 청바지와 군인 같은 머리가 납득이 갔다. 서툴게 변장한 채 잠복중인 경찰이었던 것이다. 어깨를 으쓱하고 어쩔 수 없다는 듯 양팔을 벌려 보이는 것이, 아무래도 마약상을 잡아내지 못한 모양이었다.

경찰은 주머니까지 뒤집어 보이게 하며 모든 사람의 몸수색을 했다. 데이브를 조사한 경관은 그의 사타구니를 필요 이상 오래 만졌다. 이 경찰도 동성애자인가? 데이브는 궁금했다. 그래서 이들이 이 짓을 하는 건가?

몇 명은 개인적인 몸수색에 항의했다. 그들은 경찰봉으로 얻어맞은 뒤 경찰을 공격한 죄로 체포되었다. 다른 사람 한 명은 알약을 한 통 갖고 있었는데 의사에게 처방받았다고 하는데도 체포되었다.

마침내 경찰은 떠났다. 바텐더가 공짜로 술을 돌리겠다고 했지만 제의를 받아들이는 사람은 거의 없었다. 플럼 넬리의 멤버들은 술집을 나섰다. 데이브는 일찌감치 귀가하기로 했다.

"저런 일이 동성애자들에게 자주 벌어지나?" 그는 작별인사를 하며 루에게 말했다.

"늘 있는 일이야, 친구." 루가 말했다. "빌어먹을 정도로 자주."

*

재스퍼는 어느 날 저녁 일곱시 첼시에 있는 행크 레밍턴의 아파트로 누나를 만나러 갔다. 애나가 퇴근해서 돌아왔지만 두 사람이 아직 외출하지는 않았을 시간이었다. 그는 불안했다. 애나와 행크에게 무언가, 그의 미래에 매우 중요한 부탁이 있었다.

그는 주방에 앉아 애나가 행크에게 그가 좋아하는 감자튀김 샌드위치를 만들어주는 모습을 지켜보았다. "일은 어때?" 그는 안부 삼아 말을 꺼냈다.

"훌륭해." 그녀의 눈은 열정으로 빛났다. "내가 새 작가를 찾았는데, 러시아의 반체제 인사야. 진짜 이름은 모르지만 천재야. 시베리아 강제노동 수용소에서 벌어지는 이야기를 출판할 거야. 제목은 '동상'."

"웃음이 많을 것 같지는 않네."

"웃긴 부분도 있지만 가슴이 아플걸. 지금 번역중이야."

재스퍼는 회의적이었다. "누가 강제노동 수용소에 있는 사람들 이야기를 읽고 싶겠어?"

"전 세계지." 애나가 말했다. "두고봐. 넌 어때? 졸업 후 뭘 할지 결정됐어?"

"〈웨스턴 메일〉에서 수습기자로 들어오라는 제안을 받았는데 가고 싶지는 않아. 난 내가 소유한 신문사의 발행인이자 편집장이었단 말이야, 젠장."

"미국에서는 답이 안 왔니?"

"하나 왔어." 재스퍼가 말했다.

"겨우 하나? 뭐라는데?"

재스퍼는 주머니에서 편지를 꺼내 누나에게 보여주었다. 〈오늘〉이라는 텔레비전 뉴스쇼에서 보내온 편지였다.

애나가 읽었다. "면접하지 않고는 채용할 수 없다는 내용뿐이구나. 실망스럽네."

"그들이 한 말을 그대로 믿을 작정이야."

"무슨 뜻이야?"

재스퍼는 편지 맨 위에 적힌 주소를 가리켰다. "이 편지를 손에 들고 그들 사무실에 찾아가서 말하는 거지. '면접 보러 왔습니다.'"

애나가 웃었다. "그들도 네가 뻔뻔한 건 인정해야겠네."

"곤란한 문제가 하나 있어." 재스퍼는 침을 삼켰다. "비행기 값으로 90파운드가 필요해. 내가 가진 건 20파운드뿐이고."

그녀는 프라이팬에서 튀긴 감자를 한 바구니 건져내 기름을 뺐다. 그러더니 재스퍼를 바라보았다. "그 말 하려고 여기 온 거야?"

그는 고개를 끄덕였다. "나 70파운드 꿔줄 수 있어?"

"당연히 안 되지." 그녀가 말했다. "70파운드 없어. 난 책 편집자야. 그 돈은 거의 한 달 치 월급이라고."

재스퍼가 예상한 대답이었다. 하지만 그것이 대화의 끝은 아니었다. 그는 이를 악물고 말했다. "행크한테서 좀 얻어줄 수는 없을까?"

애나는 튀긴 감자를 버터 바른 빵조각 위에 얹었다. 맥아식초를 뿌리고 소금을 잔뜩 쳤다. 그리고 두번째 빵조각으로 위를 덮은 다음 샌드위치를 반으로 잘랐다.

행크가 오렌지색 코듀로이 골반바지에 셔츠 자락을 넣으며 들어섰다. 샤워를 해서 길고 빨간 머리가 젖어 있었다. "여, 재스퍼." 그는 늘 그렇듯 진심 어린 태도로 인사했다. 그리고 애나에게 키스하며 말했다. "와, 자기. 뭔지 몰라도 냄새 좋네."

애나가 말했다. "행크, 이건 당신이 먹은 가장 비싼 샌드위치가 될 수도 있을 거야."

38장

데이브 윌리엄스는 악명 높은 할아버지 레프 페시코프와 만나는 일이 기다려졌다.

플럼 넬리는 1965년 가을 미국 순회공연중이었다. 올스타 투어링 비트 공연단은 이틀에 한 번 호텔방을 제공했다. 나머지 하루씩은 버스에서 보냈다.

그들은 공연을 하고 한밤중에 버스에 올라 다음 도시로 달려야 했다. 데이브는 버스에서는 도무지 제대로 잘 수가 없었다. 의자는 불편하고 뒤쪽에는 냄새나는 화장실이 있었다. 먹을 것이라고는 냉장고 가득 닥터페퍼에서 공짜로 제공하는 설탕 맛 소다수밖에 없었다. 필라델피아에서 온 톱스핀이라는 솔soul그룹은 버스에서 포커를 했다. 데이브는 하룻밤에 10달러를 잃은 다음 다시는 하지 않았다.

아침이면 호텔에 도착할 것이다. 운이 좋으면 즉시 체크인할 수 있다. 안 그러면 화가 난 채 씻지도 못하고 로비에서 서성거리며 어젯밤 투숙객이 방을 비우길 기다려야 했다. 다음날 저녁 쇼를 하고 호텔에서 밤을 보낸 뒤 아침이면 다시 버스에 오를 터였다.

플럼 넬리는 너무 좋았다.

돈은 많이 받지 못했지만 그들은 미국을 여행하고 있었다. 그런 것이라면 돈을 받지 않고도 할 용의가 있었다.

게다가 여자들도 있었다.

베이스 연주자 버즈는 호텔 침실에 하루 밤낮 동안 여러 명의 팬을 들였다. 루는 동성애자들이 있는 곳을 열심히 돌아다녔다. 미국인들은 동성애자보다 게이라는 말을 더 좋아했다. 카롤린에 대한 정조를 지키는 발리마저도 행복했는데, 꿈처럼 팝스타가 되어 살았기 때문이었다.

데이브는 그루피들과의 섹스를 그다지 즐기지 않았지만 함께 다니는 공연단 가운데 멋진 여자가 여럿 있었다. 그는 태머츠 멤버인 금발의 졸린 존슨에게 접근했지만 그녀는 열세 살 때부터 행복한 결혼생활을 해오고 있다며 거부했다. 그뒤에는 리틀 룰루 스몰에게 시도해봤는데 그녀는 장난치며 놀아주긴 해도 그의 방에 오려고 하지는 않았다. 마지막으로 어느 날 저녁 시카고 출신 흑인 걸그룹 러브 팩토리의 멤버 맨디 러브와 이야기를 나누었다. 그녀는 갈색 눈과 입이 컸고, 데이브의 손끝에 닿는 부드러운 연갈색 피부는 실크 같았다. 데이브는 그녀가 처음 알려준 마리화나가 맥주보다 더 좋았다. 인디애나폴리스 이후부터는 호텔에서 잘 때마다 밤을 함께 보냈지만 조심해야 했다. 다른 인종 사이의 섹스가 일부 주에서 불법이기 때문이었다.

수요일 아침 버스는 워싱턴 D. C.에 들어섰다. 데이브는 할아버지 페시코프와 점심을 먹기로 되어 있었다. 어머니 데이지가 잡아둔 약속이었다.

그는 약속을 위해 팝스타답게 차려입었다. 빨간 셔츠에 파란 골반바지, 빨간색 이중 격자무늬가 들어간 회색 트위드 재킷에 앞이 뾰족한 중간 높이 굽 부츠였다. 그는 그룹이 머무는 싸구려 호텔에서 택시를 타고 할아버지의 스위트룸이 있는 호화로운 호텔로 향했다.

데이브는 흥미가 생겼다. 이 늙은이에 대한 나쁜 말을 엄청나게 많이 들었다. 만일 가족에 전해오는 이야기가 사실이라면 레프는 상트페테르부르크에서 경찰을 죽이고 임신한 여자친구를 남겨두고 러시아에서 달아났다. 버펄로에서는 자기가 일하는 곳 사장의 딸을 임신시켜 결혼했고 어마어마한 재산을 물려받았다. 장인을 살해했다는 의심을 받기도 했지만 기소된 적은 없다. 금주시대에는 밀주를 제조해 팔았다. 데이지의 어머니와 결혼생활을 하면서 많은 정부를 두었는데, 그중에는 스타 배우인 글래디스 엔젤러스도 있다. 이야기는 더 많았다.

호텔 로비에서 기다리면서 데이브는 레프가 어떻게 생겼을지 궁금했다. 그들은 한 번도 만난 적이 없다. 아마도 레프는 데이지가 첫 남편인 보이 피츠허버트와 결혼할 때 한 번 런던을 방문한 적이 있는 모양이었다. 하지만 그뒤로는 런던에 온 적이 없다.

데이지와 로이드는 오 년마다 미국을 방문했는데, 대개 버펄로의 양로원에서 지내는 데이지의 어머니 올가를 만나기 위해서였다. 데이브는 어머니가 할아버지를 별로 사랑하지 않는다는 걸 알았다. 레프는 데이지의 어린 시절 대부분 동안 함께 있어주지 않았다. 그는 같은 도시 안에 두번째 가족을 두고 있었고—정부 마르가와 서자 그레그였다—데이지와 그녀의 어머니보다 그들을 더 좋아한 것이 분명했다.

데이브는 로비 건너에서 은회색 정장에 빨간색과 흰색 줄무늬 넥타이를 맨 칠십대 초반 노인을 발견했다. 어머니가 자기 아버지는 늘 멋쟁이였다고 한 말을 떠올렸다. 데이브는 웃으며 말했다. "페시코프 할아버지세요?"

두 사람은 악수를 했고 레프가 말했다. "넌 넥타이 안 매냐?"

데이브는 이런 이야기를 늘 들었다. 무슨 이유에선지 나이든 세대는 젊은 사람들의 옷차림에 대해 무례하게 굴 권리를 가졌다고 생각했다. 데이브는 매력적인 것부터 적대적인 것까지 여러 종류의 대답을 쌓아두고 있었다. "할아버지가 상트페테르부르크에서 십대 시절을 보낼 때 잘나가는 애들은 어떤 걸 즐겨 입었나요?"

레프의 엄한 표정이 환한 웃음으로 바뀌었다. "나는 진주 단추가 달린 재킷에 조끼를 입고 놋쇠로 된 시곗줄을 차고 벨벳 모자를 썼지. 머리는 길게 길러 바로 너처럼 가운데 가르마를 탔다."

"그럼 우리는 비슷하네요." 데이브가 말했다. "제가 아무도 죽이지 않은 것만 빼면요."

레프는 잠시 놀라는 것 같더니 웃었다. "똑똑한 놈이로구나. 내 머리를 물려받았어."

세련된 파란색 코트를 입고 모자를 쓴 여자가 레프 옆으로 와서 섰다. 레프와 비슷한 연배 같은데도 패션모델처럼 걸었다. "이쪽은 마르가야. 네 할머니는 아니다."

정부군. 데이브는 생각했다. "누군가의 할머니라고 하기엔 확실히 너무 젊으시네요." 그는 웃으며 말했다. "뭐라고 불러드릴까요?"

"아주 매력이 있구나!" 그녀가 말했다. "마르가라고 부르면 돼. 알겠지만 나도 예전에는 가수였단다. 너처럼 성공한 적은 없지만." 그녀는 향수에 젖어든 것 같았다. "그때는 너처럼 잘생긴 남자들을 아침으로 먹어치우곤 했지."

여자 가수들은 변하는 법이 없군. 데이브는 미키 맥피를 떠올리며 생각했다.

그들은 레스토랑으로 들어갔다. 마르가는 데이지와 로이드, 에비에 대해 여러 가지를 물었다. 그들은 에비가 여배우로 활동한다는 사실에 흥분했는데, 특히 레프가 할리우드에 영화사를 갖고 있어서 더 그랬다. 하지만 레프는 데이브와 그가 하는 일에 대해 관심이 가장 많았다. "사람들이 네가 백만장자라고 하더구나, 데이브."

"거짓말이에요." 데이브가 말했다. "음반이 많이 팔리긴 하지만 사람들이 상상하는 것처럼 큰돈이 되지는 않아요. 한 장에 1페니 정도 받죠. 그러니까 음반을 백만 장 팔면 우리 멤버들 각자 작은 차 한 대씩 살 수 있는 셈이에요."

"누군가 네 돈을 훔치고 있구나." 레프가 말했다.

"놀랄 것도 없어요." 데이브가 말했다. "하지만 어떻게 해야 할지 모르겠어요. 첫 매니저는 해고했고, 이번에는 훨씬 나은데 저는 여전히 집도 못 사고 있으니까요."

"나는 영화 사업을 하는데, 가끔 사운드트랙 음반을 직접 팔기도 해서 음악계 사람들이 일하는 걸 봤지. 조언 좀 해줄까?"

"네, 그래주세요."

"네가 직접 레코드 회사를 차려."

데이브는 흥미가 생겼다. 그도 비슷한 생각을 하던 참이었지만 꿈처럼 느껴졌다. "그게 가능할까요?"

"녹음 스튜디오는 빌리면 되잖니. 하루나 이틀, 아니면 필요한 만큼."

"녹음은 할 수 있고 음반을 찍어낼 공장도 구할 수 있을 것 같은데, 판매를 할 수 있을지 확신이 없어요. 제가 할 줄 안다고 해도 판매를 맡은 사람들을 관리하느라 시간을 보내고 싶지는 않거든요."

"그럴 필요 없어. 수수료를 떼어주기로 하고 큰 레코드 회사에 판매와 유통을 맡기는 거야. 그놈들은 푼돈을 벌고 수익은 네가 갖는 거지."

"그들이 그런 계약에 동의할지 모르겠네요."

"달가워하지는 않겠지. 하지만 동의할 거다. 왜냐하면 그들은 널 잃으면 안 될 테니까."

"그렇겠죠."

데이브는 범죄자로 악명이 높다지만 통찰력이 빛나는 노인에게 끌리는 자신을 발견했다.

레프의 이야기는 끝나지 않았다. "저작권은 어떻게 해? 넌 직접 노래 안 만들어?"

"보통 발리랑 같이 써요." 데이브는 글씨도 엉망이고 철자법도 틀려서 그가 쓴 내용은 아무도 알아볼 수 없었고, 실제로 노래를 종이에 적는 건 발리였다. 하지만 창작은 둘의 공동 작업이었다. "작곡 작사 저작권료로 조금 더 돈을 벌어요."

"조금? 많이 벌어야지. 분명 회사에서 외부 대리인을 고용하고 수수료를 떼주겠지."

"그렇죠."

"자세히 들여다보면 외부 대리인은 수수료를 떼어줄 또다른 대리인을 고용하고, 그런 식으로 이어질 거다. 그리고 수수료를 떼어가는 모든 사람이 같은 회사 소속인 거지. 그런 식으로 25퍼센트씩 서너 번 떼어가면 네겐 한푼도 안 남아." 레프는 구역질난다는 듯 고개를 흔들었다. "직접 저작권을 관리하는 회사를 만들어. 네가 직접 통제하기 전에는 돈을 벌 수 없다."

마르가가 말했다. "너 몇 살이냐, 데이브?"

"열일곱이요."

"아주 어리구나. 그래도 사업에 관심을 갖기에 충분히 똑똑해."

"더 똑똑했으면 좋았을 거예요."

점심을 먹고 그들은 라운지로 향했다. "삼촌 그레그가 커피를 마시러 올 거다." 레프가 말했다. "네 어머니의 이복동생이지."

데이브는 어머니가 그레그에 대해 좋게 얘기하던 걸 떠올렸다. 그레그는 어릴 때 바보짓도 했지만 그건 데이지도 마찬가지였다. 그는 공화당 상원의원이었는데, 데이지는 그것마저 용서했다.

마르가가 말했다. "내 아들 그레그는 한 번도 결혼하지 않았지만 조지라는 아들이 있어."

레프가 말했다. "일종의 공공연한 비밀이지. 아무도 말하지는 않지만 워싱턴 사람들은 모두 아는 비밀. 숨겨둔 자식이 있는 의원이 그레그만이 아니거든."

데이브는 조지에 대해 알았다. 어머니에게서 들었고 재스퍼 머리는 실제로 조지를 만나기도 했다. 데이브는 흑인 사촌이 있다는 게 멋지게 느껴졌다.

데이브가 말했다. "그럼 저랑 조지, 손자가 두 명 있으시네요."

"그렇지."

마르가가 말했다. "그레그랑 조지가 오는구나."

데이브는 고개를 들었다. 라운지를 가로질러 멋진 회색 플란넬 정장을 입은 중년 남자가 다가오고 있었는데, 옷은 깔끔하게 털고 다림질을 해야 할 것 같았다. 그의 곁에 있는 서른 살쯤 되어 보이는 잘생긴 흑인은 짙은 회색 모헤어 정장을 깔끔하게 차려입고 넥타이를 맸다.

두 사람이 테이블로 다가왔다. 모두 마르가에게 키스했다. 레프가 말했다. "그레그, 이쪽은 네 조카 데이브 윌리엄스야. 조지, 영국인 사촌이랑 인사해라."

그들은 자리에 앉았다. 데이브는 조지가 라운지의 유일한 흑인인데도 침착하고 자신감이 넘친다는 걸 알 수 있었다. 흑인 팝스타들은 연예계 모두가 그러듯 머리를 길게 길렀지만 조지는 여전히 짧게 깎은 머리였는데, 정치계에 있어서 그런 모양이었다.

그레그가 말했다. "아버지, 이런 식의 가족을 상상이나 해보셨어요?"

레프가 말했다. "내 말 좀 들어봐라. 네가 시간을 거슬러올라가 지금 데이브만큼 젊은 레프 페시코프를 만난다면, 그리고 인생이 어떻게 흘러갈 거라고 말해준다면 그놈이 뭐라고 하겠냐. 너보고 빌어먹을 정신 빠진 놈이라고 했을 거다."

*

그날 저녁 조지는 마리아 서머스의 스물아홉번째 생일을 맞아 저녁 식사를 하러 갔다.

그녀가 걱정되었다. 마리아는 직장을 옮기고 다른 아파트로 이사했지만 남자친구는 아직 없었다. 국무부에서 근무하는 여자들과 일주일에 한 번씩 만나고 조지와 가끔 만나도 아직 연애는 하지 않았다. 조지는 그녀가 아직도 애도중인 건지 걱정스러웠다. 암살은 거의 이 년 전 일이었지만 사랑하는 사람이 살해된 사건에서 회복하려면 그 이상의 기간이 걸려도 무리는 아니었다.

마리아를 향한 그의 애정은 오빠의 마음과는 확실히 달랐다. 그녀는 버스를 타고 앨라배마로 갔던 때 이후로 계속 섹시하고 매혹적이었다. 그는 아주 멋지고 매력적인 스킵 디커슨의 부인에게 느끼는 감정을 그녀에게서도 느꼈다. 가장 친한 친구의 부인과 마찬가지로 마리아는 그의 상대가 될 수 없었다. 만일 인생이 다르게 풀렸더라면 그는 행복한 마음으로 그녀와 결혼했을지 몰랐다. 하지만 그에게는 베리나가 있다. 그리고 마리아는 아무도 원하지 않았다.

두 사람은 자키 클럽에 갔다. 마리아는 회색 울 드레스를 입었는데 깔끔했지만 평범했다. 장신구는 하지 않았고 안경은 늘 썼다. 가발은 약간 구식이었다. 그녀는 얼굴이 예쁘고 입이 섹시했고 가장 중요하게는 마음이 따뜻했다. 노력만 한다면 쉽게 남자를 찾을 수 있을 터였다. 하지만 사람들은 그녀를 전문직 여자, 즉 인생에서 일이 가장 중요한 여자라고 말하기 시작했다. 조지는 그런 걸로 그녀가 행복할 것 같지는 않아 조바심이 났다.

"얼마 전에 승진했어요." 그녀는 레스토랑 테이블에 앉으며 말했다.

"축하해요!" 조지가 말했다. "샴페인 마셔요."

"아, 아니에요, 괜찮아요. 내일 일해야 해요."

"당신 생일이잖아요!"

"그래도 안 마실래요. 나중에 브랜디는 조금 마실 수 있지만요. 자는 데 도움이 되거든요."

조지는 어깨를 으쓱했다. "뭐, 난 당신이 진지해서 승진했다고 생각해요. 나야 당신이 똑똑하고 능력 있고 엄청나게 많이 공부했다는 걸 알지만, 흑인이라면 대개 그런 건 중요하지 않죠."

"확실히 그래요. 정부에서 흑인이 고위직에 앉는 건 늘 불가능에 가깝죠."

"그런 편견을 극복하다니 훌륭해요. 굉장한 업적이에요."

"당신이 법무부를 떠난 뒤 많은 게 바뀌었어요. 그 이유 알아요? 정부가 남부 경찰에게 흑인들을 채용하라고 설득하고 있지만 남부 사람들은 이렇게 말해요. '당신네 사람들을 봐라. 전부 백인이잖아!' 그래서 고위 공무원들이 압박을 받고 있어요. 편견이 없다는 걸 증명하려면 흑인들을 승진시켜야 하죠."

"한 사람만 승진시키면 충분하다고 생각할 수도 있겠군요."

마리아가 웃었다. "그렇죠."

두 사람은 주문을 했다. 조지와 마리아는 둘 다 인종의 벽을 부수는

데 성공했지만 그렇다고 벽이 사라진 건 아니라고 조지는 생각했다. 오히려 예외 취급을 받는 그들이 법칙의 존재를 증명했다.

마리아도 같은 생각을 하고 있었다. "보비 케네디는 괜찮은 것 같아요." 그녀가 말했다.

"처음 만났을 때 그는 공민권이 더 중요한 사안에 대한 집중을 방해한다고 생각했어요. 하지만 보비가 대단한 건 사리를 분별하고 필요하면 마음을 바꿔 먹는다는 거죠."

"그분은 어떻게 지내요?"

"아직은 초기라서요." 조지는 얼버무렸다. 보비는 뉴욕 주 상원의원으로 선출되었고 조지는 그의 측근 보좌관 가운데 한 명이었다. 조지는 보비가 새로운 역할에 잘 적응하지 못한다고 생각했다. 그는 수많은 변화를 겪었고—대통령인 형에 대한 주도적인 조언자에서 존슨 대통령과 함께 출마하지 못하게 되었다가 이제 초선 상원의원이었다—그래서 자신이 누구인가를 놓치는 위기에 처해 있었다.

"그가 베트남전쟁을 반대한다고 선언해야 해요!" 마리아는 이 사안에 열의를 느끼는 게 분명했고, 조지는 그녀가 로비를 할 계획임을 감지했다. "케네디 대통령은 베트남에서 우리의 노력을 줄이고 있었고 지상군 증강을 여러 번 거부했어요." 그녀가 말했다. "하지만 존슨은 당선되자마자 해병대를 삼천오백 명이나 보냈고 펜타곤이 즉시 추가 파병을 요청했죠. 6월에는 또 추가로 십칠만오천 명을 요구했어요. 게다가 웨스트모얼랜드 장군은 그것으로 충분치 않을 수도 있다고 말했어요! 하지만 존슨은 늘 거짓말만 해대고 있어요."

"알아요. 북쪽에 대한 폭격이 호찌민을 협상 테이블로 끌고 나왔어야 했는데, 공산주의자들은 오히려 더 단호해지기만 한 것 같군요."

"펜타곤에서 워게임*으로 예측한 결과 그대로죠."

"그랬어요? 보비는 모르고 있을 것 같네요." 조지는 내일 그에게 말해줘야겠다고 생각했다.

"대부분의 사람들은 모르지만 펜타곤은 북베트남 폭격에 대해 두 가지 워게임을 돌려봤어요. 둘 다 같은 결론이 나왔죠. 남부에서 베트콩 공격의 증가였어요."

"이건 잭 케네디가 두려워했던 그대로 실패와 단계적 확대의 소용돌이군요."

"그리고 우리 오빠의 장남이 징집 연령이 되어가고 있어요." 마리아의 얼굴에는 조카에 대한 걱정이 드러났다. "난 스티브가 죽는 걸 원치 않아요! 왜 케네디 상원의원은 반대하지 않는 거죠?"

"그러면 인기가 떨어질 걸 아니까요."

마리아는 받아들일 생각이 없었다. "그래요? 사람들은 이 전쟁을 싫어해요."

"전쟁을 비난해 우리 군을 약하게 만드는 사람을 싫어하죠."

"그는 여론에 휘둘리기만 해서는 안 돼요."

"여론을 무시하면 정치계에서 오래 살아남을 수 없어요. 민주주의에서는 말이죠."

마리아는 좌절감에 목소리를 높였다. "그럼 아무도 전쟁에 반대할 수 없다는 건가요?"

"어쩌면 그래서 정치인이 그렇게 많은 건지도 모르죠."

음식이 나왔고 마리아는 화제를 바꾸었다. "베리나는 어때요?"

조지는 자기가 마리아를 잘 아는 만큼 솔직하게 말해도 된다고 생각했다. "그녀를 아주 좋아해요." 그는 말했다. "여기 올 때마다 내 아파트

---

* 미 육군에서 사용한 전쟁 시뮬레이션 프로그램.

에서 지내요. 한 달에 한 번쯤. 하지만 같이 살고 싶지는 않은가봐요."

"당신과 같이 살려면 워싱턴에서 지내야 하니까."

"그게 그렇게 나쁜가요?"

"일자리가 애틀랜타에 있잖아요."

조지는 뭐가 문제인지 알 수 없었다. "대부분의 여자들은 남편 직장이 있는 곳에서 살아요."

"세상은 바뀌고 있어요. 흑인들이 평등해지는데 여자는 왜 안 돼요?"

"이런, 말도 안 돼요." 조지는 분연히 말했다. "그건 달라요."

"정말 다르죠. 성차별이 더 나빠요. 인류의 절반이 노예상태니까요."

"노예라고요?"

"얼마나 많은 주부가 온종일 대가도 없이 일하는지 생각해봐요! 또 세계 대부분의 지역에서 남편을 떠난 여자는 경찰이 체포해서 집으로 데려가죠. 대가도 못 받고 일하면서 떠나지도 못하는 사람을 노예라고 불러요, 조지."

조지는 이런 식의 논쟁이 짜증스러웠고 마리아가 이기는 것 같아서 더욱 그랬다. 하지만 진짜 마음이 쓰이는 얘기를 꺼낼 기회를 포착했다. 그가 말했다. "그래서 아직도 혼자 지내는 거예요?"

마리아는 불편해 보였다. "그런 것도 있죠." 그녀는 눈길을 피하며 말했다.

"언제쯤 되어야 다시 남자를 만날 것 같아요?"

"금방 그렇게 되겠죠."

"남자 만나고 싶지 않아요?"

"만나고는 싶지만, 일도 열심히 하고 있고 빈 시간이 많지 않아요."

조지는 그 말을 믿지 않았다. "당신이 잃은 사람과 비슷한 수준의 사람은 없을 거라고 생각하는군요."

그녀는 부인하지 않았다. "그게 잘못된 건가요?" 그녀가 말했다.

"난 그보다 더 친절한 사람은 찾을 수 있으리라 믿어요. 누군가 똑똑하고 섹시하고, 게다가 당신만 생각할 사람."

"그럴 수도 있죠."

"사람 소개하면 만나볼래요?"

"어쩌면요."

"흑인이든 백인이든 상관없어요?"

"흑인이요. 백인이랑 데이트하는 건 너무 불편해요."

"좋아요." 조지는 기자인 레오폴드 몽고메리를 염두에 두고 있었다. 하지만 아직 말하지는 않았다. "스테이크는 어땠어요?"

"입에서 녹았어요. 여기 데리고 와줘서 고마워요. 그리고 내 생일 기억해준 것도."

그들은 디저트를 먹고 커피와 브랜디를 마셨다. "백인 사촌이 있어요." 조지가 말했다. "어때요? 데이브 윌리엄스. 오늘 만났어요."

"어떻게 전에는 본 적이 없어요?"

"그 친구 영국 팝가수예요. 플럼 넬리라는 자기 그룹과 순회공연을 하러 미국에 왔어요."

마리아는 들어본 적 없는 이름이었다. "십 년 전에는 인기곡을 꿰고 있었는데. 내가 늙은 건가요?"

조지는 웃었다. "당신은 오늘 스물아홉이에요."

"서른까지 겨우 일 년 남았어요! 시간이 언제 다 간 거죠?"

"그 친구들 제일 히트한 곡이 〈네가 보고 싶어, 알리샤〉래요."

"오, 그렇군요. 라디오에서 들어본 적 있어요. 그러니까 당신 사촌이 그 그룹에 있다고요?"

"그래요."

"그가 마음에 들어요?"

"네. 아직 열여덟 살도 안 되었을 정도로 어린데 어른스럽고, 성미 고약한 러시아인 할아버지를 매료시켰어요."

"공연은 봤어요?"

"아뇨. 공짜 티켓을 주겠다는데, 오늘만 공연한다더군요. 나는 오늘 선약이 있었으니까요."

"이런, 조지, 나랑 약속을 취소했어야죠."

"당신 생일에요? 그럴 순 없죠." 그는 계산서를 달라고 했다.

그는 구형 메르세데스로 그녀를 집에 데려다주었다. 그녀는 조지타운의 같은 동네에서 더 큰 아파트로 이사했다.

그들은 건물 밖에 경광등을 켠 채 선 경찰차를 보고 깜짝 놀랐다.

조지는 마리아를 출입구까지 배웅했다. 백인 경찰이 앞에 서 있었다. 조지가 말했다. "무슨 문제라도 있습니까, 경관님?"

"오늘 저녁 이 건물에서 아파트 세 가구에 침입이 있었습니다." 경관이 말했다. "여기 사십니까?"

"제가 여기 살아요!" 마리아가 말했다. "4호도 털렸나요?"

"가서 보시죠."

그들은 건물로 들어갔다. 마리아의 집 출입문은 억지로 열린 상태였다. 아파트로 들어서는 그녀의 얼굴에서 핏기가 가셨다. 조지와 경관이 뒤를 따랐다.

마리아는 당혹스러워하며 주위를 둘러보았다. "나갈 때 그대로인 것 같아요." 잠시 후 그녀가 덧붙였다. "서랍들이 다 열려 있는 것만 빼고요."

"뭐가 없어졌는지 확인해봐야 해요."

"훔쳐갈 만한 것은 원래 없었어요."

"도둑들은 보통 현금, 보석류, 술, 무기를 훔쳐갑니다."

"시계와 반지는 몸에 지니고 있고, 술은 안 마시고, 총은 확실히 갖고 있지 않아요." 주방으로 들어가는 그녀를 조지는 열린 문을 통해 보고 있었다. 그녀가 커피 깡통을 열었다. "여기 80달러가 있었죠." 그녀가 경관에게 말했다. "없네요."

경관은 노트에 받아적었다. "정확히 얼마였죠?"

"20달러짜리 세 장하고 10달러짜리 두 장이요."

방이 하나 더 있었다. 조지는 거실을 가로질러 침실 문을 열었다.

마리아가 소리쳤다. "조지! 거기 들어가지 말아요!"

너무 늦었다.

조지는 문가에 선 채 놀라 침실을 둘러보았다. "이런, 맙소사." 그가 말했다. 이제 왜 그녀가 남자를 만나지 않는지 알았다.

마리아는 곤란한 상황에 굴욕감을 느끼며 돌아섰다.

경관이 조지를 지나쳐 침실로 들어섰다. "와." 그가 말했다. "여기 케네디 대통령의 사진이 백 장은 되겠군요! 그분 팬이신가봐요, 그렇죠?"

마리아는 어렵게 입을 열었다. "네." 그녀는 목이 막힌 듯 말했다. "팬이죠."

"게다가 촛불에 꽃에, 정말 대단하네요."

조지는 돌아섰다. "마리아, 봐서 미안해요." 그는 조용히 말했다.

그녀는 사과할 것 없다는 뜻으로 고개를 저었다. 그건 사고였다. 하지만 조지는 비밀을, 신성한 장소를 침범했다는 걸 알았다. 자신에게 화가 났다.

경관은 여전히 떠들고 있었다. "이건 뭐랄까, 가톨릭교회에서 뭐라고 하죠? 아, 감실이라고 하는 그거 같네요."

"맞아요." 마리아가 말했다. "성스러운 곳이죠."

*

〈오늘〉이라는 프로그램 제작팀은 텔레비전과 라디오 송신국과 스튜디오를 가진 한 방송국의 일부로 시내의 고층 건물에 자리했다. 인사부에서 살즈먼 부인이라는 매력적인 중년 여자가 재스퍼 머리의 매력에 희생양이 되어가고 있었다. 그녀는 균형 잡힌 다리를 꼬고 파란색 테 안경 너머로 그를 짓궂게 보며 머리 씨라고 불렀다. 그는 그녀에게 담뱃불을 붙여주고 그녀를 파란 눈이라고 불렀다.

그녀는 미안해했다. 그가 들어올 자리도 없는 상황에 면접을 보겠다며 영국에서 먼길을 왔기 때문이다. 〈오늘〉은 경력자가 아니면 뽑지 않았다. 모든 스태프는 경험 많은 기자, 프로듀서, 카메라맨, 조사원이었다. 그들 가운데 일부는 해당 직종에서 유명한 사람들이었다. 비서들조차 뉴스 쪽에서는 전문가였다. 재스퍼는 경험이 없지 않다면서 직접 만든 신문사의 편집장이었다고 주장했지만 소용없었다. 살즈먼 부인은 연민을 표하며 학생신문은 경력으로 인정하지 않는다고 말했다.

런던으로 돌아갈 수는 없었다. 너무 창피했다. 그는 미국에 남기 위해서라면 뭐든 할 수 있었다. 〈웨스턴 메일〉에서 제안한 일자리는 지금쯤이면 다른 사람이 차지했을 터였다.

그는 살즈먼 부인에게 아무 일자리나 찾아달라고 애걸했다. 〈오늘〉이 속한 방송국에서 하는 일이라면 아무리 하찮은 것이라도 상관없다고. 런던 주재 미국대사관에서 발행한 그린카드도 보여주었다. 미국에서 일자리를 찾을 수 있다는 허가증이었다. 그녀는 일주일 뒤에 오라고 했다.

그는 로어 이스트사이드에 있는 외국인 학생을 위한 호스텔에 하루 1달러씩 내고 머물렀다. 일주일 동안 뉴욕을 탐사했는데, 돈을 아끼려고 어디든 걸어다녔다. 그리고 장미를 한 송이 들고 살즈먼 부인을 만나러 돌아갔다. 그녀는 그에게 일자리를 주었다.

매우 하찮은 일자리였다. 지역 라디오 방송의 타이피스트 겸 사무원이었는데 그가 할 일은 온종일 라디오를 듣고 모든 것을 기록하는 것이었다. 어느 광고가 방송되었는지, 어느 음악이 나왔는지, 누구의 인터뷰가 방송되었는지, 뉴스와 일기예보, 그리고 교통정보의 방송 시간은 얼마나 길었는지. 재스퍼는 신경쓰지 않았다. 일단 문에 발은 들여놓은 것이었다. 그는 미국에서 일하고 있었다.

인사부와 라디오 방송국, 그리고 〈오늘〉 스튜디오는 모두 한 고층건물 안에 있었고 재스퍼는 혹시 〈오늘〉에서 일하는 사람들과 친해질 기회를 얻게 될 수도 있다고 생각했지만 그런 일은 생기지 않았다. 그들은 엘리트 그룹으로 자기들끼리만 어울렸다.

어느 날 아침 재스퍼는 〈오늘〉의 편집자로 검푸른 수염 자국이 얼굴에서 사라지지 않는 사십대 정도의 남자 허브 굴드와 함께 엘리베이터를 탔다. 재스퍼는 자기소개를 하고 나서 말했다. "선생님 쇼를 아주 좋아합니다."

"고맙습니다." 굴드는 정중하게 말했다.

"선생님 밑에서 일하는 게 꿈입니다." 재스퍼가 말을 이었다.

"지금은 사람이 필요 없어요." 굴드가 말했다.

"언제 시간 괜찮으실 때 영국 전국지에 실렸던 제가 쓴 기사를 보여드리고 싶습니다." 엘리베이터가 멈췄다. 재스퍼는 필사적으로 말을 이어나갔다. "제가 쓴—"

굴드는 한 손을 들어 말을 막더니 엘리베이터에서 내렸다. "어쨌든 고마워요." 그는 그렇게 말하고 사라졌다.

며칠 뒤 재스퍼는 헤드폰을 끼고 오전 프로그램을 진행하는 크리스가드너의 감미로운 목소리를 들으며 타자를 치고 있었다. 가드너가 말했다. "영국 그룹 플럼 넬리가 오늘밤 있을 올스타 투어링 비트 공연을 위해 오늘 이 도시에 와 있습니다." 재스퍼는 귀를 쫑긋 세웠다. "새로운 비틀스로 불리는 이 친구들과 인터뷰를 할 수 있길 바랐습니다만, 공연 관계자 얘기가 시간이 없다네요. 대신 그들의 최신 히트곡으로 데이브와 발리가 작곡한 〈굿바이 런던〉을 들려드립니다."

레코드가 시작되자 재스퍼는 헤드폰을 벗어버리고 책상에서—통로에 작은 칸막이를 쳐둔 자리였다—벌떡 일어나 스튜디오로 향했다. "제가 플럼 넬리 인터뷰를 따올 수 있어요." 그가 말했다.

가드너는 방송으로 듣기에는 로맨틱한 대사만 읊조리는 영화배우 같지만 실은 카디건 어깨 위로 비듬이 쌓인 못생긴 남자였다. "네가 어떻게, 재스퍼?" 그는 살짝 의심스러워하며 말했다.

"그 그룹과 알아요. 제가 데이브 윌리엄스랑 같이 자랐거든요. 저희 어머니와 데이브 어머니가 제일 친한 친구 사이죠."

"그룹을 스튜디오로 부를 수 있나?"

그것도 가능할 것 같았지만 그건 재스퍼가 원하지 않았다. "아뇨." 그가 말했다. "하지만 제게 마이크와 녹음기를 주시면 반드시 대기실에서 인터뷰를 해오죠."

행정적인 절차 때문에 이런저런 소동이 벌어지기도 했지만—방송국 간부는 고가의 녹음기가 외부로 나가는 걸 탐탁지 않아했다—그날 저녁 여섯시 재스퍼는 극장 무대 뒤에서 그룹과 함께 있었다.

크리스 가드너는 그룹 멤버들의 그저 그런 이야기 몇 분이면 된다고 했다. 미국의 무엇이 좋은지, 그들의 콘서트를 보고 비명을 질러대는 여자들을 어떻게 생각하는지, 고향이 그리운지 같은 것들. 하지만 재스퍼는 방송국에 그 이상의 것을 주고 싶었다. 그는 이번 인터뷰가 텔레비전 업계의 일자리를 향한 통행증이 되어야 한다고 생각했다. 미국을 떠들썩하게 할 엄청난 내용이어야 했다.

맨 처음 그는 모두를 함께 인터뷰했다. 평범한 질문을 하고 초창기 런던에서 활동하던 이야기를 하며 그들의 긴장을 풀어주었다. 그는 방송국에서 그들의 완벽히 솔직한, 인간적인 모습을 보여주길 원한다고 말했다. 이건 거슬리는 개인적인 질문을 하겠다는 기자들 사이의 은어였지만 너무 어리고 경험이 없는 그들은 알지 못했다. 그들은 그에게 마음을 터놓았다. 데이브만 예외로 몸을 사렸는데, 아마도 재스퍼가 썼던 에비와 행크 레밍턴에 관한 기사로 어떤 소동이 벌어졌는지 기억하는 것 같았다. 다른 멤버들은 그를 믿었다. 그들이 아직 배워야 할 교훈이 있다면 기자는 누구도 믿어서는 안 된다는 사실이었다.

그는 멤버들을 개인적으로 인터뷰하자고 했다. 데이브가 리더라는 걸 알고 그를 먼저 인터뷰했다. 캐묻는 질문은 피하고 대답에 이의를 제기하지 않으면서 편하게 대했다. 데이브는 평온하게 대기실로 돌아갔고, 그래서 다른 멤버들에게 신뢰를 주었다.

재스퍼는 발리를 마지막으로 인터뷰했다.

발리가 진짜 이야기를 들려줄 사람이었다. 하지만 어떻게 마음을 열 수 있을까? 재스퍼의 모든 준비는 그런 결과에 맞춰져 있었다.

재스퍼는 둘이 앉을 의자를 가까이 붙이고 발리에게 낮은 목소리로 말해 수백만 명이 듣게 될 두 사람의 이야기가 마치 비밀이라도 되는 듯한 착각을 심어주었다. 또 담배를 피우게끔 발리의 의자 옆에 재떨이도 가져다두었다. 담배가 그를 느긋하게 만들어줄 거라는 짐작에서였다. 발리는 담배를 피워물었다.

"어릴 때는 어땠나요?" 재스퍼는 그냥 가벼운 대화를 나누는 투로 웃으며 말했다. "착했나요, 아니면 말썽꾸러기였나요?"

발리는 씩 미소지었다. "말썽꾸러기였죠." 그러고는 소리내 웃었다.

출발이 순조로웠다.

발리는 전쟁 후 베를린에서의 어린 시절, 음악에 처음 관심을 갖게 된 일, 미네젱거 클럽에 가서 경연에 참가하고 2등을 한 일에 대한 이야기를 했다. 그러다보니 경연 날 발리와 짝을 이뤘던 카롤린이 자연스럽게 대화에 등장했다. 발리는 두 사람이 듀엣으로 음악을 하던 이야기를 열정적으로 들려주었다. 어떤 곡을 선택했는지, 어떻게 같이 공연했는지. 말은 하지 않았지만 얼마나 그녀를 사랑하는지 역력히 드러났다.

굉장한 이야기였고 일반적인 팝스타의 인터뷰보다 훨씬 좋았지만, 재스퍼는 여전히 만족하지 못했다.

"두 사람은 스스로 즐거웠고 좋은 음악을 했고 관객들을 즐겁게 했군요." 재스퍼가 말했다. "그런데 뭐가 문제였죠?"

"우린 〈내게 망치가 있다면〉을 불렀어요."

"왜 그게 실수였는지 설명해주세요."

"경찰이 좋아하지 않았죠. 카롤린의 아버지는 우리 때문에 일자리를 잃을까봐 걱정했고, 그래서 카롤린을 그만두게 했어요."

"그러니까 마음대로 음악을 할 수 있는 곳은 서방 세계뿐이었군요."

"그렇죠." 발리는 간단히 말했다.

재스퍼는 발리가 터져나오는 감정을 애써 억누르는 걸 알아차렸다.

아니나 다를까 잠시 머뭇거리던 발리가 덧붙였다. "카롤린에 대해선 너무 많이 이야기하고 싶지 않아요. 그녀가 곤란해질 수도 있으니까."

"동독 비밀경찰이 우리 라디오 방송을 듣지는 않을 거야." 재스퍼는 웃으며 말했다.

"그렇지. 하지만 그래도……"

"위험할 수 있는 내용은 내보내지 않을게. 내가 보장하지."

아무 가치 없는 약속이었지만 발리는 받아들였다. "고마워." 그가 말했다.

재스퍼는 재빨리 움직였다. "그럼 빠져나올 때 유일하게 갖고 온 건 기타였겠군요."

"그렇죠. 갑자기 결정한 일이었거든요."

"차량을 훔쳤다고 들었습니다."

"저는 밴드의 리더 밑에서 짐을 날랐어요. 그의 밴을 이용해서요."

재스퍼는 이 이야기를 알았다. 독일 신문에는 크게 났지만 미국에서는 널리 알려지지 않았다. "검문소까지 차를 몰고 가서……"

"나무 차단기를 뚫고 돌진했죠."

"경비병들이 총을 쐈고요."

발리는 고개만 끄덕였다.

재스퍼는 목소리를 낮췄다. "그리고 밴으로 경비병을 밀어버렸죠."

발리는 다시 고개를 끄덕였다. 재스퍼는 소리를 지르고 싶었다. 이건 라디오야. 고갯짓 좀 그만해! 대신 그는 말했다. "그래서……"

"그를 죽였죠." 마침내 발리가 말했다. "그 사람을 죽였어요."

"하지만 그가 당신을 죽이려고 했잖아요."

발리는 재스퍼가 이해하지 못한다는 듯 고개를 흔들었다. "그는 나랑 비슷한 또래였어요." 발리가 말했다. "나중에 신문에서 그에 관한 기사를 봤습니다. 여자친구가 있었더군요."

"그게 당신에겐 중요했군요……"

발리는 다시 고개를 끄덕였다.

재스퍼가 말했다. "그게 어떤 의미죠?"

"그는 나랑 비슷했어요." 발리가 말했다. "달랐던 건 나는 기타를 좋아했고, 그는 총을 좋아했다는 거였죠."

"하지만 그는 당신을 동독에 가둔 정권을 위해 일하고 있었습니다."

"우린 그냥 두 아이였어요. 나는 어쩔 수 없이 탈출했습니다. 그는 어쩔 수 없이 날 쐈죠. 나쁜 건 장벽이었어요."

너무나도 멋지게 기사에 써먹을 수 있는 말이어서 신이 나는 것을 재스퍼는 억눌러야 했다. 머릿속으로는 이미 타블로이드 신문인 〈뉴욕 포스트〉에 보낼 기사를 쓰고 있었다. 헤드라인이 보이는 것 같았다.

팝스타 발리의
비밀스러운 고통

하지만 그는 여전히 더 많은 걸 원했다. "카롤린은 함께 나오지 않았군요."

"만나기로 했는데 안 나왔죠. 왜 그랬는지 몰랐어요. 그래서 실망했고 이해할 수가 없었어요. 그래서 어쨌든 탈출했어요." 기억을 떠올리느라 괴로웠는지 이제 발리는 말을 삼갈 필요조차 보이지 않는 모양이었다.

재스퍼는 다시 그를 자극했다. "하지만 그녀를 찾으러 돌아갔었죠."

"탈출하는 사람들을 위해 땅굴을 파는 사람들을 만났어요. 그녀가 왜 나타나지 않았는지 알아야만 했거든요. 그래서 땅굴을 통해 반대편인 동쪽으로 갔습니다."

"위험한 일이었네요."

"잡혔다면 그랬겠죠."

"그리고 카롤린을 만났고, 그래서……"

"그녀가 임신했다고 하더군요."

"그래서 함께 탈출하고 싶지 않았던 거군요."

"아기 때문에 무서웠던 겁니다."

"알리샤죠."

"아기 이름은 알리스예요. 노래에서는 바꿨죠. 운율을 맞추려고요, 아시죠?"

"압니다. 그럼 지금 상황은 어떻죠, 발리?"

발리는 목이 멨다. "카롤린은 동독을 떠나는 허가를 받지 못하고 있어요. 잠깐 방문하는 것조차 말이에요. 난 돌아갈 수가 없고요."

"그러니까 베를린장벽 때문에 가족이 떨어져 있다는 거군요."

"네." 발리는 흐느껴 울었다. "알리스를 영영 못 볼 수도 있어요."

재스퍼는 생각했다. 됐어.

*

비프 듀어가 사 년 전 런던을 방문한 후 데이브 윌리엄스는 그녀를 다시 만나지 못했다. 그는 꼭 다시 만나고 싶었다.

비트 순회공연의 마지막은 비프가 사는 샌프란시스코였다. 데이브는 듀어 가족의 주소를 어머니에게서 받았고 네 장의 티켓과 함께 공연이 끝나고 무대 뒤로 초대한다는 편지를 보냈다. 매일 다른 도시로 이동하고 있어서 답신은 받을 수 없었고, 그들이 공연장에 나타날지 알 수 없었다.

더는 맨디 러브와 자지 않았지만 별로 아쉽지는 않았다. 그녀는 오럴섹스를 포함해 많은 걸 가르쳐주었다. 하지만 영국인 백인 남자친구와 다니는 일이 전혀 편안하지 않아서 지금은 한때 오랫동안 사귀었던 피아노 연주자에게 돌아간 상태였다. 순회공연이 끝나면 두 사람은 결혼할지도 모르겠다고 데이브는 생각했다.

그때 이후로 데이브에게는 애인이 없었다.

이제는 데이브도 자신이 좋아하는 섹스와 싫어하는 섹스를 알게 되었다. 침대에서 여자들은 격렬할 수도 있고 천박할 수도 있고 감정이 풍부할 수도 있고 상냥하게 순종적일 수도 있고 활발하게 현실적일 수도 있다. 데이브는 여자들이 장난스러울 때 가장 좋았다.

왠지 비프는 장난스러울 것 같은 느낌이었다.

오늘밤 비프가 나타난다면 무슨 일이 생길까.

그는 그레이트 피터 가의 정원에서 체스터필드 담배를 피우던 열세 살의 그녀를 떠올렸다. 그녀는 몸이 작고 예뻤고 그 나이에 섹시해질 자격을 가진 그 누구보다 더 섹시했다. 청소년기의 호르몬에 지나치게 노출된 열세 살의 데이브에게 그녀는 극단적으로 유혹적이었다. 그는 그녀에게 완전히 미쳐 있었다. 하지만 두 사람이 서로 잘 지내기는 했어도 그녀는 그에게 연애 감정을 느끼지 못했다. 그녀는 나이가 더 많은 재스퍼 머리를 더 좋아했고 데이브는 엄청나게 좌절했다.

그의 생각이 재스퍼에게로 흘러갔다. 발리는 라디오에서 인터뷰가 방송되자 화가 났다. 〈뉴욕 포스트〉에 난 기사는 더 심했는데, 제목은 이랬다.

"난 내 아이를 영영 못 볼 수도 있어요"
—팝스타 아버지
재스퍼 머리 기자

발리는 이렇게 언론에 나면 동독에 있는 카롤린에게 문제가 생길까봐 두려워했다. 데이브는 재스퍼가 에비를 인터뷰했던 일을 떠올리며 다시는 그가 하는 말은 한마디도 믿지 말아야 한다고 머릿속에 새겨두었다.

사 년 동안 비프가 얼마나 변했을지 궁금했다. 키가 더 컸을 수도 있고 뚱뚱해졌을 수도 있다. 여전히 그녀에게 불가항력으로 끌릴까? 그도 나이가 더 들었으니 이제는 그녀도 관심이 더 생길까?

물론 그녀에게 남자친구가 있을 수도 있다. 오늘밤 이 공연에 오는 대신 남자친구와 데이트를 할 수도 있다.

공연 전 플럼 넬리는 몇 시간 동안 주변을 둘러보았다. 그들은 샌프란시스코가 모든 도시 가운데 가장 멋지다는 걸 금세 알아차렸다. 그곳은 급진적인 옷차림을 한 젊은이들로 가득했다. 미니스커트의 유행은 끝났다. 여자들은 바닥에 질질 끌리는 드레스를 입고 머리에는 꽃을 꽂았고, 그들이 움직일 때마다 작은 종이 딸랑거렸다. 남자들 머리는 다른 어느 곳보다, 심지어 런던보다도 길었다. 일부 젊은 흑인 남녀들은 곱슬곱슬한 머리를 거대한 구름처럼 길렀는데 놀라운 광경이었다.

특히 발리는 이 도시와 사랑에 빠졌다. 이곳에서라면 무슨 일이든 할 수 있는 것처럼 느껴진다고 했다. 이곳은 동베를린과는 세상의 반대편 끝에 있는 곳이었다.

비트 공연은 열두 팀의 무대로 이루어져 있다. 대개 노래 두세 곡을 하고 끝났다. 가장 중요한 공연은 이십 분짜리로 맨 마지막 순서였다. 플럼 넬리는 인기가 많아서 전반부의 마무리를 장식하는 십오 분짜리를 맡아 짧은 노래 다섯 곡을 불렀다. 앰프는 싣고 다니지 않아서 그들은 공연장에서 뭐든 가능한 걸 이용했고, 가끔은 운동경기용 스피커를 사용하기도 했다. 거의 대부분 십대 소녀들인 관객은 목이 터져라 비명을 질러대 정작 그룹은 자기들 음악 소리가 들리지도 않았다. 별로 문제될 건 없었다. 아무도 음악은 듣지 않았다.

미국에서 일한다는 전율도 잦아들고 있었다. 멤버들은 지겨워했고 런던으로 돌아가 새로운 앨범을 녹음할 날을 기다렸다.

공연을 마치고 그들은 무대 뒤로 내려왔다. 공연장이 극장이어서 대기실은 충분히 크고 화장실도 깨끗했다. 런던과 함부르크의 음악 클럽과는 상당히 달랐다. 먹을 수 있는 것이라고는 협찬사에서 공짜로 지원하는 닥터페퍼뿐이지만 언제든 맥주를 사오라고 도어맨을 보낼 수도 있다.

데이브는 멤버들에게 친구들과 그 부모님이 무대 뒤로 찾아올 수 있으니 행동을 조심해달라고 부탁했다. 모두가 불만스러워했다. 늙은이들이 돌아갈 때까지는 마약도 못하고 그루피들과 몸을 더듬으며 놀아나지도 못한다는 말이었다.

공연 후반부가 진행되는 동안 데이브는 출연자 출입구를 지키는 도어맨이 손님의 이름을 기억하고 있도록 확인했다. 우디 듀어 씨, 벨라 듀어 부인, 캐머런 듀어 씨, 그리고 어슐러 '비프' 듀어 양이었다.

쇼가 끝나고 십오 분이 지나자 그들이 대기실 문가에 나타났다.

비프는 거의 변한 것이 없어 보여 데이브는 기분이 좋았다. 그녀는 여전히 작았고 열세 살 때보다 키가 크지는 않았지만 몸매에 굴곡이 더 생겼다. 청바지는 엉덩이 부분이 딱 붙었지만 무릎 아래로는 요즘 유행하는 나팔 모양으로 퍼졌고, 몸에 딱 붙는 파란색과 흰색의 넓은 줄무늬 스웨터를 입고 있었다.

데이브를 위해 차려입은 걸까? 꼭 그렇지는 않을 터였다. 어느 십대 여자애가 팝 콘서트 무대 뒤로 찾아오는데 차려입지 않을 수 있을까?

그는 손님 네 명 모두와 악수를 나누고 그룹 멤버들에게 소개를 했다. 다른 멤버들이 그를 창피하게 하지나 않을까 걱정했지만 사실 그들은 최고의 행동만 보여주었다. 그들 모두 가끔 가족을 손님으로 초대했고, 각자 나이든 친척이나 친구들의 부모가 있는 자리에서 다른 멤버들이 얌전하게 행동하는 덕을 본 적이 있었다.

데이브는 비프를 계속 바라보지 않기 위해 애를 써야 했다. 그녀는 여전히 그런 눈빛을 갖고 있었다. 맨디 러브도 그런 눈빛이었다. 사람들은 그걸 성적 매력이라거나 뭐라고 말할 수 없는 것, 또는 그냥 '그것'이라고 불렀다. 비프는 장난스럽게 웃고 몸을 흔들며 걷고 적극적인 호기심을 보였다. 데이브는 그녀가 열세 살의 처녀일 때 그랬던 것처럼 간절한 욕망으로 불타올랐다.

그는 비프보다 두 살 위로 샌프란시스코 바로 외곽 버클리의 캘리포니아 대학에서 공부하는 캐머런과 대화를 시도해보았다. 하지만 캠은 쉽지 않았다. 그는 베트남전쟁을 지지했고 공민권은 좀더 점진적으로 진척되어야 한다고 생각했으며 동성애 행위는 범죄로 규정되는 것이 옳다고 느꼈다. 게다가 그는 재즈를 더 좋아했다.

데이브는 듀어 가족과 십오 분간 시간을 보낸 다음 말했다. "오늘이 저희 순회공연 마지막날이에요. 조금 있다가 호텔에서 작별모임이 있을 겁니다. 비프, 캠, 같이 가지 않을래?"

"난 빼줘." 캐머런이 즉시 말했다. "고맙긴 하지만."

"안타깝네." 데이브는 가식적으로 정중히 말했다. "넌 어때, 비프?"

"난 가고 싶어." 비프는 어머니를 바라보았다.

"자정까지는 와야 해." 벨라가 말했다.

우디가 말했다. "꼭 택시를 타고 집에 오너라."

"꼭 그렇게 할게요." 데이브는 두 사람을 안심시켰다.

부모와 캐머런이 떠나고 뮤지션들은 손님들과 버스에 타고 호텔까지 짧은 거리를 이동했다.

파티는 호텔 바에서 열렸지만 로비에서 데이브는 비프의 귀에 대고 중얼거렸다. "마리화나 피워봤어?"

"잡초?" 그녀가 말했다. "당연하지!"

"너무 소리가 커. 그거 불법이잖아!"

"있어?"

"응. 내 방에 가서 피워야 해. 그런 다음 파티에 내려오자."

"좋아."

두 사람은 그의 방으로 갔다. 데이브는 비프가 라디오에서 록이 나오는 방송을 찾는 사이 담배를 말았다. 그들은 침대에 앉아 마리화나를 주고받았다. 나른하게 늘어진 데이브는 웃으며 말했다. "네가 런던에 왔을 때 말이야……"

"뭐?"

"넌 나한테 관심이 없었지."

"널 좋아했지만, 넌 너무 어렸어."

"내가 하고 싶은 걸 하기엔 너도 너무 어렸어."

그녀는 개구쟁이처럼 웃었다. "나한테 뭘 하고 싶었는데?"

"목록이 길었지."

"첫번째는?"

"첫번째?" 데이브는 말하지 않으려고 했다. 그러다 생각했다. 안 될 게 뭐람? 그래서 말했다. "네 젖꼭지가 보고 싶었어."

그녀는 마리화나를 그에게 건네더니 줄무늬 스웨터를 머리 위로 재빨리 벗었다. 속에는 아무것도 입지 않은 상태였다.

데이브는 깜짝 놀랐고 엄청나게 기뻤다. 보는 것만으로도 아래가 단단해졌다. "정말 아름다워." 그가 말했다.

"그래, 그렇지." 그녀는 꿈꾸듯 말했다. "너무 예뻐서 가끔은 내가 만지기도 해."

"오, 맙소사." 데이브는 신음소리를 냈다.

"그 목록 말이야." 비프가 말했다. "두번째는 뭐였어?"

*

데이브는 비행기 티켓을 일주일 뒤에 출발하는 것으로 바꾸고 호텔에 계속 머물렀다. 주중에는 비프가 학교를 마치고 만났고 토요일 일요일은 온종일 함께 보냈다. 그들은 영화를 보러 가고 멋진 옷을 사러 가고 동물원을 돌아다녔다. 하루에 두세 번 사랑을 나누고 늘 콘돔을 사용했다.

어느 날 저녁 데이브가 옷을 벗는데 그녀가 말했다. "청바지 벗어."

그는 팬티와 데님 모자만 몸에 걸치고 호텔 침대 위에 누운 비프를 바라보았다. "무슨 소리야?"

"오늘밤 넌 내 노예야. 시키는 대로 해. 청바지 벗어."

이미 청바지를 벗고 있던 데이브는 그렇다고 말을 하려다가 이게 바로 자기가 꿈꾸던 일임을 알아차렸다. 생각만으로도 흥겨워진 그는 장단을 맞추기로 했다. 그는 짐짓 머뭇거리며 말했다. "에, 벗어야 해?"

"넌 내가 시키는 대로 해야 해. 왜냐하면 넌 내 거니까." 그녀가 말했다. "빌어먹을 청바지 벗어."

"네, 마님." 데이브가 말했다.

그녀는 그를 보며 똑바로 앉았다. 그는 그녀의 희미한 미소 속에서 짓궂은 욕망을 볼 수 있었다. "아주 좋아." 그녀가 말했다.

데이브가 말했다. "다음엔 뭘 할까요?"

데이브는 그가 열세 살일 때, 그리고 며칠 전 왜 비프에게 그렇게 푹 빠졌는지 이유를 알았다. 그녀는 재미로 꽉 차 있고 뭐든 시도할 준비가 되어 있으며 새로운 경험에 굶주렸다. 어떤 여자는 두 번만 자고 나면 지루해졌다. 비프는 절대 지루해지지 않을 것 같았다.

그들은 사랑을 나누었는데, 데이브는 그가 이미 원하고 있는 걸 비프가 명령할 때마다 망설이는 척했다. 묘하게 흥분되었다.

끝나고 나서 그는 한가하게 말했다. "그런데 그 별명은 어디서 생긴 거야?"

"내가 말 안 했던가?"

"안 했어. 너에 대해 모르는 게 너무 많아. 그런데도 오랫동안 가깝게 지낸 느낌이지만."

"어렸을 때 장난감 자동차가 있었어. 앉아서 페달 돌리는 거. 기억도 안 나는데 엄청 좋아했나봐. 몇 시간이고 그걸 타고 놀면서 이랬대. '빕비프(빵빵)!'"

두 사람은 옷을 입고 햄버거를 먹으러 갔다. 데이브는 그녀가 햄버거를 베어무는 걸, 즙이 턱으로 흘러내리는 걸 보며 자기가 사랑에 빠졌다는 걸 알았다.

"런던으로 돌아가고 싶지 않아." 그가 말했다.

그녀는 햄버거를 삼키고 말했다. "그럼 여기 있어."

"안 돼. 플럼 넬리는 새 앨범을 만들어야 하거든. 그러고 나서는 오스트레일리아와 뉴질랜드 순회공연이 있어."

"난 네가 좋아." 그녀가 말했다. "네가 가면 난 울 거야. 하지만 내일 일로 괴로워하면서 오늘을 망치진 말아야지. 햄버거 먹어. 단백질이 필요하니까."

"우리는 천생연분인 것 같아. 내가 어린 건 알지만 난 다양한 여자를 겪어봤거든."

"허풍떨 것 없어. 나도 만만치 않으니까."

"허풍떨려는 게 아니야. 자랑스럽지도 않으니까. 팝가수가 되면 너무 쉽거든. 너한테, 그리고 나 자신에게 내가 왜 확신하는지 설명하려는 거야."

그녀는 감자튀김을 케첩에 찍었다. "뭘 확신해?"

"이렇게 영원히 살고 싶다는 거."

그녀는 입으로 가져가던 감자튀김을 손에 든 채 얼어붙었다가 다시 접시에 내려놓았다. "무슨 말이야?"

"난 우리가 언제나 함께했으면 해. 같이 살았으면 좋겠어."

"같이 살다니…… 어떻게?"

"비프." 그가 말했다.

"나 어디 안 갔어."

그는 테이블 너머로 손을 뻗어 비프의 손을 잡았다. "혹시 나랑 결혼하는 거 생각해봤어?"

"이런, 맙소사." 그녀가 말했다.

"미친 짓이라는 거 알아."

"미친 짓은 아니야." 그녀가 말했다. "하지만 너무 갑작스럽네."

"그럼 너도 원한다는 거야? 결혼?"

"네 말이 옳아. 우린 천생연분이야. 어떤 남자친구하고도 너랑 있는 시간의 반도 즐겁지 않았어."

그녀는 여전히 질문에 대답하지 않았다. 그는 천천히 분명하게 말했다. "사랑해. 나랑 결혼해줄래?"

그녀는 한참 망설이더니 말했다. "젠장, 그래."

*

"나한테는 묻지도 마." 우디 듀어는 화를 내며 말했다. "너희 둘은 결혼 못해."

키가 큰 듀어는 트위드 재킷에 버튼다운 셔츠를 입고 넥타이를 맸다. 데이브는 주눅들지 않으려고 안간힘을 써야 했다.

비프가 말했다. "어떻게 아셨어요?"

"그건 상관없지."

"아첨꾼 오빠가 일러바쳤군요." 비프가 말했다. "그런 걸 믿고 비밀을 말한 내가 얼간이지."

"막말할 것 없어."

그들은 노브 힐 구역 고프 가에 있는 듀어 가족의 빅토리아양식 저택 거실에 있었다. 멋진 고가구와 비싸지만 색이 바랜 커튼은 데이브에게 그레이트 피터 가의 집을 연상시켰다. 데이브와 비프는 빨간색 벨벳 소파에, 벨라는 골동품 가죽의자에 앉았고 우디는 돌을 깎아 만든 벽난로 앞에 서 있었다.

데이브가 말했다. "갑작스럽다는 건 알아요. 하지만 저는 해야 할 일이 있어요. 런던에서 녹음을 해야 하고 오스트레일리아에다 또다른 곳에서 순회공연도 있거든요."

"갑작스러워?" 우디가 말했다. "완전히 무책임하잖아! 일주일 데이트하고 그런 식의 제안을 할 수 있다는 사실만으로도 너희는 결혼할 만큼 성숙한 사람 근처에도 못 갔다는 증거란 말이야."

데이브가 말했다. "자랑하기는 싫지만 어쩔 수 없이 말씀드릴 수밖에 없네요. 저는 부모님한테서 독립해 이미 이 년이나 살았어요. 그동안 수백만 달러짜리 국제적인 사업을 만들어냈고요. 사람들이 상상하는 것처럼 부자는 아니지만 따님을 편안하게 살 수 있도록 해줄 수 있어요."

"비프는 열일곱 살이야! 너도 마찬가지고. 내 허락 없이는 결혼 못하고, 난 허락하지 않을 거야. 로이드와 데이지도 나와 똑같이 나올 거다,

젊은이."
비프가 말했다. "어느 주에서는 열여덟 살이면 결혼할 수 있어요."
"그런 식이라면 넌 어디도 못 가."
"절 어떻게 하시려고요, 네? 수녀원에 가둬요?"
"집을 나가겠다고 협박하는 거야?"
"결국 아빠는 우릴 막을 힘이 없다는 걸 지적하는 거예요."
그녀 말이 옳았다. 데이브가 라킨 가에 있는 샌프란시스코 공공도서관에 가서 확인해두었다. 성인이 되는 나이는 스물한 살이었지만 몇몇 주에서는 부모의 동의 없이도 여자가 열여덟 살이면 결혼할 수 있다. 스코틀랜드는 열여섯이면 가능했다. 실질적으로 두 사람이 작정하면 부모가 결혼을 막기는 어려웠다.
하지만 우디가 말했다. "장담하지 마. 이건 있을 수 없는 일이야."
데이브가 부드럽게 말했다. "이 문제로 두 분과 다투고 싶지 않지만, 제 생각에 비프는 지금 이 자리에서 부모님 의견만 중요한 건 아니라고 말한 겁니다."
그는 거슬리지 않는 말을 공손한 투로 했다고 생각했는데 그 말에 우디는 더 격분한 것 같았다. "내던지기 전에 이 집에서 나가."
벨라가 처음으로 끼어들었다. "그대로 있어라, 데이브."
데이브는 꼼짝하지 않았다. 우디는 전쟁에서 부상을 입어 다리가 불편했다. 그는 누구도 어디로 내던질 수 없었다.
벨라는 남편을 향해 돌아섰다. "여보, 이십일 년 전 당신은 이 방에 앉아서 우리 어머니와 맞섰어요."
"난 열일곱 살이 아니라 스물다섯 살이었어요."
"어머니는 당신이 빅터 롤런드슨과 내 약혼을 깨뜨리고 있다고 비난하셨죠. 그 말씀이 옳았어요. 당신이 파혼의 이유였는데 당시 우리는 하룻저녁밖에 같이 보내지 않았잖아요. 데이브의 어머니가 연 파티에서 만났는데 당신은 노르망디를 침공하러 가버렸고, 그뒤로 난 일 년 동안 당신을 못 봤어요."

비프가 말했다. "하룻저녁이요? 아버지한테 어떻게 한 거예요, 엄마?"

벨라는 딸을 보더니 망설이다 말했다. "공원에서 입으로 해줬다."

데이브는 깜짝 놀랐다. 벨라와 우디가? 상상이 되지 않았다!

우디가 항의했다. "벨라!"

"지금 고상한 소리나 하고 있을 때가 아니에요, 여보."

비프가 말했다. "첫 데이트에서요? 와, 엄마! 잘했어요!"

우디가 말했다. "이런, 맙소사."

벨라가 말했다. "여보, 난 그저 당신에게 젊음이라는 게 뭔지 일깨워주고 싶은 거예요."

"난 그날 당장 청혼하지 않았어!"

"그건 그렇죠. 당신은 고통스러울 정도로 느렸어요!"

비프는 킥킥거렸고 데이브도 미소지었다.

우디가 벨라에게 말했다. "왜 날 공격하는 거야?"

"왜냐하면 당신이 너무 거만하게 구니까요." 그녀는 남편의 손을 잡고 웃더니 말했다. "우린 사랑했어요. 애들도 그래요. 우리도 애들도 운이 좋은 거예요."

우디는 조금 누그러졌다. "그러니까 애들 하려는 대로 그냥 두자는 거야?"

"당연히 아니죠. 하지만 협상을 할 수는 있어요."

"어떻게 할 수 있을지 모르겠군."

"애들한테 일 년 뒤 우리에게 다시 물어봐달라고 하는 거예요. 그동안 데이브는 언제든 여기 우리집에 와서 지내고. 그룹 일을 하다가 쉴 틈이 나면 언제든지요. 여기 있는 동안은 두 사람이 원한다면 비프와 한방을 쓰면 되고요."

"그건 안 되지!"

"얘들은 집에서든 나가서든 할 거예요. 이길 수 없는 싸움은 하지 말아요. 위선자처럼 굴지도 말고. 당신도 결혼하기 전에 나랑 잤어요. 날 만나기 전에는 조앤 로즈로크와도 잤고요."

우디는 일어섰다. "난 생각해봐야겠어요." 그는 그렇게 말하고 방에서 나가버렸다.

벨라는 데이브에게 고개를 돌렸다. "너나 비프에게 명령을 하는 건 아니야, 데이브. 난 부탁하는 거야. 참아달라고 비는 거라고. 넌 훌륭한 가문에서 자란 좋은 남자다. 네가 우리 딸과 결혼한다면 난 기뻐. 하지만 일 년만 기다려다오."

데이브는 비프를 보았다. 그녀가 고개를 끄덕였다.

"좋아요." 데이브가 말했다. "일 년이요."

*

아침에 호스텔에서 나오는 길에 재스퍼는 우편함을 확인했다. 편지가 두 통 있었다. 하나는 파란색 해외우편으로 봉투에는 어머니의 우아한 필체로 주소가 적혀 있었다. 다른 한 통은 타자기로 주소를 찍은 봉투였다. 봉투를 열어보기도 전에 누군가 불렀다. "재스퍼 머리, 전화요!" 그는 두 봉투 모두 재킷 안쪽 주머니에 넣었다.

전화를 걸어온 건 살즈먼 부인이었다. "좋은 아침이에요, 머리 씨."

"안녕하세요, 파란 눈."

"넥타이 매고 있어요, 머리 씨?" 그녀가 말했다.

넥타이는 유행에서 멀어지고 있었고, 어쨌든 타이피스트 겸 사무원은 깔끔해 보일 필요도 없었다. "아뇨." 그가 말했다.

"하나 매요. 허브 굴드가 열시에 보자네요."

"그래요? 왜요?"

"〈오늘〉에 조사원 자리가 하나 났어요. 내가 당신 기사들을 보여줬죠."

"고마워요. 당신은 천사예요!"

"넥타이 매고 와요." 살즈먼 부인은 전화를 끊었다.

재스퍼는 다시 방으로 가 깨끗한 흰색 셔츠를 입고 진지해 보이는 짙은 색 넥타이를 맸다. 그리고 재킷과 코트를 다시 걸치고 일하러 갔다.

고층건물 로비에 있는 신문 가판대에서 그는 살즈먼 부인에게 줄 작은 초콜릿 한 상자를 샀다.

그는 열시 십분 전에 〈오늘〉의 사무실로 갔다. 십오 분 후 비서가 그를 굴드의 사무실로 안내했다.

"만나서 반갑군." 굴드가 말했다. "와줘서 고맙네."

"뵙게 돼서 기쁩니다." 재스퍼는 굴드가 엘리베이터에서 대화한 일을 기억하지 못한다고 추측했다.

굴드는 〈진실〉의 암살 특집호를 읽고 있었다. "자네 이력서를 보니까 이 신문을 창간했다고."

"네."

"어떻게 하다가 그랬지?"

"저는 대학교 공식 학생신문인 〈세인트줄리언 뉴스〉에 있었습니다." 재스퍼는 말을 시작하자 긴장감이 잦아들었다. "편집장 자리에 지원했는데, 그 자리는 이전 편집장 여동생에게 가버렸습니다."

"그래서 홧김에 만든 거로군."

재스퍼는 씩 웃었다. "어떻게 보면 그렇죠. 하지만 밸러리보다 더 잘할 수 있다는 확신이 있었습니다. 그래서 25파운드를 빌려 경쟁 신문을 만들었습니다."

"그래서 어떻게 됐나?"

"세번째 호를 발행하면서부터 〈세인트줄리언 뉴스〉보다 더 팔리기 시작했습니다. 그리고 〈세인트줄리언 뉴스〉가 보조금을 받고 있을 때 우리는 수익을 냈죠." 이건 그저 살짝 과장한 얘기였다. 일 년이 지나면서 〈진실〉은 거의 파산하다시피 했다.

"그건 정말 대단한 성과로군."

"감사합니다."

굴드는 발리와의 인터뷰 기사가 실린 〈뉴욕 포스트〉를 들어올렸다. "이 이야기는 어떻게 얻어냈지?"

"발리의 사연은 비밀은 아니었습니다. 이미 독일 언론에 나왔던 이야기죠. 하지만 그때는 팝스타가 아니었습니다. 이렇게 말해도 될지 모르겠지만……"

"해봐."

"저는 언론의 기술은 단지 사실을 찾아내는 데 국한된다고 보지 않습니다. 가끔은 이미 알려진 특정 사실을 제대로 다시 써서 큰 이야기로 만들어낼 수 있다는 걸 깨닫는 일이죠."

굴드는 고개를 끄덕이며 동의했다. "좋아. 신문에서 방송으로는 왜 옮기고 싶지?"

"우리는 최고의 헤드라인보다 1면에 실린 좋은 사진 한 장이 더 매출을 끌어올린다는 걸 압니다. 움직이는 영상은 더 좋죠. 길고 심도 있는 신문기사가 늘 시장을 보유하고 있다는 건 의심의 여지가 없습니다만, 예측할 수 있는 미래에 대부분의 사람들은 텔레비전에서 뉴스를 얻게 될 겁니다."

굴드는 웃었다. "그건 논쟁할 가치도 없지."

책상 위 스피커에서 삑삑 소리가 나더니 비서가 말했다. "워싱턴 지국의 토머스 씨가 전화하셨습니다."

"고마워. 재스퍼, 얘기할 수 있어 좋았네. 연락하지." 그는 수화기를 들었다. "여, 래리, 어떻게 지내나?"

재스퍼는 사무실을 나왔다. 인터뷰는 잘 진행되었지만 실망스럽게 갑자기 끝나버렸다. 얼마나 기다려야 연락을 받을 수 있는지 물어볼 걸 그랬다는 생각이 들었다. 하지만 그는 매달리는 입장이었다. 그가 어떤 기분일지 신경쓰는 사람은 아무도 없었다.

그는 라디오 방송국으로 돌아왔다. 인터뷰를 하러 가 있는 동안 그가 맡은 일은 점심시간에 늘 대신 자리를 봐주는 비서가 해주었다. 이제 그는 그녀에게 감사인사를 하고 일을 넘겨받았다. 재킷을 벗고 주머니에 든 편지를 기억해냈다. 그는 헤드폰을 쓰고 작은 책상에 앉았다. 라디오에서는 스포츠 기자가 앞으로 벌어질 야구 경기에 대해 설명하고 있었다. 재스퍼는 편지 두 통을 꺼내 타자기로 주소가 찍힌 봉투부터 열었다.

미국 대통령으로부터 온 편지였다.

같은 내용으로 인쇄되어 네모 안에 그의 이름만 채워넣은 것이었다.

내용은 이랬다.

안녕하십니까,

미합중국 군에 입대할 것을 명합니다.

재스퍼는 소리내어 말했다. "뭐?"

1966년 1월 20일 오전 7시 하기 주소지에서 신고하고 군 징병소로 이동하기 바랍니다.

재스퍼는 공포를 억눌러야 했다. 이건 분명한 행정 착오였다. 그는 영국인이다. 미군이 외국 시민을 징집할 리 없다.

하지만 이 문제를 최대한 빨리 정리해야 했다. 미국 관료들은 여느 나라와 마찬가지로 미친듯이 무능력했고, 불필요한 문제를 끝없이 일으킬 수 있는 능력을 똑같이 갖고 있었다. 아무도 없는 네거리의 빨간 신호등처럼 진지하게 받아들이는 척해야 했다.

신고 장소는 라디오 방송국에서 몇 블록 떨어지지 않은 곳이었다. 비서가 돌아와 점심시간에 일을 대신 맡아주는 동안 그는 재킷과 코트를 입고 건물을 나섰다.

그는 옷깃을 올려 차가운 뉴욕의 바람을 막고 서둘러 길을 걸어 연방 정부 건물로 들어섰다. 그곳에서 그는 3층에 있는 군 사무소를 찾았고 책상에 앉은 대위 복장의 남자 한 명을 발견했다. 중년의 남자들도 머리를 더 길게 기르는 마당에 앞부분만 남기고 짧게 깎은 머리는 더할 나위 없이 우스꽝스러웠다. "무슨 일로 오셨습니까?" 대위가 말했다.

"이 편지가 제게 온 건 실수가 분명합니다." 재스퍼는 말하고 봉투를 내밀었다.

대위는 편지를 훑어보았다. "징병 추첨제* 있는 거 모릅니까?" 그가 말했다. "징집 필요 인원보다 대상 인원이 더 많아서 신병을 무작위로 추첨하고 있습니다." 그는 편지를 되돌려주었다.

---

* 실제로 해당 제도가 처음 시행된 것은 1969년 12월이다.

재스퍼는 웃었다. "저는 입대 자격이 없는 것 같은데요, 안 그렇습니까?"

"이유는요?"

아무래도 대위는 그의 악센트를 알아차리지 못한 것 같았다. "저는 미국 시민이 아닙니다." 재스퍼가 말했다. "영국인이죠."

"미국에서 뭘 하고 계십니까?"

"전 언론인입니다. 라디오 방송국에서 일합니다."

"그럼 취업 허가를 받으셨겠네요."

"네."

"당신은 외국인 영주권자시네요."

"바로 그렇죠."

"그럼 징집에 응할 의무가 있습니다."

"하지만 전 미국인이 아니라니까요!"

"달라질 건 없습니다."

슬슬 짜증이 났다. 군이 엉망이 된 거라고 재스퍼는 거의 확신했다. 다른 많은 하급 관리처럼 대위는 단지 실수를 인정하려고 하지 않을 뿐이다. "지금 미국 군대가 외국인을 징집한다고 말하는 겁니까?"

대위는 침착성을 잃지 않았다. "징집은 시민권이 아니라 거주 여부에 따라 정해집니다."

"그럴 리 없습니다."

대위도 이제 짜증이 나는 듯했다. "제 말 못 믿겠으면 확인해보시죠."

"당장 그럴 겁니다."

재스퍼는 건물을 나와 사무실로 돌아왔다. 이런 일은 인사부에서 알고 있을 터였다. 그는 살즈먼 부인을 찾아가 만나볼 작정이었다.

그는 초콜릿 상자를 건넸다.

"다정하기도 하지." 그녀가 말했다. "굴드 씨도 당신이 마음에 드나 봐요."

"뭐라고 하던가요?"

"그냥 당신을 보내줘서 고맙다고 하더군요. 아직 마음의 결정을 못한 것 같아요. 하지만 고려중인 다른 사람은 내가 아는 한 없어요."

"그거 굉장한 소식이네요! 하지만 작은 문제가 하나 생겼는데, 부인께서 도와주실 수 있을지도 몰라요." 그는 군에서 온 편지를 그녀에게 보여주었다. "이건 분명히 실수가 맞겠죠?"

살즈먼 부인은 안경을 쓰고 편지를 읽었다. "오, 이런. 정말 운이 나쁘네요. 이제 막 잘 지내게 되었는데!"

재스퍼는 귀를 의심했다. "제가 정말 징집 대상자라는 말은 아니죠?"

"맞아요." 그녀는 슬프게 말했다. "전에도 우리 외국인 직원에게 이런 일이 있었어요. 정부는 미국에서 일하며 살고 싶으면 공산주의의 공격으로부터 나라를 방어하는 걸 도와야 한다고 했죠."

"제가 군대에 가게 될 거라는 말이에요?"

"꼭 갈 필요는 없어요."

재스퍼의 가슴이 희망으로 뛰었다. "대안은 뭡니까?"

"본국으로 돌아가면 돼요. 저들이 나라를 떠나는 걸 막진 않아요."

"말도 안 돼요! 여기서 빼내줄 수 없나요?"

"어떤 종류든 숨기고 있는 질병 없어요? 평발이나 결핵, 심장막결손 같은 거요."

"전혀 아파본 적 없습니다."

그녀는 목소리를 낮추었다. "혹시 동성애자는 아니겠죠?"

"아니에요!"

"당신 가족이 군 복무를 금지하는 종교를 믿지는 않죠?"

"아버지는 영국군 대령이십니다."

"정말 안됐군요."

재스퍼는 실감이 나기 시작했다. "진짜 떠나야겠네요. 〈오늘〉에서 일자리를 구한다고 해도 어차피 일을 못하겠어요." 그때 문득 한 가지 생각이 머릿속을 스쳤다. "혹시 복무를 마치고 나서는 원래 직장에 다시 취업할 수 있지 않나요?"

"해당 일을 일 년 이상 했을 때만 그래요."

"그러니까 방송국 타이피스트 겸 사무원 자리로도 되돌아오지 못할 수 있다는 말이군요!"

"보장할 수 없어요."

"대신 지금 미국을 떠나면……"

"바로 집으로 돌아갈 수 있어요. 하지만 다시는 미국에서 일할 수 없어요."

"맙소사."

"어떻게 할 거예요? 떠날 건가요, 아니면 군에 입대할 건가요?"

"진짜 모르겠어요." 그가 말했다. "도와줘서 고마워요."

"초콜릿 고마워요, 머리 씨."

재스퍼는 혼란스러운 가운데 사무실을 나왔다. 책상으로 돌아갈 수 없었다. 생각을 해야 했다. 그는 다시 밖으로 나갔다. 평상시의 그는 뉴욕의 거리를 사랑했다. 높은 건물, 힘이 센 맥 트럭, 엄청나게 멋진 자동차, 멋진 상점마다 창문 속에 진열된 반짝거리는 상품. 오늘은 그 모든 것이 불쾌했다.

그는 이스트 강으로 걸어가 브루클린 다리가 보이는 공원에 앉았다. 이 모든 걸 두고 다리 사이로 꼬리를 말아넣은 채 런던으로 돌아간다고 생각했다. 영국의 지방 신문사에서 이 년이라는 긴 세월을 보낸다고 생각했다. 다시는 미국에서 일할 수 없다고 생각했다.

그리고 군대에 대해 생각했다. 짧은 머리, 행진, 괴롭히는 하사관, 폭력. 동남아시아의 뜨거운 정글에 대해 생각했다. 그는 파자마 차림의 키 작은 농사꾼을 총으로 쏴야 할 수도 있다. 죽을 수도 있고 불구가 될 수도 있다.

그가 미국으로 간다며 부러워하던 런던의 아는 모든 사람을 생각했다. 애나와 행크는 축하한다며 그를 데리고 사보이에 가서 저녁까지 먹었다. 데이지는 그레이트 피터 가의 집에서 작별파티까지 열어주었다. 어머니는 눈물을 흘렸다.

그는 신혼여행을 떠났다가 집으로 돌아와 이혼했다고 선언하는 신부 꼴이 될 터였다. 베트남에서 목숨을 거는 위험보다 창피한 것이 더 나빠 보였다.

어떻게 해야 하나?

39장

장크트 게르트루트 청년 클럽은 변했다.

릴리의 기억에 시작할 때는 아무 문제도 없었다. 동독 정부는 교회 지하이긴 하지만 전통무용을 할 수 있도록 허가했다. 그리고 오도 포슬러 같은 개신교 목사가 젊은이들과 친구관계, 섹스에 대해 이야기를 나눈다는 사실을 만족스러워했다. 그의 시각이 정부의 그것과 마찬가지로 엄격하리라 예상했기 때문이다.

이 년 뒤 클럽은 그렇게 무해한 공간이 아니었다. 더는 포크댄스로 저녁을 시작하지 않았다. 그들은 록음악을 틀고 전 세계 젊은이들이 맛이 갔다고 표현하는 것처럼 각자 알아서 정력적인 스타일로 춤을 추었다. 나중에 릴리와 카롤린은 기타를 연주하며 자유에 대한 노래를 불렀다. 저녁은 늘 오도 목사가 이끄는 토론으로 끝났다. 그리고 이런 토론은 보통 길을 벗어나 금지된 영역으로 들어갔다. 민주주의, 종교, 동독 정부의 결점과 서방에서의 삶의 압도적인 매력까지.

그런 대화는 릴리의 집에서는 평범한 일이었지만 일부 젊은이들에게는 정부가 비판당하고 공산주의의 개념이 도전을 받는, 새롭고 자유로운 경험이었다.

이곳에서만 그런 일이 벌어지는 것은 아니었다. 일주일에 사나흘 저녁마다 릴리와 카롤린은 기타를 들고 베를린 시내와 외곽의 다른 교회 홀, 개인 주택을 찾았다. 위험한 일이란 걸 알았지만 두 사람 다 잃을 것이 없다고 느꼈다. 카롤린은 베를린장벽이 서 있는 한 발리와 다시는 재회할 수 없다는 걸 알았다. 미국 신문에 발리와 카롤린의 이야기가 보도되자 슈타지는 릴리를 대학에서 쫓아내는 것으로 가족을 처벌했다. 이제 그녀는 교통부 매점에서 웨이트리스로 일했다. 젊은 두 여자는 정부가 그들을 억압하도록 두지 않겠다고 결심했다. 이제 두 사람은 비밀리에 공산주의에 맞서는 젊은이들 사이에서 유명했다. 그들이 테이프에 그들의 노래를 녹음하면 팬이 다른 팬에게 전해가며 들었다. 릴리가 느끼기에는 불꽃이 꺼지지 않도록 그들이 지켜주는 것 같았다.

릴리에게는 장크트 게르트루트의 매력이 또 한 가지 있었다. 토르스텐 그라이너였다. 그는 스물두 살이지만 폴 매카트니처럼 얼굴이 아기 같아서 나이보다 어려 보였다. 그는 릴리와 음악에 대한 열정을 공유했다. 최근 헬가라는 여자와 헤어졌는데, 그녀는 단지 그에게 어울릴 만큼 똑똑하지 못했다. 릴리의 의견으로는 그랬다.

1967년 어느 날 저녁 토르스텐은 비틀스의 최신 음반을 클럽에 가져왔다. 한쪽 면에 수록된 〈페니 레인〉은 활기차고 행복해서 모두 그 곡에 맞춰 힘차게 춤을 췄다. 다른 면은 기이하게 매력적인 〈스트로베리 필즈 포에버〉로 릴리와 다른 사람들은 음악에 맞춰 몸을 흔들고 팔과 손을 바닷속 물풀처럼 하늘거리며 느리고 몽환적인 춤을 추었다. 그들은 음반 양면의 노래를 듣고 또 들었다.

사람들이 어떻게 음반을 구했느냐고 물으면 토르스텐은 묘한 몸짓으로 곳등을 두드릴 뿐 아무 말도 하지 않았다. 하지만 릴리는 진실을 알고 있었다. 일주일에 한 번 토르스텐의 삼촌 호르스트가 동독의 가장 큰 수출품인 천과 싸구려 옷가지로 가득찬 밴을 몰고 국경을 넘어 서베를린으로 들어갔다. 호르스트는 늘 국경 경비병들에게 그가 들여오는 만화책과 팝 레코드, 화장품, 유행하는 옷가지 가운데 일부를 떼어주었다.

릴리의 부모는 음악이 하찮은 것이라고 생각했다. 그들에게는 오로지 정치만이 진지했다. 하지만 그들은 릴리와 그녀의 세대에게는 음악이, 심지어 사랑에 관한 음악까지도 정치적이라는 사실을 이해하지 못했다. 기타를 연주하고 노래를 부르는 새로운 방법들은 모두 긴 머리와 다른 옷차림, 인종적 관용, 성적 자유와 관련있었다. 비틀스와 밥 딜런의 모든 노래가 나이든 세대에게 말했다. "우리 방식은 당신들과는 다르다." 동독의 십대들에게 그것은 거친 정치적 메시지였고, 그것을 아는 정부는 해당 레코드를 금지시켰다.

경찰이 도착했을 때 그들은 모두 〈스트로베리 필즈 포에버〉에 정신이 나간 상태였다.

릴리는 토르스텐과 마주보고 춤추고 있었다. 영어를 알아듣는 그녀는 존 레넌이 부르는 노래가사 내용에 흥미를 느꼈다. "눈을 감으면 사는 게 쉬워요, 보이는 모든 것을 오해하면서." 마치 동독에 사는 대부분의 사람에 대한 생생한 묘사 같았다.

릴리는 제복을 입은 사람들이 거리로 통하는 문으로 들어오는 모습을 처음 발견한 무리 중 하나였다. 그녀는 마침내 슈타지의 감시망에 장크트 게르트루트 청년 클럽이 걸렸다는 사실을 즉시 알아차렸다. 피할 수 없는 일이었다. 젊은 사람들은 자기가 빠진 흥미진진한 일에 대해 떠들기 마련이다. 동독 시민 가운데 비밀경찰의 정보원이 몇 명인지는 아무도 몰랐지만, 릴리의 어머니 말이 게슈타포의 정보원보다는 많을 거라고 했다. "지금은 전쟁 때처럼 할 수가 없어." 카를라는 그렇게 말했다. 전쟁 때 뭘 했느냐고 릴리가 물으면 언제나 입을 꼭 다물었다. 어쨌든 릴리는 장크트 게르트루트 교회 지하에서 무슨 일이 벌어지는지 슈타지에게 들킬 날이 머지않았음을 내내 알고 있었다.

릴리는 즉시 춤을 멈추고 카롤린을 찾아 주위를 두리번거렸지만 보이지 않았다. 오도 역시 보이지 않았다. 지하실을 빠져나간 것이 틀림없었다. 거리로 통하는 문 반대편 구석에는 교회 바로 옆 목사관으로 직접 연결되는 계단이 있다. 무슨 이유인지는 몰라도 두 사람은 아마 그리로 나갔을 터였다.

릴리는 토르스텐에게 말했다. "난 오도를 불러올게."

그녀는 대부분 습격당했다는 사실을 눈치채지 못한 채 춤추고 있는 사람들 사이를 힘겹게 뚫고 빠져나갔다. 토르스텐이 그녀를 뒤따랐다. 두 사람이 계단 꼭대기에 도착하자 "널 데리고 갈게—" 하는 레넌의 목소리에서 노래가 뚝 끊겼다.

그들이 목사관 홀을 가로지르는 사이 아래쪽에서는 경찰이 거친 목소리로 지시를 내리기 시작했다. 남자 혼자 살기에는 넓은 집이었다. 오도는 운이 좋았다. 릴리는 이곳에 자주 와보지 않았지만 1층 앞쪽에 목사의 서재가 있다는 걸 알았다. 추측건대 지금 그를 찾을 가능성이 가장 큰 곳은 거기였다. 문이 조금 열려 있어서 그녀는 문을 활짝 열어젖히고 안으로 들어섰다.

오크로 벽을 장식한 서재, 책장에 성경 연구서가 빽빽이 꽂힌 그곳에서 오도와 카롤린이 뜨겁게 뒤엉켜 있었다. 그들은 입을 벌린 채 키스하고 있었다. 카롤린의 손은 오도의 길고 숱 많은 머리칼 사이를 파고들었다. 오도는 카롤린의 가슴을 쓰다듬고 움켜쥐었다. 오도의 몸을 향해 밀어붙인 그녀의 몸은 궁수의 활처럼 팽팽하게 휘어 있었다.

릴리는 충격에 입을 열 수 없었다. 그녀는 카롤린을 올케라고 생각했고, 오빠와 그녀가 결혼하지 않은 것은 절차상의 문제에 불과했다. 카롤린이 다른 남자를 좋아할 수 있으리라는 생각은 한 번도 머릿속에 떠오르지 않았다. 하물며 목사라니! 순간적으로 그녀는 미친 사람처럼 뭔가 다른 가능한 설명을 떠올렸다. 두 사람은 연극 연습이거나 미용체조를 하는 것일 수도 있다.

그 순간 토르스텐이 말했다. "맙소사."

오도와 카롤린은 갑자기 펄쩍 뛰며 떨어졌다. 그 모습은 우스꽝스럽기까지 했다. 그들의 얼굴에 충격과 죄책감이 떠올랐다. 잠시 후 한꺼번에 입을 열었다. 오도가 말했다. "말하려고 했어." 동시에 카롤린이 말했다. "이런, 릴리, 너무 미안해……"

얼어붙은 한순간 릴리는 구체적인 광경 하나하나가 생생하게 의식되었다. 오도의 체크무늬 재킷, 드레스 사이로 튀어나온 카롤린의 젖꼭지, 벽에 걸린 황동 액자 속 오도의 신학대 졸업장, 벽난로 앞에 깔린 다 해진 구식 꽃무늬 카펫.

바로 그때 그녀를 위층으로 올라오게 한 비상 상황을 기억해냈다. "경찰이 왔어요. 지하에요."

오도가 말했다. "젠장!" 그는 성큼성큼 걸어나갔고 이윽고 계단을 내려가는 소리가 들렸다.

카롤린은 릴리를 바라보았다. 두 여자 모두 뭐라고 해야 할지 알 수 없었다. 그 순간 카롤린이 마법을 깨뜨렸다. "나도 같이 가야겠어." 그러고는 오도를 따라갔다.

릴리와 토르스텐은 서재에 남았다. 키스하기에 좋은 곳이네. 릴리는 슬프게 생각했다. 오크 벽장식, 벽난로, 책들, 카펫까지. 오도와 카롤린이 얼마나 자주 이랬을까, 언제부터 시작되었을까 궁금했다. 그리고 발리가 생각났다. 불쌍한 발리.

아래층에서 들리는 고함소리에 기운을 차렸다. 지하실로 돌아갈 이유가 없다는 걸 깨달았다. 코트가 지하에 있었지만 심하게 추운 저녁은 아니었다. 코트 없이도 견딜 만했다. 그녀는 탈출할 수도 있었다.

목사관 정문은 건물의 지하실 출입구 반대편이었다. 경찰이 이곳까지 모두 둘러쌌을지도 몰랐지만 아니라고 판단했다.

그녀는 홀을 가로질러 정문을 열었다. 경찰은 보이지 않았다.

토르스텐에게 말했다. "달아날까?"

"그래, 빨리."

두 사람은 밖으로 나가서 조용히 문을 닫았다.

"집까지 바래다줄게." 토르스텐이 말했다.

두 사람은 서둘러 모퉁이를 돌았고 교회가 보이지 않는 곳에 이르자 걷는 속도를 줄였다. 토르스텐이 말했다. "너 정말 충격이었겠구나."

"난 카롤린이 발리를 사랑하는 줄 알았어!" 릴리는 큰 소리로 말했다. "어떻게 오빠한테 이럴 수가 있지?" 그녀는 울음을 터뜨렸다.

토르스텐은 걸어가면서 릴리의 어깨에 팔을 둘렀다. "발리가 떠난 게 언제야?"

"사 년이 다 되어가."

"카롤린이 이민 갈 수 있는 가능성이 조금이라도 많아졌나?"

릴리는 고개를 저었다. "더 나빠졌지."

"그녀는 알리스를 키울 때 도움이 될 누군가가 필요해."

"내가 있고 우리 가족도 있는데!"

"알리스의 아버지가 필요하다고 느낄 수도 있지."

"하지만…… 목사라니!"

"대부분의 남자는 미혼모를 떠맡겠다는 생각을 안 해. 오도는 단지 목사라서 다른 거야."

열쇠는 코트 주머니에 넣어두었기 때문에 릴리는 집에 도착해 초인종을 눌러야 했다. 어머니가 나와 문을 열더니 그녀의 얼굴을 보고 말했다. "세상에, 도대체 무슨 일이니?"

릴리와 토르스텐은 안으로 들어섰다. 릴리가 말했다. "경찰이 교회를 덮쳐서 카롤린에게 알려주러 갔는데, 오도랑 키스하고 있는 걸 봤어요!" 그녀는 다시 울음을 터뜨렸다.

카를라는 현관문을 닫았다. "진짜로 키스하고 있었던 거야?"

"네, 미친듯이요." 릴리가 말했다.

"주방으로 들어와서 커피 한잔씩 하렴, 둘 다."

그들의 이야기를 듣자마자 릴리의 아버지는 어떻게든 카롤린이 유치장에서 밤을 보내지 않을 방법을 찾기 위해 집을 나섰다. 그러자 카를라는 토르스텐도 혹시 부모님이 습격 소식을 듣고 걱정하기 전에 집으로 돌아가야 한다고 말했다. 릴리는 그를 문 앞까지 배웅했고, 그가 떠나기 전 잠깐이지만 입술에 키스해준 덕분에 기뻤다.

그리고 세 여자만 주방에 남았다. 릴리, 카를라, 할머니 모드였다. 이제 세 살인 알리스는 위층에서 잠들어 있었다.

카를라는 릴리에게 말했다. "카롤린에게 너무 심하게 하지 마."

"왜요?" 릴리가 말했다. "언니는 발리를 배신했어요!"

"사 년이나 지났고—"

"할머니는 발터 할아버지를 사 년이나 기다렸어요." 릴리가 말했다. "할머니는 아기도 없었는데!"

"그건 사실이야." 모드가 말했다. "하지만 난 거스 듀어를 생각했다."

"우디의 아버지요?" 카를라가 놀라며 말했다. "그건 몰랐어요."

"발터 역시 유혹이 있었지." 모드는 수줍어하기에는 너무 나이든 사람답게 즐겁게 주책을 떨며 말을 이었다. "모니카 폰 데어 헬바르트한테. 하지만 아무 일도 없었지."

할머니가 이 일을 가볍게 만드는 것 같아 릴리는 화가 났다. "할머니한테는 쉽겠죠. 모든 일이 너무 오래전 일이니까요."

카를라가 말했다. "난 슬퍼, 릴리. 하지만 우리가 어떻게 화를 낼 수 있는지 모르겠다. 발리는 어쩌면 영영 집에 못 올 수도 있고, 카롤린은 동독을 아예 못 떠날 수도 있어. 우리가 정말 그 아이가 다시는 못 올지 모르는 누군가를 기다리며 평생을 보내길 바라도 될까?"

"나는 언니가 그럴 작정인 줄 알았어요. 언니가 헌신적이라고 생각했다고요." 하지만 릴리는 카롤린이 실제로 그런 말을 했는지 기억이 나지 않았다.

"나는 카롤린이 이미 오래 기다렸다고 생각해."

"사 년이 긴 시간이에요?"

"젊은 여자가 스스로 평생을 기억에 희생하고 싶은가 하는 질문이 나오기에는 충분한 시간이지."

카를라도 모드도 카롤린을 동정한다는 걸 깨닫고 릴리는 낙심했다.

그들이 이 문제로 의논하던 중 자정에 베르너가 카롤린과 돌아왔다. 오도도 함께였다.

베르너가 말했다. "남자애 둘이 어쩌다가 경찰과 싸움이 붙었지만 다행히 다른 사람은 아무도 유치장에 가지 않았어. 하지만 청년 클럽은 폐쇄됐다."

모두 주방 테이블에 앉았다. 오도는 카롤린 옆에 앉았다. 게다가 모두의 앞에서 카롤린의 손을 잡고 있어 릴리는 오싹했다. 그가 말했다. "릴리, 막 얘기하려던 참에 네가 우연히 알아내서 정말 유감이야."

"뭘 얘기해요?" 릴리는 공격적으로 대꾸했지만 그게 뭔지 짐작이 가서 두려웠다.

"우리 서로 사랑해." 오도가 말했다. "너는 받아들이기 힘들 테고, 그 점에 대해서는 미안해. 하지만 우린 그것도 생각했고 기도했어."

"기도를?" 릴리는 믿을 수 없어 말했다. "카롤린이 뭔가를 위해 기도하는 줄은 전혀 몰랐네!"

"사람은 변해."

약한 여자가 남자를 기쁘게 해주려고 변한 거지. 릴리는 생각했다. 하지만 그 말을 하기도 전에 어머니가 입을 열었다. "우리 모두에게 힘든 일이에요, 오도. 발리는 카롤린과 한 번도 보지 못한 아기를 사랑해요. 그 아이 편지를 보면 알아요. 플럼 넬리의 노래를 들어봐도 짐작할 수 있고요. 그중 아주 많은 노래가 헤어짐과 상실을 말하거든요."

카롤린이 말했다. "원하신다면 오늘밤 이 집에서 나가겠어요."

카를라는 고개를 저었다. "우리도 힘들지만 이건 네게 더 힘든 일이야, 카롤린. 나는 평범한 젊은 여자에게 영영 다시 못 볼지도 모르는 누군가를 위해 평생을 바치라고 할 수는 없어. 그 누군가가 사랑하는 우리 아들이라 해도. 베르너와 난 이 문제를 두고 이야기한 적이 있어. 조만간 이렇게 되리라는 걸 알았지."

릴리는 충격을 받았다. 부모님이 이런 상황을 예상했다니! 그들은 그녀에게 아무 말도 하지 않았다. 어쩜 그렇게 매정할 수 있지?

아니면 그저 더 현명한 걸까? 그녀는 믿고 싶지 않았다.

오도가 말했다. "우리는 결혼하고 싶습니다."

릴리는 일어섰다. "안 돼!" 그녀는 소리를 질렀다.

오도가 말했다. "그리고 여러분 모두 축복해주셨으면 합니다. 모드, 베르너, 카를라, 그리고 다른 누구보다 카롤린이 힘들어하던 시간 동안 정말 좋은 친구가 되어준 릴리."

"지옥에나 가." 릴리는 그렇게 말하고 주방을 나왔다.

*

데이브 윌리엄스는 휠체어를 탄 할머니를 밀면서 의회 광장을 거닐었고 그뒤를 사진기자 한 무리가 따라갔다. 플럼 넬리의 홍보 담당자가 신문사들에 정보를 주었고 카메라를 예상하고 있던 데이브와 에설은 십 분 동안 협조하며 포즈를 취했다. 그러고 나서 데이브는 "감사합니다, 여러분"이라 인사하고는 웨스트민스터 궁의 주차장으로 들어갔다. 그는 귀족 출입구에 멈춰 서서 손을 흔들며 사진 한 장을 더 찍은 다음 휠체어를 밀고 상원의사당으로 들어섰다.

문지기가 말했다. "안녕하십니까, 레이디."

레크위드 남작인 할머니 에설은 폐암이었다. 통증을 조절하기 위해 강력한 약을 먹고 있었지만 정신은 멀쩡했다. 아직 조금은 걸을 수 있어도 금세 숨이 가빠졌다. 그녀는 현역 정치에서 은퇴할 이유가 많았다. 하지만 오늘은 성범죄법 1967을 논의할 예정이었다.

에설이 이 문제를 예민하게 받아들이는 이유는 일부 그녀의 동성애자 친구였던 로베르토 때문이었다. 놀랍게도 데이브가 보수적이라 생각했던 아버지 역시 이 법을 개혁하는 데 열정적으로 찬성했다. 아마 나치가 동성애자들을 학대했던 광경을 목격하고 절대 잊지 못하는 듯했지만 로이드는 자세한 이야기를 들려주길 거부했다.

에설은 토론에 참여하지는 않을 터였다. 그러기에는 너무 몸이 약했다. 하지만 표결에는 참여하기로 했다. 에스 레크위드가 작정하면 아무도 말리지 못했다.

데이브는 휠체어를 밀며 출입구 홀을 지나 소지품 보관소로 들어갔다. 옷걸이마다 의원들이 칼을 걸 수 있도록 리본으로 고리가 달려 있었다. 상원의사당은 시류를 따르는 시늉조차 하지 않는 곳이었다.

영국에서 남자가 다른 남자와 섹스하는 것은 범죄이며 매년 수백 명의 남성이 그 죄로 기소당해 투옥되고—가장 끔찍한 건—신문지상에서 굴욕을 당했다. 오늘 토론할 법안은 법적으로 합의에 의한 성관계가 가능한 성인이 다른 사람이 없는 곳에서 행하는 동성애 행동을 적법화하는 것이다.

논쟁적인 사안이고 법안은 일반 대중에게 큰 인기가 없었다. 하지만 대세는 개혁 쪽이었다. 영국국교회는 법률을 개정하는 데 반대하지 않기로 결정했다. 그들은 여전히 동성애가 죄악이라는 입장이지만 범죄여서는 안 된다는 데 동의했다. 법안이 통과될 가능성은 높았지만 지지자들은 마지막 순간의 반발을 두려워했다. 그런 이유로 에설도 투표를 결심한 것이다.

에설이 데이브에게 물었다. "왜 이 토론에 할미를 꼭 네가 데려오고 싶다고 한 거야? 넌 정치에 관심을 많이 보인 적이 한 번도 없었는데."

"우리 드러머 루가 게이예요." 데이브는 미국에서 쓰는 단어를 사용하며 말했다. "한번은 그 친구랑 골든혼이라는 술집에 있는데 경찰이 습격했어요. 경찰이 하는 짓거리가 너무 구역질나서, 그때부터 어떻게든 제가 동성애자들의 편이라는 사실을 드러낼 방법을 찾고 있었어요."

"잘했구나." 에설이 말했다. 그러고는 노년에 들어 생긴 깐깐함을 섞어 덧붙였다. "네 선조들이 물려준 개혁정신이 로큰롤에 완전히 지워지지 않은 걸 보니 기쁘다."

플럼 넬리는 그 어느 때보다 성공적이었다. 그들은 〈오늘밤 당신의 즐거움을 위해〉라는 '콘셉트 앨범'을 발매했다. 각기 다른 그룹의 공연을 녹음한 것처럼 꾸민 음반으로 옛 극장식 뮤직홀의 음악, 포크, 블루스, 스윙, 가스펠, 모타운 등이 실렸지만 사실 모두 플럼 넬리의 곡이었다. 음반은 전 세계적으로 수백만 장이 팔렸다.

경찰관 한 명이 데이브를 도와 휠체어를 길게 이어진 계단으로 올려놓았다. 데이브는 고맙다고 말하면서 그 경관이 게이 클럽을 습격해본 적이 있을까 궁금했다. 두 사람은 상원의사당 로비에 도착했고 데이브는 에설의 휠체어를 상원회의장에 최대한 가깝게 밀었다.

이런 상황을 미리 계획한 에설은 휠체어를 타고 등원할 수 있도록 상원의장에게 동의를 얻어두었다. 하지만 데이브는 회의장에 들어갈 수 없어서 두 사람은 에설의 친구가 그녀를 발견하고 휠체어를 밀어 데리고 들어가기를 기다렸다.

회의장 양측 빨간 가죽벤치에 앉은 의원들 사이에서 토론은 이미 진행중이었다. 회의장의 장식은 마치 디즈니 영화에 등장하는 궁전처럼 터무니없이 화려했다.

데이브는 한 의원의 발언 내용을 들었다. "이 법안은 동성애자들의 헌장으로, 남창이라는 더할 나위 없이 역겨운 존재의 출현을 촉진할 것입니다." 그는 오만하게 말했다. "이는 청소년기로 가는 길에 놓인 유혹을 증가시킬 것입니다." 이상한 말이라고 데이브는 생각했다. 이 사람은 모든 남자가 동성애자지만 그저 유혹을 이겨내고 있다고 믿는 걸까? "제가 불행한 동성애자들을 동정하지 않는 것은 아닙니다. 그들의 그물에 끌려들어간 사람들을 동정하지 않는 것도 아닙니다."

그물에 끌려들어가? 쓰레기 같은 말이군. 데이브는 생각했다.

노동당 측에서 한 남자가 일어나 에설의 휠체어 손잡이를 잡았다. 회의장을 떠난 데이브는 계단을 따라올라가 방청석으로 향했다.

그가 방청석에 도착했을 때는 다른 의원이 발언하고 있었다. "일부의원들께서도 보셨겠지만, 상당히 인기 있는 일요 신문 중 하나에 지난주 대륙의 어느 나라에서 동성애자들이 결혼했다는 기사가 실렸습니다." 데이브는 그 이야기를 〈뉴스 오브 더 월드〉에서 읽었다. "해당 신문이 몹시 불쾌한 이 사건을 조명한 일은 환영받아야 한다고 생각합니다." 결혼이 어떻게 불쾌한 사건이 될 수 있지? "저는 이 법안이 법률로 제정된다면, 이런 종류의 행태에 대해 최대한 경계를 늦추지 않는 감시가 있기만을 희망합니다. 이런 일들이 이 나라에서는 일어나리라고 생각하지 않지만, 가능한 일입니다."

데이브는 생각했다. 어디서 이런 공룡들을 파낸 거지?

다행스럽게도 모든 상원의원이 이렇게 나쁘지는 않았다. 만만찮게 생긴 은빛 머리의 여자가 일어섰다. 데이브가 어머니 집에서 만나본 적 있는 의원이었다. 이름은 도라 게이츠켈이었다. 그녀가 말했다. "우리는 사회적으로 남녀 사이의 많은 변태적 행동을 개인의 영역이라 얼버무리고 넘어갑니다. 법률과 사회는 이런 일들에 매우 관대하며 보고도 못 본 척합니다." 데이브는 깜짝 놀랐다. 그녀가 남녀 사이의 변태적 행동에 대해 뭘 알겠는가? "그런 남자들, 선천적으로 그렇게 태어났거나 후천적으로, 즉 마음이 끌려 동성애자가 되었고 돌이킬 수 없는 사람들에 대해서는 소위 남녀간 변태적 행동이라는 다른 모든 행위에 적용되는 수준의 관용을 베풀어야 합니다." 잘한다, 도라. 데이브는 생각했다.

하지만 데이브가 가장 마음에 든 사람은 다른 흰머리의 나이든 여자로 눈이 반짝거리는 인물이었다. 그녀 역시 그레이트 피터 가의 집에 손님으로 온 적이 있었다. 이름은 바버라 우턴이었다. 한 남성 의원이 동성간의 성행위에 대해 한참 발언한 뒤 그녀는 역설적인 상황에 대해 의견을 표명했다. "저는 스스로 묻습니다. 이 법안을 반대하는 사람들이 두려워하는 것은 무엇인가?" 그녀는 말했다. "그 역겨운 행동이 그들 눈앞에 펼쳐질까봐 두려워하는 것은 아닐 겁니다. 왜냐하면 이런 행동은 오직 다른 사람이 없는 곳에서만 적법할 것이기 때문입니다. 젊은이들의 타락을 두려워하는 것도 아니겠지요. 왜냐하면 이런 행동들은 오직 법적으로 합의에 의한 성관계가 가능한 주체 사이에서만 적법할 것이기 때문입니다. 저는 이 법안을 반대하는 사람들이 두려워하는 것은 다른 곳에서 벌어질 상황에 대한 환상으로 그들의 상상력이 고통받는 것이라고밖에 생각할 수 없습니다." 동성애를 계속 범죄로 두고자 애쓰는 자들은 그들 자신의 환상 속 삶을 규제하고자 하는 것이라는 점을 명백히 암시하는 말에 데이브는 크게 소리내 웃었다. 그러자 안내원이 재빨리 조용히 하라고 주의를 주었다.

표결은 여섯시 삼십분에 시작되었다. 데이브가 보기에는 법안을 반대하는 발언이 더 많았던 것 같았다. 표결 절차는 지나치게 오래 걸렸다. 투표용지를 상자에 넣거나 버튼을 누르는 방식이 아니라 의원들이 일어나 회의장을 떠나면서 두 개의 로비 가운데 하나를 통과하는 방식이었는데, 한쪽은 '찬성', 다른 쪽은 '반대'를 뜻했다. 다른 의원이 미는 에설의 휠체어는 '찬성' 로비로 들어갔다.

법안은 111 대 48로 통과되었다. 데이브는 환호하고 싶었지만 교회에서처럼 여기서도 박수를 쳐서는 안 될 것 같았다.

데이브는 회의장 입구에서 에설을 만나 그녀의 친구에게서 휠체어를 넘겨받았다. 의기양양했지만 지친 할머니의 모습에 데이브는 할머니가 얼마나 더 오래 사실지 걱정스러운 마음을 금치 못했다.

할머니는 굉장한 인생을 살았어. 그는 휠체어를 밀고 화려하게 꾸민 복도를 지나 출구로 가면서 생각했다. 반의 열등생에서 팝스타가 된 자신도 할머니의 여정에 비하면 아무것도 아니었다. 애버로언의 높게 쌓인 슬래그 더미 옆 침실 두 칸짜리 오두막에서 금박을 입힌 상원의회

회의장까지. 또한 그녀 자신과 함께 조국도 변화시켰다. 정치적 투쟁에서 싸웠고 이겼다. 여성을 위해, 복지를 위해, 무상 의료보험을 위해, 여성의 교육을 위해, 그리고 이제 박해받는 소수의 동성애자 남성들을 위해 그녀는 표를 던졌다. 데이브는 전 세계의 사랑을 받는 노래를 만들었지만 할머니가 이룬 성과에 비하면 아무것도 아닌 것 같았다.

지팡이 두 개를 짚고 걷던 한 나이 많은 남자가 나무로 벽장식이 된 복도에서 두 사람을 불러세웠다. 노쇠했지만 우아한 기운이 낯익었고, 데이브는 오 년쯤 전 이곳 상원의사당에서 에설이 여자 남작이 되던 날에도 그를 봤던 기억이 떠올랐다. 그가 상냥하게 말했다. “에설, 당신의 비역질 법안이 통과되었군. 축하해.”

“고마워요, 피츠.” 그녀가 말했다.

이제 기억났다. 남자는 한때 티 귄이라 불린 애버로언의 대저택을 소유했던 피츠허버트 백작이었다. 티 귄은 이제 직업교육대학이었다.

“아프다는 얘기 들었어. 정말 유감이야.” 피츠가 말했다. 그는 할머니를 좋아하는 모양이었다.

“당신에게 돌려 말하지는 않을래요.” 에설이 말했다. “얼마 살지도 못할 텐데. 어쩌면 날 다시는 못 볼 거예요.”

“끔찍하게 슬퍼지는 말이로군.” 놀랍게도 늙은 백작의 주름진 얼굴에 눈물이 흘러내렸고 그는 가슴 주머니에서 커다란 흰색 손수건을 꺼내 눈가를 훔쳤다. 그리고 이제야 데이브는 전에 두 사람이 만나는 장면을 목격했을 때 그들 사이에 주체되지 않는 강렬한 감정이 숨은 채 흘러서 놀랐던 기억이 났다.

“당신을 알게 되어 기뻤어요, 피츠.” 에설의 말은 어쩌면 상대는 반대로 생각하고 있을지 모른다는 투였다.

“그래?” 피츠가 말했다. 그리고 놀라운 말을 덧붙였다. “당신을 사랑한 것처럼 다른 누구도 사랑한 적 없어."
"나도 그래요." 그녀의 말은 데이브를 두 배로 놀라게 했다. "사랑하는 버니가 갔으니 이제는 말할 수 있어요. 그는 내 영혼의 동반자였지만, 당신은 뭔가 달랐어요."
"정말 기쁘군."
"단 한 가지 애석한 게 있어요." 에설이 말했다.
"뭔지 알아." 피츠가 말했다. "아이 말이지."
"그래요. 죽기 전 소망이 있다면 당신이 그 아이의 손을 잡아주는 거예요."
데이브는 '아이'가 누구일지 궁금했다. 아마도 그는 아닐 터였다.
백작이 말했다. "당신이 그 부탁을 할 줄 알았어."
"제발요, 피츠."
그는 고개를 끄덕였다. "내 나이가 되면 과거의 잘못을 인정할 수 있어야겠지."
"고마워요." 그녀가 말했다. "그걸 알았으니 행복한 마음으로 죽을 수 있어요."
"사후세계가 있었으면 좋겠어." 그가 말했다.
"난 모르겠어요." 에설이 말했다. "안녕, 피츠."
늙은 남자는 휠체어 위로 어렵사리 허리를 숙여 에설의 입술에 키스했다. 그리고 몸을 들어올려 허리를 펴고는 말했다. "잘 가, 에설."
데이브는 휠체어를 밀고 떠났다.
잠시 후 그가 말했다. "저 사람 피츠허버트 백작 맞죠?"
"그래." 에설이 말했다. "네 할아버지야."

*

여자들이 발리의 유일한 골칫거리였다.

비길 데 없이 미국적이고 건강미 넘치게 젊고 예쁘고 섹시한 여자들이 모두 그와의 잠자리를 갈망하며 수십 명씩 떼를 지어 집 앞으로 몰려들었다. 그가 동베를린에 남은 여자친구를 위해 정조를 지키고 있다는 사실은 호감을 더할 뿐이었다.

"집을 사." 데이브는 그룹 멤버들에게 말하곤 했다. "그러면 거품이 꺼지고 누구 하나 플럼 넬리를 더는 원하지 않아도 최소한 살 곳은 남을 테니까."

발리는 차츰 데이브가 무척 똑똑하다는 걸 깨달았다. 그가 넬리 레코드와 플럼 기획사라는 두 개의 회사를 설립한 뒤로 그룹은 큰돈을 벌기 시작했다. 발리는 아직 사람들이 생각하는 것처럼 백만장자는 아니었지만, 〈오늘밤 당신의 즐거움을 위해〉 앨범으로 저작권 사용료가 들어오면서부터는 그렇게 될 터였다. 그러는 사이 마침내 자기 집을 살 수 있었다.

1967년 초 그는 샌프란시스코 애시베리 모퉁이 근처 헤이트 가에 창이 밖으로 튀어나온 빅토리아양식 주택을 샀다. 이 동네는 예정되었던 고속도로가 건설되지 않는 통에 수년간 분쟁이 이어지며 부동산 가치가 엉망이 되었다. 낮은 집세는 학생을 비롯한 젊은이들을 끌어들였고, 그들이 만들어낸 느긋한 분위기가 뮤지션들이나 배우들에게 매력적으로 다가갔다. 그레이트풀 데드와 제퍼슨 에어플레인의 멤버들도 그곳에 살았다. 록스타를 보는 것이 일상이었고, 발리도 거의 일반인처럼 돌아다닐 수 있었다.

샌프란시스코의 유일한 지인인 듀어 가족은 집을 부수고 현대식으로 지으라 했지만 그는 격자 모양으로 꾸민 구식 천장과 나무로 장식한 벽이 멋지다고 생각해 모든 것을 그대로 두고 전부 흰색으로 페인트칠만 했다.

그는 화려한 욕실 두 개, 식기세척기와 붙박이 가전을 갖춘 주방을 만들었다. 텔레비전과 최신 전축을 샀다. 그밖에 작고 평범한 가구도 구입했다. 광택이 나는 마룻바닥에는 깔개를 깔고 쿠션을 두었고, 침실에는 매트리스를 놓고 옷걸이를 설치했다. 녹음 스튜디오에서 기타리스트들이 쓰는 스툴 여섯 개 말고 의자는 없었다.

캐머런과 비프 듀어 둘 다 샌프란시스코에 있는 캘리포니아 대학 버클리에 다녔다. 중년처럼 차려입는 캠은 배리 골드워터보다 더 보수적인 괴짜였다. 하지만 비프는 멋졌는데, 그녀가 발리에게 친구들을 소개해주었고 그중 몇몇은 같은 동네에 살았다.

발리는 그룹과 함께 순회공연을 하거나 런던에서 녹음할 때를 제외하면 이곳에서 지냈다. 이곳에서는 대부분의 시간을 기타를 연주하며 보냈다. 무대 위에서도 전혀 애쓰지 않는 것처럼 보이도록 연주하려면 높은 수준의 기교가 필요했고, 하루도 빠짐없이 최소한 두 시간은 연습했다. 기타 연습을 마치면 곡을 썼다. 코드를 시험해보고 짧은 멜로디 조각을 합쳐보면서 어느 것이 멋지고 어느 것은 그저 듣기 좋은 선율인지 결정하려고 애썼다.

일주일에 한 번은 카롤린에게 편지를 썼다. 말할 거리를 생각해내기가 힘들었다. 그녀가 동독에서는 절대 즐길 수 없는 영화나 콘서트, 레스토랑에 대해 말하는 건 몰인정해 보였다.

베르너의 도움으로 그는 매달 돈을 보내 카롤린이 그녀와 알리스를 부양할 수 있도록 손을 써두었다. 약간의 외화만으로도 동독에서는 많은 걸 살 수 있었다.

카롤린은 한 달에 한 번 답장을 보내왔다. 그녀는 기타를 배웠고 릴리와 듀엣을 만들었다. 두 사람은 체제비판적인 노래를 부르고 그들의 음악을 담은 테이프를 유통시켰다. 그러지 않았다면 그녀의 삶은 그의 삶에 비해 너무 허무했을 것이다. 그녀가 전하는 소식 대부분은 알리스에 대한 것이었다.

동네 사람 대부분이 그러듯 발리는 현관문을 잠그지 않았다. 친구들과 낯모르는 사람들이 들고 났다. 좋아하는 기타들은 꼭대기층 방에 두고 문을 잠갔다. 기타 말고는 훔쳐갈 값진 물건이 없었다. 일주일에 한 번 동네 식료품점에서 먹을 것을 사와 냉장고와 찬장에 채웠다. 손님들은 알아서 챙겨 먹었고 음식이 동나면 발리는 식당에 갔다.

저녁이면 영화나 연극을 보거나 밴드의 연주를 들으러 가거나 다른 뮤지션들과 어울리며 그들의 집이나 자기 집에서 맥주를 마시고 마리화나를 피웠다. 길거리에는 볼거리가 많았다. 즉흥연주나 길거리 공연, 소위 "해프닝"이라고 하는 행위예술도 볼 수 있었다. 1967년 여름 이 동네는 별안간 히피운동의 세계적인 중심지로 유명해졌다. 대학을 포함한 학교가 방학으로 문을 닫으면 미국 전역의 젊은이들이 차를 얻어 타고 샌프란시스코에 와서 헤이트와 애시베리의 교차로로 향했다. 경찰은 널리 퍼진 마리화나와 LSD의 사용이나 부에나 비스타 공원에서의 공개적인 것이나 다름없는 섹스도 못 본 척했다. 그리고 거의 모든 여자가 피임약을 먹었다.

여자들은 발리의 유일한 골칫거리였다.

태미와 리사가 전형적이었다. 그들은 텍사스 주 댈러스에서 그레이하운드 버스를 타고 왔다. 태미는 금발이었고 리사는 라틴계였다. 둘 다 열여덟 살이었다. 그저 발리의 사인이나 받을 생각이었던 두 사람은 그의 집이 열려 있는데다가 그가 바닥의 거대한 쿠션에 앉아 어쿠스틱 기타를 치고 있는 모습에 깜짝 놀랐다.

버스를 타고 와서 샤워를 해야겠다는 그들의 말에 얼른 씻으라고 했다. 두 사람은 욕실 문도 닫지 않고 함께 씻었고, 발리는 화음을 생각하며 멍하니 있다가 소변을 보러 욕실에 들어가서야 그 광경을 보았다. 바로 그 순간 태미가 작고 하얀 손으로 리사의 올리브색 피부의 작은 젖가슴에 비누칠을 하고 있었던 건 우연이었을까?

발리는 그곳을 나와 다른 욕실로 갔지만, 온몸의 힘이 다 빠져버렸다.

집배원이 우편물을 가져왔는데, 플럼 넬리의 매니저인 마크 배철러가 런던에서 전해온 편지들도 포함되어 있었다. 그 가운데 하나는 카롤린의 손글씨가 적혀 있고 우표에 동독 소인이 찍혀 있었다. 발리는 나중에 읽으려고 넣어두었다.

헤이트-애시베리의 평범한 하루였다. 한 뮤지션 친구가 지나다 들렀고, 그와 함께 곡을 쓰기 시작했지만 잘되지 않았다. 데이브 윌리엄스와 비프 듀어도 들렀다. 데이브는 비프의 부모 집에서 지내고 있지만 살 집을 알아보는 중이었다. 예수라는 밀매꾼이 마리화나 500그램을 놓고 갔고 발리는 기타 앰프를 보관하는 캐비닛에 대부분을 숨겼다. 나눠 피우는 건 신경쓰지 않았지만 배급을 하지 않으면 해질 무렵이면 모두 사라질 터였다.

저녁에 발리는 친구 몇 명과 식당에 가면서 태미와 리사도 데려갔다. 소련 공산권을 떠난 지 사 년이나 되었지만 그는 먹을 것이 넘쳐나는 미국에 여전히 놀라곤 했다. 커다란 스테이크, 풍성한 햄버거, 감자튀김 더미, 산처럼 쌓인 아삭한 샐러드, 진한 밀크셰이크 모두 매우 값이 쌌고 커피는 리필이 공짜였다! 동독에서도 이런 음식은 비싸지 않았다. 단지 존재하지 않을 뿐. 정육점에는 늘 좋은 고기가 모자랐고, 식당은 입맛이 당기지 않는 음식을 무뚝뚝하게 쥐꼬리만큼 제공했다. 그곳에서 밀크셰이크는 본 적도 없었다.

저녁을 먹으면서 발리는 리사의 아버지가 댈러스의 멕시코 이민자 지역에서 의사로 일하고 있고, 그녀도 의학을 공부해 아버지의 대를 잇길 원한다는 것을 알게 되었다. 태미의 가족은 벌이가 좋은 주유소를 운영했는데, 오빠들이 물려받을 예정이라 그녀는 미술대학에 가서 패션 디자인을 공부한 다음 옷가게를 여는 것이 목표였다. 그들은 평범한 여학생이었지만 때는 1967년이라 피임약을 먹었고 잠자리를 하고 싶어 했다.

따뜻한 밤이었다. 저녁을 먹고 다 함께 공원에 갔다. 가스펠을 노래하는 무리에 끼어 앉았다. 발리도 같이 노래했지만 어둠 속에서는 아무도 그를 알아보지 못했다. 버스 여행에 지친 태미는 발리의 허벅지를 베고 누웠다. 그는 긴 금발을 어루만졌고 그녀는 잠들었다.

자정이 조금 지나자 사람들은 일어서기 시작했다. 발리는 집까지 걸어와서야 태미와 리사가 여전히 그와 함께라는 걸 알아차렸다. "잘 데 있어?" 그가 말했다.

태미가 텍사스 악센트로 말했다. "공원에서 자면 돼요."

발리가 말했다. "원한다면 내 집 바닥에서 자도 돼."

리사가 말했다. "우리 중 한 명과 자고 싶어요?"

태미가 말했다. "아니면 둘 다랑?"

발리는 웃었다. "아니, 난 여자친구 있어. 카롤린이라고 베를린에."

"그거 정말이에요?" 리사가 말했다. "신문에서 보긴 했는데, 그래도……"

"사실이야."

"그럼 어린 딸도 있어요?"

"이제 세 살이지. 이름은 알리스고."

"하지만 요새 누가 정절이니 뭐니 그런 걸 지켜요, 안 그래요? 더구나 샌프란시스코에서. 필요한 건 사랑뿐이라고요, 안 그래요?"

"잘 자, 아가씨들."

그는 평소 사용하는 위층 침실로 가서 옷을 벗었다. 아래층에서 여자들이 돌아다니는 기척이 들렸다. 그가 침대에 올라간 시간은 한시 삼십분이 막 지난 시간이었다. 뮤지션에게는 초저녁이다.

그때가 바로 카롤린이 보내온 편지를 읽고 또 읽는 시간이었다. 이 시간이면 차분하게 카롤린을 생각할 수 있었고 가끔은 그녀를 품에 안은 상상을 하며 잠들기도 했다. 그는 매트리스에 똑바로 앉아 벽에 괴어둔 베개에 등을 기대고 시트를 턱까지 끌어올렸다. 그리고 봉투를 열었다.

그는 편지를 읽었다.

발리에게,

이상했다. 그녀는 대개 '사랑하는 발리' 또는 '내 사랑'이라고 썼다.

이 편지가 네게 고통과 고민을 안겨주리라는 걸 알아. 그 생각을 하면 너무 미안해서 가슴이 찢어질 것만 같아.

도대체 무슨 일이 벌어진 거지? 그는 빠르게 읽어나갔다.

네가 떠난 지 사 년이 지났고 우리가 가까운 미래에 다시 만나리란 희망은 없어. 나는 약해, 그리고 평생 혼자라는 걸 받아들일 수가 없어.

그녀는 관계를 끝내고 있었다. 그와 헤어지고 있었다. 발리가 절대 바라지 않았던 일이었다.

다른 사람을 만났어. 좋은 사람이고 날 사랑해.

남자친구가 생겼어! 훨씬 나빴다. 그녀는 발리를 배신했다. 화가 나기 시작했다. 리사가 옳았다. 요새 정절이니 뭐니 지키는 사람은 없다.

오도는 베를린 미테의 장크트 게르트루트 교회 목사야.

발리는 크게 말했다. "이 개 같은 성직자 새끼!"

그는 내 아기를 사랑하고 보살필 거야.

"'내 아기'라니. 알리스는 내 아기이기도 하다고!"

우린 결혼할 거야. 네 부모님은 화가 나셨지만 내게 여전히 친절하게 대해주셔. 남들에게 늘 그러시는 것처럼. 네 동생 릴리도 이해하려고 노력중이야. 하지만 어려워하고 있어.

릴리야 당연히 그렇겠지. 발리는 생각했다. 릴리가 가장 오래 버틸 거야.

넌 짧게나마 날 행복하게 해주었고, 소중한 알리스를 내게 주었어. 그 점에 대해서 난 널 영원히 사랑할 거야.

뺨을 타고 뜨거운 눈물이 흘러내렸다.

세월이 지나면서 네가 진심으로 나와 오도를 용서해주길 바라는 마음이야. 언젠가는 친구로 만날 수 있겠지. 아마도 머리가 하얗게 셀 정도로 늙어서.

"지옥에서나 만나겠지." 발리가 말했다.

사랑을 보내며,

카롤린

문이 열리고 태미와 리사가 들어왔다.

발리는 눈물 때문에 앞이 뿌옜지만 두 사람 다 벌거벗은 것 같았다.

리사가 말했다. "왜 그래요?"

태미가 말했다. "왜 울어요?"

발리가 말했다. "카롤린이 나랑 헤어졌어. 목사랑 결혼할 거래."

태미가 말했다. "안됐어요." 리사가 말했다. "불쌍한 사람."

발리는 눈물이 부끄러웠지만 멈출 수가 없었다. 편지를 내던지고 옆으로 누워 시트를 머리 위로 덮었다.

여자들이 침대 위 그의 양쪽으로 올라왔다. 그는 눈을 떴다. 태미는 그와 마주보고서 그의 얼굴에 흐르는 눈물을 부드러운 손가락으로 닦고 있었다. 뒤에서는 리사가 따뜻한 몸을 그의 등에 붙였다.

그는 간신히 말했다. "이러고 싶지 않아."

태미가 말했다. "혼자서 슬퍼할 필요 없어요. 우리는 그냥 안아주기만 할게요. 눈감아요."

그는 포기하고 눈을 감았다. 괴로움이 천천히 무감각으로 바뀌었다. 마음이 텅 비더니 까무룩 잠이 들었다.

눈을 떠보니 태미는 그의 입에 키스하고 있고 리사는 그의 물건을 빨고 있었다.

그는 돌아가며 두 사람과 사랑을 나누었다. 태미는 부드럽고 달콤했다. 리사는 에너지가 넘치고 열정적이었다. 괴로워하는 그에게 위안을 주는 두 사람이 고마웠다.

하지만 그럼에도 불구하고, 아무리 애를 써도 사정할 수가 없었다.

40장

지뢰 탐지 미끼는 힘들어했다.

그는 비쩍 마른 베트남 소년으로 면 셔츠 외에는 아무것도 입지 않았다. 재스퍼 머리가 추측하기로는 열세 살 정도였다. 녀석은 오늘 아침 D중대, 즉 '악당들Desperadoes'의 한 소대가 막 작전을 나갈 때 나무열매를 주우러 정글에 들어가는 바보짓을 저질렀다.

등뒤로 묶은 두 손은 30미터짜리 줄에 연결해 상병 하나의 허리띠에 묶어두었다. 소년은 일행보다 앞서서 오솔길을 걸어갔다. 하지만 오전 내내 걸은데다 아직 어려서 이제 비틀거리고 있었고 병사들은 무심코 그를 앞질러 걷기도 했다. 그러면 스미시 하사가 녀석에게 총알을 던져 머리나 등을 맞혔고 그러면 아이는 울면서 더 빨리 걸었다.

정글 속 오솔길에는 보통 '찰리'로 통하는 저항세력인 베트콩 반란군이 지뢰나 부비트랩을 설치해두었다. 지뢰는 모두 임시변통으로 만든 물건이었다. 미군 포탄 탄피에 재장전을 한 것, 오래된 미군의 도약식 지뢰, 진짜 폭탄으로 개조한 불발탄, 심지어 1950년대에 쓰다 남은 프랑스군의 압력식 지뢰도 있다.

미국에 있는 누구도 인정하지 않겠지만 베트남인 농부를 지뢰 탐지 미끼로 사용하는 건 흔한 일이었다. 어떨 때는 동네 사람들이 어느 길에 지뢰가 깔렸는지 알고 있기도 했다. 이유는 몰라도 병사들에게는 보이지 않는 경고 신호를 그들이 알아보는 때도 있었다. 또한 미끼가 지뢰가 묻힌 곳을 알아내는 데 실패하면 병사들 대신 그가 죽을 것이다. 손해는 없었다.

혐오스러웠지만 재스퍼는 지금까지 육 개월을 베트남에서 보내며 더한 것도 보았다. 그의 의견으로는 국적을 불문하고 남자들이란 야만적일 정도로 잔인해질 수 있는 능력이 있었다. 특히 겁에 질렸을 때는 더욱더. 그는 영국군이 케냐에서 소름끼치는 잔혹 행위를 저질렀다는 사실을 알았다. 아버지가 그곳에 있었는데, 요즘도 케냐라는 말만 나오면 얼굴이 창백해져서 양쪽 모두 잔인했다며 나약한 소리를 중얼거리곤 했다.

하지만 D중대는 특별했다.

D중대는 101공수사단의 특수부대 '타이거 포스' 소속이었다. 총사령관인 윌리엄 웨스트모얼랜드 장군은 자랑스럽게 그들을 '나의 긴급출동부대'라고 불렀다. 일반적인 군복 대신 부대 표시가 없는 호랑이 줄무늬 전투복을 입었다. 수염을 길러도 괜찮았고 권총을 드러낸 채 소지해도 상관없었다. 그들의 전문 영역은 진압이었다.

재스퍼는 일주일 전 D중대에 합류했다. 행정적 착오에 의한 배치일 수도 있었다. 그는 이 부대 소속이 아니지만 타이거 포스는 각기 다른 여러 부대에서 온 병사들로 이루어졌다. 이번이 그들과 함께하는 그의 첫 임무였다. 소대 인원 스물다섯 명 중 절반은 흑인이고 절반은 백인이었다.

그들은 재스퍼가 영국인인지 알지 못했다. 병사들 대부분 영국인을 만나본 적이 없었고, 그는 호기심의 대상이 되는 일이 지겨웠다. 그래서 악센트를 바꾸었는데 그들에게는 캐나다 등지에서 온 것처럼 들릴 것이다. 비틀스와 개인적으로 아는 사이가 아니라는 사실을 다시는 설명하고 싶지 않았다.

오늘 그들의 임무는 마을 하나를 '청소'하는 것이었다.

그들은 남베트남의 북부지역으로 군에서는 1군단 전술지대, 또는 그냥 '북부 지역'으로 알려진 꽝응아이 주에 있었다. 남베트남 절반에 가까운 지역이 그렇듯 이곳도 사이공에 있는 정권이 아닌 베트콩 게릴라가 지배했는데, 그들은 마을 정부를 구성하고 세금까지 걷었다.

"베트남 사람들은 그냥 미국식을 이해를 못해." 재스퍼 곁에서 걷는 병사가 말했다. 그는 네빌이라는 키가 큰 텍사스 출신으로 비꼬는 유머 감각을 갖고 있다. "베트콩이 이 지역을 점령했을 때, 사이공에 사는 부자들 소유로 농사를 짓지 않고 놀리는 땅이 아주 많았는데 찰리가 그걸 농부들에게 나눠준 거야. 그러다 우리가 해당 지역을 되찾기 시작하자 사이공 정부는 땅을 원래 주인들에게 돌려줬어. 이제 농부들은 우리에게 화가 났다고, 믿어져? 놈들은 사유재산이라는 개념을 몰라. 그러니까 얼마나 멍청한지 알겠지."

도니라고 알려진 흑인 병사 존 도넬런 상병이 우연히 듣고는 말했다. "넌 그냥 빌어먹을 공산당원이야, 네빌."

"아니야. 난 골드워터에게 투표했어." 네빌이 부드럽게 말했다. "건방진 깜둥이들이 함부로 기어오르는 걸 막겠다고 약속했거든."

이야기가 들리는 병사들은 모두 웃었다. 그들은 이런 식의 가벼운 농담을 즐겼다. 그러면 두려움을 이겨내는 데 도움이 되었다.

재스퍼 역시 네빌의 체제전복적인 비꼬는 소리를 좋아했다. 하지만 오늘 아침 처음으로 멈춰서 휴식을 취할 때 그는 네빌이 마리화나 담배를 말더니 황설탕이라고들 하는 정제되지 않은 헤로인을 뿌려넣는 것을 봤다. 네빌이 마약중독자가 아니라면, 곧 그렇게 될 터였다.

중국공산당 지도자 마오 주석에 따르면 게릴라 전사들은 사람들 사이를 바닷속 물고기처럼 움직였다. 베트콩 물고기를 물리치는 웨스트모얼랜드 장군의 전략은 바다를 없애는 것이었다. 그는 꽝응아이 지역의 농부 삼십만 명을 체포해 예순여덟 개의 요새화된 강제수용소로 이동시켰고, 그 결과 이 지역에는 베트콩을 제외하면 사람이 없었다.

하지만 그 방법은 통하지 않았다. 네빌이 말했다. "이 사람들 말이야! 우리가 자기네 나라에 와서 집과 땅을 버리고 강제수용소에 들어가서 살라고 말할 권리가 없는 것처럼 군다니까. 도대체 뭐가 문제야?" 많은 농민이 체포를 피한 뒤 그들의 땅 가까이에 머물렀다. 수용소로 갔다가 북적거리고 비위생적인 그곳을 탈출해 집으로 돌아온 이들도 있었다. 어느 쪽이든 군대의 눈에는 정당한 목표물이었다. "밖으로 나온 사람이 있다면—수용소에 있지 않고—우리에게는 빨갱이야." 웨스트모얼랜드 장군이 말했다. "공산주의에 동조하는 자들이라고." 소대원들에게 지시를 내리며 중위는 좀더 명확하게 말했다. "아군은 없다." 그가 말했다. "알겠나? 아군은 존재하지 않아. 이곳에는 아무도 없어야 해. 움직이는 건 모조리 쏴버려."

오늘 아침의 목표는 피난을 떠났던 자들이 다시 차지한 마을이었다. 그들의 임무는 그곳을 청소하고 초토화하는 것이었다.

우선 마을을 찾아야 했다. 정글에서는 길을 찾는 데 애를 먹었다. 주요 지형지물이 거의 없고 시야가 제한적이다.

게다가 어디든, 한 걸음 떨어진 곳에도 찰리가 있을 수 있었다. 그 사실을 알기 때문에 모두가 안절부절못했다. 재스퍼는 나뭇잎 너머로 보는 법을 배웠다. 한 층에서 다음 층으로 주변과 어울리지 않는 색이나 모양, 질감을 유심히 살피는 것이다. 피곤하고 땀방울이 떨어지고 벌레들이 성가시게 괴롭히는 상황에서 내내 경계를 늦추지 않기란 어렵지만, 하필 시기가 좋지 않을 때 틈을 보이는 사람은 죽음을 맞는다.

정글도 여러 종류가 있다. 군 고위 사령부에서는 좀처럼 인정하지 않지만 어지러이 뒤엉킨 대숲과 부들은 현실적으로 통과할 수 없었다. 지붕처럼 나무가 우거진 곳은 빛이 들지 않아 덤불이 웃자라지 않은 덕분에 그보다는 쉬웠다. 가장 쉬운 것은 고무나무 농장이었다. 나무들이 깔끔하게 줄지어 서 있고 덤불도 별로 없는데다 길도 사용할 수 있다. 오늘 재스퍼는 바니안나무와 맹그로브, 잭프루트가 뒤섞인 녹색을 배경으로 난초, 천남성, 국화 등의 환한 열대림 꽃이 흩뿌려진 숲에 있었다. 지옥이 이렇게 예뻐 보인 적은 없었는데. 재스퍼가 그런 생각을 하는 사이 폭탄이 터졌다.

쾅 소리에 귀가 먹먹한 채로 땅바닥에 나동그라졌다. 충격은 오래가지 않았다. 몸을 굴려 길을 벗어나 엉성한 덤불 뒤에 멈춰서는 M16 소총을 겨누고 주위를 둘러보았다.

줄지어 가던 병사들 중 맨 앞 다섯 명이 땅에 쓰러져 있었다. 아무도 움직이지 않았다. 재스퍼는 베트남에 온 뒤로 전투중 죽는 광경을 여러 번 봤지만 결코 익숙해지지 않았다. 조금 전 다섯 명의 걷고 말하는 인간이 있었다. 그들은 그에게 농담을 건넸고 술을 한잔 샀고 함정이 있는 곳을 가리키며 손을 흔들어주기도 했다. 이제 그들은 짓이겨진 피투성이 고깃덩어리가 되어 땅바닥 위에 널브러져 있었다.

무슨 일이 있었는지 짐작이 갔다. 누군가 숨겨둔 압력식 지뢰를 밟은 것이다. 왜 미끼가 지날 때 폭발하지 않았을까? 소년은 미리 보고도 침착하게 입을 다문 채 옆으로 돌아서 지나간 것이다. 아이는 어디에도 보이지 않았다. 녀석은 결국 그를 붙잡은 자를 이긴 것이다.

다른 병사 한 명도 같은 결론에 이르렀다. 검은 수염을 기른 큰 키의 중서부 출신 매드 잭 백스터였다. "저 눈 째진 새끼가 우릴 끌고 들어 왔어!" 그는 소리지르며 앞으로 달려나가더니 녹색 나뭇잎들을 향해 소총을 발사해 쓸데없이 총알을 낭비하고 있었다. "쌍놈의 새끼 죽여버리겠어!" 그가 비명을 질렀다. 그는 탄창의 스무 발을 다 비우고서야 멈췄다.

모두가 분노했지만 더 현명한 이들도 있었다. 스미시 하사는 이미 무전기를 잡고 부상병을 후송할 헬기를 부르고 있었다. 도니 상병은 엎어져 있는 한 병사 곁에 무릎을 꿇고서 낙관적으로 맥박을 짚어보고 있었다. 재스퍼는 이렇게 좁은 길에는 헬기가 내려앉을 도리가 없다는 걸 알았다. 그는 벌떡 일어나 스미시에게 외쳤다. "공터를 찾겠습니다!"

스미시가 고개를 끄덕였다. "매케인하고 프레이저, 머리랑 가라." 그가 소리쳤다.

재스퍼는 '윌리 피트'라고도 부르는 백린 수류탄 두 발이 있는지 확인한 다음 오솔길을 벗어났고 그뒤를 다른 두 명이 따랐다.

그는 돌이나 모래가 있는 지형으로 바뀌는 조짐이 있는지 살폈다. 그러면 식물이 줄어들면서 공터가 나오기 때문이었다. 길을 잃지 않도록 주요 지형지물을 조심스럽게 파악해두었다. 이 분 뒤 그들은 정글을 벗어나 두렁에 둘러싸인 논바닥 끄트머리로 나왔다.

멀리 들판 반대편에서 농부들의 일상복인 얇은 면 파자마 차림의 서너 명이 눈에 들어왔다. 재스퍼가 몇 명인지 정확히 파악하기도 전에 그들은 정글 속으로 사라졌다.

목표물인 마을에서 온 자들인지 궁금했다. 만일 그렇다면 부대가 접근하고 있다는 사실을 부주의하게 알린 셈이다. 어쩔 수 없었다. 부상자를 구하는 일이 우선이었다.

매케인과 프레이저가 논을 빙 둘러 뛰어가 외곽을 확보했다. 재스퍼는 윌리 피트 하나를 터뜨렸다. 논에 불이 붙었지만 녹색 벼들 때문에 불꽃은 곧 꺼졌다. 하지만 한줄기 백린 연기가 자욱하게 허공으로 피어오르며 그의 위치를 표시했다.

재스퍼는 주위를 둘러보았다. 찰리는 미국인들이 사망자와 부상자에게 정신이 팔려 있을 때가 공격의 적기라는 사실을 알았다. 재스퍼는 두 손으로 M16을 들고 공격을 받으면 땅에 엎드려 응사할 수 있도록 준비 태세를 갖춘 뒤 정글을 샅샅이 살폈다. 매케인과 프레이저도 같은 행동을 하고 있는 것이 보였다. 십중팔구는 그들 가운데 아무도 땅에 엎드릴 시간조차 없을 터였다. 숲속에 저격병이 있다면 충분히 시간을 갖고 겨냥해 치명적인 공격을 가할 수 있다. 이 빌어먹을 전쟁은 항상 이런 식이야. 재스퍼는 생각했다. 찰리는 우릴 보지만 우린 그들을 못 본다고. 놈은 쏘고 달아난다. 다음날이면 논에서 잡초를 뽑으며 칼라시니코프*에 대해서는 아무것도 모르는 소박한 농부인 척하고 있을 것이다.

기다리는 동안 집이 떠올랐다. 지금쯤 〈웨스턴 메일〉에서 일하고 있을 수도 있었는데. 그는 생각했다. 금방이라도 총알에 맞지 않을까 논바닥에서 진땀을 흘리는 대신, 가로등이 제대로 갖춰지지 않으면 얼마나 위험한지 시의회 의원이 웅얼웅얼 발언하는 동안 편안한 회의실에 앉아 졸고 있었을 것이다.

가족와 친구들도 생각났다. 누나인 애나는 이반 쿠즈네초프라는 필명으로 활동하는 러시아의 훌륭한 반체제 인사 작가를 발굴한 뒤 출판

---

* 소련제 소총.

계에서 거물이 되었다. 한때 어린 마음에 재스퍼에게 빠졌던 에비 윌리엄스는 이제 스타 영화배우가 되어 로스앤젤레스에서 살았다. 데이브와 발리는 백만장자 록스타가 되었다. 하지만 그는 수천 킬로미터 떨어진 어디인지도 모를 곳에서 벌어지는 잔인하고 바보 같은 전쟁에서 지는 편의 보병이었다.

미국에서 벌어지는 반전운동은 어떤지 궁금했다. 진전은 있나? 아니면 시위대 모두 공산주의자이자 마약중독자로 미국을 위기에 몰아넣고 싶어하는 것이라는 선전에 사람들이 속아넘어가고 있나? 내년 1968년에는 대통령 선거가 있다. 존슨이 질까? 승리한 사람은 전쟁을 멈출까?

헬기가 착륙했고 재스퍼는 들것병들을 폭발이 벌어진 정글 속 장소로 안내했다. 중요한 지형지물을 기억해둔 덕분에 어려움 없이 소대를 찾아냈다. 도착하자마자 주위에 선 병사들의 태도를 보고 부상자 모두 사망했다는 걸 알 수 있었다. 헬기 수송팀은 다섯 구의 시체 부대를 싣고 갈 터였다.

생존자들은 분노한 상태였다. "그 눈 째진 새끼가 우릴 빌어먹을 함정 한가운데로 끌고 들어왔어." 도니 상병이 말했다. "완전 개수작 아냐?"

"좆같은." 매드 잭이 말했다.

늘 그렇듯 네빌은 동의하는 척하며 속뜻은 정반대인 이야기를 했다. "불쌍한 녀석, 자기가 쓸모없어지면 우리 손에 죽을지도 모른다고 생각한 거야." 그가 말했다. "너무 멍청해서 스미시 하사께서 그를 필라델피아의 집으로 데려가 대학 공부까지 시켜줄 계획이었던 걸 몰랐던 거지." 아무도 웃지 않았다.

재스퍼는 스미시에게 논에서 본 농부들에 대해 말했다. "우리 목표 마을이 분명 그쪽에 있을 거야." 스미시가 말했다.

부대는 시체들을 헬기로 옮겼다. 헬기가 뜨고 난 뒤 도니는 M2 화염

방사기를 논바닥에 발사해 몇 분 만에 농작물 모두를 태워버렸다. "잘 했어." 스미시가 말했다. "이제 놈들은 돌아와봐야 먹을 게 하나도 없다는 걸 알겠지."

재스퍼가 말했다. "헬기 때문에 마을에서는 이미 알고 있을 겁니다. 어쩌면 마을은 비었을 수도 있어요." 아니면 누군가 매복을 하고 있거나. 재스퍼는 생각했지만 말하지는 않았다.

"빈 건 상관없어." 스미시가 말했다. "어쨌거나 그 마을은 쓸어버린다. 또 정보에 따르면 그곳에 땅굴이 있다고 한다. 찾아서 파괴해야 해."

베트남 사람들은 1946년 프랑스의 식민지 개척자들에 맞서 전쟁을 시작할 때부터 땅굴을 팠다. 정글 지하에는 문자 그대로 수백 킬로미터에 달하는 연결 통로와 탄약고, 숙소, 주방, 작업장에 심지어 병원까지 있었다. 땅굴은 파괴하기 어려웠다. 중간중간 물을 채운 구덩이가 있어서 연기를 피워 안에 있는 자들을 몰아낼 수도 없었다. 공중폭격은 대개 빗나갔다. 그들에게 피해를 줄 수 있는 방법은 내부를 공격하는 것뿐이었다.

하지만 우선 땅굴을 찾아내야 했다.

스미시 하사는 소대를 이끌고 오솔길을 따라 논에서 작은 코코야자 농장으로 향했다. 농장을 벗어나자 마을이 보였는데, 백여 가구가 경작지를 내려다보고 있었다. 인기척은 없었지만 어쨌든 그들은 조심스럽게 들어섰다.

버려진 분위기였다.

병사들은 집집마다 다니며 소리쳤다. "디디 마우!" 베트남말로 "나와!"라는 뜻이었다. 재스퍼는 어느 집을 들여다보다가 대부분 베트남 가정의 중심인 제단을 발견했다. 가족의 선조에게 올리는 초와 족자, 향로, 태피스트리로 장식한 공간이었다. 그때 도니 상병이 화염방사기를 발사했다. 대나무로 짠 벽에 진흙을 바르고 야자수 잎으로 지붕을 얹은 집은 네이팜에 순식간에 전체가 활활 타올랐다.

소총으로 전방을 겨누고 마을 가운데를 향해 접근하던 재스퍼는 규칙적으로 뭔가를 두드리는 소리에 깜짝 놀랐다. 그리고 그것이 북을 두드리는 소리라는 것을 깨달았다. 아무래도 속이 빈 나무악기인 '모'를 막대기로 두드리는 듯했다. 추측건대 누군가 '모'를 이용해 마을 사람들에게 달아나라는 경고를 하고 있었다. 하지만 왜 아직도 두드리고 있지?

다른 병사들과 그는 소리를 따라 마을 중심으로 갔다. 그곳에서 그들은 연꽃이 떠 있는 의식용 연못과 그 앞에 서 있는 작은 건물 '딘'을 보았다. 그곳은 마을생활의 중심으로 사원이자 공회당이고 교실이었다.

건물 안으로 들어가니 다져진 흙바닥에 머리를 박박 민 불교 수도승 한 명이 가부좌를 틀고 앉아 45센티미터 정도 길이의 나무 물고기를 두드리고 있었다. 그는 병사들이 들어오는 모습을 보고도 멈추지 않았다.

부대에는 베트남어를 조금 하는 병사가 한 명 있었다. 아이오와 주에서 온 백인이지만 모두 그를 베트남놈이라는 뜻인 '슬로프'라고 불렀다. 지금 스미시가 말했다. "슬로프, 이 눈 찢어진 놈한테 땅굴이 어디냐고 물어봐."

슬로프는 베트남어로 소리를 질렀다. 중은 슬로프의 말을 무시한 채 계속 두드렸다.

스미시가 매드 잭에게 고개를 끄덕이자 그는 앞으로 나서서 묵직한 미 육군 M-1966 정글 전투화로 중의 얼굴을 걷어찼다. 중은 입과 코에서 피를 뿜으며 뒤로 쓰러졌고 북과 막대기는 반대편으로 날아갔다. 으스스하게도 중은 아무 소리도 내지 않았다.

재스퍼는 침을 삼켰다. 정보를 캐내려고 베트콩을 고문하는 광경은 본 적이 있었다. 흔한 일이었다. 마음에 들지는 않았지만 그럴 수 있는 일이라고 생각했다. 그들은 그를 죽이길 원했다. 이 지역에서 붙잡힌 이십대 초반의 남자라면 아마 게릴라의 일원이거나 그들을 적극적으로 돕는 자일 터였다. 재스퍼는 미국에 맞서 싸웠다는 증거가 없는 경우에도 그런 자들이 고문을 당하는 상황을 받아들였다. 이 중이 전투요원처럼 보이지 않을지는 모르지만 재스퍼는 착륙해 있는 헬리콥터에 수류탄을 던지는 열 살짜리 여자아이를 본 적도 있다.

스미시는 중을 일으켜 병사들을 보고 똑바로 서게 했다. 그는 눈을 감았지만 숨은 쉬고 있었다. 슬로프는 다시 질문했다.

중은 대답하지 않았다.

매드 잭은 나무 물고기를 들어올려 꼬리를 잡고 그걸로 중을 때리기 시작했다. 머리, 어깨, 가슴, 사타구니, 무릎 할 것 없이 때리며 가끔 멈추고 다시 슬로프에게 질문을 시켰다.

재스퍼는 이제 정말 불편했다. 이런 광경을 지켜보는 것만으로도 전쟁범죄였지만, 그를 괴롭히는 것은 그런 불법적인 요소가 아니었다. 그가 알기로 미군 조사관들이 잔혹 행위에 대해 혐의를 조사해도 늘 증거불충분으로 끝났다. 그는 그저 이 중이 이런 취급을 받을 만한 짓은 하지 않았다고 생각했다. 재스퍼는 속이 뒤집혀 고개를 돌렸다.

재스퍼는 병사들을 비난하지 않았다. 언제 어디든 어느 나라에서든 상황만 제대로 갖춰진다면 이런 짓을 할 사람들은 있었다. 그가 생각하기에 책임은 무슨 일이 벌어지는지 알면서 아무 조치도 취하지 않는 장교, 언론과 워싱턴에 거짓말을 하는 장군, 그리고 다른 누구보다 분연히 일어나 "이건 틀렸다"라고 말할 용기가 없는 정치인에게 있었다.

잠시 후 슬로프가 말했다. "포기해, 잭. 그 새끼 죽었어."

스미시가 말했다. "젠장." 그가 중을 놓자 중의 몸은 흐느적거리며 쓰러졌다. "우린 벌어먹을 땅굴을 찾아야 해."

도니 상병과 다른 네 명이 베트남인 세 명을 사원으로 끌고 들어왔다. 중년의 남녀와 열다섯 살 정도 되는 여자아이였다. "이 가족이 코코넛 창고에 숨어서 우릴 피할 수 있다고 생각했나봐."

세 베트남인은 두려움에 찬 눈길로 중의 시체를 바라보았다. 옷은 피로 물들고 얼굴은 형체를 알아볼 수 없는 덩어리가 된 그는 사람이라고 할 수도 없었다.

스미시가 말했다. "우리에게 땅굴 있는 곳을 알려주지 않으면 저 꼴이 될 거라고 말해줘."

슬로프가 통역했다. 농부가 그에게 대답했다. 슬로프가 말했다. "이 마을에는 땅굴이 없다고 합니다."

"이 새끼 거짓말하는군." 스미시가 말했다.

잭이 말했다. "내가……?"

스미시는 생각을 하는 것 같았다. "여자애한테 해, 잭." 그가 말했다. "부모가 지켜보도록."

잭은 몸이 달아오르는 듯했다. 그가 파자마를 찢자 아이는 비명을 질렀다. 그는 여자애를 쓰러뜨렸다. 아이의 몸은 창백하고 호리호리했다. 도니가 아이를 붙잡았다. 잭은 이미 절반쯤 일어선 물건을 꺼내 주물러 빳빳하게 만들었다.

이번에도 재스퍼는 섬뜩했지만 놀라지는 않았다. 강간은 일상적인 일은 아니었지만 충분히 자주 일어났다. 가끔 신고하는 병사도 있었는데 주로 베트남에 갓 도착한 경우였다. 군에서 조사를 했지만 그런 주장들은 증거 불충분으로 끝났다. 그 말은 다른 모든 병사가 어떤 말썽도 원하지 않고 어쨌든 아무것도 보지 못했다는 뜻이었고, 문제는 거기서 끝났다.

나이든 여자가 입을 열더니 미친듯이 애원하는 말을 쏟아냈다. 슬로프가 말했다. "여자 말이 여자애가 처녀고 아직 진짜 아이랍니다."

"아이가 아니야." 스미시가 말했다. "조그만 구멍에 난 검은 털을 보라고."

"엄마는 모든 신께 맹세하고 이곳에는 땅굴이 없다고 합니다. 자기는 전에 마을에서 돈놀이를 하는데 찰리가 못하게 막아서 베트콩을 지지하지 않는답니다."

스미시가 말했다. "해, 잭."

잭은 여자애 위에 엎드렸고 커다란 덩치에 가려 아이의 작은 몸은 거의 보이지도 않았다. 물건을 집어넣기가 힘든 모양이었다. 다른 병사들은 힘내라고 소리지르며 농담을 했다. 잭이 힘을 주어 밀어붙이자 여자애는 비명을 질렀다.

그는 한참 거세게 몸을 흔들었다. 어머니가 계속 애원했지만 슬로프는 굳이 통역을 하지도 않았다. 아버지는 말이 없었지만 재스퍼는 그의 얼굴을 타고 흐르는 눈물을 보았다. 잭은 몇 번 신음하더니 멈추고 물러났다. 여자애의 허벅지에 피가 묻어나 상아색 피부 위에서 밝은 빨간색으로 보였다.

스미시가 말했다. "다음은 누구야?"

"내가 할게." 도니가 지퍼를 내리며 말했다.

재스퍼는 사원을 나왔다.

이건 정상이 아니었다. 아버지의 입을 열게 한다는 구실도 이제는 쓸모가 없었다. 그가 뭔가 알았다면 강간이 시작되기 전에 말했을 것이다. 재스퍼는 그가 속한 소대 병사들을 위해 더는 변명할 수 없었다. 그들은 통제 불능이었다. 웨스트모얼랜드 장군은 괴물을 만들어 일부러 풀어놓았다. 그들은 정상이 아니었다. 짐승조차 못 되었다. 그보다 못했다. 그들은 미쳐 날뛰는 악랄한 악마였다.

네빌이 그를 따라 밖으로 나왔다. "기억해, 재스퍼." 그가 말했다. "이건 베트남 사람들의 마음을 사로잡기 위해 필요한 일이란 걸."

재스퍼는 이것이 참을 수 없는 것을 참아내는 네빌만의 방식임을 알았지만 그럼에도 이 순간 네빌의 유머는 견딜 수 없었다. "입 좀 닥치지 그래." 그는 그렇게 말하고 자리를 떠났다.

사원 안에서 벌어지는 장면에 속이 뒤집힌 건 그만이 아니었다. 소대원 절반이 밖으로 나와 불타는 마을을 보고 있었다. 자욱한 검은 연기가 마치 수의처럼 마을을 뒤덮고 있었다. 재스퍼의 귀에 사원 안에서 여자아이가 지르는 비명이 들려왔지만 조금 뒤 멈췄다. 잠시 후 그는 한 발의 총성과 이어지는 총성을 들었다.

하지만 그런 상황을 그가 어쩌겠는가? 만일 항의를 한다면 아무것도 바뀌지 않은 채 군은 그저 문제를 일으켰다며 그를 처벌할 방법을 찾으려 들 터였다. 하지만 아무리 그렇다 해도 그래야 할 것 같은 생각이 들었다. 무슨 일이 있어도 그는 미국으로 돌아가 이런 잔혹 행위가 일어나게 한 거짓말쟁이와 바보를 폭로하는 데 남은 평생을 바치겠다고 맹세했다.

그때 도니가 사원에서 나와 다가왔다. "스미시가 너 오래." 그가 말했다.

재스퍼는 상병을 따라 사원 안으로 들어갔다.

여자애는 바닥에 다리를 벌린 채 쓰러져 있고 이마에는 총알구멍이 나 있었다. 재스퍼는 그녀의 작은 가슴에서 피가 흐르는 물린 자국을 보았다.

아버지도 이미 죽었다.

어머니는 자비를 바라는 듯 무릎을 꿇고 빌고 있었다.

스미시가 말했다. "넌 아직 딱지 못 뗐잖아, 머리."

그 말은 재스퍼가 아직 전쟁범죄를 저지르지 않았다는 뜻이었다.

재스퍼는 무슨 일이 다가오는지 알았다.

스미시가 말했다. "늙은 여자를 쏴."

"지랄 마, 스미시." 재스퍼가 말했다. "당신이 직접 쏴."

매드 잭이 소총을 들더니 총구를 재스퍼의 목 옆에 찔렀다.

갑자기 모두 아무 말 없이 움직이지 않았다.

스미시가 말했다. "늙은 여자를 쏴. 아니면 잭이 널 쏠 거야."

재스퍼는 스미시가 거리낌없이 명령을 내리리라는 것을, 잭은 그에 따르리라는 것을 의심치 않았다. 그리고 그 이유를 이해했다. 그들은 재스퍼가 공범이 되기를 원했다. 일단 여자를 죽이면 그 역시 다른 모든 병사처럼 죄책감을 느낄 테고, 그 죄책감이 그가 문제를 일으키는 것을 막아줄 터였다.

그는 주위를 둘러보았다. 모두가 그를 보고 있었다. 누구도 항의하지 않았고, 심지어 불편해 보이는 사람도 전혀 없었다. 전에도 이런 의식을 치렀다는 것을 알 수 있었다. 부대에 새로 오는 병사들에게 늘 이런 짓을 했던 것이 틀림없었다. 재스퍼는 얼마나 많은 사람이 명령을 거부하고 죽었을지 궁금했다. 그들은 적의 공격에 죽었다고 기록되었을 것이다. 문제될 것이 없었다.

스미시가 말했다. "마음먹는 데 너무 오래 걸리면 안 돼. 우린 해야 할 일이 있어."

그들이 어차피 여자를 죽일 거라는 사실을 재스퍼는 알았다. 직접 하기를 거부한다고 여자를 살릴 수는 없었다. 그는 아무 대가도 없이 목숨을 희생하게 될 터였다.

잭이 소총으로 쿡쿡 찔렀다.

재스퍼는 M16을 들어올려 여자의 이마를 겨눴다. 그녀는 눈이 짙은 갈색이고 검은 머리에는 잿빛으로 센 머리가 드문드문 섞여 있었다. 총구에서 몸을 피하려고 하지도 주춤거리지도 않았다. 그저 그가 이해할 수 없는 언어로 애원할 뿐이었다.

재스퍼는 소총 왼쪽에 달린 안전 레버를 '안전'에서 '단발'로 바꾸어 총알이 한 발씩 나가도록 했다.

그의 손은 전혀 흔들리지 않았다.

그는 방아쇠를 당겼다.

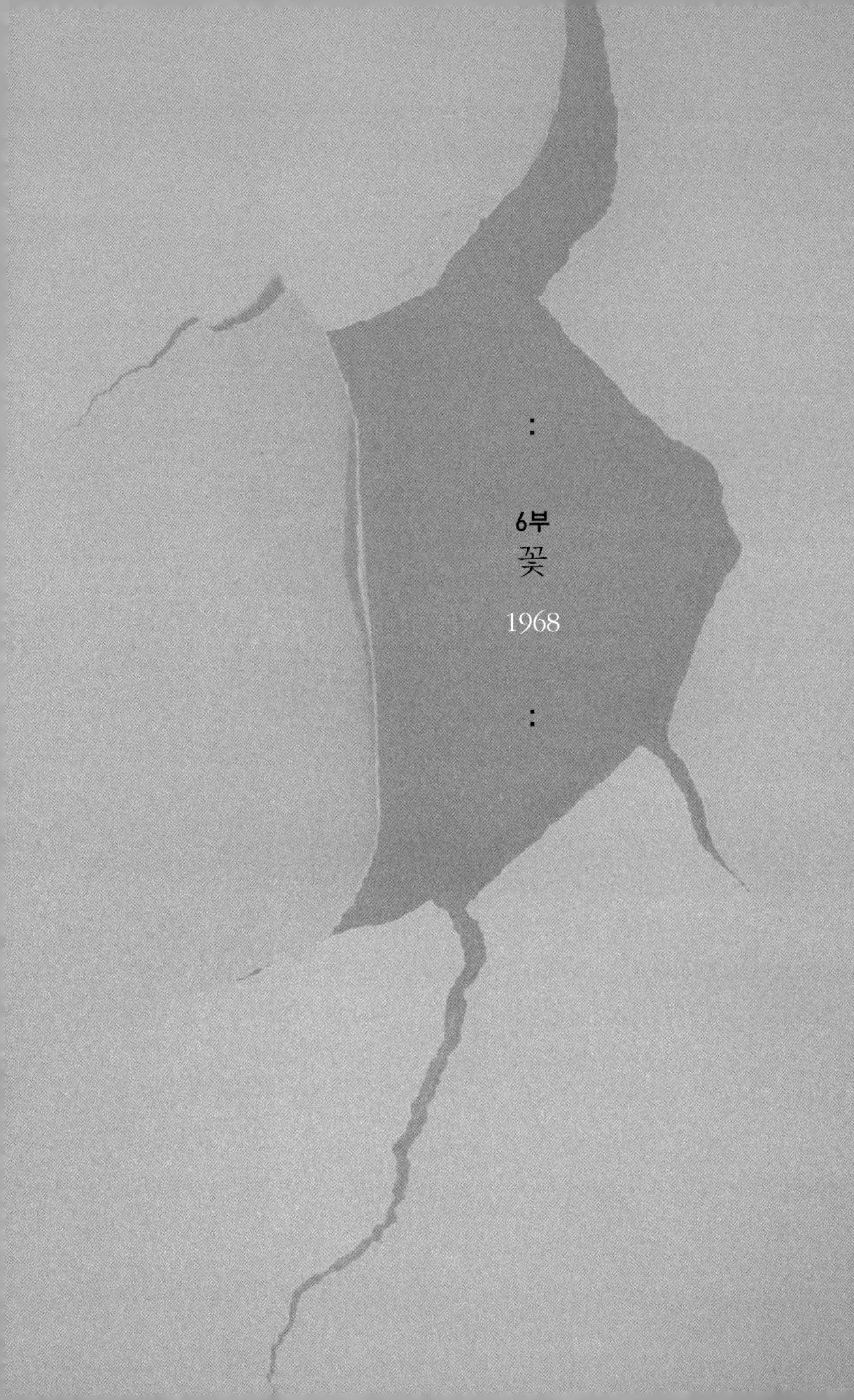

:

6부
꽃

1968

:

41장

재스퍼 머리는 군에서 이 년을 보냈다. 일 년은 미국에서 훈련을 받았고 일 년은 베트남에서 전투에 참가했다. 그리고 1968년 1월 부상 없이 제대했다. 그는 운이 좋다고 느꼈다.

데이지 윌리엄스는 그가 런던으로 날아와 가족을 만나볼 수 있도록 돈을 내주었다. 그의 누나인 애나는 이제 롤리 출판사의 편집장이었다. 그녀는 마침내 행크 레밍턴과 결혼했는데, 그는 대부분의 팝스타들에 비해 오래 인기를 유지하고 있었다. 그레이트 피터 가의 집은 이상하리만치 조용했다. 아이들은 모두 독립하고 로이드와 데이지만 집에 남았다. 로이드는 이제 노동당 정부의 장관이었고 그래서 집에 있는 시간이 별로 없었다. 에설은 그해 1월 세상을 떠났고, 재스퍼가 뉴욕으로 날아가기 몇 시간 전 장례식이 거행되었다.

장례식은 올드게이트에 있는 갈보리 복음교회 예배당에서 치렀는데, 작은 나무 오두막인 그곳은 오십 년 전 그녀가 버니 레크위드와 결혼한 장소였다. 그리고 그때 그녀의 동생 빌리를 비롯해 수많은 청년들은 1차

세계대전의 참호 속 얼어붙은 진흙탕에서 싸우고 있었다.

작은 예배당은 백여 명의 신자가 앉을 수 있고 뒤쪽에 추가로 이삼십 명이 서 있을 만한 공간이 있었다. 하지만 에스 레크위드에게 작별인사를 하러 온 사람들은 천 명도 넘었다.

목사는 장례식을 야외에서 진행하기로 했고 경찰은 차가 다니지 못하도록 도로를 막았다. 발언자는 사람들 앞에서 의자에 올라가 말해야 했다. 에설의 두 자녀로 이제 모두 오십대인 로이드 윌리엄스와 밀리 에이버리는 그녀의 손주들 대부분과 몇 안 되는 증손자와 함께 맨 앞에서 있었다.

에비 윌리엄스는 착한 사마리아인이 나오는 누가복음의 한 대목을 낭독했다. 데이브와 발리는 기타를 가져와 〈네가 보고 싶어, 알리샤〉를 불렀다. 내각의 절반이 참석했다. 피츠허버트 백작도 왔다. 애버로언에서 두 대의 버스를 타고 온 백 명에 이르는 웨일스의 목소리가 찬송가에 소리를 보탰다.

그러나 조문객 대부분은 에설이 삶을 어루만져주었던 평범한 런던 시민이었다. 1월의 추위 속에서 남자들은 모자를 벗어 손에 들었고, 여자들은 아이들을 조용히 시켰고, 노인들은 싸구려 코트를 입고 몸을 떨었다. 그리고 에설이 편안하게 잠들기를 목사가 기도하자 그들 모두 아멘이라고 말했다.

*

조지 제이크스의 1968년 계획은 단순했다. 보비 케네디가 대통령이 되어 전쟁을 끝내는 것이다.

보비의 보좌관 모두가 호의적인 건 아니었다. 데니스 윌슨은 보비가 뉴욕 주 상원의원으로 남아 있으면 좋겠다고 했다. "다들 우리는 이미 민주당 대통령이 있으니 보비는 린든 존슨을 지지해야지 경선에 나서지 말아야 한다고 할걸. 전례가 없는 일이거든."

그들은 1968년 1월 30일 워싱턴의 내셔널 프레스 클럽에서 기자 열다섯 명과의 조찬을 앞두고 보비를 기다리는 중이었다.

"그건 사실이 아니에요." 조지가 말했다. "스트롬 서먼드와 헨리 월리스가 트루먼에게 도전했었죠."

"그건 이십 년 전이야. 어쨌든 보비는 민주당 후보가 못 돼."

"그가 존슨보다 인기가 더 좋을 것 같은데요."

"인기랑은 상관없어." 윌슨이 말했다. "전당대회에 참가하는 대의원 대부분이 당의 실세들 손에 움직인다고. 노조 지도자나 주지사, 시장 말이야. 데일리 같은 사람들." 시카고 시장인 리처드 데일리는 최악의 구태 정치인으로 무자비하고 타락했다. "그리고 존슨의 장점 가운데 하나는 파벌 싸움에 강하다는 거야."

조지는 역겨워 고개를 흔들었다. 그가 정치를 하는 이유는 포기하지 않고 그런 낡은 권력구조에 반대하기 위해서였다. 마음속으로는 보비도 그와 마찬가지였다. "보비가 나서면 온 나라에 지지의 물결이 일 테고 그러면 실세들도 무시하지 못할 겁니다."

"이 건을 두고 그와 이야기해봤어?" 윌슨은 믿지 않는 척했다. "그가 민주당 집권자에게 맞서겠다고 나서면 사람들에게 이기적인 야심가로 비칠 거라고 말하는 거 못 들었어?"

"그가 형의 자연스러운 후계자라고 생각하는 사람이 더 많아요."

"그가 브루클린 대학에서 연설할 때 학생들이 들고 있던 플래카드에 이렇게 적혀 있었지. 매냐 비둘기냐, 아니면 닭이냐?"

이 모욕적인 표현은 보비의 기분을 상하게 했고 조지를 깜짝 놀라게 했다. 하지만 이제 조지는 낙관적인 시각에서 보려 했다. "그 말은 학생들이 그의 출마를 바란다는 겁니다!" 그가 말했다. "그들은 보비가 젊은이와 노인, 흑인과 백인, 부자와 가난한 자를 단결시키고, 모두의 힘을 합쳐 전쟁을 끝내고, 흑인들에게는 그들이 누려야 할 정의를 줄 유일한 경쟁자임을 알고 있어요."

윌슨은 비웃는 것처럼 입을 비쭉거렸지만 그가 조지의 이상주의를 경멸하는 말을 쏟아내기 전에 보비가 걸어들어왔고 모두 아침식사를 위해 자리에 앉았다.

린든 존슨에 대한 조지의 감정은 좌절을 겪었다. 존슨은 1964년 공민권법을, 1965년 투표권리법을 통과시키고 빈곤과의 전쟁을 계획하는 등 시작은 아주 좋았다. 하지만 조지의 아버지 그레그가 예측했던 대로 외교정책을 이해하는 데 실패했다. 존슨이 아는 것이라고는 공산주의자들에게 베트남을 잃는 대통령은 되고 싶지 않다는 것뿐이었다. 그 결과 그는 지금 아무 대책도 없이 더러운 전쟁의 수렁에 빠진 채 미국 국민들에게는 이기는 중이라고 거짓말을 늘어놓고 있었다.

그리고 말도 변했다. 조지가 어렸을 때는 흑인이 저속한 말이고 유색인종은 그보다 조심스럽고 니그로는 진보적인 〈뉴욕 타임스〉가 사용하는 정중한 표현으로 유대인Jew을 쓸 때처럼 늘 첫 글자를 대문자로 썼다. 이제 니그로는 생색을 내는 것으로 여겨졌고 유색인종은 이도 저도 아닌 어정쩡한 말로 들렸으며 누구나 흑인들, 흑인 사회, 흑인의 자부심, 심지어 흑인의 힘이라는 말까지 했다. 흑색은 아름답다. 사람들은 말했다. 조지는 말이 다르다고 뭐가 크게 달라지는지 확실히 알 수가 없었다.

그는 아침을 많이 먹지 않았다. 보도자료를 준비하기 위해서 질문과 보비의 대답을 받아적느라 너무 바빴다.

기자 한 명이 물었다. "대통령 선거에 출마하라는 압력에 대해 어떤 심정이십니까?"

조지는 노트에서 고개를 들고 보비가 잠깐 멋없는 미소를 지으며 말하는 것을 보았다. "언짢죠. 언짢아요."

조지는 긴장했다. 보비는 가끔 빌어먹을 정도로 너무 솔직했다.

질문한 기자가 말했다. "매카시 상원의원의 유세에 대해서는 어떻게 생각하십니까?"

기자가 말하는 사람은 1950년대 공산주의자 사냥으로 악명 높았던 상원의원 조 매카시가 아니라 정반대 성향의 정치인으로 시인이기도 한 유진 매카시 상원의원이었다. 두 달 전 유진 매카시는 민주당 경선에 도전하겠다고 선언하면서 존슨에 맞서 반전 후보로 나서겠다고 했다. 그는 언론에 의해 가망 없는 후보로 취급받고 있었다.

보비가 대답했다. "나는 매카시의 유세가 존슨을 도울 거라고 생각합니다." 보비는 여전히 존슨을 대통령이라고 부르지 않았다. 조지의 친구로 존슨 밑에서 일하는 스킵 디커슨은 이런 행동을 비웃었다.

"그럼 출마하시겠습니까?"

보비는 이 질문에 대답할 방법이 수없이 많았고, 전부 즉답을 피하는 레퍼토리였다. 하지만 오늘 그는 그중 어느 것도 사용하지 않았다. "아니요." 그가 말했다.

조지는 연필을 떨어뜨렸다. 저건 도대체 어디서 나온 대답이지?

보비가 덧붙였다. "내가 출마하는 상황은 상상이 되지 않습니다."

조지는 말하고 싶었다. 그렇다면 우리 모두 여기서 무슨 지랄을 하고 있는 거지?

그는 데니스 윌슨이 싱글거리는 것을 보았다.

바로 그 순간 자리를 박차고 나가고 싶은 유혹을 느꼈다. 하지만 그러기에 그는 너무 고상했다. 그는 자리에 남아 아침식사가 끝날 때까지 계속 문답을 받아적었다.

의회에 있는 보비의 사무실로 돌아온 그는 기계처럼 일하며 보도자료를 작성했다. 보비의 발언을 "내가 출마하는 상황은 예측이 되지 않는군요"라고 바꿨지만 별로 다를 것이 없었다.

그날 오후 보비의 사무실에서 일하는 직원 세 명이 그만두었다. 그들은 패배자를 위해 일하려고 워싱턴까지 온 것이 아니었다.

조지도 너무 화가 나 그만두고 싶었지만 입다물고 있었다. 생각을 하고 싶었다. 베리나와 이야기를 하고 싶었다.

그녀는 워싱턴에 와 있었고 늘 그랬던 것처럼 그의 아파트에 머물고 있었다. 그녀는 이제 그의 침실에 자신의 옷장을 두고 애틀랜타에서는 절대 필요 없는 겨울옷을 보관했다.

그날 저녁 그녀는 너무 화가 나서 눈물을 흘릴 뻔했다. "그가 우리에게 남은 유일한 사람이었는데!" 그녀가 말했다. "작년에 베트남에서 우리 병사들 사상자 수가 얼마나 되는지 알아?"

"물론 알지." 조지가 말했다. "팔만 명이야. 내가 보비의 한 연설문에 그 내용을 넣었는데 그가 사용하지 않았어."

"팔만 명이 죽거나 다치거나 실종됐다고." 베리나가 말했다. "끔찍해. 게다가 지금도 계속 늘어나고 있어."

"올해는 분명 사상자 수가 늘 거야."

"보비는 목표에서 크게 벗어나는 행동을 했어. 하지만 왜지? 왜 그런 걸까?"

"난 너무 화가 나서 그와 이야기하기도 싫었지만, 아무래도 그는 순수하게 자기 동기를 의심하는 것 같아. 이러는 게 나라를 위해서인지, 자기 자신을 위해서인지 스스로 묻고 있는 거야. 그런 의문들로 괴로웠으니까."

"마틴도 마찬가지야." 베리나가 말했다. "도심에서의 폭동이 자기 잘못은 아닌지 스스로 묻고 있어."

"하지만 킹 박사는 그런 의문을 속에 숨겨두잖아. 지도자라면 당연히 그래야지."

"당신은 보비가 이 발언을 미리 계획했다고 생각해?"

"아니, 충동적으로 한 거야. 확실해. 그런 점이 그 사람 밑에서 일하기 어려운 이유 중 하나지."

"어떻게 할 거야?"

"아마 그만둘 것 같아. 아직은 생각중이야."

두 사람은 나가서 조용히 저녁을 먹으려고 옷을 갈아입으면서 동시에 TV에서 나올 뉴스를 기다리고 있었다. 굵은 줄무늬의 넓은 넥타이를 맨 조지는 속옷을 입는 베리나를 거울 속으로 지켜보았다. 그녀의 몸은 그가 벌거벗은 모습을 처음 본 이후 오 년 사이 많이 변했다. 그녀는 올해 스물아홉 살이 될 터였고, 더는 망아지처럼 다리가 쭉 뻗은 매력이 없었다. 대신 균형과 우아함을 얻었다. 조지는 그녀의 원숙한 표정이 아름답게 느껴졌다. 그녀는 머리를 소위 '내추럴' 스타일로 무성하게 길렀고 왠지 그 모습이 녹색 눈의 성적 매력을 강조했다.

지금 그녀는 그의 면도 거울 앞에 앉아 눈화장을 하고 있었다. "당신 그만두면 애틀랜타로 와서 마틴을 위해 일할 수 있어." 그녀가 말했다.

"아니야." 조지는 말했다. "킹 박사는 한 가지 사안만 가진 운동가야. 항의하는 사람은 항의를 하지만 정치인은 세계를 바꾸지."

"그러니까 뭘 할 거냐고?"

"어쩌면 하원에 출마할 수도 있어."

베리나는 마스카라 브러시를 내려놓더니 고개를 돌려 그를 똑바로 바라보았다. "와." 그녀가 말했다. "생각도 못했네."

"나는 공민권을 위해 싸우려고 워싱턴에 왔지만 흑인들이 겪는 부당한 처사는 단지 권리만의 문제가 아니야." 조지가 말했다. 그는 이 점에 대해 오랫동안 생각해왔다. "주택과 실업, 그리고 흑인 젊은이들이 매일 죽어나가는 베트남전쟁에 관한 것이지. 흑인들의 삶은 긴 관점에서 보면 심지어 모스크바와 베이징에서 벌어지는 일에도 영향을 받아. 킹 박사 같은 인물은 사람들에게 영감을 주지만 조금이라도 진짜 좋은 일을 하려면 다재다능한 정치인이 되어야 해."

"둘 다 있어야 할 것 같네." 베리나는 그렇게 말하고 눈화장을 마저 했다.

조지는 가장 좋은 정장을 입었다. 그 옷은 늘 그를 기분좋게 만들어 주었다. 나중에는 마티니도 한두 잔 마실 생각이었다. 칠 년 동안 그의 인생은 로버트 케네디와 밀접하게 연결되어 있었다. 이제는 움직여야 할 때인지도 몰랐다.

그는 말했다. "혹시 우리 관계가 이상하다는 생각 안 들어?"

그녀는 웃었다. "물론이지! 우린 따로 살고 한두 달에 한 번 만나서 미친듯이 열정적인 섹스를 해. 심지어 이 생활을 몇 년째 하고 있어!"

"남자는 당신처럼 할 수 있어. 출장 가서 정부를 만나는 거지." 조지가 말했다. "특히 유부남이라면 말이야. 보통 있는 일이지."

"그거 좋은 생각 같은데." 그녀가 말했다. "집에서는 감자를 먹고 밖에 나가서는 캐비아를 조금 먹는 거지."

"어쨌거나 캐비아가 될 수 있어 기뻐."

그녀는 혀를 핥았다. "음, 짭짤하군."

조지는 웃었다. 오늘 저녁 더는 보비에 대해 생각하지 않기로 했다.

TV에서 뉴스가 시작되어 조지는 소리를 크게 키웠다. 그는 첫번째 뉴스로 보비의 선언을 기대했지만 더 큰 소식이 있었다. 베트남어로 '뗏'이라고 부르는 구정 연휴에 베트콩이 대규모 공세를 시작했다. 그들은 대여섯 개의 대도시, 서른여섯 개의 주도主都, 육십 개의 소도시를 공격했다. 미군은 공격의 규모에 경악했다. 게릴라가 그렇게 거대한 규모의 작전이 가능하리라고는 아무도 상상하지 못했다.

펜타곤은 베트콩 부대를 물리쳤다고 발표했지만 조지는 믿지 않았다.

뉴스 진행자는 내일 추가 대규모 공격이 예상된다고 말했다.

조지는 베리나에게 말했다. "이 뉴스가 진 매카시의 유세에 어떤 영향을 줄지 궁금하네."

*

비프 듀어는 발리 프랑크를 설득해 정치적 연설을 하도록 했다.

처음에는 거절했다. 그는 기타리스트였고, 대중 앞에서 팝송을 부르는 상원의원처럼 비웃음거리가 될까봐 두려웠다. 하지만 그는 정치에 관심이 많은 가정에서 스스로 무관심해지면 안 된다는 교육을 받으며 자란 터였다. 베를린장벽, 그리고 억압적인 동독 정부에 항의하는 데 실패한 서독을 비웃던 부모님이 떠올랐다. 그들도 공산주의자들만큼이나 죄가 있어. 어머니가 말했다. 발리는 만일 평화를 위해 몇 마디 할 수 있는 기회를 마다한다면 그 자신도 린든 존슨만큼 나쁜 사람이리라는 걸 깨달았다.

게다가 그는 비프를 도저히 거부할 수 없었다.

그래서 하겠다고 했다.

비프가 데이브의 빨간색 도지 차저에 그를 태우고 진 매카시의 샌프란시스코 유세 본부로 데려갔고, 그곳에서 그는 가가호호 방문해 하루

일과를 마친 소수의 젊은 열성 지지자에게 이야기를 했다.

청중 앞에 서자 긴장감이 느껴졌다. 어떤 말로 시작할지는 준비해두었다. 그는 천천히, 그러나 격의 없이 말했다. "어떤 사람들은 제가 미국인이 아니라는 이유로 정치에는 관여하지 말아야 한다고 합니다." 그는 대화하는 투로 이야기했다. 그러고는 살짝 어깨를 으쓱했다. "하지만 그런 사람들이 미국인들이 베트남에 가서 사람을 죽이는 건 괜찮다고 하네요. 그런 걸 보면 제 생각에 독일인이 샌프란시스코에 와서 얘기 좀 한다고 나쁠 건……"

놀랍게도 와 웃음이 터졌고 박수가 한차례 쏟아졌다. 어쩌면 연설이 괜찮을 수도 있다.

구정 대공세 이후 젊은이들이 매카시의 유세를 지원하러 몰려들었다. 다들 깔끔한 차림이었다. 남자들은 깨끗이 면도를 했고 머리는 길지도 짧지도 않았다. 여자들은 스웨터에 카디건을 갖춰입고 새들슈즈를 신었다. 매카시가 히피뿐 아니라 미국 중산층을 위한 대통령으로서도 마땅하다며 유권자들을 설득하기 위해 겉모습을 바꾼 것이다. 표어는 이랬다. "진을 위해 깔끔하고 깨끗하게."

발리는 말을 멈추고 청중을 기다리게 했다가 어깨까지 내려오는 자신의 금발을 만지며 말했다. "제 머리는 죄송합니다."

젊은이들은 또다시 웃으며 박수를 쳤다. 이건 쇼 공연과 똑같군. 발리는 깨달았다. 스타라면 그저 평범한 것과 딱히 다르지 않은 구석도 사람들이 사랑해준다. 플럼 넬리의 콘서트에서 관객들은 문자 그대로 발리와 데이브가 마이크에 대고 뭐든 말만 하면 미친듯이 환호했다. 농담도 유명한 사람이 하면 열 배는 더 웃겼다.

"저는 정치인이 아닙니다. 정치적 연설은 할 수 없습니다. 하지만 제 생각에 여러분은 정치 연설은 원하시는 만큼 듣고 있는 것 같네요."

"옳소!" 남자 가운데 한 명이 소리를 질렀고 모두 또 웃었다.

"하지만 저는 경험이 좀 있습니다, 아시죠? 저는 공산주의국가에서 살았습니다. 어느 날 경찰이 제가 척 베리의 〈미국에 돌아오니〉라는 노래를 불렀다며 붙잡았습니다. 그래서 그들은 제 기타를 부쉈죠."

관객은 조용해졌다.

"제 첫 기타였습니다. 그때만 해도 기타가 하나밖에 없었죠. 기타가 부서지자 마음이 부서지는 것 같았습니다. 그러니까 아시겠지만, 저는 공산주의에 대해 압니다. 어쩌면 린든 존슨보다 더 잘 알 수도 있습니다. 저는 공산주의를 증오합니다." 그는 목소리를 조금 높였다. "저는 그럼에도 전쟁에 반대합니다."

그들은 다시 한번 환호성을 올렸다.

"아시다시피 어떤 사람들은 예수께서 언젠가 다시 세상에 돌아올 거라고 믿습니다. 저는 그것이 사실인지 모르겠습니다." 사람들은 이 말을 어떻게 받아들여야 할지 확신이 없어 동요했다. 그때 발리가 말했다. "만일 그분이 미국으로 오신다면 아마도 공산주의자라 불릴 겁니다."

그는 곁눈질로 흘깃 비프를 바라보았다. 그녀는 다른 사람들과 함께 웃고 있었다. 스웨터에 짧지만 점잖은 치마 차림이었다. 머리는 깔끔한 단발로 잘랐다. 그럼에도 여전히 섹시했다. 그걸 감출 수는 없었다.

"예수께서는 반미국적인 행동으로 FBI에 체포당할 수도 있습니다." 발리는 이어갔다. "하지만 놀라지 않으실 겁니다. 그분이 처음 세상에 왔을 때랑 거의 비슷하니까요."

발리는 첫 문장 이후로는 거의 계획이 없었다. 진행중에 즉흥적으로 말을 만들어냈지만 사람들은 즐거워했다. 하지만 분위기가 좋을 때 끝내기로 했다.

마무리는 준비해두었다. "저는 이곳에 한 가지를 말씀드리고 싶어서 왔습니다. 바로 감사합니다, 라는 말입니다. 이 사악한 전쟁을 끝내길 원하는 전 세계 수백만 명을 대신해 감사드립니다. 여러분이 이곳에서 하는 힘든 일에 저희는 감사하고 있습니다. 계속 힘내십시오. 저는 여러분이 승리하길 하느님께 빌겠습니다. 좋은 밤 보내십시오."

그는 뒤로 물러나 마이크에서 떨어졌다. 비프가 그에게 다가와 팔을 잡았고 두 사람은 함께 뒷문으로 나갔다. 환호와 박수는 여전히 이어지고 있었다. 데이브의 차에 타자마자 비프가 말했다. "맙소사. 정말 훌륭했어! 대통령에 출마해야겠는걸!"

그는 웃으며 어깨를 으쓱했다. "사람들은 팝스타도 인간이란 걸 알면 언제나 즐거워해. 진짜 그게 전부야."

"하지만 진심으로 말했잖아. 위트도 넘쳤고!"

"고마워."

"어머니한테서 물려받았나봐. 어머니가 정치를 하신다고 하지 않았어?"

"그렇진 않아. 동독에는 정상적인 정치라는 게 없으니까. 어머니는 시의원이었어. 공산당이 엄히 단속하기 전에. 그건 그렇고, 내 악센트 표났나?"

"아주 조금."

"그게 걱정스럽더라고." 그는 자기 악센트에 민감했다. 사람들은 그걸 전쟁영화 속 나치와 연결시키곤 했다. 그는 미국인처럼 말하려고 했지만 쉽지 않았다.

"사실은 매력적이었어." 비프가 말했다. "데이브도 같이 들었으면 좋았을걸."

"그런데 데이브는 어디 있어?"

"런던에 있겠지. 난 네가 아는 줄 알았는데."

발리는 어깨를 으쓱했다. "데이브가 어디선가 사업을 챙기고 있다는 건 알지. 우리가 곡을 만들어야 하거나 영상을 찍어야 하거나 순회공연을 떠나야 할 필요가 있으면 즉시 나타날 거야. 너희 둘은 결혼할 예정이라면서."

"해야지. 아직은 그럴 여유가 없었어. 데이브가 너무 바빠서. 그리고 알겠지만 우리 부모님은 데이브가 여기 오면 내 방에서 지내도 괜찮다고 하셔. 그러니까 우린 꼭 부모님에게서 독립할 필요가 없지."

"좋군." 두 사람은 헤이트-애시베리에 도착했고 비프는 발리의 집 앞에 차를 세웠다. "커피라도 한잔 할래?" 발리는 왜 그런 소리를 했는지 알 수 없었다. 그냥 입 밖으로 나와버렸다.

"좋지." 비프는 으르렁거리는 엔진을 껐다.

집은 비어 있었다. 태미와 리사는 카롤린의 약혼으로 슬픔에 빠진 발리를 달래주었고 그래서 늘 고마웠지만, 그들의 꿈같은 생활도 두 사람의 방학 이후로는 이어질 수 없었다. 여름에서 가을이 되자 그들은 1967년의 대부분 히피들처럼 샌프란시스코를 떠나 고향으로 돌아가 대학에 들어가야 했다.

지속되는 동안은 아주 아름다운 시간이었다.

발리는 새 비틀스 앨범 〈매지컬 미스터리 투어〉를 틀어놓고 커피를 만들고 마리화나를 말았다. 거대한 쿠션에 발리는 책상다리를 하고, 비프는 무릎을 꿇고 앉았다. 그가 마리화나를 건넸다. 발리는 그가 무척이나 좋아하는 느긋한 분위기로 금세 빠져들었다. "난 비틀스가 미워." 잠시 후 그가 말했다. "빌어먹을 정도로 너무 잘해."

비프는 킥킥 웃었다.

발리가 말했다. "이상한 가사야."

"알아!"

"저 가사는 무슨 뜻이야? '물고기 네 개와 손가락 파이.' 꼭 식인 풍습 같은데."

"데이브가 설명해줬어." 비프가 말했다. "영국에서는 해산물 식당에서 튀김옷을 입힌 생선하고 감자튀김을 함께 포장해서 판대. 그걸 '피시 앤드 칩스'라고 부른대. '물고기 네 개'는 4페니어치라는 거고."

"그럼 '손가락 파이'는 뭐야?"

"좋아, 그건 남자가 손가락을 여자의 그, 있잖아, 성기에 넣는 거야."

"그게 무슨 상관이야?"

"네가 피시 앤드 칩스를 사면 여자가 손가락을 넣게 해준다는 거지."

"그런 게 대담한 일이었던 시절 기억나?" 발리가 향수에 젖어서 말했다.

"이제 모든 게 달라, 맙소사." 비프가 말했다. "과거의 규칙이 더는 통하지 않아. 사랑은 자유로워."

"요새는 첫 데이트에 오럴섹스를 하지."

"뭐가 제일 좋아?" 비프는 깊이 생각했다. "입으로 해주는 거? 아니면 받는 거?"

"진짜 어려운 질문이네!" 발리는 이런 이야기를 가장 친한 친구의 약혼자와 해도 되는지 확신이 서지 않았다. "하지만 난 받는 게 좋은 것 같아." 그는 덧붙여 묻고 싶은 유혹을 견뎌낼 수 없었다. "너는?"

"난 해주는 게 좋아." 그녀가 말했다.

"왜?"

그녀는 망설였다. 잠시 가책을 느끼는 눈치였다. 어쩌면 자유로운 사랑에 대해 히피처럼 말했지만 그녀 역시 두 사람이 이런 이야기를 나눠도 되는지 확신이 없는 모양이었다. 그녀는 마리화나를 길게 빨아들였다가 연기를 내뿜었다. 얼굴이 환해지더니 말했다. "대부분 남자들은 오럴섹스 솜씨가 별로라 받아봐야 기대만큼 흥분되지 않거든."

발리는 마리화나를 그녀에게서 가져갔다. "미국 남자들에게 오럴섹스 방법에 대해 알아야 할 것을 말해준다면?"

그녀는 웃었다. "글쎄, 첫째, 처음부터 바로 핥아대지 말라는 거."

"안 돼?" 발리는 놀랐다. "난 핥는 게 전부인 줄 알았어."

"전혀 그렇지 않아. 처음엔 점잖아야지. 그냥 키스만 해!"

그 순간 발리는 자신이 졌다는 걸 알았다.

그는 비프의 다리를 내려다보았다. 두 무릎이 단단히 붙어 있었다. 방어하는 건가? 아니면 흥분했다는 신호?

아니면 둘 다?

"어떤 여자도 그런 얘기는 안 해줬어." 그는 말하고 마리화나를 다시 건넸다.

억누를 길 없는 성적 흥분이 밀려들었다. 그녀도 느낄까? 아니면 그냥 그와 장난하는 걸까?

그녀는 마리화나의 마지막 연기를 빨아들이고 꽁초를 재떨이에 버렸다. "대부분의 여자들은 수줍어서 뭘 좋아하는지 말 못해." 그녀가 말했다. 실은 맨 처음에는 키스 한 번도 너무 지나칠 수 있어. 사실은……" 그녀는 그를 똑바로 바라보았고, 그 순간 발리는 그녀 역시 졌다는 것을 알았다. 그녀는 낮은 목소리로 말했다. "사실은 그 위로 숨만 쉬어도 여자를 흥분시킬 수 있어."

"이런, 맙소사."

"더 좋은 건." 그녀가 말했다. "여자의 면 속옷 위로 숨을 부는 거야."

그녀는 살짝 움직이면서 마침내 무릎을 벌렸고 짧은 치마 속 하얀 팬티가 보였다.

"그거 멋지네." 그는 쉰 목소리로 말했다.

"해보고 싶어?" 그녀가 말했다.

"응." 발리가 말했다. "제발."

*

뉴욕으로 돌아온 재스퍼 머리는 살즈먼 부인을 만나러 갔다. 그녀는 텔레비전 뉴스쇼 〈오늘〉의 조사원 자리가 났을 때 허브 굴드와 면접 자리를 잡아준 적이 있었다.

그는 예전의 그가 아니었다. 이 년 전은 필사적으로 일자리를 구하는 학생기자로 애원하는 입장이었고 그에게 빚을 진 사람은 아무도 없었다. 이제 그는 미국을 위해 목숨을 건 참전용사였다. 나이가 더 들었고 더 현명해졌고, 모두가 그에게 빚을 졌다. 특히 전쟁에 나서지 않은 남자들이라면 더더욱. 그는 일자리를 얻었다.

이상했다. 그는 추운 날씨가 어떤 것인지 잊어버렸다. 양복에 버튼다운칼라가 달린 하얀 셔츠에 넥타이 차림이 거추장스러웠다. 평범한 신사용 옥스퍼드화는 너무 가벼워서 계속 맨발이라는 착각이 들었다. 아파트에서 사무실까지 가는 동안 숨겨진 지뢰를 찾는 자신을 발견했다.

다른 한편 그는 바빴다. 민간인 세계에는 군인생활의 특징인 오래도록 아무것도 하지 않는 짜증스러운 시간이 없었다. 명령을 기다리고, 이동을 기다리고, 적을 기다리는 시간은 없었다. 돌아온 첫날부터 재스퍼는 전화를 걸고 서류를 확인하고 도서관에서 자료를 찾고 사전 인터뷰를 했다.

〈오늘〉의 사무실에서는 가벼운 충격이 재스퍼를 기다리고 있었다. 학생신문에서 과거 그의 라이벌이었던 샘 케이크브레드가 현재 이 프로그램을 위해 일하고 있었다. 참전하지 않아도 되었던 그는 완벽한 자격을 갖춘 기자였다. 가끔 샘이 나중에 카메라 앞에서 보도할 내용을 재스퍼가 미리 조사해두어야 하는 짜증스러운 경우도 있었다.

재스퍼는 패션, 범죄, 문학, 경제 분야를 맡았다. 그는 누나의 베스트셀러 『동상』과 필명 작가에 관한 이야기를 조사하고, 글 쓰는 스타일이나 노동수용소의 경험을 근거로 이미 알려진 반체제 인사들 가운데 누가 썼을지 추측했다. 결론은 아마 누구도 들어본 적 없는 인물의 작품이라는 것이었다.

또한 그들은 구정 대공세라고 이름 붙은 베트콩의 경악스러운 작전에 관한 쇼를 만들기로 결정했다.

재스퍼는 베트남에 대해 여전히 화가 나 있었다. 뱃속의 분노는 식은 용광로처럼 화력이 약해진 상태였지만 그는 아무것도 잊지 않았다. 미국 국민들에게 거짓말한 자들을 폭로하고야 말겠다는 결심은 특히 더.

전투가 차츰 진정되어가는 2월 둘째 주, 허브 굴드는 샘 케이크브레드에게 요약기사를 준비해 구정 대공세가 전쟁의 방향을 어떻게 바꿔놓았는지 평가해보라고 지시했다. 샘은 조사원들까지 포함해 모두가 참여하는 편집회의에서 예비적인 결론을 발표했다.

샘은 구정 대공세는 세 가지 면에서 북베트남의 실패라고 말했다. "첫째, 공산 세력은 포괄적인 명령을 내렸습니다. '전진해 마지막 승리를 쟁취할 것.' 우리는 이런 내용을 생포한 적군의 서류에서 찾았습니다. 둘째, 후에와 케산에서 여전히 전투가 진행중이지만 베트콩이 도시 하나도 장악할 능력이 없다는 게 증명되었습니다. 셋째, 그들은 아무 성과 없이 이만 명 이상을 잃었습니다."

허브 굴드는 의견을 듣기 위해 둘러보았다.

재스퍼는 직급이 매우 낮았지만 입다물고 있을 수가 없었다. "샘에게 한 가지 질문이 있습니다." 그가 말했다.

"말해봐, 재스퍼." 허브가 말했다.

"넌 도대체 어느 빌어먹을 세상에 살고 있는 거야?"

그의 무례함에 놀라 모두 순간적으로 할말을 잃었다. 그때 허브가 부드럽게 말했다. "많은 사람이 이 건에 대해 회의적이야, 재스퍼. 그래도 이유를 좀 설명해줄 수 있겠나? 불경스러운 말은 빼고."

"샘은 방금 존슨 대통령이 구정 대공세에 대해 늘 하던 말을 했습니다. 언제부터 이 프로그램이 백악관의 선전 기관이 된 겁니까? 우리는 정부의 시각을 비판해야 하는 거 아닙니까?"

허브는 반박하지 않았다. "어떻게 비판하겠나?"

"첫째, 생포한 적군에게서 얻어낸 자료는 액면 그대로 받아들일 수 없습니다. 병사들에게 서면으로 배포된 명령에서 적의 전략적인 목표를 알아낼 수는 없다고 봅니다. 여기 번역본이 있군요. '모든 고난과 어려움을 극복해 혁명적인 용맹성을 최대한 드러내라.' 이건 전략이 아니라 격려 연설입니다."

허브가 말했다. "그럼 그들의 목표는 뭐였지?"

"그들의 힘과 힘이 미치는 범위를 과시하고, 그를 통해 남베트남 정권과 우리 군, 미국 국민의 사기를 꺾는 것입니다. 그리고 그들은 성공했습니다."

샘이 말했다. "그들이 장악한 도시는 여전히 한군데도 없어."

"그들은 도시를 장악할 필요가 없어. 이미 그곳에 있거든. 그들이 어떻게 사이공 주재 미국 대사관에 나타났다고 생각해? 낙하산을 매고 뛰어내린 게 아니야, 그냥 걸어서 모퉁이를 돌아왔다고! 아마 옆 블록에 살고 있을걸. 그들은 도시를 점령하지 않아. 이미 확보하고 있으니까."

허브가 말했다. "샘의 세번째 지적은? 그들의 사상자 말이야."

"펜타곤이 내놓는 적의 사상자 관련 수치는 믿을 수 없습니다." 재스퍼가 말했다.

"정부가 우리 미국 국민에게 이 건에 대해 거짓말을 하고 있다고 말한다면 우리 쇼로선 한발 크게 내딛는 셈인데."

"린든 존슨부터 정글에서 순찰을 도는 보병까지 이 건에 대해 거짓말을 하고 있습니다. 그들이 하는 짓을 정당화하려면 모두 많은 적을 죽였다고 말해야 할 필요가 있으니까요. 하지만 저는 그곳에 있어봐서 진실을 압니다. 베트남에서는 누구든 죽으면 적 사상자로 셉니다. 방공호에 수류탄을 던져넣고 안에 있는 사람을 모두 죽여도—젊은이 두 명, 여자 네 명, 늙은이 하나와 어린애 한 명—공식 보고서에는 베트콩 여덟 명이 죽은 겁니다.

허브는 반신반의했다. "이게 사실이라고 어떻게 확신하지?"

"참전용사 아무나 붙잡고 물어보십시오." 재스퍼가 말했다.

"믿기 어렵군."

재스퍼가 옳았고 허브도 알았지만 그렇게 강경한 노선을 밟는 것이 불안한 듯했다. 하지만 재스퍼는 그를 설득할 수 있다고 판단했다. "보세요." 재스퍼가 말했다. "우리가 남베트남에 지상군 병력을 처음으로 보낸 지 사 년이 지났습니다. 그 기간 동안 펜타곤은 우리가 승리했다는 보고를 연이어 해왔습니다. 그리고 〈오늘〉은 미국 국민들에게 그들의 발표문을 그대로 읽어줬죠. 우리가 사 년 동안 승리를 해왔다면 적이 어떻게 수도의 중심까지 파고들어와 미 대사관을 둘러쌀 수 있습니까? 눈뜨고 제대로 좀 보세요, 네?"

허브는 생각에 잠겼다. "그러니까 재스퍼, 만일 자네가 옳고 샘이 틀렸다면, 우리가 할 이야기는 뭐야?"

"그건 쉽죠." 재스퍼가 말했다. "구정 대공세 이후 정부의 신빙성을 다루는 겁니다. 작년 11월 험프리 부통령은 우리가 이기고 있다고 했죠.

12월에는 파머 장군이 베트콩을 물리쳤다고 했어요. 1월에는 맥나마라 국방장관이 북베트남인들이 전투 의지를 잃었다고 했고. 웨스트모얼랜드 장군은 직접 기자들에게 공산주의자들은 대규모 공세를 개시할 능력이 없다고 했습니다. 그러더니 어느 날 아침 베트콩이 남베트남의 거의 모든 주요 도시와 마을을 공격한 겁니다."

샘이 말했다. "우리는 한 번도 대통령이 정직한지 의심하지 않았어. 어느 텔레비전 쇼도 그러지 않았지."

재스퍼가 말했다. "지금이 해야 할 때야. 대통령은 거짓말을 하고 있나? 미국의 절반이 그걸 묻고 있어."

모두 허브를 보았다. 그가 내릴 결정이었다. 그는 한참 말이 없었다. 그러다 입을 열었다. "좋아. 그걸 우리 보도 제목으로 하지. '대통령은 거짓말을 하고 있나?' 해보자고."

*

데이브 윌리엄스는 이른 아침 뉴욕에서 샌프란시스코로 향하는 비행기에 올라 일등석에서 베이컨을 곁들인 팬케이크로 미국식 아침을 먹었다.

인생은 즐거웠다. 플럼 넬리는 성공적이었고 남은 평생 다시는 시험을 볼 필요가 없었다. 그는 비프를 사랑했고 시간이 나는 대로 최대한 빨리 그녀와 결혼할 예정이었다.

그는 아직 집을 사지 않은 유일한 멤버였지만 오늘 살 수 있기를 바라고 있었다. 하지만 그냥 집은 아닐 것이다. 그는 시골에 땅이 딸린 집을 사서 녹음 스튜디오로 만들 생각이었다. 앨범을 제작할 때는 그룹 전체가 그곳에서 지낼 수도 있다. 요즘은 앨범을 만드는 데 몇 달이 걸렸다. 데이브는 가끔 첫 음반을 어떻게 하루 만에 만들었었나 생각하며 미소지었다.

데이브는 들떴다. 이제껏 집을 사본 적은 한 번도 없었다. 비프를 만날 일이 간절하게 기다려졌지만 우선 사업부터 챙기겠다고 마음먹었다. 그래야 그녀와의 시간이 방해받지 않기 때문이었다. 공항에서 그를 마중나온 사업 매니저 모티머 숄먼을 만났다. 데이브는 개인적인 재정을 그룹의 사업과 분리해서 관리하기 위해 모티를 채용했다. 모티는 중년 남자로 네이비 블레이저에 파란 셔츠의 위쪽 단추를 푼 편안한 캘리포니아식 차림이었다. 데이브는 이제 겨우 스무 살이었고, 변호사나 회계사가 가끔은 그에게 정보를 제공하는 것이 아니라 거들먹거리며 지시를 내리려 한다는 것을 알았다. 모티는 데이브를 그의 진짜 역할인 상사로 대하며 여러 대안을 제시했고, 결정을 내리는 사람은 바로 데이브임을 알고 있었다.

그들은 모티의 캐딜락을 타고 베이 브리지를 넘어 대학도시이자 비프가 학생으로 있는 버클리를 지나 북쪽으로 향했다. 달리는 동안 모티가 말했다. "제안을 하나 받았어요. 내가 맡은 일은 아닌데, 아무래도 내가 당신의 개인 매니저 비슷한 사람이라고 생각한 모양입니다."

"무슨 제안이요?"

"찰리 래클로라는 프로듀서인데 당신만의 텔레비전 쇼를 만드는 얘길 해보고 싶다고 하더군요."

데이브는 깜짝 놀랐다. 그런 일이 생길 거라고는 생각 못했기 때문이다. "무슨 쇼요?"

"있잖아요, 〈대니 케이 쇼〉나 〈딘 마틴 쇼〉 같은 거죠."

"농담이죠?" 큰 뉴스였다. 데이브는 가끔 성공이 비처럼 쏟아진다는 생각이 들었다. 히트곡, 플래티넘 앨범, 순회공연 매진, 영화의 성공. 그리고 이제 이것까지.

미국 텔레비전에서 매주 방영되는 버라이어티쇼는 열 개가 넘는데, 대부분 스타 영화배우나 코미디언이 진행을 맡았다. 진행자가 게스트를 초대해 몇 분 이야기를 나눈 다음 게스트가 그의 최근 히트곡을 부르거나 코미디를 하는 방식이었다. 그룹이 그런 프로그램의 게스트로 출연한 적은 많지만 어떻게 진행자 역할을 할 수 있는지 알 수 없었다.

"그럼 〈플럼 넬리 쇼〉가 되는 거예요?"

"아뇨. 〈데이브 윌리엄스와 친구들〉이죠. 그들은 그룹을 원하는 게 아니라 당신을 원해요."

데이브는 믿기 어려웠다. "기분이야 좋지만, 그래도……"

"내 의견을 묻는다면, 이건 엄청난 기회예요. 팝그룹은 대개 수명이 짧지만 이건 다재다능하고 누구에게나 친근한 연예인이 될 수 있는 기회죠. 그런 역할은 일흔이 될 때까지 할 수 있어요."

공감이 가는 이야기였다. 데이브는 플럼 넬리의 인기가 떨어졌을 때 뭘 할 수 있을지 생각했었다. 연예인이라면 대부분 생각하는 일이지만 예외는 있었다. 엘비스는 여전히 잘나갔다. 데이브는 비프와 결혼해 아이를 낳을 작정이었는데 그런 생각을 하면 기가 죽었다. 먹고살려면 뭔가 다른 길을 찾아야 할 때가 올 수도 있었다. 레코드 프로듀서가 되거나 기획사를 차리는 것도 고려했다. 그는 플럼 넬리를 위해 그 두 역할을 다 잘해냈다.

하지만 지금은 너무 일렀다. 그룹은 엄청 인기가 좋았고 이제야 드디어 진짜 돈을 벌고 있었다. "못해요." 그는 모티에게 말했다. "그러면 그룹이 깨질 수도 있고, 잘나가고 있을 때 그런 위험을 감수할 수는 없어요."

"찰리 래클로에게 당신이 관심 없다고 말해야겠네요?"

"네. 안타깝지만요."

그들은 또다른 긴 다리를 건너 언덕이 많고 야트막한 경사지에 과수원이 있는 지역으로 들어섰다. 자두나무와 아몬드나무에 분홍색과 흰색 꽃이 거품처럼 피어 있었다. "여기는 나파 강 골짜기입니다." 모티가 말했다. 그는 위로 꼬불꼬불 이어지는 비포장도로로 들어섰다. 1.6킬로미터를 달린 뒤 열린 문으로 들어서서 커다란 목장 주택 밖에 차를 세웠다.

"이곳이 내가 만든 목록의 첫번째고, 샌프란시스코에서 가장 가깝죠." 모티가 말했다. "당신이 머릿속에 그리던 곳인지 모르겠어요."

두 사람은 차에서 내렸다. 집은 목재를 골조로 되는대로 끝도 없이 뻗어나가는 건물이었다. 마치 두세 개의 부속 건물이 각기 다른 시점에 주 건물과 연결되어 지어진 것 같았다. 건물 끝으로 걸어가니 골짜기 너머의 엄청난 경치가 보였다. "와." 데이브가 말했다. "비프가 엄청나게 좋아하겠는데요."

집에서 조금 떨어진 곳에 밭이 보였다. "여기 뭘 기르나요?" 데이브가 말했다.

"포도죠."

"난 농부는 되기 싫은데."

"당신은 지주가 되는 겁니다. 십이만 평방미터는 소작을 주고요."

그들은 집안으로 들어갔다. 서로 어울리지 않는 탁자와 의자를 제외하면 가구는 거의 없었다. 침대도 없었다. "여기 누가 살아요?" 데이브가 물었다.

"아뇨. 가을에 몇 주 동안 포도 따는 사람들이 공동숙소로 쓰죠."

"그럼 내가 들어오면……"

"포도밭 사람이 수확기에 일할 일꾼들의 숙소를 다시 찾을 겁니다."

데이브는 둘러보았다. 버려진 것처럼 금방이라도 무너질 듯한 곳이었지만 아름다웠다. 목조는 튼튼해 보였다. 주 건물은 천장이 높고 계단이 우아했다. "하루빨리 비프에게 보여주고 싶네요." 그가 말했다.

주 침실에서도 마찬가지로 골짜기 너머의 엄청난 경치가 보였다. 그는 비프와 아침에 일어나 함께 창밖을 보며 커피를 만들고 맨발인 아이 두세 명과 아침식사를 하는 장면을 그려보았다. 완벽했다.

대여섯 개의 손님용 침실이 있었다. 본채에 붙은 커다란 창고는 지금은 농기계로 가득했지만 녹음 스튜디오로 사용하면 알맞을 크기였다.

데이브는 즉시 사고 싶었다. 너무 흥분하지 말자고 스스로를 달랬다. 그는 말했다. "얼마나 받아야 한다던가요?"

"육만 달러요."

"엄청 많네요."

"재배중인 포도밭 시장가격이 천 평방미터에 오백 달러예요." 모티가 말했다. "집은 덤으로 얹어주는 겁니다."

"집에 추가로 많은 작업이 필요한데."

"맞아요. 중앙난방, 전기공사를 새로 하고, 단열도 해야 하고, 욕실도 새로 만들고…… 고치는 데만 사는 만큼 돈이 들어갈 수도 있어요."

"십만 달러는 들겠죠. 녹음 장비를 빼고도."

"진짜 큰돈이네요."

데이브는 싱긋 웃었다. "다행히 그 정도 돈은 있어요."

"당연하죠."

두 사람이 밖으로 나오니 픽업트럭 한 대가 서 있었다. 차에서 내린 남자는 어깨가 넓고 볕에 그을린 얼굴이었다. 멕시코 사람처럼 보였지만 말투에 딱히 악센트는 없었다. "대니 머디나입니다. 여기서 농사를 짓죠." 그가 말했다. 그리고 악수하기 전에 작업복에 손을 문질러 닦았다.

"이곳을 살까 생각중이에요." 데이브가 말했다.

"좋죠. 이웃이 생겨서 좋을 것 같네요."

"어디 사시나요, 머디나 씨?"

"포도밭 건너에 있는 오두막에요. 산마루 끝에 가려서 여기서는 안 보이네요. 유럽에서 오셨나요?"

"네, 영국인입니다."

"유럽 사람들은 대개 와인을 좋아하죠."

"여기서 와인을 만드시나요?"

"조금요. 우린 대부분 포도를 팔아요. 미국인은 와인을 안 좋아하죠. 이탈리아계는 좋아하지만 그들은 수입을 하고요. 대부분은 칵테일이나 맥주를 좋아해요. 하지만 우리 와인은 훌륭합니다."

"화이트인가요, 레드인가요?"

"레드와인이죠. 몇 병 드셔보실래요?"

"좋죠."

대니는 뚜껑이 덮인 픽업트럭으로 가더니 와인 두 병을 꺼내 데이브에게 건네주었다.

데이브는 상표를 살펴보았다. "데이지 팜 레드?" 그가 말했다.

모티가 말했다. "이곳 이름이에요. 말 안 했나요? 데이지 팜."

"데이지는 우리 어머니 이름이에요."

대니가 말했다. "어쩌면 길조일 수도 있겠군요." 그는 트럭에 올라탔다. "행운을 빕니다!"

대니가 차를 몰고 떠나자 데이브가 말했다. "이곳이 마음에 들어요. 삽시다."

모티가 이의를 제기했다. "볼 곳이 다섯 군데나 더 있어요!"

"얼른 약혼자를 보고 싶네요."

"다른 데가 여기보다 더 마음에 들 수도 있잖아요."

데이브는 포도밭 골짜기를 가리켜 보였다. "다른 집에 이런 경치가 있나요?"

"아뇨."

"샌프란시스코로 돌아가요."

"말씀대로 하죠."

돌아오는 길에 데이브는 자기가 벌인 일로 겁이 나기 시작했다. "시공업자를 찾아야겠네요." 그가 말했다.

"아니면 건축가나." 모티가 말했다.

"정말요? 그냥 집을 고치는 건데?"

"건축가가 당신이 뭘 원하는지 이야기를 나누고 설계도를 그리고, 여러 시공업자에 입찰을 부치죠. 실제 작업 감독도 하고, 원칙적으로는요. 하지만 내 경험상 감독하면서는 흥미를 잃는 경향이 있더군요."

"좋아요." 데이브가 말했다. "누구 아는 사람 있어요?"

"오래되고 탄탄한 업체를 원해요, 아니면 젊고 멋진 사람?"

데이브는 생각했다. "젊고 멋진데 오래되고 탄탄한 업체에서 일하는 사람은 어때요?"

모티는 웃었다. "좀 알아봅시다."

두 사람은 정오가 조금 지난 시간에 샌프란시스코로 돌아왔고, 모티는 노브 힐에 있는 듀어 가족의 집에 데이브를 내려주었다.

비프의 어머니가 데이브를 맞았다. "잘 왔다!" 그녀가 말했다. "일찍 왔네. 잘했지만, 비프가 집에 없어."

데이브는 실망했지만 놀라지는 않았다. 모티와 온종일 집을 보러 다닐 줄 알고 비프에게는 오후 늦게 올 거라고 말해두었기 때문이다. "학교에 갔겠군요." 데이브가 말했다. 그녀는 버클리의 2학년이었다. 데이브는 그녀가 공부는 거의 하지 않는데다 시험에서 낙제점을 받아 학교에서 쫓겨날 위기라는 걸 알았다. 그녀의 부모는 모르지만.

그는 비프와 함께 쓰는 침실로 가서 여행가방을 내려놓았다. 비프의 피임약이 침대 옆 테이블에 놓여 있었다. 그녀는 부주의해서 가끔 약 먹는 것을 잊었지만 데이브는 신경쓰지 않았다. 그녀가 임신하면 그냥 결혼을 서두르면 그만이었다.

그는 아래층으로 다시 내려와 주방에서 벨라에게 데이지 팜에 대해 모든 걸 들려주었다. 그가 열을 올리자 그녀도 덩달아 그곳을 무척 보고 싶어했다.

"점심이라도 좀 먹을래?" 그녀가 말했다. "수프와 샌드위치를 막 만들려던 참이야."

"감사하지만 괜찮아요. 비행기에서 아침을 든든히 먹었거든요." 데이브는 흥분한 상태였다. "가서 발리한테 데이지 팜에 대해 말해줘야겠어요."

"네 차는 차고에 있다."

데이브는 그의 빨간색 도지 차저에 올라타 지그재그로 달리며 샌프란시스코의 가장 부유한 동네에서 가장 가난한 동네로 향했다.

모두 같이 살며 음악을 만들 수 있는 농장이라면 발리가 무척 좋아할 거라고 데이브는 생각했다. 완벽한 음반을 위해 원하는 만큼 시간을 쓸 수 있다. 발리는 새로 나온 8트랙 녹음 장비를 이용해 작업해보고 싶어서 좀이 쑤셨지만—그리고 사람들은 이미 더 큰 16트랙 장비에 대해 말하고 있었다—오늘날의 복잡한 음악을 만들려면 더 시간이 오래 걸렸다. 스튜디오 임대료는 비쌌고 뮤지션들은 가끔 시간에 쫓겨 조급했다. 데이브는 자기가 해결책을 찾아냈다고 믿었다.

운전을 하는 동안 머릿속에 떠오른 선율을 흥얼거려보았다. "우린 모두 데이지 팜으로 갈 거야." 그는 웃었다. 어쩌면 노래로 만들 수도 있었다. '데이지 팜 레드'는 멋진 제목이 될 터였다. 그것은 여자일 수도, 색깔일 수도, 마리화나의 일종이 될 수도 있었다. 그는 노래했다. "우린 모두 데이지 팜 레드를 보러 갈 거야. 포도나무에 열매가 맺히는 곳."

그는 밖에 차를 세웠다. 발리의 집은 헤이트-애시베리였다. 늘 그렇듯 현관문은 열려 있었다. 1층 거실은 비었지만 전날 저녁의 잔해들로 지저분했다. 피자 박스, 지저분한 커피잔, 가득찬 재떨이, 그리고 빈 맥주병까지.

데이브는 발리가 깨어 있지 않아서 실망했다. 데이지 팜에 관해 말하고 싶어 좀이 쑤셨다. 그는 발리를 깨우기로 마음먹었다.

위층으로 올라갔다. 집은 조용했다. 발리가 일찍 일어나 집을 치우지 않고 나갔을지도 몰랐다.

침실은 닫혀 있었다. 데이브는 문을 두드리고 열었다. 걸어들어가며 노래를 불렀다. "우린 모두 데이지 팜으로 갈 거야." 그러다 우뚝 멈춰 섰다.

발리가 몸을 반쯤 일으킨 채 침대에 있었다. 놀란 기색이 역력했다.

매트리스 위 그의 곁에는 비프가 있었다.

순간 데이브는 너무 놀라 할말을 잃었다.

발리가 말했다. "어, 왔구나……"

데이브는 속이 뒤집히는 느낌이었다. 너무 빨리 떨어지는 엘리베이터에 탄 것처럼. 무시무시한 무중력상태의 감각이 고통스러웠다. 비프가 발리와 침대에 있고, 데이브의 발아래는 바닥이 없었다. 바보처럼 그가 말했다. "이게 도대체 뭐야?"

"아무것도 아니야……"

충격은 분노로 변했다. "무슨 소리야, 그게? 너 내 약혼녀랑 침대에 있잖아! 어떻게 그게 아무것도 아닐 수 있어?"

비프가 똑바로 앉았다. 머리는 헝클어진 채였다. 시트가 가슴에서 흘러내렸다. "데이브, 설명할 기회를 줘." 그녀가 말했다.

"좋아, 설명해봐." 데이브는 팔짱을 끼며 말했다.

그녀가 일어섰다. 벌거벗은 모습이었고, 그 몸의 완벽한 아름다움은 데이브로 하여금 주먹으로 얼굴을 얻어맞는 힘과 충격으로 그녀를 잃었다는 사실을 절실히 깨우쳐주었다. 그는 울고 싶었다.

비프가 말했다. "우리 모두 커피라도 마시면서—"

"커피 안 마셔." 데이브는 눈물이 흘러 창피해지는 일이 없도록 매몰차게 말했다. "그냥 설명해."

"옷도 하나 못 입었잖아!"

"그건 네가 약혼자의 가장 가까운 친구랑 그 짓을 하고 있었기 때문이지." 데이브는 분노에 찬 말이 그의 고통을 감춰준다는 것을 알았다. "설명하겠다며. 난 아직 기다리고 있어."

비프는 눈앞을 가리는 머리칼을 쓸어넘겼다. "있지, 질투는 시대에 뒤떨어진 거야, 알겠어?"

"그게 무슨 말이야?"

"난 널 사랑하고 너랑 결혼하고 싶어. 하지만 난 발리도 좋아하고 같이 자는 것도 좋아. 사랑은 자유잖아, 안 그래? 그런데 왜 거짓말을 해야 해?"

"그게 다야?" 데이브는 믿을 수 없다는 듯 말했다. "그게 설명이야?"

발리가 말했다. "진정해, 난 아직 약기운이 좀 남은 것 같은데."

"너희 둘 어제 LSD 했어? 그래서 이렇게 된 거야?" 데이브는 한줄기 희망을 느꼈다. 두 사람이 한 번만 그런 거라면……

"비프는 널 사랑해. 네가 없는 동안 그냥 나랑 시간을 보낸 거야, 알겠어?"

희망은 꺾였다. 한 번만이 아니었다. 내내 그래온 것이었다.

발리는 일어나 청바지를 입었다. "밤에는 발이 점점 커져." 그가 말했다. "이상하지."

데이브는 약에 취해 하는 소리를 무시했다. "미안하다고도 안 했어. 두 사람 다!"

"우린 안 미안해." 발리가 말했다. "하고 싶었고, 그래서 한 거야. 그렇다고 바뀌는 건 아무것도 없어. 더는 누구도 정조를 지킬 필요가 없어. 〈올 유 니드 이스 러브〉. 너 그 노래 이해 못해?" 그는 집중하는 표정으로 데이브를 바라보았다. "너한테서 오라가 느껴지는 거 알아? 후광 같은 거. 전에는 전혀 몰랐네. 파란색 같아."

데이브도 LSD를 먹어본 경험이 있고, 지금 발리는 제정신을 기대할 수 없는 상태라는 걸 알았다. 그는 취했다가 이제 정신을 차리는 듯한 비프에게 고개를 돌렸다. "넌 미안해?"

"우리가 한 짓이 잘못됐다고 믿지 않아. 그런 사고방식은 무시할 수 있을 정도로 난 성장했어."

"그러니까 다시 하겠다는 거야?"

"데이브, 우리 관계를 깨지 마."

"깨질 게 뭐 있어?" 데이브는 거칠게 말했다. "우리 사이에는 관계가 없어. 넌 원하면 아무하고나 자잖아. 그렇게 살고 싶으면 살아. 하지만 그건 결혼이 아니야."

"그런 구닥다리 사고는 버려야 해."

"이 집에서 나가야겠어." 데이브의 분노는 슬픔으로 바뀌고 있었다. 그는 비프를 잃었다는 걸 깨달았다. 마약과 자유연애에, 그의 음악의 도움을 받아 생겨난 히피 문화에 그녀를 잃었다. "너에게서 달아나야겠어." 그는 돌아섰다.

"가지 마." 그녀는 말했다. "제발."

데이브는 밖으로 나갔다.

그는 계단을 뛰어내려가 집밖으로 나갔다. 차에 올라타 굉음을 울리며 달렸다. 애시베리 가를 비틀대며 건너는 긴 머리 소년을 칠 뻔했다. 아직 오후인데 소년은 정신이 나간 모습으로 멍하니 웃고 있었다. 히피들 따위 될 대로 되라지. 데이브는 생각했다. 특히 발리와 비프는. 두 사람 다 두 번 다시 보고 싶지 않았다.

플럼 넬리는 끝났다는 걸 그는 깨달았다. 그와 발리는 그룹의 핵심이었고, 그들이 싸웠으니 이제 그룹은 없었다. 그러라지. 데이브는 생각했다. 그는 오늘 혼자만의 활동을 시작할 터였다.

공중전화가 보여 차를 세웠다. 글러브박스를 열고 넣어두었던 여러 개의 동전을 꺼냈다. 그는 모티의 사무실로 전화를 걸었다.

모티가 말했다. "여, 데이브, 부동산업자랑 벌써 이야기했어요. 내가 오만 불러서 오만오천에 합의를 봤죠. 어때요?"

"끝내주는 소식이네요, 모티." 데이브가 말했다. 혼자만의 작업을 위해서도 녹음 스튜디오는 필요할 것이다. "저, 그 TV프로듀서 이름이 뭐랬죠?"

"찰리 래클로. 하지만 그룹이 깨질까봐 걱정하는 거 아니었어요?"

"갑자기 별로 걱정이 안 되네요." 데이브가 말했다. "미팅 좀 잡아주세요."

*

3월이 되었을 때 조지와 미국의 미래는 암울해 보였다.

3월 12일 화요일 조지는 보비 케네디와 함께 뉴욕에 있었다. 민주당의 라이벌 유망주들이 처음으로 주요한 대결을 벌이는 뉴햄프셔 예비선거일이었다. 보비는 상류층이 선호하는 52번가의 '21' 레스토랑에서 오랜 친구들과 늦은 저녁을 먹고 있었다. 보비가 위층에 있는 동안 조지는 다른 보좌관들과 아래층에 있었다.

조지는 그만두지 않았다. 보비는 대통령 선거에 출마하지 않겠다고 선언한 뒤 해방된 것 같았다. 구정 대공세 이후 조지는 공개적으로 존슨 대통령을 공격하는 연설문을 썼고, 처음으로 보비는 내용을 직접 검열하지 않고 반짝이는 문장을 모두 사용했다. "엄청난 자원과 가장 현대적인 무기가 뒷받침하는 오십만 명에 달하는 미군 병사와 칠십만 명이나 되는 베트남의 동맹군은, 전력이라고는 이십오만밖에 되지 않는 적의 공격으로부터 도시 하나 안전하게 확보하지 못하고 있습니다!"

보비가 다시 공격에 나서는 듯했던 그때, 존슨 대통령에 대한 조지의 환멸은 완전해졌다. 길고 뜨거웠던 1967년 여름 동안 벌어진 인종갈등의 원인을 조사하고자 구성된 커너 위원회에 대한 대통령의 반응이 원인이었다. 위원회의 보고서는 인정사정없었다. 폭동의 원인이 백인들의 차별주의였다고 밝혔다. 정부와 언론, 경찰을 신랄하게 비판했고 주택, 일자리, 차별에 대해 근본적인 대책을 요구했다. 보고서는 페이퍼백으로 출간되어 이백만 부나 팔려나갔다. 하지만 존슨은 보고서를 싹 거부해버렸다. 1964년의 공민권법과 1965년의 투표권리법—흑인 발전의 초석이 되었다—을 위해 영웅적으로 앞서 싸웠던 그가 싸움을 포기한 것이다.

선거에 나가지 않기로 결정한 보비는 자신이 옳은 일을 했는지, 아니면 자기 좋을 대로 한 건지 계속 고민했다. 그 문제를 놓고 오랜 친구들과 가장 편한 지인들, 가장 가까운 조언자들—조지를 포함해서—그리고 신문기자들과 이야기했다. 그가 마음을 바꾸었다는 소문이 돌기 시작했다. 조지는 보비의 입으로 직접 듣기 전까지는 믿지 않기로 했다.

예비선거는 같은 당에서 대통령 후보가 되기를 원하는 사람들끼리 지역을 돌며 벌이는 경합이었다. 민주당의 첫 예비선거는 뉴햄프셔에서 열렸다. 진 매카시는 젊은이들의 희망이었지만 여론조사 결과는 좋지 않았고, 재선에 도전하고 싶어하는 존슨 대통령보다 한참 뒤처지고 있었다. 매카시는 자금도 별로 없었다. 만 명의 열정적인 청년 자원봉사자들이 유세를 도우러 뉴햄프셔에 도착했지만, 조지와 '21'의 테이블에 둘러앉은 다른 보좌관들은 오늘밤 엄청난 차이로 존슨이 이기리라는 데 자신이 있었다.

조지는 11월 대통령 선거를 두려운 마음으로 기다리고 있었다. 공화당에서는 앞서가던 중도파 조지 롬니가 경쟁에서 밀려나며 신뢰할 수 없는 보수파 리처드 닉슨에게 독무대를 열어주었다. 그래서 대통령 선거는 전쟁을 지지하는 존슨과 닉슨의 싸움이 거의 확실시되고 있었다.

우울한 식사가 끝나갈 무렵 조지는 뉴햄프셔의 결과를 입수한 직원에게 걸려온 전화를 받으러 갔다.

모두가 틀렸다. 전혀 예상치 못했던 결과였다. 매카시는 42퍼센트를 득표해 49퍼센트를 차지한 존슨에게 깜짝 놀랄 정도로 선전했다.

조지는 결국 존슨이 질 수도 있다는 걸 깨달았다.

그는 서둘러 위층으로 올라가 보비에게 소식을 전했다.

보비의 반응은 침울했다. "너무 높잖아!" 그가 말했다. "이제 내가 어떻게 매카시를 털어낼 수 있지?"

그 순간, 조지는 결국 보비가 선거에 나설 것임을 알아차렸다.

*

발리와 비프는 방해하기 위해 보비 케네디의 유세 집회에 참가했다.

두 사람 모두 보비에게 화가 났다. 그는 몇 달 동안 대통령 후보 선언을 거부해왔다. 이길 수 있다고 생각하지 않았던데다가—그들이 믿기에는—시도해볼 용기가 없었다. 그래서 진 매카시가 자신의 목을 내걸었고 잘해내서 이제 존슨 대통령을 물리칠 진짜 기회를 잡았다.

그러자 상황이 달라졌다. 보비 케네디가 후보 선언을 하며 매카시의 지지자들이 이룩한 모든 결과를 부당하게 이용하고 승리를 가로채기 위해 발을 내디뎠다. 그들은 보비가 냉소적인 기회주의자라고 생각했다.

발리는 경멸했고 비프는 불같이 화를 냈다. 발리의 반응은 온건한 편이었는데, 개인적인 도덕성 이면의 정치적 현실을 봤기 때문이었다. 매카시의 지지 기반은 대부분 학생과 지식인이었다. 그를 따르는 젊은이들을 불러모아 선거 유세 지원군으로 탈바꿈시킨 것, 그들을 이용해 아무도 기대하지 못했던 폭발적인 성공을 거둔 것은 빛나는 업적이었다. 하지만 그 자원자들로 백악관까지 충분히 도달할 수 있을까? 발리는 어린 시절 내내 부모님이 이런 종류의 판단을 내리며 선거에 관해 대화하는 것을 들어왔다. 동독의 가짜 선거가 아닌 서독과 프랑스, 그리고 미국의 선거가 대상이었다.

보비는 지지층이 더 넓었다. 그는 그가 자기편이라고 믿는 흑인들과 아일랜드인, 폴란드인, 이탈리아인, 라틴아메리카계 등 거대한 가톨릭 노동자층을 끌어당겼다. 발리는 보비의 도덕적인 천박함이 무척 싫었지만 존슨 대통령에게 이길 수 있는 가능성은 보비가 더 높다고 인정—비록 비프를 화나게 했지만—해야 했다.

그럼에도 두 사람은 오늘밤 해야 할 옳은 일은 보비 케네디에게 야유를 보내는 것이라는 데 동의했다.

청중 가운데 그들 같은 사람이 많았다. 머리가 길고 수염을 기른 젊은 남자들과 맨발의 여자 히피들이었다. 발리는 그중 얼마나 많은 수가 야유를 보내려고 왔는지 궁금했다. 다양한 연령의 흑인들도 보였는데, 젊은이들은 요새 '아프로'라 부르는 머리 모양을 했고 부모 세대는 형형색색의 드레스와 교회에 갈 때 입는 깔끔한 양복 차림이었다. 보비의 폭넓은 호소력을 보여주는 소수지만 탄탄한 중년의 백인 중산층은 쌀쌀한 샌프란시스코의 봄 날씨에 치노팬츠에 스웨터 차림이었다.

발리는 자기 정체를 감추려고 긴 머리를 천 모자 안으로 밀어넣고 선글라스를 꼈다.

무대는 놀라울 정도로 비어 있었다. 발리는 텔레비전 속 다른 선거 유세장에서 본 것과 같은 깃발과 리본, 포스터, 후보자의 거대한 사진 등을 기대했다. 보비는 텅 빈 무대에 연설용 탁자와 마이크만 준비했다. 다른 후보였다면 그런 모습은 돈이 떨어졌다는 신호겠지만, 보비가 케네디 가의 재산에 얼마든지 손댈 수 있다는 사실은 모두가 알았다. 그렇다면 무슨 뜻일까? 발리에게는 이런 뜻이었다. "진짜야, 이게 진정한 나라고." 재밌군. 그는 생각했다.

지금 당장 연단에는 지역 민주당 인사가 나와서 엄청난 스타를 보러 몰려온 사람들의 몸을 풀어주고 있었다. 쇼 비즈니스와 많이 닮았군. 발리는 생각했다. 청중은 웃고 박수치는 일에 익숙해지는 동시에 그들이 보러 온 상황이 시작되기를 더 간절히 바라게 된다. 같은 이유로 플럼 넬리의 콘서트에는 인기가 덜한 그룹이 함께 출연해 도움을 주었다.

그러나 플럼 넬리는 더이상 존재하지 않았다. 지금쯤이면 그룹은 크리스마스에 내놓을 새 앨범 작업을 하고 있고, 발리는 몇 곡을 데이브에게 들려주고 싶은 단계까지 만들어두었어야 했다. 그럼 데이브는 연결 부분을 작곡하든, 코드를 바꾸든, 또는 "좋아, 이 곡은 〈솔 키스〉라고 하자"라고 말할 것이다. 하지만 데이브는 눈앞에서 사라졌다.

데이브는 비프의 어머니에게 차갑지만 공손한 편지를 보내 그를 집에 머물게 해줘 고맙다고, 직원을 보낼 테니 챙겨올 수 있도록 그의 옷가지를 싸달라고 부탁했다. 발리는 런던에 있는 데이지와 통화해 데이브가 나파 밸리에 있는 농장을 새로 고쳐 녹음 스튜디오로 만들 계획이라는 것을 알았다. 또 재스퍼 머리는 발리에게 전화를 걸어와 데이브가 그룹 없이 특별한 텔레비전 프로그램을 제작하고 있다는 소문이 맞는지 확인하려고 애썼다.

데이브는 요즘 히피들의 사고방식으로 보면 상당히 시대에 뒤떨어진 구시대적 질투로 괴로워하고 있었다. 그는 사람은 속박당할 수 없으며 원하는 누구와도 잘 수 있어야 한다는 것을 깨달을 필요가 있었다. 발리는 그렇게 단단히 믿고 있으면서도 죄책감이 드는 것은 어쩔 수 없었다. 그와 데이브는 친했고 서로 좋아하며 믿었고 레퍼반부터 함께 뭉쳐 여기까지 왔다. 발리는 친구에게 상처를 줘서 슬펐다.

비프가 발리에게 인생의 사랑은 아닌 것 같았다. 그녀를 무척 좋아했지만—그녀는 아름답고 재미있고 침대에서 끝내줬고, 둘은 많은 부러움을 사는 한 쌍이었다—그녀가 세상의 유일한 여자는 아니었다. 발리는 그룹이 깨질 걸 알았다면 그녀와 자지 않았을지도 몰랐다. 그러나 결과에 대해서 생각하지 못했다. 결과를 생각하는 대신, 다들 그래야 하는 것처럼 그 순간을 위해 살았다. 약에 취했을 때는 특히 그런 경솔한 충동에 항복하기 쉬웠다.

비프는 데이브에게 버림받은 일로 여전히 동요하고 있었다. 어쩌면 그래서 그녀는 발리와 있으면 편안한 건지도 몰랐다. 그녀는 데이브를 잃었고, 그는 카롤린을 잃었기 때문이다.

이리저리 떠돌아다니던 발리의 생각은 보비 케네디가 소개되는 순간 퍼뜩 현재로 돌아왔다.

보비는 발리가 생각했던 것보다 몸집이 작았고 자신감도 덜해 보였다. 그는 강연대로 향하면서 반쯤 웃는 얼굴로 손을 흔들어 보였는데 거의 수줍어하는 기색이었다. 양복 재킷 주머니에 손을 넣은 그의 모습을 보며 발리는 케네디 대통령이 꼭 그랬다는 것을 떠올렸다.

관객 가운데 몇몇 사람이 즉시 팻말을 들었다. 발리는 키스해줘요 보비, 보비는 근사해라고 쓴 팻말을 보았다. 비프는 바짓가랑이에서 말아 두었던 종이를 꺼내 발리와 함께 펼쳐 들었다. 간단하게 배신자라고 적혀 있었다.

보비는 안주머니에서 꺼낸 작은 메모용 카드 한 묶음을 참조해 연설을 시작했다. "사과부터 드리면서 시작하겠습니다." 그가 말했다. "저는 베트남에 대한 수많은 초기 의사결정에 관련되어 있습니다. 우리가 현재 나아가고 있는 길을 정한 결정들이었습니다."

비프가 소리를 질렀다. "빌어먹을 지당한 말씀!" 그러자 주변 사람들이 웃었다.

보비는 기복 없는 보스턴 악센트로 말을 이었다. "제가 책임져야 할 몫은 책임지겠습니다. 하지만 과거의 실수가 그것을 영구히 유지하는 핑계는 될 수 없습니다. 비극은 지혜를 얻기 위한 삶의 도구가 됩니다. '사람은 누구나 실수를 한다'고 고대 그리스의 소포클레스는 말했습니다. '그러나 훌륭한 사람은 자기가 가는 길이 틀린 것을 알았을 때 인정하고 잘못을 바로잡는다. 유일한 죄악은 자만이다.'"

청중은 흡족해 박수를 쳤다. 박수가 이어지는 동안 보비는 노트를 내려다봤고, 발리는 그가 극적인 실수를 하고 있다는 것을 알았다. 지금은 서로 교감하는 순간이어야 했다. 관객은 그들의 스타가 그들을 보고 그들이 보내는 찬사를 알아주기를 원했다. 보비는 그들 때문에 쑥스러운 모양이었다. 이런 식의 정치 유세가 그에게는 쉽지 않겠군. 발리는 깨달았다.

보비는 베트남을 주제로 계속 말을 이어갔지만, 고백으로 시작한 처음의 성공에도 불구하고 잘해내지 못했다. 그는 머뭇거리고 더듬고 한 말을 또 했다. 가만히 서 있는 모습이 마치 나무토막 같았는데, 몸을 움직이거나 손으로 제스처를 취하기를 꺼리는 눈치였다.

장내에서 반대자 몇 명이 야유를 보냈지만 발리와 비프는 가세하지 않았다. 그럴 필요가 없었다. 그들의 도움 없이도 보비는 스스로를 죽이고 있었다.

조용한 한순간 한 아이가 울음을 터뜨렸다. 발리는 시야 한구석에서 여자 한 명이 일어나 출입구로 움직이는 모습을 보았다. 보비는 하던 연설을 멈추고 말했다. "제발 나가지 마세요, 부인!"

청중은 킥킥거렸다. 여자는 통로에서 뒤돌아 무대 위 보비를 바라보았다.

그가 말했다. "저는 아이 우는 소리에 익숙하거든요."

사람들은 그 말에 웃었다. 그에게 아이가 열 명이 있다는 건 누구나 알았다.

"또, 만일 나가시면 제가 무자비하게 어머니와 아기를 장내에서 내쫓았다고 신문에서 떠들어댈 겁니다."

사람들은 그 말에 환호했다. 많은 젊은이가 편견에 차 시위를 보도하는 언론을 질색했다.

여자는 웃더니 자리로 돌아갔다.

보비는 노트를 내려다보았다. 잠시 그는 따뜻한 인간으로 다가왔었다. 그 순간 청중을 돌려놓을 수도 있었다. 하지만 그는 준비한 연설로 되돌아가며 다시 그들을 잃고 있었다. 발리는 그가 기회를 잃었다고 생각했다.

그 순간 보비도 같은 것을 깨달은 듯했다. 그는 다시 고개를 들더니 말했다. “여기 춥군요. 춥습니까, 여러분?”

사람들은 우레 같은 소리로 동의했다.

“손뼉을 쳐보세요.” 그가 말했다. “어서요. 그러면 몸이 더워질 겁니다.” 그는 손뼉을 치기 시작했고 사람들은 웃으며 따라 했다.

잠시 후 그는 손뼉 치기를 멈추고 말했다. “이제 좀 낫군요. 그런가요?” 그러자 사람들은 다시 소리치며 동의했다.

“품위에 대해서 얘기하고 싶습니다.” 그가 말했다. 그는 다시 연설로 돌아갔지만 이제 카드는 들여다보지 않았다. “어떤 사람들은 긴 머리가, 맨발이, 공원에서 껴안고 뒹구는 것이 꼴사납다고 합니다. 제 생각을 말씀드리죠.” 그는 목소리를 높였다. “빈곤이 꼴사나운 겁니다!” 청중이 소리지르며 동조했다. “배우지 못하는 것이 꼴사나운 겁니다!” 사람들은 다시 박수를 쳤다. “그리고 바로 여기 캘리포니아에서 말하건대, 한 남자가 들판에서 몸을 던지며 일해도 아들을 대학에 보낼 희망이 없다는 것이 꼴사나운 겁니다.”

보비가 스스로 하는 말을 믿지 않는다고 의심할 수 있는 사람은 아무도 없었다. 그는 카드는 치워버렸다. 그는 열정적으로 변해 양팔을 흔들고 어딘가를 가리키고 강연대를 주먹으로 두드렸다. 그리고 청중은 그 감정의 힘에 응답해 강렬한 문장이 등장할 때마다 환호를 보냈다. 발리는 사람들의 얼굴에서 그가 무대에 있을 때와 같은 표정을 찾아볼 수 있었다. 기쁨에 벅차 눈을 크게 뜨고 입을 벌린 채 연단을 바라보는 젊은 남녀의 얼굴은 사랑으로 빛났다.

진 매카시를 그런 식으로 본 사람은 아무도 없었다.

어느새 발리는 그와 비프가 배신자 팻말을 조용히 내려놓았다는 것을 알아차렸다.

보비는 빈곤에 대해 말하고 있었다. "미시시피 주의 삼각주에서 저는 기아로 배가 부풀고 얼굴이 부르튼 아이들을 봤습니다." 그는 목소리를 높였다. "그건 받아들일 수 없다고 생각합니다!

인디언들은 미래에 대한 희망도 거의 없이, 십대 청소년 사망 원인 가운데 자살이 가장 많은 상태로 아무것도 없이 변변찮은 보호구역에서 살아가고 있습니다. 저는 우리가 더 잘할 수 있다고 믿습니다!

흑인 빈민가의 주민들은 평등과 정의에 대한 점점 더 커져가는 약속을 듣고 있지만 여전히 변함없이 썩어가는 학교에 앉아, 냄새나는 방에 옹송그린 채 쥐들을 쫓아내며 살고 있습니다. 저는 미국이 그것보다는 더 잘할 수 있다고 확신합니다!"

클라이맥스로 몰아가고 있군. 발리는 알 수 있었다. "저는 앞으로 몇 달 동안 여러분의 도움을 요청하고자 여기 왔습니다." 보비가 말했다. "여러분도 저처럼 빈곤이 꼴사납다고 믿으신다면 절 지지해주십시오."

사람들은 그러겠다며 소리를 질렀다.

"여러분도 우리나라 아이들이 굶주리는 걸 받아들일 수 없다고 생각한다면 제 유세를 위해 일해주십시오."

사람들은 다시 만세를 외쳤다.

"여러분도 저처럼 미국이 더 잘할 수 있다고 믿습니까?"

사람들은 포효하며 동의했다.

"그럼 저와 함께해주십시오. 그러면 미국은 반드시 더 잘해낼 겁니다!"

그는 강연대에서 뒤로 물러났고 청중은 미쳐 날뛰었다.

발리는 비프를 바라보았다. 그녀도 그와 같은 느낌이라는 걸 알 수 있었다. "이 사람이 이길 거야, 안 그래?" 발리가 말했다.

"그래." 비프가 말했다. "이 사람이 백악관까지 쭉 가겠어."

*

보비는 열흘에 걸친 유세 여행으로 열세 개 주를 돌았다. 마지막날 일정을 마치고 그는 수행원들과 함께 피닉스에서 뉴욕으로 가는 비행기에 올랐다. 그때쯤부터 조지는 보비가 대통령이 될 거라고 확신했다.

대중의 반응은 압도적이었다. 공항마다 수천 명이 몰려와 보비를 맞았다. 그의 자동차 행렬을 보려고 몰려든 군중이 거리를 메웠다. 보비는 늘 무개차의 뒷자리에 서서 움직였고 조지와 다른 일행은 바닥에 앉아 사람들이 끌어내릴 수 없도록 그의 다리를 붙잡고 있어야 했다. 아이들은 떼지어 차와 함께 달리며 외쳤다. "보비!" 차가 멈추기만 하면 사람들은 그를 향해 몰려들었다. 그들은 그의 커프스버튼과 넥타이핀, 양복 단추를 뜯어갔다.

비행기에서 보비는 좌석에 앉아 주머니를 비웠다. 색종이 조각 같은 종이가 눈보라처럼 쏟아졌다. 조지는 카펫에 떨어진 종잇조각 몇 개를 주웠다. 사람들이 깔끔하게 내용을 적고 조심조심 작게 접어 보비의 주머니에 쑤셔넣은 수십 개의 메모였다. 그들은 대학 졸업식에 와달라거나 시립병원의 아픈 아이들을 방문해달라고 간절히 부탁했고, 교외의 집집마다 그를 위해 기도하고 있다고, 시골의 교회마다 그를 위해 촛불을 밝히고 있다고 말했다.

보비는 늘 하던 버릇대로 코트를 벗고 소매를 걷었다. 조지가 그의 팔을 본 것은 그때였다. 보비는 팔에 털이 무성했지만 조지를 놀라게 한 것은 그것이 아니었다. 그의 손이 부풀어올랐고 피부는 다친 것처럼 벌겋게 이리저리 긁혀 있었다. 몰려든 사람들이 그를 만지다 그 지경이 되었음을 조지는 깨달았다. 다들 그를 다치게 할 의도는 없었지만 그를 너무 사랑한 나머지 피를 보게 한 것이다.

사람들은 그들이 필요로 하는 영웅을 찾아냈지만, 보비 역시 스스로를 발견했다. 그것이 조지를 비롯한 보좌관들이 이번 유세를 '자유로다, 마침내' 순회유세라 부른 이유였다. 보비는 자기만의 스타일을 발견했다. 그는 새로운 버전의 케네디 카리스마였다. 그의 형은 매력적이지만 조심스럽고 침착하고 은밀했다. 1963년에 알맞은 태도였다. 보비는 더 개방적이었다. 가장 컨디션이 좋을 때 그는 청중에게 자신의 영혼을 털어놓는 듯한, 스스로 올바른 일을 하고 싶지만 늘 무엇이 옳은지 확신하지 못하는 결점 많은 인간임을 고백하는 듯한 느낌을 주었다. 1968년의 표어는 "모든 것을 털어놓자"였다. 보비는 그렇게 하면서 편안해했고 사람들은 그런 그를 무척 좋아했다.

비행기에 타고 뉴욕으로 돌아가는 승객 절반은 기자였다. 열흘 동안 그들은 기뻐 날뛰는 군중을 사진과 영상에 담았고, 새롭게 다시 태어난 보비 케네디가 어떻게 유권자들의 마음을 사로잡았는지 기사를 썼다. 민주당 실세들은 보비의 젊은 자유주의를 좋아하지 않을 수는 있을지언정 그가 인기를 끄는 현상은 무시할 수 없을 터였다. 미국의 국민들이 소리 높여 보비를 요구하는 판에 어떻게 나 몰라라 린든 존슨을 선택해 재선에 나서도록 하겠는가? 또한 전쟁을 지지하는 다른 후보—말하자면 휴버트 험프리 부통령이나 머스키 상원의원 같은—를 내세운다면 그는 보비의 지지율은 까먹지 못하고 존슨의 표만 고스란히 가져갈 것이다. 조지는 보비가 경선에서 실패할 가능성은 어떻게 봐도 없는 것 같았다.

보비는 공화당 후보도 물리칠 것이다. 상대는 이미 케네디 가의 아들에게 패배한 적 있는 '교활한' 딕 닉슨이 거의 확실했다.

백악관으로 가는 길에 장애물은 없어 보였다.

비행기가 뉴욕의 존 F. 케네디 공항에 다가가면서 조지는 보비의 상대라면 그를 막기 위해 무슨 짓을 하려 들까 궁금했다. 존슨 대통령은 오늘 저녁 비행기가 아직 공중에 떠 있을 때 전국에 텔레비전 연설을 하기로 되어 있었다. 조지는 존슨이 무슨 말을 할지 기다려졌다. 무슨 말을 한다고 해도 달라질 것은 없을 것 같았다.

"틀림없이 감개무량하시겠군요." 기자 한 명이 보비에게 말했다. "형의 이름을 딴 공항에 내려앉는 것 말입니다."

과감한 대답을 유도해 기삿거리를 건져보려는 몰인정하고 주제넘는 질문이었다. 그러나 보비는 이런 일에 익숙했다. 그는 간단히 대답했다. "난 지금도 이 공항이 아이들와이드*였으면 좋겠소."

비행기는 활주로를 따라 게이트로 움직였다. 안전벨트 표시등이 꺼지기도 전에 낯익은 사람이 비행기에 올라타 시트 사이 통로로 보비를 향해 달려왔다. 민주당 뉴욕 주 지구당 위원장이었다. 그가 보비에게 다 오기도 전에 소리쳤다. "대통령이 안 나온답니다! 대통령이 안 나오겠대요!"

보비가 말했다. "다시 말해봐요."

"대통령이 출마하지 않겠답니다!"

"농담이겠지."

조지는 멍해졌다. 케네디 형제를 증오했던 린든 존슨이 민주당 후보 자리를 따내지 못할 것을 깨달은 것이다. 조지가 생각할 수 있는 모든 이유 때문임은 의심할 것도 없었다. 하지만 존슨은 전쟁을 지지하는 다른 민주당원이 보비에게 승리하기를 희망했다. 그렇다면 보비의 대통

* 존 F. 케네디 공항의 옛 이름.

령 출마를 방해할 방법은 자신이 스스로 경쟁에서 물러나는 길뿐이라
고 판단한 것이다.

이제 모든 것은 원점으로 돌아갔다.

42장

데이브 윌리엄스는 누나가 뭔가 꾸미고 있다는 걸 알았다.

그는 그의 텔레비전 쇼 〈데이브 윌리엄스와 친구들〉의 파일럿 프로그램을 만들고 있었다. 처음 제안을 받았을 때는 가볍게 생각했다. 플럼 넬리의 성공의 물살에 생겨난 불필요한 첨가물 같았다. 이제 그룹은 깨졌고 데이브는 쇼가 필요했다. 이건 혼자 만들어나가는 경력의 시작이었다. 재미있어야 했다.

프로듀서는 데이브의 영화 스타 누나를 게스트로 초대하자고 제안했다. 에비는 그 어느 때보다 인기가 높았다. 최근 작품인 흑인 변호사를 고용한 속물 여자에 대한 코미디 영화가 어마어마한 히트를 쳤다.

에비는 영화에 함께 출연한 퍼시 마퀀드와 듀엣으로 노래를 부르겠다는 제안을 했다. 프로듀서인 찰리 래클로는 그 아이디어를 무척 좋아했지만 선곡을 걱정했다. 찰리는 키가 작고 공격적인 남자로 목소리가 귀에 거슬렸다. "코믹한 노래여야 해요." 그가 말했다. "〈진정한 사랑〉이나 〈베이비, 밖은 추워〉는 못 불러요."

"말이야 쉽죠." 데이브가 말했다. "듀엣 노래는 대개 로맨틱하다고요."

찰리는 고개를 흔들었다. "안 돼요. 이건 텔레비전이에요. 백인 여성과 흑인 남성의 섹스라면 암시만 해도 안 돼요."

"〈당신이 할 수 있다면, 난 더 잘할 수 있어〉를 부를 수도 있어요. 그거 웃긴 노래인데."

"안 돼요. 사람들은 공민권 얘기라고 생각할 거예요."

찰리 래클로는 똑똑했지만 데이브는 그가 마음에 들지 않았다. 그를 좋아하는 사람은 아무도 없었다. 그는 성질 더러운 골목대장이었고 이따금 환심을 사려고 보이는 태도는 그의 인상을 더 망쳐놓았다.

데이브는 시도해보았다. "〈앵무새〉는 어때요?"

찰리는 잠시 생각했다. "'만일 저 앵무새가 노래하지 않는다면, 그는 내게 다이아몬드 반지를 사줄 거야.'" 그가 노래를 불러보더니 멈추고 말했다. "이거면 되겠네요."

"당연하죠." 데이브가 말했다. "원곡을 녹음한 건 남매 듀엣인 이네스 폭스와 찰리 폭스예요. 근친상간이 떠오른다는 사람은 없겠죠."

"좋아요."

데이브는 에비와 미국 텔레비전 시청자들의 민감성에 대해 논의하고 선곡에 대해 설명한 뒤 동의를 얻었다. 그런데 그녀의 눈에서 데이브가 너무 잘 아는 반짝임이 보였다. 그것은 문제를 뜻했다. 학교 연극 〈햄릿〉에서 그녀가 알몸으로 오필리어 역할을 하기 직전의 눈빛이었다.

그들은 데이브와 비프가 헤어진 일도 이야기했다. "다들 오래가지 않는 십대의 평범한 불장난이었던 것처럼 반응해." 그는 불평했다. "하지만 나는 십대가 끝나기 한참 전에 십대의 불장난은 그만뒀다고. 여자들과 놀아나는 걸 좋아했던 적도 결코 없고. 난 비프에게 진지했다고. 아이들을 원했어."

"네가 비프보다 빨리 철이 든 거야." 에비가 말했다. "나는 행크 레밍턴보다 더 빨리 철이 들었고. 행크는 애나 머리에게 정착했어. 듣자 하니 더는 여자들과 놀아나지 않는다더라고. 어쩌면 비프도 그럴지 몰라."

"그리고 그러면 내겐 너무 늦겠지. 누나한테 너무 늦은 것처럼." 데이브는 씁쓸하게 말했다.

이제 오케스트라는 음정을 맞추는 중이고 에비는 화장을 했고 퍼시는 의상을 입었다. 그동안 연출자인 토니 피터슨이 데이브에게 시작 부분을 녹화하자고 했다.

쇼는 컬러로 제작했고 데이브는 버건디 벨벳 양복을 입었다. 그는 비프가 다시 그의 삶으로 걸어들어와 양팔을 벌리고 그를 껴안는 상상을 하며 카메라를 향해 따뜻하게 웃었다. "자, 여러분. 특별한 순서입니다. 히트한 영화 〈의뢰인과 나〉의 스타 두 분을 모두 모셨습니다. 퍼시 마퀀드, 그리고 제 친누나 에비 윌리엄스입니다!" 그는 박수를 쳤다. 스튜디오는 조용했지만 쇼가 방송되기 전 관객의 박수 소리를 따로 녹음해 입힐 것이다.

"웃는 거 아주 좋아요, 데이브." 토니가 말했다. "한번 더 합시다."

데이브는 세 번 반복했고 토니는 만족한다고 했다.

그때 찰리가 회색 양복을 입은 사십대 남자를 데리고 다가왔다. 데이브는 즉시 찰리의 알랑거리는 태도를 눈치챘다. "데이브, 우리 후원자를 소개하죠." 그가 말했다. "이분은 앨버트 워튼 씨. '내셔널 소프'의 대표시고 미국에서 손꼽히는 사업가시죠. 당신을 보려고 오하이오 주 클리블랜드에서 여기까지 먼길을 오셨어요. 정말 대단하지 않아요?"

"정말 그렇군요." 데이브가 말했다. 그가 공연할 때마다 사람들이 지구 반 바퀴를 날아서 찾아오기도 했지만 데이브는 늘 기쁜 모습을 보여주었다.

워튼이 말했다. "우리 아이 두 명이 십대예요. 아들 하나 딸 하나. 당신을 만났다고 하면 날 부러워할 겁니다."

데이브는 멋진 쇼를 만들기 위해 애써 집중하는 중이었고, 세탁용 세제 업계 거물과의 대화는 아무 필요도 없었다. 하지만 그는 이 남자에게 공손해야 한다는 사실을 깨달았다. "자제분들을 위해 사인을 두 장 해드려야겠군요." 그는 말했다.

"아이들이 신나서 정신을 못 차리겠네요."

찰리가 그의 뒤를 따라다니는 비서 프리처드 양에게 손가락을 튕겨 보였다. "제니, 자기야." 그는 그녀가 점잖은 마흔한 살의 여자임에도 그렇게 불렀다. "사무실에서 데이브의 사진 두 장 가져와요."

워튼은 전형적인 보수적인 사업가로 보였고 짧은 머리에 지루한 옷차림이었다. 그 모습이 데이브에게 질문을 하게 했다. "왜 제 쇼에 후원을 하게 되었나요, 워튼 씨?"

"우리의 주력 제품은 '폼'이라는 세제입니다." 워튼은 이야기를 시작했다.

"광고 봤어요." 데이브는 웃으며 말했다. "'폼으로 빨면 흰색보다 더 깨끗해져요!'"

워튼은 고개를 끄덕였다. 어쩌면 그를 만나는 사람은 누구나 광고를 흉내낼지도 모른다. "폼은 유명하고 신뢰를 받고, 무척 오래되었습니다." 그가 말했다. "그런 이유로 또한 약간 오래된 느낌을 주죠. 젊은 주부들은 말하곤 해요. '폼, 네. 저희 어머니가 늘 쓰셨죠.' 멋진 일이지만 그것대로 위험하기도 합니다."

데이브는 세제 한 상자가 사람이라도 되는 양 그 성격에 관한 이야기를 즐겁게 들었다. 하지만 워튼의 말에 유머나 풍자라고는 전혀 없었고, 데이브는 가볍게 받아들이고 싶은 충동을 억눌렀다. "그러니까 저는 폼이 젊고 근사하다는 걸 알리려고 여기 있는 거군요."

"바로 그겁니다." 워튼이 말했다. 그제야 그는 웃었다. "동시에 미국의 모든 가정에 팝음악 조금과 건전한 웃음을 배달하는 거죠."

데이브는 활짝 웃었다. "제가 롤링 스톤스가 아니라서 다행이네요!"

"정말 그렇습니다." 워튼은 더없이 진지하게 말했다.

제니가 가로세로 20센티미터가 조금 넘는 데이브의 컬러사진 두 장과 펠트펜을 가지고 돌아왔다.

데이브는 워튼에게 말했다. "아이들 이름이 뭐죠?"

"캐럴라인과 에드워드입니다."

데이브는 아이 한 명에게 한 장씩 사인을 했다.

토니 피터슨이 말했다. "〈앵무새〉 부분 준비하세요."

이번 노래를 위해 작은 무대가 꾸며졌다. 사치스러운 가게의 한쪽 구석인 듯 유리 장식장에 반짝거리는 보석류가 가득했다. 퍼시가 짙은 정장에 은색 넥타이 차림으로 매장 지배인처럼 걸어왔다. 에비는 모자를 쓰고 장갑을 끼고 핸드백을 든 돈 많은 쇼핑객이었다. 두 사람은 각각 카운터 양편에 서서 준비를 마쳤다. 두 사람의 관계가 육체적으로 보이지 않게 하느라 애를 먹었을 찰리를 생각하니 데이브는 웃음이 났다.

그들은 오케스트라와 리허설을 했다. 긍정적이고 유쾌한 노래였다. 퍼시의 바리톤과 에비의 콘트랄토가 멋지게 화음으로 어울렸다. 적절한 순간 퍼시는 카운터 아래쪽에서 새장에 든 새와 반지를 담은 쟁반을 꺼냈다. "이 부분에 녹음된 웃음소리를 좀 입혀서 관객에게 재미있으라고 넣은 대목임을 알려줄 겁니다." 찰리가 말했다.

실제로 카메라를 돌리고 찍었다. 첫 녹화는 완벽했지만 언제나 그렇듯 안전을 위해 한번 더 찍었다.

노래가 끝부분에 이르자 데이브는 기분이 좋았다. 이건 미국 시청자를 위한 이상적인 가족용 프로그램이야. 자신의 쇼가 성공하리라는 믿음이 생기기 시작했다.

노래의 마지막 마디에서 에비는 카운터 위로 몸을 기울이고 까치발로 서서 퍼시의 뺨에 키스했다.

"멋져요!" 토니가 세트로 걸어오며 말했다. "고마워요, 모두. 데이브가 다음 코너 소개를 찍을 수 있도록 준비하세요." 그는 쑥스러운 듯 서두르는 기색이 완연했고 데이브는 이유가 궁금했다.

에비와 퍼시는 세트에서 내려왔다.

데이브 곁에 있던 워튼 씨가 말했다. "우린 저 키스 장면 내보낼 수 없어요."

데이브가 뭐라고 대꾸하기도 전에 찰리 래클로가 아첨을 떨며 말했다. "당연히 안 되죠. 걱정 마세요, 워튼 씨. 뺄 수 있어요. 데이브가 박수치는 걸 편집해 넣든지 해서 말이죠."

데이브가 부드럽게 말했다. "제 생각에는 키스가 매력적이고 순수해 보였어요."

"그랬군요." 워튼은 엄격하게 말했다.

데이브는 이것이 문제가 될까봐 걱정스러웠다.

찰리가 말했다. "그만둬요, 데이브. 미국 텔레비전에서는 다른 인종 간 키스를 보여줄 수 없어요."

데이브는 놀랐다. 하지만 생각해보면 TV에 등장하는 몇 안 되는 흑인들의 몸에 백인들이 손을 대는 일은 거의 없다는 걸 깨달았다. "그게 무슨 방침 같은 건가요?" 그가 물었다.

"암묵적인 규칙에 더 가깝죠." 찰리가 말했다. "적혀 있지는 않지만 깨뜨릴 수 없는." 그는 단호하게 덧붙였다.

에비가 오가는 얘기를 듣더니 도전적으로 말했다. "이유가 뭐죠?"

데이브는 그녀의 얼굴에 드러난 표정을 보고 속으로 신음을 삼켰다. 에비는 절대 그냥 넘어가지 않을 것이다. 그녀는 싸움을 원했다.

하지만 잠시 침묵이 흘렀다. 아무도 어떻게 말해야 할지 모르는 듯했다. 더구나 퍼시가 바로 그 자리에 있는 상황에서는.

마침내 워튼이 특유의 메마른 회계사 같은 말투로 에비의 질문에 대답했다. "시청자들이 불만을 표할 겁니다." 그가 말했다. "대부분 미국인은 인종간 결혼은 안 된다고 믿거든요."

찰리 래클로가 덧붙였다. "바로 그렇죠. 텔레비전에서 벌어지는 일은 여러분의 집에서 벌어지는 일입니다. 여러분 거실에서 아이들, 장모님과 보고 있을 때 말이죠."

워튼은 퍼시를 보고 그가 백인 여자인 베이브 리와 결혼한 사실을 기억해냈다. "혹시 불쾌했다면 미안합니다, 마퀀드 씨." 그가 말했다.

"익숙해요." 퍼시는 부드럽게 말했다. 불쾌하다는 것을 부인하지는 않았지만 큰 소동을 벌이기는 사양했다. 데이브는 그의 태도가 대단히 우아하다고 생각했다.

에비는 분연히 말했다. "어쩌면 텔레비전이 사람들의 편견을 바꾸기 위해 노력해야 할지도 몰라요."

"순진하게 굴지 마시죠." 찰리가 무례하게 말했다. "시청자가 좋아하지 않는 걸 내보내면 그들은 그냥 빌어먹을 채널을 돌릴 겁니다."

"그럼 모든 방송국이 행동을 같이하면 되잖아요. 미국을 모든 인간이 평등한 곳으로 묘사하는 거예요."

"안 통할 겁니다." 찰리가 말했다.

"어쩌면 안 통할 수도 있죠." 에비가 말했다. "하지만 시도는 해봐야죠, 안 그래요? 우리는 책임이 있어요." 그녀는 모인 사람들을 둘러보았다. 찰리, 토니, 데이브, 퍼시, 그리고 워튼까지. 데이브는 그녀와 눈길이 마주쳤을 때 죄책감이 들었다. 그녀의 말이 옳다는 걸 알았기 때문이다. "우리 모두 말이에요." 그녀가 말을 이었다. "우리는 텔레비전 프로그램을 만들어요. 사람들의 사고방식에 영향을 미치죠."

찰리가 말했다. "꼭 그런 건—"

데이브가 그의 말을 잘랐다. "집어치워요, 찰리. 우린 사람들에게 영향을 미쳐요. 안 그러면 워튼 씨는 돈 낭비를 하는 거겠죠."

찰리는 화난 기색이었지만 대꾸하지 않았다.

"이제 오늘 우리는 세상을 더 좋은 곳으로 만들 기회가 있어요." 에비는 말을 이었다. "제가 황금시간대 텔레비전 프로그램에서 빙 크로즈비에게 키스했다면 아무도 개의치 않겠죠. 키스하는 그 뺨 색깔이 좀 짙어도 달라지는 건 없다는 사실을 사람들이 볼 수 있도록 도와주자고요."

그들은 모두 워튼 씨를 바라보았다.

데이브는 몸에 꼭 붙는 프릴 셔츠 밑에서 땀이 솟는 것이 느껴졌다. 그는 워튼이 불쾌해하지 않기를 바랐다.

"논쟁을 잘하는군요, 젊은 아가씨." 워튼이 말했다. "하지만 나는 주주들과 종업원들에게 의무를 다해야 합니다. 나는 세상을 더 좋은 곳으로 만들기 위해서가 아니라 폼을 주부들에게 팔기 위해서 여기 있는 겁니다. 그리고 만일 내 상품이, 마퀀드 씨에게는 대단히 죄송한 말씀입니다만, 인종간 섹스와 연결된다면 목표하는 바를 이루지 못할 겁니다. 그건 그렇고 열렬한 팬입니다, 퍼시. 당신 레코드 모두 가지고 있어요."

데이브는 맨디 러브를 떠올리는 자신을 발견했다. 그가 미쳤었던 여자. 그녀는 흑인이었다. 퍼시처럼 금빛으로 탄 피부색이 아니고 진한 석탄 같은 아름다운 갈색이었다. 데이브는 입술이 까질 때까지 그 피부에 키스하곤 했다. 그녀가 옛 남자친구에게 돌아가지 않았더라면 그녀에게 청혼했을 수도 있다. 그러면 데이브는 지금 퍼시의 입장이 되어 그의 결혼을 모욕하는 대화를 참느라 안간힘을 쓰고 있을 터였다.

찰리가 말했다. "내 생각에 듀엣은 인종간 민감한 주제인 섹스를 연상시키지 않고도 하모니의 아름다운 심벌로 작용할 거라고 봅니다. 여기서 우린 멋진 일을 해냈다고 믿어요. 키스 장면만 들어낸다면 말이죠."

에비가 말했다. "훌륭한 시도였어요, 찰리. 하지만 헛소리라는 거 당신도 알겠죠."

"현실이죠."

분위기를 가볍게 바꿔보려고 데이브가 말했다. "섹스가 '민감한 주제'라고요? 그거 재미있네."

아무도 웃지 않았다.

에비는 데이브를 바라보았다. "농담만 하지 말고. 어쩔 거야, 데이브?" 그녀는 거의 조롱하는 투였다. "너랑 나는 옳은 일을 위해 일어서라고 교육을 받았어. 우리 아버지는 에스파냐내전에서 싸우셨지. 할머니는 여성 투표권을 따내셨고. 넌 포기할 거야?"

퍼시 마퀀드가 말했다. "당신이 주인공이에요, 데이브. 사람들은 당신이 필요해요. 당신이 없으면 쇼도 없어요. 당신은 힘이 있어요. 그걸 좋은 일에 사용해요."

찰리가 말했다. "현실적으로 생각해요. 내셔널 소프 없이는 쇼도 없어요. 새로운 후원사를 찾으려면 힘들 겁니다. 특히 사람들이 왜 워튼 씨가 빠졌는지 알아낸 뒤라면 말이죠."

생각해보면 워튼은 키스 장면이 들어가면 후원을 철회하겠다고 실제로 말하지 않았다. 찰리 역시 새로운 후원사를 찾는 일이 불가능하다고 하지는 않았다. 어려울 뿐. 데이브가 키스 장면을 고집해도 쇼는 계속될 수 있고, 데이브의 텔레비전 경력도 살아남을 수 있다.

어쩌면.

"이거 정말 내 결정에 달렸나요?" 그가 말했다.

에비가 말했다. "그런 것 같네."

위험을 무릅쓸 준비가 되어 있나?

아니, 그렇지 않았다.

"키스는 빼자고." 그가 말했다.

*

4월 재스퍼 머리는 폭력적으로 변해가는 청소원들의 파업을 확인하러 멤피스로 날아갔다.

재스퍼는 폭력에 대해 알았다. 그를 포함한 모든 남자는 내면에 폭력성을 갖고 있는데, 상황에 따라 평화적이 되거나 포악해진다고 그는 믿었다. 타고난 성향은 법을 준수하는 조용한 삶을 영위하는 것이지만 제대로 부채질만 한다면 그들 가운데 대부분은 고문과 강간, 살인을 저지를 능력이 있다. 그는 알았다.

그래서 멤피스에 온 그는 양측의 이야기를 모두 들었다. 시청 대변인은 외부의 선동자들이 파업 참가자들에게 폭력적인 행동을 조장하고 있다고 했다. 파업 참가자들은 경찰의 무자비함을 비난했다.

재스퍼는 물었다. "누가 책임자입니까?"

대답은 헨리 러브였다.

러브는 민주당원이자 멤피스의 시장이었는데 대놓고 인종차별주의자라는 것을 재스퍼는 알게 되었다. 그는 인종차별정책을 신봉했고, 여러 시설에서 백인과 흑인을 '분리하지만 평등하게 대하는' 정책을 지지했다. 법원이 명령한 차별 폐지를 공개적으로 거부하기도 했다.

그리고 거의 모든 청소원은 흑인이었다.

그들은 급료가 너무 적어서 많은 수가 복지 지원 대상이었다. 강제적으로 무급 연장근무도 해야 했다. 시는 그들의 조합을 인정하지 않았다.

하지만 파업이 시작된 쟁점은 안전이었다. 두 남자가 오작동을 일으킨 트럭에 깔려 죽었다. 러브는 구식 트럭 사용의 중단도, 안전 규정 강화도 거부했다.

시 운영위원회는 조합을 인정하고 파업을 끝내기로 했지만 러브는 위원회의 결정을 무시했다.

시위가 퍼져나갔다.

마틴 루서 킹이 개입해 청소원들의 편에 서자 파업은 전국적인 관심을 끌었다.

킹은 재스퍼와 같은 1968년 4월 3일 수요일 그곳에 두번째로 날아왔다. 그날 저녁 폭풍우에 도시는 어두웠다. 쏟아붓는 빗속을 뚫고 재스퍼는 메이슨 템플에서 열린 집회에 킹의 연설을 들으러 갔다.

랠프 애버내시가 분위기를 띄웠다. 킹보다 키가 크고 피부가 검은 그는 덜 잘생기고 더 공격적이었다. 소문에 따르면 그는 킹의 가장 가까운 동맹이자 친구이고 술과 여자를 즐길 때 함께하는 단짝이라고 했다.

청중은 청소원들과 그 가족, 그리고 지지자들이었다. 낡은 신발과 오래된 코트, 모자를 보며 재스퍼는 그들이 미국에서 가장 가난한 사람 가운데 일부라는 것을 깨달았다. 그들은 제대로 교육받지 못했고 지저분한 일을 했고 그들을 이등시민, 깜둥이, 야, 라고 부르는 도시에 살았다. 하지만 그들은 영혼이 있었다. 더 나은 삶에 대한 믿음이 있었다. 꿈이 있었다.

그리고 그들에게는 마틴 루서 킹이 있었다.

킹은 서른아홉 살이었지만 더 늙어 보였다. 재스퍼가 워싱턴에서 연설하는 모습을 봤을 때는 약간 통통한 정도였는데, 오 년 동안 몸무게가 늘었는지 지금은 투실투실했다. 양복이 무척 깔끔하지 않았다면 상점 주인 같았을 것이다. 하지만 그것도 그가 입을 열기 전까지였다. 말을 하자 그는 거인이 되었다.

오늘 그는 종말론적인 분위기였다. 창밖으로 번개가 번쩍이고 천둥소리가 연설을 방해하는 가운데 그는 청중에게 그날 아침 그가 탄 비행기가 폭탄 설치 위협으로 늦어졌다고 했다. "하지만 이제 그것은 문제가 되지 않습니다. 왜냐하면 저는 산꼭대기에 가봤기 때문입니다." 그가 말하자 청중은 환호했다. "저는 하느님의 의지를 행하고 싶을 뿐입니다." 그 순간 그는 자기 말에 깃든 감정에 압도되었고, 링컨 기념관 계단에서처럼 그의 목소리는 절박함으로 떨렸다. "그리고 하느님께서는 제가 산으로 가기를 허락하셨습니다." 그는 울부짖었다. "저는 내려다보았습니다." 그의 목소리가 다시 높아졌다. "또 저는 약속의 땅을 보았습니다!"

킹이 진정으로 감동했다는 걸 재스퍼는 확인할 수 있었다. 그는 땀과 눈물을 비 오듯이 흘렸다. 그의 기운을 받은 청중이 소리질렀다. "그래!" "아멘!"

"저는 여러분과 그곳에 갈 수 없을지 모릅니다." 킹은 감정이 격해져 목소리가 떨렸고 재스퍼는 성경에서 모세가 가나안에 결코 가지 못한 것을 떠올렸다. "하지만 오늘밤 여러분이 우리 모두 약속의 땅에 함께 갈 수 있음을 알기를 바랍니다." 이천 명의 청중이 일제히 박수를 치고 아멘을 외쳤다. "그래서 저는 오늘밤 행복합니다. 저는 아무것도 걱정하지 않습니다. 어떤 사람도 두렵지 않습니다." 그는 멈추었다가 천천히 말했다. "제 눈으로 주께서 오시는 영광을 봤습니다."

그 말을 끝으로 그는 비틀거리며 강연대에서 물러났다. 뒤에 있던 랠프 애버내시가 뛰어올라와 그를 부축했고, 바깥의 폭풍 못지않게 허리

케인처럼 밀어닥치는 칭송 한복판에 놓인 좌석으로 안내했다.

재스퍼는 다음날은 법률적인 분쟁을 취재하며 보냈다. 시 당국은 킹이 계획한 다음주 월요일의 시위에 대해 법원의 금지를 받아내려 했고, 킹은 협상을 통해 소규모의 평화적 행진을 보장받으려 했다.

오후가 끝나갈 때 재스퍼는 뉴욕의 허브 굴드와 이야기했다. 두 사람은 샘 케이크브레드가 토요일이나 일요일 러브와 킹 두 사람 다 인터뷰할 수 있도록 재스퍼가 일정을 짜는 데 합의했고, 허브는 월요일 저녁 보도할 방송을 위해 그날 시위를 취재할 촬영팀을 보내겠다고 했다.

굴드와 이야기를 마친 재스퍼는 킹이 머무는 로레인 모텔로 갔다. 낮은 2층짜리 건물로 주차장을 내려다보는 발코니가 있었다. 멤피스의 한 흑인 기업가가 소유한 장의사에서 킹에게 대여한 기사 딸린 하얀색 캐딜락이 보였다. 근처에는 킹의 보좌관 한 무리가 있었는데, 재스퍼는 그 가운데서 베리나 마퀀드를 발견했다.

그녀는 오 년 전과 마찬가지로 숨막히게 아름다웠지만 뭔가 달라 보였다. 머리는 아프로 스타일이었고 목걸이와 카프탄드레스 차림이었다. 눈가에는 미세한 긴장의 주름들이 보였다. 마틴 루서 킹처럼 열정적으로 사랑받는 동시에 지독하게 미움받는 남자를 위해 일한다는 것은 어떤지 궁금해졌다.

재스퍼는 그녀에게 최대한 매력 넘치는 웃음을 지어 보이며 자신을 소개하고 말했다. "우리 전에 만났죠."

그녀는 미심쩍은 눈치였다. "아닌 것 같은데요."

"분명히 만났어요. 하지만 기억 못해도 어쩔 수 없죠. 날짜는 1963년 8월 28일이었습니다. 그날 다른 일이 많았죠."

"특히 마틴의 '나에게는 꿈이 있습니다' 연설이 있었죠."

"저는 학생 기자였고, 당신에게 킹 박사님과의 인터뷰를 부탁했어요.

당신은 싹 무시해버렸지만." 재스퍼는 베리나의 아름다움에 어떻게 매료되었는지 역시 기억했다. 지금도 똑같은 황홀함을 느끼고 있었다.

그녀는 부드러워졌다. 웃음을 보이며 그녀가 말했다. "아마 그 인터뷰를 여전히 원하고 있겠군요."

"샘 케이크브레드가 주말에 이곳에 옵니다. 그는 허브 러브와 이야기할 겁니다. 킹 박사님과도 꼭 인터뷰를 해야 합니다."

"최선을 다하죠, 머리 씨."

"재스퍼라고 불러주세요."

그녀는 머뭇거렸다. "궁금해서 그러는데요. 워싱턴에서 그날 우리가 어떻게 만났죠?"

"저는 가족끼리 알고 지내는 그레그 페시코프 상원의원과 아침식사를 하고 있었습니다. 당신은 조지 제이크스와 함께였고요."

"그럼 그후에는 어디 계셨죠?"

"베트남에 좀 가 있었죠."

"참전하셨나요?"

"전투하는 걸 좀 봤죠, 네." 그 이야기는 정말 싫었다. "개인적인 질문 좀 해도 될까요?"

"해보세요. 대답한다고는 약속 못해요."

"당신하고 조지는 여전히 사귀나요?"

"대답하지 않겠어요."

그 순간 두 사람은 킹의 목소리에 위를 쳐다보았다. 그는 방 바깥의 발코니에서 아래를 내려다보며 주차장의 재스퍼와 베리나 근처 보좌관에게 뭔가 말하고 있었다. 샤워를 마치고 옷을 입는 중인지 셔츠를 바지 속으로 넣고 있었다. 아마도 저녁식사를 위해 나갈 준비를 하는 모양이라고 재스퍼는 생각했다.

킹은 양손으로 난간을 잡고 몸을 기울인 채 아래의 누군가를 놀렸다. "벤, 오늘밤 자네가 〈나의 소중한 주님〉 찬송을 예전과는 전혀 다르게 불러줬으면 좋겠어. 아주 예쁘게 말이야."

하얀색 캐딜락의 기사가 그에게 말했다. "공기가 차가워지고 있습니다, 목사님. 오늘밤에는 외투가 필요하실 수도 있습니다."

킹이 말했다. "알겠네, 존시." 그는 난간에서 몸을 일으켰다.

총성이 울렸다.

킹은 십자가에 매달린 것처럼 양팔을 벌리고 비틀비틀 뒷걸음치다가 뒤쪽 벽에 부딪혀 쓰러졌다.

베리나가 비명을 질렀다.

킹의 보좌관들은 하얀색 캐딜락 주변으로 몸을 숨겼다.

재스퍼는 한쪽 무릎을 꿇고 앉았다. 베리나가 그의 앞에 웅크리고 앉아 있었다. 그는 양팔로 그녀를 붙잡아 머리를 보호하듯 자기 가슴께로 끌어당기며 총성이 울린 곳을 찾아 주위를 둘러보았다. 길 건너 건물은 하숙집 같았다.

두번째 총성은 울리지 않았다.

재스퍼는 잠시 고민에 빠졌다. 보호하듯 안고 있던 베리나를 놓아주었다. "괜찮아요?" 그는 그녀에게 물었다.

"오, 마틴!" 그녀는 발코니를 올려다보며 말했다.

두 사람은 조심스럽게 일어났지만 총격은 멈춘 것 같았다.

그들은 말없이 발코니로 통하는 외부계단을 뛰어올라갔다.

킹은 다리를 난간에 걸치고 위를 본 채 쓰러져 있었다. 랠프 애버내시가 그 위로 몸을 숙이고 있고, 상냥하고 안경을 쓴 또다른 운동가 빌리 카일스도 마찬가지였다. 주차장에서 총격을 목격한 사람들의 비명과 신음소리가 들렸다.

총알은 킹의 목과 턱을 부수고 넥타이를 찢어놓았다. 상처는 끔찍했고, 재스퍼는 그가 총알이 쪼개지는 일명 덤덤탄에 맞았다는 걸 즉시 알아보았다. 킹의 어깨 주위에 피가 고여 있었다.

애버내시가 소리를 질렀다. "마틴! 마틴! 마틴!" 그는 킹의 뺨을 두드렸다. 아무래도 킹의 얼굴에 희미하게 의식이 남은 것을 본 모양이었다. 애버내시가 말했다. "마틴, 나 랠프야. 걱정 마. 괜찮을 거야." 킹의 입술이 달싹였지만 말은 나오지 않았다.

카일스가 가장 먼저 객실의 전화기로 향했다. 그가 수화기를 들었지만 아무도 교환대에 없는 것이 분명했다. 카일스는 벽을 두드리며 소리쳤다. "전화받아! 전화받아! 전화를 받아!"

그러다가 포기하고 다시 발코니로 뛰어나왔다. 그는 주차장에 있는 사람들에게 소리쳤다. "구급차를 불러! 킹 박사가 총에 맞았다!"

누군가 킹의 부서진 머리를 욕실에서 가져온 수건으로 감쌌다.

카일스는 침대에서 오렌지색 시트를 가져와 그의 몸을 부서진 턱까지 덮었다.

재스퍼는 상처에 대해 알았다. 그는 사람이 피를 얼마나 흘려도 되는지, 살아날 수 있는 상처와 그렇지 못한 상처를 알았다.

그는 마틴 루서 킹에 대해 희망을 갖지 않았다.

카일스는 킹의 손을 들어올려 억지로 손가락을 펴고 담뱃갑을 빼냈다. 재스퍼는 킹이 담배 피우는 모습을 한 번도 본 적이 없었다. 혼자 있을 때만 피운 것이 분명했다. 지금 이 순간에도 카일스는 친구를 보호하고 있었다. 그런 모습이 재스퍼의 가슴을 울렸다.

애버내시는 여전히 킹에게 말하고 있었다. "내 말 들려?" 그가 말했다. "내 말 들리느냐고?"

재스퍼는 킹의 낯빛이 급격하게 달라지는 것을 보았다. 갈색 피부는 핏기가 가셨다가 잿빛을 띤 황갈색으로 변했다. 잘생긴 얼굴은 부자연스럽게 고요했다.

재스퍼는 죽음에 대해서도 알았고, 이것은 죽음이었다.

베리나도 같은 것을 보았다. 그녀는 돌아서서 방안으로 들어가며 흐느꼈다.

재스퍼는 그녀의 어깨에 팔을 둘렀다.

그녀는 그에게 쓰러지며 눈물을 흘렸고 뜨거운 눈물이 그의 하얀색 셔츠를 적셨다.

"안됐군요." 재스퍼는 속삭였다. "너무 안됐어요." 베리나가 안됐다고 그는 생각했다. 마틴 루서 킹이 안됐다고 생각했다.

미국이 안됐다고 생각했다.

*

그날 밤 미국의 도심 지역들은 폭발했다.

데이브 윌리엄스는 자신이 지내고 있는 베벌리힐스 호텔의 방갈로에서 공포에 휩싸여 텔레비전 뉴스를 보고 있었다. 백열 군데의 도시에서 폭동이 일어났다. 워싱턴에서는 이만 명이 경찰을 압도하며 건물에 불을 질렀다. 볼티모어에서는 여섯 명이 죽었고 칠백 명이 다쳤다. 시카고에서는 3킬로미터에 달하는 웨스트메디슨 가가 산산이 부서졌다.

다음날 데이브는 온종일 방에 틀어박혀 TV 앞 소파에 앉아 담배를 피우며 시간을 보냈다. 누구의 책임인가? 암살범만의 책임은 아니었다. 증오를 불러일으킨 백인 인종차별주의자 모두의 책임이었다. 잔혹한 부당함에 아무 행동도 하지 않은 사람들의 책임이었다.

데이브 같은 사람들.

인생 전체에서 딱 한 번 인종차별주의에 대항해 일어설 수 있는 기회가 있었다. 며칠 전 버뱅크의 텔레비전 스튜디오에서였다. 그는 미국 텔레비전에서는 백인 여성이 흑인 남성에게 키스할 수 없다는 말을 들었다. 누나는 그런 식의 인종차별적인 규칙에 도전하라고 요구했다. 하지만 그는 편견에 굴복하고 말았다.

그가 마틴 루서 킹을 죽였다. 헨리 러브와 배리 골드워터, 조지 월리스가 킹을 죽인 것과 마찬가지로 자명했다.

쇼는 내일 토요일 저녁 여덟시에 키스 장면 없이 방송될 예정이었다.

데이브는 룸서비스로 버번 한 병을 시키고 소파에서 잠이 들었다.

아침 일찍 일어난 그는 뭘 해야 할지 알고 있었다.

샤워를 한 뒤 숙취를 달랠 아스피린 두 알을 삼키고 그가 가진 보수적인 옷인 깃이 넓은 재킷에 나팔바지가 한 벌인 녹색 체크무늬 양복을 차려입었다. 그러고는 리무진을 불러서 버뱅크에 있는 스튜디오에 열시에 도착했다.

주말이라도 찰리 래클로가 사무실에 나와 있으리라는 것을 알았다. 토요일은 방송이 있는 날이고, 마지막 순간 돌발 상황이 생길 수도 있기 때문이었다. 바로 지금 데이브가 계획하는 것처럼.

바깥쪽 사무실에는 찰리의 비서인 중년의 제니가 자기 책상에 앉아 있었다. "안녕하세요, 프리처드 양." 데이브가 말했다. 찰리가 그녀에게 너무 무례해서 그는 특별히 깍듯하게 대했다. 그 결과 그녀는 데이브를 무척 좋아했고 그를 위해서는 뭐든 해주었다. "클리블랜드로 가는 비행기 좀 확인해줄래요?"

"오하이오요?"

그는 활짝 웃었다. "다른 데도 클리블랜드가 있어요?"

"오늘 거기 가시게요?"

"가능한 한 빨리요."

"얼마나 먼지 아세요?"

"3000킬로미터쯤 되죠."

그녀는 수화기를 들었다.

데이브가 덧붙였다. "그쪽 공항에서 리무진이 마중을 나오도록 해주세요."

그녀는 메모를 하고는 수화기에 대고 말했다. "클리블랜드 가는 다음 비행기가 몇시죠? ……감사합니다, 기다리죠." 그녀는 다시 데이브를 보았다. "클리블랜드 어디를 가고 싶은 거예요?"

"기사에게 앨버트 워튼의 집주소를 주세요."

"워튼 씨랑 약속하셨나요?"

"깜짝 방문을 할 겁니다." 그는 그녀에게 윙크를 해 보이고 안쪽 사무실로 들어갔다.

찰리는 책상에 앉아 있었다. 토요일을 기념하기 위해 트위드 재킷에 넥타이는 매지 않은 모습이었다. "방송 테이프를 두 가지로 만들 수 있어요?" 데이브가 말했다. "키스가 있는 거랑 없는 것으로."

"쉽죠." 찰리가 말했다. "키스 장면이 없는 건 이미 편집이 끝나서 방송할 수 있어요. 오전중에 키스 장면이 있는 것도 만들 수 있고. 하지만 그건 안 만들 겁니다."

"오늘 늦게 당신은 앨버트 워튼에게 키스 장면을 삭제하지 말아달라는 전화를 받을 겁니다. 난 그저 당신이 준비가 되어 있기를 원할 뿐이에요. 우리 후원자를 실망시키고 싶지는 않겠죠."

"물론이죠. 하지만 그가 마음을 바꿀 거라고 어떻게 확신하나요?"

데이브는 확신하지는 않았지만 찰리에게 그렇게 말하지는 않았다. "두 가지 버전을 다 준비했다면 바꿀 수 있는 가장 늦은 시간은 언제죠?"

"동부시간 기준으로 여덟시 십 분 전 정도죠."

제니 프리처드가 문에서 고개를 들이밀었다. "열한시 정각 비행기 예약했어요, 데이브. 공항은 여기서 11킬로미터 떨어져 있으니까 지금 출발해야 해요."

"갑니다."

"비행에 네 시간 반 걸리고 시차가 세 시간이니까 그쪽 도착은 여섯시 삼십분이에요." 그녀는 워튼 씨의 주소를 적은 종이를 건넸다. "집에 일곱시까지 가야 해요."

"그러면 시간이 딱 맞겠네요." 데이브가 말했다. 그는 찰리에게 작별 인사로 손을 흔들며 말했다. "전화기 옆에 있어요."

찰리는 멍해 보였다. 그는 이래라저래라 하는 사람에게 익숙지 않았다. "아무데도 안 가고 있죠." 그는 말했다.

바깥쪽 사무실에서 프리처드 양이 말했다. "그의 부인은 수전, 아이들은 캐럴라인과 에드워드예요."

"고마워요." 데이브는 찰리의 사무실 문을 닫았다. "프리처드 양, 혹시 찰리 밑에서 일하는 게 지긋지긋하다면, 나도 비서가 필요해요."

"지금 지긋지긋해요." 그녀가 말했다. "언제부터 일하면 돼요?"

"월요일요."

"베벌리힐스 호텔로 아홉시에 가면 되나요?"

"열시에 오세요."

호텔 리무진은 데이브를 LA 공항으로 데려갔다. 프리처드 양이 항공사에 연락해두었고, 출발 라운지에 사람들이 몰려드는 상황을 피하기 위해 그를 VIP 통로로 안내할 스튜어디스가 기다리고 있었다.

아침으로는 아스피린밖에 먹지 않아서 그는 즐거운 마음으로 기내에서 점심을 먹었다. 비행기가 이리 호숫가에 있는 평평한 도시에 내려앉으면서 그는 워튼 씨에게 뭐라고 말할지 곰곰이 생각했다. 어려운 일이 될 터였다. 하지만 잘만 하면 워튼의 마음을 돌려놓을 수 있다. 그러면 그가 전에 겁쟁이처럼 군 일에 대한 보상이 될 것이다. 그는 스스로 오명을 씻었다고 누나에게 말할 수 있게 되길 간절히 원했다.

프리처드 양이 준비해둔 대로 일이 잘 진행되어 홉킨스 국제공항에서 자동차 한 대가 그를 기다리고 있었다. 자동차는 멀지 않고 나무가 많은 교외로 그를 데려갔다. 일곱시에서 몇 분이 지난 시간에 자동차는 커다랗지만 허세를 부리지는 않은 목장 스타일의 주택 진입로에 도착했다. 데이브는 현관으로 가서 벨을 눌렀다.

긴장되었다.

회색 브이넥 스웨터에 바지 차림인 워튼이 직접 문을 열었다. "데이브 윌리엄스?" 그가 말했다. "이게 도대체 무슨……"

"안녕하세요, 워튼 씨?" 데이브가 말했다. "불쑥 죄송합니다. 하지만 정말 꼭 할 이야기가 있어서 왔어요."

놀라움이 지나자 워튼은 기뻐하는 것 같았다. "들어와요." 그가 말했다. "가족과 인사하세요."

워튼은 데이브를 식당으로 안내했다. 가족은 저녁식사를 마무리하던 중인 듯했다. 워튼에게는 예쁜 삼십대의 아내와 열여섯 살 정도 되어 보이는 딸, 그보다 몇 살 어린 여드름쟁이 아들이 있었다. "깜짝 손님이 오셨다." 워튼이 말했다. "플럼 넬리의 데이브 윌리엄스 씨야."

워튼 부인은 작고 하얀 손으로 입을 가리며 말했다. "아이고 이런 세상에."

데이브는 그녀와 악수를 하고 아이들에게 돌아섰다. "너희가 분명 캐럴라인과 에드워드겠구나."

워튼은 데이브가 아이들의 이름을 기억하고 있다는 사실에 기쁜 듯했다.

아이들은 TV에서 보던 진짜 팝스타의 깜짝 방문에 경이로워했다. 에드워드는 거의 말도 하지 못했다. 캐럴라인은 어깨를 뒤로 당기고 가슴을 내밀며 데이브가 전에도 십대 소녀 천 명에게서 본 표정을 지어 보였다. 표정은 이렇게 말하고 있었다. 내게 뭐든 하고 싶은 대로 하세요.

데이브는 알아채지 못한 척했다.

워튼 씨가 말했다. "앉아요, 데이브. 함께 듭시다."

워튼 부인이 말했다. "디저트 조금 드시겠어요? 우린 딸기 쇼트케이크를 먹을 거예요."

"네, 감사합니다." 데이브가 말했다. "전 호텔에서 지내요. 집에서 만든 음식이라면 뭐든 맛있죠."

"오, 가엾군요." 그녀는 그렇게 말하고 주방으로 갔다.

"오늘 로스앤젤레스에서 온 겁니까?" 워튼이 말했다.

"네."

"나만 만나러 온 건 분명히 아니겠군요."

"사실은 그렇습니다. 오늘 저녁 쇼에 대해서 다시 한번 이야기를 하고 싶습니다."

"좋아요." 워튼은 미심쩍은 듯 말했다.

워튼 부인이 큰 접시에 디저트를 가져와 나눠주기 시작했다.

데이브는 아이들을 같은 편으로 만들고 싶었다. 그는 아이들에게 말했다. "너희 아버지와 내가 만든 쇼에 퍼시 마퀀드와 내 누나 에비 윌리엄스가 듀엣으로 노래를 부르는 부분이 있어."

에드워드가 말했다. "그 사람들 영화 봤어요. 끝내주던데!"

"노래가 끝나면 에비가 퍼시의 뺨에 키스를 한단다." 데이브는 잠시 말을 멈췄다.

캐럴라인이 말했다. "그래요? 그게 뭔 대수라고!"

워튼 부인이 데이브에게 커다란 딸기 쇼트케이크 조각을 건네며 추파를 던지듯 눈썹을 움직여 보였다.

데이브는 계속 말했다. "워튼 씨와 나는 이 장면을 시청자들이 불쾌해할지 이야기해봤지. 시청자가 불쾌한 건 우리 둘 다 원치 않거든. 그래서 키스 장면을 빼기로 결정했다."

워튼이 말했다. "나는 그게 현명한 선택이었다고 생각해요."

데이브가 말했다. "제가 오늘 여기까지 당신을 만나러 온 이유는, 우리가 그 결정을 내린 뒤로 상황이 바뀌었다고 믿기 때문입니다, 워튼 씨."

"마틴 루서 킹이 암살당한 얘긴가보군."

"킹 박사는 죽었습니다만, 미국은 여전히 피 흘리고 있습니다." 불현듯 데이브의 머릿속에 그런 말이 떠올랐다. 마치 노래 가사가 가끔 떠오르는 것처럼.

워튼은 고개를 저었고, 입은 완강하게 꾹 다문 채였다. 데이브의 낙관적인 생각은 김이 다 빠져버렸다. 워튼이 무겁게 말했다. "제게는 천 명이 넘는 종업원이 있습니다. 그런데 그들 가운데 많은 수가 흑인입니다. 시청자가 불쾌해져서 폼의 매출이 급락하면 그중 일부가 직장을 잃습니다. 그런 위험을 감수할 수는 없어요."

"우리 둘 다 위험을 감수하는 겁니다." 데이브가 말했다. "제 인기도 마찬가지로 걸려 있다고요. 하지만 저는 이 나라를 치유하는 데 도움이 될 뭔가를 하고 싶습니다."

워튼은 너그럽게 웃었다. 마치 자기 아이 하나가 뭔가 대책 없이 이상적인 말을 한다는 듯한 태도였다. "그럼 당신은 키스 장면이 그럴 수 있을 거라고 생각합니까?"

데이브는 목소리를 깔고 거칠게 말했다. "토요일 밤이에요, 앨버트.

생각해보세요. 미국 전역에서 흑인 청년들이 밤에 나가 불을 지르고 창문을 깨뜨릴까, 아니면 복잡한 일에 엮이는 걸 피하고 긴장을 풀까 고민하고 있을 겁니다. 결심이 서기 전에 그중 많은 수가 〈데이브 윌리엄스와 친구들〉을 볼 테죠. 사회자가 록스타니까요. 쇼가 끝날 때 그들이 무슨 생각을 하면 좋겠습니까?"

"그야 당연히—"

"퍼시와 에비를 위해 우리가 어떻게 그 세트를 세웠는지 생각해봐요. 화면의 모든 것이 백인과 흑인은 따로 떨어져 있어야 한다고 말해요. 두 사람의 의상, 그들이 맡은 역할, 그리고 둘 사이의 카운터까지요."

"원래 그럴 의도였으니까." 워튼이 말했다.

"우리는 두 사람이 분리되어 있다는 걸 강조했어요. 그리고 저는 그걸 흑인 국민들 얼굴에 집어던지고 싶지 않다고요. 특히 그들의 위대한 지도자가 살해된 오늘밤에는요. 하지만 마지막 에비의 키스는 그 모든 구성을 뒤집는 겁니다. 그 키스는 우리가 서로 착취할 필요도, 때릴 이유도, 살해할 이유도 없다는 걸 말해줘요. 그 키스는 우리가 서로 만질 수 있다고 말합니다. 그게 큰일은 아니어야 하지만 큰일이죠."

데이브는 숨을 죽였다. 사실 키스가 많은 폭동을 멈출 거라고 확신하지는 않았다. 키스 장면을 살리고 싶은 이유는 그저 그것이 나쁜 일에 맞서는 옳은 일을 의미하기 때문이었다. 하지만 어쩌면 이런 주장으로 워튼을 설득할 수 있을지도 몰랐다.

캐럴라인이 말했다. "데이브의 말이 정말 옳아요, 아빠. 아빠는 꼭 이걸 해야 해요."

"맞아요." 에드워드가 말했다.

워튼은 아이들의 의견에도 그리 많이 움직이지는 않았다. 하지만 놀랍게도 그는 아내에게 고개를 돌리고 물었다. "당신 생각은 어때?"

"회사에 해가 되는 일은 뭐든 하라고 하지 않겠어요." 그녀가 말했다. "당신도 알죠. 하지만 이건 내셔널 소프에 이익을 가져올 수도 있다고 생각해요. 비난을 받으면 마틴 루서 킹 때문에 그랬다고 말해요. 당신은 결국 영웅이 될 수도 있어요."

데이브가 말했다. "지금 일곱시 사십오분이에요, 워튼 씨. 찰리 래클로가 전화 옆에서 기다리고 있어요. 당신이 앞으로 오 분 안에 전화를 하면 그는 테이프를 바꿀 시간이 있을 겁니다. 당신이 결정하면 됩니다."

실내는 조용했다. 워튼은 잠시 생각했다. 그러더니 일어섰다. "젠장, 당신 말이 옳은 것 같아." 그가 말했다.

그는 복도로 나갔다.

모두에게 그가 다이얼 돌리는 소리가 들렸다. 데이브는 입술을 깨물었다. "래클로 씨 부탁합니다…… 여보세요, 찰리…… 네, 여기 있어요. 우리랑 디저트 먹고 있어요…… 그 건에 대해서 오랫동안 함께 논의했고, 당신에게 키스 장면을 쇼에 넣어달라고 부탁하려고 연락했어요. 네, 그렇게 말한 겁니다. 고마워요, 찰리. 좋은 밤 보내요."

데이브는 수화기 내려놓는 소리를 들었고 따뜻한 승리감이 몸에 퍼지는 걸 허락했다.

워튼 씨가 식당으로 돌아왔다. "자, 끝났습니다." 그가 말했다.

데이브가 말했다. "고맙습니다, 워튼 씨."

*

"키스가 엄청난 관심을 받고 있어. 거의 대부분 좋은 관심이고." 데이브는 화요일 폴로 라운지에서 에비와 점심을 먹으며 말했다.

"그럼 내셔널 소프도 이익을 봤나?"

"새로운 내 친구 워튼 씨가 그렇다고 했어. 폼의 매출액이 올랐대. 떨어진 게 아니라."

"그럼 쇼는?"

"쇼도 성공이야. 벌써 한 시즌 방송시간은 확보됐어."

"모두 네가 옳은 일을 했기 때문이야."

"내 개인활동의 출발이 엄청나게 좋아. 시험만 보면 낙제점이던 녀석으로서는 나쁘지 않지."

찰리 래클로가 그들이 앉은 테이블에 합석했다. "늦어서 미안해요." 그는 성의 없이 말했다. "내셔널 소프와 같이 보도자료를 준비하느라고. 쇼가 방송되고 사흘이니 조금 늦었지만 그들이 우호적인 관심을 기회로 이용하고 싶다더군요." 그는 문서 두 장을 데이브에게 내밀었다.

에비가 말했다. "제가 봐도 될까요?" 그녀는 데이브가 글을 읽는 데 문제가 있다는 걸 알았다. 그는 문서를 에비에게 건네주었다. 잠시 후 그녀가 말했다. "데이브! 네가 이렇게 말했대. '저는 논란이 많은 키스 장면을 쇼에 포함시켜 방송해야 한다고 강력히 주장한 내셔널 소프의 대표 앨버트 워튼 씨의 용기와 통찰력에 경의를 표하고 싶습니다.' 뻔뻔하기도 해라!"

데이브는 문서를 다시 돌려받았다.

찰리는 그에게 볼펜을 내밀었다.

데이브는 문서 맨 위에 "OK"라고 쓰고 서명한 다음 찰리에게 돌려주었다.

에비는 졸도하기 직전이었다. "터무니없군!" 그녀가 말했다.

"물론 그렇지." 데이브가 말했다. "그게 쇼 비즈니스야."

43장

딤카의 이혼이 마무리되던 날 크렘린의 고위 보좌관들은 체코슬로바키아의 위기를 논의하기 위해 회의를 했다.

딤카는 행복했다. 그는 나탈리야와의 결혼을 원했고, 이제 가장 큰 장애물이 제거되었다. 그녀에게 소식을 전하고 싶어 기다릴 수 없었지만 니나 오닐로바 방에 도착해보니 이미 다른 보좌관이 여러 명 와 있어 기다려야만 했다.

방에 그녀가 들어올 때 활짝 웃어 보였다. 곱슬곱슬한 머리가 얼굴 위로 찰랑거리는 모습이 그에게는 무척 매혹적이었다. 그녀는 영문을 몰랐지만 행복한 미소로 대답했다.

딤카는 체코슬로바키아에 대해서도 거의 같은 정도로 행복했다. 프라하의 새로운 지도자 알렉산드르 둡체크는 딤카의 마음에 드는 개혁가인 것으로 밝혀졌다. 딤카가 크렘린에서 일하게 된 이후 처음으로 한 위성국가가 소련의 모델과 정확히 일치하지 않을 수도 있는 그들만의 공산주의를 발표한 것이다. 4월 5일 둡체크는 언론의 자유와 서방으로의 자유 여행, 임의적인 체포 중지, 기업 독립성의 대거 허용을 포함하는 실질적 조치를 발표했다.

그리고 그런 것들이 체코슬로바키아에서 통한다면 소련에서도 통할 수 있었다.

딤카는 공산주의를 폐기해야 한다고 믿는 여동생과 반체제 인사들과는 달리 늘 공산주의가 개혁될 수 있다고 생각했다.

회의가 시작되었고 예브게니 필리포프는 부르주아 분자들이 체코의 혁명을 약화시키려 하고 있다는 내용의 KGB 보고서를 꺼냈다.

딤카는 무거운 한숨을 내쉬었다. 브레즈네프 치하의 크렘린은 늘 이런 식이었다. 당국에 대한 저항이 있으면 그들은 타당한 이유가 있는지 묻지 않고 늘 악의적인 동기는 없는지 살폈다. 아니면 만들어냈다.

딤카는 냉소적으로 대답했다. "체코슬로바키아는 이십 년이나 공산주의 사회였는데 부르주아 분자가 많이 남았다니 이상하군요." 그가 말했다.

필리포프는 증거로 두 건의 문서를 제시했다. 하나는 빈에 있는 유대인기록물센터의 관장 사이먼 비젠탈이 프라하의 시오니스트 동료들의 노고를 치하하며 보낸 편지였다. 다른 하나는 체코슬로바키아에서 인쇄된 전단으로 우크라이나가 소련에서 독립해야 한다는 내용이었다.

테이블 너머에서 나탈리야 스모트로프가 비웃었다. "너무 뻔히 가짜라서 우스울 정도군요! 사이먼 비젠탈이 프라하에서 반혁명운동을 조직하고 있다니 조금도 그럴듯하지 않잖아요. 도대체 KGB가 이것보다 좀더 잘할 수는 없답니까?"

필리포프는 화를 내며 말했다. "둡체크는 숨은 위험인물이라는 사실이 드러났잖습니까!"

그 말에는 아주 작은 진실이 들어 있었다. 체코의 이전 지도자의 인기가 떨어지자 브레즈네프는 그 자리에 둡체크를 대신 앉혔는데, 이유는 그가 우둔하고 신뢰할 수 있어 보였기 때문이다. 크렘린의 보수주의자들에게 그의 급진주의는 심한 충격으로 다가왔다.

필리포프가 말을 이었다. "둡체크는 신문이 공산주의 지도자들을 공격하도록 허락하고 있어요!" 그는 화를 내며 말했다.

그 점은 논거가 약했다. 둡체크의 전임자 안토닌 노보트니는 사기꾼이었다. 딤카가 말했다. "새롭게 해방된 신문사들은 노보트니가 정부의 수입 면허로 재규어 자동차를 사서 당의 동료들에게 엄청난 이익을 붙여 팔아넘긴 것을 밝혀냈습니다." 그는 짐짓 믿을 수 없다는 듯 말했다. "정말 그런 자들을 보호하고 싶은 겁니까, 필리포프 동지?"

"나는 공산주의국가들이 바른 규율과 엄격한 방식으로 통치되어야 한다고 생각합니다." 필리포프가 대답했다. "체제전복적인 신문사들은 이제 곧 서방식의 소위 민주주의를 요구할 텐데, 그런 상황에서는 정치 정당들이 서로 라이벌인 각 부르주아 계파를 대표해 선택이라는 환상을 주면서 오히려 자기들끼리 단합해 노동자계급을 탄압한단 말이죠."

"아무도 그런 걸 원치 않아요." 나탈리야가 말했다. "하지만 우리는 체코슬로바키아가 문화적으로 발전해 서방 관광객들에게 매력적인 나라가 되길 원하죠. 강력한 탄압 탓에 관광객이 줄면 소련은 어쩔 수 없이 체코의 경제를 지원하기 위해 더 많은 돈을 지출해야 합니다."

필리포프가 비웃었다. "그게 외무부의 입장입니까?"

"외무부는 허술한 간섭으로 체코를 자본주의는 물론 공산국들과도 멀어지게 할 게 아니라 둡체크와 협상해 체코가 공산국으로 확실히 남기를 원하죠."

결국 테이블 위에서는 경제 관련 논의가 주를 이뤘다. 보좌관들은 동독 드레스덴에서 열릴 다음 바르샤바조약기구 회의에서 다른 회원국들이 둡체크에게 따져 묻는 방안을 정치국*에 건의하기로 했다. 딤카는 기뻐 어쩔 줄 몰랐다. 강경한 숙청의 위기는 피했다. 최소한 당장은. 그를 흥분시키는 체코의 공산주의 개혁에 대한 실험은 계속될 수 있었다.

방을 나온 딤카는 나탈리야에게 말했다. "이혼 절차가 끝났어요. 난 이제 니나랑 부부가 아니고, 공식적으로도 확인받은 거예요."

그녀는 조용하게 대답했다. "잘됐어요." 하지만 불안해 보였다.

딤카는 니나, 어린 그리고르와 일 년 동안 따로 살고 있었다. 혼자 작은 집을 구해 지냈는데, 그와 나탈리야는 일주일에 한두 번 그곳에서 몇 시간씩 함께 시간을 보냈다. 두 사람 다 그것으로는 만족스럽지 않았다. "당신이랑 결혼하고 싶어요." 그가 말했다.

"나도 그래요."

"니크한테 말할 겁니까?"

"네."

"오늘밤에?"

"곧 할게요."

"뭐가 두려운 거예요?"

"나 때문에 무서워하는 건 아니에요." 그녀가 말했다. "그가 내게는 무슨 짓을 하든 신경쓰지 않아요." 딤카는 찢어진 그녀의 입술을 떠올리고 얼굴을 찡그렸다. "내가 걱정하는 건 당신이죠." 그녀가 말을 이었다. "녹음기 팔던 자를 떠올려봐요."

떠올랐다. 나탈리야에게 사기친 암시장 상인은 끔찍하게 얻어맞고 결국 병원 신세를 졌다. 그녀의 말은 니크에게 이혼을 요구하면 같은 일이 벌어질 수도 있다는 뜻이었다.

---

* 최고회의간부회의 후신.

딤카는 그 말을 믿지 않았다. "나는 밑바닥 인생을 사는 범죄자가 아니에요. 수상의 오른팔이라고요. 니크는 내게 손 못 대요." 그는 99퍼센트 확신했다.

"모르겠어요." 나탈리야는 비참한 모습으로 말했다. "니크도 높은 사람과 연줄이 있거든요."

딤카는 좀더 조용히 말했다. "지금도 그와 섹스를 해요?"

"자주는 아니에요. 그에겐 다른 여자들이 있어요."

"그와 하면 즐거워요?"

"아니요!"

"그는요?"

"별로인가봐요."

"그럼 뭐가 문제예요?"

"그의 자존심이죠. 내가 다른 남자를 선택할 수 있다고 생각하면 분노할 테니까."

"그의 분노는 두렵지 않아요."

"난 두려워요. 하지만 말할게요. 약속해요."

"고마워요." 딤카는 속삭이듯 목소리를 낮췄다. "사랑해요."

"나도 사랑해요."

딤카는 사무실로 돌아와 상관인 알렉세이 코시긴에게 보좌관 회의 내용을 요약해 보고했다.

"나도 KGB는 안 믿네." 코시긴이 말했다. "안드로포프는 둡체크의 개혁을 억누르고 싶은 거야. 그리고 그런 움직임을 지지하기 위해 증거를 날조하는 거지." 유리 안드로포프는 KGB의 새 의장이자 광적인 강경파였다. 코시긴이 말을 이었다. "하지만 체코슬로바키아에서 믿을 만한 정보를 받아야 하는데. KGB를 믿을 수 없다면 누구에게 의지해야 하지?"

"제 여동생을 보내십시오." 딤카가 말했다. "타스의 기자로 있습니다. 쿠바 미사일 위기 때 그 친구가 아바나에서 붉은 군대의 전신을 이용해 흐루쇼프에게 최고의 정보를 보냈습니다. 프라하에서도 같은 일을 해낼 수 있을 겁니다."

"좋은 생각이군." 코시긴이 말했다. "그렇게 준비해주겠나?"

*

딤카는 다음날 나탈리야를 볼 수 없었지만 그 다음날 일곱시에 막 사무실을 나서려는데 그녀가 전화를 걸어왔다.

"니크한테 말했어요?" 그가 물었다.

"아직요." 딤카가 실망을 표시하기도 전에 그녀가 말을 이었다. "하지만 뭔가 다른 일이 생겼어요. 필리포프가 그를 만나러 왔어요."

"필리포프?" 딤카는 깜짝 놀랐다. "국방부 관리가 당신 남편에게 뭘 원해서요?"

"해코지하는 거죠. 당신과 나 사이를 니크에게 말한 것 같아요."

"그가 왜 그러겠어요? 우리가 회의에서 늘 부딪치기는 하지만, 그렇다고……"

"당신에게 말하지 않은 게 있어요. 필리포프가 내게 수작을 걸었어요."

"바보 같은 새끼. 언제요?"

"두 달 전에 리버사이드 바에서요. 당신은 코시긴과 어디 갔을 때였어요."

"믿을 수가 없군요. 내가 멀리 떠나 있다고 당신이 자기랑 침대로 갈 줄 알았다는 건가?"

"비슷해요. 당혹스럽더군요. 그가 모스크바에 마지막 남은 남자라고 해도 잘 생각 없다고 했어요. 조금 점잖게 대할 걸 그랬나봐요."

"그 일을 복수하려고 니크에게 말했을까요?"

"분명해요."

"니크는 당신에게 뭐라던가요?"

"아무 말도 안 했어요. 그래서 당신이 걱정이에요. 차라리 내 입술을 다시 터뜨리면 좋을 텐데."

"그런 말 말아요."

"당신 때문에 걱정돼요."

"난 괜찮을 거예요. 걱정 말아요."

"조심해요."

"조심하죠."

"집에 걸어가지 말고 차를 타요."

"늘 그래요."

두 사람은 인사를 하고 전화를 끊었다. 딤카는 무거운 코트를 입고 털모자를 쓰고 건물을 나섰다. 그의 모스크비치 408은 크렘린의 주차장에 세워두었으니 그곳에서는 안전했다. 차를 타고 집으로 오면서 혹시 니크가 차로 들이받을 정도로 대담할까 싶었지만 아무 일도 벌어지지 않았다.

그는 집이 있는 건물에 도착해 한 블록 정도 떨어진 곳에 차를 세웠다. 지금이 가장 취약한 순간이었다. 자동차 문에서부터 건물 출입구까지 가로등 불빛 아래를 걸어야 했다. 그들이 그를 두들겨팰 작정이라면 여기서 일을 저지를 수도 있다.

주변에는 아무도 보이지 않았지만 그들은 숨어 있을지 몰랐다.

예상하건대 니크가 직접 공격에 나서지는 않을 것 같았다. 자기가 부리는 깡패들을 보낼 것이다. 딤카는 몇 명이나 될지 궁금했다. 맞서 싸워야 할까? 상대가 두 명이라면 가망이 있었다. 그는 나약하지 않았다. 셋 이상이라면 엎드려서 맞고만 있어야 할지도 모른다.

그는 차에서 내려 문을 잠갔다.

인도를 따라 걸었다. 주차한 밴 뒤에서 쏟아져나올까? 다음 건물 모퉁이를 돌면 나타날까? 이 문가에 숨어 있을까?

그는 집 건물에 도착해 안으로 들어갔다. 어쩌면 그들은 로비에 있을지도 몰랐다.

한참 엘리베이터를 기다려야 했다.

엘리베이터가 도착해 문이 닫히자 혹시 그들이 아파트 안에 있는 게 아닐까 의심스러웠다.

그는 잠긴 현관문을 열었다. 집안은 조용하고 아무 움직임도 없었다. 침실과 거실, 주방, 욕실을 살폈다.

집은 비어 있었다.

그는 문을 잠갔다.

*

딤카는 이 주 동안 언제든 공격받을 수 있다는 두려움을 안고 다녔다. 그리고 그런 일은 없을 거라고 결론지었다. 어쩌면 니크는 아내가 바람피워도 신경쓰지 않을지 몰랐다. 아니면 크렘린에서 일하는 사람은 적으로 삼지 않을 정도로 현명한 자일 수 있다. 어느 쪽이든 딤카는 더 안전하다고 느끼기 시작했다.

예브게니 필리포프의 앙심은 여전히 이해할 수 없었다. 나탈리야가 거부했다고 어떻게 놀랄 수 있단 말인가? 그는 우둔하고 보수적이고 못

생겼고 옷도 못 입었다. 남편뿐 아니라 애인까지 있는 매력적인 여자를 유혹하려 들면서 어떤 상황을 상상했던 것인가? 분명 필리포프는 깊은 감정의 상처를 입었다. 하지만 그의 복수는 먹히지 않은 것 같았다.

그러나 딤카의 머릿속에서 가장 중요한 일은 '프라하의 봄'이라 불리는 체코의 개혁운동이었다. 그것은 쿠바 미사일 위기 이후 크렘린에 가장 격렬한 분열을 야기했다. 딤카의 상관인 소련 수상 알렉세이 코시긴은 낙관론자들의 수장으로 공산주의경제에 만연한 낭비와 비능률의 수렁에서 빠져나갈 길을 모색할 수 있기를 희망했다. 그들은 전략적인 이유로 열의를 숨긴 채 둡체크를 조심스럽게 지켜보되 가능하면 대립은 피하자고 제안했다. 하지만 보수파인 필리포프의 상관 안드레이 그레치코 국방장관과 안드로포프 KGB 의장은 프라하 때문에 불안해했다. 그들은 급진적인 발상이 그들의 권위를 약화시키고 다른 나라들을 물들여 바르샤바조약 군사동맹을 뒤엎을까 두려워했다. 탱크를 보내 둡체크를 몰아낸 뒤 엄격하고 모스크바에 노예처럼 충성하는 공산주의정권을 세우고 싶어했다.

진짜 우두머리인 레오니트 브레즈네프는 자주 그러듯 중립적인 태도를 취한 채 일치된 의견이 나오길 기다렸다.

세계에서 가장 큰 권력을 쥔 부류에 속하는데도 크렘린의 고위 간부들은 정도에서 벗어나는 것을 두려워했다. 마르크스레닌주의는 모든 질문에 답을 주었고, 그러니 최종적인 판단은 아무런 잘못 없이 옳아야 마땅했다. 누구든 다른 결론을 주장하는 사람이라면 괘씸하게도 정통적으로 사고하지 않았음을 드러내는 것밖에 되지 않았다. 딤카는 가끔 바티칸도 이렇게 끔찍할지 궁금했다.

아무도 처음으로 의견을 내서 기록에 남고 싶어하지 않았기 때문에, 언제나처럼 그들은 정치국 회의가 열리기 전 보좌관들로 하여금 비공식적으로 미리 철저히 논의하게 했다.

"둡체크의 문제는 언론의 자유에 대한 수정주의적인 발상만이 아니야." 어느 날 오후 정치국 회의실 밖 넓은 복도에서 예브게니 필리포프가 딤카에게 말했다. "슬로바키아인인 그는, 억압받는 소수인 같은 출신 사람들에게 더 많은 권리를 주고 싶은 거지. 그런 식의 생각이 우크라이나나 벨라루스 같은 곳에 퍼지기 시작한다고 생각해보라고."

언제나 그랬지만 필리포프는 십 년은 시대에 뒤처져 보였다. 요즘 거의 모두가 머리를 길게 길렀지만 그는 여전히 군인처럼 짧게 깎았다. 딤카는 그가 악의적으로 말썽을 일으키는 놈이라는 사실을 잠시나마 잊어보려 애썼다. "그런 위험은 가능성이 희박하죠." 딤카는 주장했다. "소련에 대한 즉각적인 위협은 없어요. 서툰 군사적 간섭을 정당화할 사안은 분명 존재하지 않습니다."

"둡체크는 KGB를 약화시켰어. 프라하에서 여러 명의 요원을 추방하고, 전 외무장관 얀 마사리크의 죽음에 대한 조사를 지시했지."

"KGB는 우호적인 정부의 장관들을 살해할 자격이 있다는 겁니까?" 딤카는 물었다. "그게 헝가리와 동독에 당신이 보내고 싶은 메시지입니까? 그러면 KGB가 CIA보다 더 나빠 보일 겁니다. 적어도 미국인들은 쿠바처럼 적대국 인물만 살해하니까요."

필리포프는 발끈 성질을 냈다. "프라하에 이런 바보짓을 허락해서 얻을 수 있는 게 뭔데?"

"만일 우리가 체코슬로바키아를 침공하면 외교 분야는 얼어붙어버릴 겁니다. 아시겠지만."

"그래서?"

"그러면 서방과의 관계가 타격을 입죠. 우리는 미국과의 긴장을 완화해서 군비 지출을 줄이려고 애써왔습니다. 그런 모든 노력이 방해를 받겠죠. 침공은 어쩌면 리처드 닉슨이 대통령에 선출되도록 도와줄 수도 있습니다. 그리고 그는 미국 국방 예산을 증가시키겠죠. 그러면 우리에게 돈이 얼마나 더 필요할지 생각해보세요!"

필리포프가 말을 자르려 했지만 딤카는 모른 척했다. "침공은 또한 제삼세계에 충격을 줄 겁니다. 우리는 우리를 대신해 전 세계 공산주의의 지도자가 되겠다는 중국과의 경쟁에 직면해 비동맹국들과 관계를 강화하려 힘써왔습니다. 그래서 11월에 세계 공산당 대회도 계획하고 있는 거죠. 만일 우리가 체코슬로바키아를 침공하면 그 회의는 굴욕적 실패로 끝날 수 있습니다."

필리포프는 비웃었다. "그러니까 그냥 둡체크가 하고 싶은 대로 하게 두자는 건가?"

"반대죠." 딤카는 이제 그의 상관이 선호하는 제안을 드러내 보였다. "코시긴이 프라하에 가서 협상을 할 겁니다. 비군사적 해결책이죠."

차례가 돌아온 필리포프는 테이블에 그의 패를 내려놓았다. "국방부는 정치국 회의에서 그 계획을 지지할 거야. 하지만 협상이 실패할 경우 즉시 침공 준비를 시작한다는 조건을 걸겠네."

"좋습니다." 딤카는 군은 어차피 준비를 한다고 확신했다.

결정은 내려졌고 그들은 반대 방향으로 움직였다. 딤카가 사무실에 돌아온 순간 비서 베라 플레트네르가 수화기를 들었다. 그는 그녀의 얼굴이 타자기에 끼워진 종이와 같은 색으로 변하는 것을 보았다. "무슨 일 생겼어요?" 그가 말했다.

그녀는 수화기를 건네주었다. "전 부인 전화예요."

신음을 삼키며 딤카는 수화기를 받아들고 말했다. "뭐야, 니나?"

"빨리 와!" 그녀가 비명을 질렀다. "그리샤가 없어졌어!"

딤카는 심장이 멎는 것 같았다. 그들이 그리샤라고 부르는 그리고르는 만 다섯 살이 되지 않았고, 아직 학교에 들어가기 전이었다. "없어지다니 무슨 말이야?"

"찾을 수가 없어. 사라졌어. 다 찾아봤는데!"

딤카는 가슴에 통증을 느꼈다. 차분함을 유지하려고 기를 썼다. "마지막으로 본 게 언제 어디서야?"

"당신 어머니 본다고 올라갔어. 혼자 보냈지. 늘 그랬어. 엘리베이터 타고 세 층만 올라가면 되니까."

"그게 언제야?"

"한 시간도 안 지났어. 당신이 와야 해!"

"지금 가. 경찰에 전화해."

"빨리 와!"

"경찰에 전화해, 알았어?"

"알았어."

딤카는 수화기를 내려놓고 사무실을 나섰다. 건물 밖으로 뛰어나갔다. 지체할 시간이 없어 코트를 입지도 않았지만 모스크바의 차가운 공기는 거의 느껴지지 않았다. 그의 모스크비치에 올라타 운전대에 붙은 변속레버를 1단에 놓고 주차장을 급히 빠져나갔다. 발이 바닥에 붙을 만큼 액셀을 밟았지만 작은 차는 속도를 내지 못했다.

니나는 그와 함께 살던 정부 주택 아파트를 아직 소유하고 있었고, 크렘린에서 그곳까지의 거리는 채 2킬로미터도 되지 않았다. 딤카는 이중주차를 해놓은 채 뛰어들어갔다.

로비에는 KGB의 도어맨이 있었다. "안녕하십니까, 드미트리 일리치." 그는 공손하게 인사했다.

"우리 아들 그리샤 못 봤습니까?" 딤카가 말했다.

"오늘은 못 봤습니다."

"아이가 없어졌대요. 밖으로 나갔을 수도 있을까요?"

"제가 점심시간 후 한시에 돌아온 뒤로는 나가지 않았습니다."

"오늘 건물에 들어온 외부인은 없나요?"

"늘 그렇듯 몇 명 있습니다. 제가 명단을—"

"명단은 나중에 보죠. 그리샤를 보면 아파트로 즉시 전화해주세요."

"네, 물론입니다."

"금방 경찰이 올 겁니다."

"바로 올려보내겠습니다."

딤카는 엘리베이터를 기다렸다. 땀이 나서 몸이 미끄러웠다. 너무 조마조마한 나머지 엉뚱한 버튼을 누르는 바람에 엘리베이터가 중간에 서 있는 동안 기다려야 했다. 니나가 사는 층에 도착했더니 그녀는 딤카의 어머니인 아냐와 함께 복도에 나와 있었다.

아냐는 꽃무늬 앞치마에 강박적으로 손을 문질렀다. 그녀가 말했다. "우리집엔 아예 오지도 않았어. 무슨 일인지 영문을 모르겠구나!"

"길을 잃은 건 아닐까?" 딤카가 말했다.

니나가 말했다. "전에도 스무 번은 가봤어. 길을 안다고. 하지만, 그래. 뭔가에 정신이 팔려서 엉뚱한 곳으로 갔을 수도 있지. 이제 다섯 살이니까."

"도어맨이 확실히 밖으로 나가지는 않았다고 했어. 그러니까 그냥 찾아보기만 하면 돼. 집집마다 문을 두드리는 거야. 아니, 잠깐만. 여기 사는 사람들 대부분 전화가 있잖아. 내가 내려가서 도어맨 전화로 집집마다 전화를 할게."

아냐가 말했다. "누구네 집안에 있는 게 아닐 수도 있어."

"두 사람은 복도하고 계단, 청소도구실을 살펴봐줘요."

"알았다." 아냐가 말했다. "엘리베이터로 꼭대기층까지 올라가서 내려오면서 찾을게."

두 사람은 엘리베이터를 탔고 딤카는 계단을 뛰어내려갔다. 로비에서 그는 도어맨에게 사정을 이야기하고 아파트마다 전화를 돌리기 시작했다. 건물 안에 얼마나 많은 가구가 있는지 확실히 알 수 없었다. 백 가구는 될까? "어린 남자애를 잃어버렸습니다. 혹시 보셨나요?" 그는 상대방이 전화를 받을 때마다 말했다. "아뇨"라는 말을 듣자마자 전화를 끊고 다음 집으로 전화를 돌렸다. 전화를 받지 않거나 전화가 없는 집은 따로 표시해두었다.

네 개 층에 전화를 돌렸지만 한 가닥의 희망도 찾지 못했을 때 경찰이 도착했다. 뚱뚱한 경사 한 명과 부하 한 명이었다. 그들의 차분한 태도는 딤카를 미치게 만들었다. "우리가 둘러보죠." 경사가 말했다. "우리는 이 건물을 압니다."

"제대로 수색하려면 두 명보다는 인원이 많아야 합니다!" 딤카가 말했다.

"필요하면 추가로 부르겠습니다." 경사가 말했다.

딤카는 그들과 다투며 시간을 보내고 싶지 않았다. 다시 전화를 돌리기 시작했지만 이제 니나와 아냐가 찾아낼 가능성이 가장 높다는 생각이 들었다. 만일 아이가 엉뚱한 집으로 들어갔다면 지금쯤이면 집주인이 분명 도어맨에게 전화를 걸어왔을 터였다. 그리샤는 계단을 오르내리다가 길을 잃었을 수도 있다. 딤카는 어린 녀석이 얼마나 두려웠을지 생각하니 울고 싶어졌다.

십 분 더 전화를 돌리던 중 두 경찰관이 지하실에서 계단을 통해 올라왔고, 둘 사이에 그리샤가 경사의 손을 잡은 채 걷고 있었다.

딤카는 수화기를 떨어뜨리고 아들에게 달려갔다.

그리샤가 말했다. "문을 못 열었어. 나 울었어!"

딤카는 안도감에 애써 눈물을 참으며 아이를 들어올려 껴안았다.

잠시 후 그가 말했다. "어떻게 된 거야, 그리샤?"

"경찰 아저씨가 나 찾았어." 아이가 말했다.

계단통에서 나타난 아냐와 니나는 안도감에 빠져 달려왔다. 니나는 그리샤를 딤카에게서 떼어내 부서져라 끌어안았다.

딤카는 경사를 향해 돌아섰다. "어디서 찾았습니까?"

남자는 스스로 만족스러운 모양이었다. "지하실에 있는 창고였습니다. 문이 잠겼는데 아이 손이 손잡이에 닿지 않았나봅니다. 놀랐겠지만 다른 이상은 없어 보입니다."

딤카는 아이에게 말했다. "말해봐, 그리샤. 지하실엔 왜 내려갔어?"

"아저씨가 거기 강아지 있댔어. 그런데 강아지는 못 찾았어!"

"아저씨?"

"응."

"아는 사람이었어?"

그리샤는 고개를 흔들었다.

경사는 가보려고 모자를 썼다. "끝이 좋으면 다 좋은 거죠, 그럼."

"잠깐만요." 딤카가 말했다. "아이 말 들었잖아요. 누군가 강아지 얘기를 하면서 아이를 지하로 꾄 겁니다."

"네, 저한테도 얘기했습니다. 하지만 제가 아는 한 범죄는 없었던 것 같습니다."

"아이가 유괴를 당했는데!"

"정확히 무슨 일이 있었는지 알기는 어렵습니다. 특히나 정보가 이렇게 어린아이한테서 나온 경우라면 말이죠."

"전혀 어렵지 않습니다. 한 남자가 교묘한 말로 아이를 속여서 지하 창고로 내려가게 하고 그곳에 버려둔 거죠."

"하지만 그게 무슨 의미가 있겠습니까?"

"이것 봐요. 아이를 찾아준 건 고맙게 생각합니다만, 당신들 이 상황을 너무 가볍게 받아들이는 거 아닙니까?"

"아이들은 매일 사라집니다."

딤카는 의심스러워지기 시작했다. "어디를 찾아봐야 할지는 어떻게 알았습니까?"

"운이 좋았죠. 말씀드렸다시피 우린 이 건물에 익숙하거든요."

딤카는 아직 흥분한 상태에서 의심스럽다는 말은 하지 않기로 했다. 그는 경관으로부터 돌아서서 그리샤에게 다시 말했다. "아저씨가 이름은 알려줬어?"

"응." 그리샤가 말했다. "아저씨 이름은 니크래."

*

다음날 아침 딤카는 니크 스모트로프의 KGB 파일을 요구했다.

그는 격분했다. 총을 구해 니크를 쏴 죽이고 싶었다. 차분해야 한다고 끝없이 스스로를 다독였다.

니크가 어제 도어맨을 통과하기는 어렵지 않았을 터였다. 물건 배달을 온 척할 수도 있고, 정당하게 그곳에 사는 누군가의 뒤에 바짝 붙어서 일행처럼 행동했을 수도 있고, 아니면 그냥 공산당원증을 보여줬을지도 모른다. 생각해보면 그리샤가 건물 한곳에서 다른 곳으로 혼자 움직일 거라는 사실을 어떻게 파악했는지 확인하기는 좀더 어려웠지만, 생각 끝에 아마도 니크가 며칠 전 미리 건물을 정찰했으리라 결론지었다. 이웃 사람들과 이야기를 나눠 아이의 하루 일과를 파악하고 가장 좋은 기회를 택했을 수도 있다. 지역 경찰에게도 돈을 먹였을 것이다.

그의 목적은 딤카에게 거의 죽음에 이르는 공포를 안기는 것이었다.

그는 성공했다.

하지만 후회하게 될 것이다.

원칙적으로 알렉세이 코시긴은 수상으로서 원하면 누구의 파일이든 볼 수 있었다. 현실적으로는 KGB의 수장 유리 안드로포프가 코시긴이 볼 수 있는 것과 없는 것을 결정할 것이다. 딤카는 니크가 범죄 활동은 해도 정치적 요소가 없으니 파일의 열람이 불가능할 리 없다고 생각했다. 말할 것도 없이 파일은 그날 오후 책상에 도착했다.

두꺼운 파일이었다.

의심했던 대로 니크는 암시장 상인이었다. 그런 사람 대부분이 그렇듯 그 역시 기회주의자였다. 닥치는 대로 사고팔았다. 꽃무늬 셔츠, 비싼 향수, 전자기타, 란제리, 스카치위스키. 소련에서 구하기 어려운 불법 수입 사치품이라면 뭐든 취급했다. 딤카는 니크를 파괴할 꼬투리가 없을까 조심스럽게 파일을 살폈다.

KGB는 소문을 다루고 있었고, 딤카는 뭔가 명확한 것이 필요했다. 경찰에 가서 KGB 파일의 내용을 말하고 수사를 요구할 수도 있다. 하지만 니크는 분명 경찰에 뇌물을 먹이고 있을 것이다. 그러지 않고는 이렇게 오래 범죄를 저지르면서도 무사할 리 없다. 그리고 그를 보호하는 자들은 당연히 뇌물이 계속 들어오기를 바랄 것이다. 그러니 수사가 무위로 돌아가기를 바랄 것이다.

파일은 니크의 사생활에 대한 많은 내용을 담고 있었다. 그에게는 정부 한 명과 여러 명의 여자친구가 있었고, 그 가운데 한 명은 마리화나를 피웠다. 그의 여자친구들에 대해 나탈리야는 얼마나 알고 있을지 궁금했다. 니크는 오후에는 중앙시장 근처 마드리드라는 바에서 사업 동료들을 자주 만났다. 예쁜 아내가 있는데—

니크의 아내가 코시긴 수상의 보좌관 드미트리 일리치 '딤카' 드보르킨과 오랫동안 연애하고 있다는 대목을 읽고 딤카는 충격을 받았다.

자신의 이름을 보니 끔찍했다. 비밀이란 없는 듯했다.

그래도 사진이나 녹음테이프는 없었다.

하지만 딤카가 한 번도 본 적 없는 니크의 사진은 있었다. 매력적으로 웃는 잘생긴 남자였다. 사진 속 그는 최신 패션인 어깨 장식용 견장이 달린 재킷을 입고 있었다. 자료에 따르면 키가 180센티미터 정도에 몸이 탄탄했다.

딤카는 그를 두들겨패서 곤죽을 만들고 싶었다.

복수에 대한 환상은 접어두고 계속 읽었다.

이내 그는 노다지를 찾았다.

니크는 붉은 군대로부터 텔레비전을 사들이고 있었다.

소련의 군대는 예산이 어마어마했고, 비애국적으로 비칠까봐 그 누구도 감히 의문을 제기하지 못했다. 일부 예산은 서방에서 첨단기술 장비를 사들이는 데 사용되었다. 특별히 매년 붉은 군대는 수백 대의 비싼 텔레비전을 구매했다. 선호하는 브랜드는 서베를린의 프랑크였는데, 뛰어난 화질과 엄청난 사운드를 자랑했다. 파일에 따르면 이런 TV의 대부분은 군이 필요로 하는 것이 아니었다. 소수의 중간급 장교들이 TV를 주문했는데, 그들의 이름도 파일에 적혀 있었다. 이후 장교들은 쓸모없어졌다며 니크에게 텔레비전을 싸게 팔아넘겼고, 니크는 그것들을 엄청난 가격에 암시장에 내다팔아 수익을 함께 나누었다.

니크의 거래 대부분은 소액이었지만, 이 거래는 그에게 몇 년 동안 엄청난 돈을 벌어다주고 있었다.

파일 속 이야기가 진짜라는 증거는 없지만 딤카는 완벽히 이해되었다. KGB가 이 건을 군에 보고했지만 군의 조사는 증거 없음으로 결론났다. 딤카의 생각에는 조사 담당자도 거래에 연루되어 있을 가능성이 가장 높았다.

그는 나탈리아의 사무실로 전화를 걸었다. "빨리 뭐 좀 물어볼게요." 그가 말했다. "집에 있는 TV 브랜드가 뭐죠?"

"프랑크요." 그녀는 즉시 말했다. "아주 좋아요. 당신이 좋다면 하나 구해줄 수 있어요."

"아뇨, 고맙지만 괜찮아요."

"왜 물어요?"

"나중에 설명하죠." 딤카는 전화를 끊었다.

그는 시계를 보았다. 다섯시였다. 크렘린을 나와 차를 타고 사도바야 사모툐치나야라는 거리로 향했다.

니크가 겁을 먹게 해야 했다. 쉽지는 않겠지만 그래야 했다. 그가 다시는 딤카의 가족을 위협해선 절대 안 된다는 사실을 이해할 필요가 있었다.

그는 모스크비치를 세웠지만 바로 내리지는 않았다. 쿠바 미사일 프로젝트를 진행할 당시의 마음을 되새겼다. 그때 그는 어떤 희생을 치르더라도 임무를 비밀로 해야 했다. 그 일을 해내야 한다는 이유로 망설임 없이 사람들의 경력을 망가뜨리고 삶을 망쳐놓았다. 이제는 니크를 파멸시켜야 했다.

그는 차문을 잠그고 마드리드 바로 걸어갔다.

문을 열고 안으로 들어섰다. 가만히 서서 주위를 둘러보았다. 음산한 분위기의 현대적인 곳으로 차갑고 플라스틱 느낌인데다 전기히터 하나로는 제대로 난방이 되지 않았고 벽에는 플라멩코 댄서 사진이 몇 장 걸려 있었다. 몇 안 되는 손님들이 호기심 어린 시선으로 그를 바라보았다. 다들 하찮은 사기꾼 같았다. 파일 속 니크의 사진과 닮은 사람은 없었다.

멀리 안쪽 끝 모퉁이에 바가 있고 그 옆에 회원 전용이라는 표시가 붙은 문이 보였다.

딤카는 주인이라도 되는 양 실내를 가로질렀다. 아무 제지도 받지 않고 바 안쪽에 있는 남자에게 말했다. "니크는 안에 있나?"

그는 딤카에게 여기서 기다리라고 말할 눈치였다가 딤카의 얼굴을 다시 보더니 이내 마음을 바꿔먹었다. "네." 그가 말했다.

딤카는 문을 안쪽으로 밀어서 열었다.

작은 뒷방에서는 네 명의 남자가 카드 게임을 하는 중이었다. 테이블 위에는 많은 돈이 놓여 있었다. 한쪽 소파에는 젊은 여자 둘이 칵테일 드레스 차림에 두꺼운 화장을 하고 앉아서 따분해 보이는 모습으로 기다란 미국 담배를 피우고 있었다.

딤카는 니크를 즉시 알아보았다. 사진으로 예상했던 것처럼 잘생긴 얼굴이었지만 사진은 차가운 인상은 잡지 못했다. 니크는 그를 쳐다보더니 말했다. "여긴 아무나 오는 곳이 아니야. 꺼져."

딤카가 말했다. "전할 말이 있어서 왔다."

니크는 카드를 테이블 위에 엎어놓고 물러나 앉았다. "도대체 뭐하는 새끼야?"

"뭔가 나쁜 일이 벌어질 거다."

카드 게임을 하던 두 사람이 일어나 딤카와 마주보고 섰다. 한 사람은 재킷 안쪽으로 손을 넣었다. 아무래도 무기를 꺼내려는 것 같았다. 하지만 니크가 조심하라는 듯 손을 들어 보이자 멈칫했다.

니크는 딤카에게서 눈을 떼지 않았다. "무슨 소리야?"

"나쁜 그 일이 벌어지면 넌 누구 때문에 이러는지 묻게 될 거다."

"네가 말해줄 건가?"

"지금 말해주지. 그건 드미트리 일리치 드보르킨이야. 그가 네 문제의 원인이지."

"난 아무 문제도 없어, 멍청한 놈."

"어제까지는 없었겠지. 넌 실수한 거야, 멍청한 놈."

주위의 남자들은 긴장했지만 니크는 차분함을 잃지 않았다. "어제?" 그가 눈을 가늘게 떴다. "너 그년이랑 놀아나는 그놈이야?"

"어떻게 해야 할지도 모를 정도로 곤경에 빠진 걸 깨닫는 순간 내 이름을 떠올려라."

"네가 딤카군!"

"날 다시 보게 될 거다." 딤카는 천천히 뒤돌아 밖으로 걸어나왔다.

바 안에서 걸어나오는 동안 모두의 눈이 그에게 쏠렸다. 그는 언제든 뒤에서 총알이 날아올지 모른다고 생각하면서도 똑바로 앞만 보고 걸었다.

출입문에 다다라 밖으로 나왔다.

속으로 씩 웃었다. 빠져나왔어. 그는 생각했다.

이제 그가 한 협박을 행동으로 옮겨야 했다.

그는 도심에서 9킬로미터를 달려 호딘카 비행장으로 간 뒤 붉은 군대 정보부 본부에 차를 세웠다. 오래된 건물은 스탈린 시대의 기이한 건축물 가운데 하나로 9층짜리 탑 외곽을 2층 건물이 둘러싸고 있다. 규모가 커진 정보부는 근처의 15층짜리 새 건물까지 차지하고 있었다. 정보조직은 절대 작아지는 법이 없다.

니크에 대한 KGB 파일을 들고 딤카는 오래된 건물로 들어가 볼로댜 페시코프 장군을 만나러 왔다고 말했다.

경비병이 말했다. "약속하셨습니까?"

딤카는 목소리를 높였다. "헛소리하지 마, 자식아. 장군 비서에게 전화해서 그냥 내가 왔다고 해."

불안한 움직임이 한바탕 지나가고—부름을 받지 않고 이곳을 찾아오는 사람은 거의 없다—그는 금속탐지기를 지나 엘리베이터를 타고 꼭대기층으로 안내를 받았다.

주변에서 가장 높은 건물인 이곳은 모스크바의 지붕들이 내려다보여 경치가 멋졌다. 볼로다는 딤카를 반갑게 맞이하고 차를 권했다. 딤카는 늘 외삼촌이 좋았다. 이제 오십대 중반인 볼로댜는 머리가 은색으로 셌다. 파란 눈의 시선이 날카로웠지만 그는 개혁파였다. 대개 보수적인 군인들 사이에서 개혁파는 드물었다. 하지만 그는 미국에 가본 경험이 있었다.

"무슨 생각인 거야?" 볼로댜가 말했다. "누굴 죽이기라도 할 표정이구나."

"문제가 있어요." 딤카가 말했다. "적을 만들었습니다."

"특이할 것도 없지. 네가 일하는 분야에서는."

"정치하고는 상관없는 일이에요. 니크 스모트로프는 깡패입니다."

"어쩌다가 그런 놈하고 말썽이 생긴 거야?"

"그자의 아내와 잠자리를 하고 있어요."

볼로댜는 못마땅한 눈치였다. "그리고 그가 널 협박하는 거로군."

볼로댜는 아마 과학자인 외숙모 조야에게 단 한 번도 충실하지 않았던 적이 없을 것이다. 그녀는 아름다운데다 똑똑했다. 하지만 그렇다고 딤카에게 공감할 수 없는 것은 아니었다. 볼로댜 자신이 어리석게도 니나 같은 사람과 결혼했다면 지금 다른 기분일지 몰랐다.

딤카가 말했다. "니크가 그리샤를 납치했어요."

볼로댜는 자세를 고쳐 앉았다. "뭐? 언제?"

"어제요. 정부 주택 지하 창고에 갇혀 있는 걸 찾았어요. 하지만 그건 경고였습니다."

"그 여자를 포기해야지!"

딤카는 그 말을 무시했다. "외삼촌을 찾아온 특별한 이유가 있어요. 제게 도움을 주시면서 동시에 군에도 좋은 일을 할 수 있습니다."

"말해봐."

"니크는 매년 군의 엄청난 예산을 낭비하는 사기에 연루되어 있습니다." 딤카는 TV에 대해 설명했다. 말을 마치고 볼로댜의 책상에 파일을 올려놓았다. "여기 전부 들었어요. 전체 일을 꾸민 장교들 이름까지 있습니다."

볼로댜는 파일을 집어들지 않았다. "난 경찰이 아니야. 내가 니크라는 이자를 체포할 수는 없어. 그자가 경찰에게 뇌물을 먹이고 있다면 내가 할 수 있는 일도 별로 없다."

"하지만 관련된 장교들은 체포할 수 있으시죠."

"아, 그렇지. 놈들은 24시간 내에 군 교도소에 갇힐 거다."

"사업 전체를 중단시킬 수도 있고요."

"아주 빨리."

그러면 니크는 망하는 거지. 딤카는 생각했다. "고마워요, 외삼촌." 그가 말했다. "아주 큰 도움이 되었습니다."

*

딤카가 체코슬로바키아로 가기 위해 아파트에서 짐을 싸고 있을 때 니크가 그를 만나러 왔다.

정치국은 코시긴의 계획을 승인했다. 딤카는 그와 함께 프라하로 날아가 위기를 해결할 비군사적 방안을 협상할 예정이었다. 그들은 자유화 실험을 계속하도록 허락하는 동시에 소련 체제에 대한 근본적인 위협은 없다는 사실을 완고한 보수주의자들에게 확인시켜줄 방법을 찾아내야 했다. 하지만 딤카는 장기적으로 소련 체제가 반드시 바뀌리라는 희망을 품고 있었다.

프라하의 5월은 포근하고 습할 것이다. 딤카가 레인코트를 개고 있는데 현관 초인종이 울렸다.

이 건물에는 도어맨이나 인터컴이 없었다. 건물 출입문은 항상 열려 있고 손님들은 미리 알리지 않고 위층으로 올라올 수 있었다. 전처가 살고 있는 옛집인 정부 주택처럼 화려하지도 않았다. 가끔은 억울한 생각이 들었지만 대신 그리샤가 할머니와 가까이 살 수 있어 만족했다.

문을 연 딤카는 애인의 남편이 서 있는 모습에 깜짝 놀랐다.

니크가 3센티미터 가까이 더 크고 몸도 무거웠지만 딤카는 맞설 준비가 되어 있었다. 그는 한 걸음 뒤로 물러나 가장 가까이 있는 묵직한 물건인 유리 재떨이를 무기 삼아 집었다.

"그럴 필요 없어." 니크는 그렇게 말했지만 안으로 들어서더니 문을 닫았다.

"꺼져." 딤카가 말했다. "지금 돌아가. 더 문제 키우기 전에." 그는 간신히 실제 마음보다 더 확신에 찬 목소리를 낼 수 있었다.

니크는 뜨거운 증오가 담긴 눈빛으로 그를 쏘아보았다. "무슨 뜻인지 잘 알겠어." 그가 말했다. "넌 내가 두렵지 않아. 내 삶을 거지로 만들어 놓을 수 있을 만큼 권력이 강하니까. 내가 널 두려워해야겠지. 좋아, 알았어. 두려워."

두려워하는 목소리는 아니었다.

딤카가 말했다. "여긴 뭐하러 온 거야?"

"그년은 아무래도 괜찮아. 내가 결혼한 이유는 어머니를 기쁘게 해드리기 위해서였으니까. 그나마 이젠 돌아가셨지만. 하지만 다른 놈이 불을 쑤석거리면 남자 자존심이 상하는 법이지. 무슨 말인지 알 거야."

"요지를 말해."

"내 사업이 엉망이 되었어. 군에 있는 놈들이 TV를 파는 건 둘째 치고 나랑 말을 안 섞어. 내가 만들어준 돈으로 침실 넷 딸린 다차를 세운 놈들이 이제는 길거리에서 내게 말도 안 붙이고 지나간다고. 그나마 감방에 안 간 놈들은."

"내 아들을 위협하지 말았어야지."

"이제 알겠군. 난 마누라가 어느 어린 관료놈에게 다리를 벌리는 줄 알았어. 그 친구가 빌어먹을 장군님인 줄은 몰랐지. 내가 널 과소평가했어."

"그러니까 꺼져. 집에 가서 상처나 핥으라고."

"나도 먹고는 살아야지."

"일을 해."

"농담은 제발 그만두지. 서방의 TV를 들여올 다른 줄을 잡았어. 군하고는 상관없어."

"내가 왜 신경써야 하지?"

"난 네가 망가뜨린 사업을 다시 세울 수 있어."

"그래서?"

"들어가서 좀 앉아도 되겠나?"

"멍청한 개소리 좀 하지 마."

니크의 눈에서 다시 분노가 타올라 딤카는 너무 지나쳤나 두려웠지만 불꽃은 잦아들고 니크는 순순하게 말했다. "좋아, 거래를 하자. 내가 수익의 10퍼센트를 주지."

"나더러 너랑 같이 사업을 하라는 거야? 범죄조직에서? 미쳤군."

"좋아, 20퍼센트. 넌 날 가만 내버려두기만 하면 돼."

"난 네 돈을 원하는 게 아니야, 멍청한 친구. 여긴 소련이야. 미국처럼 원하는 걸 뭐든 다 살 수는 없어. 내 연줄이 네가 줄 돈보다 훨씬 가치가 크다고."

"분명 뭔가 원하는 게 있나보군."

이 순간까지 딤카는 단지 니크의 균형을 무너뜨리기 위해 실랑이를 했지만 이제 기회를 포착했다. "아, 있지." 그가 말했다. "내가 원하는 게 있어."

"말해봐."

"네 아내랑 이혼해."

"뭐?"

"네가 이혼하길 바란다고."

"나탈리야랑 이혼하라고?"

"네 아내랑 이혼해." 딤카는 다시 말했다. "그 세 마디가 이해하기 어렵나?"

"지랄, 그게 다야?"

"그래."

"그년이랑 결혼해. 난 어차피 건드리지도 않아."

"이혼하면 건드리지 않겠다. 난 경찰도 아니고 소련의 부패에 맞서서 운동을 벌이는 사람도 아니야. 더 중요한 임무가 있어."

"거래된 거야." 니크는 문을 열었다. "그년을 올려보내지."

그 말에 딤카는 놀랐다. "같이 왔어?"

"차에서 기다리고 있지. 그년 물건은 챙겨서 내일쯤 보내겠다. 다시는 내 집에 오지 않았으면 하니까."

딤카는 목소리를 높였다. "감히 그녀를 때릴 생각은 마. 만일 멍이라도 들면 거래는 다 취소야."

니크는 문가에서 돌아서더니 위협적으로 손가락을 들어 보였다. "약속을 어기지나 마. 날 엿먹이려고 들면 그넌 젖꼭지를 주방가위로 잘라 버리겠어."

그는 정말 그럴 것 같았다. 딤카는 몸이 떨리는 것을 억눌렀다. "내 집에서 나가."

니크는 문도 닫지 않고 가버렸다.

딤카는 달리기를 한 것처럼 숨을 몰아쉬었다. 그는 아파트의 작은 현관에 가만히 서 있었다. 계단을 내려가는 니크의 발소리가 들렸다. 그는 현관 앞 탁자에 재떨이를 내려놓았다. 땀으로 손가락이 미끄러워 재떨이를 떨어뜨릴 뻔했다.

꿈속에서 벌어진 일 같았다. 니크가 정말 이 현관에 서서 이혼하기로 합의했나? 내가 정말 겁을 주어 그를 쫓아낸 건가?

잠시 후 다른 종류의 발소리가 계단에서 들렸다. 더 가볍고 빠르게 올라오는 소리였다. 그는 아파트 밖으로 나가지 않았다. 서 있는 곳에서 옴짝달싹 못하게 된 느낌이었다.

나탈리야가 문가에 나타났고, 활짝 웃는 그녀의 미소가 주변 전체를 밝혀주었다. 그녀는 그의 품에 몸을 던졌다. 그는 그녀의 풍성한 곱슬머리에 얼굴을 묻었다. "당신 왔군요." 그가 말했다.

"네." 그녀가 말했다. "그리고 절대 안 떠날 거예요."

44장

레베카는 외도의 유혹을 느꼈다. 하지만 베른트에게 거짓말은 할 수 없어서 크게 뉘우치며 모든 걸 털어놓았다. "진짜 좋은 사람을 만났어요." 그녀가 말했다. "키스도 했어요. 두 번. 정말 미안해요. 다시는 그러지 않을게요."

남편이 무슨 말을 할지 두려웠다. 당장 이혼하자고 할지도 몰랐다. 대부분 남자들은 그랬다. 베른트는 대부분 남자들보다 좋은 사람이지만. 하지만 그가 화를 내지도 않고 그저 비웃는다면 가슴이 찢어질 것이다. 그녀는 세상에서 가장 사랑하는 사람에게 상처를 주는 것이다.

하지만 고백에 대한 베른트의 대답은 그녀가 예상한 그 어느 것과도 달라 충격이었다. "계속 그렇게 해." 그가 말했다. "그 남자랑 사귀라고."

두 사람은 침대에서 막 자려던 참이었고, 그녀는 몸을 돌려 그를 빤히 보았다. "어떻게 그렇게 말해요?"

"지금은 1968년, 자유연애의 해야. 모두가 다른 모두와 섹스를 하고 있어. 왜 당신만 빠져야 해?"

"진심은 아니겠죠."

"내가 너무 사소한 일이라는 것처럼 말하긴 했군."

"무슨 뜻이에요?"

"당신이 날 사랑하는 거 알아." 그가 말했다. "나랑 섹스하는 걸 좋아하는 것도 알아. 하지만 남은 평생 진짜를 경험해보지도 못하고 살 필요는 없어."

"진짜가 따로 있는 게 아니에요." 그녀가 말했다. "사람마다 다른 거죠. 당신이랑 하는 게 한스와의 경험보다 훨씬 좋아요."

"우리가 서로 사랑하니까 언제나 좋겠지. 하지만 난 당신에겐 진짜 기분좋은 성교가 필요하다고 봐."

맞는 말이라고 생각했다. 그녀는 베른트를 사랑했고 그들의 특별한 섹스도 좋았다. 하지만 클라우스가 그녀의 몸 위에 엎드려 키스하고 몸속에서 움직이는 상상을 하면, 또 밀고 들어오는 그를 어떻게 엉덩이를 들어올려서 받아들일지 생각하면 금방 몸이 젖었다. 그녀는 이런 감정이 부끄러웠다. 나는 짐승인가? 그럴지도 모른다. 하지만 그녀에게 무엇이 필요한지에 대한 베른트의 말은 옳았다.

"내가 이상한가봐요." 그녀가 말했다. "어쩌면 전쟁 때 경험 때문일 수도 있어요." 붉은 군대 병사들에게 강간당하려던 찰나 카를라가 자기 몸을 대신 내주었다는 이야기를 베른트에게는—그외에는 아무에게도 하지 않았다—털어놓았다. 독일 여자들은 심지어 서로서로도 그때 이야기를 하지 않았다. 하지만 레베카는 고개를 똑바로 들고 계단을 오르던 카를라와 발정난 개처럼 그뒤를 따라가던 소련 병사들의 모습을 절대 잊지 못할 것이다. 열세 살이던 레베카는 그들이 무슨 짓을 할지 알았고, 그런 일이 자신에게 벌어지지 않았다는 안도감에 눈물을 흘렸다.

베른트는 예리하게 물었다. "카를라가 괴로운 일을 당할 때 빠져나갔다는 죄책감도 느꼈나?"

"네, 이상하지 않아요?" 그녀가 말했다. "난 어린애고 희생자였어요. 하지만 내가 무슨 부끄러운 짓을 한 것처럼 느껴졌어요."

"드문 일은 아니지." 베른트가 말했다. "전투에서 살아남은 남자들도 양심의 가책을 느껴. 다른 사람들은 죽었는데 자기는 죽지 않아서." 베른트는 이마에 젤로브 고지 전투에서 생긴 상처가 있다.

"카를라와 베르너에게 입양된 뒤로는 좀 나았어요." 레베카가 말했다. "그렇게 되니까 왠지 괜찮은 것 같았죠. 부모는 아이들을 위해 스스로를 희생하잖아요? 여자들은 고생해가며 아이들을 세상에 내보내죠. 어쩌면 별로 말이 안 될 수도 있지만, 일단 카를라의 딸이 되니 그럴 자격이 생긴 느낌이었어요."

"말이 되는군."

"당신 진짜 내가 다른 남자랑 자기를 원해요?"

"그래."

"하지만 왜요?"

"그 반대가 더 나빠서 그래. 그러지 않는다면 당신은 늘 마음속으로 나 때문에 뭔가를 놓쳤다는 느낌이 들 거야. 나 때문에 희생했다고 말이야. 난 당신이 계속 사람을 만나고 애를 써봤으면 좋겠어. 자세한 이야기를 밝힐 건 없어. 그냥 집에만 오고 날 사랑한다고 말해줘."

"모르겠어요." 레베카는 그렇게 말하고 불편한 잠으로 그날 밤을 보냈다.

다음날 저녁 그녀는 거대한 녹색 지붕을 얹은 네오르네상스 양식의 함부르크 시 의사당 건물 회의실에서 그녀의 애인이 되고 싶어하는 클라우스 크론 옆자리에 앉아 있었다. 그녀는 함부르크라는 도시 정부를 운영하는 의회의 의원이었다. 위원회는 빈민가를 철거하고 새로운 쇼핑센터를 세우자는 제안을 논의하고 있었다. 하지만 그녀의 머릿속은 온통 클라우스였다.

그녀는 오늘 저녁 회의가 끝나면 클라우스가 바에 가서 한잔하자고 초대할 것이 분명하다고 생각했다. 그러면 이번이 세번째였다. 처음 함께 술을 마신 날 헤어질 때 그는 그녀에게 키스를 했다. 두번째 만남에서는 결국 주차장에서 열정적으로 껴안게 되었고, 두 사람은 입을 벌려 키스했고 그가 그녀의 가슴을 만졌다. 오늘밤은 그가 분명 자기 아파트로 가자고 할 거라고 확신했다.

어떻게 해야 할지 알 수 없었다. 그녀는 토론에 집중할 수 없었다. 메모장에 낙서를 했다. 지루하기도 하고 불안하기도 했다. 회의는 지겨웠지만 회의가 끝나면 무슨 일이 생길지 두려워 끝나지 않았으면 했다.

클라우스는 매력적인 남자였다. 똑똑하고 친절하고 멋지고 나이도 그녀와 같은 서른일곱 살이었다. 그의 아내는 이 년 전 자동차 사고로 죽었고 아이는 없었다. 영화배우를 기준으로 보면 잘생기지 않았어도 미소가 따뜻했다. 오늘밤은 정치인답게 파란색 정장 차림이었지만 회의실에서 셔츠 단추를 풀고 있는 유일한 남자였다. 레베카는 그와 잠자리를 갖고 싶었고, 그 마음이 간절했다. 동시에 두려웠다.

회의가 마무리되었고 예상대로 클라우스는 의사당에서 제법 떨어진 조용한 요트 바에서 만나지 않겠느냐고 물었다. 두 사람은 따로 차를 몰고 그곳까지 갔다.

작고 어두운 바는 요트를 소유한 사람들이 주로 찾는 곳이라 낮에 가장 붐볐다. 지금은 조용하고 거의 아무도 없었다. 클라우스는 맥주를 주문했고 레베카는 젝트*를 한 잔 시켰다. 자리를 잡고 주문을 마치자마

* 독일에서 스파클링 와인을 이르는 말.

자 그녀는 말했다. "우리 이야기 남편에게 했어요."

클라우스는 깜짝 놀랐다. "왜요?" 그가 말했다. 그러고는 덧붙였다. "별로 말할 것도 많지 않잖아요." 그럼에도 그는 가책을 느끼는 것 같았다.

"난 베른트에게 거짓말 못해요." 그녀가 말했다. "그이를 사랑해요."

"나한테도 거짓말을 못하는 게 분명하네요." 클라우스가 말했다.

"미안해요."

"사과할 일이 아니에요. 오히려 정반대죠. 솔직하게 말해줘서 고마워요. 감사하게 생각해요." 풀죽은 클라우스의 모습에 레베카는 여러 감정이 느껴지는 가운데서도 그가 이렇게 실망할 정도로 자기를 좋아했다는 사실에 기뻤다. 그가 애처롭게 말했다. "남편에게 고백했으면 왜 지금 나랑 여기 있는 거죠?"

"베른트가 계속 그러라고 했어요." 그녀가 말했다.

"남편이 나랑 키스하라고 했다고요?"

"그는 내가 당신 애인이 되길 원해요."

"그거 오싹한 말이네요. 그가 마비된 거랑 관련있나요?"

"아니에요." 그녀는 거짓말을 했다. "베른트의 상태는 우리 성생활에 아무 영향도 미치지 않아요." 어머니와 아주 가까운 몇몇 여자들에게도 그렇게 말해왔다. 그녀는 베른트를 위해 그들을 속였다. 만일 사람들이 진실을 안다면 그에게 굴욕이라고 느꼈다.

"그렇군요." 클라우스가 말했다. "오늘이 내가 운이 좋은 날인가본데, 그럼 내 아파트로 바로 갈까요?"

"괜찮다면 우리 서둘지 말아요."

그는 그녀의 손에 자기 손을 얹었다. "불안해하는 건 괜찮아요."

"이런 적이 많이 없어서요."

그는 웃었다. "그것도 나쁘지는 않아요, 알죠, 비록 우리가 자유연애의 시대에 살고 있다고는 하지만요."

"난 대학 때 두 명이랑 자봤어요. 그리고 한스와 결혼했는데 그 사람은 알고 보니 경찰 스파이였어요. 그다음엔 베르트와 사랑에 빠졌고, 함께 탈출했죠. 그게 내 사랑의 역사 전부예요."

"잠시 다른 이야기를 좀 하죠." 그가 말했다. "부모님은 아직 동독에 계시죠?"

"네, 절대 이주 허가를 못 받으실 거예요. 한스 호프만 같은 자—제 첫 남편이에요—는 한번 적이 되면, 절대로 잊지 않아요."

"분명히 그분들이 보고 싶겠네요."

그녀는 가족이 얼마나 그리운지 이루 표현할 수 없었다. 공산당이 장벽을 세우던 날 서독과의 전화를 끊는 바람에 부모와 통화도 할 수 없었다. 방법은 편지뿐이었는데, 그나마도 슈타지가 열어서 읽어보았고 대개 배달이 늦고 가끔은 검열도 당했고 값나가는 물건을 동봉하면 경찰이 빼돌렸다. 사진 몇 장은 전해받는 데 성공해 침대 옆에 놓아두었다. 아버지는 머리가 허옇게 세고 있고 어머니는 몸무게가 늘었고, 릴리는 아름다운 여인이 되었다.

슬픔을 설명하려 하는 대신 그녀는 말했다. "당신 이야기를 해주세요. 전쟁 때 무슨 일을 겪었나요?"

"다른 대부분 아이들처럼 굶은 것 말고는 별거 없어요." 그가 말했다. "옆집이 부서져서 그 집 사람들은 모두 죽었지만 우리는 무사했어요. 아버지가 측량기사였어요. 전쟁 때 대부분은 폭격 피해를 평가하고 건물들을 안전하게 만드는 일을 하셨죠."

"형제자매는 있어요?"

"남자와 여자 한 명이죠. 당신은?"

"제 여동생 릴리는 아직 동베를린에 있어요. 남동생 발리는 내가 탈출한 뒤 바로 탈출했어요. 플럼 넬리라는 그룹에서 기타를 쳐요."

"그 발리요? 그 친구가 동생이에요?"

"네. 그 아이가 주방 바닥에서 태어날 때 그 자리에 나도 있었어요. 그곳이 우리집에서 유일하게 따뜻했거든요. 열네 살짜리 여자애에게는 대단한 경험이었죠."

"그도 탈출한 거였군요."

"그리고 여기 함부르크로 나랑 살러 왔죠. 그룹이 레퍼반에 있는 지저분한 클럽에 연주하러 왔을 때 합류했어요."

"지금은 팝스타고요. 한 번씩 봐요?"

"그럼요. 플럼 넬리가 독일에 공연하러 올 때마다 만나죠."

"짜릿하네요!" 클라우스는 그녀의 술잔을 바라보더니 빈 걸 알아차렸다. "젝트 한 잔 더 할래요?"

레베카는 가슴이 죄어오는 것 같았다. "아뇨, 고마워요. 안 마시는 게 좋겠어요."

"들어봐요." 그가 말했다. "이건 이해해주었으면 좋겠어요. 난 당신과 간절히 사랑을 나누고 싶어요. 하지만 당신이 고민한다는 것도 알아요. 그냥 언제든 마음을 바꿔도 된다는 것만 기억해요. 돌아올 수 없는 다리 같은 건 없으니까. 불편하면 그렇다고 말해요. 난 화를 내지도, 집요하게 매달리지도 않겠다고 약속하죠. 당신은 준비도 되지 않았는데 내가 밀어붙이는 식의 느낌은 끔찍할 것 같아요."

정확히 그가 해야 할 옳은 말이었다. 죄어오던 가슴이 편해졌다. 레베카는 너무 관계가 깊어지는 것, 잘못된 결정을 내렸음을 깨닫는 일, 돌이킬 수 없다는 느낌이 두려웠다. 클라우스의 약속은 그녀의 마음을 편하게 해주었다. "가요." 그녀가 말했다.

그들은 각자의 차에 올라탔고 레베카는 클라우스를 따라갔다. 차를 타고 달리며 격렬한 흥분을 느꼈다. 그녀는 클라우스에게 몸을 내줄 것이다. 그녀가 블라우스를 벗을 때 그의 얼굴은 어떨지 상상했다. 그녀는 레이스 장식이 달린 새 검은색 브래지어를 하고 있었다. 키스는 어떨지 상상했다. 처음에는 미친듯이, 나중에는 다정하게. 그의 물건을 입에 넣었을 때 그가 내쉴 한숨을 상상했다. 뭐든 이렇게까지 간절하게 원한 적은 없었던 것 같았고, 소리를 지르지 않기 위해 이를 꽉 깨물어야 했다.

클라우스는 현대적 건물에 작은 아파트를 갖고 있었다. 올라가는 엘리베이터에서 레베카는 다시 의심의 공격을 받았다. 옷을 벗었는데 만일 그의 마음에 들지 않는다면? 그녀는 서른일곱 살이다. 십대 때처럼 가슴이 탄탄하지도 피부가 완벽하지도 않았다. 그가 어두운 면을 숨겨뒀다면? 어쩌면 수갑과 채찍을 꺼낼지 모른다. 그러고는 문을 잠근다면—

바보처럼 굴지 말자고 속으로 생각했다. 그녀는 보통의 여자라면 있는 능력이 있었고, 함께 있는 사람이 괴짜라면 알아차릴 수 있었다. 클라우스는 흡족할 정도로 정상이었다. 그럼에도 그녀는 그가 아파트 문을 열고 안으로 안내할 때 불안했다.

장식품은 별로 보이지 않는 전형적인 남자의 집이었고, 커다란 텔레비전과 비싼 전축 말고는 가구도 거의 없었다. 레베카가 말했다. "여기 산 지 얼마나 됐어요?"

"일 년이요."

죽은 아내와 함께 살던 곳은 아니라는 추측이 맞았다.

그는 다음에 뭘 할지 계획을 세워둔 것이 분명했다. 재빨리 움직이며 가스난로에 불을 켜고 모차르트 현악사중주 레코드를 전축에 걸고서 쟁반에 슈냅스 한 병과 잔 두 개, 짭짤한 땅콩 한 접시를 차렸다.

두 사람은 소파에 나란히 앉았다.

그녀는 이 소파에서 다른 여자를 몇 명이나 유혹했느냐고 묻고 싶었다. 상황에 어울리지 않는 소리겠지만 그래도 궁금했다. 그는 혼자 사는 게 즐거울까? 아니면 다시 결혼하고 싶을까? 그 다른 질문들 역시 하지 않기로 했다.

그는 술을 따랐고, 그녀는 뭔가 해야 했기에 술을 한 모금 마셨다.

그가 말했다. "지금 키스하면 서로의 혀에 남은 술을 맛볼 수 있을 거예요."

그녀는 씩 웃었다. "좋아요."

그는 그녀에게 몸을 숙였다. "돈을 낭비하긴 싫거든요." 그가 중얼거렸다.

그녀가 말했다. "검소한 사람이라 좋네요."

잠시 두 사람은 너무 킥킥대느라 키스를 하지 못했다.

그러다 그들은 키스를 했다.

*

캐머런 듀어가 버클리에 리처드 닉슨을 초청하겠다고 했을 때 다들 그가 미쳤다고 생각했다. 그곳은 나라에서 가장 급진적인 것으로 유명한 캠퍼스였다. 사람들은 닉슨이 십자가에 못박힐 거라고 했다. 폭동이 일어날 터였다. 캠은 신경쓰지 않았다.

캠은 닉슨이 미국의 유일한 희망이라고 생각했다. 닉슨은 강하고 단호했다. 사람들은 그가 비양심적이고 교활하다고 했다. 그래서 어쨌단 말인가? 미국은 그런 지도자가 필요했다. 보비 케네디처럼 쉬지 않고 뭐가 옳고 뭐가 그른지 스스로 묻는 사람이 대통령이 되는 일은 없어야 했다. 다음 대통령은 자기 양심을 찾을 게 아니라 게토의 폭도들과 정글의 베트콩들을 멸해야 했다.

닉슨에게 편지를 보내 캠은 캠퍼스의 진보주의자들과 숨은 공산주의자들이 좌편향 언론의 모든 관심을 독점하고 있지만 사실 대부분 보수적인 준법시민이라 엄청나게 많은 학생이 그를 맞이할 거라고 했다.

캠의 가족은 맹렬하게 화를 냈다. 할아버지와 증조할아버지 모두 민주당 상원의원이었다. 부모는 늘 민주당에 투표했다. 여동생은 너무 화가 나서 말도 제대로 하지 못했다. "어떻게 부당함과 거짓말과 전쟁을 위해 유세를 할 수가 있어?" 비프가 말했다.

"거리의 질서 없이 정의란 있을 수 없고, 세계적인 공산주의에 위협을 받는 동안 평화란 없어."

"지난 몇 년 동안 도대체 어디 가 있었던 거야? 흑인들은 비폭력을 외쳤지만 몽둥이와 개의 공격을 받았어! 레이건 주지사는 학생 시위대를 두들겨팼다면서 경찰을 칭송했다고!"

"넌 무조건 경찰에 반대하는구나."

"아니, 안 그래. 난 범죄자에 반대하지. 시위대를 때리는 경찰은 범죄자야. 그리고 감옥에는 그들이 가야 해."

"바로 그거야. 그래서 내가 닉슨과 레이건 같은 사람들을 지지하는 거라고. 그들과 맞서는 자들은 말썽을 일으키는 사람들 대신 경찰을 감옥에 보내고 싶어하거든."

캠은 휴버트 험프리 부통령이 민주당 후보에 도전하겠다고 했을 때 기뻤다. 사 년 동안 존슨의 예스맨이었던 그가 전쟁에서 이기거나 평화안을 협상할 수 있으리라고는 아무도 믿지 않았다. 그러니 그는 선거에서 이길 수 없겠지만, 더 위험한 보비 케네디에게 기울어지는 분위기를 흐려놓을 수도 있었다.

캠이 닉슨에게 보낸 편지에 대해 유세팀에서 일하는 존 얼릭먼에게서 만나자는 답신이 왔다. 캠은 흥분했다. 그는 정치계에서 일하고 싶었다. 어쩌면 이것이 그 시작일 수도 있다!

얼릭먼은 닉슨의 유세 사전준비요원이었다. 그는 키가 190센티미터에 가까워 위협적일 정도였고 눈썹은 검고 머리는 벗어지고 있었다.

"딕이 자네 편지를 아주 좋아했어." 그가 말했다.

텔레그래프 애비뉴에 있는 향기로운 커피숍에서 만난 그들은 새잎이 돋아나는 나무 아래 자리를 잡고 앉아 햇볕 속에 자전거를 타고 지나는 학생들을 바라보았다. "공부하기 좋은 곳이군." 얼릭먼이 말했다. "나는 UCLA를 다녔지."

그는 캠에게 질문이 많았다. 캠의 민주당원 선대에 흥미를 보였다.

"저희 할머니는 〈버펄로 아나키스트〉라는 신문의 편집장이었어요." 캠이 인정했다.

"미국이 어떻게 더 보수화되어가는지 보여주는 거지." 얼릭먼이 말했다.

캠은 공화당에서 경력을 쌓을 때 가족이 걸림돌이 되지 않는다는 사실을 알고 안심했다.

"딕은 버클리 캠퍼스에서 연설하지 않을 거야." 얼릭먼이 말했다. "너무 위험해."

캠은 실망했다. 얼릭먼이 틀렸다고 생각했다. 연설은 대성공을 거둘 수도 있다.

그가 반론을 제기하려 할 때 얼릭먼이 말했다. "하지만 그는 자네가 '닉슨을 지지하는 버클리 학생들'이라는 모임을 시작해주길 원해. 그러면 모든 젊은이가 진 매카시에게 속아넘어갔거나 보비 케네디와 사랑에 빠진 건 아니라는 걸 보여주겠지."

캠은 대통령 선거 유세원에게서 그렇게 진지한 대접을 받는다는 사실에 우쭐했고, 얼릭먼의 요청을 받아들이기로 재빨리 동의했다.

캠퍼스에서 가장 가까운 친구인 제이미 멀그로브는 캠과 마찬가지로 러시아어를 전공했고 '젊은 공화당원'의 회원이었다. 그들은 모임의 창립을 선언하고 학생신문 〈데일리 캘리포니언〉에 몇 번 광고까지 했지만 가입한 사람은 겨우 열 명이었다.

캠과 제이미는 회원을 끌어들이기 위해 점심 집회를 준비했다. 얼릭먼의 도움을 받아 캠이 유명한 캘리포니아의 공화당원 세 명을 연설자로 초청했다. 그는 이백오십 명을 수용하는 강당을 예약했다.

그는 보도자료를 돌렸고, 이번에는 버클리 학생들이 닉슨을 지지한다는, 언뜻 감이 잡히지 않는 사실에 흥미를 느낀 지역 신문사들과 라디오 방송국들의 더 많은 반응이 돌아왔다. 몇몇 언론은 집회에 관한 기사를 싣고 기자를 보내겠다고 약속했다.

〈샌프란시스코 이그재미너〉의 샤론 매카이작 기자가 캠에게 전화를 걸어왔다. "지금까지 몇 명의 회원이 가입했나요?" 그녀가 물었다.

캠은 밀어붙이는 말투가 본능적으로 마음에 들지 않았다. "말해줄 수 없어요." 그가 말했다. "군사기밀 같은 겁니다. 전투가 벌어지기 전 적에게 총이 몇 자루 있는지 알려주지 않죠."

"그럼 많지 않다는 거군요." 그녀는 비꼬듯 말했다.

집회는 언론의 관심을 끌지 못하는 행사가 되어가고 있었다.

불행하게도 그들은 입장권을 판매하지 못했다.

공짜로 나누어줄 수도 있지만 그건 위험했다. 행사를 방해할 좌익 학생들의 관심을 끌 수도 있기 때문이다.

캠은 여전히 수천 명의 학생이 보수적이라고 믿었다. 하지만 오늘 같은 분위기에서라면 스스로 보수라는 사실을 인정하지 않을 거라는 사실을 깨달았다. 겁쟁이 같은 태도였지만 대부분의 사람에게 정치는 그렇게까지 중요하지 않다는 것을 그는 알았다.

하지만 어떻게 해야 하나?

집회 하루 전 이백 장도 넘는 입장권이 남아 있었다. 그리고 얼릭먼이 전화를 걸어왔다. "그냥 점검 좀 하려고, 캠." 그가 말했다. "어떻게 되어가고 있어?"

"아주 끝내줄 거예요, 존." 캠은 거짓말을 했다.

"관심을 갖는 언론이 있나?"

"약간요. 기자가 몇 명 올 것 같아요."

"입장권은 많이 팔았어?" 얼릭먼은 전화기 너머로 캠의 마음을 거의 읽는 것 같았다.

캠은 자기 거짓말에 덜미를 잡혀 되돌아갈 수가 없었다. "몇 장만 팔면 매진이에요." 운만 좋으면 얼릭먼은 절대 모를 수도 있다.

그때 얼릭먼이 폭탄을 떨어뜨렸다. "내일 나 샌프란시스코에 있을 거니까 들르겠네."

"잘됐네요!" 캠은 가슴이 내려앉았다.

"그때 보자고."

그날 오후 도스토옙스키 수업이 끝난 뒤 캠과 제이미는 계단식 강의실에 남아서 머리를 긁적이고 있었다. 어디를 가야 공화당 학생 이백 명을 찾을 수 있을까?

"진짜 학생이 아니어도 돼." 캠이 말했다.

"언론에서 집회가 꼭두각시로 꽉 들어찼다고 말하는 건 싫어." 제이미가 걱정스럽게 말했다.

"꼭두각시가 아니지. 그냥 어쩌다 학생이 되지 못한 공화당원이지."

"그래도 그건 위험할 것 같은데."

"알아. 하지만 망하는 것보다는 낫지."

"어디서 데려오지?"

"'오클랜드 젊은 공화당원' 전화번호 갖고 있어?"

"있지."

그들은 공중전화로 갔고 캠이 전화를 걸었다. "행사가 성공적인 걸로 보이려면 이백 명이 필요해요." 그는 고백했다.

"방법이 있는지 알아보죠." 남자가 말했다.

"사람들에게 기자들과는 이야기하지 말라고 하세요. '닉슨을 지지하는 버클리 학생들' 회원 대부분이 학생이 아니라는 걸 언론은 몰랐으면 좋겠거든요."

캠이 전화를 끊자 제이미가 말했다. "이거 약간 사기 같은데?"

"그게 무슨 소리야?" 캠은 제이미의 말이 무슨 뜻인지 정확히 알았지만 인정할 생각은 없었다. 얼릭먼과 연결될 수 있는 큰 기회를 작은 거짓말 때문에 위태롭게 만들 마음은 없었다.

제이미가 말했다. "그게, 우린 사람들에게 버클리 학생들이 닉슨을 지지한다고 말할 거지만, 꾸며내는 셈이잖아."

"하지만 이젠 되돌릴 수 없잖아!" 캐머런은 제이미가 모든 걸 취소하고 싶어할까봐 두려웠다.

"그렇겠지." 제이미는 미심쩍어하며 말했다.

캠은 다음날 오전을 초조해하며 보냈다. 열두시 삼십분에도 강당에는 겨우 일곱 명이 있었다. 연사들이 도착하자 캠은 그들을 곁방으로 안내해 커피와 제이미의 어머니가 구운 쿠키를 대접했다. 열두시 사십오분이 되었지만 강당에는 여전히 거의 아무도 없었다. 하지만 한시 십분 전이 되자 사람들이 하나둘 들어오기 시작했다. 한시에는 실내가 거의 꽉 찼고 캠은 숨쉬기가 조금 더 수월해졌다.

그는 얼릭먼에게 집회의 진행을 부탁했다. "아니야." 얼릭먼이 말했다. "학생이 진행하는 게 더 나을 것 같군."

캠은 연사들을 소개했지만 그들이 뭐라고 하는지 하나도 귀에 들어오지 않았다. 그가 기획한 집회는 성공했고, 얼릭먼은 깊은 인상을 받았다. 하지만 아직은 잘못될 수도 있었다.

마지막에 그는 행사를 마무리하면서 집회의 인기는 시위와 진보주의, 그리고 약물에 대한 학생들의 반발을 보여주는 신호라고 말했다. 한차례 열렬한 박수가 쏟아졌다.

행사가 끝났고, 사람들이 모두 밖으로 나갈 때까지 기다리기가 어려웠다.

샤론 매카이작 기자가 그곳에 있었다. 성전에 참가한 듯한 표정은 그의 사춘기 사랑에 퇴짜를 놓았던 에비 윌리엄스를 연상시켰다. 샤론이 학생들에게 다가갔다. 한 커플은 그녀와 말하기를 거부했다. 그리고 다행히 그녀는 몇 안 되는 진짜 버클리 공화당원 중 하나를 붙들고 한동안 이야기를 나누었다. 인터뷰가 끝났을 때쯤에는 모두 강당을 나간 뒤였다.

두시 삼십분 캠과 얼릭먼은 텅 빈 강당에 서 있었다. "잘했군." 얼릭먼이 말했다. "아까 모든 사람이 학생이 분명한가?"

캠은 머뭇거렸다. "공식적으로 하는 말씀인가요?"

얼릭먼이 웃었다. "들어보게." 그가 말했다. "학기가 끝나면 와서 딕의 대통령 선거 유세단에서 일해보겠나? 자네 같은 사람이라면 쓸 수 있어."

캠은 가슴이 뛰었다. "꼭 그렇게 하고 싶습니다." 그가 말했다.

*

데이브가 그레이트 피터 가에 머물며 부모와 지내고 있을 때 피츠가 문을 두드렸다.

가족은 주방에 있었다. 로이드, 데이지, 데이브였고 에비는 로스앤젤레스에 있었다. 여섯시였다. 아이들이 어렸을 때는 그 시간이 저녁을 먹는 때였고, 그들은 '차'를 마신다고 했다. 그 시절에는 부모가 저녁 외출을 하기 전 함께 잠시 앉아 그날 하루를 어떻게 보냈는지 이야기하곤 했다. 그러고 나면 대개 이런저런 정치 모임에 참석하러 나갔다. 데이지는 담배를 피우고 로이드는 가끔 칵테일을 만들었다. 그 시간에 주방에서 모여 이야기를 나누는 일은 아이들이 '차'를 마시기에는 너무 나이들어버린 뒤에도 오랫동안 이어졌다.

데이브가 부모에게 비프와 헤어진 이야기를 하고 있는데 가정부가 들어와 말했다. "피츠허버트 백작님이 오셨습니다."

데이브는 아버지가 긴장하는 것을 보았다.

데이지가 로이드의 팔에 손을 얹고는 말했다. "괜찮을 거야."

데이브는 호기심에 사로잡혔다. 그는 이제 백작이 자기 집 하녀였던 에설을 유혹했고, 로이드는 둘의 연애로 생겨난 서자라는 사실을 알고 있다. 피츠가 오십 년이 넘도록 화를 내며 로이드를 자기 아들로 인정하기를 거부했다는 것도 알았다. 그런 백작이 오늘밤 여기서 뭘 하려는 걸까?

피츠는 지팡이 두 개를 짚고 주방으로 걸어들어와 말했다. "내 여동생 모드가 죽었다."

데이지가 벌떡 일어섰다. "너무 슬픈 소식이에요, 피츠." 그녀가 말했다. "이리 와서 앉으세요." 그녀는 그의 팔을 잡았다.

하지만 피츠는 머뭇거리며 로이드를 보았다. "나는 이 집에 앉을 권리가 없다." 그가 말했다.

데이브가 보기에 겸손은 피츠의 성미와 맞지 않았다.

로이드는 격렬한 감정을 억누르고 있었다. 이 사람은 평생 그를 거부했던 아버지였다. "앉으세요." 로이드가 딱딱하게 말했다.

데이브가 식탁 의자 하나를 당겨 꺼냈고 피츠는 테이블 앞에 앉았다. "난 모드의 장례식에 갈 거야." 그가 말했다. "이틀 뒤다."

로이드가 말했다. "그분은 동독에 살지 않아요? 어떻게 돌아가신 소식을 들으셨어요?"

"모드에게는 카를라라는 딸이 있어. 그애가 동베를린 주재 영국 대사관에 전화를 했다. 그쪽에서 친절하게도 전화로 소식을 알려주었지. 내가 1945년까지는 외무부에서 각료로 일했는데, 다행히 아직까지 그런 것들이 도움이 되는군."

데이지는 부탁받지 않았지만 찬장에서 스카치를 한 병 꺼내오더니 잔에 조금 따르고 작은 주전자에 물을 담아 함께 피츠 앞에 내놓았다. 피츠는 위스키에 물을 조금 붓더니 한 모금 마셨다. "기억해주다니 정말 친절하구나, 데이지." 그가 말했다. 데이브는 어머니가 피츠의 아들 보이 피츠허버트와 결혼했을 때 잠시 그와 함께 산 적이 있다는 걸 떠올렸다. 그래서 그의 위스키 취향을 아는 것이다.

로이드가 말했다. "레이디 모드는 돌아가신 제 어머니의 가장 좋은 친구였죠." 긴장이 약간 풀린 목소리였다. "그분을 마지막으로 만난 건 1933년 어머니가 저를 베를린에 데려갔을 때였습니다. 그때 모드는 기자였고 히틀러가 짜증낼 만한 기사들을 쓰고 있었어요."

피츠가 말했다. "나는 1919년 이후 동생과 만나거나 이야기를 나눈 적이 없다. 그녀가 내 허락 없이 결혼을, 그것도 독일인과 결혼한 일로 화가 났지. 그리고 화난 채로 거의 오십 년을 보낸 거야." 빛바랜 그의 늙은 얼굴에 깊은 슬픔이 떠올랐다. "이제 동생을 용서하기에는 너무 늦어버렸어. 내가 얼마나 바보 같았던 건지." 그는 로이드를 똑바로 바라보았다. "그 일 말고도 바보짓을 많이 했다만."

로이드는 짧게, 아무 말 없이 고개를 끄덕였다.

데이브는 어머니의 눈을 바라보았다. 그는 방금 뭔가 중요한 일이 일어났다는 것을 느꼈고, 어머니의 표정이 그 짐작을 확인해주고 있었다. 피츠의 후회는 너무 깊어서 차마 말로 할 수 없지만, 그는 할 수 있는 최대한의 사과를 하려고 온 것이다.

늙고 쇠약한 이 남자가 한때 걷잡을 수 없이 밀려오는 열정에 휩쓸렸다니 상상이 잘되지 않았다. 하지만 피츠는 에설을 사랑했고, 에설도 같은 감정이었다는 것을 데이브는 본인의 말을 듣고 알았다. 피츠는 두 사람의 아이를 거부했지만, 이제 평생에 걸친 부인 후에 뒤돌아보며 얼마나 많은 걸 잃었는지 깨닫고 있었다. 참을 수 없이 슬펐다.

"저도 같이 갈래요." 데이브가 충동적으로 말했다.

"뭐?"

"장례식에요. 저도 베를린에 같이 가겠습니다." 데이브는 자기가 왜 그러고 싶은지 확실히 알지 못했다. 다만 치유 효과가 있으리라는 느낌이었다.

"정말 친절하구나, 젊은 데이브." 피츠가 말했다.

데이지가 말했다. "정말 훌륭한 일을 하는 거야, 데이브."

데이브는 혹시 못마땅해할까봐 아버지를 바라보았다. 그러나 놀랍게도 로이드는 눈물을 글썽이고 있었다.

다음날 데이브와 피츠는 베를린으로 날아갔다. 그들은 서쪽에 있는 한 호텔에서 하룻밤을 보냈다.

"제가 피츠라고 불러도 괜찮을까요?" 데이브는 저녁을 먹으며 말했다. "저희는 늘 버니 레크위드를 '할아버지'라고 불렀죠. 그분이 제 아버지의 양아버지라는 걸 알면서도 그랬어요. 제가 어릴 때는 진짜 할아버지를 못 만났고요. 그래서 그걸 바꾸기에는 너무 늦은 느낌이에요."

"나는 네게 이래라저래라 할 입장이 아니야." 피츠가 말했다. "뭐라고 부르든 나는 정말 괜찮다."

그들은 정치에 관해 이야기했다. "우리 보수당이 공산주의에 대해서는 옳았지." 피츠가 말했다. "그게 작동하지 않을 거라 했고, 실제로 그랬어. 하지만 사회민주주의에 대해서는 틀렸다. 우리가 모두에게 무상교육과 무상의료, 실업보험을 제공해야 한다고 에설이 말했을 때, 나는 그녀에게 꿈속 세상에서 살고 있다고 했어. 하지만 지금 봐라. 그녀가 노력했던 모든 것이 이루어졌는데도 영국은 여전히 영국이야."

피츠는 자신의 실수를 인정하는 매력적인 능력이 있다고 데이브는 생각했다. 분명 늘 이런 식은 아니었을 것이다. 그와 가족 사이의 다툼은 수십 년 동안 지속되었다. 어쩌면 나이가 들면서 생긴 장점일 수도 있었다.

다음날 아침 데이브의 비서 제니 프리처드가 요청해둔 대로 기사 딸린 검은색 메르세데스 한 대가 그들을 국경 너머 동쪽으로 데려가기 위해 기다리고 있었다.

그들은 찰리 검문소를 향해 달렸다.

그들은 차단기를 지나쳐 긴 창고에 들어가서 여권을 제출했다. 그리고 기다리라는 지시를 받았다.

국경 경비병이 그들의 여권을 가지고 사라졌다. 잠시 후 키가 크고 구부정한 민간인 복장 남자가 두 사람에게 메르세데스에서 내려 따라오라고 지시했다.

앞서가던 그는 피츠의 느린 걸음이 짜증스러운지 뒤를 돌아보았다. "서두르시오." 그가 영어로 말했다.

데이브는 학교에서 배우고 함부르크에서 실력이 좋아진 독일어를 기억했다. "우리 할아버지는 연세가 많아요." 그가 화를 내며 말했다.

피츠가 낮은 목소리로 말했다. "싸우지 마라. 이 거만한 자식은 슈타지야." 데이브는 눈썹을 치켜세웠다. 이제껏 피츠가 상스러운 말을 쓰는 것은 들어본 적이 없었다. "KGB를 닮았다지만 슈타지에 비하면 KGB는 착한 거야." 피츠가 덧붙였다.

그들을 데려간 곳은 철제 테이블과 딱딱한 나무의자들을 제외하면 아무것도 없는 사무실이었다. 앉으라는 말은 없었지만 데이브는 피츠를 위해 의자를 내밀었고, 피츠는 고마워하며 의자에 풀썩 앉았다.

키 큰 남자가 독일어로 질문하면 통역관이 담배를 피우며 통역해 물었다. "왜 동독에 들어가려고 하는 건가?"

"오늘 오전 열한시에 열리는 가까운 친척의 장례식에 참석하기 위해서요." 피츠가 대답했다. 그는 손목에 찬 오메가 금시계를 들여다보았다. "이제 열시군. 이게 오래 걸리지 않았으면 좋겠소."

"필요한 만큼 걸릴 거요. 여동생 이름은 뭔가?"

"왜 그걸 묻지?"

"당신이 여동생 장례식에 참석하고 싶다고 했기 때문이지. 여동생 이름이 뭐요?"

"나는 가까운 친척의 장례식에 참석하고 싶다고 말했소. 내 여동생이라고 한 적 없지. 당신은 이미 모든 상황을 알고 있는 것이 분명하군."

비밀경찰이 그들을 기다리고 있었다는 걸 데이브는 깨달았다. 이유가 뭔지 상상하기는 어려웠다.

"질문에 대답하시오. 당신 여동생의 이름은 뭐요?"

"프라우 모드 폰 울리히. 당신의 스파이가 분명 보고했을 텐데."

데이브는 피츠가 점점 짜증이 나고 있고 가능한 한 말을 아끼라는 스스로의 지시를 어기고 있다는 것을 깨달았다.

남자가 말했다. "어떻게 피츠허버트 경에게 독일인 여동생이 있소?"

"그애는 내 친구이자 런던에서 독일 외교관으로 있던 발터 폰 울리히와 결혼했소. 그는 2차 세계대전 당시 게슈타포에게 살해당했소. 당신은 전쟁 때 뭘 했소?"

데이브는 키 큰 남자의 얼굴에 떠오른 분노의 표정을 보고 그가 무슨 말인지 이해했다는 걸 알았다. 하지만 그는 질문에 대답하지 않았다. 대신 그는 데이브에게로 고개를 돌렸다. "발리 프랑크는 어디 있소?"

데이브는 깜짝 놀랐다. "모릅니다."

"당연히 알겠지. 그는 당신의 음악 그룹 멤버잖소."

"그룹은 깨졌어요. 몇 달 동안 발리를 보지 못했습니다. 어디 있는지도 몰라요."

"믿을 수 없군. 당신은 그의 파트너야."

"파트너 관계는 틀어졌어요."

"싸운 이유가 뭐요?"

"개인적이고 음악적인 불화 때문이죠." 사실 불화는 순수하게 개인적이었다. 음악적으로 데이브와 발리는 절대 불화가 없었다.

"그런데도 그의 할머니의 장례식에 참석하고 싶어하는군."

"그분은 제게는 고모할머니입니다."

"발리 프랑크를 어디서 마지막으로 봤지?"

"샌프란시스코에서요."

"주소를 말해주시오."

데이브는 망설였다. 상황이 고약하게 돌아가고 있었다.

"얼른 대답하시오. 발리 프랑크는 살인범으로 수배중이오."

"그를 마지막으로 본 건 부에나 비스타 공원이었습니다. 헤이트 가에 있는 곳이죠. 사는 곳은 몰라요."

"공무를 수행중인 경찰을 방해하는 것이 범죄라는 사실은 알고 있소?"

"물론입니다."

"그럼 당신이 동독에서 그런 범죄를 저지르면 체포되어 재판을 받고 이곳 감옥에 갇힐 수 있다는 것도 아시오?"

데이브는 덜컥 겁이 났지만 차분함을 유지하려고 애썼다. "그러면 전 세계 수백만 명의 팬이 내 석방을 요구할 겁니다."

"그들도 정의를 방해할 수는 없소."

피츠가 끼어들었다. "모스크바에 있는 동지들이 당신이 이번 일로 중대한 국제적 외교 사건을 일으키면 좋아할 거라고 확신하시오?"

키 큰 남자는 경멸하듯 웃었지만 잘 먹혀들지 않았다.

데이브는 퍼뜩 떠올랐다. "당신이 한스 호프만이죠, 맞죠?"

통역이 말을 옮기지도 않고 대신 재빨리 말했다. "그의 이름은 당신하고 상관없소."

하지만 데이브는 키 큰 남자의 표정을 보고 추측이 맞았음을 알았다. 그는 말했다. "발리가 당신 이야기를 했어요. 발리의 누나에게 쫓겨났고, 그래서 그때 이후로 그녀의 가족에게 복수를 하고 있다고."

"질문에만 대답해."

"이것도 당신 복수의 일부인가요? 장례식에 가는 죄 없는 두 사람을 괴롭히는 일이? 당신네 공산주의자는 이런 사람들인가요?"

"여기서 기다리시오." 한스와 통역은 방을 빠져나갔고 데이브는 문 반대편에서 자물쇠 채우는 소리를 들었다.

"죄송해요." 데이브가 말했다. "발리 때문인가봐요. 혼자 가시는 편이 나을 뻔했네요."

"네 잘못이 아니야. 그저 장례식에 늦지 않기만을 바랄 뿐이다." 피츠는 시가 케이스를 꺼냈다. "담배 안 피우지, 데이브?"

데이브는 고개를 흔들었다. "어쨌든 담배는 안 피우죠."

"마리화나는 몸에 나빠."

"그럼 시가는 몸에 좋은가보네요."

피츠는 웃었다. "할말이 없구나."

"아버지와 똑같은 논쟁을 했어요. 아버지는 스카치를 마시죠. 의회 의원들은 기조가 확실하더군요. 모든 위험한 약물은 불법이다. 우리가 좋아하는 것만 빼고. 그래놓고 젊은이들이 말을 안 듣는다고 불평하잖아요."

"물론 네 말이 옳아."

커다란 시가였는데 피츠는 그걸 다 피우고 양철판을 눌러 만든 재떨이에 꽁초를 버렸다. 열한시가 되었다가 지나갔다. 그들은 장례식에 참석하려고 런던에서 날아왔지만 결국 놓쳤다.

열한시 삼십분이 되자 다시 문이 열렸다. 한스 호프만이 그곳에 서 있었다. 살짝 웃음을 띠고 그가 말했다. "동독에 들어와도 좋소." 그러더니 가버렸다.

데이브와 피츠는 그들의 차를 찾았다. "이제 바로 집으로 가는 편이 좋겠구나." 피츠가 말했다. 그는 기사에게 주소를 주었다.

그들은 프리드리히 가를 따라 운터 덴 린덴으로 달렸다. 오래된 정부 건물들은 괜찮았지만 보도에는 아무도 보이지 않았다. "맙소사." 피츠가 말했다. "이곳은 유럽에서 가장 번화한 상점가였는데. 지금 이거 좀 봐라. 월요일의 머서티드빌*이 따로 없군."

자동차는 다른 집에 비해 사정이 나아 보이는 타운하우스 앞에 멈췄다. "모드의 딸은 다른 이웃에 비해 잘사는 모양이군." 피츠가 말했다.

데이브가 설명했다. "발리의 아버지가 서베를린에 텔레비전 공장을 갖고 있어요. 어떻게 그러는지 여기서 운영을 한다더군요. 그 공장이 아직 돈이 되나봐요."

그들은 집으로 들어갔다. 가족들이 각자 자기소개를 했다. 발리의 부모 베르너와 카를라는 잘생긴 남자와 평범하고 강인한 인상의 여자였다. 발리의 여동생 릴리는 매력적으로 생긴 열아홉 살로 발리와는 전혀 닮지 않았다. 데이브는 카롤린을 만나게 되어 흥미로웠다. 그녀는 가운데 가르마를 탄 긴 금발로 커튼처럼 얼굴 양쪽을 가리고 있었다. 그녀와 함께 있는 아이는 노래에 영감을 준 알리스였다. 수줍은 네 살짜리 아이는 애도의 뜻으로 머리에 검은색 리본을 달았다. 카롤린의 남편 오도는 서른 살 정도로 조금 나이가 들어 보였다. 그는 유행에 따라 머리를 길게 길렀지만 성직자 옷을 입고 있었다.

데이브는 왜 그들이 장례식에 참석하지 못했는지 설명했다. 언어는 섞어 사용했다. 하지만 독일인들의 영어가 영국인들의 독일어보다 나았다. 데이브는 가족들의 피츠에 대한 태도가 애매하다는 걸 알아차렸다. 이해할 수 있었다. 어쨌든 그는 모드에게 가혹했고, 그녀의 딸은 그걸 보상하기에 이제 너무 늦었다고 생각할 수 있었다. 하지만 마찬가지로 항의하기에도 너무 늦었고, 그래서 아무도 오십 년의 소원함에 대해 말하지 않았다.

장례식에 참석한 십여 명의 친구와 이웃은 카를라와 릴리가 준 커피와 가벼운 요깃거리를 먹고 있었다. 데이브는 카롤린과 기타 이야기를 했다. 알고 보니 그녀와 릴리는 언더그라운드의 스타였다. 자유에 관한

* 웨일스 남부의 도시.

노래를 불렀기 때문에 음반 제작은 금지당했지만 사람들은 테이프에 그들의 공연을 녹음해 서로서로 빌려주었다. 소련의 사미즈다트와 조금 비슷한 식이었다. 그들은 카세트테이프라는, 더 편리하지만 음질은 나쁜 새로운 매체에 대해 이야기했다. 데이브가 카롤린에게 테이프와 녹음기를 보내겠다고 제안했지만 그녀는 비밀경찰이 빼돌릴 뿐일 거라고 말했다.

데이브는 발리와의 관계를 끊고 오도와 결혼한 카롤린이 분명 냉정한 여자겠거니 했지만 놀랍게도 그녀가 마음에 들었다. 친절하고 똑똑해 보였다. 그녀는 발리에 대해 엄청난 애정을 담아 말했고, 그의 삶에 대해 모든 걸 궁금해했다.

데이브는 어쩌다 발리와 싸웠는지 말해주었다. 그녀는 이야기를 듣고 고통스러워했다. "그애답지 않네요." 그녀가 말했다. "발리는 가볍게 놀아나는 성격이 절대 아니에요. 늘 여자들이 그에게 빠져서 주말마다 상대를 바꿔가며 어울릴 수 있었지만, 절대 그러지 않았어요."

데이브는 어깨를 으쓱했다. "그는 변했어요."

"당신 전 약혼자는 어때요? 그녀 이름은 뭐죠?"

"어슐러요. 하지만 모두 비프라고 부르죠. 솔직히 그녀가 바람난 건 놀랍지 않아요. 좀 제멋대로거든요. 그런 면이 매력이기도 하지만."

"아직 그녀에게 마음이 있나보군요."

"그녀에게 미쳤었죠." 데이브는 대답을 얼버무렸다. 스스로 어떤 마음인지 잘 몰랐기 때문이었다. 비프에게 화가 나고 그녀의 배신에 격분했지만, 그녀가 돌아오고 싶다고 하면 어떻게 할지 알 수 없었다.

피츠는 두 사람이 앉아 있는 곳으로 다가왔다. "데이브." 그가 말했다. "서베를린으로 돌아가기 전에 무덤을 봤으면 좋겠다. 괜찮겠니?"

"그럼요." 데이브는 일어섰다. "아무래도 서둘러야겠어요."

카롤린이 데이브에게 말했다. “발리와 이야기하게 되면 내 사랑을 전해주세요. 그가 알리스를 만나게 될 날을 기다리고 있다고도요. 알리스가 충분히 자라면 아빠에 대한 모든 걸 말해주겠어요.”

그들 모두 발리에게 보내는 메시지가 있었다. 베르너, 카를라, 그리고 릴리까지. 데이브는 이들의 말을 전하기 위해서라도 발리와 다시 이야기를 하게 될 것 같았다.

두 사람이 떠나려는데 카를라가 피츠에게 말했다. “어머니의 유품을 가져가셔야죠.”

“그러면 좋지.”

“알맞은 물건이 있어요.” 그녀는 잠시 사라졌다가 오래된 가죽장정 사진 앨범을 들고 돌아왔다. 피츠가 앨범을 열었다. 사진들은 모두 흑백이고 일부는 세피아로 색이 바랬고 흐릿해진 것도 많았다. 사진에는 모드가 적은 듯한 크고 굴린 곳이 많은 손글씨로 설명이 붙어 있었다. 가장 오래된 사진은 웅장한 시골 저택에서 찍은 것이었다. 데이브는 설명을 읽었다. ‘티 귄, 1905년.’ 그곳은 피츠허버트의 시골 저택으로 지금은 애버로언 직업교육대학이었다.

그와 모드가 젊은 모습으로 찍힌 사진들을 보고 피츠는 울었다. 주름진 얼굴의 종이 같은 늙은 피부 위로 눈물이 흘러내려 티끌 하나 없이 깨끗한 셔츠를 적셨다. 그는 어렵사리 입을 열었다. “좋은 시간은 절대 돌아오지 않지.” 그가 말했다.

그들은 떠났다. 기사가 그들을 태우고서 넓고 매력 없는 시영 묘지로 향했고, 그들은 모드의 무덤을 찾았다. 구덩이는 이미 다시 메운 뒤였는데, 조그만 흙더미는 애처롭게도 사람의 크기와 모양이었다. 그들은 한참을 말없이 나란히 서 있었다. 들리는 소리라고는 새소리뿐이었다.

피츠는 커다란 흰 손수건으로 얼굴을 닦았다. “가자.” 그가 말했다.

검문소에서 그들은 다시 붙들렸다. 그들과 차량이 철저히 수색받는 동안 한스 호프만이 웃으면서 지켜보았다.

"뭘 찾는 겁니까?" 데이브가 물었다. "우리가 뭣 때문에 동독 밖으로 뭔가 밀수하겠어요? 이곳 물건을 원하는 사람도 없는데!" 아무도 대답하지 못했다.

제복을 입은 장교가 사진 앨범을 찾아내 호프만에게 내밀었다.

호프만은 대수롭지 않게 앨범을 들여다보다가 말했다. "이 물건은 우리 법의학 부서에서 조사를 해야 합니다."

"물론 그렇겠지." 피츠는 슬프게 말했다.

그들은 앨범 없이 떠나야 했다.

차를 타고 가다가 뒤돌아본 데이브는 한스가 앨범을 쓰레기통에 버리는 것을 보았다.

*

조지 제이크스는 주머니에 다이아몬드 반지를 넣고 베리나를 만나기 위해 포틀랜드에서 로스앤젤레스로 날아갔다.

그는 보비 케네디와 장거리 유세를 벌이느라 칠 주 전 애틀랜타에서 있었던 마틴 루서 킹의 장례식 이후 베리나를 보지 못했다.

조지는 암살로 엄청난 충격을 받았다. 흑인 사회의 밝게 타오르는 희망이었던 킹 박사는 사냥총을 든 백인 인종차별주의자의 손에 죽임을 당해 이제 세상에 없다. 흑인들에게 희망을 준 케네디 대통령 역시 총을 든 백인에게 죽었다. 위대한 사람들이 이렇듯 쉽게 죽임을 당한다면 정치가 무슨 소용이란 말인가? 하지만 최소한 우리에게는 아직 보비가 있다고 조지는 생각했다.

베리나의 충격은 더 컸다. 장례식에서 그녀는 당혹스러워했고 화를 냈고 난감해했다. 칠 년 동안 좋아하고 소중히 아끼고 뒷바라지한 남자가 세상을 떠난 것이다.

조지는 그녀가 그의 위로를 원하지 않아 몹시 놀랐다. 그래서 깊이 상처받았다. 1000킬로미터 가까이 떨어져 살았지만 그는 그녀 인생의 남자였다. 그는 그녀가 그를 거부한 것도 애도의 일부라고, 그 역시 지나간다고 생각했다.

그녀에게 애틀랜타에 남은 건 없었고—킹의 후계자인 랠프 애버내시 밑에서는 일하기를 원하지 않았다—그래서 일을 그만두었다. 조지는 그녀가 그의 워싱턴 아파트로 이사 오지 않을까 생각했다. 하지만 그녀는 설명도 없이 로스앤젤레스의 부모 집으로 돌아가버렸다. 어쩌면 혼자 슬퍼할 시간이 필요한지도 몰랐다.

또는 어쩌면 그가 사는 곳으로 돌아오기 위해 단순한 초대 이상의 것을 원하는지도 몰랐다.

그래서 반지가 필요했다.

다음 예비선거는 캘리포니아였고, 조지는 베리나를 방문할 기회가 생겼다.

LA 공항에서 저렴한 소형차인 흰색 플리머스 밸리언트 렌터카 한 대를 구해서—유세 비용으로 처리했다—베벌리힐스의 노스 록스베리 드라이브를 향해 달렸다.

그는 높게 솟은 정문을 통과해 튜더 양식의 벽돌집 앞에 차를 세웠다. 추측하기에 일반적인 튜더 양식 주택 본래 크기의 다섯 배는 되는 것 같았다. 베리나의 부모이자 스타 퍼시 마퀀드와 베이브 리는 스타답게 살았다.

가정부의 안내를 받아 거실로 들어가보니 실내는 튜더 양식과는 아무 상관이 없었다. 하얀색 카펫, 에어컨, 바닥에서 천장까지 이어져 수영장을 내다보는 창문도. 가정부는 음료수를 마시겠느냐고 물었다. "탄산음료 부탁합니다." 그가 말했다. "뭐든 괜찮아요."

베리나가 모습을 드러내자 그는 충격을 받았다.

그녀는 멋진 아프로 머리를 자르고 이제 그의 머리와 비슷할 정도로 바짝 깎은 모습이었다. 검은 바지에 파란색 셔츠, 가죽 블레이저에 검은색 베레모를 썼다. '자기방어를 위한 검은표범당'*의 제복이었다.

조지는 그녀에게 키스하기 위해 분노를 억눌렀다. 그녀는 입술을 내주었지만 그저 잠시뿐이었고 그는 그녀가 장례식 이후 조금도 마음이 풀리지 않았다는 사실을 즉시 알았다. 그는 프러포즈가 그녀를 슬픔에서 헤어날 수 있게 해주길 바랐다.

두 사람은 번트오렌지, 프림로즈 옐로, 초콜릿 브라운 색깔이 소용돌이치는 무늬로 덮인 소파에 앉았다. 가정부가 얼음 섞인 콜라를 긴 잔에 담아 은쟁반에 받쳐 조지에게 내왔다. 그녀가 사라지자 그는 베리나의 손을 잡았다. 화를 참으며 그는 최대한 부드럽게 말했다. "왜 그런 제복을 입고 있어?"

"빤하지 않아?"

"난 모르겠어."

"마틴 루서 킹은 비폭력운동을 이끌었는데 그들이 그를 쐈어."

조지는 그녀에게 실망했다. 더 그럴듯한 주장을 기대했다. 그는 말했다. "에이브러햄 링컨은 남북전쟁에서 싸웠고, 그들은 그도 쐈지."

"흑인들은 스스로 방어할 권리가 있어. 아무도 우리를 지켜주지 않아. 특히 경찰은."

* 혁명에 의한 흑인 해방을 주장한 무장 조직.

조지는 그 생각에 대한 경멸을 숨길 수 없었다. "당신은 그저 백인놈들을 겁주고 싶은 거야. 이런 식의 눈길을 끄는 행동으로 지금까지 이루어진 건 아무것도 없어."

"비폭력이 이룬 건 뭔데? 수백 명의 흑인이 린치를 당하고 살해당했고, 수천 명이 얻어맞고 감옥에 갇혔어."

조지는 그녀와 싸우고 싶지 않았지만—반대로 그녀를 정상으로 돌려놓고 싶었다—목소리를 높이지 않을 수 없었다. "거기에 1964년의 공민권법, 1965년의 투표권리법, 여섯 명의 흑인 하원의원과 상원의원 한 명을 더해야지!"

"그리고 이제 백인들은 너무 지나치다고 말하고 있어. 주거 차별을 금지하는 법률은 아무도 통과시킬 수 없었지."

"백인들은 검은 표범들이 게슈타포 복장으로 총을 든 채 그들의 멋진 교외 동네를 돌아다니는 게 두려운가보지."

"경찰은 총이 있어. 우리도 총이 필요해."

조지는 이 논쟁이 정치에 관한 것 같아도 사실은 두 사람의 관계에 관한 것이라는 걸 깨달았다. 그는 그녀를 잃고 있었다. 그녀를 설득해 검은표범당에서 빼내지 못하면 그의 삶으로 되돌아오게 할 수도 없었다. "미국 전역의 경찰이 모두 폭력적인 인종차별주의자라는 건 알아. 하지만 그에 대한 해답은 경찰을 개선하는 것이지 그들을 쏴버리는 게 아니야. 우리는 경찰의 무자비함을 격려하는 로널드 레이건 같은 정치인을 제거해야 해."

"나는 백인들은 총을 갖고 우린 못 갖는 상황을 받아들이지 않겠어."

"그러면 총기 규제 운동을 벌이고 경찰 고위직에 흑인 경찰을 더 많이 앉혀야지."

"마틴이 그렇게 믿고 있다가 죽었어." 베리나는 반발했지만 더는 계속하지 못하고 울기 시작했다.

조지가 안으려고 했지만 그녀는 그를 밀어냈다. 그럼에도 그는 그녀가 어떻게든 제정신을 차리게 하려고 애썼다. "흑인을 보호하고 싶으면 와서 우리와 함께 유세를 하자고." 그가 말했다. "보비가 대통령이 될 거야."

"그가 이긴다고 해도 의회는 그가 아무것도 못하게 할 거야."

"그들이 그를 막으려 들겠지. 우린 정치적 전투를 벌일 거고. 한쪽은 이기고 한쪽은 질 거야. 그게 우리가 미국에서 변화를 가져오는 방법이지. 형편없는 시스템이지만 다른 모든 방법은 더 나빠. 서로를 쏘는 건 그중에서도 최악이고."

"우린 서로 동의하지 못할걸."

"좋아." 그는 목소리를 낮췄다. "우린 전에도 의견이 달랐지만 늘 서로를 사랑했지, 안 그래?"

"이건 달라."

"그렇게 말하지 마."

"내 인생은 180도 바뀌었어."

조지는 그녀의 얼굴을 쏘아보았고, 반항과 죄책감이 뒤섞인 그 표정에서 무슨 일이 벌어지고 있는지 단서를 찾아냈다. "당신 표범당의 누군가와 잠자리를 하고 있군, 맞아?"

"그래."

조지는 큰 잔으로 차가운 에일 맥주를 들이켠 것처럼 뱃속이 묵직했다. "나한테 말을 했어야지."

"지금 하고 있잖아."

"맙소사." 조지는 슬펐다. 주머니 속의 반지를 만지작거렸다. 반지는 그냥 주머니 속에 남게 될까? "우리가 하버드를 졸업한 지 칠 년 지난 거 알아?" 그는 눈물을 참았다.

"알아."

"버밍햄의 경찰견, 워싱턴의 '나에게는 꿈이 있습니다', 존슨 대통령의 공민권 지지, 두 번의 암살……"

"그리고 흑인은 여전히 가장 가난한 미국인들이고 가장 형편없는 집에 살고 가장 형식적인 의료 서비스를 받고 있지. 그들 몫보다 더 많이 베트남에서 싸우고 있고."

"보비가 그 모든 걸 바꿀 거야."

"아니, 그렇지 않아."

"아니야, 그럴 거야. 그리고 난 당신을 백악관에 초청해 당신이 틀렸단 걸 인정하게 할 거야."

베리나는 문으로 향했다. "잘 가, 조지."

"이런 식으로 끝나다니 믿을 수 없어."

"가정부가 배웅해줄 거야."

조지는 제대로 생각을 할 수가 없었다. 그는 베리나를 수년 동안 사랑했고 그들이 조만간 결혼할 거라고 예상했다. 그런데 그녀는 검은 표범 때문에 그를 차버렸다. 그는 어떻게 해야 할지 몰랐다. 두 사람은 따로 떨어져 살았지만 그는 늘 다음에 그녀를 만나면 무슨 말을 해줄지, 어떻게 어루만져줄지 생각할 수 있었다. 이제 그는 혼자였다.

가정부가 들어와 말했다. "나가시려면 이쪽입니다, 제이크스 씨."

무의식적으로 그는 그녀를 따라 홀hall로 나왔다. 그녀가 현관문을 열었다. "감사합니다." 그가 말했다.

"안녕히 가세요, 제이크스 씨."

조지는 렌터카에 올라타고 출발했다.

*

캘리포니아 예비선거 날 조지는 보비 케네디와 함께 말리부 해변에 있는 영화감독 존 프랭컨하이머의 집에 있었다. 그날 아침 날씨는 흐렸지만 그럼에도 보비는 열두 살짜리 아들 데이비드와 바다에서 수영을 했다. 두 사람 모두 저류 때문에 자갈 위로 끌려다녀서 여기저기 긁힌 채 물 밖으로 나왔다. 점심을 먹은 뒤 보비는 수영장 옆에 의자 두 개를 붙여놓고 입을 벌린 채 잠이 들었다. 테라스 유리창 너머로 지켜보던 조지는 수영하다가 다쳐 보비의 이마에 생긴 벌건 상처를 발견했다.

그는 베리나와 헤어졌다는 이야기를 보비에게 하지 않았다. 어머니에게만 말했다. 유세 다니는 동안에는 생각할 시간이 거의 없었고 캘리포니아 유세는 쉬는 시간이 없었다. 공항에서 인파와의 만남, 자동차 행렬, 광란에 빠진 군중, 꽉 들어찬 유세 집회. 조지는 그렇게 바쁜 게 기뻤다. 슬픔에 빠지는 호사는 매일 밤 잠들기 전 몇 분밖에 누릴 수 없었다. 그럴 때조차 그는 상상 속에서 베리나와 대화하며 적법한 정계로 돌아와 보비를 위해 선거운동을 하도록 그녀를 설득하는 자신을 발견했다. 어쩌면 그들의 상이한 접근법이 늘 두 사람은 근본적으로 공존할 수 없음을 보여주고 있었는지도 몰랐다. 그는 한 번도 그렇게 믿고 싶었던 적이 없었다.

세시에 첫 출구조사 결과가 TV에서 방송되었다. 보비는 49 대 41로 진 매카시를 앞섰다. 조지는 의기양양해졌다. 여자는 잃었지만 선거에서는 이길 수 있어. 그는 생각했다.

보비는 샤워와 면도를 하고 파란색 가는 세로줄무늬 정장에 하얀색 셔츠를 입었다. 정장 때문인지 아니면 커진 자신감 때문인지 과거 그 어느 때보다 더 대통령처럼 보인다고 조지는 생각했다.

보비의 이마에 생긴 멍든 상처는 보기 흉했지만 존 프랭컨하이머가 집에 있던 영화 분장용 전문 화장품으로 자국을 덮었다.

여섯시 삼십분 케네디의 수행원들은 차에 올라타 로스앤젤레스로 달렸다. 그들이 향한 앰버서더 호텔 무도회장에서는 승리 축하연이 이미 진행되고 있었다. 조지는 보비와 함께 5층에 있는 로열스위트룸으로 올라갔다. 그곳의 커다란 거실에는 백여 명도 넘는 친구들, 고문들, 특별히 초대받은 기자들이 칵테일을 마시며 서로 축하하고 있었다. 객실의 모든 TV가 켜져 있었다.

조지와 가장 친한 고문들은 보비를 따라 거실을 지나 한 침실로 들어갔다. 늘 그랬던 것처럼 보비는 파티와 함께 맹렬한 정치적 대화를 병행했다. 오늘 그는 캘리포니아뿐 아니라 관심을 거의 받지 못하는 사우스다코타의 예비선거에서도 이겼다. 그곳은 휴버트 험프리의 고향이기도 했다. 캘리포니아 선거가 끝나자 그는 주 상원의원으로 이점이 있는 뉴욕 주에서의 승리도 자신하게 되었다. "우린 매카시를 무찌르고 있어, 제기랄." 그는 방 한구석에 서서 TV에서 눈을 떼지 못한 채 크게 기뻐하며 말했다.

조지는 전당대회가 걱정되기 시작했다. 어떻게 하면 예비선거가 없는 주에서 온 대의원들의 표에 보비의 인기를 반영시킬 수 있을까? "험프리는 데일리 시장이 대의원들의 표를 움직이는 일리노이 주 같은 곳에 열심히 공을 들이고 있어요."

"그래." 보비가 말했다. "하지만 결국 데일리 같은 자들은 여론을 무시 못하지. 이기고 싶으니까. 휴버트는 딕 닉슨을 못 이기고 난 이길 수 있어."

"그건 사실이죠. 하지만 민주당 실세들이 그걸 알까요?"

"8월까지는 알게 될 거야."

조지는 그들이 물살을 타고 있다는 보비의 생각에 공감했지만 눈앞의 위험이 너무나도 뻔히 보였다. "매카시가 포기해야 우리가 험프리를 이기는 데 집중할 수 있어요. 매카시와 협상을 해야 합니다."

보비는 고개를 저었다. "그에게 부통령 자리를 제안할 수는 없어. 가톨릭 신자라고. 개신교도들은 가톨릭 신자 한 명에게는 표를 주겠지만 두 명에게는 아니야."

"내각의 최고 자리를 제안할 수는 있죠."

"국무장관?"

"지금 물러난다면 말이죠."

보비는 얼굴을 찌푸렸다. "그와 함께 백악관에서 일한다니 상상이 안 되는데."

"만일 못 이기면 백악관에 들어가지도 못합니다. 제가 타진해볼까요?"

"좀더 생각해봐도 되겠지."

"물론이죠."

"다른 것 하나 알려줄까, 조지?" 보비가 말했다. "처음으로 내가 잭의 동생으로 이 자리에 있다는 느낌이 안 들어."

조지는 웃었다. 그건 큰 진전이었다.

조지는 기자들과 이야기하러 큰방으로 갔지만 술을 마시지는 않았다. 보비와 함께 있을 때는 정신이 말짱한 것이 좋았다. 보비 자신은 버번을 좋아했다. 하지만 밑에서 일하는 사람이 무능하면 그는 격노했고, 그를 실망시키는 사람을 찢어놓을 수 있었다. 조지는 보비와 멀리 떨어져 있을 때만 편안한 마음으로 술을 마셨다.

조지는 자정 조금 못 미친 시간 승리 연설을 위해 무도회장으로 내려가는 보비를 수행할 때까지 술은 입에 대지도 않은 상태였다. 오렌지색과 흰색이 섞인 미니드레스를 입고 흰색 스타킹을 신은 보비의 아내 에설은 열한번째 아이를 임신했음에도 멋져 보였다.

늘 그렇듯 모인 사람들은 열광했다. 남자들은 모두 '케네디'가 쓰인 밀짚모자를 썼다. 여자들은 파란 치마, 하얀 블라우스에 '케네디'를 쓴 빨간 어깨띠를 두른 유니폼 차림이었다. 밴드가 선거 유세 노래를 연주했다. 강한 텔레비전 조명이 방안에 열기를 더했다. 경호원인 빌 배리를 따라 보비와 에설은 몸에 손을 뻗고 옷을 잡아당기는 젊은 지지자들 사이를 뚫고 나아가 작은 연단에 도착했다. 서로 경쟁하는 사진기자들이 혼란을 더했다.

미친듯이 날뛰는 사람들은 조지와 다른 이들의 걱정거리였지만 그것이 보비의 힘이기도 했다. 이런 감정적인 반응을 이끌어내는 그의 능력이 그를 백악관에 입성하도록 해줄 것이다.

보비는 꽃다발처럼 모인 여러 개의 마이크 뒤에 섰다. 제대로 쓴 원고 대신 메모 몇 장만 가지고 연설을 했다. 내용은 재미가 없었지만 아무도 신경쓰지 않았다. "우리는 위대한 나라, 이기적이지 않은 나라, 인정이 많은 나라입니다." 그가 말했다. "저는 그 점을 바탕으로 선거에 임할 것입니다." 자극적인 말은 아니었지만 군중은 이제 그런 것이 상관없을 정도로 그를 좋아했다.

조지는 이후 팩토리 디스코텍에는 보비를 따라가지 않기로 마음먹었다. 남녀가 어울려 춤추는 모습을 보면 혼자라는 사실만 떠오를 것 같았다. 아침에 뉴욕으로 날아가 그곳에서 유세를 시작하기 전에 하룻밤 푹 자둘 생각이었다. 아픈 마음을 달래는 약은 일이었다.

"오늘 저녁 이것을 가능하게 해준 여러분 모두에게 감사드립니다." 보비가 말했다. 그는 처칠처럼 손가락으로 승리의 브이를 만들어 보였고 실내에 모인 수백 명의 젊은이가 그 동작을 따라 했다. 그는 연단에서 내려와 내민 손들 가운데 일부와 악수를 했다.

그때 작은 문제가 생겼다. 다음 일정은 근처 다른 방에서 열릴 기자 회견이었다. 계획은 군중 사이로 지나가는 것이었지만, 조지는 빌 배리가 "우린 보비를 원해! 보비를 원해!"라고 미친듯이 소리지르는 십대 소녀들 사이로 길을 뚫지 못하는 것을 볼 수 있었다.

총지배인인 듯한 복장의 호텔 직원이 보비를 향해 한 스윙도어를 가리켜 보여 문제를 해결했다. 그리로 가면 직원 전용 공간을 통해 기자 회견장으로 연결되는 것이 분명했다. 보비와 에설은 남자를 따라 어슴푸레한 통로로 향했고, 조지와 빌 배리, 그리고 나머지 수행원들도 서둘러 그뒤를 따라갔다.

조지는 보비에게 진 매카시와 협상할 필요가 있다는 말을 얼마나 일찍 다시 꺼낼 수 있을지 궁금했다. 조지의 의견으로는 그것이 전략적으로 최우선이었다. 하지만 케네디 가문의 사람들에게는 인간관계가 무척 중요했다. 보비가 린든 존슨을 친구로 만들어두었더라면 모든 것은 달랐을 것이다.

통로는 환히 불을 밝힌 식료품 저장실로 이어졌고, 그곳에는 반짝거리는 스테인리스스틸 스팀테이블*과 거대한 제빙기가 있었다. 한 라디오 기자가 걸어가는 동안 보비와 인터뷰를 했다. "상원의원님, 험프리 씨에게 어떻게 맞설 계획인가요?" 보비는 웃는 직원들 사이를 지나며 그들과 악수를 했다. 한 젊은 주방 직원이 보비에게 인사하려는 듯 쌓인 쟁반에서 돌아섰다.

그 순간 섬광과도 같은 공포와 함께 조지는 젊은 남자의 손에 들린 권총을 발견했다.

작고 총신이 짧은 검은색 리볼버였다.

---

* 스팀으로 음식을 식지 않게 보관하는 보온대.

남자는 보비의 머리에 총을 겨누었다.

조지가 소리를 지르려고 입을 벌렸지만 총성이 먼저였다.

작은 무기는 탕, 이라기보다는 펑, 하는 소음을 만들어냈다.

보비는 양손을 얼굴로 가져가더니 뒤로 비틀거렸고, 그러고는 콘크리트 바닥에 쓰러졌다.

조지는 울부짖었다. "안 돼! 안 돼!" 벌어질 수 없는 일이었다. 또 이럴 수는 없었다!

잠시 후 중국 폭죽처럼 연달아 총성이 이어졌다. 뭔가가 팔을 찔렀지만 조지는 무시했다.

보비는 제빙기 옆 바닥에 등을 대고 양손을 머리 위로 올리고 다리를 벌린 채 쓰러져 있었다. 눈은 뜨고 있었다.

사람들은 고함을 치고 비명을 질렀다. 라디오 기자는 마이크에 대고 떠들어댔다. "케네디 상원의원이 총에 맞았다! 케네디 의원이 맞았다! 있을 수 있는 일이야? 있을 수가 있어?"

여러 사람이 총을 쏜 범인에게 달려들었다. 누군가 소리쳤다. "총 뺏어! 총 뺏어!" 조지는 빌 배리가 범인의 얼굴에 주먹을 날리는 것을 보았다.

조지는 보비 옆에 무릎을 꿇었다. 그는 살아 있었지만 귀 바로 뒤에 난 상처에서 피가 흘렀다. 상태는 나빠 보였다. 조지는 숨쉬는 걸 돕기 위해 그의 넥타이를 풀었다. 다른 누군가가 코트를 접어 보비의 머리 밑에 받쳤다.

한 남자가 신음했다. "하느님, 안 돼…… 맙소사, 안 돼……"

에설이 사람들 사이를 뚫고 다가와 조지 옆에 무릎을 꿇고 남편에게 말을 걸었다. 보비는 순간적으로 알아보는 표정을 짓더니 말하려고 안간힘을 썼다. 조지는 그가 "다른 사람들은 괜찮아?"라고 말했다고 생각했다. 에설은 그의 얼굴을 어루만졌다.

조지는 주위를 둘러보았다. 연이은 총격에 다른 누가 맞았는지는 알 수 없었다. 그 순간 자기 팔뚝이 눈에 들어왔다. 정장 소매가 찢어지고 상처에서 피가 배어나오고 있었다. 그도 맞은 것이다. 뒤늦게 다친 걸 알고 나서야 팔이 엄청나게 아팠다.

멀리 보이는 문이 열리더니 기자회견장에서 기자들과 사진기자들이 쏟아져들어왔다. 카메라맨들이 보비 주위 사람들에게 우르르 몰려들었고, 피 흘리는 희생자와 고통받는 그 아내를 더 잘 찍겠다고 서로 밀치며 스토브와 싱크대 위로 올라갔다. 에설이 애원했다. "이이가 숨 좀 쉬게 해줘요, 제발! 숨 좀 쉬게!"

구급요원들이 들것과 함께 도착했다. 그들은 보비의 어깨와 발을 잡았다. 보비가 작게 소리를 질렀다. "오, 안 돼. 하지 마……"

"살살요!" 에설이 구급요원들에게 애원했다. "살살요!"

그들은 그를 들것에 싣고 묶어 고정했다.

보비의 눈이 감겼다.

그는 다시 눈을 뜨지 않았다.

45장

그해 여름 딤카와 나탈리야는 열린 창으로 비치는 햇살을 받으며 아파트에 칠을 했다. 필요 이상으로 오래 걸린 이유는 자꾸 섹스를 하느라 작업을 중단했기 때문이었다. 그녀는 눈부시게 아름다운 머리칼은 묶어서 머릿수건 속에 감췄고 칼라가 해진 그의 오래된 셔츠를 입었지만, 사다리 위에 올라간 그녀의 반바지가 꽉 끼어서 볼 때마다 그는 키스할 수밖에 없었다. 그는 그녀의 반바지를 너무 자주 끌어내렸고, 한참 후 그녀는 그냥 셔츠만 입고 일했다. 그때부터 두 사람은 더 자주 섹스를 했다.

그녀의 이혼이 마무리될 때까지 두 사람은 결혼할 수 없었다. 주변의 눈을 의식해 나탈리야가 작은 아파트를 근처에 얻어두고 있었지만 비공식적으로 두 사람은 이미 딤카의 집에서 함께하는 새 삶을 시작했다. 그들은 나탈리야의 취향대로 가구 배치를 바꾸고 소파를 샀다. 두 사람의 일상을 쌓아갔다. 그는 아침을 만들고 그녀가 저녁 요리를 했다. 그는 신발을 닦고 그녀는 셔츠를 다렸다. 그는 고기를 사러 갔고 그녀는 생선을 사러 갔다.

니크는 이제 두 번 다시 보지 못했지만 나탈리야는 니나와 관계를 맺게 되었다. 딤카의 전처는 이제 푸시노이 원수의 애인으로 인정받았고 주말이면 그와 함께 다차에 머물며 그의 가까운 친구들을 초대해 저녁을 즐기는 일이 많았다. 그들 가운데 정부를 데려오는 사람들도 있었다. 딤카는 푸시노이가 아내 문제는 어떻게 정리했는지 알지 못했다. 나이가 들고 상냥해 보이는 그녀는 공식 행사에서는 늘 그의 옆에 붙어서 등장했다. 니나가 시골에 가 있는 주말이면 딤카와 나탈리야는 그리샤를 돌봤다. 아이라면 질색하는 니크 때문에 자기 아이를 한 번도 가져본 적 없는 나탈리야는 처음에는 긴장했다. 하지만 딤카를 많이 닮은 그리샤를 금방 좋아하게 되었고, 놀라운 일은 아니지만 알고 보니 그녀에게도 남들에게 있는 모성 본능이 존재했다.

그들의 사적인 생활은 행복했지만 공적인 생활은 그렇지 못했다. 크렘린의 완고한 보수파는 체코슬로바키아의 절충안을 받아들인 척했을 뿐이었다. 코시긴과 딤카가 프라하에서 돌아오자마자 보수파는 협상안을 뒤집기 위한 작업에 들어가 둡체크와 그의 개혁을 무너뜨릴 침공을 계속 요구했다. 7월과 8월, 모스크바의 열기 속에서, 공산당 엘리트들이 여름휴가 기간 동안 다차에 옮겨가 머무는 흑해의 산들바람 속에서 격렬한 논쟁이 벌어졌다.

딤카에게 이것은 사실상 체코슬로바키아에 관한 문제가 아니었다. 그의 아들과 아들이 자라날 세상에 관한 문제였다. 십오 년 후면 그리샤는 대학생이 될 것이다. 이십 년이면 일을 한다. 이십오 년이면 자식이 생긴다. 둡체크가 생각하는 공산주의 같은, 인간적인 면모를 갖춘 더 나은 시스템을 러시아도 가질 수 있을까? 아니면 소련은 여전히 도전할 수 없는 당의 권위를 KGB가 잔인하게 강제하는 독재국가일까?

격분할 일은 서기장 레오니트 브레즈네프가 애매한 태도를 취하고 있다는 것이었다. 딤카는 그를 경멸하게 되었다. 패배하는 편에 설까봐 겁에 질린 브레즈네프는 공동의 결정이 어느 쪽인지 알기 전까지는 절대 결심을 하는 법이 없었다. 그는 비전도 용기도, 소련을 더 나은 나라로 만들겠다는 계획도 없었다. 그는 지도자가 아니었다.

8월 15일 목요일 이틀 일정으로 시작된 정치국 회의에서 충돌은 정점에 이르렀다. 늘 그러듯 대개 흔해빠진 말을 예의바르게 주고받으며 공식회의가 진행되는 사이 실제 전투는 장외에서 벌어졌다.

딤카가 예브게니 필리포프와 대결을 벌인 곳은 노란색과 흰색으로 장식된 궁전인 상원 건물 바깥, 햇살 아래 대기중인 리무진들과 다른 자동차들이 선 광장이었다. "프라하에서 온 KGB 보고서를 보라고." 필리포프가 말했다. "학생들의 반혁명 집회를! 클럽들에서는 공산주의를 무너뜨리자고 공개적으로 논의한다고! 비밀리에 무기를 감추고!"

"모든 이야기를 믿지는 않습니다." 딤카가 말했다. "사실 개혁에 대한 논의는 있죠. 하지만 실패해 지금은 옆으로 밀려난 과거의 지도자들이 위험성을 과장하고 있는 겁니다." 사실은 보수파 KGB 의장인 안드로포프가 자극적인 정보 보고서를 꾸며내 보수파를 지원하고 있었다. 하지만 딤카는 그것을 입 밖으로 낼 만큼 무모하지는 않았다.

딤카는 믿을 만한 정보원이 있었다. 쌍둥이 여동생이었다. 타냐는 프라하에 머물며 신중하고 애매한 논조의 기사를 타스로 보내는 동시에, 둡체크가 나이든 기관원들을 제외한 모든 체코인의 영웅이라는 내용의 보고서를 딤카와 코시긴에게 보내고 있었다.

폐쇄적인 사회에서 사람들이 진실을 알기란 불가능에 가까웠다. 러시아인들은 너무 많은 거짓말을 했다. 소련의 거의 모든 문서는 거짓된 내용이었다. 생산량, 외교정책 평가, 경찰의 피의자 조서, 경제 전망 등.

사람들은 신문에서 유일하게 진실된 것은 라디오와 텔레비전 편성표뿐이라고 입을 가린 채 중얼거렸다.

"상황이 어느 쪽으로 진행될지 모르겠어." 목요일 밤 나탈리야는 딤카에게 말했다. 그녀는 여전히 외무부의 안드레이 그로미코 밑에서 일했다. "워싱턴에서 들려오는 모든 신호는 우리가 체코슬로바키아를 침공해도 존슨 대통령은 아무 조치도 취하지 않을 거라고 하거든. 그는 자기 문제가 너무 많아. 폭동에 암살, 베트남, 게다가 대통령 선거까지."

그들은 저녁을 먹기 위해 페인트칠을 멈추고 바닥에 앉아 맥주 한 병을 나눠 마시던 중이었다. 나탈리야는 이마 한군데 노란 페인트를 묻히고 있었다. 왠지 그런 모습이 딤카로 하여금 그녀와 섹스를 하고 싶게 만들었다. 지금 해버릴까, 아니면 씻은 다음 먼저 침대로 갈까 생각하고 있는데 그녀가 말했다. "우리 결혼하기 전에……"

심상치 않았다. "전에?"

"우리 아이들에 대해 이야기를 해야지."

"여름 내내 머리 터지게 그 짓을 해대기 전에 했어야지." 두 사람은 한 번도 피임을 하지 않았다.

"그래. 하지만 당신은 이미 아이가 있잖아."

"우리에게 아이가 있는 거지. 우리 아이라고. 당신이 아이의 의붓어머니가 될 거야."

"난 그리샤가 아주 좋아. 당신을 그렇게 많이 닮은 아이는 사랑하기 쉽지. 하지만 아이를 더 갖는 건 어떻게 생각해?"

딤카는 무슨 이유에선지 그녀가 걱정스러워한다는 것을 알 수 있었다. 그러니 안심시켜야 했다. 그는 맥주를 내려놓고 그녀를 껴안았다. "난 당신이 진짜 좋아." 그는 말했다. "그리고 당신하고 아이들을 낳았으면 좋겠어."

"오, 정말 다행이야." 그녀가 말했다. "나 임신했거든."

*

프라하에서는 신문을 구하기 어렵다는 걸 타냐는 알았다. 둡체크가 검열을 폐지하면서 발생한 아이러니한 결과였다. 전에는 정부가 통제하는 언론의 거짓으로 가득찬 온건한 기사들을 굳이 읽으려는 사람이 거의 없었다. 이제 신문이 진실을 이야기할 수 있게 되자, 신문사들이 아무리 인쇄 부수를 늘려도 도저히 수요를 따라갈 수 없었다. 그녀는 신문이 매진되기 전에 사려고 아침 일찍 일어나야 했다.

텔레비전 역시 이제 통제를 받지 않았다. 시사 프로그램에서는 노동자와 학생이 정부 관료들에게 질문을 던지고 비판했다. 자유의 몸이 된 정치범들은 그들을 감옥에 처넣은 비밀경찰 요원들에게 맞설 수 있는 허락을 받았다. 큰 호텔은 어디든 로비에 설치된 텔레비전 주위에 여러 사람이 모여 화면 속 토론을 열심히 시청했다.

비슷한 이야기들이 모든 카페, 일터 매점, 공회당에서 오갔다. 이십 년 동안 진짜 감정을 억눌러온 사람들은 갑자기 가슴속 이야기를 할 수 있는 허가를 얻었다.

자유화의 공기에는 전염성이 있다. 타냐는 지난날은 갔고 이제 위험이 없다고 믿고 싶은 유혹을 느꼈다. 체코슬로바키아가 여전히 비밀경찰과 지하 고문실을 갖춘 공산주의국가라는 사실을 끊임없이 되새겨야 했다.

그녀는 바실리의 첫 소설 원고를 갖고 왔다.

원고는 그녀가 모스크바를 떠나기 직전 지난번의 짧은 이야기와 같은 방법으로 도착했다. 사무실 밖 길거리에서 마주친 낯모르는 남자는 원고만 건넨 채 질문에는 대답하려 하지 않았다. 내용은 지난번처럼 작은 글씨로 적혀 있었는데, 종이를 아끼기 위한 것임이 틀림없었다. '자유인'이라는 냉소적인 제목이었다.

타냐는 타자기를 이용해 원고를 항공우편 편지지에 옮겼다. 아무래도 짐을 열어 보일 일이 있을 것 같았다. 그녀는 타스의 신뢰받는 기자지만 어디든 그녀가 묵는 호텔방이 수색당할지 알 수 없었고 그녀가 할당받은 프라하 구도심의 아파트도 철저하게 수색받을 수 있었다. 하지만 똑똑하게 숨길 곳을 생각해냈다고 여겼다. 그럼에도 그녀는 두려움 속에 살았다. 마치 핵폭탄을 들고 있는 것 같았다. 최대한 빨리 어떻게든 넘겨주고 싶었다.

그녀는 어느 영국 신문사의 프라하 특파원과 친구가 되었는데, 기회가 생기자마자 그에게 말했다. "런던에 동유럽 소설 번역이 전문인 책 편집자가 있어요. 롤리 출판사의 애나 머리라고 해요. 그녀랑 체코 문학에 대해 인터뷰를 꼭 해보고 싶어요. 당신이 그녀에게 말을 전해줄 수 있을까요?"

타냐와 애나 사이에 추적이 가능한 연결고리를 만드는 것은 위험한 일이었다. 하지만 약간의 위험은 감수해야 했고, 이렇게 하는 것이 덜 위험해 보였다.

이 주 뒤 영국 기자가 말했다. "애나 머리가 다음주 화요일에 프라하로 온대요. 내가 당신 전화번호를 몰라서 알려줄 수가 없었어요. 하지만 그녀는 팰리스 호텔에 머물 거라고 합니다."

화요일에 타냐는 호텔로 전화를 걸어 애나에게 메시지를 남겼다. "네 시에 얀 후스 동상 앞에서 야쿠프를 만날 것." 얀 후스는 미사를 해당 지방의 언어로 진행해야 한다고 주장했다가 교황에 의해 기둥에 묶인 채 화형을 당한 중세 철학자다. 그는 외세의 통제에 대한 체코의 저항을 상징하는 인물로 남아 있었다. 그의 동상이 구시가 광장에 있다.

모든 호텔의 비밀경찰 요원들은 서방에서 온 투숙객들에게 각별한 관심을 가졌고, 그들이 모든 메시지를 들여다본다고 생각해야 했다. 그러므로 그들은 동상 근처에서 애나가 누굴 만나는지 지켜볼 수도 있다. 그래서 타냐는 만나러 나가지 않았다. 대신 중간에 길거리에서 애나를 스쳐지나며 구시가에 있는 한 레스토랑의 주소와 메시지가 적힌 카드를 건넸다. "오늘밤 여덟시. 야쿠프 이름으로 좌석 예약했음."

애나가 호텔에서 레스토랑으로 갈 때 미행당할 가능성은 여전했다. 그러나 낮았다. 비밀경찰은 모든 외국인을 항상 미행할 만큼 인원이 충분하지는 않았다. 그럼에도 타냐는 계속 주의했다. 그날 저녁 그녀는 따뜻한 날씨에도 넉넉한 가죽재킷을 입고 일찌감치 레스토랑으로 향했다. 그리고 미리 예약한 자리가 아닌 곳에 앉았다. 애나가 도착했을 때도 계속 고개를 숙인 채 그녀가 자리를 잡고 앉는 모습을 지켜보았다.

애나는 누가 봐도 외국인이었다. 동유럽에서는 누구도 그렇게 잘 차려입지 않았다. 그녀는 관능적인 몸매에 맞춘 흑적색 바지 정장을 입고 있었다. 그 위에는 파리에서 샀을 법한 눈부시게 화려한 색깔의 스카프를 둘렀다. 눈동자와 머리 모두 검었는데, 아마도 독일계 유대인인 어머니에게서 물려받은 것 같았다. 타냐가 헤아려보기로는 서른 살이 다 되었다. 하지만 그녀는 어린 시절을 뒤로하면서 더욱 아름다워지는 그런 여자들 가운데 한 명이었다.

애나를 따라서 레스토랑으로 들어온 사람은 아무도 없었다. 타냐는 움직이지 않고 십오 분을 더 기다리며 들어오는 사람들을 살폈고, 그사이 애나는 헝가리산 리슬링을 한 병 시켜서 한 잔을 따라 마셨다. 네 명이 들어왔는데 나이 많은 커플과 데이트중인 두 젊은이였다. 조금이라도 경찰처럼 보이는 사람은 없었다. 마침내 타냐는 일어나 예약한 테이블로 가서 재킷을 의자 등받이에 걸며 애나와 자리를 함께했다.

"와줘서 고마워요." 타냐가 말했다.

"그런 말 말아요. 기꺼이 와야죠."

"먼길이었군요."

"내게 「동상」을 준 여자를 만나기 위해서라면 열 배 먼 곳이라도 왔을 거예요."

"그가 소설을 썼어요."

애나는 만족스러운 한숨을 내쉬며 뒤로 물러나 앉았다. "당신이 그 말을 해주길 기대했어요." 그녀는 타냐의 잔에 와인을 따랐다. "어디 있죠?"

"숨겨뒀어요. 헤어지기 전에 줄게요."

"좋아요." 애나는 원고를 갖고 있다는 흔적을 찾을 수 없어서 어리둥절했지만 타냐의 말을 받아들이기로 한 듯했다. "당신 덕분에 아주 행복해요."

"난 「동상」이 훌륭하다는 걸 처음부터 알고 있었어요." 타냐는 생각에 잠겨 말했다. "그래도 당신이 해낸 그런 세계적인 성공은 기대하지 않았어요. 크렘린의 사람들은 불같이 화를 내고 있는데, 특히 아직도 그걸 누가 썼는지 알아내지 못해서 더 그렇죠."

"그에게 지급될 어마어마한 금액의 인세가 쌓여 있다는 걸 아셔야 해요."

타냐는 고개를 흔들었다. "그가 해외에서 돈을 받으면 비밀을 드러내는 꼴이 될 거예요."

"언젠가 때가 오겠죠. 런던에서 가장 큰 저작권 에이전시에 그를 대리해달라고 부탁했어요."

"저작권 에이전시가 뭐죠?"

"작가의 이익을 챙기면서 계약할 때 협상을 하고 출판사가 제때 돈을 지급하도록 확인해주는 사람이죠."

"들어본 적 없어요."

"그들이 이반 쿠즈네초프라는 이름으로 은행 계좌를 개설했어요. 하지만 당신은 어떤 식으로든 돈을 투자할 생각을 해야 해요."

"얼마나 되나요?"

"백만 파운드가 넘어요."

타냐는 충격을 받았다. 돈을 손에 넣을 수만 있다면 바실리는 러시아에서 가장 부유한 남자가 될 것이다.

두 사람은 저녁식사를 주문했다. 프라하의 레스토랑들은 지난 몇 달 사이 나아졌지만 음식은 여전히 전통식이었다. 쇠고기와 저민 경단이 휘핑크림과 크랜베리잼 한 스푼을 곁들인 기름진 그레이비소스와 함께 나왔다.

애나가 물었다. "프라하에 무슨 일이 벌어질까요?"

"둡체크는 성실한 공산주의자고, 이 나라가 바르샤바조약기구에 남아 있기를 원하기 때문에 모스크바에 근본적인 위협을 가하지 않고 있어요. 하지만 크렘린의 공룡들은 그런 식으로 보지 않죠. 무슨 일이 생길지 아무도 몰라요."

"당신 아이 있어요?"

타냐는 웃었다. "중요한 질문이군요. 어쩌면 우리는 소련 체제에서 고생하는 삶을 선택할 수도 있어요. 조용한 삶을 원한다면 말이죠. 하지만 그런 불행과 압제를 다음 세대에까지 물려줄 권리가 있을까요? 아뇨, 난 아이가 없어요. 그리샤라는 사랑스러운 조카는 있어요. 내 쌍둥이 오빠의 아들이죠. 그리고 오늘 아침 오빠에게 편지를 받았는데 곧 그의 두번째 아내가 될 사람이 임신을 했다고 하더군요. 그러니까 나는 조카가 한 명 더 생길 거예요. 그애들을 위해서라도 나는 둡체크가 성공하고 다른 공산주의국가들이 체코의 전철을 밟기를 기대해야 해요. 그러나 소련 체제는 본질적으로 보수적이라 자본주의보다 변화에 대한 저항이 강해요. 그 점이 어쩌면 가장 근본적인 흠일 수도 있죠. 긴 안목으로 보면."

식사를 마치고 애나가 말했다. "작가에게 돈을 지불할 수 없다면, 혹시 내 선물을 전해줄 수는 있나요? 서방에서 뭐든 그분이 좋아할 만한 물건이 있을까요?"

그에게 필요한 물건은 타자기였지만 그건 위장을 날려버릴 것이다. "스웨터요." 그녀가 말했다. "진짜로 두껍고 따뜻한 스웨터. 그는 늘 추워해요. 내복도요. 소매랑 다리가 긴 내복이요."

이반 쿠즈네초프의 삶을 살짝 엿본 애나는 경악한 기색이었다. "내일 빈에 가서 그에게 줄 가장 좋은 걸 사오겠어요."

타냐는 만족하며 고개를 끄덕였다. "여기서 금요일에 다시 만날까요?"

"그래요."

타냐는 일어섰다. "우린 따로 나가야 해요."

애나의 얼굴에 당황스러운 표정이 흘렀다. "원고는요?"

"내 재킷을 입어요." 타냐가 말했다. 재킷은 타냐보다 몸무게가 더 나가는 애나에게는 조금 작을 수도 있었다. 하지만 껴입을 수 있을 것이다. "빈에 도착하면 안감을 뜯어요." 그녀는 애나와 악수를 했다. "잃어버리지 말아요." 그녀가 말했다. "복사본은 없으니까."

*

한밤중에 타냐는 침대가 흔들려 잠에서 깼다. 비밀경찰이 체포하러 왔다는 생각에 겁에 질린 채 일어나 앉았다. 불을 켜보니 그녀는 혼자였지만 흔들림은 꿈이 아니었다. 침대맡 탁자에 둔 그리샤의 사진 액자가 춤을 추는 것 같았고, 작은 화장품 병들이 화장대의 유리 상판 위에서 떨며 딸그락거렸다.

그녀는 침대에서 뛰어내려 열린 창문으로 다가갔다. 먼동이 터오고 있었다. 근처 대로에서 시끄럽게 우르릉거리는 소리가 들려왔지만 무엇인지 보이지는 않았다. 그녀는 막연한 두려움으로 가득찼다.

가죽재킷을 찾다가 애나에게 줬다는 사실이 떠올랐다. 재빨리 청바지와 스웨터를 찾아 입고 신발을 신고 서둘러 밖으로 나섰다. 이른 시간인데도 거리에 사람들이 보였다. 그녀는 재빨리 소리나는 쪽으로 걸었다.

대로에 도착하자마자 무슨 일이 벌어졌는지 알았다.

소음을 낸 것은 탱크였다. 탱크들이 도로를 따라 천천히, 그러나 저지할 수 없이 굴러가며 그들의 무한궤도가 무시무시한 소음을 만들어내고 있었다. 탱크 위에 타고 있는 소련 군복 차림의 병사들은 대부분 젊은, 그냥 소년들이었다. 부드러운 새벽빛 속에 도로를 따라 수십 대의, 어쩌면 수백 대일지 모르는 탱크가 카를교와 그 너머까지 길게 이어지며 들어오는 모습이 보였다. 보도를 따라 체코의 남녀가 몇 명씩 모여 있었고, 많은 사람이 잠옷 바람으로 그들의 도시가 침략당하는 광경을 실망과 경악 속에 지켜보고 있었다.

크렘린의 보수파가 이겼군. 타냐는 깨달았다. 체코슬로바키아는 소련에 침공당했다. 짧았던 개혁과 희망의 계절은 끝났다.

타냐는 옆에 서 있는 중년의 여자와 눈이 마주쳤다. 여자는 타냐의 어머니가 매일 밤 쓰는 구식 헤어네트를 뒤집어쓰고 있었다. 그 얼굴에 눈물이 흘러내렸다.

그 순간 타냐는 뺨이 축축해지는 것을 느끼고 자기도 울고 있음을 알아차렸다.

*

프라하에 탱크가 굴러들어온 지 일주일 뒤 조지 제이크스는 워싱턴에서 속옷 바람으로 소파에 앉아 텔레비전을 통해 시카고에서 열리는 민주당 전당대회를 지켜보고 있었다.

점심으로는 토마토 수프 캔을 데워 프라이팬에서 바로 떠먹었다. 이제 프라이팬은 안쪽부터 굳어가는 끈적거리는 빨간색 액체가 찌꺼기로 남은 채 커피 테이블 위에 놓여 있었다.

뭘 해야 할지는 알았다. 옷을 차려입고 나가서 새 일자리를 구하고 새 여자친구를 구하고 새 삶을 찾아야 했다.

어찌된 일인지 그냥 목표가 보이지 않았다.

우울증에 대해 들은 적이 있었는데, 지금 자기가 바로 우울증이란 걸 알았다.

시카고 경찰이 미친듯이 날뛰는 광경을 보고서야 아주 약간 정신이 환기되었다. 몇백 명의 시위대가 전당대회장 외부 도로에 평화롭게 앉아 있었다. 경찰이 경찰봉을 휘두르며 시위대 사이로 맹렬히 공격해 들어가더니 모두를 잔인하게 구타했다. 그들은 폭행죄를 저지르는 모습이 텔레비전으로 생중계된다는 사실은 미처 인식하지 못하는 것 같았다. 아니, 알지만 신경쓰지 않을 가능성이 더 높았다.

누군가, 아마도 리처드 데일리 시장이 개들의 목줄을 풀어놓은 것일 터였다.

조지는 한가롭게 정치적 결과를 예상해보았다. 추측건대 정치적 전략으로서의 비폭력은 종말을 맞게 될 것이다. 마틴 루서 킹과 보비 케네디 두 사람 다 틀렸고 이제 그들은 죽었다. 검은표범당이 옳았다. 데일리 시장, 로널드 레이건 주지사, 조지 월리스 대통령 후보, 그리고 그들의 모든 인종차별주의자 경찰 총수는 상대가 누구든 사상이 마음에 들지 않으면 폭력을 사용할 것이다. 흑인들은 스스로를 보호하기 위해 총이 필요하다. 누구든 미국 사회의 수놈 코끼리에 도전하기를 원하는 사람도 마찬가지다. 지금 당장 시카고에서 경찰은 그들이 흑인을 다루었던 것처럼 중산층 백인 젊은이들을 취급하고 있다. 저런 모습들이 사고방식을 바꾸어놓을 것이 틀림없다.

현관에서 초인종이 울렸다. 의아해 얼굴이 찌푸려졌다. 찾아올 사람도 없고 누구와도 말하고 싶지 않았다. 그는 못 들은 척하며 초인종을 울린 사람이 가버리기를 바랐다. 다시 초인종이 울렸다. 나는 외출했을 수도 있어. 그는 생각했다. 내가 여기 있는 걸 어떻게 알겠어? 초인종이 세번째로 길고 끈덕지게 울렸다. 그는 누군지 몰라도 포기하지 않을 거라는 사실을 깨달았다.

그는 문으로 향했다. 어머니였다. 어머니가 뚜껑을 덮은 냄비를 들고 있었다.

재키는 위아래로 아들을 훑어보았다. "이럴 줄 알았지." 그녀는 그렇게 말하고 들어오라는 소리도 듣지 않고 들어섰다.

그녀는 냄비를 오븐에 넣고 불을 켰다. "샤워해." 그녀가 명령했다. "딱한 얼굴은 면도를 하고 좀 괜찮은 옷을 입어라."

그는 입씨름을 할까 생각했지만 그럴 힘이 없었다. 그냥 하라는 대로 하는 게 더 편할 것 같았다.

방을 치우기 시작한 그녀는 그가 먹은 수프 팬을 주방 싱크대로 가져가고 신문을 접고 창문을 열었다.

조지는 자기 방으로 물러났다. 속옷을 벗고 샤워를 하고 면도를 했다. 달라진 건 없었다. 내일이면 다시 빈둥거리고 있을 터였다.

그는 치노팬츠와 파란색 버튼다운셔츠를 입은 다음 거실로 돌아왔다. 냄비에서 좋은 냄새가 나는 것은 부정할 수 없었다. 재키는 저녁을 차렸다. "앉아." 그녀가 말했다. "저녁 먹어야지."

그녀는 토마토 크림소스에 그린칠리와 치즈 덮은 빵껍질로 킹 랜치 치킨을 만들어왔다. 조지는 참을 수 없었고 두 접시를 먹었다. 식사를 마치고 어머니는 설거지를 하고 그는 접시의 물기를 닦았다.

그녀는 아들과 앉아 전당대회 뉴스를 지켜보았다. 에이브러햄 리비코프 상원의원이 조지 맥거번을 마지막 순간 평화적인 대체 후보로 추천하며 발언하고 있었다. 그가 충격적인 발언을 했다. "조지 맥거번이 미국 대통령이 되면 우리는 시카고 길거리에서 게슈타포식 전술을 보지 않아도 됩니다."

재키가 말했다. "이런, 터져버렸네."

전당대회장이 조용해졌다. 프로그램 연출자는 데일리 시장을 카메라에 잡았다. 그는 거대한 개구리 같았다. 툭 튀어나온 눈, 살이 늘어진 얼굴, 목에는 지방이 더덕더덕 붙은 모습이었다. 순간적으로 그는 텔레비전으로 방송되고 있다는 걸 잊고—바로 그가 부리는 경찰들처럼—리비코프를 향해 격하게 소리질렀다.

마이크는 그가 하는 말을 전하지 못했다. "뭐라고 했는지 모르겠네요." 조지가 생각에 잠겨 말했다.

"내가 알려줄 수 있어." 재키가 말했다. "난 독순술을 하거든."

"그런 줄은 전혀 몰랐네요."

"아홉 살 때 귀가 안 들리게 되었지. 뭐가 잘못되었는지 알아내는 데 오래 걸렸어. 결국에는 수술을 받고 다시 들을 수 있게 됐지. 하지만 입술을 읽는 법은 잊지 않았다."

"좋아요, 어머니. 증명해보세요. 데일리 시장이 에비 리비코프에게 뭐라고 했어요?"

"뭐라고 했냐면, '좆까, 이 유대놈 개새끼야.' 그렇게 말했지."

*

발리와 비프는 매카시의 유세 본부가 있는 시카고 힐튼 호텔 15층에 묵고 있었다. 전당대회 마지막날인 화요일 자정에 방으로 돌아왔을 때는 피곤하고 기가 죽어 있었다. 그들은 졌다. 존슨의 부통령이었던 휴버트 험프리가 민주당 후보로 뽑혔다. 대통령 선거는 베트남전쟁을 지지하는 두 남자의 싸움이 될 터였다.

그들은 피울 마리화나조차 없었다. 일시적으로 마리화나를 끊었다. 언론에 매카시를 비방할 기회를 줄까봐 두려워서였다. 그들은 잠시 TV를 보다가 잠자리에 들었는데, 너무 비참해 사랑을 나눌 수도 없었다.

비프가 말했다. "젠장, 몇 주 있으면 학교로 돌아가야 해. 내가 받아들일 수 있을지 모르겠어."

"난 아마 음반을 만들 것 같아." 발리가 말했다. "새 노래들을 좀 만들었거든."

비프는 의심스러운 듯했다. "데이브하고 관계를 되돌릴 수 있다고 생각하는 거야?"

"아니. 난 그러고 싶지만 데이브가 원치 않겠지. 그애가 동베를린에서 우리 가족 만났다고 전화를 걸어왔을 때, 친절한 일을 해주면서도 정말 차가웠어."

"오, 맙소사. 우리가 정말 큰 상처를 줬나봐." 비프가 슬프게 말했다.

"게다가 그는 텔레비전 쇼하고 모든 걸 혼자 잘해내고 있어."
"그럼 어떻게 앨범을 만들겠다는 거야?"
"런던으로 갈 거야. 내가 알기로 루가 드럼을 쳐줄 거고, 버즈도 베이스를 연주해줄 거야. 두 사람 다 데이브가 그룹을 깨버려서 화가 났거든. 기본 트랙은 그 두 사람이랑 만들고 그다음에 내 목소리로 노래를 녹음하고, 시간을 두고 기타 연주랑 노래 화음이랑, 어쩌면 현악이랑 관악 같은 것도 추가로 입힐 수도 있겠지."
"와, 정말 진지하게 생각하나봐."
"시간이 있었으니까. 스튜디오에 안 들어간 지 반년은 되나봐."
쾅 소리와 굉음이 들리더니 복도에서 방안으로 불빛이 쏟아져들어왔다. 발리는 무섭고 믿기지 않았지만 누군가 문을 박차고 들어왔다는 걸 깨달았다. 그는 시트를 걷고 침대에서 뛰어내리며 소리를 질렀다. "대체 뭐야?"
방의 불이 켜지고, 제복 차림의 시카고 경찰 두 명이 부서진 문을 넘어 방으로 들어오는 모습이 보였다. 그가 말했다. "도대체 무슨 일입니까?"
대답 대신 그들 중 한 명이 그를 향해 경찰봉을 휘둘렀다.
발리가 간신히 몸을 피했지만 경찰봉은 머리를 때리는 대신 고통스럽게 어깨로 떨어졌다. 그는 고통으로 소리를 질렀고 비프는 비명을 토했다.
다친 어깨를 움켜쥐고 발리는 침대를 향해 뒤로 물러섰다. 경찰이 다시 몽둥이를 휘둘렀다. 발리는 뒤로 펄쩍 뛰며 침대에 떨어졌고 몽둥이는 그의 다리를 때렸다. 그는 고통으로 비명을 질렀다.
두 경찰관이 몽둥이를 들었다. 발리는 몸을 굴려 비프를 감쌌다. 몽둥이 하나는 그의 등을 때렸고 다른 하나는 엉덩이에 맞았다. 비프가 비명을 질렀다. "그만해요, 제발. 그만. 우린 아무 잘못도 없어요. 이 사람 그만 때려요!"

발리는 두 번 더 엄청 아프게 맞았고, 정신을 잃을 것 같다는 생각을 했다. 그 순간 폭행이 뚝 그치고 부츠를 신은 두 사람의 묵직한 발걸음은 방을 가로질러 밖으로 향했다.

발리는 비프의 몸 위에서 떨어졌다. "아, 젠장. 정말 아프네." 그가 말했다.

비프는 무릎을 꿇고 그의 상처를 보려고 애썼다. "왜 저러는 거지?" 그녀가 말했다.

발리는 방밖에서 더 많은 문이 부서지는 소리와 더 많은 비명, 사람들이 침대에서 끌려나와 맞는 소리를 들었다. "시카고 경찰은 하고 싶은 대로 뭐든 할 수 있어." 그가 말했다. "동베를린보다 더 나쁜군."

*

10월, 내슈빌행 비행기에서 데이브 윌리엄스는 한 늑슨 지지자 옆에 앉았다.

데이브는 음반을 만들기 위해 내슈빌로 가고 있었다. 나파의 데이지 팜에 있는 그의 스튜디오는 아직 만드는 중이었다. 내슈빌에는 업계 최고의 뮤지션도 몇몇 있었다. 데이브는 록뮤직이 사이키델릭 사운드와 이십 분짜리 기타 솔로 등 지나치게 사색적으로 변해가고 있다고 느꼈다. 그래서 〈내 가장 친한 친구의 여자〉와 〈소문으로 들었네〉, 그리고 〈울리 불리〉 등 전통적인 이 분짜리 팝송이 담긴 앨범을 만들 계획이었다. 게다가 그는 발리가 솔로 앨범을 만든다는 이야기를 들었고 혼자 뒤처지고 싶지 않았다.

다른 이유도 있었다. 그와 올스타 투어링 비트 공연에서 장난치며 놀던 리틀 룰루 스몰이 지금 내슈빌에서 백보컬로 일하고 있었다. 그는 누군가 비프를 잊을 수 있게 도와줄 사람이 필요했다.

그가 든 신문 1면에 멕시코시티에서 열리고 있는 올림픽의 사진이 보였다. 200미터 달리기 시상식 장면이었다. 금메달을 딴 사람은 토미 스미스라는 미국 흑인으로 세계기록을 깼다. 오스트레일리아의 백인이 은메달, 또다른 미국 흑인이 동메달이었다. 세 명 모두 올림픽 재킷에 인권 배지를 달고 있었다. 〈별이 빛나는 깃발〉이 연주되는 동안 두 명의 미국 선수는 고개를 숙이고 주먹을 들어올리는 블랙 파워식 경례를 했고 모든 신문에 그 사진이 실렸다.

"부끄러운 일이야." 일등석의 데이브 옆자리에 앉은 남자가 말했다.

마흔 살 정도로 보이는 그는 비즈니스 정장에 하얀 셔츠와 넥타이 차림이었다. 가방에서 타자기로 작성한 두꺼운 문서를 꺼내 볼펜으로 주석을 달고 있었다.

데이브는 대개 비행기에서 사람들과 대화를 나누지 않았다. 대부분 팝스타가 되면 실제로는 어떤 기분이냐는 식의 인터뷰로 변해버렸고, 그런 이야기는 따분했다. 하지만 이 남자는 데이브가 누군지 모르는 모양이었다. 데이브는 이런 남자의 머릿속은 어떻게 돌아가고 있는지 궁금했다.

옆자리 남자가 말을 이었다. "국제올림픽위원회 위원장이 그들을 올림픽에서 쫓아내버렸군요. 정말 잘했어."

"위원장 이름은 에이버리 브런디지죠." 데이브가 말했다. "제 신문을 보니 지난 1936년 베를린에서 올림픽이 열렸을 때는 그가 나치식 경례를 할 수 있는 독일인들의 권리를 옹호했다고 하네요."

"그것도 동의할 수는 없네요." 사업가 남자는 말했다. "스포츠는 정치적인 영역이 아닙니다. 우리 선수들은 미국인으로서 경쟁하는 거죠."

"그들은 경기에서 이길 때, 그리고 군대에 징집될 때는 미국인이죠." 데이브가 말했다. "하지만 당신의 옆집을 사고 싶어할 때는 흑인이 되고요."

"글쎄요, 난 평등을 믿지만, 느린 변화가 대개 빠른 것보다 낫죠."

"어쩌면 베트남에 보내는 군대는 모두 백인으로만 구성해야 할지 모릅니다. 미국 사회가 완전한 평등을 위한 준비가 확실히 끝날 때까지."

"나는 전쟁에도 반대합니다." 남자가 말했다. "베트남인들이 공산주의를 원할 정도로 멍청하다면, 그러라고 하죠. 우리가 걱정할 건 미국에 있는 공산주의자들이에요."

먼 행성에서 온 사람이군. 데이브는 그렇게 느꼈다. "어떤 분야의 사업을 하시나요?"

"라디오 방송국의 광고 시간을 팝니다." 그는 손을 내밀어 악수를 청했다. "론 존스라고 합니다."

"데이브 윌리엄스입니다. 저는 음악산업에 종사합니다. 실례가 되지 않는다면 11월에 누구에게 투표할지 여쭤봐도 될까요?"

"닉슨이죠." 존스는 망설임 없이 대답했다.

"하지만 선생님은 전쟁에 반대하고 너무 이르지 않기를 원하지만 흑인들의 공민권을 지지하시잖아요. 그러니 쟁점에 대해서는 험프리와 의견이 같으신데요."

"쟁점까지 갈 필요도 없어요. 난 마누라와 세 아이가 있고 집 대출에 자동차 할부도 남았어요. 그게 내 쟁점이죠. 열심히 싸워서 지역 판매 매니저가 되었고 몇 년 있으면 전국 판매 매니저를 노려야 합니다. 나는 지금 이 자리를 위해 뼈빠지게 일했고 아무도 내게서 이걸 빼앗아 갈 수 없어요. 폭동을 일으키는 흑인도, 약이나 빠는 히피도, 모스크바를 위해 일하는 공산주의자들도, 휴버트 험프리 같은 마음 약한 진보주의자도 말입니다. 당신이 닉슨에 대해 뭐라고 말해도 상관없어요. 그는 나 같은 사람을 위해 나선 겁니다."

그 순간 데이브는 닉슨의 승리라는 종말이 임박한 듯한 압도적인 감정을 느꼈다.

*

조지 제이크스는 몇 달 만에 처음으로 정장을 차려입고 하얀 셔츠에 넥타이를 매고 마리아 서머스와 함께 자키 클럽에 점심을 먹으러 갔다.

무슨 일이 있을지는 짐작할 수 있었다. 마리아는 그의 어머니와 이야기를 나누었다. 재키는 마리아에게 조지가 우울해하며 온종일 아파트에서 아무것도 하지 않는다고 말했다. 마리아는 그에게 다시 기운을 차려보라고 말할 것이다.

그는 목적이 없었다. 그의 인생은 만신창이가 되었다. 보비는 죽었고 다음번 대통령은 험프리나 닉슨이 될 터였다. 이제 전쟁을 끝내기 위해, 또는 흑인들의 평등권을 확보하기 위해, 경찰이 마음에 안 든다는 이유로 아무나 때리는 것을 막기 위해 할 수 있는 일은 없다.

그럼에도 그는 마리아와 함께 점심을 먹기로 했다. 두 사람은 오랫동안 알고 지낸 사이였다.

마리아는 성숙한 매력이 있어 보였다. 검은 드레스에 어울리는 재킷을 입고 진주 목걸이를 한 차림이었다. 자신감과 권위가 드러났다. 그녀는 법무부에서 성공한 중간 관료인 그녀 자신의 모습대로 보였다. 그녀는 칵테일은 거절하고 점심식사를 주문했다.

웨이터가 사라지자 그녀는 조지에게 말했다. "당신은 절대 극복 못해요."

그가 보비를 잃은 슬픔을 그녀가 잭과 사별한 일과 비교하는 말이라는 것을 알았다.

"가슴에 뚫린 구멍이 사라지지 않죠." 그녀가 말했다.

조지는 고개를 끄덕였다. 그녀의 말이 너무 옳아서 정말이지 울고 싶었다.

"일이 최고의 약이죠." 그녀가 말했다. "시간하고요."

그녀는 살아남았다는 걸 그는 깨달았다. 그녀가 잃은 것이 더 컸다. 잭 케네디는 그녀의 단순한 친구가 아니라 사랑이었기 때문이다.

"당신이 날 도왔어요." 그녀가 말했다. "당신이 법무부 일자리를 구해주었죠. 그게 제 구원이었어요. 새로운 환경에서 새로운 도전을 한 거죠."

"하지만 새 남자친구는 없군요."

"그래요."

"여전히 혼자 살아요?"

"고양이가 두 마리 있어요." 그녀가 말했다. "줄리어스와 루피예요."

조지는 고개를 끄덕였다. 그녀가 미혼이라는 사실은 법무부에서 도움이 되었다. 결혼한 여자는 임신해 그만둘 수 있기 때문에 승진시키기를 망설였지만, 미혼이 확인된 여성은 더 기회가 많았다.

주문한 음식이 나왔고 두 사람은 한참 말없이 식사를 했다. 그러다가 마리아가 포크를 내려놓았다. "난 당신이 다시 일했으면 좋겠어요, 조지."

조지는 그녀의 다정한 관심에 감동했다. 그리고 인생을 다시 건설한 그녀의 끈질긴 투지가 존경스러웠다. 하지만 그는 아무런 열의도 불러일으킬 수 없었다. 그는 어쩔 수 없다는 듯 어깨를 으쓱해 보였다. "보비는 떠났고 매카시는 후보에서 떨어졌어요. 누굴 위해 일하겠어요?"
마리아는 조지가 깜짝 놀랄 말을 했다. "포셋 렌쇼요."
"그놈들이요?" 포셋 렌쇼는 조지가 졸업했을 때 일자리를 제안했던 워싱턴의 로펌이다. 그가 프리덤 라이드에 참가했다는 이유로 제안을 철회했지만.
"당신은 그들의 공민권 전문가가 될 거예요." 그녀가 덧붙였다.
조지는 역설적인 상황이 흥미로웠다. 칠 년 전 공민권과 얽혔다는 이유로 조지는 포렛 렌쇼에서 일할 수 없었다. 이제 공민권이 그에게 자격을 주는 것이다. 모든 일에도 불구하고 우리가 이긴 부분도 있지. 그는 생각했다. 기분이 나아지기 시작했다.
"당신은 법무부와 의회에서 일했어요. 그러니까 가치를 매길 수 없는 내부 지식이 있어요." 그녀가 계속 말을 이었다. "그리고 그거 알아요? 갑자기 워싱턴 로펌들 사이에 흑인 변호사를 한 명씩 데리고 있는 것이 유행이 됐어요."
"포셋 렌쇼가 원하는 게 뭔지는 어떻게 알았어요?" 그가 물었다.
"법무부는 그들과 해야 할 일이 많아요. 대개는 그들의 의뢰인들이 정부의 법률을 지키게 하도록 애쓰는 일이죠."
"난 공민권법을 어기는 회사들을 변호하는 역할로 끝날 거예요."
"배우는 경험이라고 생각해요. 현장에서 평등권 법률이 어떻게 적용되는지 직접적인 지식을 얻게 될 거예요. 정계로 돌아온다면 그런 경험이 유용할걸요. 그사이 돈도 많이 벌 수 있고요."
조지는 그가 정계로 돌아올 수나 있을지 의문이었다.
고개를 든 그는 아버지가 레스토랑을 가로질러 다가오는 모습을 보았다. 그레그가 말했다. "방금 식사 마쳤다. 같이 커피 좀 마셔도 되겠니?"
조지는 이 우연해 보이는 만남이 사실은 마리아의 계획이 아니었을까 궁금했다. 로펌의 수석 파트너인 늙은 렌쇼가 그레그와 어릴 적부터 아는 친구 사이라는 사실도 떠올랐다.

마리아가 그레그에게 말했다. "저희는 조지가 다시 일하는 것에 대해 이야기하고 있었어요. 포셋 렌쇼가 조지를 원해요."

"렌쇼가 내게도 그런 말을 했지. 넌 그들에게 아주 귀중한 존재야. 네 연줄이 독보적이니까."

"닉슨이 이길 것 같아요." 조지가 미심쩍은 듯 말했다. "제 연줄 대부분은 민주당이라고요."

"그들은 여전히 쓸모 있어. 어쨌거나 나는 닉슨이 오래 버틸 거라고 생각하지 않는다. 그는 부서지고 불타버릴 거야."

조지는 눈썹을 치켜세웠다. 진보적인 공화당원 그레그는 넬슨 록펠러 같은 사람을 대통령 후보로 선호했을 것이다. 아무리 그래도 그는 놀라우리만치 당에 대한 충성심이 부족했다. "아버지는 평화운동이 닉슨을 무너뜨릴 거라고 보세요?" 조지가 물었다.

"꿈같은 얘기야. 반대일 가능성이 더 크지. 닉슨은 린든 존슨이 아니야. 외교를 잘 이해한다고. 아마 워싱턴 대부분의 사람들보다 나을걸. 그가 하는 멍청한 공산주의자 얘기에 속지 마라. 그건 그냥 이동주택에 사는 그의 지지자들을 위해 하는 말이야." 그레그는 속물이었다. "닉슨은 베트남에서 빠져나올 거고, 군을 약화시킨 평화운동 때문에 우리가 전쟁에서 졌다고 할 거야."

"그럼 무엇이 그를 끌어내린다는 건가요?

"딕 닉슨은 거짓말을 해." 그레그가 말했다. "빌어먹을 입을 열 때마다 거짓말이 나온다고. 1952년 공화당 정부가 들어섰을 때 닉슨은 정부 내에 수천 명의 불온분자가 있다고 주장했어."

"그래서 몇 명을 찾아냈어요?"

"없었어. 한 명도 없었다고. 알아, 난 젊은 하원의원이었지. 그러더니 그는 물러가는 민주당 정부의 서류철 속에서 미국을 사회주의화하려는 청사진을 발견했다고 언론에 발표했어. 기자들이 보여달라고 했지."

"사본이 없었군요."

"맞아. 그는 또 공산주의자들이 민주당 내에서 어떻게 활동할지 적은 공산주의자들의 비밀 비망록도 갖고 있다고 했어. 그것 역시 본 사람이 없어. 난 딕의 어머니가 그에게 거짓말은 죄라는 소리를 한 번도 안 해 준 건 아닌가 의심스럽다."

"정치에서는 거짓말이 많잖아요." 조지가 말했다.

"사회의 다른 많은 분야에서도 그렇지. 하지만 닉슨처럼 뻔뻔스럽게 거짓말을 하는 사람은 거의 없어. 그는 사기꾼에다 간교한 자야. 지금까지는 안 걸리고 빠져나왔어. 사람들은 그렇게들 하지. 하지만 대통령이 되면 달라. 기자들은 그들이 베트남에 대해 속았다는 걸 알아. 그리고 정부의 말을 점점 더 면밀하게 살피고 있어. 딕은 덜미를 잡힐 거고 그래서 무너질 거야. 뭐가 더 있는 줄 알아? 그는 왜 그렇게 됐는지 절대 이해 못할걸. 언론이 내내 자신을 망치려 들었다고 말할 거다."

"그 말씀이 꼭 맞았으면 좋겠네요."

"일자리를 잡아, 조지." 그레그가 애원했다. "할 일이 많다."

조지는 고개를 끄덕였다. "아무래도 하게 되겠네요."

*

클라우스 크론은 빨간 머리였다. 머리카락은 짙은 적갈색이지만 몸의 다른 부분에 나는 털은 황갈색이었다. 레베카는 특히 그의 사타구니부터 배꼽 근처까지의 삼각형에 자란 털이 좋았다. 그에게 오럴섹스를 해줄 때 그곳이 보였다. 그녀는 최소한 그가 좋아하는 만큼은 오럴섹스 해주기를 즐겼다.

지금 그녀는 그의 배에 머리를 대고 누워 손톱으로 한가하게 곱슬곱슬한 털을 헝클어뜨리고 있다. 두 사람은 그의 아파트에서 월요일 밤을 보내는 중이었다. 레베카는 월요일에는 회의가 없지만 있는 척했고 남편은 그걸 믿는 척했다.

육체적인 안배는 쉬웠다. 감정이 더 관리하기 어려웠다. 두 남자를 머릿속의 분리된 공간에 각각 떨어뜨려놓기란 너무 어려운 일이었고, 가끔은 포기하고 싶었다. 그녀는 베른트에게 충실하지 못한 것이 비참할 정도로 죄스러웠다. 하지만 그 보상은 그녀를 좋아해주는 매력적인 남자와의 열정적이고 만족스러운 섹스였다. 게다가 베른트도 허락했다. 그녀는 그런 사실을 자꾸 곱씹었다.

올해는 모두가 그런 짓을 했다. 필요한 건 오직 사랑뿐이었다. 레베카는 히피가 아니지만—그녀는 학교 교사이자 존경받는 시의원이었다—그럼에도 난잡한 연애 분위기에 영향을 받았다. 꼭 자기도 모르게 공기중에서 마리화나를 조금씩 빨아들이는 것 같았다. 안 될 게 뭐람? 그녀는 스스로에게 물었다. 뭐가 문제야?

지금까지 살아온 삼십칠 년의 인생을 뒤돌아보면 후회스러운 건 모두 하지 않은 것들 때문이었다. 그녀는 끔찍한 첫 남편을 두고도 바람을 피우지 않았다. 가능할 때 베른트의 아이를 임신하지 않았다. 동독의 폭정으로부터 몇 년 일찍 탈출하지 않았다.

최소한 클라우스와 자보지 않았다면서 돌아보며 후회할 일은 없다.

클라우스가 말했다. "행복해요?"

네. 그녀는 생각했다. 몇 분이라도 베른트를 잊었을 때는요. "물론이죠." 그녀가 말했다. "안 그러면 내가 당신 여기 털을 간질이며 놀고 있지 않았겠죠."

"함께 있는 시간이 정말 좋아요. 늘 너무 짧다는 것만 빼면."

"알아요. 두번째 삶이 있었으면 좋겠어요. 그러면 모든 시간을 당신과 보낼 텐데."

"주말 한번 같이 보내요."

레베카는 이 대화가 어디로 향할지 너무 늦게 눈치챘다. 순간적으로 숨을 멈췄다.

그녀는 이게 두려웠다. 매주 월요일 저녁은 충분하지 않았다. 어쩌면 클라우스가 일주일에 한 번으로 만족한다는 건 애초부터 불가능했을지 모른다. "그 말은 못 들은 걸로 할게요." 그녀가 말했다.

"간호사를 구해서 베른트를 돌보게 할 수 있잖아요."

"그럴 수 있다는 거 나도 알아요."

"차를 몰고 아무도 우릴 모르는 덴마크에 갈 수 있어요. 작은 해변 호텔에 묵는 거예요. 끝없는 해변을 따라 함께 걷고 소금기 섞인 공기를 마시자고요."

"이런 일이 생길 줄 알았어요." 레베카는 일어섰다. 심란해진 그녀는 속옷을 찾았다. "그저 언제냐의 문제일 뿐이었어요."

"이봐요, 진정해요! 강요하는 게 아니에요."

"강요하는 거 아니라는 거 알아요. 당신은 착하고 친절한 남자죠."

"주말에 놀러가는 게 불편하다면 안 가면 그만이에요."

"안 가요." 그녀는 팬티를 찾아 입은 다음 브래지어로 손을 뻗었다.

"그럼 옷은 왜 입어요? 적어도 삼십 분은 남았잖아요."

"우리가 이 관계를 시작할 때 난 심각해지기 전에 그만두겠다고 맹세했어요."

"들어봐요! 주말을 함께 보내고 싶어해서 미안해요. 다시는 말 꺼내지 않을게요, 약속해요."

"그게 문제가 아니에요."

"그럼 뭐가 문제죠?"

"나는 당신이랑 가고 싶어요. 그게 마음에 걸려요. 내가 당신보다 더 가고 싶어요."

그는 당황했다. "그럼……?"

"그러니까 선택해야 해요. 더는 두 사람을 사랑할 수 없어요." 그녀는 드레스의 지퍼를 채우고 신발을 신었다.

"날 선택해요." 그가 애원했다. "당신은 육 년이라는 긴 시간을 베르트에게 바쳤어요. 그거면 충분하지 않아요? 그가 어떻게 불만을 갖겠어요?"

"난 그이에게 약속했어요."

"약속을 깨요."

"약속을 어기는 건 스스로를 깎아내리는 꼴이에요. 손가락 하나를 잃는 것이나 마찬가지예요. 몸이 마비되는 것보다 더 나빠요. 마비는 단지 육체적인 거니까. 약속이 가치 없는 사람은 영혼에 장애가 있는 사람이라고요."

그는 부끄러운 듯했다. "맞아요."

"날 사랑해줘서 고마워요, 클라우스. 우리가 함께한 월요일들의 한순간도 절대 잊지 않을게요."

"당신을 잃는다니 믿을 수 없어요." 그는 고개를 돌렸다.

그녀는 한번 더 그에게 키스하고 싶었지만 그러지 않기로 했다.

"안녕." 그녀는 그렇게 말하고 집을 나왔다.

*

결국 선거는 조바심날 정도로 가까워졌다.

9월에 캠은 닉슨이 승리할 거라는 황홀한 자신감이 생겼다. 여론조사에서 닉슨은 한참 앞섰다. 민주당의 시카고에서 벌어진 경찰 폭동은 텔레비전 시청자들의 머릿속에 생생하게 남았고 그의 상대 휴버트 험프리에게는 오점을 남겼다. 그러나 9월과 10월을 거치면서 캠은 유권자의 기억이 말도 안 되게 짧다는 걸 배웠다. 두렵게도 험프리는 차이를 좁혔다. 선거를 앞둔 금요일, 해리스 여론조사에서는 닉슨이 40 대 37로 앞섰다. 월요일 갤럽은 닉슨이 42 대 40으로 이긴다고 했다. 선거일에 해리스는 험프리가 '근소한 차이로' 앞섰다고 했다.

선거일 밤 닉슨은 뉴욕 월도프 타워스의 스위트룸에 투숙했다. 캠과 중요한 자원봉사자들은 TV와 맥주로 가득찬 냉장고가 있는 좀더 수수한 방에 모였다. 캠은 방안을 둘러보며 흥분해서 오늘밤 닉슨이 이기면 이 가운데 얼마나 많은 수가 백악관에서 일할지 궁금했다.

캠은 소박하고 진지한 스테파니 메이플이라는 여자를 알게 되었고, 닉슨의 승리를 축하하기 위해서든 패배를 위로하기 위해서든 그녀와 잠자리를 할 수 있게 되기를 바랐다.

열한시 반에 그들은 오랫동안 닉슨의 공보 보좌관으로 일하는 허브 클라인이 몇 층 아래 동굴 같은 기자실에서 발표하는 장면을 보았다. "우리는 여전히 우리가 삼백만에서 오백만 표 차이로 이길 수 있다고 봅니다. 그러나 지금으로서는 삼백만에 가깝다고 생각합니다." 캠은 스테파니와 눈길을 마주치고는 눈썹을 치켜세워 보였다. 그들은 허브가 헛소리를 하고 있다는 걸 알았다. 자정이 되었을 때 험프리는 이미 개표가 끝난 표수로는 육십만 표를 앞서나가고 있었다. 그리고 자정에서 십 분이 지났을 때 들려온 뉴스는 캠의 희망을 꺾었다. CBS가 뉴욕에서 험프리가 이겼다고 보도했다. 간발의 차이도 아니고 오십만 표 차이라고 했다.

모든 눈은 캘리포니아로 향했다. 그곳은 동부에서 투표가 종료된 뒤에도 세 시간 더 투표가 진행되었다. 그러나 캘리포니아는 닉슨에게 돌아갔고 결국 결정은 일리노이 주로 넘어갔다.

일리노이 주의 결과를 예측할 수 있는 사람은 아무도 없었다. 데일리 시장의 민주당 세력은 늘 뻔뻔스럽게 부정행위를 했다. 하지만 데일리의 경찰이 아이들을 몽둥이로 패는 장면이 텔레비전으로 생중계되면서 그의 힘이 줄었을까? 험프리에 대한 그의 지지는 신뢰할 수 있을까? 험프리는 더없이 부드러운 말로 데일리를 은근히 비판했다. "지난 8월의 시카고는 고통으로 가득했습니다." 그러나 깡패들은 비판에 민감했고, 소문에 따르면 데일리는 너무 언짢아했고 험프리에 대한 지지도 건성이라 했다.

이유가 무엇이든 결국 데일리는 일리노이 주를 험프리에게 바치지 않았다.

TV에서 닉슨이 일리노이 주를 십사만 표 차이로 따냈다고 보도하자 닉슨의 자원봉사자들은 기쁨을 쏟아냈다. 선거는 끝났고 그들이 이겼다.

다들 서로 한참 축하했고 파티가 끝나자 아침에 있을 닉슨의 승리 연설 전까지 몇 시간 자두기 위해 각자 방으로 돌아갔다. 캠은 스테파니에게 조용히 말했다. "한잔 더 어때? 내 방에 술이 한 병 있어."

"오, 이런. 됐어, 괜찮아." 그녀가 말했다. "난 피곤해."

그는 실망감을 감추었다. "혹시 다음에라도."

"그래."

방으로 가던 길에 캠은 얼릭먼과 우연히 마주쳤다. "축하드립니다!"

"자네한테도 축하를 해야지, 캠."

"감사합니다."

"언제 졸업하지?"

"6월이요."

"그럼 그때 날 보러 와. 아마 일자리를 줄 수 있을 거야."

캠이 꿈꾸던 바였다. "감사합니다!"

그는 스테파니의 거절에도 기분이 매우 좋아져 방에 들어갔다. 알람을 맞추고 침대에 쓰러졌다. 기진맥진했지만 의기양양했다. 닉슨이 이겼다. 퇴폐적이고 진보적이던 1960년대는 끝나가고 있다. 이제부터 사람들은 그들이 원하는 바를 시위가 아니라 일하는 것으로 얻어내야 했다. 미국은 다시 한번 강해지고 규율이 생기고 보수적으로 변하고 부를 쌓을 터였다. 워싱턴에는 새 정권이 들어선다.

캠은 그 일부가 될 것이다.

:

7부
테이프

1972~1974

:

46장

재키 제이크스는 프라이드치킨, 고구마, 콜라드 그린, 옥수수빵으로 식탁을 차렸다. "다이어트는 포기할래요." 마리아 서머스는 그렇게 말하고 열심히 먹었다. 그녀는 이런 종류의 음식을 무척 좋아했다. 그녀가 보니 조지는 치킨과 채소만 조금 먹고 빵은 손대지 않았다. 그는 늘 입맛이 고급스러웠다.

일요일이었다. 마리아는 마치 가족처럼 제이크스의 집을 방문했다. 사 년 전 포셋 렌쇼 사무실에서 일하도록 조지를 도와준 뒤 시작된 일이었다. 그해 추수감사절 조지는 닉슨의 대선 승리로 희망이 깨진 모두의 기운을 북돋고자 마리아를 어머니 집으로 초대해 전통적인 칠면조 요리로 식사를 했다. 마리아는 멀리 시카고에 떨어진 가족이 무척 그리웠고 저녁 초대가 고마웠다. 그녀는 온정과 넘치는 혈기가 뒤섞인 재키의 성격이 무척 좋았고 재키 역시 그녀가 마음에 드는 기색이었다. 그때부터 마리아는 두 달에 한 번 재키를 찾아갔다.

저녁식사를 마치고 그들은 거실에 앉았다. 조지가 방을 나가자 재키가 말했다. "뭐가 속상한 거니, 얘야? 무슨 생각을 하는 거야?"

마리아는 한숨을 내쉬었다. 재키는 눈치가 빨랐다. "어려운 결정을 해야 해요." 마리아가 말했다.

"연애야, 일이야?"

"일이요. 아시겠지만 처음에 닉슨 대통령은 우리가 두려워했던 것만큼 나쁘지 않아 보였어요. 어느 누구의 예상보다 흑인을 위해 많은 일을 했죠." 그녀는 손가락을 헤아렸다. "첫째, 건축 노조가 그들 사업에 더 많은 흑인을 받아들이도록 강제했어요. 노조들이 강하게 반발했지만 그는 버텨냈죠. 둘째, 중소기업을 도왔어요. 삼 년 사이 정부 발주 계약에서 중소기업이 차지한 금액이 팔백만 달러에서 이억 사천이백만 달러로 올라갔죠. 셋째, 학교에서의 인종차별을 철폐했어요. 법률이야 이미 제정되어 있었지만 닉슨은 그걸 강제했어요. 첫 임기가 끝날 때쯤에는 남부에서 전교생이 흑인인 학교에 다니는 학생의 비율은 10퍼센트 이하로 떨어질 거예요. 68퍼센트였는데 말이에요."

"좋아, 나도 그렇게 믿을게. 뭐가 문제야?"

"이 정부는 명백히 잘못된 짓도 마찬가지로 하고 있어요. 범죄죠. 대통령은 자기는 법률과 상관없는 것처럼 행동해요!"

"그렇다니까, 범죄자들은 그렇게 생각해."

"하지만 우리 공무원들은 신중해야 해요. 침묵을 지키는 것도 규칙의 일부죠. 우리는 정치인을 밀고하지 않아요. 그들이 하는 짓과 의견이 다르다고 해도요."

"흠. 두 개의 도덕적 원칙이 부딪치는 거군. 상관에 대한 의무와 국가에 대한 의무가 모순되는 거야."

"그냥 그만둘 수도 있어요. 어차피 민간 업체에서 일하면 돈은 더 많이 벌 수 있을 거예요. 하지만 닉슨과 그의 사람들은 그냥 계속 그러겠죠. 마치 마피아 깡패들처럼요. 더욱이 저는 민간 분야에서 일하고 싶지도 않아요. 미국을 더 나은 사회로 만들고 싶죠. 특히 흑인을 위해서요. 저는 인생을 그 노력에 바쳤어요. 왜 닉슨이 사기꾼이라는 이유로 그만둬야 하나요?"

"많은 공무원이 언론에 이야기를 하지. 신문을 보면 '관계자'가 기자들에게 말했다는 기사가 늘 나오잖아."

"닉슨과 애그뉴가 법치와 질서를 약속하고 당선되었기 때문에 우리는 무척 충격받았어요. 모든 행동이 노골적으로 위선적이라 격분하고 있다고요."

"그러니까 넌 언론에 '흘릴지' 말지를 결정해야 하는 거네."

"그런 것 같아요."

"만일 할 거면, 제발 조심하렴." 재키는 걱정스럽게 말했다.

마리아와 조지는 재키와 함께 베델 복음교회의 저녁 예배에 들렀다가 조지가 마리아를 집에 데려다주었다. 그는 아직도 처음 워싱턴에 왔을 때 산 오래된 짙은 파란색 메르세데스 컨버터블을 탔다. "이제 이 차는 거의 모든 부품을 교체한 것 같아요." 그가 말했다. "돈도 꽤 들었죠."

"그 말은 포셋 렌쇼에서 돈을 잔뜩 벌고 있다는 뜻이니 좋은 거네요."

"제법 잘해내고 있어요."

마리아는 어깨에 힘이 너무 들어가 등이 아플 정도라는 것을 깨달았다. 근육에서 힘을 빼려고 해보았다. "조지, 심각하게 할 이야기가 있어요."

"해봐요."

그녀는 망설였다. 지금이 아니면 불가능했다. "지난달 법무부는 각기 다른 세 기업에 대한 독과점 금지 관련 수사를 백악관의 직접적인 지시에 따라 중단했어요."

"이유가 있나요?"

"없었어요. 하지만 세 기업 모두 1968년 닉슨의 선거운동 당시 주요 자금원이었고 올해 그의 재선에도 돈을 댈 걸로 예상되고 있어요."

"하지만 그러면 대놓고 정당한 법 절차를 왜곡하는 거잖아요! 그건 범죄예요."

"바로 그렇죠."

"닉슨이 거짓말쟁이라는 건 알았지만 진짜로 사기꾼이라고 생각하진 않았는데."

"믿기 어려운 거 나도 알아요."

"왜 내게 말하는 거죠?"

"언론에 이 이야기를 전하고 싶어요."

"와, 마리아, 그건 위험할 수 있어요."

"위험을 감수할 준비는 돼 있어요. 하지만 아주아주 조심해야겠죠."

"좋아요."

"아는 기자 있어요?"

"물론이죠. 우선 리 몽고메리가 있죠."

마리아는 웃었다. "나 그 사람이랑 몇 번 데이트도 했잖아요."

"알아요. 내가 연결해줬으니까."

"하지만 그건 당신과 내가 연결되어 있다는 걸 그가 안다는 뜻이죠. 날 전혀 만나보지 못한 사람을 생각해보죠."

"맞아요, 안 좋은 생각이었네요. 재스퍼 머리는 어때요?"

"〈오늘〉의 워싱턴 지국장이요? 괜찮겠네요. 그를 어떻게 알아요?"

"몇 년 전 그가 학생 기자일 때 마틴 루서 킹과 인터뷰를 하고 싶다면서 베리나를 귀찮게 굴 때 봤어요. 그리고 육 개월 전 내 의뢰인이 주최한 기자회견장에서 내게 접근해왔어요. 알고 보니 킹 박사가 총에 맞았을 때 멤피스에 있는 그 모텔에서 베리나와 이야기하다 사건을 목격했다더군요. 베리나는 어떻게 되었느냐고 묻더라고요. 나도 모른다고 대답해야 했죠. 아마 베리나한테 반했나봐요."

"대부분의 남자들이 그렇죠."

"나도 포함해서."

"머리를 만나러 갈 거예요?" 마리아는 조지가 끼어들고 싶지 않다면서 거절할까봐 두려워 긴장했다. "내가 한 말을 전할 거예요?"

"그러니까 내가 차단기 역할이네요. 당신과 재스퍼는 직접적으로 모르니까."

"맞아요."

"제임스 본드 영화 같군요."

"그런데 그렇게 해줄 거예요?" 그녀는 숨을 죽였다.

그는 활짝 웃었다. "당연하죠." 그가 말했다.

*

닉슨 대통령은 불같이 화를 냈다.

그는 금빛 커튼이 드리운 창문으로 둘러싸인 대통령 집무실에서 양쪽에 서랍을 받쳐둔 커다란 책상 앞에 서 있었다. 등을 구부린 채 고개를 숙이고 잔뜩 찡그린 탓에 무성한 눈썹이 모여 있었다. 살이 늘어진 얼굴은 언제나처럼 깔끔하게 면도하지 못해 수염 자국으로 거뭇거뭇했다. 아랫입술을 삐쭉 내미는 그의 가장 독특한 표정은 반항적으로 보이지만 늘 언제라도 자기 연민으로 바뀔 듯했다.

그의 목소리는 낮고 귀에 거슬리게 걸걸했다. "어떻게 하든 상관없어." 그가 말했다. "정보가 못 흘러나가도록 뭐든 조치를 취해서 추가 폭로를 막으란 말이야."

캠 듀어와 그의 상관인 존 얼릭먼은 서서 듣고 있었다. 캠은 아버지와 할아버지처럼 키가 컸지만 얼릭먼은 더 컸다. 얼릭먼은 대통령의 국내 담당 보좌관이었다. 그 겸손한 직책은 오해의 소지가 있었다. 그는 닉슨과 가장 가까운 고문 가운데 한 명이었다.

캠은 왜 대통령이 화났는지 알았다. 그들 모두 전날 저녁 〈오늘〉을 봤다. 재스퍼 머리의 카메라 렌즈는 닉슨의 재정적 지원자들을 파고들었다. 그는 닉슨이 세 개의 대기업에 대한 독과점 금지 관련 수사를 중단시켰고, 그 회사들 모두 상당한 금액을 닉슨의 유세 자금으로 기부했다고 주장했다.

그건 사실이었다.

더 나쁜 건 머리가 어느 기업이든 대통령 선거가 있는 올해 수사를 피하고자 할 경우 재선위원회에 충분한 금액만 기부하면 된다는 식의 암시를 한 것이다.

캠이 추측하기로 그것 역시 사실에 가까웠다.

닉슨은 친구들을 돕기 위해 대통령의 힘을 사용했다. 또 민주당에 기부하는 기업에 대해 세무조사나 다른 수사를 지시함으로써 적을 공격했다.

캠은 머리의 보도가 구역질나게 위선적이라고 생각했다. 정치가 이렇게 돌아간다는 건 누구나 알았다. 그러지 않으면 선거 유세에 들어가는 돈이 어디서 나온다고 생각하는 걸까? 케네디 형제도 이미 신보다 돈이 더 많지 않았더라면 그렇게 했을 것이다.

비밀의 언론 유출은 닉슨 정권을 괴롭혔다. 〈뉴욕 타임스〉는 익명의 백악관 관계자를 인용해 베트남의 이웃 캄보디아에 대한 폭격이라는 최고 기밀을 폭로했다. 통신사 기자인 시모어 허시는 베트남의 밀라이라는 마을에서 미군이 무고한 민간인 수백 명을 살해했다는 사실을 밝혔다. 펜타곤이 필사적으로 은폐하려 애쓰던 잔혹 행위였다. 1972년 현재 닉슨의 인기는 역대 최저였다.

딕 닉슨은 그것을 기분 나쁘게 받아들였다. 그는 모든 것을 기분 나쁘게 받아들이는 사람이었다. 오늘 아침은 상처받고 배신감에 휩싸이고 화가 나 있었다. 세상이 그에게 앙심을 품은 사람들로 가득하다고 믿었고 정보 유출은 그의 편집증을 확인해주었다.

캠도 화가 났다. 백악관에서 일자리를 구했을 때 그는 미국을 변화시키는 사람들의 일부가 될 거라는 희망을 품었다. 그러나 닉슨 행정부가 하려는 모든 일이 언론의 진보주의자들과 정부 내 배신자 '정보원들'에 의해 좌절되었다. 괴로울 정도로 좌절감이 생겼다.

"이 재스퍼 머리 말이야." 닉슨이 말했다.

캠은 재스퍼를 기억했다. 십 년 전 듀어 가족이 런던의 윌리엄스 가를 방문했을 때 거기 살고 있던 자였다. 이제 보니 그곳이 비밀 공산주의자들의 둥지였다.

닉슨이 말했다. "유대인인가?"

캠은 안달이 났지만 절대로 얼굴에 드러나지 않도록 애썼다. 닉슨은 여러 터무니없는 생각을 했는데, 그중 하나가 유대인은 타고난 스파이라는 것이었다.

얼릭먼이 말했다. "아닌 것 같습니다."

캠이 말했다. "오래전 런던에서 머리를 만난 적이 있습니다. 그의 어머니가 유대계입니다. 아버지는 영국군 장교입니다."

"머리가 영국인이라고?"

"네, 하지만 미군으로 베트남에서 복무한 터라 그 점을 이용할 수는 없습니다. 전투에 참가했고, 그걸 확인해주는 훈장까지 받았습니다."

"어쨌든 이 누출을 막을 방법을 찾아. 왜 안 되는지 듣고 싶지 않아.

핑계도 필요 없어. 결과를 가져와. 무슨 대가를 치르더라도 해내란 말이야."

캠은 이런 식의 투지 넘치는 말이 듣고 싶었다. 용기가 생겼다.

얼릭먼이 말했다. "감사합니다, 대통령 각하." 그러고 나서 그들은 집무실을 나왔다.

"아주 깔끔하네요!" 캠은 집무실을 나오자마자 열을 올리며 말했다.

"머리를 감시해야 해." 얼릭먼이 단호히 말했다.

"제가 진행하죠." 캠이 말했다.

얼릭먼은 자신의 사무실로 향했다. 캠은 백악관을 나와서 펜실베이니아 애비뉴를 걸어 법무부로 향했다.

'감시'는 여러 가지를 의미했다. 어떤 방에 녹음기를 몰래 숨겨서 '도청'하는 건 불법이 아니었다. 하지만 도청을 위해 그곳에 몰래 들어가려면 반드시 불법 침입이나 절도 같은 범죄를 동반하게 된다. 또 전화로 오가는 대화를 몰래 듣고 녹음하는 것은 불법이었다. 예외는 있지만. 닉슨 정권은 법무부 장관의 허가가 있으면 전화 도청이 적법하다고 생각했다. 지난 이 년 동안 백악관은 총 열일곱 건의 전화 도청을 수행했는데, 모두 국가안보를 핑계로 법무장관의 허가를 받아 FBI가 설치했다. 캠은 열여덟번째 허가를 얻으러 가는 길이었다.

어렸을 때 본 재스퍼 머리에 대한 기억은 희미했지만 아름다운 에비 윌리엄스는 생생하게 기억났다. 그녀는 열다섯 살이었던 캠의 접근을 잔인하게 묵살했다. 그가 사랑한다고 했을 때 그녀는 "터무니없는 소리 마"라고 말했다. 그가 이유를 알려달라고 매달리자 말했다. "난 재스퍼를 사랑해, 바보야."

그는 모든 게 바보 같은 어린 시절 일이라고 속으로 말했다. 에비는 이제 스타 영화배우였고, 공민권부터 성교육까지 모든 공산주의자의 가치를 지지했다. 동생의 텔레비전 쇼에서 벌인 유명한 사건, 즉 퍼시 마퀀드에게 키스하는 것으로 백인이 흑인에게 손을 대는 것조차 익숙하지 않던 시청자들을 분개하게 만들었다. 그리고 분명 이제는 재스퍼 머리를 사랑하지 않았다. 그녀는 팝스타 행크 레밍턴과 오래 사귀었지만 지금은 헤어졌다.

하지만 그녀가 경멸하듯 퇴짜를 놓은 일은 캠에게 덴 상처처럼 쓰라렸다. 그리고 여자들은 지금도 그를 거부했다. 심지어 예쁘지도 않은 스테파니 메이플조차 닉슨이 당선되던 날 그를 거부했다. 나중에 두 사람 다 워싱턴에 일하러 왔을 때 스테파니는 마침내 잠자리를 허락했다. 하지만 하룻밤으로 관계를 끝내버렸고, 그것은 더 처참했다.

캠은 자신이 키가 크고 못생겼다는 걸 알았지만, 비슷하게 생긴 아버지는 여자에게 인기가 없어 고민하는 일이라고는 없었던 것 같았다. 캠은 이런 상황에 대해 에둘러 어머니와 얘기해본 적이 있었다. "어떻게 아버지를 좋아하게 됐어요?" 그가 물었다. "아버지는 딱히 잘생기거나 한 것도 아닌데."

"오, 하지만 아버지는 좋은 사람이었어." 어머니가 말했다.

캠은 어머니가 무슨 말을 하는지 알 수 없었다.

법무부에 도착한 그는 천장이 높고 아르데코 양식의 알루미늄 조명기구로 장식한 그레이트홀에 들어섰다. 허가받는 데는 문제가 없을 것이다. 법무장관인 존 미첼은 닉슨의 친구로 1968년 닉슨의 선거를 책임진 사람이었다.

엘리베이터의 알루미늄 출입문이 열렸다. 캠은 안으로 들어가 5층 버튼을 눌렀다.

*

워싱턴 관가에서 십 년을 보낸 마리아는 조심하는 법을 배웠다. 그녀의 사무실은 여러 개의 공간으로 이루어진 법무장관 사무실로 통하는 복도에 있고, 그녀는 누가 들어가고 나오는지 보이도록 문을 열어두었다. 〈오늘〉이 그녀가 누설한 내용에 근거해 방송한 다음날은 특히 더 조심했다. 그녀는 백악관이 폭발적으로 반응하리라는 것을 알았고, 그 반응이 어떤 모습으로 다가오는지 보려고 기다리는 중이었다.

존 얼릭먼의 보좌관 한 명이 지나가는 것을 보고 그녀는 의자에서 벌떡 일어섰다.

"법무장관님은 회의중이어서 방해할 수 없습니다." 그녀는 그를 따라가며 말했다. 전에도 본 적 있는 사람이었다. 키가 크고 못생긴 백인 젊은이로, 어깨가 지금 입은 양복을 걸쳐두는 철사 옷걸이 같았다. 그녀는 상대가 어떤 사람인지 알았다. 똑똑한 동시에 순진할 것이다. 그녀는 가장 친근한 웃음을 지어 보였다. "혹시 제가 도와드릴 일이 있을까요?"

"비서와 이야기할 수 없는 종류의 일입니다." 그는 짜증스레 말했다.

마리아의 안테나가 떨렸다. 그녀는 위험을 감지했다. 하지만 어떻게든 돕고 싶은 척했다. "그럼 제가 비서가 아니니까 잘되었네요." 그녀가 말했다. "저는 변호사예요. 마리아 서머스라고 합니다."

그는 흑인 변호사라는 개념을 받아들이지 못하는 것이 분명했다. "어디서 공부하셨죠?" 그는 미심쩍은 듯 물었다.

아마 어딘지 모르는 흑인 대학교의 이름을 기대하는지도 몰랐다. 그래서 그녀는 기꺼이 대수롭지 않게 말했다. "시카고 로스쿨이죠." 그래도 묻지 않을 수 없었다. "그쪽은 어디서 공부하셨나요?"

"난 변호사가 아닙니다." 그는 인정했다. "버클리에서 러시아어를 전공했고, 캠 듀어라고 합니다."

"성함 들었어요. 존 얼릭먼이랑 일하시죠. 제 사무실에서 말씀 나누시면 어떨까요?"

"난 법무장관을 기다리겠습니다."

"어제 텔레비전 쇼 때문에 그러시나요?"

캠은 슬그머니 주위를 둘러보았다. 아무도 듣는 사람은 없었다.

"우린 그런 보도에 뭔가 조치를 취해야 해요." 마리아는 단호하게 말했다. "항상 이런 식으로 정보가 유출되면 정부의 시책이 어떻게 진행되겠어요." 그녀는 화난 척 꾸며대며 말을 이었다. "불가능한 일이죠!"

젊은이의 태도가 누그러졌다. "대통령께서도 그렇게 생각하시죠."

"하지만 우리가 뭘 어떻게 할 수 있겠어요?"

"우린 재스퍼 머리를 도청해야 합니다."

마리아는 침을 삼켰다. 맙소사, 이걸 잡아내다니. 그녀는 생각했다. 하지만 말했다. "잘됐네요. 드디어 좀 강하게 나가는군요."

"정부로부터 비밀정보를 받고 있다고 시인하는 기자라면 분명 국가안보에 위협이 됩니다."

"당연하죠. 그럼 서류 처리는 걱정하지 마세요. 제가 오늘 법무장관님께 허가 서류를 올리겠어요. 제가 알기로 기꺼이 서명하실 겁니다."

"감사합니다."

그녀는 그가 그녀의 가슴을 보는 걸 알아차렸다. 처음에는 비서로 보더니 그다음에는 깜둥이로, 이제 젖가슴으로 보고 있는 것이다. 젊은 남자들은 예측이 정말 쉬웠다. "사람들이 말하는 비밀정보 수집활동이 되겠군요." 그녀가 말했다. 그것은 곧 불법 침입을 뜻했다. "그건 FBI의 조 휴고가 책임자예요."

"지금 내려가서 그를 만나야겠군요." FBI 본부는 같은 건물에 있다. "도와줘서 고맙습니다, 마리아."

"별말씀을요, 듀어 씨."

그녀는 복도를 따라 물러나는 그를 지켜보고 사무실 문을 닫았다. 수화기를 들고 포셋 렌쇼 사무실로 전화를 걸었다. "조지 제이크스에게 메시지를 남기고 싶어요." 그녀가 말했다.

*

조 휴고는 파란 눈이 툭 튀어나온 창백한 얼굴의 남자였다. 나이는 삼십대인 것 같았다. 모든 FBI 요원처럼 극히 보수적인 옷차림이었다. 평범한 회색 양복에 하얀 셔츠, 특징 없는 넥타이, 앞코에 가죽을 덧씌운 검은 구두. 캠도 취향이 평범했지만, 특별하지 않아도 넓은 옷깃이 달린 자신의 가는 줄무늬 갈색 양복과 통이 넓어지는 바지가 불현듯 대담하게 느껴졌다.

캠은 휴고에게 자신이 얼릭먼과 일하고 있다고 말하고 바로 용건을 꺼냈다. "텔레비전 기자인 재스퍼 머리를 도청해야겠습니다."

조는 인상을 찌푸렸다. "〈오늘〉의 사무실을 도청해요? 만일 그 이야기가 새어나가면……"

"사무실이 아니라 집이요. 우리가 말하는 정보 유출자는 늦은 저녁 슬그머니 빠져나가서 공중전화로 그의 집에 전화할 가능성이 가장 높습니다."

"어느 쪽이든 문제가 됩니다. FBI는 더이상 비밀정보 수집활동은 하지 않아요."

"네? 왜죠?"

"후버 씨는 FBI가 정부 내 다른 사람들의 죄를 대신 뒤집어쓸 위험에 처했다고 생각합니다."

캠은 반박할 수 없었다. 만일 FBI가 기자의 집에 침입하다가 잡히면 대통령은 당연히 전혀 아는 바 없다고 주장할 것이다. 일은 그런 식으로 돌아갔다. J. 에드거 후버는 오랫동안 법률을 어겨놓고 이제 와서 무슨 이유에선지 그런 상황에 안달복달하는 것이다. 일흔일곱 살에 과거 그 어느 때보다 정신이 또렷한 후버는 도무지 이해 못할 사람이었다.

캠은 목소리를 높였다. "대통령께서 도청을 지시하셨고 법무장관이 기꺼이 허가할 겁니다. 그런데 당신이 거부하겠다는 겁니까?"

"진정해요." 휴고가 말했다. "대통령이 원하는 걸 줄 수 있는 방법은 늘 있으니까."

"도청을 하겠다는 겁니까?"

"내 말은 방법이 있단 겁니다." 휴고는 노트에 뭔가 쓰더니 종이를 뜯어냈다. "이 사람에게 연락해요. 이런 일을 공식적으로 하던 사람입니다. 지금은 은퇴했는데, 그러니까 그저 비공식적으로 일한다는 뜻이죠."

캠은 비공식적으로 진행한다는 것이 마음에 걸렸다. 이게 무슨 말이지? 그는 궁금했다. 하지만 지금 옥신각신할 때가 아니라는 생각이 들었다.

그는 종이를 집었다. '팀 테더'라는 이름과 전화번호가 있었다. "오늘 전화를 하죠." 캠이 말했다.

"공중전화로 하세요." 휴고가 말했다.

*

포셋 렌쇼 로펌의 조지 제이크스 사무실에 미시시피 주 로스 시의 시장이 앉아 있었다. 그의 이름은 로버트 데니였지만 그는 말했다. "데니라고 부르쇼. 데니 하면 누구나 알지. 조그만 우리 마나님도 날 데니라고 부르니까." 그는 조지가 십 년 동안 싸워온 딱 그런 부류의 남자였다. 못생기고 뚱뚱하고 말투가 상스럽고 멍청한 백인 인종차별주의자.

그가 사는 도시는 정부의 도움을 받아 공항을 건설중이었다. 하지만 연방의 자금을 받으려면 직원 고용시 인종차별을 해서는 안 되었다. 그리고 법무부의 마리아는 새 공항에 짐꾼 말고는 흑인 직원이 없다는 사실을 알아냈다.

이것은 조지가 맡는 전형적인 사건이었다.

데니는 더할 나위 없이 거들먹거리는 남자였다. "남부에서 우리는 약간 다르게 일을 한다네, 조지." 그가 말했다.

내가 그걸 모를 리가 있나. 조지는 생각했다. 너 같은 깡패놈들이 십일 년 전 내 팔을 부러뜨리는 바람에 지금도 추운 날이면 지긋지긋하게 아픈데 말이야.

"로스의 사람들은 흑인들이 운영하는 공항은 신뢰하지 않을 거란 말씀이야." 데니가 말을 이었다. "안전의 관점에서 일이 제대로 안 돌아갈까봐 겁내는 거지. 무슨 말인지 분명히 이해하실 거라 믿소만."

당연히 이해하지, 이 차별주의자 바보 녀석.

"렌쇼 영감은 내 좋은 친구란 말이지."

렌쇼가 데니의 친구가 아니라는 건 조지도 알았다. 수석 파트너인 그는 이 의뢰인을 단 두 번 만났을 뿐이다. 하지만 데니는 조지가 긴장하기를 바라는 것이다. 일을 망치면 네 상사가 진짜로 화낼 줄 알아라.

데니는 말을 이었다. "그 친구 말로는 법무부의 괴롭힘을 해결하는 데는 자네가 워싱턴에서 최고라던데."

조지가 말했다. "렌쇼 씨 말이 맞습니다. 제가 최고죠."

데니와 함께 온 두 명의 시의원과 세 명의 보좌관은 모두 백인이었다. 지금 그들은 편안하게 앉아 안도하는 모습이었다. 조지는 그들의 문제는 해결될 수 있다면서 그들을 안심시켰다.

"자." 조지가 말했다. "문제를 해결하는 데는 두 가지 방법이 있습니다. 법정에 가서 법무부의 결정을 두고 싸우는 거죠. 그들도 별로 똑똑하지 않기 때문에 우린 그들의 방법론에서의 흠이나 보고서의 실수, 편견을 찾아낼 수 있습니다. 소송으로 가면 저희 회사도 좋죠. 수임료가 높아지니까요."

"돈은 낼 수 있지." 데니가 말했다. 공항은 수지가 맞는 사업임이 분명했다.

"소송에는 두 가지 걸림돌이 있습니다." 조지가 말했다. "첫째는 늘 시간이 오래 걸린다는 겁니다. 그리고 시장님은 가능한 한 빨리 공항을 건설해 운영하고 싶으시겠지요. 둘째는 어떤 변호사도 재판 결과가 어떨지 가슴에 손을 얹고 알려줄 수 없다는 겁니다. 알 수가 없어요."

"어쨌든 워싱턴에서야 그렇겠지." 데니가 말했다.

로스 시의 법원은 데니의 뜻을 더 잘 받아주는 것이 분명했다.

"대신 협상을 할 수도 있습니다." 조지가 말했다.

"어떤 내용으로 말인가?"

"단계적으로 모든 직급에 좀더 많은 흑인 직원을 채용하는 거죠."

"뭐든 약속하겠네!" 데니가 말했다.

"그들도 아예 바보는 아니라 명령이 이행되어야 돈이 들어갈 겁니다."

"그들이 뭘 원할 거 같은가?"

"법무부는 뭔가 달라지기만 하면 사실 별로 신경쓰지 않아요. 하지만 시장님 도시에 있는 흑인 관련 단체와 상의를 할 겁니다." 조지는 책상 위에 놓인 서류철을 보았다. "이 건을 법무부에 넘긴 건 '평등한 권리를 위한 로스의 기독교인들'이군요."

"그 빨갱이 새끼들." 데니가 말했다.

"법무부는 아마 그 단체가 동의하면 뭐든 승인할 겁니다. 그러면 그들도 시장님도 법무부에서 빠져나올 수 있습니다."

데니의 얼굴이 벌게졌다. "그 빌어먹을 로스의 기독교인들과 협상하는 말은 넣어두는 게 좋을 거야."

"문제를 빨리 해결하려면 그게 가장 현명한 방법입니다."

데니는 발끈했다.

조지가 덧붙였다. "하지만 시장님이 직접 만날 필요는 없어요. 사실 저는 그들과 한마디도 섞지 않는 것을 추천합니다."

"그럼 누가 협상을 해?"

"제가 하죠." 조지가 말했다. "제가 내일 비행기를 타고 내려가겠습니다."

시장은 활짝 웃었다. "그리고 자네가 같은 흑인이니까 그놈들에게 물러서라고 할 수 있겠군."

조지는 멍청한 녀석의 목을 조르고 싶었다. "제 말 오해하지 마세요, 시장님. 데니라고 해야겠군요. 진짜 변화가 있어야 합니다. 제 일은 그들이 가능한 한 문제를 일으키지 않도록 확실히 해두는 겁니다. 하지만 당신은 경험 많은 정치 지도자이니 홍보의 중요성도 알고 계시겠죠."

"그건 사실이지."

"만일 로스의 기독교인들이 물러선다는 식의 이야기가 조금이라도 흘러나가면 전체 협상을 망칠 수도 있습니다. 시장님의 의지에는 많이 벗어나지만 도시에 이익이 되는 공항 건설을 위해 관대하게 일부 아주 작은 양보를 했다는 식의 태도를 취하시는 편이 더 낫습니다."

"아주 좋아." 데니는 눈을 찡긋하며 말했다.

데니는 자기도 모르는 사이 수십 년 동안 내려온 관행을 뒤집고 공항에 더 많은 흑인을 고용하기로 동의했다. 작은 승리였지만 조지는 그편을 즐겼다. 하지만 그와 다른 사람들이 속임수에 넘어갔다는 걸 알면 데니는 달가워하지 않을 터였다. 계속 착각하는 편이 어쩌면 최고일 터였다.

조지도 눈을 찡긋해 보였다.

미시시피 주에서 온 대표단이 사무실을 빠져나가자 조지의 비서가 이상한 표정으로 종이쪽지를 전해주었다.

전화로 온 메시지를 타이핑한 것이었다. "내일 여섯시 바니 서클 순복음교회에서 예배 모임이 있음."

비서의 표정은 영향력이 큰 워싱턴의 변호사가 저녁시간을 보내는 방법치고는 이상하다고 말하고 있었다.

조지는 그것이 마리아의 메시지라는 걸 알았다.

*

캠은 팀 테더가 마음에 들지 않았다. 그는 사파리 슈트를 입고 군인처럼 머리를 짧게 깎았다. 거의 모두가 구레나룻을 기르는 시절인데도 구레나룻이 없었다. 캠은 테더가 열정이 지나친 사람으로 보였다. 비밀리에 하는 일이라면 뭐든 틀림없이 즐길 것이다. 재스퍼 머리를 그냥 도청하는 게 아니라 죽이라고 하면 테더는 뭐라고 할까.

테더는 불법적인 일에 양심의 가책을 느끼지 않았지만 정부와 일하는 데 익숙했고 24시간도 지나지 않아 계획과 예산을 서류로 정리해 캠의 사무실에 나타났다.

계획에 따르면 재스퍼 머리의 아파트를 세 명이 이틀 동안 감시해 그의 규칙적인 일상을 파악한다고 했다. 그런 다음 안전하다고 확인된 시간에 집안으로 들어가 전화기에 송신기를 설치할 것이다. 또 근처에, 예를 들면 건물 옥상 같은 곳에 녹음기를 설치할 텐데 누군가 살펴보는 위험을 피하기 위해 5만 볼트—손대지 마시오라고 표시된 상자로 겉을 감싼다. 그런 다음 한 달 동안 24시간마다 테이프를 교체하고 모든 대화를 녹취록으로 제공할 예정이라고 했다.

이렇게 진행하는 데 드는 비용은 총 오천 달러였다. 캠은 대통령 재선위원회의 비자금에서 비용을 충당할 작정이었다.

캠은 스스로 선을 넘고 있다는 걸 뚜렷이 인식하면서도 제안서를 얼릭먼에게 가져갔다. 살면서 한 번도 범죄를 저지른 적이 없는 그가 이제 주거침입의 공모자가 되려 하고 있었다. 필요한 행동이었다. 정보 유출은 막아야 했고 대통령은 "어떻게 하든 상관없어"라고 말했다. 그럼에도 캐머런은 기분이 좋지 않았다. 어둠 속 다이빙보드에서 뛰어내렸는데 아래쪽 물이 보이지 않았다.

존 얼릭먼은 결재란에 'E'라고 썼다.

그러더니 염려하듯 작게 덧붙였다. '추적 불가능 확신시 진행할 것.'

캠은 그것이 무슨 뜻인지 알았다.

모든 게 잘못되면, 책임은 그에게 있었다.

*

조지는 다섯시 삼십분에 사무실을 나서서 의사당 동쪽 임대료가 싼 거주 지역인 바니 서클로 차를 몰았다. 교회는 높은 육각형 철조망에 둘러싸인 땅에 서 있는 오두막이었다. 안으로 들어가보니 줄지어 놓인 딱딱한 의자들 가운데 절반이 차 있었다. 신자들은 모두 흑인이고 대부분 여자였다. 비밀리에 만나기 좋은 곳이었다. FBI 요원이 있다면 식탁보 위의 똥덩어리처럼 보일 터였다.

여자 한 명이 뒤를 돌아보았고, 조지는 마리아 서머스를 알아보고 그 옆에 앉았다.

"뭡니까?" 그는 속삭였다. "뭐가 긴급한 거죠?"

그녀는 입술에 손가락을 대 보였다. "나중에요." 그녀가 말했다.

그는 얼굴을 찡그리며 웃었다. 이제 한 시간 동안 기도를 드려야 했다. 뭐, 어쩌면 영혼에는 좋을 것이다.

조지는 마리아와 함께 첩보영화 같은 일을 진행하게 되어 기뻤다. 포셋 렌쇼에서 하는 일만으로는 정의에 대한 그의 열정을 만족시킬 수 없었다. 그는 흑인들의 평등권이라는 대의의 발전을 돕고 있었지만 단편적인 일이고 속도도 느렸다. 이제 서른여섯 살인 그는 젊은 날 꿈꾸던 더 좋은 세상은 이룩하기 쉽지 않다는 것을 알 만큼 나이가 들었지만, 그럼에도 로스 공항이 흑인을 몇 명 더 고용하게 하는 것 말고도 뭔가 더 해낼 수 있을 것 같았다.

가운을 입은 목사가 들어와 즉석에서 기도를 시작했고, 기도는 십 분에서 십오 분 동안 이어졌다. 그러고는 모인 사람들에게 가만히 앉아 하느님과 둘만의 조용한 대화를 해보라고 했다. "어떤 남성이든 성령이 임하시는 느낌이 들면 함께 기도를 나눠주시고, 우리는 그 형제의 목소리를 기꺼이 듣겠습니다. 사도 바울의 가르침에 따라 여자들은 교회에서 침묵을 지킵니다."

신성화된 남녀차별에 마리아가 발끈할 걸 아는 조지는 그녀를 팔꿈치로 꾹 찔렀다.

조지의 어머니는 마리아를 아주 좋아했다. 조지가 보기에 재키는 자신이 한 세대 뒤에 태어났더라면 마리아 같았으리라고 생각하는 듯했다. 훌륭한 교육을 받고 영향력이 큰 일자리에서 일하고 검은 드레스를 입고 진주목걸이를 목에 걸었을 것이다.

기도를 올리는 동안 베리나가 떠올랐다. 그녀는 검은표범당 안으로 모습을 감췄다. 그로서는 그녀가 그들의 활동 가운데 인간적인 구석이 있는 일을 맡았으면 좋겠다는 생각이 들었다. 이를테면 새벽부터 백인들의 사무실을 청소해야 하는 어머니를 둔 도심의 학생들에게 무료 아침 급식을 제공하는 일. 하지만 베리나를 잘 아는 그는 그녀가 눈 하나 깜짝 않고 은행도 털 수 있다는 것을 알았다.

목사는 다시 긴 기도로 예배를 마무리했다. 목사가 아멘이라고 말하자마자 예배를 보던 사람들은 서로 수다를 떨기 시작했다. 사람들이 이야기하며 웅성거리는 소리가 무척 커서 조지는 누가 엿들을 염려 없이 마리아와 대화를 할 수 있을 것 같았다.

마리아가 즉시 말했다. "그들이 재스퍼 머리의 집 전화를 도청할 거예요. 백악관에서 얼릭먼의 부하 한 사람이 왔었어요."

"지난번 재스퍼가 한 방송 때문일 거예요."

"당연하죠."

"그리고 그들이 쫓는 건 재스퍼 머리가 아니에요."

"알아요. 그에게 정보를 주고 있는 사람이죠. 바로 나고요."

"오늘밤 재스퍼를 만나 집 전화로 통화할 때 조심하라고 경고해야겠군요."

"고마워요." 그녀는 주위를 둘러보았다. "생각했던 것보다 주의를 끌겠어요."

"왜요?"

"우린 너무 잘 차려입었어요. 여기 사람이 아니라는 게 너무 확연히 보여요."

"내 비서는 이제 내가 다시 태어난 줄 알죠. 나갑시다."

"같이 나갈 수는 없어요. 먼저 가요."

조지는 작은 교회를 빠져나와 백악관 쪽으로 다시 달렸다.

언론에 내부 소식을 흘리는 사람은 마리아뿐이 아니야. 조지는 생각했다. 그런 사람은 많았다. 쉽게 법을 무시하는 대통령의 모습에 충격 받은 나머지 일부 공무원들이 평생 지켜온 신중함을 내던지고 있다고 그는 생각했다. 닉슨의 범죄행위가 특히 무서운 것은 그가 법과 질서를 내세워 대통령에 당선되었기 때문이었다. 조지는 미국 국민들이 거대한 거짓말의 희생자처럼 느껴졌다.

조지는 어디서 재스퍼를 만나는 것이 최선일지 생각하려 애썼다. 지난번에는 그냥 〈오늘〉의 사무실로 찾아갔다. 한 번은 위험하지 않지만 그 이상 방문하는 것은 피해야 했다. 워싱턴의 내부자들에게 재스퍼와 같이 있는 모습을 너무 자주 보이고 싶지 않았다. 한편으로는 혹시 누가 볼 가능성을 고려해 수상쩍지 않고 자연스러운 모습으로 만나야 했다.

그는 재스퍼의 사무실에서 가장 가까운 주차장으로 향했다. 3층 일부 구역이 〈오늘〉의 직원들을 위한 별도 공간이었다. 조지는 근처에 주차하고 공중전화로 갔다.

재스퍼는 자리에 있었다.

조지는 이름을 말하지 않았다. "금요일 밤이군요." 그는 곧바로 말했다. "언제 퇴근할 생각입니까?"

"금방이요."

"지금이면 좋겠는데."

"좋아요."

조지는 전화를 끊었다.

몇 분 뒤 재스퍼가 엘리베이터에서 내렸다. 덩치가 크고 금발이 덥수

룩한 그는 레인코트를 들고 있었다. 그는 검은색 천 지붕으로 덮인 청동색 링컨 콘티넨털 자동차로 걸어갔다.

조지는 링컨의 옆자리에 올라타 전화 도청에 관해 이야기했다.

재스퍼가 말했다. "전화기를 분해해 도청장치를 제거하겠습니다."

조지는 고개를 흔들었다. "그러면 그들이 알 겁니다. 녹음신호를 받지 못할 테니까요."

"그러면요?"

"달리 도청할 방법을 찾겠죠. 게다가 다음번엔 그걸 찾아낼 정도로 운이 좋지 못할 수도 있습니다."

"젠장. 난 가장 중요한 전화들은 집에서 받아요. 어떻게 하죠?"

"중요한 정보원이 전화를 해오면 바쁘다고, 다시 건다고 하는 겁니다. 그런 다음 나가서 공중전화를 써요."

"방법을 찾아낼 수 있겠네요. 알려줘서 고맙습니다. 늘 소식을 주던 분이 알려준 건가요?"

"네."

"모르는 게 없는 사나이군요."

"네." 조지가 말했다. "그렇습니다."

47장

비프 듀어가 나파 밸리에 있는 녹음 스튜디오 데이지 팜으로 데이브 윌리엄스를 만나러 왔다.

방들은 평범한 대신 편안했지만 최고의 장비를 갖춘 스튜디오는 전혀 평범하지 않았다. 이곳에서 히트 앨범이 여러 장 나왔고 밴드들에게 장소를 임대하는 것도 작지만 꾸준한 수익이 나는 사업이었다. 가끔 그들이 데이브에게 프로듀서 역할을 부탁하기도 했고, 그는 밴드를 도와 그들이 원하는 소리를 뽑아내는 일에 재능이 있는 것 같았다.

잘된 일이었다. 데이브는 한때 그랬던 것보다 많은 돈을 벌지 못하고 있었기 때문이다. 플럼 넬리가 해체된 뒤로 히트곡 모음 앨범과 라이브 앨범, 미발표곡 및 얼터너티브 버전 앨범이 발매되었다. 모두 이전 앨범보다 적게 팔렸다. 멤버들이 발표한 솔로 앨범들도 판매가 그만그만했다. 데이브는 어려움을 겪지는 않았지만 더는 매년 새 페라리를 사지 못했다. 그리고 하락세를 타고 있었다.

비프가 전화를 걸어와 다음날 만나러 가도 되느냐고 물었을 때 그는 너무 놀라 무슨 특별한 이유가 있는지 물어보지도 못했다.

그날 아침 데이브는 샤워하는 김에 수염도 깨끗이 씻고, 깔끔한 청바지를 입고 밝은 파란색 셔츠를 골랐다. 그러다 스스로 왜 이런 소동을 벌이는지 물었다. 더는 비프를 사랑하지 않았다. 그녀가 내 외모를 어떻게 생각하든 왜 신경써야 하는가? 그는 그녀가 자기를 보고 버린 걸 후회하길 원한다는 걸 깨달았다. "바보 같으니." 그는 크게 혼잣말을 하고 낡은 티셔츠를 입었다.

그럼에도 그녀가 원하는 게 뭔지 궁금했다.

스튜디오에서 첫 앨범을 만드는 젊은 싱어송라이터와 작업을 하고 있는데, 출입문 전화가 소리 없이 번쩍거렸다. 그는 가수에게 중간 여덟 마디를 작업하라고 일러놓고 밖으로 나갔다. 비프가 지붕을 벗긴 빨간색 머큐리 쿠거를 타고 집으로 올라왔다.

그는 그녀가 변했으리라 생각하고 어떤 모습일지 궁금했는데 사실 그대로였다. 작고 예쁘고 눈에는 장난기가 가득했다. 십 년 전 처음 만났을 때, 불안감을 줄 정도로 섹시했던 열세 살 때와 별로 달라진 것이 없어 보였다. 오늘 그녀는 파란색 투우사 바지에 줄무늬 탱크톱 차림이었고 머리는 짧은 단발로 자른 모습이었다.

먼저 그는 그녀를 집 뒤쪽으로 데려가 골짜기 너머 경치를 보여주었다. 겨울이라 포도나무는 헐벗었지만 태양이 빛났고 줄지어 선 갈색 나무들은 푸른 그림자를 드리우며 마치 붓으로 그린 듯한 곡선의 무늬를 만들어냈다.

그녀가 말했다. "무슨 포도를 길러?"

"카베르네 소비뇽이라고, 전통적인 붉은 포도야. 억세서 돌 많은 이곳 땅에 맞는대."

"와인을 만들어?"

"응. 대단치는 않지만 나아지고 있어. 들어와서 한잔 마셔봐."

그녀는 온통 나무로 꾸민 주방을 마음에 들어했다. 전통적인 분위기이면서도 첨단 가전제품은 모두 갖춰두었다. 진열장은 자연스럽게 손으로 긁어낸 소나무에 가볍게 색을 칠해 금빛으로 반짝거렸다. 수평 천장은 뜯어내버리고 경사진 지붕 안쪽 꼭대기까지 실내 공간을 높게 사용했다.

데이브는 이 공간을 디자인하기 위해서 많은 시간을 들였다. 이곳이 그레이트 피터 가의 집 주방처럼 모두 와서 어울리고 먹고 마시고 이야기하는 공간이 되길 바랐다.

두 사람은 골동품 소나무 테이블에 앉았고, 데이브는 그와 대니 머디나가 합작으로 처음 만든 데이지 팜 레드 1969년산 한 병을 땄다. 아직 너무 떫은맛이 강해 비프가 얼굴을 찌푸렸다. 데이브는 웃었다. "내 생각에는 나중의 가능성을 봐야 할 것 같아."

"그 말 믿을게."

그녀는 체스터필드 담배를 꺼냈다. 데이브가 말했다. "넌 열세 살 때도 체스터필드를 피웠지."

"끊어야지."

"난 그렇게 긴 담배는 그때 처음 봤어."

"너 그때 귀여웠는데."

"체스터필드 담배를 빠는 네 입술을 보면 이상하게 흥분됐어. 이유는 알 수 없었지만."

그녀는 웃었다. "내가 이유를 말해줄 수 있었는데."

그는 와인을 한 모금 더 마셨다. 몇 년 더 있으면 맛이 나아질 것 같았다. 그가 말했다. "발리는 어떻게 지내?"

"잘 지내. 약을 너무 많이 하지만 내가 어쩌겠어? 그는 록스타인데."

데이브가 웃었다. “난 거의 매일 밤 혼자 마리화나를 피워.”

“누구 만나는 사람 있어?”

“샐리 다실바.”

“그 영화배우구나. 너희 둘이 무슨 시사회에서 찍은 사진 봤는데, 진지한 사이인 줄은 몰랐네.”

아주 진지한 사이는 아니었다. “그녀는 LA에 있고, 우리 둘 다 일이 많아. 하지만 가끔 주말엔 같이 지내.”

“그건 그렇고, 내가 얼마나 너희 누나를 존경하는지는 말해야겠어.”

“에비는 훌륭한 배우지.”

“신참 경찰로 나온 영화를 보는데 웃다가 눈물이 다 났다니까. 하지만 그녀를 영웅으로 만든 건 그녀의 적극적인 사회활동이야. 많은 사람이 전쟁을 반대하지만 북베트남까지 갈 만큼 용감한 사람은 많지 않아.”

“엄청 겁났대.”

“그렇겠지.”

데이브는 잔을 내려놓고 비프를 똑바로 바라보았다. 더는 궁금증을 참을 수 없었다. “진짜 무슨 생각으로 온 거야, 비프?”

“첫째, 만나줘서 고마워. 만나줄 필요도 없는데. 고맙게 생각해.”

“괜찮아.” 그는 만나지 않겠다고 말할 뻔했지만 호기심이 분한 마음을 이겼다.

“둘째, 1968년에 했던 행동을 사과할게. 상처줘서 미안해. 내가 잔인했어. 앞으로도 끊임없이 부끄러워할 일이야.”

데이브는 고개를 끄덕였다. 그 역시 다른 의견은 없었다. 약혼자에게 그의 친구와 한 침대에 있는 모습을 보여준 것은 여자로서 할 수 있는 가장 잔인한 행동이었고, 당시 나이가 겨우 스무 살이었다는 사실만으로는 충분한 핑계가 되지 못했다.

"셋째, 발리도 미안해하고 있어. 그애하고 나는 아직도 서로 사랑하니까 오해하지는 마. 하지만 우리가 무슨 짓을 저질렀는지는 알아. 네가 기회만 준다면 발리도 네게 직접 그렇게 말할 거야."

"좋아." 그녀가 데이브의 마음속을 휘저어놓기 시작했다. 오래전에 잊은 감정들이 다시 살아났다. 분노, 억울함, 상실감. 그는 이 대화가 어디로 향하고 있는지 알고 싶어 조바심이 났다.

비프가 말했다. "우릴 용서해줄 수 있겠어?"

대답을 준비해두지 않은 질문이었다. "모르겠어. 생각해보지 않았네." 그는 힘없이 말했다. 오늘 이전까지는 더이상 신경쓰지 않는다고 대답했을지도 몰랐다. 하지만 어찌된 일인지 비프의 질문이 잠자고 있던 슬픔을 다시 일깨우는 것 같았다. "용서하면 어떻게 되는데?"

비프는 숨을 한 번 쉬었다. "발리가 그룹을 재결성하고 싶대."

"아!" 데이브는 기대하지 못했던 일이다.

"너랑 작업하던 때가 그립대."

데이브는 흐뭇한 기분이었다. 일종의 야비한 마음에 가까웠다.

비프가 덧붙였다. "솔로 앨범이 잘되지 않았어."

"내 거보다는 잘 팔렸던데."

"하지만 그가 괴로운 건 판매량 때문이 아니야. 그이는 돈에는 신경쓰지 않고 버는 돈의 절반도 안 써. 문제는 너희 둘이 함께 만들 때 음악이 더 좋았다는 거야."

"그건 나도 의견이 다르지 않아." 데이브가 말했다.

"곡을 좀 써두었는데, 너랑 들어보고 싶대. 루와 버즈를 런던에서 불러올 수도 있어. 우리 모두 여기 데이지 팜에서 지내는 거야. 그런 다음 앨범이 나오면 재결합 콘서트를 할 수도 있겠지. 순회공연까지도."

의지와는 달리 데이브는 흥분되었다. 함부르크에서 헤이트-애시베리까지 플럼 넬리로 활동하던 시간보다 더 황홀했던 때는 없었다. 그룹은 착취에 사기를 당하고 물어뜯겼지만 그들은 모든 순간을 사랑했다. 지금 그는 존경받고 돈도 잘 벌고 텔레비전에도 나오고 온 가족이 좋아할 만한 연예인이고 쇼 비즈니스 사업가였다. 하지만 예전의 절반도 재미있지 않았다.

"다시 공연을 다닌다고?" 그는 깊이 생각했다. "모르겠네."

"생각해봐." 비프는 애원했다. "바로 대답하지 말고."

"좋아." 데이브는 말했다. "생각해볼게."

그러나 그는 이미 답을 알고 있었다.

그는 그녀를 차까지 배웅했다. 조수석에 신문이 놓여 있었다. 비프는 신문을 집어서 데이브에게 내밀었다. "이거 봤어?" 그녀가 말했다. "네 누나 사진이야."

*

사진은 위장 전투복을 입은 에비 윌리엄스를 보여주었다.

캠 듀어가 처음 든 생각은 그녀의 모습이 무척 매혹적이라는 것이었다. 풍성한 옷은 오히려 그 안의 완벽한 몸을 떠올리게 했다. 영화 〈화가의 모델〉에서 전 세계가 본 바로 그 몸매를. 묵직한 부츠와 실용적인 모자는 그녀를 더욱 귀여워 보이게 할 뿐이었다.

그녀는 탱크 위에 앉아 있었다. 캠은 무기에 대해 잘 몰랐지만 설명을 읽어보니 그것은 100밀리미터 포가 달린 소련제 T-54 탱크였다. 그녀 주위는 온통 군복을 입은 북베트남군 병사들이었다. 병사들에게 뭔가 재미난 이야기를 하는 중인지 그녀의 얼굴은 활기와 익살로 밝게 빛났다. 세계 어디나 할리우드 스타 주위에서 그러듯 병사들은 미소를 짓거나 웃음을 터뜨리고 있었다.

사진과 함께 실린 기사에 따르면 그녀는 평화 사절단으로 그곳에 갔다. 그녀는 베트남 사람들이 미국과의 전쟁을 원치 않는다는 것을 알게 되었다. "빌어먹을 그거 놀랍네." 캠은 비꼬며 말했다. 그들이 원하는 건 오로지 자기들을 그냥 내버려두는 거예요. 에비가 말했다.

그 사진은 반전운동 홍보의 승리였다. 미국 소녀 절반은 에비 윌리엄스처럼 되고 싶어했고, 소년 절반은 그녀와 결혼하고 싶어했고, 그들 모두 북베트남에 간 그녀의 용기를 칭송했다. 더 나쁜 것은 공산주의자들이 그녀에게 해를 끼치지 않았다는 점이다. 그들은 그녀와 대화하며 자기들은 미국 사람들과 친구가 되고 싶다고 말했다.

사악한 대통령은 어떻게 이런 착한 사람들에게 폭탄을 떨어뜨릴 수 있단 말인가?

캠은 토하고 싶은 마음이었다.

하지만 백악관은 이걸 참고 받아들일 수 없었다.

캠은 수화기를 들고 그에게 동조하는 기자들에게 전화를 걸었다. 그런 기자는 많지 않았다. 진보적인 매체는 닉슨을 증오했고 보수적인 매체 일부는 그가 너무 온건하다고 했다. 그러나 조종만 잘한다면 반격을 시작할 수 있을 정도의 지지자는 충분했다.

캠은 상대에게 짚어주어야 할 사항을 목록으로 정리해 앞에 두고 누구와 통화하느냐에 따라 하나를 골랐다. "그 탱크에 얼마나 많은 미국 청년이 죽었는지 압니까?" 그는 한 토크쇼 작가에게 물었다.

"모르겠는데, 말해보시죠." 남자가 대답했다.

정확한 답은 아마 '없다'일 터였다. 왜냐하면 북베트남의 탱크는 대개 남베트남과 교전을 해서 미국 부대와는 마주치는 일이 없기 때문이었다. "그 질문에는 당신네 쇼에 나온 진보주의자들이 대답해야죠." 캠이 말했다.

"그렇군요, 좋은 질문이네요."

우익 타블로이드 신문의 칼럼니스트에게는 이렇게 물었다. "에비 윌리엄스가 영국인인 거 알아요?"

"어머니가 미국인이죠." 기자가 지적했다.

"그녀 어머니는 미국을 너무 증오한 나머지 1936년에 떠난 뒤 다시는 이곳에서 살지 않았죠."

"좋은 지적이군요!"

가끔 닉슨을 공격하는 진보적인 기자에게는 이렇게 말했다. "아무리 당신이라도 그녀가 순진하다는 건 인정해야 해요. 스스로가 북베트남의 반미 선전에 이런 식으로 이용되도록 허용했으니까요. 아니면 당신은 그녀의 평화 사절단 역할을 진지하게 받아들이는 겁니까?"

결과는 극적이었다. 다음날 시작된 에비 윌리엄스에 대한 반격은 그녀가 애초에 거둔 승리보다 규모가 더 컸다. 그녀는 연쇄 강간범이자 검은표범당 지도자인 엘드리지 클리버의 자리를 대신 차지해 공공의 적 제1호가 되었다. 그녀를 비방하는 편지가 백악관으로 쏟아졌고, 그 전부가 전국의 지역 공화당의 부채질에 자극받아 쓴 편지는 아니었다. 그녀는 닉슨에게 투표한 사람들의 증오의 대상이 되었고, 그들은 미국을 지지하지 않는다면 미국에 반대하는 것이라는 단순한 믿음을 고수했다.

캠은 전체 상황이 대단히 만족스러웠다. 타블로이드 신문에서 그녀에 대한 비판을 읽을 때마다 그의 사랑을 터무니없다고 말하던 그녀를 떠올렸다.

그러나 그는 아직 그녀와의 관계를 끝내지 않았다.

반격이 최고조에 다다랐을 때 그는 닉슨을 지지하는 사업가로 한 텔레비전 방송국의 이사회에 소속된 멜턴 포크너에게 전화를 걸었다. 그는 교환실에 대신 전화를 걸어달라고 부탁해 포크너의 비서가 말하게 했다. "백악관에서 전화 왔습니다!"

포크너와 전화가 연결되자 그는 자기소개를 하고 말했다. "대통령께서 전화를 드리라고 하셨습니다. 방송국에서 제인 애덤스에 대한 특별 프로그램을 준비하고 있다고요."

1935년 세상을 떠난 제인 애덤스는 진보적인 사회운동가로 여성참정권을 주장했고 노벨평화상을 수상했다.

"맞습니다." 포크너가 말했다. "대통령께서 그녀의 팬이신가요?"

퍽도 팬이겠군. 캠은 생각했다. 제인 애덤스는 그가 증오하는 얼빠진 진보주의자와 같은 부류의 여자였다. "네, 그렇습니다." 캠이 말했다. "하지만 〈할리우드 리포터〉를 보니 제인 역에 에비 윌리엄스를 캐스팅하려고 고려중이시라고요."

"맞습니다."

"에비 윌리엄스와 그녀가 어떻게 미국의 적의 선전에 스스로 이용당하고 있는지 다룬 최근 뉴스를 보셨는지 모르겠네요."

"그럼요. 그 기사 봤습니다."

"이 사회주의적 관점을 지닌 반미 성향의 영국인 배우가 미국의 영웅 역할을 맡을 적임자라고 확신하십니까?"

"이사회 구성원으로서 나는 캐스팅에는 권한이……"

"대통령께서는 이 건에 대해 어떤 조치도 취할 권한이 없습니다. 결코 아니죠. 하지만 포크너 씨께서 대통령의 의견을 듣는 데는 관심이 있을 거라고 생각하셨습니다."

"분명 그렇습니다."

"말씀 나누어서 즐거웠습니다, 포크너 씨." 캠은 전화를 끊었다.

캠은 사람들이 복수는 달콤하다고 하는 말을 들은 적이 있다. 하지만 얼마나 달콤한지는 아무도 알려주지 않았다.

*

데이브와 발리는 기타를 들고 녹음 스튜디오의 높은 스툴에 앉아 있었다. 그들은 〈다시 함께 모여〉라는 곡을 만들었다. 두 파트로 이뤄진 곡으로 파트마다 키가 달랐고 그 사이를 이어주며 넘어가는 전조 코드가 필요했다. 그들은 계속 반복해 노래를 부르며 여러 가지를 시도해보았다.

데이브는 행복했다. 둘은 아직 통했다. 발리는 독창적이었고 다른 누구도 쓰지 않는 멜로디와 화음 연결을 생각해냈다. 그들은 서로 아이디어를 주고받았고, 결과는 둘이서 각자 했던 그 어느 것보다 좋았다. 그들은 성공적으로 컴백을 할 터였다.

비프는 변하지 않았지만 발리는 변했다. 그는 수척해졌다. 그 때문에 툭 튀어나온 광대뼈와 올라간 눈초리가 더 도드라져 잘생긴 뱀파이어처럼 보였다.

버즈와 루는 가까이 앉아 담배를 피우며 귀를 기울이고 기다렸다. 그들은 참을성이 있었다. 데이브와 발리가 노래를 만들어내자마자 버즈와 루는 악기로 이동해서 드럼과 베이스 부분을 만들어낼 것이다.

밤 열시였고, 그들은 세 시간째 작업중이었다. 새벽 서너시까지 계속하다 정오까지 잠을 잘 것이다. 그것이 로큰롤 시간표였다.

오늘은 스튜디오에서의 사흘째였다. 첫날은 즉흥연주를 하고 예전에 좋아하던 곡들을 맞춰보며 다시 서로에게 익숙해지는 것을 즐겼다. 발리는 멋진 기타 선율을 연주했다. 안타깝게도 둘째 날은 발리가 속탈이

나는 바람에 일찍 끝났다. 그런 이유로 오늘이 진지하게 작업하는 첫날이었다.

발리 옆 앰프 위에는 잭 대니얼스 한 병과 얼음이 든 기다란 잔이 하나 놓여 있었다. 예전에는 노래 작업을 하면서 가끔 술을 마시거나 마리화나를 피우기도 했다. 그것도 하나의 재미였다. 요새 데이브는 작업에만 집중하는 것을 좋아했는데, 발리는 아직 습관을 바꾸지 않았다.

비프가 맥주 네 개를 쟁반에 받쳐들고 들어왔다. 아무래도 발리가 위스키 대신 맥주를 마셨으면 하는 모양이었다. 그녀는 가끔 스튜디오에 먹을 것을 가져왔다. 블루베리를 얹은 아이스크림, 초콜릿 케이크, 접시에 담은 땅콩, 바나나. 그녀는 발리가 술 말고 다른 것도 먹기를 바랐다. 그는 아이스크림을 한 숟가락 먹거나 땅콩을 한 줌 집어먹고는 다시 잭 대니얼스로 돌아갔다.

다행히 새 노래가 보여주듯 그는 여전히 실력이 뛰어났다. 하지만 전조 코드를 제대로 만들어내지 못하는 그들의 무능력에 짜증스러워하고 있었다. "젠장." 그가 말했다. "머릿속에 있다고, 알아? 그런데 나오질 않아."

버즈가 말했다. "음악적 변비라고, 친구. 넌 록의 관장약이 필요해. 자두 한 접시에 상당하는 게 뭐 있을까?"

데이브가 말했다. "쇤베르크의 오페라지."

루가 말했다. "데이브 클라크의 드럼 솔로."

발리가 말했다. "데미스 루소스의 앨범."

전화가 번쩍여 비프가 수화기를 들었다. "들어와요." 그녀는 말하고는 수화기를 내려놓았다. 그러고는 발리에게 말했다. "힐턴이야."

"좋아." 발리는 의자에서 내려가더니 기타를 스탠드에 세워놓고 밖으로 나갔다.

데이브가 뭐냐는 듯 바라보자 비프가 말했다. "약장수야."

데이브는 계속 노래를 연주했다. 약을 파는 사람이 녹음 스튜디오에 찾아오는 건 이상한 일이 아니었다. 왜 일반인에 비해 뮤지션들이 마약을 많이 하는지 알 수 없지만 늘 그래왔다. 헤로인 중독자 찰리 파커도 이미 아주 과거 세대 사람이었다.

데이브가 기타를 튕기고 있으니 버즈는 베이스를 들고 연주에 가세했고 루는 드럼 세트 앞에 앉아 조용히 두드리기 시작하며 리듬을 잡아 나갔다. 셋이 십오 분에서 이십 분 정도 즉흥연주를 하던 중 데이브는 멈추고 말했다. "발리는 어떻게 된 거지?"

그는 스튜디오를 나서서 본채로 돌아왔고 나머지도 그를 따라왔다.

발리는 주방에 있었다. 약에 취한 채 바닥에 뻗어 있었는데 팔에는 주사기가 꽂혀 있었다. 약을 받아들자마자 주사를 놓은 것이다.

비프가 몸을 숙여 부드럽게 주사기를 뽑았다. "이제 아침까지는 정신 못 차릴 거야." 그녀가 말했다. "미안."

데이브는 욕설을 내뱉었다. 오늘 작업은 끝이었다.

버즈가 루에게 말했다. "술집에나 갈까?"

언덕 기슭에 술집이 하나 있는데 손님 대부분이 멕시코인 농장 일꾼들이었다. 메이페어 라운지라는 엉뚱한 이름이라 그들은 그냥 술집이라고 불렀다.

"그러는 편이 낫겠어." 루가 말했다.

리듬 파트를 맡은 둘은 떠났다.

비프가 말했다. "침대로 데려가게 도와줘."

데이브가 발리의 어깨를 붙잡고 비프는 다리를 들어 함께 그를 침실로 데려갔다. 그리고 둘은 주방으로 돌아왔다. 비프가 카운터에 비스듬히 기대섰고 데이브는 커피를 올렸다.

"중독이지?" 데이브는 종이 필터를 만지작거리며 말했다.

비프는 고개를 끄덕였다.

"우리가 이 앨범을 만들 수나 있을까?"

"그럼!" 그녀가 말했다. "그이를 포기하지 말아줘. 내 걱정은……"

"알았어, 진정해." 그는 커피 머신 스위치를 켰다.

"내가 그를 통제할 수 있어." 그녀는 필사적으로 말했다. "저녁에는 잘 버텨. 작업할 때는 조금씩 하면서 가고, 그러다 새벽이 되면 주사를 맞고 자는 거지. 오늘은 별일이네. 보통은 저렇게 그냥 뻗어버리지 않거든. 보통은 내가 약을 구해서 나눠서 줘."

데이브는 소름끼쳤다. 그는 그녀를 보았다. "넌 마약중독자 보모가 된 거야."

"우린 뭔가 알기에는 너무 어린 나이에 이런 결정을 내렸고 이제는 안고 살아가야 해." 그렇게 말하고 그녀는 울음을 터뜨렸다.

데이브가 양팔로 안아주자 그녀는 그의 가슴에 얼굴을 묻고 울었다. 그는 그녀에게 시간을 주었고, 그의 셔츠 앞섶이 젖는 동안 주방에 커피향이 가득찼다. 그래서 그는 부드럽게 그녀에게서 손을 떼고 커피를 두 잔 따랐다.

"걱정하지 마." 그가 말했다. "이제 문제가 뭔지 우리가 알았으니까 피해가면서 할 수 있을 거야. 발리가 컨디션이 최고일 때 어려운 작업을 하면 돼. 작곡, 기타 솔로, 노래 화음. 발리가 없을 때는 반주 녹음을 하고 대충 믹싱해보면 되겠지. 함께 해낼 수 있을 거야."

"오, 고마워. 네가 그의 목숨을 살렸어. 얼마나 안심이 되는지 말할 수 없을 정도야. 넌 정말 좋은 사람이야." 그녀는 발끝으로 서서 그의 입술에 키스했다.

데이브는 기분이 이상했다. 그녀는 남자친구의 목숨을 살려줘 고맙다면서 동시에 그에게 키스했다.

그러고는 그녀가 말했다. “널 버리다니 난 정말 바보였어.”

침실에 있는 남자에게 충실하지 못한 말이었다. 하지만 정절을 지키는 것이 그녀의 강점인 적은 결코 없었다.

그녀는 양팔로 그의 허리를 감고 몸을 그에게 밀착시켰다.

순간적으로 그는 그녀에게 닿지 않도록 양손을 위로 들었다. 그러다 포기하고 다시 그녀를 안았다. 어쩌면 정절을 지키는 것은 그의 강점도 아니었다.

“마약중독자는 섹스를 자주 하지 않아.” 그녀가 말했다. “한 지 오래 됐어.”

데이브는 흔들렸다. 그녀가 빨간색 컨버터블을 몰고 나타나던 순간부터 이런 일이 생길 거라고 어느 정도는 알고 있었다.

그녀를 너무나도 원했기 때문에 그는 흔들렸다.

그럼에도 그는 아무 말 하지 않았다.

“날 침대로 데려가줘, 데이브.” 그녀가 말했다. “예전처럼 하자, 한 번만. 옛날을 생각해서.”

“안 돼.” 그는 말했다.

하지만 그는 했다.

*

FBI 국장 J. 에드거 후버가 죽은 날 그들은 앨범을 완성했다.

다음날 정오에 데이지 팜의 주방에서 점심을 먹으면서 비프가 말했다. “우리 할아버지가 상원의원인데, J. 에드거 후버가 남자 거시기 빠는 거 좋아했대.”

그들 모두 놀랐다.

데이브는 씩 웃었다. 늙은 거스 듀어가 "거시기 빠는 거"라는 말을 손녀에게 했을 리 없다고 확신했다. 하지만 비프는 남자들 앞에서 그런 식으로 말하길 좋아했다. 그러면 남자들이 흥분한다는 걸 알았다. 그녀는 장난기가 넘쳤다. 그녀를 흥미롭게 하는 것들 가운데 하나였다.

그녀는 말을 이었다. "할아버지 말씀이 후버는 그의 차장인 톨슨이라는 남자랑 같이 살았대. 둘이서 부부처럼 어디든 같이 다녔다는 거야."

루가 말했다. "후버 같은 자가 동성애자들에게 오명을 안기는 거야."

평소와 달리 일찍 일어난 발리가 말했다. "이봐, 우리 새 앨범 나오면 재결합 콘서트 하는 거지?"

데이브가 말했다. "그래. 뭐 생각해둔 게 있어?"

"조지 맥거번을 위해 기금 모금을 하는 거야."

록밴드가 진보적인 정치인들을 위해 기금을 모금한다는 생각이 유행이었고, 맥거번은 올해 있을 대통령 선거에서 민주당 후보가 될 가능성이 가장 높은데다 평화를 주장했다.

데이브가 말했다. "좋은 생각이야. 우리 홍보도 더 잘되고 종전에도 도움될 거야."

루가 말했다. "나도 찬성."

버즈가 말했다. "좋아, 난 투표에서 졌어. 인정할게."

루와 버즈는 런던행 비행기를 타기 위해 떠났다. 발리는 기타와 케이스를 챙기러 스튜디오로 들어갔다. 그는 그런 일을 매니저들에게 시키기 싫어했다.

데이브가 비프에게 말했다. "넌 그냥 못 가."

"왜?"

"왜냐하면 지난 육 주 동안 우린 발리가 곯아떨어질 때마다 머리가 터져라 섹스를 해댔으니까."

그녀는 활짝 웃었다. "끝내줬지, 안 그래?"

"우리가 서로 사랑해서 그래." 데이브는 그녀가 그의 말을 수긍하는지 부인하는지 살피며 기다렸다.

어느 쪽도 아니었다.

그는 다시 말했다. "넌 그냥 못 가."

"그럼 안 가고 뭘 해?"

"발리에게 말해. 보모를 새로 구하라고. 이리 와서 나랑 함께 살아."

비프는 고개를 저었다.

"난 널 십 년 전에 만났어." 데이브가 말했다. "우린 사랑했어. 결혼하자고 약속했지. 난 너를 안다고 생각해."

"그래서?"

"넌 발리를 좋아하고 걱정하고 그가 괜찮기를 바라지. 하지만 그와 섹스를 거의 못하고, 더 중요한 건 넌 그걸 나쁘다고 생각도 안 해. 그건 네가 그를 사랑하지 않는다는 뜻이야."

이번에도 그녀는 그의 말에 수긍도 부정도 하지 않았다.

데이브가 말했다. "난 네가 날 사랑한다고 생각해."

그녀는 그녀의 빈 커피잔을 내려다보았다. 마치 잔 속 찌꺼기에 대답이 있기라도 한 것처럼.

"우리 결혼할까?" 데이브가 말했다. "그래서 망설이는 거야? 내 프러포즈가 필요해서? 그럼 하지. 결혼해줘, 비프. 사랑해. 우리가 열세 살일 때부터 널 사랑했고 한 번도 그 마음을 멈추지 않았던 것 같아."

"그럼 맨디 러브와 함께 침대에 있을 때도?"

그는 슬픈 듯이 웃었다. "가끔 순간순간 널 잊었을 수도 있지."

그녀는 씩 웃었다. "이제야 믿겠네."

"아이들은? 아이 낳고 싶어? 난 낳고 싶은데."

그녀는 아무 말도 하지 않았다.

데이브가 말했다. "난 지금 속마음을 털어놓고 있는데 아무 대답도 못 듣고 있어. 도대체 무슨 생각인 거야?"

그녀가 고개를 들자 그는 그녀가 울고 있는 것을 알았다. 그녀가 말했다. "내가 떠나면 발리는 죽을 거야."

"난 그렇게 생각 안 해." 데이브가 말했다.

비프는 손을 들어 그의 말을 막았다. "도대체 무슨 생각이냐고 물었지? 정말 알고 싶으면 내가 하는 말을 반박하지 마."

데이브는 입을 다물었다.

"나는 평생 이기적이고 나쁜 짓을 엄청 많이 했어. 어떤 건 너도 알지만 아닌 것도 있어."

데이브는 그 말을 믿을 수 있었다. 그러나 그녀가 그를 포함해 많은 사람의 삶에 기쁨과 웃음을 주었다고 말해주고 싶었다. 하지만 그녀가 그냥 듣기만 하랬으니 그러기로 했다.

"나는 발리의 인생을 내 손으로 붙잡고 있어."

데이브는 쏘아붙이고 싶은 걸 참았다. 하지만 비프가 그의 혀끝에 걸렸던 이야기를 했다. "좋아, 그가 중독자가 된 게 내 책임은 아니지. 내가 엄마도 아니고. 그를 구원할 필요는 없어."

데이브는 비프의 생각보다 발리가 더 강인할 수도 있다고 생각했다. 다른 한편 지미 헨드릭스도 죽었고, 재니스 조플린도 죽었고, 짐 모리슨도 죽었다……

"난 변하고 싶어." 비프가 말했다. "더 나아가 내 실수들을 만회하고 싶어. 뭔가 날 순간적으로 사로잡지 않는 걸 해볼 때야. 좋은 일을 해볼 때. 그래서 난 발리랑 함께 있을 거야."

"그게 마지막 말이야?"

"그래."

"그럼 잘 가." 데이브는 그렇게 말하고 서둘러 밖으로 나왔다. 우는 모습을 그녀가 보지 못하도록.

48장

"크렘린은 닉슨의 중국 방문으로 공황상태에 빠졌어." 딤카가 타냐에게 말했다.

그들은 딤카의 아파트에 있었다. 세 살배기 딸 카탸가 타냐의 무릎 위에 앉아 그녀와 함께 농장 동물들이 나오는 그림책을 보고 있었다.

딤카는 나탈리야와 다시 정부 주택으로 들어왔다. 페시코프-드보르킨 가족은 이제 같은 건물 안에 아파트가 세 개였다. 할아버지인 그리고리는 여전히 원래 살던 곳에서 이제는 딸 아냐, 손녀 타냐와 함께 지냈다. 딤카의 전처인 니나는 여덟 살이 된 꼬마 학생 그리샤와 함께 그곳에 살았다. 그리고 이제 딤카와 나탈리야, 어린 카탸가 이사해 들어왔다. 타냐는 두 조카를 무척 좋아했고 언제나 기꺼이 돌봐주었다. 가끔 정부 주택에서 대가족이 아이를 보는 방식이 시골 마을 같다고 생각했다.

사람들은 가끔 타냐에게 자기 아이를 갖고 싶지 않느냐고 물었다. "시간은 많아요." 늘 대답은 같았다. 그녀는 아직 서른두 살밖에 되지 않았다. 그러나 자유롭게 결혼할 수 있다고 느끼지는 않았다. 바실리는 그녀의 애인이 아니지만 그와 함께한 지하활동에 목숨을 걸었다. 처음에는 〈반대〉를 발행하면서, 그리고 바실리의 원고를 서방으로 밀반출하면서. 때때로 점점 수가 줄어드는 적당한 나이대 남자들에게 구애를 받기도 했고, 가끔 몇 번은 데이트도 나가고 그중 한 명과는 잠자리도 했다. 하지만 그들을 그녀의 은밀한 삶 속으로 들어오도록 허락할 수는 없었다.

그리고 이제 바실리의 목숨이 그녀의 목숨보다 더 중요했다. 『자유인』의 출간으로 그는 세계의 가장 중요한 작가 가운데 한 명이 되었다. 그는 소련을 지구의 다른 나라들에 해석해주었다. 그의 세번째 책 『정체停滯의 시대』 이후에는 노벨문학상 이야기도 나오고 있는데, 문제는 그 상은 익명의 저자에게 수여할 수 없다는 것이었다. 타냐는 그의 작품을 서방으로 전달하는 통로였고, 그렇게 크고 가공할 비밀을 남편에게 숨기는 일은 불가능할 터였다.

공산주의자들은 '이반 쿠즈네초프'를 증오했다. 그가 작품활동이 금지될 것을 우려해 진짜 이름을 밝힐 수 없다는 사실은 전 세계가 알았고, 이런 상황은 크렘린 지도자들을 블레셋* 사람들처럼 보이게 했다. 서방 언론에서 그의 작품이 언급될 때마다 사람들은 소련의 검열 때문에 원작의 언어인 러시아어로는 출판된 적이 없다는 사실을 지적했다. 그 점이 크렘린을 화나게 했다.

"닉슨의 방문은 큰 성공을 거뒀어." 타냐는 딤카에게 말했다. "우리 사무실에서 서방의 뉴스를 받아보거든. 사람들은 닉슨의 비전에 끝없는 축하를 보내고 있어. 세계의 안정을 위한 위대한 도약이라고들 해.

* 이스라엘인을 압박한 고대 팔레스타인 민족 중 하나.

게다가 그의 여론 지지율도 크게 뛰었는데, 올해는 미국 대통령 선거가 있는 해야."

자본주의적 제국주의가 이단적인 중국 공산주의자들과 연대해 소련을 압박할 수 있다는 사실은 소련 지도자들에게 무시무시한 전망이었다. 그들은 불균형을 바로잡기 위해 즉시 닉슨을 모스크바에 초청했다.

"이제 그들은 닉슨의 이곳 방문을 성공으로 이끌어내기 위해 필사적이야." 딤카가 말했다. "미국이 중국 편을 들지 못하도록 뭐든 하려 들걸."

타냐는 그런 생각에 충격을 받았다. "뭐든?"

"과장이지. 근데 무슨 생각을 한 거야?"

타냐는 심장이 더 빨리 뛰는 듯했다. "반체제 인사들을 석방할까?"

"아." 딤카는 타냐가 바실리를 염두에 둔 걸 알았지만 입 밖에 내지 않을 터였다. 딤카는 타냐가 반체제 인사와 연결되어 있다는 사실을 아는 극소수 가운데 한 명이었다. 그런 내용을 아무렇지도 않게 말하기는 너무 조심스러웠다. "KGB는 반대 제안을 하고 있어. 탄압을 하는 거지. 미국 대통령의 리무진이 지나갈 때 플래카드를 흔들며 시위할 가능성이 있는 모든 사람을 감옥에 가두고 싶어해."

"멍청하군." 타냐가 말했다. "우리가 갑자기 수백 명의 사람을 감옥에 가두면 미국이 알 테고—그들도 스파이가 있으니까—그러면 그들이 안 좋아할 텐데."

딤카는 고개를 끄덕였다. "닉슨은 그를 비판하는 사람들이 그가 여기 와서 인권을 완전히 무시했다고 말하는 걸 원치 않아. 더구나 대선이 있는 해에는."

"바로 그거야."

딤카는 깊이 생각하는 것 같았다. "우린 이걸 최고의 기회로 삼아야 해. 내일 미국 대사관에서 온 사람들과 회의가 있어. 내가 그걸 이용하면……"

*

딤카는 변했다. 체코슬로바키아에 대한 침공이 그를 변하게 했다. 그 순간까지 그는 공산주의를 개혁할 수 있다는 믿음에 고집스럽게 매달렸다. 하지만 1968년, 소수의 인사가 공산주의 정부의 성격을 바꾸는 일에 착수하면 상황을 그대로 유지하는 데 이해관계가 있는 자들에게 그 노력을 분쇄당하는 것을 목격했다. 브레즈네프와 안드로포프 같은 사람들은 권력과 신분과 특권을 즐겼다. 그들이 왜 그런 모든 위험을 감수하겠는가? 딤카는 이제 여동생과 의견을 같이했다. 공산주의의 가장 큰 문제는 당의 모든 것을 아우르는 권한이 늘 변화를 억누른다는 점이었다. 소련의 체제는 그의 할아버지가 상트페테르부르크의 푸틸로프 기계공장에서 감독으로 일하던 육십 년 전 차르 정권과 다를 바 없이 무시무시한 보수주의에 속수무책으로 얼어붙어 있었다.

사회적 변화 현상을 설명하려고 이용한 첫번째 철학자가 카를 마르크스였다니, 얼마나 아이러니한 일인지 딤카는 생각했다.

다음날 딤카는 닉슨의 모스크바 방문에 관한 일련의 긴 회의에서 사회를 맡게 되었다. 나탈리야도 있었지만 안타깝게도 예브게니 필리포프도 참석했다. 미국측 대표는 에드 마컴으로 경험 많은 중년의 외교관이었다. 모두가 통역을 거쳐 이야기했다.

닉슨과 브레즈네프는 두 개의 무기제한조약과 하나의 환경보호협정에 서명하게 될 터였다. '환경'은 소련의 정치에서는 쟁점이 아니었지만 닉슨은 예민한 관심을 기울이는 것 같았고 그는 미국에서 선구적인 입법을 했다. 그 세 개의 문서라면 이번 방문이 역사적인 승리라며 축하하는 데 충분한 보장이 되는 동시에 중미 동맹이라는 위험이 발생하지 않도록 경계하는 데 큰 도움이 될 터였다. 닉슨의 아내는 학교와 병원을 방문할 예정이었다. 닉슨은 전에 워싱턴에서 만난 적 있는 반체제 시인 예브게니 옙투셴코를 봐야겠다고 고집을 부렸다.

오늘 회의에서 소련과 미국은 늘 그랬던 것처럼 경호와 의전에 대해 논의했다. 회의 도중 나탈리아는 딤카와 미리 맞춰둔 말을 꺼냈다. 자연스러운 투로 그녀는 미국인들에게 말했다. "우리는 여러분이 인권이라고 부르는 것에 대한 상징적인 의사표시로 소위 정치범을 다수 석방하라는 귀국의 요구를 조심스럽게 검토하고 있습니다."

에드 마컴은 깜짝 놀란 눈으로 오늘 회의 진행자인 딤카를 바라보았다. 마컴은 이 상황에 대해 전혀 몰랐다. 왜냐하면 미국은 그런 요구를 한 적이 없기 때문이다. 딤카는 재빨리 슬쩍 먼지를 털어내는 시늉을 해 보이며 마컴에게 조용히 하라는 뜻을 전했다. 노련하고 경험 많은 협상가인 미국인은 아무 말도 하지 않았다.

필리포프도 마찬가지로 놀랐다. "나는 전혀 아는 바가 없는—"

딤카는 목소리를 높였다. "자, 예브게니 다비도비치, 스모트로프 동지를 방해하지 마십시오! 반드시 한 번에 한 사람씩만 발언하시기 바랍니다."

필리포프는 크게 화가 난 눈치였지만 공산당에서 훈련받은 그는 꼼짝없이 규칙을 따랐다.

나탈리야가 말을 이었다. "우리 소련에 정치범은 존재하지 않으며, 외국 정상의 방문에 때맞춰 범죄자들을 길거리에 풀어주는 조치의 논리는 이해할 수 없습니다."

"그럼요." 딤카가 말했다.

마컴은 어리둥절한 기색이 역력했다. 왜 하지도 않은 요구를 들먹이며 거부하는 걸까? 하지만 그는 나탈리야가 무슨 이야기를 하는지 듣기 위해 조용히 기다렸다. 그동안 필리포프는 불만에 차 손가락으로 노트를 두드렸다.

나탈리야가 말했다. "하지만 반사회적 집단 및 말썽꾼들과 연계되어 있다는 이유로 국내여행 허가를 받지 못하는 극소수의 사람들은 있습니다."

그것은 정확히 타냐의 친구 바실리가 처한 상황이었다. 딤카는 예전에 그를 풀어주려 시도한 적이 있지만 실패했다. 어쩌면 이번에는 행운이 더 따를 것이다.

딤카는 골똘히 마컴을 바라보았다. 그가 무슨 일이 벌어지고 있는지 파악하고 제 역할을 해낼까? 딤카는 미국이 반체제 인사들을 석방해달라고 요구한 것처럼 행동해주기를 원했다. 그러면 그는 크렘린으로 돌아가 미국이 이것을 닉슨의 방문에 대한 선결 조건으로 고집하고 있다고 말할 터였다. 그렇게 되면 KGB나 다른 어떤 무리의 반대도 사라질 것이다. 왜냐하면 크렘린의 모든 사람이 어떻게든 닉슨을 이곳에 데려와 증오스러운 중국과 멀어지라며 간청하고 싶어했기 때문이다.

나탈리야가 이어서 말했다. "이 사람들은 실제로 법원에 의해 형을 선고받은 것이 아니므로 정부의 조치에 법률적인 제한은 없습니다. 그래서 우리는 호의의 표시로 그들에 대한 규제를 줄이고 여행을 허가할 것을 제안합니다."

딤카는 미국인들에게 말했다. "우리의 이런 조치가 귀국의 대통령을 만족시킬 수 있을까요?"

마컴의 얼굴이 밝아졌고, 이제야 나탈리야와 딤카가 세운 계획을 이해한 듯했다. 그는 그런 식으로 이용당하는 데 흡족해했다. 그가 말했다. "네, 그러면 충분할 것 같습니다."

"그럼 합의가 되었습니다." 딤카는 깊은 만족감을 느끼며 의자에서 뒤로 물러나 앉았다.

*

닉슨 대통령은 눈이 녹고 해가 비치는 5월 모스크바에 왔다.

타냐는 그의 방문과 때를 맞춰 정치범들의 대규모 석방이 있을 것으로 기대했지만 실망하고 말았다. 이건 시베리아의 헛간 같은 곳에서 바실리를 빼내 모스크바로 돌아오게 할 몇 년 만에 찾아온 최고의 기회였다. 타냐는 딤카가 애쓴 건 알았지만 그는 실패한 것 같았다. 울고 싶었다.

상사인 다닐 안토노프가 말했다. "오늘 대통령 영부인을 따라다녀줘, 타냐."

"꺼져요." 그녀는 말했다. "내가 여자라는 이유만으로 항상 여자에 관한 기사를 써야 하는 건 아니니까."

기자로 살아온 내내 그녀는 주어지는 '여성적인' 업무에 맞서 싸웠다. 이길 때도 있고 질 때도 있었다.

오늘 그녀는 졌다.

다닐은 좋은 사람이지만 호락호락하지는 않았다. "내가 자네한테 늘 여자만 취재하라고 하지는 않아. 그런 적도 없고. 그러니 말 같지도 않은 소리 마. 오늘은 팻 닉슨을 취재하라고 요구하는 거야. 이제 지시받은 대로 하라고."

사실 다닐은 훌륭한 상사였다. 타냐는 포기했다.

오늘 팻 닉슨은 32층의 노란색 석조 건물로 수천 개의 강의실을 갖춘 모스크바 국립대학을 방문할 예정이었다. 강의실은 대부분 빈 것 같왔다.

닉슨 부인이 말했다. "학생들은 모두 어디 있죠?"

대학 총장이 통역을 통해 말했다. "시험 기간이라서 모두 공부하고 있습니다."

"러시아 사람들은 전혀 만날 수가 없군요." 닉슨 부인이 불평했다.

타냐는 이렇게 말하고 싶었다. 당연히 만날 수가 없죠. 사람들이 당신에게 진실을 말할지도 모르니까.

닉슨 부인은 모스크바의 기준으로도 보수적인 인상이었다. 머리는 높이 틀어올린 다음 스프레이를 뿌려 단단히 고정시켰는데, 바이킹 모자 같은 모양에 그만큼 딱딱해 보였다. 옷차림은 그녀에게는 너무 젊어 보이는 동시에 시대에 뒤처졌다. 억지웃음 같은 미소는 흔들리는 법이 거의 없었는데, 그녀를 따라다니는 기자단이 엉망으로 굴 때조차 변함없었다.

그녀가 안내를 받아 들어간 교실에는 세 명의 학생이 책상에 앉아 있었다. 그들은 그녀를 보고 놀라는 눈치였고 그녀가 누군지 모르는 것이 분명했다. 그녀를 만나고 싶어하지 않는 것 또한 명백했다.

불쌍한 닉슨 부인은 일반적인 소련 시민에게는 서방 사람과의 어떤 식의 접촉도 위험하다는 걸 아마 모를 것이다. 그들은 나중에 체포되어 무슨 말을 했는지, 사전에 접촉을 계획한 것은 아닌지 심문을 받을 수도 있다. 오직 가장 무모한 모스크바 시민들이나 외국인 방문객과 대화를 나누고 싶어했다.

타냐는 방문객 주위를 따라다니는 동안 머릿속으로 기사를 작성했다. 닉슨 부인은 현대적이고 새로 생긴 모스크바 국립대학교에 깊은 인상을 받은 것이 분명했다. 미국에는 이와 비교할 만한 규모의 대학이 없다.

진짜 이야기는 크렘린에 있었다. 그래서 타냐가 다닐에게 화를 낸 것이었다. 닉슨과 브레즈네프는 세상을 좀더 안전하게 만들 조약에 서명하고 있었다. 타냐가 기사로 쓰고 싶은 건 그 이야기였다.

그녀는 해외 기사를 읽고 닉슨의 중국과 모스크바 방문이 11월에 있을 대통령 선거의 전망을 바꿔놓았다는 걸 알았다. 1월에는 낮았던 지지도가 치솟았다. 그는 이제 재선에 성공할 확률이 매우 높았다.

닉슨 부인은 짧은 재킷과 무릎 아래까지 내려오는 점잖은 체크무늬 투피스 정장 차림이었다. 하얀 구두는 굽이 낮았다. 목에 두른 시폰 스카프가 옷차림을 완성했다. 타냐는 패션기사를 쓰는 게 정말 싫었다. 나는 쿠바 미사일 위기를 취재했는데, 이런 빌어먹을. 그것도 쿠바에서!

마침내 퍼스트레이디는 크라이슬러 러베런 리무진에 실려 사라졌고 취재단은 흩어졌다.

주차장에서 타냐는 봄 햇빛 속에 낡고 긴 코트를 입은 키 큰 남자를 발견했다. 진회색 머리는 헝클어졌고 한때 잘생겼을 얼굴에는 주름이 졌다.

바실리였다.

그녀는 주먹으로 입을 막고 손을 깨물어 목구멍에서 솟아나는 비명을 억눌렀다.

그는 그녀가 알아보는 걸 깨닫고 이가 빠진 틈을 드러내며 웃었다.

그녀는 천천히 걸어서 코트 주머니에 손을 넣은 채 서 있는 그에게로 다가갔다. 그는 모자를 쓰지 않았고 햇빛 때문에 눈을 가늘게 떴다.

"그들이 풀어줬군요." 타냐가 말했다.

"미국 대통령을 기쁘게 해주려고." 그가 말했다. "고맙네, 딕 닉슨."

그는 딤카 드보르킨에게 감사해야 했다. 하지만 그건 아무에게도 말하지 않는 편이 나을 터였다. 바실리에게조차.

그녀는 조심스레 주위를 둘러봤지만 보이는 사람은 아무도 없었다.

"걱정 마." 바실리가 말했다. "지난 이 주 동안 이곳에 비밀경찰들이 기어다녔지만 오 분 전에 모두 떠났어."

그녀는 더는 스스로를 억누르지 못하고 그의 품속으로 몸을 던졌다. 그는 위로하듯 그녀의 등을 두드렸다. 그녀는 그를 힘껏 껴안았다.

"이런." 그가 말했다. "좋은 냄새 나네."

그녀는 팔을 풀었다. 백 개나 되는 질문이 터져나오려 했지만 기세를 억누르고 하나만 골랐다. "사는 데는 어디예요?"

"그들이 내게 스탈린 아파트를 줬어. 오래되었지만 괜찮은 곳이야."

스탈린 시대의 아파트는 1950년대 후반과 1960년대에 지은 아담한 아파트보다 방이 더 크고 천장도 높았다.

그녀는 유쾌한 기분이 넘쳐났다. "거기 가봐도 돼요?"

"아직 안 돼. 그들이 날 얼마나 엄중히 감시하는지 확인부터 하고."

"일자리도 있어요?" 어떤 사람이 직장을 잡지 못하게 막은 다음 그를 사회적 기생죄로 기소하는 것은 공산당이 좋아하는 수법이었다.

"농업부에 있어. 농민들에게 보내는 팸플릿에서 새로운 농경 기법을 설명하는 거지. 동정은 마. 그건 중요한 일이고 난 잘한다고."

"건강은요?"

"나 살쪘어!" 그는 코트를 열고 몸을 보여주었다.

그녀는 행복하게 웃었다. 그는 뚱뚱하지 않았지만 전처럼 마르지는 않은 것 같았다. "내가 보내준 스웨터를 입고 있군요. 당신한테 도착했다니 정말 놀라워요." 애나 머리가 빈에서 산 스웨터였다. 타냐는 이제 모든 걸 그에게 설명해야 할 터였다. 어디서 시작해야 할지 알 수 없었다.

"사 년 동안 거의 안 벗었어. 5월의 모스크바에서는 필요 없지만, 날씨가 늘 춥지 않다는 데 적응하기가 어려워."

"다른 스웨터 구해줄 수 있어요."

"당신 돈 잘 버는 모양이군!"

"아니, 내가 아니에요." 그녀는 활짝 웃으며 말했다. "당신이 잘 벌지."

그는 의아한 듯 얼굴을 찌푸렸다. "어떻게?"

"바에 가요." 그녀는 그의 팔을 잡으며 말했다. "해줄 얘기가 정말 많아요."

*

6월 18일 일요일 아침 〈워싱턴 포스트〉 1면에 이상한 기사가 실렸다. 대부분의 독자는 납득할 수 없는 내용이었다. 몇 명은 더할 나위 없이 불안했다.

민주당 사무실을 도청하려던 5명 체포

앨프리드 E. 루이스

워싱턴 포스트 전속 기자

전직 CIA 직원 한 명을 포함한 다섯 명의 남성이 어제 새벽 2시 30분 체포되었다. 당국의 설명에 따르면 그들은 워싱턴의 민주당 전국위원회 사무실을 도청하려는 정교한 음모를 꾸몄다고 한다.

세 남성은 쿠바에서 태어났고 또다른 한 명은 1961년 코치노스 만 공격 이후 쿠바인 망명자들에게 게릴라 활동을 교육했다고 한다.

그들은 버지니아 애비뉴 2600번지에 위치한 워터게이트 호텔 6층에서 세 명의 수도 경찰청 소속 사복 경찰이 겨눈 총구에 깜짝 놀랐다. 해당 건물 6층 전체는 민주당 전국위원회가 빌려서 사용하고 있다.

다섯 명의 용의자가 왜 민주당 전국위원회 사무실을 도청하려 했는지, 다른 개인이나 조직을 위해 일하고 있는지에 대해 즉각적인 설명은 없었다.

캐머런 듀어는 기사를 읽고 말했다. "이런, 망할."

그는 너무 긴장한 나머지 먹던 콘플레이크를 옆으로 밀어냈다. 이 기사 내용이 무슨 일인지, 그것이 닉슨 대통령에게 얼마나 끔찍한 위협이 될지 잘 알았다. 사람들이 법과 질서를 강조한 대통령으로 알고 있거나 믿고 있는 인물이 불법 침입을 지시했다면 그는 재선 가도에서 밀려날 수도 있다.

캠은 기사를 샅샅이 뒤져 붙잡힌 용의자들의 이름을 확인했다. 팀 테더가 그들 가운데 있을까봐 두려웠다. 다행히 테더는 언급되지 않았다.

그러나 이름이 거론된 대부분은 테더의 친구들과 동료들이었다.

테더와 한 무리의 전직 FBI 및 CIA 요원이 모여 백악관 특별조사팀을 이루었다. 그들은 백악관 길 건너 행정부 청사 1층에 경비가 삼엄한 사무실을 두고 있었다. 사무실 문에 붙은 종이에는 배관공이라고 적혀 있었다. 그것은 농담이었다. 그들의 일은 새는 부분을 틀어막는 것이었다.

캠은 그들이 민주당 사무실을 도청할 계획이란 걸 알지 못했다. 하지만 놀라지 않았다. 그건 상당히 좋은 생각이었고, 어쩌면 기밀을 누설하는 직원에 대한 정보를 얻어낼 수도 있었다.

하지만 멍청한 바보들이 워싱턴의 빌어먹을 경찰들에게 잡히는 일은 없어야 했다.

대통령은 지금 바하마에 있었고 내일 돌아올 예정이었다.

캠은 배관공 사무실에 전화를 했다. 팀 테더가 받았다. "뭐하세요?" 캠이 말했다.

"서류 없애는 중이야."

그의 목소리 뒤로 문서 파쇄기 소리가 들려왔다. "좋네요." 캠이 말했다.

통화를 마치고 그는 옷을 입고 백악관으로 갔다.

처음에는 침입자들 가운데 아무도 대통령과 직접적인 연관이 없어 보였고, 일요일이 지나면서 캠은 스캔들을 처리할 수 있겠다는 생각이 들었다. 그러던 중 그 가운데 한 명이 가명을 사용했다는 사실이 밝혀졌다. '에드워드 마틴'은 실은 제임스 매코드라는 은퇴한 CIA 요원으로 대통령 재선위원회에서 정식으로 일하고 있는 사람이었다.

"더는 못 참겠군." 캠이 말했다. 그는 엄청난 충격을 받고 부서져버린 느낌이었다. 끔찍한 상황이었다.

월요일 〈워싱턴 포스트〉는 밥 우드워드와 칼 번스타인 기자의 이름으로 매코드에 대한 정보를 실었다.

캠은 여전히 대통령과의 연관성을 덮을 수 있기를 바랐다.

그때 FBI가 개입했다. FBI는 다섯 명의 불법 침입자를 조사하기 시작했다. 옛날 J. 에드거 후버였다면 그런 행동은 하지 않았을 거라고 캠은 애석하게 생각했다. 하지만 후버는 죽었다. 닉슨은 친구인 패트릭 그레이를 국장 대리로 앉혀두었지만, 그레이는 FBI를 잘 몰랐고 통제하려고 발버둥치는 중이었다. 그 결과 FBI는 법 집행기관처럼 행동하기 시작했다.

침입자들은 거액의 현금을 갖고 있던 것으로 밝혀졌는데, 모두 새 돈이고 일련번호가 이어져 있었다. 그것은 머지않아 FBI가 그 돈을 거꾸로 추적해 누가 그들에게 주었는지 알아낼 수 있다는 뜻이었다.

캠은 이미 알고 있었다. 그 돈은 정권의 모든 비밀 프로젝트에 들어가는 돈과 마찬가지로 대통령 재선위원회 비자금에서 나온 것이었다.

FBI의 수사를 중단시켜야 했다.

*

법무부의 사무실에 캠 듀어가 들어서는 순간 마리아 서머스는 두려움에 사로잡혔다. 들킨 걸까? 백악관이 무슨 방법으로든 그녀가 재스퍼 머리에게 내부 정보를 흘렸다는 걸 알아냈나? 파일 캐비닛 앞에 서 있던 그녀는 순간적으로 다리가 풀렸고 주저앉을까봐 걱정스러웠다.

하지만 캠의 상냥한 태도에 마음이 진정되었다. 그는 웃으면서 자리에 앉더니 사춘기 아이처럼 그녀를 위아래로 훑어보는 것이, 그녀가 매력적으로 느껴지는 모양이었다.

계속 꿈이나 꾸렴, 백인 녀석아. 그녀는 생각했다.

이제 어쩌려는 거지? 그녀는 책상에 앉아 안경을 벗고 그에게 따뜻한 웃음을 지어 보였다. "안녕하세요, 듀어 씨." 그녀가 말했다. "도청 건은 어떻게 됐나요?"

"결국 정보를 별로 얻어내지 못했어요." 캠이 말했다. "우리 생각에 머리는 어딘가 다른 곳에 비밀 통화만 하는 안전한 전화를 두고 있는 것 같습니다."

맙소사. 그녀는 생각했다. "그거 안됐네요." 그녀가 말했다.

"어쨌거나 도움 주셔서 감사합니다."

"아주 친절하시군요. 그밖에 제가 또 도와드릴 일이 있을까요?"

"네. 대통령께서는 법무장관이 FBI에 명령해 워터게이트 불법 침입 사건 조사를 중단하길 바라십니다."

마리아는 그 말이 주는 암시로 머릿속이 어지러운 와중에도 충격을 감추려고 애썼다. 그러니까 그 사건은 사실 백악관의 짓이었군. 깜짝 놀랐다. 닉슨 말고는 그렇게 오만하고 멍청한 대통령은 없을 것이다.

다시 한번 그녀는 협조하는 척하면서 최대한 정보를 캐낼 작정이었다. "좋아요." 그녀는 말했다. "이걸 생각해보죠. 아시겠지만 클라인딘스트는 미첼이 아니에요." 존 미첼은 대통령 재선위원회를 운영하기 위해 법무장관직을 사임했다. 그의 뒤를 이은 리처드 클라인딘스트 역시 닉슨의 친구였지만 고분고분하지는 않았다. "클라인딘스트는 이유를 알려고 할 겁니다." 마리아가 말했다.

"이유는 하나 줄 수 있어요. FBI 수사는 외교와 관련된 기밀 문제를 건드릴 겁니다. 특히 케네디 대통령의 코치노스 만 공격에 CIA가 연루되어 있다는 불리한 정보가 드러날 거예요."

교활한 딕의 모습을 전형적으로 보여주는군. 마리아는 욕지기를 느끼며 생각했다. 모두 미국의 이익을 보호하는 척하지만 사실 그들은 대통령을 보호하고 있었다. "그러니까 국가안보에 관한 일이라는 거군요."

"네."

"좋아요. 그 정도면 법무장관이 FBI에게 물러서라고 명령할 정당한 이유가 되겠네요." 하지만 마리아는 백악관이 그렇게 쉽게 빠져나가도록 내버려두고 싶지 않았다. "하지만 클라인딘스트는 구체적인 요청을 원할 수도 있어요."

"그건 해줄 수 있어요. CIA가 정식 요청을 하려고 준비하는 중이거든요. 월터스가 할 겁니다." 버넌 월터스 장군은 CIA 부국장이었다.

"정식 요청이 오면 제 생각에 우리는 대통령께서 원하시는 대로 정확히 진행할 수 있을 겁니다."

"고마워요, 마리아." 그는 일어섰다. "이번에도 아주 도움을 많이 받았네요."

"언제든지요, 듀어 씨."

캠은 방을 나갔다.

마리아는 캠이 앉았던 의자를 멍하니 보며 생각에 잠겼다. 대통령이 이번 불법 침입을 지시했거나 적어도 보고도 못 본 척했다. 그러지 않고서는 캠 듀어가 이렇게 열심히 문제를 덮으러 돌아다닐 리 없다. 만일 행정부의 누군가가 닉슨의 바람을 무시한 채 불법 침입을 허락했다면, 지금쯤 그 사람은 이름이 알려지고 수모를 겪고 해고당했을 것이다. 닉슨은 창피한 동료를 제거하는 데 신중하지 않았다. 그가 유일하게 신경쓰며 보호하는 사람은 그 자신이었다.

그녀는 그가 그렇게 할 수 있도록 내버려둘 것인가?

절대 아니었다.

그녀는 수화기를 들고 말했다. "포셋 렌쇼에 전화해주세요."

49장

데이브 윌리엄스는 긴장했다. 플럼 넬리가 실제로 관중 앞에서 연주하는 건 거의 오 년 만이었다. 지금 그들은 샌프란시스코의 캔들스틱 파크에 모인 육만 명의 팬 앞에 서기 직전이었다.

스튜디오 안에서 연주하는 것과는 전혀 달랐다. 테이프 녹음기는 관대했다. 음을 잘못 내거나 목소리가 갈라지거나 가사를 잊으면 실수한 걸 지우고 다시 하면 그만이었다.

오늘밤 이곳에서는 뭐든 잘못되면 이 경기장에 있는 모두가 듣게 되고 고칠 수도 없다.

바보 같은 생각은 하지 말자. 데이브는 속으로 말했다. 이런 건 백 번도 넘게 해봤다. 그는 코드 몇 개만 아는 수준일 때 런던 이스트엔드의 술집에서 가즈맨과 연주하던 일을 떠올렸다. 돌아보면 어린 시절의 무모함이 놀라왔다. 함부르크의 다이브 클럽에서 제프리가 술을 엄청 마시고 정신을 잃었던 날이 기억났다. 그래서 발리가 리허설도 한 번 없이 무대에 올라가 공연 내내 리드기타를 연주했다. 걱정할 것 없던 날들.

데이브는 이제 구 년의 경험이 있다. 전체 경력이 그보다 짧은 팝스타도 많았다. 그럼에도 팬들이 밀려들어와 맥주와 티셔츠, 핫도그를 사면서 데이브가 그들에게 멋진 저녁을 선사할 거라고 믿고 있는 모습을 보자 몸이 떨렸다.

넬리 레코드의 유통을 담당하는 음악회사에서 나온 젊은 여자가 대기실로 와서 혹시 필요한 것은 없느냐고 물었다. 몸에 꼭 끼는 나팔바지에 배꼽티를 입은 여자는 완벽한 몸매를 자랑했다. "아뇨, 고마워요." 그가 말했다. 대기실마다 작은 바에 맥주와 술, 음료수, 얼음, 그리고 담배 한 갑이 갖춰져 있었다.

"혹시 긴장을 풀기 위해 뭐든 작은 거라도 필요하다면, 드릴 수 있어요." 그녀가 말했다.

그는 고개를 저었다. 지금 당장 마약은 필요 없었다. 공연이 끝나면 마리화나를 피울 수도 있었다.

그녀는 물러서지 않았다. "아니면 제가 할 수 있는 거라면, 그러니까 뭐든 해도……"

그녀는 그에게 섹스를 제안하고 있었다. 그녀는 캘리포니아 출신의 날씬한 금발로 아주 멋진 여자였는데, 정말 엄청나게 아름다웠지만 그는 그럴 기분이 아니었다.

지난번 마지막으로 비프를 본 후로는 그럴 기분이 들지 않았다.

"공연 끝나고 혹시 봐서." 그가 말했다. 술이 엄청 취하면. 그는 생각했다. "그렇게 말해줘서 고마운데 지금 당장은 꺼져주셨으면 좋겠어." 그는 단호히 말했다.

그녀는 기분 나빠하지 않았다. "마음 바뀌면 얘기해요!" 그녀는 신나게 말하더니 나갔다.

오늘밤 공연은 조지 맥거번을 위한 행사였다. 그의 선거 유세는 젊은

이들을 다시 정치로 끌어내는 데 성공하고 있었다. 유럽이었다면 중도였을 그를 이곳에서는 좌익으로 생각한다는 걸 데이브는 알았다. 베트남전쟁에 대한 그의 강한 비판은 진보주의자들을 기쁘게 했고, 2차 세계대전에 참전한 경험도 있어 말에 권위가 실렸다.

데이브의 누나 에비가 대기실로 와서 행운을 빌어주었다. 그녀는 사람들이 알아보지 못하도록 머리는 트위드 모자 안으로 넣어 핀으로 고정했고 선글라스에 오토바이 재킷을 입었다. "영국으로 돌아갈 거야." 그녀가 말했다.

그 말에 데이브는 놀랐다. "하노이 사진 때문에 언론에서 반응이 나쁜 건 알지만……"

그녀는 고개를 흔들었다. "나쁜 반응 이상으로 심각해. 일 년 전 사랑받던 것만큼이나 미움을 받고 있어. 오스카 와일드도 겪었던 일이지. 갈피를 못 잡을 정도로 급변하는 것."

"누나가 잘 넘길 줄 알았어."

"한동안은 나도 그렇게 생각했어. 하지만 육 개월 동안 제대로 된 배역을 받지 못했어. 스파게티 웨스턴에 등장하는 용감한 여자, 오프브로드웨이의 즉흥 공연에 등장하는 스트리퍼 역을 제안받았고 〈지저스 크라이스트 슈퍼스타〉의 오스트레일리아 순회공연에서는 아무 역이나 고를 수 있었어."

"미안해, 몰랐어."

"자연스럽게 벌어진 일도 아니었어."

"그게 무슨 말이야?"

"기자 두 명이 그랬는데 백악관에서 전화를 받았대."

"계획적인 짓이란 거야?"

"그런 것 같아. 봐, 나는 기회만 있으면 닉슨을 공격하던 유명한 연예인이야. 내가 멍청하게 틈을 보였을 때 그가 칼을 꽂아넣었다고 놀랄 건 없지. 심지어 부당한 일도 아니야. 나도 최선을 다해 그를 끌어내리려 하고 있으니까."

"상당히 너그럽네."

"게다가 그건 심지어 닉슨이 아니었을 수도 있어. 우리가 아는 백악관에서 일하는 사람이 누굴까?"

"비프의 오빠?" 데이브는 믿을 수 없다는 듯 말했다. "캠이 누나에게 그런 짓을 했다고?"

"그 사람 예전에 런던에서 고백했는데, 내가 좀 심하게 거절했지."

"이렇게 오랫동안 원한을 품고 있다고?"

"정말인지는 절대 못 밝혀내겠지만."

"개자식!"

"그래서 난 할리우드의 호화로운 집을 시장에 내놓고 컨버터블을 팔고 수집해둔 현대화들을 포장하고 있어."

"뭘 할 거야?"

"일단은 레이디 맥베스야."

"무섭겠네. 어디서?"

"스트랫퍼드어폰에이번. 나 로열 셰익스피어 극단에 들어가."

"한쪽 문이 닫히니 다른 문이 열리네."

"셰익스피어를 다시 할 수 있어서 정말 행복해. 학교에서 오필리어를 연기한 지 십 년이 지났어."

"발가벗고."

에비는 후회하듯 웃었다. "어린 마음에 허세가 있었지."

"그때부터 훌륭한 배우이기도 했어."

그녀는 일어섰다. "너 준비하게 그만 갈게. 너도 오늘밤을 즐기렴, 동생아. 난 사람들 속에서 춤이나 출 테니."

"언제 영국으로 갈 거야?"

"내일 비행기 탈 거야."

"〈맥베스〉 시작할 때 알려줘. 누나 보러 갈게."

"그래주면 고맙지."

데이브는 에비를 밖으로 배웅했다. 무대는 경기장 한쪽 끝 비계 위에 임시로 설치했다. 무대 뒤에는 매니저들, 사운드 스태프, 레코드 회사 관계자, 특별히 허가받은 기자들이 잔디밭 위에 잔뜩 모여 서성거렸다. 대기실은 로프를 둘러 만든 공간에 텐트를 쳐서 마련했다.

버즈와 루는 도착했지만 발리의 모습은 아직 보이지 않았다. 데이브는 발리가 공연장에 제시간에 나타나는 것은 비프에게 기대고 있었다. 두 사람이 어디 있는지 궁금하고 불안했다.

에비가 떠나자마자 비프의 부모님이 무대 뒤로 왔다. 데이브는 벨라, 우디와 다시 좋은 관계를 맺고 있었다. 캠이 기자들을 쑤석여 에비를 공격했다는 말은 그들에게 전하지 않기로 했다. 평생 민주당으로 살아온 두 사람은 닉슨을 위해 일하는 아들에게 이미 짜증이 난 상태였다.

데이브는 맥거번에게 얼마나 기회가 있는지 우디의 생각을 듣고 싶었다. "조지 맥거번은 문제가 있어." 우디가 말했다. "휴버트 험프리를 물리치고 후보 자리를 따내려면 민주당의 늙은 거물인 시장들과 주지사들, 노조 지도자들의 힘을 무너뜨려야 했지."

데이브는 미처 자세히 파악하지 못했던 내용이었다. "그래서 어떻게 해냈는데요?"

"1968년 시카고에서 그 난리가 난 다음 당은 규정을 바꿨고 맥거번이 그 일을 맡은 위원회 위원장이었어."

"그게 왜 문제죠?"

"왜냐하면 나이든 실세들은 그를 위해 일하지 않을 테니까. 일부는 그를 몹시 싫어한 나머지 '닉슨을 지지하는 민주당원'이라는 운동까지 시작했어."

"젊은이들은 그를 좋아해요."

"그걸로 이길 수 있기를 바라야지."

마침내 비프가 발리와 함께 도착했다. 듀어 가족의 부모는 발리의 대기실로 갔다. 데이브는 빨간색 점프슈트에 엔지니어 부츠로 무대의상을 갖춰입었다. 목을 풀기 위해 잠깐 연습을 했다. 음계를 따라 목을 풀고 있는데 비프가 들어왔다.

그녀는 밝게 웃으며 그의 뺨에 키스했다. 언제나 그렇듯 걸어들어오는 것만으로도 실내가 환해졌다. 절대 그녀를 그냥 보내면 안 되는 거였어. 데이브는 생각했다. 나는 도대체 얼마나 바보인 거지?

"발리는 어때?" 그는 걱정스럽게 말했다.

"공연이 끝날 때까지 버틸 수 있을 정도로 약을 맞았어. 무대에서 내려오면 주사를 맞을 거야. 연주는 문제없어."

"정말 다행이군."

그녀는 새틴 핫팬츠에 스팽글이 달린 브라톱 차림이었다. 녹음할 때보다 몸무게가 조금 더 나가 보였다. 가슴이 더 커지고 배도 귀엽게 튀어나온 것 같았다. 데이브는 마실 걸 권했다. 그녀는 콜라를 달라고 했다. "담배도 있어." 그가 말했다.

"끊었어."

"그래서 몸무게가 늘었구나."

"아니야."

"나쁜 뜻 아니야. 넌 멋져."

"나 발리랑 헤어질 거야."

충격적인 말이었다. 그는 바에서 돌아서서 그녀를 빤히 바라보았다. "와." 그가 말했다. "발리는 아직 몰라?"

"오늘 공연 끝나고 말할 거야."

"그거 안심이네. 하지만 전에 했던 덜 이기적인 사람이 되고 발리의 목숨을 구하겠다던 그 온갖 이야기는 어떻게 된 거야?"

"난 구해야 할 더 중요한 목숨이 있어."

"네 목숨?"

"내 아기의 목숨."

"맙소사." 데이브는 자리에 앉았다. "너 임신했구나."

"석 달 됐어."

"그래서 몸매가 변한 거야."

"그리고 담배 피우면 토해. 심지어 마리화나도 피울 수가 없어."

대기실 장내 스피커가 지직거리더니 목소리가 흘러나왔다. "여러분, 쇼 시작 오 분 전입니다. 무대 기술 스태프들은 지금 공연 위치에 있어야 합니다."

데이브가 말했다. "임신했는데 왜 발리랑 헤어져?"

"그런 환경에서 아이를 키울 수는 없어. 날 희생하는 거랑 아이에게 그러는 거랑은 달라. 이 아이는 평범하게 살게 될 거야."

"어디로 갈 건데?"

"엄마 아버지한테 다시 돌아갈 거야." 그녀는 알 수 없다는 듯 고개를 흔들었다. "믿을 수가 없어. 십 년 동안 부모님이 화낼 온갖 짓을 골라서 했는데, 내가 도움이 필요하다니까 그냥 그러라고 하셨어. 빌어먹을 정도로 놀라워."

장내 스피커가 말했다. "일 분 남았습니다, 여러분. 밴드는 언제든 준비되면 무대 끝으로 모시겠습니다."

데이브는 퍼뜩 든 생각에 놀랐다. "석 달이라면……"

"누구 아기인지는 몰라." 비프가 말했다. "너희가 앨범을 만들 때 임신했어. 피임약을 먹지만 가끔은 잊고 빼먹기도 했어. 특히 약에 취해 있을 때는."

"하지만 발리랑은 별로 섹스 안 한다며."

"별로 안 한다는 건 아예 안 한다는 뜻이 아니야. 발리의 아기일 가능성이 10퍼센트는 된다고 봐야 해."

"그럼 90퍼센트는 내 아기군."

루가 데이브의 텐트에 고개를 들이밀었다. "가자." 그가 말했다.

"갈게." 데이브가 말했다.

루가 사라지자 데이브는 비프에게 말했다. "나랑 살아."

그녀는 그를 빤히 보았다. "진심이야?"

"그럼."

"네 아기가 아니라고 해도?"

"난 분명 네 아기를 사랑할 거야. 널 사랑해. 젠장, 난 발리를 사랑해. 제발 나와 함께 살자."

"오, 맙소사." 그녀는 울기 시작했다. "난 네가 그렇게 말해주길 기도했어."

"그럼 같이 살겠다는 거야?"

"당연하지. 바라던 일이야."

데이브는 태양이 떠오르는 기분이었다. "자, 그럼, 우리 그렇게 하는 거야." 그는 말했다.

"발리는 어떻게 하지? 그가 죽지 않으면 좋겠어."

"내게 생각이 있어." 데이브가 말했다. "공연 끝나고 말해줄게."

"무대로 가. 전부 기다리고 있잖아."

"알아." 그는 그녀의 입술에 부드럽게 키스했다. 그녀는 양팔로 그를 안아주었다. "사랑해." 그가 말했다.

"나도 사랑해. 널 떠나보내다니 내가 미친 거였어."

"다시는 그러지 마."

"절대 안 그래."

데이브는 밖으로 나갔다. 잔디를 가로질러 계단을 올라가 나머지 밴드 멤버들이 기다리고 있는 무대 끝으로 갔다. 그 순간 퍼뜩 한 가지 생각이 떠올랐다. "뭘 잊었어." 그가 말했다.

버즈가 짜증스럽게 말했다. "뭐? 기타는 무대 위에 있어."

데이브는 대답하지 않았다. 그는 뛰어서 대기실로 돌아왔다. 비프는 여전히 거기 앉아 눈가를 닦고 있었다.

데이브가 말했다. "우리 결혼할까?"

"그래." 그녀가 말했다.

"좋아."

그는 뛰어서 가설무대로 돌아갔다.

"모두 괜찮지?" 그가 말했다.

모두 문제없었다.

데이브는 밴드를 이끌고 무대로 올라갔다.

*

클라우스 크론은 함부르크 의회 회의가 끝난 뒤 한잔하자고 말했다.

레베카는 깜짝 놀랐다. 두 사람의 연애가 끝나고 사 년이 흐른 뒤였다. 그녀가 알기로 지난 열두 달 동안 클라우스는 한 노동조합의 회원 관리 담당자로 일하는 매력적인 여자와 만나고 있었다. 그사이 클라우스는 레베카도 소속된 자유민주당에서 점점 강력한 인물이 되어갔다. 클라우스와 그의 여자친구는 멋진 한 쌍이었다. 사실 레베카는 그들이 결혼할 계획이라는 소식까지 들었다.

그래서 그녀는 그를 맥빠지게 하는 표정을 지어 보였다.

"요트 바에서 말고요." 클라우스가 황급히 덧붙였다. "어디 은밀하지 않은 곳으로 하죠."

그녀는 안심하며 웃었다.

두 사람은 시청에서 멀지 않은 도심의 한 바로 갔다. 옛날 생각이 나서 레베카는 젝트 한 잔을 시켰다. "바로 요점을 말하죠." 클라우스는 술이 나오자마자 말했다. "우리는 당신이 연방의회 선거에 출마해주길 바라고 있어요."

"이런!" 그녀가 말했다. "당신이 수작을 걸어왔어도 이렇게 놀라지는 않았을 거 같아요."

그는 웃었다. "놀라지 말아요. 당신은 똑똑하고 매력적이고 말도 잘하고, 사람들은 당신을 좋아해요. 당신은 이곳 함부르크의 모든 당 남자들에게 존경을 받죠. 정계 경험도 거의 십 년이나 되고요. 당신은 당의 재산이 될 거예요."

"하지만 너무 갑작스러워요."

"선거는 늘 갑작스럽죠."

빌리 브란트 총리가 계획한 갑작스러운 선거가 팔 주 뒤 치러질 예정이었다. 만일 동의한다면 레베카는 크리스마스 전에 연방의원이 될 수 있다.

놀라움이 지나가자 간절한 마음이 되었다. 그녀는 독일의 통일을 열정적으로 원했다. 통일이 되면 그녀와 수천 명의 다른 독일인이 가족을 다시 만날 수 있다. 지방의회에서는 그런 목표를 이룰 수 없을 터였다.

하지만 연방의회 의원이 되면 좀더 영향력이 생길 것이다.

그녀가 속한 자유민주당은 빌리 브란트가 이끄는 사회민주당과 연립정부를 구성하고 있었다. 레베카는 장벽의 존재에도 불구하고 동독과의 접촉을 추구하는 브란트의 '동방정책'을 찬성했다. 그녀는 이것이 동독 정권을 무너뜨리는 가장 빠른 방법이라고 믿었다.

"남편한테 얘기해야 해요." 그녀가 말했다.

"그렇게 말할 줄 알았어요. 여자들은 늘 그렇죠."

"그이를 혼자 두는 일이 많아진다는 뜻이기 때문이에요."

"연방의원의 배우자라면 누구나 그렇죠."

"하지만 내 남편은 특별해요."

"그렇죠."

"오늘 저녁에 말하겠어요." 레베카는 일어섰다.

클라우스도 일어났다. "개인적으로는……"

"네?"

"우린 서로를 상당히 잘 알잖아요."

"네……"

"이건 당신의 운명이에요." 그는 진지했다. "당신은 전국적인 정치가가 될 사람이었어요. 그보다 못한 건 뭐든 당신이 가진 재능을 낭비하는 거예요. 범죄나 다름없는 낭비. 진심입니다."

그녀는 그 열렬함에 놀랐다. "고마워요." 그녀는 말했다.

집으로 차를 몰고 오면서 그녀는 의기양양한 동시에 멍했다. 새로운 미래가 갑자기 열렸다. 전국 단위의 정치를 생각해본 적은 있지만 여자로서, 그리고 장애인 남편을 둔 아내로서 너무 어려울 것 같아 두려웠다. 하지만 이제 전망은 환상 그 이상이었고, 그녀는 간절히 바라는 마음이었다.

다른 한편으로 베르트는 어떻게 해야 할 것인가?

자동차를 세워두고 서둘러 아파트로 올라갔다. 베르트는 휠체어에 앉은 채 주방에서 뾰족한 빨간색 연필로 학교에서 가져온 에세이에 표시를 하고 있었다. 그는 옷을 벗고 목욕가운을 입었는데, 그것은 스스로 입을 수 있었다. 그에게 가장 어려운 옷은 바지였다.

그녀는 즉시 클라우스의 제안에 대해 말했다. "당신 말하기 전에 한 가지만 더 얘기하게 해줘요." 그녀가 말했다. "당신이 하지 않기를 원한다면 난 안 해요. 논쟁도 없고 후회도 없고 비난도 없어요. 우리는 동반자예요. 그 말은 우리 중 누구도 일방적으로 우리 삶을 바꿀 권리가 없다는 거죠."

"고마워." 그가 말했다. "하지만 자세하게 얘기해보자고."

"연방하원은 일 년에 이십 주에 걸쳐 월요일부터 금요일까지 열리고, 반드시 참석해야 해요."

"그럼 당신은 일 년에 평균 팔십 일 동안 나가서 자야 하는군. 그 정도는 대처할 수 있지. 특히 아침마다 간호사가 와서 도와줄 수 있게 해두면."

"괜찮겠어요?"

"그럼. 하지만 당신이 집에 있는 밤이면 분명 더 달콤하겠군."

"베르트, 당신은 정말 훌륭해요."

"당신은 이거 해야 해." 그가 말했다. "당신의 운명이야."

그녀는 살짝 웃었다. "클라우스도 그렇게 말했어요."

"놀랍지 않군."

그녀의 남편과 전 애인 둘 다 이것이 그녀가 해야만 하는 일이라고 생각했다. 그녀도 같은 생각이었다. 불안한 마음이 들었다. 해낼 수 있다고 믿었지만 도전이 될 터였다. 전국 단위의 정치는 지방정부에 비해 더 억세고 지저분했다. 언론도 포악할 수 있다.

어머니가 자랑스러워할 거라고 그녀는 생각했다. 카를라는 지도자가 되었어야 했다. 그리고 동독이라는 감옥에 갇히지만 않았더라면 아마 지도자가 되었을 것이다. 딸이 그녀의 무산된 열망을 실현한다는 사실을 알면 아주 신나할 터였다.

그들은 이후 사흘 동안 밤마다 이야기를 했고, 나흘째 날 밤 데이브 윌리엄스가 도착했다.

그가 올 거라고는 생각지 못했다. 레베카는 갈색 스웨이드 코트 차림으로 함부르크 공항 꼬리표가 붙은 작은 여행가방을 든 채 현관 앞에 서 있는 그를 보고 깜짝 놀랐다. "전화를 했어도 되잖아!" 그녀는 영어로 말했다.

"전화번호를 잃어버렸어요." 그는 독일어로 대답했다.

그녀는 그의 뺨에 키스했다. "정말 신나고도 놀랍네!" 그녀는 플럼 넬리가 레퍼반에서 연주할 때부터, 그리고 멤버들이 이곳 아파트에 와서 일주일에 딱 한 번 제대로 된 식사를 할 때부터 데이브를 좋아했다. 데이브는 발리에게 잘해주었고, 발리의 재능은 데이브와 함께하면서 꽃피었다.

데이브는 주방으로 들어와서 가방을 내려놓고 베른트와 악수를 했다. "지금 런던에서 오는 길이야?" 베른트가 말했다.

"샌프란시스코에서 왔어요. 24시간째 여행하는 중이에요." 세 사람은 늘 그랬던 것처럼 영어와 독일어를 섞어서 말했다.

레베카는 커피를 불에 올렸다. 놀라움이 지나가고 데이브가 뭔가 특별한 이유가 있어서 왔을 거라는 생각이 들자 불안해졌다. 데이브가 베른트에게 그의 녹음 스튜디오에 대해서 설명하고 있었지만 레베카는 그의 말을 끊었다. "왜 온 거니, 데이브? 뭐 잘못되기라도 했니?"

"네." 데이브가 말했다. "발리 때문에요."

레베카는 심장이 덜컥 내려앉는 듯했다. "무슨 문제야? 말해줘! 죽은 건……"

"아니에요, 살아 있어요. 근데 헤로인 중독이에요."

"오, 안 돼." 레베카는 풀썩 주저앉았다. "오, 안 돼." 그녀는 양손에 얼굴을 묻었다.

"더 있어요." 데이브가 말했다. "비프가 발리랑 헤어지려고 해요. 비프는 임신했는데, 마약이 있는 환경에서 아기를 키우고 싶어하지 않아요."

"오, 불쌍한 내 동생."

베른트가 말했다. "비프는 어떻게 한다고 해?"

"데이지 팜에 와서 저랑 살 거예요."

"이런." 레베카가 보니 데이브는 난처해했다. 비프와 다시 사귀는 거라고 그녀는 추측했다. 그렇다면 그녀의 동생에게는 사정이 더욱 나쁠 것이다. "우리가 발리를 위해 뭘 해야 하지?"

"당연히 그가 헤로인을 끊어야죠."

"그럴 수 있을까?"

"제대로 된 도움을 받는다면요. 프로그램들이 있어요. 미국에도 있고 여기 유럽에도 있는데, 치료를 진행하면서 대체 화학물질, 대개는 메타돈을 사용해요. 하지만 발리는 헤이트-애시베리에 살아요. 거기는 모퉁이마다 마약상이 있어요. 마약을 사러 나가지 않으면 마약상이 집에 와서 문을 두드리고요. 삐끗하기가 너무 쉬워요."

"그럼 이사를 해야 하나?"

"제 생각엔 이리로 와야 할 것 같아요."

"오, 이런 맙소사."

"누나랑 살면 습관을 없앨 수 있을 거예요."

레베카는 베른트를 바라보았다.

"난 당신이 걱정돼." 베른트가 그녀에게 말했다. "당신은 직장도 있고 정치 경력도 있어. 난 발리를 좋아해. 당신이 그를 사랑하기 때문만은 아니야. 하지만 나는 당신이 동생 때문에 인생을 희생하지 않았으면 좋겠어."

"영원히 함께 사는 게 아니에요." 데이브가 재빨리 끼어들었다. "그냥 깨끗하게 몸을 유지시키고 제정신으로 일 년만 지내게 하면……"

레베카는 아직도 베른트를 보고 있었다. "내 인생을 희생하지는 않을 거예요. 하지만 일 년 미룰 수는 있죠."

"지금 연방의회 자리를 포기하면 다시 제안이 오지는 않을 거야."

"알아요."

데이브가 레베카에게 말했다. "나랑 같이 샌프란시스코에 가서 발리를 설득했으면 좋겠어요."

"언제?"

"내일이면 좋죠. 내가 이미 비행기표를 사두었어요."

"내일!"

하지만 선택권은 없다고 레베카는 생각했다. 발리의 생명이 위기에 처했다. 그것과 비교할 수 있는 것은 없다. 발리가 최우선이 되어야 했다. 당연히 그랬다. 생각을 해볼 필요도 없었다.

그럼에도 그녀를 향해 잠깐 열렸던 흥분되는 가능성을 거절하는 것이 슬펐다.

데이브가 말했다. "조금 전에 뭐라고 했어요? 연방의회?"

"아무것도 아니야." 레베카가 말했다. "내가 해볼까 했던 다른 일 얘기야. 하지만 난 너랑 샌프란시스코로 갈 거야. 당연히 가야지."

"내일요?"

"그래."

"고마워요."

레베카는 일어섰다. "가방 쌀게." 그녀가 말했다.

50장

재스퍼 머리는 우울했다. 닉슨 대통령—거짓말쟁이에다 협잡꾼, 사기꾼—은 어마어마한 차이로 재선에 성공했다. 마흔아홉 개 주에서 승리를 거뒀다. 미국 역사상 가장 성공하지 못한 대통령 후보인 조지 맥거번은 오직 매사추세츠 주와 워싱턴 D. C.에서만 이겼다.

더 나쁜 건 워터게이트에 대한 새로운 사실이 밝혀져 진보적인 지식인들이 분개했음에도 닉슨의 인기는 여전히 높다는 사실이었다. 선거가 끝나고 다섯 달이 지난 1973년 4월 대통령의 지지율은 긍정 60퍼센트, 부정 33퍼센트였다.

"우리가 어떻게 해야 하지?" 재스퍼는 귀기울이는 사람만 있으면 낙담해 말했다. 닉슨이 필사적으로 서둘러 침입 사건과의 연관성을 은폐하면서 〈워싱턴 포스트〉를 필두로 한 언론은 대통령의 범죄를 하나씩 폭로했다. 워터게이트 침입자들 가운데 한 명이 쓴 편지를 판사가 법정에서 읽었는데, 피고들은 혐의를 인정하고 입을 다물라는 정치적 압력을 받았다며 불평했다. 만일 이 말이 사실이라면 대통령이 정의 실현을 방해하려고 시도했다는 뜻이다. 그러나 유권자들은 신경쓰지 않는 것 같았다.

재스퍼가 4월 17일 화요일 백악관 기자회견실에 있을 때 흐름이 바뀌었다.

기자회견실에는 한쪽 끝에 조금 높게 만든 무대가 있다. 연설대 뒤로는 배경으로 TV를 잘 받는 회색빛을 띤 파란색 커튼이 쳐져 있었다. 늘 의자가 부족했고, 일부 기자들은 카메라맨들이 자리다툼을 하는 사이 황갈색 카펫 위에 앉았다.

백악관은 대통령이 짧은 성명을 발표하지만 질문은 받지 않는다고 했다. 기자들은 세시에 모였다. 지금은 네시 삼십분인데 아무 일도 없었다.

닉슨은 네시 사십사분에 나타났다. 재스퍼는 그의 양손이 떨리는 것 같다는 사실을 알아차렸다. 닉슨은 백악관과 워터게이트 사건을 조사하는 상원위원회 의장 샘 어빈 사이의 논쟁이 해결되었다고 선언했다. 백악관 직원들은 이제 어빈 위원회에서 증언하는 것이 허락되지만 어떤 질문에도 답변을 거부할 수 있었다. 별로 양보랄 것도 없군. 재스퍼는 생각했다. 하지만 결백한 대통령이라면 당연히 그런 논쟁이 생길 이유조차 없을 터였다.

그때 닉슨이 말했다. "과거 또는 현재 정부에서 중요한 직책을 맡은 그 어떤 사람도 기소에 대한 면책특권을 가질 수 없을 것입니다."

재스퍼는 얼굴을 찌푸렸다. 이게 무슨 뜻이지? 누군가 닉슨과 가까운 사람이 면책특권을 요구한 것이 틀림없다. 지금 닉슨은 공개적으로 그 요구를 거부한 것이다. 그는 도움을 청하는 누군가를 버리고 있었다. 하지만 누구지?

"나는 누가 관련되었든 그 어떤 은폐 시도도 규탄합니다." FBI의 수사를 중단시키려고 했던 대통령이 말했다. 그러고 나서 그는 회견장을 빠져나갔다.

공보 담당 비서관인 론 지글러가 연단에 올라와 쏟아지는 질문을 받았다. 재스퍼는 어떤 질문도 하지 않았다. 그는 면책특권에 대한 성명에 흥미가 일었다.

지금 지글러는 방금 대통령이 발표한 내용이 '유효한' 성명이라고 했다. 재스퍼는 그 말이 교묘하고 의도적으로 애매한 표현을 써가며 진실을 밝히기보다는 가리려 한 것이라는 사실을 즉시 알아차렸다. 회견장에 있는 다른 기자들도 같은 생각을 했다.

〈뉴욕 타임스〉의 조니 애플은 과거의 성명들은 모두 무효라는 뜻이냐고 물었다.

"그렇습니다." 지글러가 말했다.

기자들은 맹렬하게 화를 냈다. 그것은 그들이 그동안 거짓말을 들어왔다는 뜻이었다. 몇 년 동안 그들은 닉슨이 나라의 지도자라는 이유로 그의 성명을 신뢰하고 충실히 보도해왔다. 그들은 바보 취급을 당했다.

기자들은 다시는 닉슨을 신뢰하지 않을 터였다.

재스퍼는 〈오늘〉의 사무실로 돌아갔지만 닉슨의 면책특권에 대한 성명의 실제 표적이 누구였는지 여전히 궁금했다.

이틀 뒤 그는 답을 얻었다. 그가 수화기를 들자 한 여자가 떨리는 목소리로 자신은 백악관의 전속 변호사 존 딘의 비서로 근무하고 있으며 워싱턴의 고위급 기자들에게 전화를 걸어 존 딘의 성명을 읽어주고 있다고 말했다.

상황 자체가 특이했다. 만일 대통령의 법률고문이 언론에 뭔가 말하고 싶다면 론 지글러를 통해야만 했다. 균열이 생긴 것이 틀림없었다.

"'일부는 내가 워터게이트 사건의 희생양이 되어주기를 희망하거나 그렇게 되리라 생각하고 있을지 모릅니다.'" 비서가 읽었다. "'누구라도 그런 믿음을 갖고 있다면 그것은 나를 모르는……'"

아, 첫번째 쥐가 가라앉는 배를 버리고 있군. 재스퍼는 생각했다.

*

마리아는 닉슨에게 놀랐다. 그는 품위라고는 없었다. 그가 사기꾼이라는 걸 더 많은 사람이 알게 되었지만 사임하기는커녕 백악관에서 버티며 엄포를 놓고 혼란을 야기하고 위협하고 거짓말을 하고 거짓말에 또 거짓말을 보탰다.

4월 말 존 얼릭먼과 밥 할데먼이 함께 사임했다. 두 사람 다 닉슨과 가까웠다. 그들에게 배제된 이들은 둘의 이름이 독일식이라는 이유로 그들에게 '베를린장벽'이라는 별명을 붙였다. 두 사람은 대통령을 위해 불법 침입이나 위증 같은 범죄 행위들을 조직했다. 그들이 대통령의 의지에 반해 그에게 보고하지도 않고 그런 짓을 꾸몄다고 믿을 사람이 누가 있을까? 생각만 해도 웃기는 소리였다.

다음날 상원은 대통령을 범죄 혐의로 기소해야 하는지 조사할 특별검사를 부패한 법무부로부터 독립적으로 임명하는 안을 만장일치로 의결했다.

열흘 뒤 닉슨의 지지도는 44퍼센트 대 45퍼센트로 떨어져 처음으로 부정적인 점수를 기록했다.

특별검사는 빠르게 조사에 착수했다. 그는 변호사들을 고용해 팀을 꾸리기 시작했다. 마리아는 그중 한 명인 전직 법무부 관리 앤토니아 케이플과 아는 사이였다. 그녀는 마리아의 아파트에서 멀지 않은 조지타운에 살았다. 어느 날 저녁 마리아는 그녀의 집 초인종을 눌렀다.

문을 연 앤토니아는 깜짝 놀란 것 같았다.

"내 이름 말하지 마." 마리아가 말했다.

앤토니아는 어리둥절했지만 머리가 빨리 돌아갔다. "좋아." 그녀가 말했다.

"이야기할 수 있을까?"

"물론이지. 들어와."

"여기 앞에 있는 커피숍에서 만나면 어때?"

앤토니아는 당황했지만 대답했다. "좋아. 남편에게 애들 목욕 좀 시키라고 하고…… 음, 십오 분만 기다려줄 수 있겠어?"

"당연하지."

커피숍에 도착한 앤토니아가 말했다. "우리집이 도청당하고 있어?"

"모르지만 그럴 수도 있지. 이제 당신이 특별검사를 위해 일하고 있으니까."

"와."

"상황은 이래." 마리아가 말했다. "나는 딕 닉슨을 위해 일하지 않아. 법무부와 미국 국민들에게 충성하지."

"좋아……"

"지금 당장은 특별히 말해줄 것이 없어. 하지만 당신이 알아뒀으면 하는 게 있어. 만일 특별검사를 도울 수 있는 일이 있다면, 나는 그 일을 할 거야."

앤토니아는 마리아가 법무부 내부의 스파이로서 제안하고 있다는 것을 알아차릴 만큼 똑똑했다. "아주 중요할지도 모르겠네." 그녀가 말했다. "하지만 우리가 어떻게 비밀을 드러내지 않으면서 계속 연락할 수 있을까?"

"공중전화로 내게 전화해. 이름은 말하지 말고. 뭐든 커피 한잔이 들어간 말을 해. 전화한 날 여기서 나랑 만나는 거야. 이 시간 괜찮아?"

"완벽해."

"일은 어떻게 돌아가고 있어?"

"우린 이제 막 시작했어. 팀에 합류할 제대로 된 변호사들을 찾는 중이지."

"그거라면 추천할 사람이 있어. 조지 제이크스야."

"만나본 적이 있는 것 같아. 누군지 기억나게 자세히 말해봐."

"그는 칠 년 동안 보비 케네디를 위해 일했어. 처음에 보비가 법무장관일 때는 법무부에서, 그리고 상원에서. 보비가 살해된 다음에는 포셋 렌쇼에 들어가서 일하고 있지."

"딱 맞는 사람이네. 그에게 전화할게."

마리아는 일어섰다. "따로 일어서야 해. 그러면 함께 있는 모습을 보일 일이 적으니까."

"옳은 일을 하는 건데 은밀히 행동해야 하다니 끔찍하지 않아?"

"알아."

"날 보러 와줘서 고마워, 마리아. 정말 감사하게 생각하고 있어."

"안녕히." 마리아가 말했다. "당신 상관에게는 내 이름 말하지 마."

*

캐머런 듀어는 사무실에 텔레비전이 있었다. 상원에서 진행중인 어빈 위원회의 청문회가 방송될 때 캠의 TV는 계속 켜져 있었다. 워싱턴 시내의 거의 모든 TV가 마찬가지였다.

7월 16일 월요일 오후 캠은 그의 새로운 상관인 알렉산더 헤이그를 위해 보고서를 작성하고 있었다. 헤이그는 밥 할데먼을 대신해 백악관 비서실장이 된 인물이었다. 닉슨 임기중에는 백악관 중간관리자급 직원으로 대통령의 매일 일정을 조정하는 일을 했고 이후 연방항공국으로 자리를 옮긴 알렉산더 버터필드의 증언이 방송되고 있을 때 캠은 큰 관심을 보이지 않았다.

위원회의 변호사인 프레드 톰프슨이 버터필드에게 질문하고 있었다. "대통령 집무실에 어떤 종류든 청취장치가 설치되었다는 것을 알고 있었나요?"

캠은 고개를 들었다. 예상치 못했던 내용이었다. 청취장치—보통은 도청장치라 부른다—가 대통령 집무실에? 그럴 리가 있나.

버터필드는 한참 침묵했다. 위원회 회의실은 조용해졌다. 캠은 속삭였다. "맙소사."

마침내 버터필드가 말했다. "청취장치를 알고 있었습니다. 네, 그렇습니다."

캠은 일어섰다. "미친, 안 돼!" 그는 소리쳤다.

TV에서 톰프슨이 말했다. "그 장치가 대통령 집무실에 설치된 게 언제입니까?"

버터필드는 머뭇거리다가 한숨을 내쉬고 침을 삼키더니 말했다. "1970년 여름쯤일 겁니다."

"하느님, 제발!" 캠은 텅 빈 자신의 사무실에 대고 소리쳤다. "어떻게 이런 일이 일어나지? 어떻게 대통령이 저렇게 멍청할 수 있는 거야?"

톰프슨이 말했다. "그 장치가 어떻게 작동하는지 간략히 설명해주시기 바랍니다. 예를 들면, 어떻게 작동이 시작되는지."

캠은 소리를 질렀다. "닥쳐! 빌어먹을 아가리 닥치라고!"

버터필드는 시스템에 대해 한참 설명하더니 결국에는 그 장치가 목소리에 반응해 작동을 시작한다는 사실을 밝혔다.

캠은 다시 자리에 앉았다. 이건 재앙이었다. 닉슨은 비밀리에 대통령 집무실에서 벌어지는 모든 일을 녹음했다. 불법 침입과 뇌물, 협박에 대해 말하면서 자신의 유죄를 입증하는 발언이 테이프에 담기는 걸 언제나 알고 있었다. "바보, 바보, 바보!" 캠은 소리내어 말했다.

캠은 다음에 무슨 일이 벌어질지 추측했다. 어빈 위원회와 특별검사 모두 테이프를 들어보자고 요구할 터였다. 그들이 대통령에게서 테이프를 강제로 넘겨받을 수 있으리라는 건 거의 확실했다. 테이프는 여러 건의 범죄 수사에서 중요한 증거가 될 것이다. 그러면 온 세상이 진실을 알게 된다.

닉슨은 테이프를 넘겨주지 않거나 심지어 파괴할 수도 있다. 하지만 그것은 넘겨주는 것만큼이나 나빴다. 왜냐하면 그가 결백하다면 테이프는 그의 무죄를 밝혀줄 텐데, 왜 그걸 숨긴단 말인가? 테이프를 파괴하면 유죄를 인정하는 꼴로 보일 것이다. 게다가 그가 기소당할 수도 있는, 늘어나는 범죄 목록에 한 가지를 덧붙이는 셈이다.

닉슨의 대통령직은 끝장났다.

어쩌면 매달릴 수도 있다. 캠은 이제 그를 너무 잘 알았다. 닉슨은 자신이 패배했을 때도 그 사실을 알지 못했다. 패배해본 적이 없었다. 예전에는 그것이 장점이었다. 이제 그런 성격은 그에게 몇 주 동안 괴로움을 겪게 하거나, 어쩌면 몇 달 동안 신뢰를 깎아먹고 결국 포기하기 전까지 굴욕만 키울 수도 있다.

캠은 그 상황의 일부가 되지는 않을 작정이었다.

그는 수화기를 들고 팀 테더에게 전화했다. 그들은 한 시간 뒤 구식 간이식당인 일렉트릭 다이너에서 만났다. "나랑 같이 있는 거 사람들이 봐도 괜찮겠나?" 테더가 말했다.

"이제 더는 문제될 거 없어요. 난 백악관을 떠날 겁니다."

"왜?"

"TV 안 보고 있었어요?"

"오늘은 안 봤어."

"대통령 집무실에 목소리에 반응하는 녹음장치가 있답니다. 지난 삼 년 동안 그곳에서 벌어진 모든 일을 녹음했대요. 이건 끝이에요. 닉슨은 끝났습니다."

"잠시만. 이 모든 일을 준비하면서 그가 스스로 도청하고 있었다는 거야?"

"네."

"죄를 스스로 뒤집어쓰는군."

"그렇죠."

"어떤 바보가 그런 짓을 해?"

"제가 생각하기에 그는 똑똑해요. 아마 그가 우리 모두를 속였을 테죠. 저는 확실히 속았습니다."

"자네는 어떻게 할 건가?"

"그것 때문에 전화드렸습니다. 인생 새 출발을 해보려고요. 새 일자리를 원해요."

"내 보안회사에서 일하고 싶단 거야? 직원이라곤 나 하나에—"

"아니, 아니에요. 들어보세요. 전 스물일곱 살이에요. 백악관에서 오 년 일한 경험이 있어요. 러시아어도 할 줄 알죠."

"그럼 자네가 일하고 싶다는 곳이……"

"CIA예요. 전 자격이 충분해요."

"그야 그렇지. 하지만 기본 훈련을 통과해야 해."

"문제없어요. 새로운 시작의 일부죠."

"기꺼이 그쪽 내 친구들에게 전화를 걸어 좋은 말로 추천해주지."

"정말 감사합니다. 그리고 한 가지가 더 있어요."

"뭐?"

"이런 걸로 큰 거래를 하고 싶지는 않지만, 저는 비밀을 많이 알아요. CIA는 이번 워터게이트 사건에서 규칙을 많이 어겼죠. 저는 CIA가 관련된 사실을 전부 알고 있습니다."

"나도 알아."

"누굴 협박하는 일만은 절대 하고 싶지 않습니다. 제가 무엇에 충성을 하는지는 아실 겁니다. 그래도 CIA에 있는 친구분들에게 자연스럽게 귀띔 좀 해주세요. 절 고용한 사람들에 대한 비밀이라면 무심코 흘리는 일은 없을 거라고."

"무슨 말인지 알았네."

"그럼, 어떨 것 같아요?"

"내 생각엔 당연히 합격할 것 같군."

*

조지는 특별검사의 팀에 속하게 되어 행복하고 자랑스러웠다. 보비 케네디를 위해 일할 때처럼 미국 정치를 선도하는 무리의 일원이 된 기분이었다. 유일한 문제는 그가 지금까지 맡았던 포셋 렌쇼에서의 하찮은 사건들로 어떻게 돌아가느냐였다.

다섯 달이나 걸렸지만 결국 닉슨은 어쩔 수 없이 특별검사에게 대통령 집무실의 녹음 시스템에서 녹음한 원본 테이프 세 개를 넘겼다.

조지 제이크스는 팀의 나머지 사람들과 함께 사무실에서 1972년 6월 23일, 워터게이트 불법 침입 사건이 벌어지고 일주일도 지나지 않았던 그때 녹음된 내용을 들었다.

밥 할데먼의 목소리가 들렸다. "FBI는 아직 통제가 안 됩니다. 그레이는 어떻게 해야 통제가 되는지 정확히 모르고 있으니까요."

녹음테이프의 소리가 울리긴 했지만 할데먼의 교양 있는 바리톤 목소리는 상당히 선명했다.

누군가 말했다. "대통령이 왜 FBI를 통제해야 하죠?" 수사적인 질문이라고 조지는 생각했다. 유일한 이유는 FBI가 대통령 자신의 범죄를 수사하는 것을 막기 위해서였다.

테이프에서 할데먼이 말을 이었다. "그들의 수사는 이제 뭔가 결실이 있는 영역에 들어선 것 같습니다. 왜냐하면 돈을 추적할 수 있기 때문입니다."

조지는 워터게이트 침입자들이 다량의 현금, 그것도 일련번호가 이어지는 새 지폐를 갖고 있었다는 사실이 떠올랐다. 그 말은 조만간 FBI가 누가 그들에게 돈을 주었는지 알아낼 수 있다는 뜻이었다.

지금은 그 돈이 대통령 재선위원회에서 나왔다는 사실을 모두가 알았다. 하지만 여전히 닉슨은 그런 내용에 대해서는 아는 바가 전혀 없다고 주장한다. 그런데 이 테이프에서 그는 불법 침입 사건이 일어나고 엿새 만에 그 내용에 관해 이야기하고 있었다!

귀에 거슬리는 닉슨의 베이스 목소리가 끼어들었다. "기부자들이 그냥 돈을 쿠바인들에게 줬다고 말할 수도 있지."

조지는 듣고 있던 누군가의 목소리를 들었다. "이럴 수가!"

특별검사가 테이프를 멈췄다.

조지가 말했다. "제가 잘못 들은 것이 아니라면 대통령은 기부자들에게 스스로 위증을 하라고 제안하고 있습니다."

특별검사는 멍하니 말했다. "그게 상상이 돼?"

그가 버튼을 누르니 할데먼이 다시 말했다. "너무 많은 사람에게 의

지하는 건 좋지 않아요. 지금 이 문제를 우리가 통제할 방법은 월터스에게 지시를 내려서 팻 그레이에게 전화를 걸어 말하게 하는 겁니다. '이 건에서 빠져.'"

이건 재스퍼 머리가 마리아에게서 빼낸 자료를 이용해 보도한 내용에 가까웠다. 버넌 월터스 장군은 CIA의 부국장이었다. CIA는 FBI와 오래전에 동의해둔 협정이 있다. 한쪽이 진행하는 수사가 다른 쪽의 비밀공작을 공개하게 될 경우, 해당 수사는 간단한 요청에 의해 중단될 수 있다. 할데먼의 생각은 CIA를 시켜 워터게이트 불법 침입 사건에 대한 FBI의 수사가 어쨌든 국가안보에 대한 위협인 척하도록 하자는 것 같았다.

그렇게 되면 정당한 법 절차를 왜곡하게 될 터였다.

테이프에서 닉슨 대통령이 말했다. "좋아, 그럼."

특별검사가 테이프를 다시 멈추었다.

"들었어요?" 조지는 믿을 수 없다는 듯 물었다. "닉슨이 '좋아, 그럼'이라고 했어요."

닉슨이 계속 말했다. "코치노스 만 사건 전체를 폭로하는 것처럼 하고, 그러면 CIA와 국가 전체, 그리고 미국의 외교에 매우 불행한 일이 될 거라고 하는 거야." 그는 CIA가 FBI에 말할 만한 줄거리를 머릿속에서 짜내고 있는 듯했다.

"네." 할데먼이 말했다. "일단 기본은 그렇게 시작하는 거죠."

검사가 말했다. "미국의 대통령이 자기 사무실에 앉아 부하 직원에게 위증죄를 저지르라고 말하다니!"

실내에 있는 모두가 놀랐다. 대통령은 범죄자였고, 그 증거가 그들의 손에 있었다.

조지가 말했다. "거짓말쟁이 자식, 우리가 잡았어."

테이프에서 닉슨이 말했다. “저쪽에서 우리가 정치적인 이유로 이런다는 생각은 조금이라도 하지 않았으면 좋겠군.”
할데먼이 말했다. “네.”
방안의 녹음기 주위에 모여 있던 변호사들은 웃음을 터뜨렸다.

*

마리아가 법무부 책상에 앉아 있는데 조지가 전화를 해왔다. “방금 우리 친구에게서 들었어요.” 그가 말했다. 그녀는 재스퍼 이야기라는 것을 알았다. 혹시 전화가 도청당할까봐 암호를 사용해 말하는 것이다. “백악관 공보실이 모든 방송국에 전화해서 대통령을 위해 방송시간을 잡았대요. 오늘밤 아홉시.”
1974년 8월 8일 목요일이었다.
마리아는 가슴이 뛰었다. 마침내 끝나는 걸까? “어쩌면 그가 사임할 수도 있겠네요.” 그녀가 말했다.
“어쩌면요.”
“하느님, 꼭 그랬으면.”
“그게 아니면 그가 또다시 결백을 주장할 수도 있어요.”
마리아는 이런 일이 벌어질 때 혼자이고 싶지 않았다. “내 집으로 올래요?” 그녀가 말했다. “같이 봐요.”
“네, 좋아요.”
“저녁 만들게요.”
“너무 살찌는 건 안 돼요.”
“조지 제이크스, 허영 덩어리.”
“샐러드를 만들어요.”

"일곱시 반에 와요."

"와인 가져갈게요."

마리아는 8월 워싱턴의 열기 속에서 저녁식사를 위해 장을 봤다. 이제 일에 대해서는 별로 신경쓰지 않았다. 법무부에 대한 신뢰는 잃어버렸다. 닉슨이 오늘 사임한다면 그녀는 다른 일을 찾아볼 생각이었다. 정부 일은 여전히 하고 싶었다. 정부만이 세상을 더 좋은 곳으로 만들 힘이 있다. 하지만 범죄와 범죄자들의 변명에 진력이 났다. 그녀는 변화가 필요했다. 국무부에 지원해볼 수도 있을 것 같았다.

그녀는 샐러드를 샀지만 파스타와 파르메산 치즈, 올리브도 함께 샀다. 조지는 입맛이 고급스러웠는데 중년이 되어갈수록 점점 더 심해졌다. 하지만 분명 뚱뚱하지는 않았다. 마리아 자신도 뚱뚱하지 않았지만 그렇다고 마른 것도 아니었다. 마흔이 가까워지면서 그녀는 그저 어머니를 닮아가고 있었다. 특히 엉덩이 주위가 그랬다.

그녀는 다섯시가 되기 몇 분 전에 퇴근했다. 백악관 밖에 사람들이 모여 있었다. 노래를 부르는 중이었는데, 〈대통령 찬가Hail to the Chief〉를 〈대통령에게 감옥을Jail to the Chief〉로 바꾸는 말장난을 했다.

마리아는 조지타운으로 가는 버스를 탔다.

세월이 흐르고 봉급이 오르면서 그녀는 늘 같은 동네의 더 큰 아파트로 이사했다. 마지막으로 이사할 때 케네디 대통령의 사진을 모두 버리고 하나만 남겼다. 지금 사는 집은 편안한 분위기였다. 조지는 늘 직선의 현대적인 가구와 평범한 장식을 좋아하지만 마리아는 무늬가 있는 직물과 곡선을 좋아했고 쿠션이 매우 많았다.

회색 고양이 루피가 언제나처럼 다가와 인사하더니 마리아의 다리에 머리를 비볐다. 수놈인 줄리어스는 쌀쌀맞았다. 녀석은 나중에 나타날 터였다.

그녀는 식탁을 차리고 샐러드를 씻고 파르메산 치즈를 갈았다. 그러고 나서 샤워하고 가장 좋아하는 색인 청록색 여름 면 드레스를 입었다. 립스틱을 바를까 하다가 그만두기로 했다.

TV의 저녁 뉴스는 대부분의 내용이 추측이었다. 닉슨은 내일 대통령이 될지도 모르는 제럴드 포드와 회의를 했다. 공보 비서관인 지글러는 백악관 출입기자들에게 아홉시에 대통령의 전국 연설이 있다고 발표한 다음 내용에 대한 질문은 받지 않고 기자회견장을 떠났다.

조지는 일곱시 삼십분에 도착했다. 바지에 끈 없는 구두를 신고 파란색 샴브레이 셔츠는 단추를 푼 모습이었다. 마리아는 샐러드를 섞고서 파스타를 끓는 물에 넣었고, 그사이 조지는 키안티 와인을 땄다.

그녀의 침실 문이 열려 있어 조지가 안을 들여다보았다. "감실이 아니네요." 그가 말했다.

"사진 대부분을 버렸어요."

그들은 작은 식탁에 앉아서 먹었다.

두 사람은 십삼 년째 친구로 지내며 서로가 절망의 구렁텅이에 빠진 모습을 보았다. 각자 굉장한 애인을 떠나보낸 경험이 있었다. 베리나 마퀀드는 검은표범당으로, 케네디 대통령은 저세상으로 떠났다. 다른 방식으로 조지와 마리아는 남겨졌다. 두 사람은 많은 걸 나눴고 함께 있으면 편안했다.

마리아가 말했다. "심장은 세계지도예요, 그거 알았어요?"

"그게 무슨 뜻인지도 모르겠네요." 그가 말했다.

"중세 지도를 한번 본 적이 있어요. 그걸 보면 지구는 평평한 원반이고 중앙에 예루살렘이 있어요. 로마는 아프리카보다 더 크고, 미국은 물론 아예 보이지도 않죠. 심장은 그런 종류의 지도예요. 자기가 중앙에 있고 다른 모든 건 비율이 엉터리예요. 어릴 적 친구들을 크게 그려놓고, 이후 더 중요한 다른 사람을 그려넣어야 할 때 줄여서 다시 그릴 수도 없어요. 누구든 자기에게 나쁜 짓을 한 사람은 너무 크게 보이고, 누구든 사랑했던 사람도 마찬가지죠."

"좋아요, 알겠어요. 하지만……"

"난 잭 케네디의 사진들을 버렸어요. 하지만 그는 언제나 내 마음속 지도에 너무 크게 그려져 있을 거예요. 그냥 그런 말이에요."

저녁을 먹고서 둘은 설거지를 하고 마지막 남은 와인을 들고서 TV 앞 크고 부드러운 소파에 앉았다. 고양이들은 러그 위에서 잠들었다.

닉슨은 아홉시에 등장했다.

제발. 마리아는 생각했다. 이제 이 고통을 끝내줘.

닉슨은 대통령 집무실에 앉아 있었다. 뒤에는 파란 커튼이 있고 그의 오른쪽으로 성조기가, 왼쪽으로는 대통령기가 보였다. 낮고 걸걸한 목소리가 즉시 연설을 시작했다. "이 집무실에서 여러분께 서른일곱번째로 말씀드립니다. 이곳에서 수없이 많은 결정이 내려졌고, 그 결정들은 이 나라의 역사를 바꿨습니다."

카메라가 천천히 줌인하기 시작했다. 대통령은 익숙한 파란색 정장에 넥타이 차림이었다. "워터게이트의 길고 어려운 시기를 지나면서 저는, 여러분이 선출해주신 이 직책을 끝까지 수행하기 위해 꼭 참고 할 수 있는 모든 노력을 기울이는 것이 제 의무라고 느꼈습니다. 하지만 지난 며칠 사이 그런 노력이 정당화될 만큼 제가 의회에 강력한 정치적 기반을 갖지 못했다는 사실이 확실해졌습니다."

조지가 흥분해 말했다. "그래! 사임하는군!"

마리아는 흥분해 그의 팔을 붙잡았다.

카메라가 대통령을 클로즈업했다. "저는 한 번도 도중에 중단한 적이 없습니다." 닉슨이 말했다.

"이런, 젠장." 조지가 말했다. "번복하는 거야?"
"그러나 대통령으로서 나는 미국의 이익을 앞에 두어야만 합니다."
"아니에요." 마리아가 말했다. "번복하는 게 아니에요."
"그래서 저는 내일 정오를 기해 대통령직을 사임하고자 합니다. 포드 부통령이 이 집무실에서 그 시간에 대통령 선서를 할 것입니다."
"그래!" 조지는 허공에 주먹을 날렸다. "놈은 끝났어. 끝난 거야!"
마리아는 승리감보다 안도감을 느꼈다. 이제 악몽에서 깨어났다. 꿈속 나라에서는 가장 높은 관리들이 사기꾼이고, 누구도 그들을 막기 위해 아무것도 할 수 없었다.
그러나 현실에서 그들은 정체가 드러나 창피를 당한 뒤 물러났다. 그녀는 안전하다는 느낌이었고, 지난 이 년 동안 미국이 안전한 곳이 될 수 있다고 느껴본 적이 없다는 것을 깨달았다.
닉슨은 잘못을 인정하지 않았다. 자신이 범죄를 저질렀다고, 거짓말을 했다고, 다른 사람들을 대신 비난하려 했다고 말하지 않았다. 연설문 원고를 넘기며 그는 자신이 거두었던 승리를 언급했다. 중국, 군축회담, 중동 외교. 그는 도전적인 자부심을 드러내며 연설을 마쳤다.
"끝났어요." 마리아는 믿기지 않는다는 투로 말했다.
"우리가 이겼어요." 조지는 그렇게 말하고 양팔로 마리아를 안았다.
그 순간 생각하지도 않고 그들은 키스하기 시작했다.
세상에서 가장 자연스러운 일인 것 같았다.
왈칵 솟구치는 열정이 아니었다. 그들은 장난스럽게 서로의 입술과 혀를 탐색했다. 조지는 와인 맛을 느꼈다. 마치 전에는 안중에도 없던 흥미진진한 이야깃거리를 찾아낸 듯했다. 마리아는 자신이 웃으며 동시에 키스하고 있는 걸 알아차렸다.
하지만 그들의 포옹은 이내 정열적으로 변했다. 마리아는 쾌감이 무척 격해져 숨을 거칠게 몰아쉬었다. 그녀는 조지의 파란 셔츠 단추를 풀고 그의 가슴을 어루만졌다. 뼈가 느껴지는 남자의 몸을 안는 것이 어떤 느낌인지 거의 잊어버리고 있었다. 그의 큰 손이 그녀 몸의 은밀한 구석들을 만지자 기분이 좋았다. 자신의 작고 부드러운 손과는 사뭇 달랐다.

시야 한구석으로 고양이 두 마리가 다른 곳으로 가버리는 모습이 보였다.

조지는 놀라울 정도로 오랫동안 그녀를 애무했다. 그녀가 사랑을 나누어본 상대는 한 명뿐이었고, 그는 그렇게 참을성이 없었다. 지금쯤이면 이미 그녀 위에 올라와 있었을 터였다. 그녀는 조지의 행동이 주는 쾌감과 그를 몸안에서 느끼고 싶다는 갈망 사이에서 괴로워했다.

그 순간 마침내 둘은 하나가 되었다. 그녀는 그 느낌이 얼마나 좋은지 잊고 있었다. 그녀는 그의 가슴을 부서져라 끌어안으면서 다리를 들어올려 그를 더 깊숙이 받아들였다. 발작과도 같은 쾌감에 압도당해 울부짖을 때까지 그의 이름을 부르고 또 불렀다. 잠시 후 그가 그녀의 몸속에서 사정하는 것을 느꼈고, 그 느낌은 그녀를 다시 한번 기쁨으로 몸부림치게 했다.

두 사람은 하나가 된 채 누워 숨을 몰아쉬었다. 마리아는 끝없이 그를 어루만졌다. 한 손은 그의 등에, 다른 손은 그의 머리에 두고 그의 몸을 느끼며 그가 현실이 아닐까봐, 지금 이 순간이 꿈일까봐 거의 두려울 지경이었다. 그녀는 찌그러진 그의 귀에 키스했다. 그의 헐떡거리는 숨결이 목에 뜨겁게 느껴졌다.

천천히 그녀의 호흡이 정상으로 돌아왔다. 주변 세상이 다시 현실이 되었다. TV는 여전히 켜진 채였고 사임에 대한 반응이 방송되고 있었다. 해설자의 말이 들려왔다. "정말이지 중대한 날이군요."

마리아는 한숨을 쉬었다. “정말 그러네.” 그녀가 말했다.

*

조지는 전임 대통령이 교도소에 가야 한다고 생각했다. 많은 사람이 그렇게 생각했다. 닉슨이 저지른 범죄들은 징역형을 선고받기에 충분했다. 이곳은 왕이 법 위에 존재하는 중세의 유럽이 아니었다. 여기는 미국이고 정의는 모두에게 같았다. 하원 법사위원회는 닉슨의 탄핵을 결정했고, 의회는 위원회의 결정을 412 대 3이라는 놀라운 격차로 지지했다. 여론은 66 대 27로 탄핵해야 한다는 의견이 많았다. 존 얼릭먼은 그가 저지른 범죄로 이미 징역 이십 개월을 선고받았다. 그에게 지시를 내린 자가 처벌을 피한다면 부당한 일이었다.

사임 한 달 후 포드 대통령은 닉슨을 사면했다.

조지는 격분했고, 다른 사람들도 비슷한 심정이었다. 포드의 공보 비서관은 사임했다. 〈뉴욕 타임스〉는 사면이 ‘엄청나게 어리석고 분열을 초래하는 부당한 행동’으로 새 대통령의 신뢰도를 단번에 무너뜨렸다고 말했다. 모두 닉슨이 포드에게 권한을 넘기기 전에 거래를 했다고 생각했다.

“난 더는 못 견딜 것 같아요.” 조지는 그의 아파트 주방에서 마리아에게 말했다. 그는 올리브오일과 레드와인 비니거를 주전자에 넣고 섞어서 샐러드드레싱을 만들고 있었다. “나라가 지옥으로 가고 있는 판에 포셋 렌쇼 책상 앞에 앉아 있는 거요.”

“뭘 할 생각이에요?”

“많이 생각해봤어요. 난 정계로 돌아가고 싶어요.”

그녀가 그를 향해 돌아섰고, 그 얼굴에 드러난 못마땅한 기색에 그는 의아했다. "무슨 뜻이에요?" 그녀가 말했다.

"우리 어머니가 사는 메릴랜드 9지역구의 하원의원이 이 년 뒤 은퇴해요. 그곳 후보 자리를 따낼 수 있을 것 같아요. 사실 따낼 수 있다는 걸 알죠."

"그러니까, 이미 그쪽 민주당이랑 얘기했다는 뜻이군요."

그녀는 명백히 그에게 화를 내고 있었지만 그는 이유를 알 수 없었다. "그냥 예비적인 논의였지만, 맞아요." 그가 말했다.

"나한테는 얘기하기도 전에 말이죠."

조지는 깜짝 놀랐다. 두 사람의 연애는 한 달밖에 되지 않았다. 벌써 모든 걸 마리아와 미리 얘기해야 하나? 그는 그렇게 말할 뻔했지만 속으로 삼키고 좀더 부드럽게 시도했다. "당신하고 먼저 얘기해야 했는지도 모르지만, 생각을 못했어요." 그는 샐러드에 드레싱을 뿌리고 섞기 시작했다.

"내가 국무부의 진짜 좋은 자리에 지원한 거 알죠?"

"물론이죠."

"당신은 내가 꼭대기까지 가고 싶어하는 거 알 거라고 생각해요."

"그리고 분명히 해내겠죠."

"당신하고 사귀면서는 그렇게 못해요."

"무슨 말이에요?"

"국무부 고위 관리는 비정치적이어야 해요. 민주당과 공화당 의원 모두에게 공평하고 성실하게 대해야 하거든요. 만일 하원의원이랑 만난다는 게 알려지면 나는 절대 승진 못해요. 사람들은 늘 말하겠죠. '마리아 서머스는 진심으로 믿을 수는 없어. 그녀는 제이크스 의원이랑 자는 사이야.' 그들은 내가 그들이 아닌 당신에게 충성한다고 생각할 거예요."

조지는 그런 생각을 해보지는 않았다. "진짜 미안해요." 그가 말했다. “하지만 내가 어쩌겠어요?”

“우리 관계가 당신에게는 얼마나 의미 있어요?” 그녀가 말했다.

조지는 그녀의 도전적인 말 뒤에 애원이 숨어 있다고 생각했다. “글쎄요, 결혼을 말하기에는 조금 이른—”

“일러요?” 그녀는 벌컥 화를 냈다. “난 서른여덟 살이고, 당신은 겨우 내 두번째 애인이에요. 내가 그냥 놀아나는 것 같아요?”

“말하려고 했어요.” 그는 참을성 있게 말했다. “우리가 결혼하면 아이를 낳을 거고, 당신은 집에서 아이들을 돌볼 거라고 생각했어요.”

마리아의 얼굴은 분노로 벌게졌다. “아, 그렇게 생각했다고요? 내 승진을 막을 계획을 세운 것도 모자라 실제로 내가 일을 그만두기를 기대했다는 거예요?”

“결혼하면 여자들은 보통 그러잖아요.”

“세상에! 잠에서 깨요, 조지. 당신 어머니가 열여섯 살 때부터 당신만 보살피면서 살았다는 걸 알지만 당신은 1936년에 태어났어요, 맙소사. 우린 지금 1970년대를 살고 있다고요. 페미니즘의 시대예요. 여자의 직업이라는 건 더이상 어느 남자가 친절을 베풀어 그녀를 그의 가정용 노예로 만들어주기 전까지 그저 시간을 때우기 위한 게 아니라고요.”

조지는 갈피를 잡을 수 없었다. 느닷없이 벌어진 일이었다. 그는 그저 평범하고 정상적으로 나갔는데 마리아가 분노를 내뿜고 있었다. “도대체 당신이 왜 그리 성미 고약하게 구는지 모르겠네요.” 그가 말했다. “난 당신 경력을 망치지도 않았고 당신을 가정용 노예로 만들지도 않았어요. 실제로 청혼도 하지 않았다고요.”

그녀의 목소리가 조용해졌다. “나쁜 자식.” 그녀가 말했다. “당신은 완전 나쁜 놈이야.”

그녀는 주방을 나갔다.

"가지 마요." 그가 말했다.

아파트 현관문이 쾅 닫히는 소리가 들렸다.

"젠장." 그가 말했다.

타는 냄새가 났다. 스테이크가 타고 있었다. 그는 프라이팬 아래 불을 껐다. 고기는 까맣게 타서 먹을 수 없었다. 그는 스테이크를 쓰레기통에 던져넣었다.

"젠장." 그는 다시 말했다.

8부
조선소

1976 ~ 1983

51장

그리고리 페시코프는 죽어가고 있었다. 늙은 전사는 여든일곱 살이었고 심장이 제대로 뛰지 않았다.

타냐는 어렵사리 할아버지의 동생에게 연락했다. 레프 페시코프는 여든두 살이었지만 자가용 비행기를 타고 모스크바로 오겠다고 했다. 방문 허가를 받을 수 있을지 의문이었지만 그는 허가를 얻어냈다. 어제 이곳에 도착했고 오늘 그리고리를 방문할 예정이었다.

그의 아파트 침대에 누운 그리고리는 창백한 모습으로 움직이지 못했다. 압박을 견디지 못해 발을 덮은 시트의 무게조차 참아내지 못했다. 그래서 타냐의 어머니인 아냐는 침대에 상자 두 개를 올리고 담요를 텐트처럼 덮어 그의 몸에 닿는 일 없이 온기를 유지하도록 했다.

그리고리는 약했지만 타냐는 여전히 그의 존재감을 느낄 수 있었다. 휴식중일 때조차 턱은 호전적으로 튀어나와 있었다. 눈을 뜨고 있을 때면 노동자계급의 적들의 가슴속에 두려움을 심어주던 강렬하고 파란 눈빛이 드러났다.

일요일이었고 가족과 친구들이 찾아왔다. 그들은 작별인사를 하고 있었지만 자연스럽게 아닌 것처럼 행동했다. 타냐의 쌍둥이 딤카와 그 아내 나탈리야는 일곱 살짜리 예쁜 딸 카탸를 데려왔다. 딤카의 전처 니나와 함께 온 열두 살 그리샤는 아직 어린데도 증조부의 어마어마한 강렬함이 생겨나고 있었다. 그리고리는 그들 모두에게 상냥하게 웃어 보였다. "나는 두 번의 혁명과 두 번의 세계대전에서 싸웠다." 그가 말했다. "이렇게 오래 견디다니 기적이야."

그는 잠들었고, 그뒤 가족 대부분이 나가고 타냐와 딤카만 침대 옆에 앉아 있었다. 딤카는 고위직으로 승진했다. 그는 이제 국가계획위원회의 고위 관리였고 정치국의 후보위원이었다. 여전히 코시긴의 가까운 동료지만 소련 경제를 개혁하려는 그들의 시도는 늘 크렘린 보수파에게 가로막혔다. 딤카의 아내인 나탈리야는 외무부의 분석부서를 맡고 있었다.

타냐는 딤카에게 그녀가 최근 타스에서 쓴 기사를 들려주었다. 현재 농업부에서 일하는 바실리의 조언에 따라 그녀는 남부의 비옥한 지역인 스타브로폴로 날아갔다. 그곳 집단농장에서는 성과에 따라 보너스를 지급하는 실험을 하고 있었다. "수확량이 올랐어." 그녀는 딤카에게 말했다. "개혁은 대성공이야."

"크렘린은 보너스를 안 좋아할 거야." 딤카가 말했다. "그런 시스템은 수정주의의 기미가 있다고 하겠지."

"그런 시스템은 수년간 실시돼오고 있어." 그녀가 말했다. "해당 지역의 제일서기는 활동이 정말 왕성해. 미하일 고르바초프라는 사람이야."

"그 사람 높은 곳에 친구가 있는 게 분명해."

"안드로포프와 아는 사이야. 그가 그 지역 온천에 다닌다더라고."

KGB 의장 안드로포프는 신장결석이라는 고통스러운 질환에 시달렸다.

그런 고통을 받아야 마땅한 사람이 있다면 유리 안드로포프라고 타냐는 생각했다.

딤카는 흥미가 생겼다. "그러니까 그 고르바초프라는 개혁가가 안드로포프랑 친하다는 거야?" 그가 말했다. "그렇다면 특이한 사람이네. 지켜봐야겠군."

"그는 속이 시원할 정도로 양식 있는 사람이야."

"우리는 분명 새로운 생각이 필요해. 1961년에 흐루쇼프가 이십 년 내로 생산력과 군사력 두 분야 모두 소련이 미국을 따라잡을 거라고 예언했던 거 기억해?"

타냐는 웃었다. "그때 그 말은 비관적으로 들렸지."

"이제 십오 년이 지났는데 우리는 그 어느 때보다 더 뒤져 있어. 또 나탈리야가 그러는데 동유럽 국가들도 그 주변국들에 비해 마찬가지로 뒤졌고. 우리에게 엄청난 보조금을 받고 있어서 조용한 것뿐이야."

타냐는 고개를 끄덕였다. "우리가 원유와 다른 원료들을 대량으로 수출해서 돈을 내줄 수 있는 게 다행이지."

"하지만 그걸로는 부족해. 동독을 봐. 사람들이 자본주의로 달아나지 못하도록 우리가 빌어먹을 담까지 세워야 했다고."

그리고리가 몸을 뒤척였다. 타냐는 죄책감을 느꼈다. 죽어가는 할아버지 앞에 앉아서 그의 근본적인 믿음에 의문을 던지고 있었다.

문이 열리더니 모르는 사람이 걸어들어왔다. 늙은 남자로 마르고 허리가 굽었지만 깔끔하게 차려입은 모습이었다. 몸에 맞춘, 영화 속 영웅이 입을 법한 짙은 회색 정장 차림이었다. 하얀 셔츠는 눈이 부셨고 빨간 넥타이는 불타는 듯했다. 그런 옷은 서방이 아니면 입을 수 없다. 타냐는 한 번도 그를 본 적이 없지만 그럼에도 뭔가 친숙한 느낌이었다. 레프가 분명했다.

그는 타냐와 딤카를 무시한 채 침대에 누운 노인을 바라보았다.

그리고리 할아버지는 그를 보더니 누군지 아는데 생각이 나지 않는다고 했다.

"그리고리." 찾아온 사람이 말했다. "형님. 어떻게 이렇게 늙었어?" 레닌그라드 공장노동자의 거친 악센트가 섞인 기묘한 구식 사투리 러시아어였다.

"레프." 그리고리가 말했다. "진짜 너니? 예전에는 잘생겼었는데!"

레프는 몸을 숙여 형의 양쪽 볼에 키스하고 그를 껴안았다.

그리고리가 말했다. "늦지 않게 왔구나. 난 이제 다됐어."

여든 살 정도로 보이는 여자 한 명이 레프를 따라 들어왔다. 멋을 낸 검은색 드레스에 하이힐, 화장과 보석류로 치장한 모습이 타냐에게는 창녀처럼 보였다. 미국에서는 나이든 여자들이 보통 그렇게 입는지 궁금했다.

"옆방에서 형 손자들을 좀 봤어." 레프가 말했다. "멋진 녀석들이야."

그리고리가 웃었다. "내 삶의 기쁨이지. 넌 어떠니?"

"올가라는 별로 좋아한 적 없는 마누라와의 사이에 딸이 하나 있고, 여기 내가 좋아하는 마르가와의 사이에 아들이 하나 있어. 아이들한테는 별로 아버지 노릇을 못했지. 난 한 번도 형처럼 책임감을 가져본 적이 없거든."

"손자는 없어?"

"셋이야." 레프가 말했다. "하나는 스타 영화배우고, 하나는 팝가수야. 또하나는 흑인이고."

"흑인?" 그리고리가 말했다. "어떻게 그럴 수 있지?"

"그런 일이야 사정이 뻔하지, 바보야. 내 아들 그레그가—삼촌의 이름을 땄지—흑인 여자애랑 해서 낳은 거야."

"그래, 삼촌은 평생 못해본 걸 해냈구나." 그리고리의 말에 두 늙은이는 킬킬대며 웃었다.

그리고리가 말했다. "난 굉장한 삶을 살았어, 레프. 겨울궁전으로 쳐들어갔지. 우리는 차르를 무너뜨리고 첫번째 공산주의국가를 세웠어. 나는 나치에 맞서서 모스크바도 지켰어. 나는 장군이고, 볼로댜도 장군이야. 난 네게 죄책감을 많이 느껴."

"나한테 죄책감을?"

"넌 미국으로 가서 그 모든 걸 놓친 거야." 그리고리가 말했다.

"난 불만 없어." 레프가 말했다.

"난 카테리나도 가졌어. 그녀는 널 좋아했는데."

레프는 웃었다. "그리고 내가 가진 거라고는 일억 달러밖에 없지."

"그래." 그리고리가 말했다. "넌 최악의 패를 받은 거야. 미안하다, 레프."

"괜찮아." 레프가 말했다. "용서할게." 그의 말은 반어적이었지만 그리고리는 알아차리지 못하는 것 같다고 타냐는 생각했다.

볼로댜 외삼촌이 들어왔다. 무슨 군 행사에 가던 길이라 장군 예복을 입고 있었다. 타냐는 그가 친아버지를 처음 보는 순간이라는 사실을 깨닫고 문득 충격을 받았다. 레프는 생전 처음 마주한 아들을 멍하니 보았다. "맙소사." 레프가 말했다. "얘는 형을 닮았어, 그리고리."

"그래도 네 아들이지." 그리고리가 말했다.

아버지와 아들은 악수를 나누었다.

볼로댜는 아무 말도 없었다. 너무 강렬한 감정에 사로잡혀 말이 나오지 않는 듯했다.

레프가 말했다. "볼로댜, 아버지로서 나를 잃은 건 별로 잃은 게 없는 셈이다." 손을 놓지 않은 채 그는 아들을 위아래로 훑어보았다. 반짝거리는 부츠, 붉은 군대 제복, 훈장, 꿰뚫어보는 듯한 파란 눈, 철흑색 머리. "하지만 난 아니야." 레프가 말했다. "난 많은 걸 잃은 것 같구나."

*

아파트를 떠나면서 타냐는 볼셰비키가 어디서 잘못되었는지, 어디서 그리고리 할아버지의 이상주의와 에너지가 폭정으로 왜곡되었는지 궁금해하는 자신을 발견했다. 그녀는 버스 정류장으로 가서 바실리와 만나기로 한 장소로 향했다. 버스에서 러시아혁명 초기에 대해 곱씹다가 볼셰비키의 신문사를 제외한 모든 신문을 폐간한 레닌의 결정이 가장 중대한 실수가 아니었을까 하는 데 생각이 미쳤다. 그것은 시작부터 대안적인 생각들이 순환하지 못해 일반적인 통념에는 도전할 수 없었다는 뜻이다. 스타브로폴의 고르바초프는 예외적으로 뭔가 다른 시도를 해볼 수 있는 허락을 받았다. 그런 사람들은 대개 억압을 받는데. 타냐는 기자였고, 그래서 자유로운 언론의 중요성을 자기중심적으로 과대평가한 것은 아닌지 스스로 의심했다. 그러나 그녀의 생각으로는 비판적인 신문이 없으면 다른 형태의 압제가 번성하기는 훨씬 쉬울 듯했다.

이제 바실리가 풀려난 지도 사 년이 지났다. 그동안 그는 현명하게 사회에 재적응했다. 그는 농업부에서 일하며 집단농장에서 사용할 교육적 라디오 연속극을 고안해냈다. 바람피우는 아내, 말 안 듣는 아이 이야기에 섞여 등장인물들이 농사 기술에 관해 토의했다. 당연히 모스크바의 조언을 무시하는 농민들은 게으르고 무능했으며, 공산당의 권위에 의문을 품은 비뚤어진 십대들은 남자친구에게 버림받거나 시험에서 떨어졌다. 연속극은 엄청난 성공을 거두었다. 바실리는 라디오 모스크바로 돌아왔고, 정부 공인 작가들이 사는 구역의 아파트를 지급받았다.

그들은 남몰래 만났지만 이따금 조합 행사나 개인적인 파티에서 우연히 마주치기도 했다. 그는 더는 1972년 시베리아에서 돌아온 걸어다니는 시체가 아니었다. 몸무게가 늘었고 어느 정도 예전 모습을 되찾았다. 이제 사십대 중반인 그는 다시 영화배우처럼 잘생겨질 수는 없었다. 그러나 얼굴에 생긴 주름살은 왠지 그를 더 유혹적으로 만들어주었다. 그리고 그는 여전히 매력적이었다. 타냐가 볼 때마다 그는 다른 여자와 함께였다. 삼십대의 그를 사모하던 성적 매력 넘치는 십대 아이들은 아니지만 그 십대 아이들이 자란 중년 여자들일지 몰랐다. 그들을 세련된 옷을 차려입고 하이힐을 신은 멋진 여자들로, 구하기 어려운 매니큐어나 염색약, 스타킹을 늘 손에 넣을 수 있는 듯했다.

타냐는 한 달에 한 번 아무도 모르게 그를 만났다.

만날 때마다 그는 작업중인 책의 최근 분량을 가져왔다. 시베리아에서 종이를 아끼기 위해 개발한 작고 깔끔한 손글씨 원고였다. 그녀는 그 원고를 타자로 옮기면서 철자법을 고치거나 필요한 경우 구두점을 찍었다. 다음번 만남 때 그에게 타자 원고를 건네면 검토를 거치고 토의를 했다.

전 세계의 수백만 명이 바실리의 책을 읽었지만 그는 그중 한 명도 만나보지 못했다. 심지어 서방에서 발행되는 신문에 외국어로 실린 비평도 읽을 수 없었다. 그래서 그가 자신의 작품에 대해 토론할 수 있는 상대는 오직 타냐뿐이었고, 그는 그녀가 말하는 모든 걸 굶주린 듯 받아들였다. 그녀는 그의 편집자였다.

타냐는 매년 3월 도서전을 취재하러 라이프치히에 갔고 그때마다 애나 머리를 만났다. 그리고 매번 바실리에게 줄 애나의 선물—전기 타자기, 캐시미어 코트—과 런던의 은행에 쌓인 그의 돈이 더 늘어났다는 소식을 가지고 돌아왔다. 그는 결코 그 돈을 써볼 일이 없을 듯했다.

그녀는 아직도 그를 만날 때는 신중하게 행동했다. 오늘은 1.6킬로미터 전에 내려 약속한 이오제프라는 카페로 걸어가면서 뒤따라오는 사람이 없는지 확인했다. 바실리는 이미 와서 보드카 잔을 앞에 놓고 앉아 있었다. 그의 옆자리 의자에는 커다란 황갈색 봉투가 놓여 있었다. 타냐는 아무렇지도 않게 손을 흔들며 아는 사람과 우연히 마주친 듯 행동했다. 그리고 바에서 맥주를 사서 바실리의 맞은편에 앉았다.

건강하게 지내는 그를 보면 그녀는 행복했다. 그의 얼굴에는 십오 년 전에는 없던 품위가 깃들어 있었다. 여전히 부드러운 갈색 눈은 최근 들어 날카롭고 예민한 동시에 장난스러운 기운으로 반짝거렸다. 그녀는 가족을 제외하면 그보다 더 잘 아는 사람이 없다는 걸 깨달았다. 그녀는 그의 장점을 잘 알았다. 상상력, 지성, 매력, 그리고 시베리아에서 살아남아 계속 글을 쓸 수 있도록 해준 용감한 투지. 마찬가지로 그의 약점도 알았다. 그중 가장 중요한 것은 수작을 걸려는 충동을 참지 못하는 것이었다.

"스타브로폴에 관해 알려줘서 고마워요." 그녀가 말했다. "좋은 기사를 썼어요."

"좋아. 실험 전체가 짓밟히는 일이 없도록 바라자고."

그녀는 지난번 원고를 받아 타자로 정리한 분량을 바실리에게 건네고 봉투를 향해 고갯짓을 해 보였다. "다른 장이에요?"

"마지막 장이야." 그는 원고를 건네주었다.

"애나 머리가 기뻐하겠네요." 바실리의 새 소설은 『퍼스트레이디』였다. 소설 속에서 미국 대통령의 부인—팻 닉슨일 수도 있다—이 모스크바에서 24시간 동안 길을 잃는다. 타냐는 바실리의 독창성에 놀랐다. 소련의 삶을 선의에 찬 보수적 미국인의 눈으로 본다는 것은 소련 사회를 비판하는 매우 재미난 방식이었다. 타냐는 봉투를 숄더백에 밀어넣었다.

바실리가 말했다. "언제 전부 출판사에 전달할 수 있어?"

"외국 출장이 생기면 즉시요. 늦어도 내년 3월 라이프치히죠."

"3월?" 바실리는 실망했다. "육 개월이나 남았잖아." 그가 질책하는 듯한 목소리로 말했다.

"그녀를 만날 수 있는 곳으로 출장을 따내볼게요."

"부탁해."

타냐는 기분이 나빴다. "바실리, 난 당신을 위해 이 일을 하느라 빌어먹을 목숨을 걸고 있어요. 할 수 있으면 다른 사람을 구하고, 아니면 직접 해요. 젠장, 난 신경도 안 쓸 테니까."

"물론 그렇지." 그는 즉시 후회했다. "미안. 내가 너무 많은 걸 투자했거든. 삼 년 동안 매일같이 퇴근하고 집에 와서 저녁마다 일했어. 그래도 당신한테 안달하면 안 되는데." 그는 테이블 너머로 손을 뻗어 그녀의 손 위에 얹었다. "당신은 내 생명줄이었어. 그것도 여러 번."

그녀는 고개를 끄덕였다. 그 말은 사실이었다.

그럼에도 소설의 마지막 부분을 넣은 가방을 메고 카페에서 멀어지면서 그녀는 여전히 그에게 화가 나 있었다. 무엇 때문에 기분이 나쁜 걸까? 하이힐 신은 그 여자들 때문이라고 결론내렸다. 그녀의 생각에 바실리는 그런 단계를 벗어나야 했다. 문란한 생활은 어른스럽지 못했다. 그는 모든 문학 행사마다 다른 여자를 데려와 스스로 품격을 떨어뜨렸다. 지금쯤이면 같은 수준의 여자에게 정착해 진지한 관계를 맺어야 했다. 나이는 그보다 어릴지 몰라도 지적 수준이 맞아야 하고 그 작품의 진가를 알아볼 수 있으며 어쩌면 그의 일을 도울 수도 있는 사람. 그는 여러 개의 트로피가 아니라 한 명의 파트너가 필요했다.

그녀는 타스 사무실로 향했다. 자기 책상에 다가서기도 전에 특집부

편집장이자 부서의 정치 감독관인 표트르 오폿킨이 말을 붙이며 다가왔다. 언제나 그렇듯 입에는 담배가 매달려 있었다. "농업부에서 전화 받았어. 스타브로폴에 관한 자네 기사는 못 나가." 그가 말했다.

"네? 왜요? 보너스 시스템은 당국의 허가를 받은 거예요. 잘 돌아가고 있고요."

"틀렸어." 오폿킨은 사람들에게 틀렸다고 말하길 좋아했다. "그건 폐기되었어. 새로운 방식은 이파토보 방법이라는 거야. 그 지역 전체에 콤바인 수확기를 잔뜩 보내는 거지."

"개인적인 책임 대신 다시 중앙 관리군요."

"바로 그렇지." 그는 입에서 담배를 떼어냈다. "자네는 이파토보 방법에 대해 아예 새 기사를 써야 해."

"그 지역 제일서기는 뭐라던가요?"

"젊은 고르바초프? 새 시스템을 적용하고 있지."

물론 그렇겠지. 타냐는 생각했다. 그는 똑똑한 사람이었다. 입 닥치고 시키는 대로 해야 할 때를 알았다. 그러지 않았다면 제일서기가 되지 못했을지도 모른다.

"좋아요." 그녀는 화를 누르며 말했다. "새 기사 쓸게요."

오폿킨은 고개를 끄덕이고 가버렸다.

현실이라고 하기에는 너무 좋았어. 타냐는 생각했다. 새로운 아이디어를 내고, 좋은 결과에 보너스를 지급하고, 그 결과 수확량이 개선되고, 모스크바로부터 간섭도 받지 않는다. 그런 시스템이 몇 년이나 허용되었다는 것이 기적이었다. 길게 보면 그런 시스템은 불가능했다.

당연했다.

52장

조지 제이크스는 새 턱시도를 입었다. 그 옷을 입으니 스스로도 상당히 멋져 보였다. 마흔두 살이 되니 젊었을 때 자랑스러웠던 레슬링 선수의 체격은 사라졌지만 여전히 날씬하고 꼿꼿했고, 검고 하얀 결혼 예복을 입자 그것이 더욱 돋보였다.

그는 베델 복음교회에 서 있었다. 어머니가 수십 년을 다닌 이 교회는 그가 하원의원으로 대표하고 있는 워싱턴 근교 지역에 위치했다. 낮은 벽돌 건물로 작고 평범한 교회라 보통은 여호와는 나의 목자시니 혹은 태초에 말씀이 계시니라 같은 성경 구절을 담은 액자 몇 개 말고는 별다른 장식이 없었다. 하지만 오늘은 예식을 위해 색테이프와 리본, 많은 하얀색 꽃으로 치장이 되어 있었다. 조지가 신부를 기다리는 동안 합창단은 〈곧 오시네〉를 힘차게 불렀다.

앞줄에는 어머니가 새로 산 짙은 파란색 정장과 그에 어울리는 조그만 베일이 달린 필박스 차림으로 앉아 있었다. "그래, 기쁘구나." 재키는 조지가 결혼한다고 했을 때 그렇게 말했다. "나는 쉰여덟 살이나 먹었고 빌어먹을 정도로 오래 기다렸다만, 네가 결국 결혼한다니 행복하다." 어머니의 말투는 늘 날카로웠지만 오늘 그녀의 얼굴에서는 자랑스러운 웃음이 떠나지 않았다. 그녀가 다니는 교회에서, 그녀의 모든 친구와 이웃 앞에서 아들이 결혼을 했고 다른 무엇보다 그 아들은 하원의원이었다.

그 옆에는 조지의 아버지 그레그 페시코프 상원의원이 있었다. 어찌된 일인지 그는 턱시도조차 구겨진 잠옷처럼 보이게 하는 재주가 있었다. 커프스버튼도 잊어버렸고 보타이는 죽은 나방 같았다. 아무도 신경쓰지 않았다.

앞줄에는 조지의 러시아인 조부모로 이제는 팔십대인 레프와 마르가도 있었다. 두 사람 다 노쇠해 보였지만 손자의 결혼식에 참석하려고 버펄로에서 비행기를 타고 왔다.

결혼식에 참석하고 맨 앞줄에 앉는 것으로 조지의 백인 아버지와 조부모는 세상을 향해 진실을 인정했다. 그러나 아무도 신경쓰지 않았다. 지금은 1979년이고, 한때 쉬쉬하던 불명예는 이제 거의 문제가 되지 않았다.

성가대가 〈당신은 너무 아름다워〉를 부르기 시작하자 모두 고개를 돌려 뒤쪽 교회 출입문을 바라보았다.

베리나가 아버지 퍼시 마퀀드의 팔을 잡고 들어왔다. 조지는 그녀의 모습에 숨이 멎는 듯했고, 하객 가운데 몇 명도 마찬가지였다. 그녀는 과감하게 어깨를 드러내는 하얀 드레스를 입었다. 허벅지 중간까지는 딱 달라붙고 그 아래는 스커트로 퍼지는 드레스였다. 캐러멜 같은 맨어깨의 피부는 그녀가 입은 새틴 드레스처럼 부드럽고 매끄러웠다. 너무 아름다워 아플 지경이었다. 조지는 눈물이 솟아 눈이 쓰렸다.

예식은 몽롱하게 지나갔다. 대답은 어찌어찌 제대로 했지만 조지가 생각할 수 있는 것은 오로지 베리나가 이제 영원히 그의 것이라는 사실뿐이었다.

예식은 소탈했지만 예식이 끝난 뒤 신부의 아버지가 마련한 피로연은 전혀 소박하지 않았다. 퍼시가 조지타운에 빌린 나이트클럽 '물고기자리'는 입구의 6미터 높이 폭포가 바닥 밑의 거대한 금붕어 연못과 댄스플로어 중앙의 수족관으로 흘러들어가도록 꾸며놓은 곳이었다.

조지와 베리나가 춤출 첫 곡은 비지스의 〈스테잉 얼라이브〉였다. 조지는 춤은 잘 추지 못했지만 별로 문제될 건 없었다. 모두의 시선은 한 손으로 치맛자락을 들고 디스코를 추는 베리나에게로 향했다. 조지는 너무 행복해 모두와 포옹을 나누고 싶었다.

신부와 두번째로 춤을 춘 사람은 테드 케네디로, 부인 조앤은 함께 오지 않았다. 두 사람은 헤어졌다는 소문이 있었다. 재키는 잘생긴 퍼시 마퀀드를 붙잡았다. 베리나의 어머니 베이브 리는 그레그와 춤을 추었다.

조지의 사촌인 팝스타 데이브 윌리엄스는 섹시한 아내 비프, 다섯 살짜리 아들 존 리와 함께 왔다. 아들의 이름은 블루스 가수 존 리 후커의 이름을 딴 것이었다. 아이는 어머니와 춤을 추고 능숙하게 점잔을 빼며 걸어서 모두를 웃겼다. 〈토요일 밤의 열기〉를 본 것이 틀림없었다.

엘리자베스 테일러는 그녀의 최근 남편인 백만장자이자 예비 상원의원 존 워너와 춤을 췄다. 리즈는 그 유명한 스퀘어컷 33캐럿짜리 크루프 다이아몬드를 오른손 약지에 끼고 있었다. 황홀해 흐려진 눈으로 이 모든 장면을 멍하니 보던 조지는 그의 결혼식이 올해의 가장 빛나는 사교 행사가 되었다는 것을 깨달았다.

조지는 마리아 서머스를 초대했지만 거절당했다. 짧은 연애가 말다툼으로 끝난 뒤 두 사람은 일 년 동안 말을 하지 않았다. 조지는 상처받았고 혼란스러웠다. 어떻게 인생을 살아야 할지 알 수 없었다. 규칙이 바뀌었다. 분하기도 했다. 여자들은 새로운 거래를 원했고, 터놓고 말하지 않아도 그가 거래 내용을 알아주길 원했으며, 협상 없이 동의해주길 바랐다.

그때 어디서 뭘 하는지 알 수 없던 베리나가 나타났다. 그녀는 워싱턴에서 로비 대행사를 차리고 공민권을 비롯한 평등권 관련 문제를 전문으로 다루었다. 그녀의 첫 의뢰인은 전담 로비스트를 고용할 처지가 못 되는 작은 압력단체였다. 베리나가 한때 검은표범당이었다는 소문은 오히려 그녀의 신뢰도를 한층 높여주었다. 얼마 가지 않아 그녀와 조지는 다시 사귀게 되었다.

베리나는 달라진 것 같았다. 어느 날 저녁 그녀가 말했다. "정치에서 극적인 태도를 보이는 것도 필요하지만, 결국에는 끊임없이 발품을 팔아야 진전을 이룰 수 있어. 법안을 내고 언론에 이야기하고 투표에서 이기는 거지." 성장했다고 조지는 생각했지만 그 말을 입 밖에 내지는 않았다.

새로운 베리나는 결혼과 아이를 원했고, 둘 다 손에 넣고 일도 병행할 수 있다고 확신했다. 한번 덴 경험이 있는 조지는 다시 같은 불속에 손을 넣지 않았다. 만일 그녀가 그렇게 생각한다면 조지가 이러쿵저러쿵할 일이 아니었다.

조지는 다음과 같은 말로 시작하는 재치 있는 편지를 마리아에게 보냈다. "당신이 이 소식을 다른 사람을 통해 듣게 하고 싶지 않았어요." 그는 그와 베리나가 다시 만나고 있으며 결혼 이야기를 하고 있다고 적었다. 마리아는 우정 어린 따뜻한 말투로 답신을 보내왔고, 두 사람의 관계는 닉슨의 사임 이전으로 돌아갔다. 하지만 그녀는 다른 사람을 만나지 않았고 결혼식에도 오지 않았다.

춤을 멈추고 쉬는 동안 조지는 아버지, 조부모와 자리를 함께했다. 레프는 샴페인을 기분좋게 마시며 농담을 했다. 폴란드의 추기경이 교황으로 선출되었고, 레프는 폴란드인 교황에 대한 악취미적인 농담을 잔뜩 알고 있었다. "그는 기적을 행했어. 장님을 귀머거리로 만든 거야!"

그레그가 말했다. "제 생각에 이건 바티칸에 의한 매우 공격적인 정치 행동이에요."

조지는 그 말에 놀랐지만 그레그는 늘 근거 있는 이야기를 했다. "어떻게요?" 조지가 물었다.

"가톨릭은 동유럽의 어느 곳보다 폴란드에서 인기가 좋고, 그곳 공산주의자들은 다른 나라에 비해 종교를 억누를 만큼 강하지 못해. 그곳에는 폴란드인 종교 언론과 가톨릭 대학이 있고, 도망다니는 반체제 인사를 숨겨주거나 인권유린에 주목할 만한 다양한 자선단체도 있지."

조지가 말했다. "그럼 바티칸의 의도는 뭐죠?"

"장난치는 거지. 내가 보기에는 그들이 폴란드를 소련의 허점으로 여기는 것 같아. 폴란드인 교황은 발코니에서 관광객에게 손을 흔드는 것 이상을 할 거야. 두고봐라."

교황이 정말 뭘 할지 물어보려는 찰나 실내가 조용해져서 조지는 카터 대통령이 도착했음을 깨달았다.

공화당원들을 포함한 모두가 박수를 쳤다. 신부에게 키스하고 조지와 악수를 나눈 대통령은 샴페인을 한 잔 받았지만, 한 모금밖에 마시지 않았다.

카터가 민주당의 기금 모금자로 활동한 퍼시, 베이브와 긴 이야기를 나누는 동안 대통령 보좌관 한 명이 조지에게 다가왔다. 몇 마디 인사를 주고받은 후 그가 말했다. "하원 상설 정보특별위원회에서 일하는 걸 고려해주시겠습니까?"

조지는 우쭐한 기분이었다. 의회의 위원회는 중요했다. 위원회 자리는 권력의 원천이다. "전 의정 활동을 한 지 이 년밖에 되지 않았는데요." 그가 말했다.

보좌관은 고개를 끄덕였다. "대통령께서는 흑인 의원들의 성공을 간절히 바라고 계십니다. 팁 오닐도 동의했고요." 하원의 여당 대표 팁 오닐은 위원회의 자리를 배당하는 특권이 있었다.

조지가 말했다. "어떤 일이든 대통령께 도움이 된다면 기꺼이 하겠습니다. 하지만 정보위원회요?"

CIA를 비롯한 정보기관은 대통령과 펜타곤에 보고했지만, 권한이나 예산을 주고 원칙상 통제를 하는 주체는 의회였다. 보안을 위해 관리는 두 개의 위원회에 위임하는데 하나는 하원, 다른 하나는 상원에 있었다.

"무슨 생각 하시는지 압니다." 보좌관이 말했다. "정보위원회들은 대개 보수적인 군대의 친구들로 득실거리죠. 의원님은 진보주의자로 베트남전 때는 펜타곤을, 워터게이트 사건에서는 CIA를 비판해오셨습니다. 하지만 그게 우리가 의원님을 원하는 이유입니다. 현재 두 개의 위원회는 감독은 하지 않고 그냥 박수만 치고 있습니다. 살인을 저지르고도 빠져나갈 수 있다고 믿는 정보기관은 살인을 저지르기 마련입니다. 그래서 우리는 거칠게 의문을 던질 수 있는 누군가가 필요한 겁니다."

"정보기관들이 겁에 질리겠군요."

"좋죠." 보좌관이 말했다. "닉슨 시대에 그런 식으로 행동했는데, 이제 흔들어줘야죠." 그는 댄스플로어 너머를 바라보았다. 그의 눈길을 따라가보니 카터 대통령이 떠나는 모습이 보였다. "가야 합니다." 보좌관이 말했다. "생각할 시간이 필요하신가요?"

"젠장, 아뇨." 조지는 말했다. "하겠습니다."

*

"대모요? 내가?" 마리아 서머스가 말했다. "진심이에요?"

조지 제이크스는 웃었다. "당신이 별로 종교적이지 않은 건 알아요. 우리도 그런 쪽은 아니니까. 난 어머니를 기쁘게 해드리려고 교회에 가죠. 베리나는 지난 십 년 사이 딱 한 번 갔대요. 우리 결혼식 때문에요. 하지만 대부모는 멋진 것 같아요."

그들은 의사당 1층에 있는 하원의 의원 식당에서 점심을 먹고 있었다. 유명한 벽화 〈콘윌리스가 휴전을 청하다〉 앞에 있는 자리였다. 마리아는 미트로프를, 조지는 샐러드를 먹고 있었다.

마리아가 말했다. "예정일은 언제예요?"

"한 달쯤 남았어요. 4월 초."

"베리나는 어때요?"

"끔찍해요. 무기력하면서 동시에 조바심을 내죠. 피곤해하고. 늘 피곤해요."

"금방 지나갈 거예요."

조지는 다시 질문으로 돌아갔다. "대모가 되어줄래요?"

그녀는 다시 빠져나갔다. "왜 나한테 해달라는 거예요?"

그는 잠시 생각했다. "아마 당신을 믿어서 그런가봐요. 아무래도 난 가족 말고는 당신을 가장 믿는 것 같아요. 만일 베리나와 내가 비행기 사고로 죽고, 우리 부모는 너무 늙었거나 죽은 뒤라면 난 당신이 분명 내 아이들을 어떻게든 보살펴줄 거라는 확신이 있어요."

마리아는 감동한 것이 분명했다. "그런 말을 듣다니 기분이 무척 좋네요."

조지는 이제 마리아가 자기 아이를 갖는 일은 없을 것 같았고—그녀는 올해 마흔네 살이 된다—그러니 친구의 아이들에게 모성을 많이 쏟을 수 있으리라 생각했지만, 말은 하지 않았다.

그녀는 이미 가족 같았다. 그와 그녀의 우정은 거의 이십 년 동안 이어졌다. 그녀는 아직도 일 년에 서너 번 재키를 만나러 갔다. 그래도 마리아를 좋아했고 레프와 마르가도 마찬가지였다. 그녀를 좋아하지 않기는 어려웠다.

조지는 이런 고려사항들을 입 밖에 내지는 않고 대신 이렇게 말했다. "당신이 해주면 나와 베리나에게 큰 의미가 있을 거예요."

"베리나가 진짜로 원하는 거 맞아요?"

조지는 웃었다. "네. 그녀도 당신과 내가 관계를 가졌다는 거 알아요. 하지만 그녀는 질투하는 사람이 아니죠. 사실 당신이 사회에서 이룬 성과를 우러러보고 있어요."

마리아는 18세기 코트와 부츠를 입고 신은 벽화 속 남자들의 모습을 보더니 말했다. "글쎄요, 내가 콘월리스가 되어 항복할 것 같네요."

"고마워요." 조지가 말했다. "정말 행복하네요. 샴페인을 주문해야겠지만, 당신이 일하는 날 한낮에는 술을 안 마시는 거 아니까."

"혹시 아이가 태어나는 날에는 마실 수도 있죠."

웨이트리스가 접시를 가져갔고 두 사람은 커피를 시켰다. "국무부는 어때요?" 조지가 물었다. 마리아는 이제 그곳에서 지위가 높았다. 직책은 차관보였지만 듣기보다 영향력이 있는 자리였다.

"우리는 폴란드에서 무슨 일이 벌어지는지 알아내려고 애쓰는 중이에요." 그녀가 말했다. "쉽지 않아요. 통일노동당, 그러니까 공산당 내부에서 정부에 대한 비판이 많은 것 같아요. 노동자는 가난하고 엘리트층은 특권이 너무 많고, '성공의 선전'은 그저 실패한 현실을 일깨우는 정도였죠. 작년에는 국민소득이 실제로 감소했어요."

"내가 하원 정보위에 있는 거 알아요?"
"물론이죠."
"기관들로부터 좋은 정보는 받고 있어요?"
"우리가 아는 한 좋아요. 하지만 양이 너무 적어요."
"내가 위원회에서 관련 질문을 하면 좋겠어요?"
"그래줘요."
"어쩌면 바르샤바에 추가로 정보 인력이 필요할 수도 있어요."
"내 생각에는 그래요. 아무래도 폴란드가 중요해 보여요."
조지는 고개를 끄덕였다. "바티칸이 폴란드인 교황을 뽑았을 때 그레그도 그렇게 말했어요. 그리고 그는 대개 옳죠."

*

마흔 살이 된 타냐는 자신의 인생이 불만스러워졌다.
이후 사십 년 동안 뭘 하고 싶은지 스스로에게 물었고, 바실리 옌코프의 조수 노릇을 하면서 시간을 보내고 싶지는 않았다. 그의 천재성을 세계와 나누기 위해 그녀 자신의 자유를 위기에 몰아넣었지만 그녀에게는 남은 것이 없었다. 이제 자기가 필요로 하는 것에 초점을 맞출 때라고 그녀는 판단했다. 그게 어떤 의미인지는 알지 못했다.
그녀의 불만은 레오니트 브레즈네프의 회고록이 레닌 문학상을 받은 것을 축하하는 파티에서 정점에 이르렀다. 이 수상은 우스꽝스러웠다. 세 권이나 되는 소련 지도자의 자서전은 잘 쓰지도 못했고 내용도 사실이 아니고, 심지어 브레즈네프가 쓰지도 않은 대필 작가의 작품이었다. 하지만 작가동맹에 이 상은 떠들썩한 파티를 위한 유용한 핑계에 불과했다.

파티에 갈 준비를 하면서 타냐는 영화 〈그리스〉에 나오는 올리비아 뉴튼존처럼 머리를 뒤로 묶었다. 불법 비디오테이프로 본 영화였다. 새로운 머리 모양은 기대만큼 그녀의 기분을 띄워주지 못했다.

건물을 나서면서 우연히 마주친 딤카에게 그녀는 어디 가는지 알려주었다. "네가 싸고도는 고르바초프가 브레즈네프의 문학적 천재성을 칭송하는 역겨운 연설을 했더군." 그녀가 말했다.

"미하일은 엉덩이에 입맞춰야 할 때를 알아." 딤카가 말했다.

"그를 중앙위원회에 들어가게 한 건 잘한 거야."

"그는 이미 안드로포프의 호감을 사고 그의 지지를 받고 있어." 딤카가 설명했다. "내가 할 일은 오직 고르바초프가 천재적인 개혁가라는 사실을 코시긴에게 설득하는 것뿐이었지." KGB 의장인 안드로포프는 크렘린에서 점점 더 보수파의 지도자가 되어가고 있었다. 코시긴은 개혁가들의 챔피언이었다.

타냐가 말했다. "양측의 승인을 받는 건 흔치 않은 일인데."

"그는 흔치 않은 사람이야. 파티 재미있게 즐겨."

파티는 작가동맹의 실용적인 사무실에서 열렸지만 그들은 용케도 그루지야의 샴페인 바그라티오니를 몇 상자 구해두었다. 타냐는 술기운에 타스의 표트르 오폿킨과 논쟁을 벌였다. 기자가 아닌 정치 감독관인 오폿킨을 아무도 좋아하지 않았지만 심기를 거스르기에는 그의 권력이 너무 커서 사교 행사에 초대할 수밖에 없었다. 그는 타냐를 붙들고 이야기를 길게 늘어놓더니 비난조로 말했다. "교황의 폴란드 방문은 재앙이야!"

오폿킨의 말은 옳았다. 상황이 그렇게 돌아가리라고는 아무도 상상하지 못했다. 교황 요한 바오로 2세는 알고 보니 선전전에 능했다. 오케치에 군용 비행장에 내린 그는 무릎을 꿇고 폴란드 땅에 입을 맞췄다.

그 사진은 다음날 아침 서방 언론의 1면을 장식했고, 타냐는 그 사진이 지하의 경로를 통해 다시 폴란드로 들어갈 것임을 알았다. 교황도 알고 있었던 게 틀림없다. 타냐는 남몰래 기뻐했다.

타냐의 상사인 다닐이 듣고 있다 끼어들었다. "교황이 오픈카를 타고 바르샤바로 들어갔는데, 환호하며 맞은 사람이 이백만 명이었답니다."

타냐가 말했다. "이백만이요?" 그녀는 수치를 보지는 못했다. "그게 가능해요? 그건 전체 인구의 5퍼센트 정도잖아요. 폴란드인 스무 명에 한 명꼴이에요!"

오폿킨은 화를 내며 말했다. "사람들이 직접 교황을 볼 수 있는데 당이 텔레비전을 통제해봐야 무슨 소용이겠나?"

오폿킨 같은 사람들에게 통제는 모든 것이었다.

그의 말은 끝나지 않았다. "그는 승리 광장에서 이십오만 명의 군중이 모인 가운데 미사를 올렸어!"

타냐도 알고 있었다. 그녀에게조차 충격적인 수치였다. 공산주의가 폴란드 사람들의 마음을 사로잡는 데 얼마나 실패했는지 여실히 드러내는 증거였기 때문이다. 소련 체제하에서 보낸 삼십오 년은 특권층 엘리트를 제외하고는 아무도 바꿔놓지 못했다. 그녀는 적당한 공산주의 용어를 사용해 요점을 짚었다. "폴란드의 노동자계급은 기회가 생기자마자 반동적인 옛 충정을 다시 드러낸 거죠."

오폿킨은 비난하듯 집게손가락으로 타냐의 어깨를 찌르며 말했다. "자네 같은 수정주의자들이 교황을 거기 가도록 내버려두라고 주장한 거잖아."

"말도 안 돼요." 타냐는 깔보듯 말했다. 딤카 같은 크렘린 진보주의자들이 교황의 방문을 허용하자고 주장했지만 그들은 논쟁에서 졌고 모스크바는 바르샤바에 교황을 받아들이지 말라고 지시했다. 하지만 폴란드의 공산주의자들은 명령에 따르지 않았다. 폴란드의 지도자 에드바르트 기에레크는 소련의 위성국가에서 보기 드문 독립성을 과시하며 브레즈네프에 도전했다. "결정을 내린 건 폴란드의 지도자들이었죠." 타냐가 말했다. "그들은 교황 방문을 막으면 폭동이 일어날 걸 두려워했어요."

"폭동을 어떻게 다뤄야 하는지는 우리가 알지." 오폿킨이 말했다.

타냐는 오폿킨의 말을 반박해봐야 자기 경력만 망칠 뿐이라는 걸 알았지만 그녀는 마흔 살이었고 바보들에게 아첨하는 것도 진력이 났다. "폴란드는 재정적 압박 때문에 그런 결정을 내릴 수밖에 없었던 거죠." 그녀는 말했다. "폴란드는 우리에게 어마어마한 보조금을 받아가지만 서방에서도 마찬가지로 차관을 들여와야 해요. 바르샤바를 방문했던 카터 대통령은 아주 단호했어요. 재정적 원조는 그들이 말하는 소위 인권과 연결되어 있다고 분명히 밝혔죠. 교황의 승리에 대해 누군가를 비난하고 싶다면 범인은 지미 카터라고요."

오폿킨은 그녀의 말이 사실임을 알지만 인정하지 않을 것이다. "난 공산국들이 서방의 은행에서 돈을 빌리는 건 실수라고 늘 말했지."

타냐는 그쯤에서 그만두고 오폿킨이 체면을 지킬 수 있도록 해줘야 했다. 그러나 스스로를 막을 수가 없었다. "그럼 딜레마에 빠지겠군요, 안 그래요?" 그녀는 말했다. "서방의 자금에 대한 대안은 스스로 먹을 것을 충분히 생산할 수 있도록 폴란드 농업을 자유화하는 것이니까요."

"더 많은 개혁!" 오폿킨은 화를 내며 말했다. "언제나 그게 자네의 해결책이지!"

"폴란드 사람들은 늘 먹을 걸 싼 가격에 사요. 그래서 그들이 입다물고 있는 거죠. 언제든 정부가 가격을 올리기만 하면 폭동을 일으킬걸요."

"폭동을 어떻게 다뤄야 하는지는 우리가 알지." 오폿킨은 그렇게 말하고 가버렸다.

다닐은 멍한 모습이었다. "잘했어." 그가 타냐에게 말했다. "하지만 저자가 복수를 할 수도 있어."

타냐가 말했다. "저는 샴페인 좀더 마셔야겠어요."

바에서 바실리와 마주쳤다. 그는 혼자였다. 최근 들어 그는 이런 모임에 창녀 같은 여자를 옆에 끼지 않은 채 나타났고, 타냐는 이유가 궁금했다. 하지만 오늘밤은 자신에게 신경이 집중되었다. "난 이 짓은 더 못해요." 그녀가 말했다.

바실리가 그녀에게 잔을 건넸다. "뭘 더 못해?"

"알잖아요."

"짐작이 되는군."

"난 마흔이에요. 나만의 인생을 살아야 해요."

"뭘 하고 싶은데?"

"몰라요. 그게 문제야."

"난 마흔여덟이야." 그는 말했다. "그리고 비슷한 느낌이야."

"네?"

"더는 여자애들 안 따라다녀. 어른 여자도."

그녀는 냉소적인 기분이었다. "안 따라다니는 거예요? 아니면 안 잡는 거예요?"

"회의적인 것 같군."

"통찰력 있으시네요."

"들어봐." 그는 말했다. "생각해봤는데. 우리가 계속 서로 모르는 사이인 척할 필요가 있는지 잘 모르겠어."

"왜 그런 말을 하는 거죠?"

그는 몸을 가까이 숙이더니 목소리를 낮췄고, 그녀는 파티의 소음 속에서 그의 목소리를 알아듣느라 긴장해야 했다. "애나 머리가 이반 쿠즈네초프의 책을 내는 사람이라는 건 누구나 알지만 그녀가 당신과 관련있다는 건 아무도 모르지."

"우리가 엄청나게 조심했기 때문이죠. 우리가 함께 있는 모습을 누구에게도 절대 안 보였으니까."

"그렇다면 사람들이 당신과 내가 친구라는 걸 알아도 위험하지 않은 거잖아."

그녀는 확신이 없었다. "그럴 수도 있죠. 그래서요?"

바실리는 장난꾸러기 같은 웃음을 지었다. "당신이 예전에 그랬잖아, 내가 나머지 여자들을 모두 포기하면 나랑 잘 수 있다고."

"내가 그런 말을 했다니 믿어지지 않아요."

"어쩌면 암시였을 수도 있고."

"어쨌든 그것도 십팔 년 전이죠."

"이제 그 제안을 받아들이기엔 너무 늦었다?"

그녀는 말없이 그를 바라보았다.

그가 침묵을 채웠다. "당신은 내가 진정으로 중요하게 여겼던 유일한 여자야. 다른 모든 여자는 그냥 정복의 대상이었지. 심지어 몇몇은 좋아하지도 않았어. 전에 자본 적이 없다면 유혹할 이유가 된 거야."

"그런 말을 한다고 내가 더 매력적으로 보겠어요?"

"시베리아에서 빠져나왔을 때 그 생활을 다시 시작하려고 해봤지. 오래 걸렸지만 마침내 난 진실을 깨달았어. 그런 걸로는 행복하지 않아."

"그래요?" 타냐는 점점 더 화가 났다.

바실리는 눈치채지 못했다. "당신하고 나는 오랫동안 친구로 지내왔어. 우린 영혼의 짝이야. 운명 같은 사이라고. 같이 자는 건 그저 자연스러운 과정일 뿐이야."

"아, 알겠어요."

그는 타냐가 비꼬는 걸 알아채지 못했다. "당신은 혼자고 나도 혼자야. 왜 혼자여야 해? 우리는 같이 살아야 해. 결혼해야 한다고."

"그럼 요약해보죠." 타냐가 말했다. "당신은 평생을 별로 신경도 안 쓰는 여자들을 유혹하면서 살았어요. 이제 오십이 다 되어가고 여자들이 매력 없으니까—아니면 당신의 매력이 안 통하니까—이제 와서 잘난 체를 하면서 내게 결혼하자고 하는 거네요."

"상황을 잘 설명 못했는지도 모르겠네. 난 글로 쓰는 편이 더 낫다니까."

"당연히 잘 설명 못했죠. 시들해진 카사노바가 최후에 의지할 사람이 되라니!"

"오, 이런. 당신 나한테 화났군, 안 그래?"

"화났다는 말 정도로는 표현이 안 되네요."

"이건 내가 의도했던 것과 반대군."

그녀는 바실리의 어깨 너머로 다닐과 눈이 마주쳤다. 충동적으로 그녀는 바실리를 두고 실내를 가로질렀다. "다닐." 그녀가 말했다. "나 다시 외국으로 나가고 싶어요. 해외에 나갈 기회가 있을까요?"

"물론이지." 그는 말했다. "당신은 내 최고의 기자잖아. 나야 이유만 있으면 당신을 행복하게 해주려고 뭐든 하지."

"고마워요."

"그리고 우연히 마침 나도 어느 특정 국가의 지부를 강화할 필요가 있다고 생각중이었어."

"어느 나라인데요?"

"폴란드."

"날 바르샤바로 보내는 거예요?"

"모든 일이 벌어지고 있는 곳이니까."

"좋아요." 그녀는 말했다. "폴란드라 이거지."

*

캠 듀어는 지미 카터라면 진저리가 났다. 그는 카터 행정부가 소심하다고 생각했다. 소련과 거래할 때는 특히 더. 캠은 백악관에서 15킬로미터 정도 떨어진 랭글리의 CIA 본부에서 모스크바를 담당하고 있었다. 국가안보 보좌관인 즈비그뉴 브레진스키는 거친 반공주의자지만 카터는 신중했다.

하지만 올해는 대선이 있고 캠은 로널드 레이건이 이기길 바랐다. 외교정책 면에서 공격적인 레이건은 물 탄 우유 같은 윤리적 제약으로부터 정보기관들을 해방시켜주겠다고 약속했다. 그는 닉슨에 더 가깝기를 캠은 바랐다.

1980년 초 캠은 소련 공산권 담당 부서의 차장 플로렌스 기어리의 호출을 받고 깜짝 놀랐다. 그녀는 캠보다 몇 살 위의 매력적인 여자였다. 그는 서른세 살이고 그녀는 아마 서른여덟쯤 되었다. 그는 그녀의 뒷이야기를 알았다. 원래는 훈련생으로 들어왔는데, 몇 년 동안 비서 노릇을 하다가 소동을 벌이고 나서야 훈련을 받을 수 있었다. 지금은 대단히 유능한 정보요원이지만 많은 남자들이 그녀가 벌였던 소동 때문에 여전히 그녀를 싫어했다.

오늘 그녀는 체크무늬 치마에 녹색 스웨터 차림이었다. 학교 선생님처럼 보인다고 캠은 생각했다. 가슴이 멋진 섹시한 선생님.

"앉아요." 그녀가 말했다. "하원 정보위원회는 우리가 폴란드에서 가져오는 정보가 부족하다고 생각해요."

캐머런은 자리에 앉았다. 그녀의 가슴을 멍하니 바라보지 않으려고 창밖을 보았다. "그리고 그들은 누굴 비난해야 하는지 알죠." 그는 말했다.

"누구죠?"

"CIA 국장 터너 제독이죠. 그 사람을 임명한 카터 대통령이고요."

"정확히 왜 그렇죠?"

"왜냐하면 터너는 휴민트를 믿지 않으니까요." 휴민트, 즉 인적정보라는 것은 스파이로부터 얻어내는 정보를 뜻한다. 터너는 시진트, 즉 통신신호를 감시해 얻는 신호정보를 더 선호했다.

"당신은 휴민트를 믿어요?"

그녀는 입도 멋지다는 걸 그는 깨달았다. 분홍색 입술, 치아까지도. 그는 질문에 대답하기 위해 억지로 집중해야 했다. "본질적으로는 신뢰할 수 없죠. 모든 배신자는 당연히 거짓말쟁이이니까요. 만일 그들이 우리에게 진실을 말하고 있다면 그쪽 편에는 거짓말을 할 수밖에 없습니다. 하지만 그렇다고 휴민트가 쓸모없는 것은 아닙니다. 특히 그 정보를 다른 소스에서 나온 자료로 분석할 땐 말이죠."

"그렇게 생각한다니 기쁘군요. 우린 휴민트를 좀 강화해야 해요. 해외에서 일해보는 건 어때요?"

캐머런은 기대로 가슴이 뛰었다. "육 년 전 CIA에 들어왔을 때부터 내내 해외 자리를 원하고 있었습니다."

"좋아요."

"전 러시아어가 유창합니다. 모스크바로 갔으면 좋겠습니다."

"아, 인생은 재미있는 거죠. 당신은 바르샤바로 가게 됐어요."

"농담이시겠죠."

"난 농담 안 해요."

"전 폴란드어 못합니다."

"러시아어가 쓸모 있을 거예요. 폴란드 학생들은 삼십오 년째 러시아어를 배우고 있거든요. 하지만 폴란드어도 좀 배워야겠지."

"좋습니다."

"이상이에요."

캐머런은 일어섰다. "감사합니다." 그는 문으로 향했다. "이 건에 대해 좀더 얘기해도 될까요, 플로렌스?" 그가 말했다. "저녁이라도 먹으면서."

"아니에요." 그녀는 단호하게 말했다. 그런 다음 혹시라도 의미가 제대로 전달되지 않았을까 덧붙였다. "그럴 일은 절대 없습니다."

그는 밖으로 나가 문을 닫았다. 바르샤바라니! 모든 걸 감안할 때 기뻤다. 해외 근무였다. 낙관적인 기분이었다. 그녀에게 저녁식사 초대를 거절당한 것은 실망스러웠지만, 이럴 때 어떻게 해야 하는지 알았다.

그는 코트를 들고 밖에 세워둔 그의 은색 머큐리 카프리로 향했다. 워싱턴으로 달려가 자동차들 사이를 요리조리 뚫고 애덤스 모건 구역까지 갔다. 그리고 실큰 핸즈라는 마사지 업소에서 한 블록 떨어진 곳에 차를 세웠다.

리셉션 데스크의 여자가 말했다. "안녕, 크리스토퍼. 오늘 어때요?"

"좋아, 고마워. 수지 지금 괜찮은가?"

"운이 좋네요. 괜찮아요. 3호실이요."

"좋아." 캠은 지폐 한 장을 건네고 안쪽으로 더 들어갔다.

그는 커튼을 젖히고 좁은 침대가 있는 칸막이 공간으로 들어갔다. 침대 옆 플라스틱 의자에 이십대의 건장한 여자가 잡지를 읽으며 앉아 있었다. 비키니 차림이었다. "안녕, 크리스." 그녀가 잡지를 내려놓으며 일어섰다. "늘 그랬던 것처럼 손으로?"

캠은 절대 창녀들과 정식으로 성교를 하지 않았다. "아, 그래줘, 수지." 그는 지폐 한 장을 건네고 옷을 벗기 시작했다.

"즐겁게 해드리죠." 그녀는 돈을 받았다. 그러고는 옷 벗는 걸 거들며 말했다. "그냥 누워서 편히 있어요, 자기."

캠은 침대에 누워 눈을 감았고 수지는 작업에 들어갔다. 그는 플로렌스 기어리가 사무실에 있는 모습을 상상했다. 그의 머릿속에서 그녀는 녹색 스웨터를 머리 위로 벗고 체크무늬 치마의 지퍼를 내렸다. "오, 캠. 당신 때문에 참을 수가 없어." 그녀가 캠의 상상 속에서 말했다. 그리고 속옷만 입은 채 책상 옆으로 돌아나와 그를 껴안았다. "나한테 뭐든 하고 싶은 대로 해, 캠." 그녀가 말했다. "하지만 제발 세게."

마사지 업소 칸막이 안에서 캠은 소리내어 말했다. "그래, 자기."

*

타냐는 거울을 보았다. 그녀는 작은 통에 든 파란색 아이섀도와 브러시를 들고 있었다. 화장은 모스크바보다 바르샤바에서 좀더 쉽게 할 수 있다. 타냐는 아이섀도를 칠해본 경험이 별로 없었고, 어떤 여자들은 솜씨가 엉망이라는 것을 이미 알고 있었다. 화장대 위에는 비앙카 재거의 사진이 펼쳐진 잡지 한 권이 놓여 있었다. 자주 사진을 들여다보며 타냐는 눈두덩에 색을 칠하기 시작했다.

그녀가 생각하기에 효과가 상당히 좋았다.

스타니스와프 파블락은 제복 차림으로 그녀의 침대에 앉아 있었다. 침대 커버가 더러워지지 않도록 부츠 신은 발을 신문지 위에 올린 채 담배를 피우며 그녀를 바라보고 있었다. 그는 키가 크고 잘생기고 똑똑했고, 그녀는 그에게 미쳐 있었다.

그녀는 폴란드에 도착한 뒤 얼마 지나지 않아 육군 본부를 견학하다가 그를 만났다. 그는 골드 펀드라고 불리는 무리 소속이었는데, 이들은 국방장관 야루젤스키 장군이 빠른 진급을 위해 선발한 유능한 젊은 장교들이었다. 그들은 자주 새로운 자리에 순환 임명되었는데, 그들이 앞으로 차지할 상급 지휘관의 직책에 필요한 폭넓은 경험을 제공하기 위해서였다.

그녀가 스타츠라 불리는 그를 주목한 것은 한편으로는 잘생겼기 때문이고, 또 한편으로는 그가 그녀에게 반한 것이 분명했기 때문이다. 그는 러시아어를 유창하게 구사했다. 붉은 군대와 연락을 맡은 자신의 부대에 관해 설명한 다음 그는 견학하는 내내 그녀를 따라다녔는데 그걸 제외하면 견학은 따분했다.

다음날 그는 폴란드 비밀경찰인 SB를 통해 그녀의 주소를 알아내서 저녁 여섯시 문 앞에 나타났다. 그리고 새로 생겨 인기가 좋은 '덕'이라는 레스토랑으로 그녀를 데려가 저녁식사를 했다. 그녀는 그도 자기처럼 공산주의에 회의적이라는 걸 금방 알아냈다. 일주일 뒤 그녀는 그와 잠자리를 가졌다.

그녀는 아직도 바실리를 생각했고 글쓰기는 어떻게 되어가고 있는지, 한 달에 한 번 만나던 일을 그는 그리워하는지 궁금했다. 그에게 본능적으로 화가 났는데, 이유는 명확하지 않았다. 그는 무신경한 사람이지만 남자란 원래 그런 법이었고 잘생겼다면 특히 그랬다. 진짜 화가 난 것은 프러포즈 이전의 세월 때문이었다. 이유는 알 수 없지만 그를 위해 오랫동안 해온 일들이 더럽혀진 느낌이었다. 그가 남편이 될 준비를 마칠 때까지 그녀가 한 해 두 해 기다렸다고, 그는 그렇게 믿는 걸까? 그 생각을 하면 아직도 화가 치밀었다.

스타츠는 이제 일주일에 두세 번은 그녀의 아파트에서 밤을 보냈다. 그들은 절대로 그의 집에는 가지 않았다. 그의 말로는 막사보다 조금 나은 정도라고 했다. 하지만 그들은 굉장한 시간을 보냈다. 그러는 내내 그녀의 머릿속에는 어쩌면 그의 반공주의적 생각이 언젠가 행동으로 이어질지도 모른다는 의구심이 있었다. 그녀는 고개를 돌려 그를 보았다. "내 눈 어때요?"

"마음에 들어요." 그는 말했다. "날 노예로 만들어요. 당신의 눈은 마치—"

"화장한 거 말이에요, 바보."

"당신 화장 했어요?"

"남자들은 장님이라니까. 그렇게 관찰력이 없어서야 어떻게 당신 조국을 지키겠어요?"

그는 다시 어두워졌다. "우리에게 조국을 지키기 위한 준비는 없어요." 그가 말했다. "폴란드군은 완전히 소련에 매달리고 있어요. 우리의 계획은 서유럽을 침공하는 붉은 군대를 지원하는 것이 전부죠."

스타츠는 가끔 이런 식으로 소련이 폴란드 군대를 지배한다며 불평했다. 그건 그가 그녀를 얼마나 신뢰하는지 보여주는 신호였다. 게다가 타냐는 폴란드 사람들이 공산당 정부의 실패에 관해 대담하게 말한다는 사실을 발견했다. 그들은 불평할 자격이 있다고 느꼈고, 소련의 지배를 받는 다른 나라들은 그러지 못했다. 소련 공산권의 사람들 대부분은 공산주의를 종교로 대했고 그에 의문을 품는 것을 죄악이라 여겼다. 폴란드 사람들은 공산주의가 그들에게 도움이 되면 견뎌내고 기대에 못 미치면 즉시 이의를 제기했다.

그럼에도 타냐는 지금 침대맡 라디오를 켰다. 그녀의 아파트가 도청당한다고 생각하지는 않지만—SB는 서방의 기자들을 감시하느라 바빴고 아마 소련에서 온 기자는 건드리지 않을 것이다—그래도 조심하는 습관이 몸에 깊이 배어 있었다.

"우린 모두 배신자죠." 스타츠가 말을 마쳤다.

타냐는 얼굴을 찌푸렸다. 그는 이제껏 한 번도 스스로 배신자라고 한 적이 없었다. 이건 심각했다. 그녀가 말했다. "도대체 그게 무슨 뜻이에요?"

"소련은 '제2전략제대'라는 부대로 서유럽을 침공하겠다는 긴급 계획이 있어요. 붉은 군대의 탱크와 병력 수송차 대부분이 서독과 프랑스, 네덜란드, 벨기에로 향하며 도중에 폴란드를 통과할 겁니다. 미국은 그 병력이 서방에 도착하기 전에—즉 아직 폴란드를 지나고 있을 때죠—파괴하기 위해 핵폭탄을 사용할 겁니다. 우리 계산으로는 사백에서 육백 개의 핵무기가 우리나라 안에서 폭발할 겁니다. 핵으로 인한 불모지 외에 아무것도 남지 않겠죠. 폴란드는 사라질 겁니다. 이런 계획에 협조하고 있는데 어떻게 배신자가 아닙니까?"

타냐는 몸서리를 쳤다. 악몽과도 같은 시나리오였다. 하지만 소름끼칠 만큼 논리적이었다.

"미국은 폴란드인의 적이 아니에요." 스타츠가 말했다. "소련과 미국이 유럽에서 전쟁을 벌이면 우리는 미국인들과 같은 편에 서서 우리 스스로를 모스크바의 학정으로부터 해방시켜야 해요."

이 사람은 그냥 울분을 터뜨리는 건가? 아니면 뭔가 더 있나? 타냐는 조심스럽게 말했다. "그렇게 생각하는 건 스타츠 당신뿐이에요?"

"당연히 아니죠. 내 또래 장교들도 같은 생각이에요. 공산주의에 대해 입에 발린 소리를 해대지만, 그들이 취했을 때 이야기를 나눠보면 당신은 다른 말을 듣게 될 겁니다."

"그렇다면 문제가 있어요." 그녀가 말했다. "전쟁이 시작될 때쯤에는 당신들이 미국의 신뢰를 얻기에 너무 늦어버렸을 테니까요."

"그게 우리 딜레마죠."

“해결책은 명백해요. 지금 의사소통을 할 수 있는 통로를 열어야죠.”

그가 서늘한 표정을 지어 보였다. 그녀는 머릿속으로 그가 정부의 공작원이고, 그녀를 자극해 체제전복적인 발언을 이끌어내서 체포할 수 있도록 만드는 임무를 띤 것은 아닌지 퍼뜩 걱정되었다. 그러나 그런 사기꾼이 그렇게 사랑을 잘할 수 있으리라고는 상상할 수 없었다.

스타츠가 말했다. “우리 지금 그냥 하는 얘기인가요? 아니면 심각한 토론인가요?”

타냐는 숨을 쉬었다. “나는 목숨을 내놓을 정도로 심각해요.” 그녀가 말했다.

“정말 그런 일이 여기서 가능할까요?”

“난 알아요.” 그녀는 단호히 말했다. 이십 년 동안 남몰래 체제전복적 활동을 해왔다. “그건 세상에서 가장 쉬운 일이에요. 하지만 비밀을 지키고 처벌받지 않는 게 훨씬 어렵죠. 극도로 신중을 기하는 훈련을 해야 해요.”

“내가 그렇게 해야 한다고 생각해요?”

“그럼요!” 그녀는 열정적으로 말했다. “난 다음 세대의 소련 아이들이—폴란드 아이도—이렇게 숨막히는 폭정 아래서 자라는 걸 원치 않아요.”

그는 고개를 끄덕였다. “당신이 진심인 건 알겠군요.”

“진심이에요.”

“날 도와주겠어요?”

“당연히 도와야죠.”

*

캐머런 듀어는 스스로 훌륭한 스파이가 될 수 있을지 자신이 없었다. 닉슨 대통령을 위해 비밀리에 해본 일들은 아마추어에 가까웠고, 상관인 존 얼릭먼과 함께 감옥에 가지 않은 것이 다행이었다. CIA에 들어와 지정된 장소를 통한 정보 전달이나 사람끼리 스쳐지나며 물건을 넘기는 법 등을 배웠지만 실제로 그런 기술을 이용해본 적은 없었다. 육 년 동안 랭글리의 CIA 본부에서 지내다 마침내 외국의 수도에서 근무하게 된 지금도 비밀스러운 작업은 해보지 못했다.

바르샤바 주재 미국 대사관은 우야즈도프스키에라는 거리에 위치한 위풍당당한 흰색 대리석 건물이었다. CIA는 대사의 사무 공간과 가까운 사무실 하나를 사용했다. 사무실과 떨어져 있는 창문 없는 창고 하나도 사진기 필름을 현상하는 장소로 이용했다. 직원은 네 명의 스파이와 비서 한 명이었다. 정보원이 거의 없어서 규모가 작았다.

캠이 할 일은 많지 않았다. 사전의 도움을 받아 바르샤바의 신문을 읽었다. 자신이 본 그라피티를 보고했다. 교황 만세나 우리는 하느님을 원한다 같은 것들. 북대서양조약기구, 즉 NATO 소속국, 특히 서독, 프랑스, 영국의 정보기관에서 일하는 비슷한 처지의 사람들을 만나 이야기를 나누었다. 라임색 중고 폴스키 피아트를 몰았는데 배터리가 너무 작아서 매일 밤 충전하지 않으면 아침에 시동이 걸리지 않았다. 대사관 비서들 중에서 여자친구를 찾으려 해보았지만 실패했다.

패배자가 된 기분이었다. 그의 인생은 한때 약속으로 가득찬 것 같았다. 고등학교와 대학교에서는 스타 학생이었고 첫 직장은 백악관이었다. 그다음부터 모든 것이 꼬여버린 듯했다. 그는 자기 인생이 닉슨 때문에 엉망이 되는 꼴을 두고보지 않을 작정이었다. 하지만 성공이 필요했다. 그는 다시 반에서 1등이 되고 싶었다.

대신 그는 파티에 다녔다.

아내와 자녀가 있는 대사관 직원들은 저녁이면 기꺼이 집으로 돌아가 비디오테이프로 영화를 봤기 때문에 총각 직원들이 별로 중요하지 않아 보이는 파티마다 참석해야 했다. 오늘밤 캠은 새로 부임한 부대사의 환영 모임이 열리는 이집트 대사관으로 향했다.

폴스키에 시동을 걸자 라디오가 켜졌다. 그는 라디오를 SB 주파수에 맞춰두었다. 대개 감도가 약하긴 했지만 가끔 비밀경찰이 도시 안에서 사람들을 뒤쫓으며 서로 이야기를 나누는 소리가 잡혔다.

가끔 그들은 그를 뒤쫓기도 했다. 자동차는 바뀌었지만 대개 같은 남자 두 명이었다. 한 명은 그가 마리오라고 부르는 까무잡잡한 남자고 다른 한 명은 그가 올리라는 이름으로 생각하는 뚱뚱한 남자였다. 감시는 정형화된 방식이 없었고, 그는 그냥 거의 항상 감시를 받고 있다고 생각했다. 아마 그들은 그렇게 생각하길 원한 것일 수도 있다. 어쩌면 그를 영원히 불안하게 만들려고 일부러 무작위로 감시하는 것일지도 모른다.

하지만 그 역시 훈련을 받았다. 눈에 띄게 감시를 따돌려선 안 된다고 배웠다. 왜냐하면 그런 행동이 상대에게는 내가 뭔가를 하려고 한다는 신호가 되기 때문이다. 규칙적인 습관을 만들 것. 그는 그렇게 배웠다. 매주 월요일에는 A 레스토랑에 가고 매주 화요일에는 B 바에 가라. 그들을 달래서 안심시켜라. 하지만 감시의 빈틈을 노려 그들의 관심이 약해질 때를 찾아라. 그 순간이 눈에 띄지 않고 뭔가를 할 수 있는 때이다.

차를 몰고 미국 대사관에서 멀어지면서 그는 파란색 스코다 105 한 대가 두 대 뒤로 차선에 합류하는 것을 보았다.

스코다는 도시를 가로지르며 그를 뒤따랐다. 마리오가 운전석에, 올리가 조수석에 타고 있다.

캠은 알자츠카 가에 차를 세우고 파란색 스코다가 100미터 정도를 더 가서 멈춰 서는 것을 보았다.

그는 가끔 생활의 많은 부분을 차지하게 된 마리오와 올리에게 말을 걸고 싶은 충동을 느꼈지만, 그런 행동은 절대 하지 말라는 경고를 받았다. SB가 요원을 교체할 테고 그러면 새로 온 사람들을 파악하는 데 시간이 걸리기 때문이었다.

그는 이집트 대사관으로 들어가 쟁반에서 칵테일을 한 잔 집었다. 너무 묽어서 진 맛은 거의 느껴지지 않았다. 그는 오스트리아 외교관 한 명과 바르샤바에서는 편한 남자 속옷을 사기 힘들다는 이야기를 나누었다. 오스트리아인이 다른 곳으로 가버리자 캠은 주위를 둘러보다가 이십대인 금발의 여자가 혼자 서 있는 것을 보았다. 눈을 마주치자 그녀가 미소지었고, 그는 여자에게 말을 붙이러 갔다.

그는 금세 그녀가 폴란드인이고 이름은 리트카로 캐나다 대사관에서 비서로 일한다는 것을 알아냈다. 몸에 꼭 맞는 분홍색 스웨터에 짧은 검은색 치마를 입어 긴 다리가 훤히 드러났다. 영어를 잘했고 캠의 이야기를 집중해 열심히 듣는 그녀의 모습에 그는 우쭐해졌다.

그때 가는 세로줄무늬 정장을 입은 남자가 그녀를 단호하게 불러 대화는 중단되었다. 아무래도 리트카의 상관인 모양이었다. 거의 즉시 캠에게 다른 매력적인 여자가 접근해와 오늘은 운이 좋은 날이라는 생각이 들기 시작했다. 이번에는 마흔 살쯤으로 나이가 더 많았지만 더 예뻤다. 짧은 머리는 연한 금발이고, 밝고 파란 눈은 파란색 아이섀도 때문에 더욱 두드러져 보였다. 그녀가 러시아어로 말을 걸었다. "전에도 본 적 있어요." 그녀는 말했다. "당신은 캐머런 듀어죠. 난 타냐 드보르킨이라고 해요."

"기억해요." 그는 유창한 러시아어를 자랑할 기회가 생겨 기뻤다. "타스에서 온 기자죠."

"당신은 CIA 요원이고."

그가 그런 말을 했을 리 없으니 아마 그녀의 추측일 터였다. 관례대로 그는 부정했다. "그렇게 멋진 사람 아닙니다." 그가 말했다. "그저 시시한 문화 담당관이죠."

"문화요?" 그녀는 말했다. "그럼 날 도와줄 수 있겠네요. 얀 마테이코는 어떤 화가인가요?"

"잘 모르겠군요." 그는 말했다. "인상파인 것 같은데. 왜요?"

"미술 전공은 아닌가봐요?"

"저는 음악 쪽이죠." 그는 궁지에 몰린 기분이었다.

"아마도 폴란드 바이올리니스트 슈필만을 좋아하겠군요."

"당연하죠. 활 쓰는 테크닉이 대단하죠!"

"시인 비스와바 심보르스카에 대해서는 어떻게 생각하나요?"

"안타깝게도 그의 작품은 많이 읽지 못했네요. 이거 시험인가요?"

"네, 당신은 낙제고요. 심보르스카는 여자죠. 슈필만은 바이올리니스트가 아니라 피아니스트고. 마테이코는 법정 장면과 전투를 그린 전통적 작가죠, 인상파가 아니라. 그리고 당신은 문화 담당관이 아니에요."

캠은 너무 쉽게 정체가 들통나자 굴욕감이 느껴졌다. 얼마나 가망 없는 비밀요원이었던가! 그는 유머로 무시하려고 애썼다. "전 그냥 아주 형편없는 문화 담당관인 거죠."

그녀가 목소리를 낮추었다. "만일 폴란드군 장교가 미국 대표와 이야기하고 싶다면 당신이 주선할 수 있겠죠, 아마도."

갑자기 대화가 심각하게 바뀌었다. 캠은 긴장했다. 이건 일종의 덫일지도 모른다.

아니면 거짓 없는 접근일 수도 있다. 만일 그렇다면 그에게 엄청난 기회가 될 터였다.

그는 조심스럽게 대답했다. "당연히 누구를 위해서든 미국 정부와 대화를 주선할 수 있습니다."

"비밀리에요?"

대체 이건 뭐지? "네."

"좋아요." 그녀는 그렇게 말하더니 가버렸다.

캠은 술을 한 잔 더 마셨다. 무슨 일일까? 진짜일까? 아니면 그를 놀리는 걸까?

파티는 끝나가고 있었다. 그는 남은 저녁시간을 어떻게 보내야 할지 알 수 없었다. 오스트레일리아 대사관에 있는 바에나 갈까 생각했다. 가끔 그곳에서 붙임성 있는 그 나라 요원들과 다트 게임을 했다. 순간 근처에서 다시 혼자가 되어 서 있는 리트카를 보았다. 그녀는 정말 섹시했다. 그는 그녀에게 말했다. "저녁 계획 있어요?"

그녀는 어리둥절한 눈치였다. "뭘 먹을 거냐고요?"

그는 웃었다. 그녀는 저녁 계획이라는 말을 이해하지 못한 것이다. 그가 말했다. "그게 아니고, 저랑 같이 저녁 먹을래요?"

"오, 좋아요." 그녀는 즉시 말했다. "'덕'에 가면 어때요?"

"좋아요." 그곳은 음식값이 비싼 레스토랑이었지만 미국 달러로 지불하면 딱히 그렇지도 않았다. 그는 시계를 봤다. "지금 나갈까요?"

리트카는 실내를 살폈다. 세로줄무늬 정장 남자는 보이지 않았다. "전 자유예요." 그녀가 말했다.

그들은 출구로 향했다. 두 사람이 문을 나서는데 소련 기자 타냐가 다시 나타나더니 리트카에게 서툰 폴란드어로 말했다. "이거 떨어뜨렸네요." 그녀는 빨간 스카프를 들고 있었다.

"내 거 아니에요." 리트카가 말했다.

"당신 손에서 떨어지는 거 봤어요."

누군가 캠의 팔꿈치를 건드렸다. 혼란스러운 대화에서 고개를 돌린 그는 키 크고 잘생기고 마흔 살쯤 되어 보이는 남자가 폴란드 인민군 대령 제복을 입고 서 있는 것을 보았다. 그가 유창한 러시아어로 말했다. "당신과 얘기를 하고 싶습니다."

캠은 같은 언어로 대답했다. "좋습니다."

"내가 안전한 장소를 찾죠."

캠은 대답할 수밖에 없었다. "좋습니다."

"타냐가 언제 어딘지 말해줄 겁니다."

"네."

남자는 돌아섰다.

캐머런은 다시 리트카에게로 고개를 돌렸다. 타냐가 말하고 있었다. "제 실수네요. 바보 같으니." 그러고 나서 그녀는 재빨리 사라졌다. 군인 남자가 캠에게 이야기를 할 수 있도록 잠시 리트카의 관심을 돌리려던 것이 틀림없었다.

리트카는 의아해했다. "좀 이상하네요." 그녀가 건물을 나서며 말했다.

캠은 흥분했지만 마찬가지로 어리둥절한 척했다. "이상하네." 그가 말했다.

리트카는 끈질기게 물었다. "당신이 얘기하던 폴란드 장교는 누구였어요?"

"모르겠어요." 캠이 말했다. "제 차는 이쪽이에요."

"오!" 그녀는 말했다. "차가 있어요?"

"네."

"멋지네요." 리트카는 기분이 좋아 보였다.

*

일주일 뒤 캠은 리트카의 아파트에서 잠을 깼다.

괜찮은 원룸이었다. 침대와 TV, 주방 싱크대를 갖춘 방이었다. 욕실과 화장실은 복도 끝 공용을 다른 세 명과 함께 사용했다.

캠에게는 천국이었다.

그는 일어나 앉았다. 그녀가 테이블 앞에 서서 커피를 만들고 있었다. 원두는 그의 것이었다. 그녀는 진짜 커피를 마실 형편이 안 되었다. 그녀는 돌아서서 잔을 들고 침대로 걸어왔다. 갈색 음모는 뻣뻣했고 작고 뾰족한 가슴의 젖꼭지는 오디처럼 짙은 색이었다.

처음에 그는 벌거벗은 채 돌아다니는 그녀 때문에 거북했다. 쳐다보고 싶었지만 그것은 무례한 짓이기 때문이었다. 그 사실을 고백하자 그녀가 말했다. “보고 싶은 만큼 봐요. 난 좋던데.” 그는 여전히 부끄러웠지만 전처럼 많이는 아니었다.

그는 일주일 동안 매일 밤 그녀를 만났다.

그녀와 일곱 번 섹스를 했는데, 그건 마사지 업소에서 손으로 한 걸 빼면 평생 해본 것보다 많았다.

어느 날 리트카는 아침에도 또 하고 싶지 않느냐고 물었다.

그는 말했다. “당신 뭐야, 섹스광이야?”

그녀는 불쾌해했지만 두 사람은 화해했다.

그녀가 머리를 빗는 동안 그는 커피를 마시며 오늘 있을 일들을 생각했다. 타냐 드보르킨의 연락은 아직 받지 못했다. 그는 상관인 키스 도싯에게 이집트 대사관에서 있었던 일을 보고했고 그들은 그냥 기다려 보기로 동의했었다.

그의 머릿속에는 더 큰 문제가 있다. 그는 달콤한 덫이라는 표현을 알았다. 리트카가 그와 잠자리를 하는 숨겨진 동기는 없을까 의심하지 않는다면 바보였다. 그녀가 SB의 지시를 받아 움직이고 있을 가능성을 고려해야 했다. 그는 한숨을 쉬고 말했다. "당신에 관해서 상관에게 보고해야 해."

"그래요?" 그녀는 놀란 것 같지 않았다. "왜요?"

"미국 외교관들은 오직 NATO 국가의 국민과만 데이트를 해야 해. 우린 그걸 'NATO와 관계하는 규칙'이라고 해. 공산주의자랑 사랑에 빠지지 않기를 바라는 거지." 자신이 외교관이라기보다는 스파이라는 말은 하지 않았다.

그녀는 그의 옆 침대에 앉아 슬픈 얼굴을 했다. "나랑 헤어지려고요?"

"아니, 아니야!" 그런 생각만으로도 그는 두려웠다. "하지만 난 상부에 보고해야 해. 그러면 그들이 확인 절차에 들어갈 거야."

이제 그녀는 걱정스러운 것 같았다. "그게 무슨 말이에요?"

"당신이 폴란드 비밀경찰의 요원일 가능성이 있는지, 뭐 그런 걸 조사할 거라고."

그녀는 어깨를 으쓱했다. "아, 그런 건 괜찮아요. 내가 그런 사람이 아니란 건 금방 알아낼 테니까."

그녀는 그 문제에 관한 한 걱정이 풀린 듯했다. "미안해, 하지만 해야 하는 거라서." 캠이 말했다. "하룻밤 자고 마는 관계라면 문제없지만 그 이상으로 발전하면 보고를 해야 해. 있잖아, 진짜 사랑하는 관계."

"좋아요."

"우린 그런 거잖아, 그렇지?" 캠은 초조하게 물었다. "진짜 사랑하는 관계, 그렇지?"

리트카는 웃었다. "오, 그럼요." 그녀는 말했다. "그런 거죠."

53장

프랑크 가족은 트라반트 두 대를 나눠 타고 헝가리로 여행을 갔다. 휴가를 떠난 것이다. 헝가리는 휘발유 값을 댈 수 있는 동독인들에게 인기 있는 여름 여행지였다.

그들이 아는 한 뒤를 밟는 사람은 없었다.

그들은 동독 정부의 여행 안내소를 통해 예약을 했다. 헝가리가 소련 공산권에 속한 나라이기는 하지만 반쯤은 비자가 거부될 줄 알았다. 하지만 그들은 기분좋게 놀랐다. 한스 호프만은 그들을 괴롭힐 기회를 놓쳤다. 아마도 바빴던 모양이었다.

그들은 카롤린과 그녀의 가족도 데려가야 했기 때문에 자동차가 두 대 필요했다. 베르너와 카를라는 열여섯 살인 손녀 알리스를 엄청나게 좋아했다. 릴리는 카롤린을 사랑했지만 카롤린의 남편 오도는 사랑하지 않았다. 그는 좋은 사람이고 릴리의 현재 직장, 즉 그녀가 관리자로 있는 교회 고아원도 그가 다닐 수 있게 해준 터였다. 하지만 카롤린과 알리스에 대한 그의 애정은 어딘가 억지스러운 면이 있었다. 마치 그들을 사랑하는 것이 선행을 베푸는 것 같았다. 릴리가 생각하기에 남자의 사랑은 도덕적 의무가 아니라 어쩔 도리 없는 열정이었다.

카롤린도 같은 생각이었다. 그녀와 릴리는 서로 비밀을 나눌 만큼 가까웠고, 카롤린은 자기가 결혼한 것은 실수였다고 고백했다. 오도와 함께 사는 게 비참하지는 않지만 그렇다고 그를 사랑하는 것도 아니었다. 그는 친절하고 점잖았지만 섹시하지는 않았다. 그들은 한 달에 한 번 정도 관계를 맺었다.

그래서 휴가를 떠난 일행은 여섯 명이었다. 베르너, 카를라, 릴리는 구릿빛 차를 탔고 카롤린과 오도, 알리스는 하얀 차를 탔다. 오래 운전을 해야 했다. 특히 600시시 이행정 엔진이 달린 트라비로는 더 오래 걸렸다. 체코슬로바키아 전체를 가로질러 1000킬로미터 가까이 달려야 했다. 첫날 그들은 프라하까지 가서 그곳에서 밤을 보냈다. 이튿날 아침 호텔을 나설 때 베르너가 말했다. "아무도 우리를 따라오지 않는 것이 확실해. 빠져나온 것 같다."

그들은 길이 80킬로미터로 중부 유럽에서 가장 큰 호수인 벌러톤으로 달려갔다. 그곳은 자유국가인 오스트리아와 애가 탈 정도로 가까웠다. 하지만 국경 전체에 240킬로미터에 달하는 전기 울타리가 설치되어 노동자 천국의 탈출을 막았다. 그들은 호수 남쪽 기슭의 캠핑장에 나란히 텐트 두 개를 쳤다.

그들은 비밀스러운 목적이 있었다. 레베카를 만날 작정이었다.

레베카의 아이디어였다. 그녀는 인생의 일 년을 발리를 돌보는 데 썼고 그는 마약을 끊는 데 성공했다. 그는 이제 함부르크의 레베카 집 근처에 혼자 아파트를 얻어 살았다. 동생을 돌보느라 레베카는 연방의회의 의원이 될 기회를 마다했지만, 발리가 회복되자 다시 제안이 들어왔다. 이제 그녀는 선출된 의원으로서 외교정책 전문가로 활동했다. 그리고 출장차 떠났던 헝가리에서 그 나라가 계획적으로 서방의 여행객을 끌어모으고 있다는 것을 알게 되었다. 관광과 저렴한 리슬링 와인은 외화를 버는 동시에 엄청난 무역 적자를 줄이는 이 나라의 유일한 수단이었다. 서방 사람들은 특별히 따로 마련된 휴가용 캠핑장을 이용했지만 캠핑장 밖에서 사람을 만나는 것에 대한 제지는 전혀 없었다.

그러니까 프랑크 가족이 하는 일은 전혀 법을 어기는 행위가 아니었다. 그들은 허가를 받아 여행 왔고, 레베카도 마찬가지였다. 그들과 마찬가지로 그녀도 저렴한 휴가를 위해 헝가리로 왔다. 그들은 우연인 듯 마주칠 것이다.

그러나 공산주의국가에서 법률은 겉치장에 지나지 않는다. 프랑크 가족은 그들의 계획을 비밀경찰이 알아내면 끔찍한 문제가 발생하리라는 것을 알았다. 그래서 레베카는 지금도 베르너를 만나러 국경을 넘어 서베를린과 동베를린을 자주 오가는 덴마크인 회계사 에노크 아네르센을 통해 모든 것을 은밀하게 진행했다. 무엇도 종이에 적지 않았고 전화도 하지 않았다. 그들의 가장 큰 걱정은 레베카가 체포되어—또는 심지어 슈타지에 의해 그냥 납치당해—동독의 감옥으로 끌려가는 일이었다. 그것은 외교적인 사건이 될 테지만 슈타지라면 어쨌거나 그렇게 나올 수도 있다.

레베카의 남편인 베른트는 오지 않을 예정이었다. 그는 몸상태가 악화되어 신장이 제대로 기능하지 못했다. 더구나 시간제로 일하고 있어 멀리 여행을 갈 수도 없었다.

베르너는 텐트를 치느라 망치질을 하다가 몸을 일으켜 조용히 릴리에게 말했다. "주위를 잘 살펴. 그들은 여기까지 우리를 따라오지 않았지만 어쩌면 미리 사람을 보내놔서 미행할 필요가 없다고 생각한 걸 수도 있어."

릴리는 그저 한번 둘러보는 척 캠핑장을 돌아다녔다. 벌러톤 호수에 놀러온 캠핑객들은 유쾌하고 친절했다. 매력적인 젊은 여자인 릴리는 인사를 건네고 커피나 맥주, 간식거리를 권하는 사람들을 만났다. 대부분 텐트는 가족들이 차지했지만 남자끼리, 그리고 소수지만 여자끼리 온 여행객도 있었다. 독신인 사람들은 앞으로 며칠 사이 분명 서로를 찾을 것이다.

릴리도 독신이었다. 그녀는 섹스를 좋아했고 연애도 몇 번 해봤다. 그 가운데 여자도 한 명 있었는데, 가족은 그런 사실을 알지 못했다. 그녀는 자기도 다른 여자들처럼 모성애가 있을 거라 생각했고 발리의 아이인 알리스도 아주 사랑스러웠다. 하지만 동독에서 키운다고 생각하면 너무 비참해 스스로의 아이를 갖는 것은 뒤로 미뤘다.

그녀는 가족의 정치 성향 때문에 대학에서 쫓겨나 탁아소 보모 교육을 받았다. 당국의 바람대로라면 절대 승진하지 못했겠지만 오도가 교회에 일자리를 잡을 수 있도록 도와주었다. 교회는 채용시 공산당의 통제를 받지 않았다.

하지만 그녀가 진짜로 하는 일은 음악이었다. 카롤린과 함께 작은 바나 젊은이들이 가는 클럽, 가끔은 교회 홀에서도 노래하고 기타를 연주했다. 그들의 노래는 산업공해, 오래된 건물과 기념물의 파괴, 자연적인 산림의 벌목, 흉물스러운 건축물에 대해 항의하는 내용이었다. 정부는 그들을 매우 싫어했고, 두 사람은 체포되어 과장된 주장을 퍼뜨리지 말라는 주의도 들었다. 그러나 실제로 공산주의자들도 공장폐수로 강을 오염시키는 일을 두둔할 수는 없었고, 환경운동가들에게 극단적인 행동을 취하기 어려웠다. 오히려 대개는 그들을 '자연과 환경 보호를 위한 사회'에 권한도 없는 관리로 선임하려 애쓰는 편이었다.

릴리의 아버지 말로는 미국에서는 보수파가 환경운동가들을 반기업적이라며 비난한다고 했다. 소련 공산권의 보수파들은 그들을 반공산주의로 비난해야 했기 때문에 더 애를 먹었다. 어쨌거나 공산주의에서 중요한 점은 산업이 지배자가 아닌 인민을 위해 돌아가게 하는 것이었다.

어느 날 밤 릴리와 카롤린은 몰래 녹음 스튜디오에 들어가 앨범을 만들었다. 정식 발매는 하지 않았지만 아무런 표시도 하지 않은 상자에 담은 카세트테이프는 천 개나 팔렸다.

릴리가 캠핑장을 한 바퀴 돌아보니 거의 동독 사람들이 독점하다시피 했다. 서방 사람들을 위한 캠핑장은 1.6킬로미터나 떨어져 있었다. 가족들에게 돌아가던 그녀는 그들의 텐트 근처 또다른 텐트 밖에서 그녀 또래의 남자 두 명이 맥주를 마시는 모습을 보았다. 한 명은 금발이 벗어지고 있었고 다른 사람은 검은 머리가 십오 년은 시대에 뒤떨어지는 비틀스 스타일이었다. 그녀와 눈길이 마주친 금발 남자가 얼른 고개를 돌렸는데, 그 모습이 어딘가 의심스러웠다. 젊은 남자는 대개 그녀의 눈길을 피하지 않았다. 이 두 사람은 그녀에게 뭔가 마시라고도, 함께 어울리자고도 권하지 않았다. "이런, 안 돼." 그녀는 중얼거렸다.

슈타지 요원들은 알아보기 쉬웠다. 그들은 악랄하고 깔끔하지 못했다. 슈타지는 위신과 권력을 갈망하지만 머리가 나쁘고 재능이 없는 사람들을 위한 곳이었다. 레베카의 첫 남편 한스가 전형적이었다. 그는 형편없는 깡패나 다름없지만 꾸준히 승진해서 이제 그들의 최고 지휘관 중 하나인 모양이었다. 리무진을 타고 다니고 높은 담장이 둘러싼 커다란 빌라에 살았다.

릴리는 관심을 끌고 싶지는 않지만 의심은 확인할 필요가 있다고 결정했고, 그렇다면 뻔뻔스러워야 했다. "안녕들 하세요?" 그녀는 상냥하게 말했다.

두 남자 모두 신음하고는 형식적인 인사를 했다.

릴리는 쉽게 그들을 놓아줄 마음이 없었다. "부인들과 같이 오셨나봐요?" 그녀는 말했다. 그것이 유혹하는 말이라는 것을 남자들이 눈치채지 못할 리 없었다.

금발 남자는 고개를 흔들었고 다른 남자는 간단히 말했다. "아뇨." 그들은 꾸며댈 만큼 똑똑하지도 못했다.

"진짜요?" 이걸로 확인은 충분하다고 생각했다. 여자를 찾는 게 아니라면 독신 남자 둘이 휴가지 캠핑장에서 뭘 하고 있었겠는가? 동성애자라고 하기에 두 사람은 너무 옷을 못 입었다. "있잖아요." 릴리는 억지로 밝은 목소리를 내며 말했다. "여기서는 좋은 시간 보내려면 저녁에 어디로 가나요? 어디 춤출 곳 있나요?"

"몰라요."

충분했다. 이들이 휴가를 왔다면 난 브레즈네프 부인이다. 그녀는 생각했다. 그리고 그곳을 떠났다.

문제였다. 어떻게 하면 슈타지 요원들에게 들키지 않고 레베카를 만날 수 있을까?

릴리는 가족에게 돌아왔다. 텐트 두 개가 세워져 있었다. "나쁜 소식이에요." 그녀는 아버지에게 말했다. "슈타지 요원 두 명이에요. 여기서 남쪽으로 다음 줄, 동쪽으로 텐트 세 개 떨어진 곳이에요."

"우려했던 상황이구나." 베르너가 말했다.

*

그들은 이틀 뒤 레베카가 첫 여행 당시 방문했던 한 레스토랑에서 만날 예정이었다. 하지만 그곳에 가기 전에 프랑크 가족은 비밀경찰을 따돌려야 했다. 릴리는 걱정스러웠지만 그녀의 부모는 이상하리만치 차분했다.

첫날 베르너와 카를라는 구릿빛 트라비를 타고 정찰을 다녀오겠다며 일찍 나섰다. 슈타지들이 녹색 스코다를 타고 그들을 뒤따랐다. 베르너와 카를라는 온종일 나갔다가 자신감 넘치는 모습으로 돌아왔다.

다음날 아침 베르너는 릴리에게 함께 하이킹을 나가자고 했다. 그들은 텐트 밖에 서서 배낭을 메고 서로의 몸에 맞게 조절해주었다. 튼튼한 부츠를 신고 챙 넓은 모자도 썼다. 누가 봐도 그들은 오래 걸으러 나가는 사람들이었다.

그와 동시에 카를라는 쇼핑백을 들고 나설 준비를 하면서 목록을 적으며 큰 소리로 말했다. "햄, 치즈, 빵…… 또 뭐 없니?"

릴리는 두 사람이 너무 눈에 띄게 행동하는 것이 불안했다.

비밀경찰 남자들은 그들의 텐트 밖에 앉아 담배를 피우며 지켜보고 있었다.

그들은 반대 방향으로 출발했다. 카를라는 주차장으로 향했고 릴리와 베르너는 호수 기슭으로 걸어갔다. 비틀스 머리를 한 슈타지 요원이 카를라를 따라갔고 금발 남자는 베르너와 릴리를 뒤쫓았다.

"여기까지는 좋아." 베르너가 말했다. "저들을 서로 떼어놓았다."

릴리와 베르너가 호수에 다다르자 베르너는 서쪽으로 방향을 바꿔 기슭을 따라 걸었다. 하루 전에 미리 살펴둔 것이 분명했다. 지형은 간헐적으로 거칠었다. 금발의 슈타지 요원이 멀찍이서 그들을 따라왔는데 쉽지 않은 모양이었다. 하이킹에 적합한 복장이 아니었다. 두 사람은 가끔 휴식이 필요한 척 멈춰서 그가 따라올 수 있도록 했다.

그들은 두 시간을 걸어 인적이 없는 긴 호숫가에 도착했다. 중간쯤 나무들 사이로 대충 낸 길이 뻗어나와 만조 표지판 앞에서 끊어져 있었다.

카를라가 운전대를 잡은 구릿빛 트라반트가 그곳에 서 있었다.

다른 사람은 아무도 보이지 않았다.

베르너와 릴리는 차에 탔고 카를라는 슈타지 남자를 오도 가도 못하게 둔 채 자동차를 출발시켰다.

릴리는 손을 흔들어 작별인사를 하고 싶은 유혹을 참아내야 했다.

베르너가 카를라에게 말했다. "다른 녀석을 따돌렸군."

"그래요." 카를라가 말했다. "식료품점 밖에 있는 쓰레기통에 불을 질러서 주의를 딴 데로 돌렸어요."

베르너는 씩 웃었다. "오래전에 내게 배운 수법이군."

"그렇죠. 당연히 그는 차에서 내려 무슨 일인지 보러 갔어요."

"그러고 나서……"

"그자가 정신이 팔렸을 때 못으로 타이어에 구멍을 냈죠. 그자는 바퀴를 가느라 못 따라왔어요."

"좋아."

릴리가 말했다. "두 분 전쟁 때도 이런 일 했죠, 안 그래요?"

잠시 침묵이 흘렀다. 그들은 전쟁에 대해서는 절대 많은 이야기를 하지 않았다. 결국 카를라가 말했다. "그래, 우린 조금 활동을 했다. 자랑할 만한 가치는 없는 이야기야."

그들이 한 이야기는 그게 전부였다.

그들은 어느 마을로 달렸고 영어로 'bar'라고 쓴 간판이 달린 작은 집에서 속도를 늦췄다. 한 남자가 바깥에 서 있다가 그들에게 보이지 않는 뒤쪽 마당에 차를 세우라고 신호를 보냈다.

그들은 작은 바에 들어섰다. 정부에서 운영하는 곳이라기에는 너무 멋진 곳이었다. 릴리는 곧바로 언니 레베카를 발견하고 그녀를 껴안았다. 그들은 십팔 년 동안 만나지 못했다. 릴리는 레베카의 얼굴을 보려고 애썼지만 눈물 때문에 보이지 않았다. 카를라와 베르너도 차례로 레베카를 껴안았다.

마침내 릴리가 앞을 볼 수 있게 되었을 때 그녀는 레베카가 중년이 된 것을 깨달았다. 놀라울 것도 없이 그녀는 다음 생일이면 쉰 살이 될 터였다. 릴리가 기억하는 것보다 몸무게도 는 것 같았다.

하지만 가장 놀라운 건 그녀가 정말 멋져 보였다는 점이다. 그녀는 작은 점들이 박힌 파란 여름 드레스에 그와 어울리는 재킷 차림이었다. 목에는 커다란 진주 한 개가 달린 은 목걸이를 했고 팔에는 두툼한 은 팔찌를 찼다. 맵시 있는 샌들은 코르크로 만든 뒷굽이 달렸다. 어깨에는 네이비블루 가죽가방을 멨다. 릴리가 알기로는 정치가 특히 돈을 많이 버는 직업은 못 되었다. 혹시 서독 사람 모두가 이렇게 잘 차려입는 건 아니겠지?

레베카는 바를 지나 안쪽의 독립된 공간으로 그들을 안내했고, 그곳의 긴 테이블 위에는 큰 접시에 담은 냉육 요리와 샐러드, 와인이 이미 준비되어 있었다. 테이블 옆에는 마르고 잘생기고 심신이 지친 듯한 남자가 티셔츠와 스키니 블랙진 차림으로 서 있었다. 사십대는 되어 보였는데, 병을 앓고 난 뒤라면 그보다 젊을 수도 있었다. 릴리는 그가 바에서 일하는 사람이 틀림없다고 생각했다.

카를라는 헉하고 숨을 삼켰고, 베르너는 말했다. "이런, 맙소사."

릴리는 뭔가 기대하듯 그녀를 바라보는 마른 남자를 보았다. 불현듯 아몬드 모양 눈을 알아보았고, 자기가 오빠 발리를 보고 있다는 걸 깨달았다. 그녀는 놀라서 작게 비명을 질렀다. 이렇게 늙어 보이다니!

카를라가 발리를 껴안으면서 말했다. "내 어린 아들! 불쌍한 우리 아기!"

릴리는 다시 울음을 터뜨리며 그를 껴안고 키스했다. "너무 달라 보여." 그녀는 흐느껴 울었다. "무슨 일이 있었던 거야?"

"로큰롤이야." 그가 웃으며 대답했다. "하지만 이겨내고 있어." 그는 누나를 바라보았다. "레베카가 인생의 일 년을 희생했어. 엄청난 경력을 쌓을 기회도 포기했지. 날 구하려고."

"당연히 그래야지." 레베카가 말했다. "난 네 누난걸."

릴리는 레베카가 망설이지 않았을 거라고 확신했다. 그녀에게 가족보다 앞서는 건 없었다. 릴리는 레베카가 입양되었기 때문에 그렇게 가족애가 강하다고 생각했다.

베르너는 발리를 한참 안고 있었다. "우린 몰랐다." 그의 목소리는 감정으로 탁해졌다. "우린 네가 오는지 몰랐어."

레베카가 말했다. "제가 완벽하게 비밀에 부치기로 결심했거든요."

카를라가 말했다. "위험하지 않아?"

"분명히 위험하죠." 레베카가 말했다. "하지만 발리는 위험을 감수하고 싶다고 했어요."

그때 카롤린이 가족과 함께 걸어들어왔다. 다른 사람들과 마찬가지로 그녀도 발리를 한참 만에야 알아보고 충격에 울음을 터뜨렸다.

"안녕, 카롤린." 그가 말했다. 그러고는 그녀의 손을 잡고 양볼에 키스를 했다. "다시 만나서 정말 기뻐."

오도가 말했다. "전 오도라고, 카롤린의 남편입니다. 마침내 만나게 되서 정말 기쁩니다."

뭔가가 발리의 얼굴에서 번쩍했다. 그것은 순식간에 사라졌지만, 릴리는 발리가 오도에게서 무언가를 보고 이해하고 충격받았다가 그 감정을 얼른 덮었다는 것을 알았다. 두 남자는 상냥하게 악수를 했다.

카롤린이 말했다. "그리고 이 아이가 알리스야."

"알리스?" 발리가 말했다. 그는 키가 크고 금발을 커튼처럼 얼굴 앞으로 늘어뜨린 열여섯 살짜리 여자애를 눈부신 듯 바라보았다. "내가 너에 대한 노래를 썼단다." 그는 말했다. "네가 어렸을 적에."

"알아요." 알리스는 그의 뺨에 키스했다.

오도가 말했다. "알리스는 자기 과거를 압니다. 아이가 이해할 만큼 크자마자 우리가 모든 걸 말해줬어요."

릴리는 발리가 오도의 목소리에 깃든 고결한 기운을 알아챘을까 궁금했다. 아니면 그녀가 지나치게 민감한 걸까?

발리가 알리스에게 말했다. "널 사랑해. 하지만 오도가 널 키웠지. 난 그걸 절대 잊지 않을 거고, 너도 잊지 않으리라 확신한다."

잠시 그는 목이 메는 듯했다. 그러더니 다시 마음을 가다듬고 말했다. "모두 앉아서 먹어요. 오늘은 행복한 날이에요." 릴리는 발리가 돈을 모두 내지 않았을까 생각했다.

그들 모두 테이블에 둘러앉았다. 잠시 다들 낯선 사이처럼 어색해하며 뭔가 할말을 생각해내느라 애썼다. 그러다가 여러 명이 동시에 입을 열었는데, 모두 발리에게 하는 질문이었다. 다들 웃었다. "한 사람씩 물어봐요!" 발리가 말했고 모두 긴장이 풀렸다.

발리는 모두에게 그가 함부르크에 펜트하우스를 갖고 있다고 말했다. 결혼은 하지 않았지만 여자친구는 있었다. 십팔 개월에서 이 년에 한 번씩 캘리포니아로 가서 데이브 윌리엄스의 농장에서 넉 달 동안 지내며 플럼 넬리와 함께 새 앨범을 만들었다. "난 중독자예요." 그가 말했다. "하지만 칠 년 동안 끊었고 9월이면 팔 년이 돼요. 밴드랑 공연할 때는 대기실 밖에 경비원이 서서 약을 가졌는지 손님들을 검사해요." 그는 어깨를 으쓱했다. "나도 지나치다는 걸 알지만, 상황이 그래요."

발리도 질문이 있었다. 특히 알리스에 대해서. 알리스가 대답하는 동안 릴리는 테이블을 둘러보았다. 이것이 그녀의 가족이었다. 부모님, 언니, 오빠, 조카, 그리고 가장 오랜 친구이자 노래 파트너. 그들 모두 한방에 모여 먹고 이야기하고 와인을 마시다니 얼마나 큰 행운인가.

어떤 가족은 이런 모임을 주말마다 가지면서 당연하게 느낄 거라는 생각이 퍼뜩 들었다.

카롤린은 발리 옆에 앉았고 릴리는 두 사람이 함께 있는 모습을 지켜보았다. 그들은 즐거운 시간을 보내고 있었다. 그리고 아직도 서로를 웃게 한다는 것을 그녀는 알아차렸다. 만일 상황이 달랐더라면—만일 베를린장벽이 무너졌다면—그들의 사랑은 다시 불붙을까? 그들은 아직 젊었다. 발리는 서른셋, 카롤린은 서른다섯이었다. 릴리는 그런 생각은 옆으로 밀쳐두었다. 공상이자 바보 같은 환상이었다.

발리는 베를린에서 탈출하던 이야기를 듣지 못한 알리스를 위해 다시 들려주었다. 밤새 앉아서 나타나지 않는 카롤린을 기다리던 대목에 이르자 그녀가 끼어들었다. "난 무서웠어." 카롤린은 말했다. "나 때문에 무섭고 내 안의 아기 때문에 무서웠지."

"비난하지 않아." 발리가 말했다. "당신은 잘못 없어. 나도 그렇고. 잘못된 건 장벽이지."

그는 차단기를 부수면서 어떻게 검문소를 지났는지 묘사했다. "내가 죽인 그 사람을 절대 잊지 못할 거야." 그가 말했다.

카를라가 말했다. "네 잘못이 아니야. 그가 네게 총을 쐈잖아!"

"알아요." 발리가 말했다. 릴리는 그 목소리에서 마침내 그가 이 문제에 대해 평화를 찾았다는 걸 알았다. "미안하게 생각해요. 하지만 죄를 지었다는 느낌은 없어요. 내가 탈출한 것도 잘못이 아니었고 그가 날 쏜 것도 잘못이 아니었으니까."

"오빠 말대로야." 릴리가 끼어들었다. "잘못된 건 오직 장벽이야."

54장

캠 듀어의 상관인 키스 도싯은 땅딸막하고 머리가 엷은 갈색인 남자였다. 많은 CIA 요원처럼 그는 옷을 못 입었다. 오늘은 갈색 트위드 재킷에 회색 플란넬 바지, 갈색 펜슬 스트라이프가 들어간 하얀 셔츠에 흐릿한 녹색 넥타이를 맨 차림이었다. 거리에서 걸어가는 그를 봐도 눈길이 머무르지 않고 머릿속에서는 중요하지 않은 사람으로 잊힐 것이다. 어쩌면 그는 그 효과를 의도했는지도 모른다고 캐머런은 생각했다. 아니면 그냥 멋없는 사람인지도.

"자네 여자친구 리트카 말이야." 키스는 미국 대사관의 커다란 책상 앞에 앉아서 말했다.

캠은 리트카가 어떤 사악한 단체와도 관련이 없다고 확신했지만, 그렇다는 것을 확인받고 싶어 무척 기다리고 있었다.

키스가 말했다. "자네 요청이 거부되었네."

캠은 깜짝 놀랐다. "무슨 말씀을 하시는 겁니까?"

"자네 요청이 거부되었다고. 세 단어 가운데 이해하기 어려운 게 어떤 거야?"

CIA 요원들은 가끔 군대에 있는 것처럼 행동했고, 자기보다 직급이 낮은 사람들에게는 명령을 빽 내지를 수 있었다. 하지만 캠은 그렇게 쉽게 겁을 먹지 않았다. 그는 백악관에서도 일한 경험이 있다. "무슨 이유로 거부되었습니까?" 그가 말했다.

"난 이유를 알려줘야 할 필요가 없어."

캠은 서른넷의 나이에 처음으로 진짜 여자친구가 생겼다. 이십 년 동안 거절만 당하던 끝에 이제야 그를 기쁘게 해주는 것 말고는 무엇도 원하지 않는 듯한 여자와 잠자리를 갖고 있었다. 그녀를 잃을 수도 있다는 공포에 그는 무모해졌다. "그렇게 나쁜 놈처럼 굴 필요도 없잖아요." 그는 쏘아붙였다.

"내게 감히 그렇게 말하지 마. 한 번만 더 시건방지게 굴면 집으로 가는 비행기를 타게 될 거야."

캠은 집으로 돌아가고 싶지 않았다. 그는 물러섰다. "사과드리죠. 하지만 저는 여전히 거부하시는 이유를 알고 싶습니다. 괜찮으시다면 말이죠."

"자네는 우리가 '가깝고 지속적인 접촉'이라고 말하는 관계를 그녀와 맺고 있지, 안 그래?"

"물론입니다. 제가 직접 말씀드린 내용이죠. 그게 왜 문제가 되나요?"

"통계야. 미국에 대해 스파이짓을 하다 잡힌 배신자 대부분은 친척이나 가까운 친구 중 외국인이 있는 것으로 밝혀졌네."

캠은 뭔가 이런 종류이리라고 의심하던 터였다. "저는 통계적인 이유로 그녀를 포기할 생각이 없습니다. 그녀에 대해서 뭐든 확실하게 밝혀진 것은 없습니까?"

"무슨 이유로 자네가 날 반대신문할 수 있다고 생각하는 건가?"

"아니라는 대답이라 생각하겠습니다."

"비꼬지 말라고 경고했을 텐데."

다른 요원인 토니 사비노가 종이 한 장을 들고 다가오는 바람에 두 사람의 대화는 중단되었다. "지금 막 오늘 아침 기자회견에 오겠다는 기자들 명단을 보던 참인데요." 그가 말했다. "타스의 타냐 드보르킨이 온답니다." 그는 캠을 바라보았다. "이집트 대사관에서 자네한테 말 걸었다던 그 여자 아냐?"

"맞아." 캠이 말했다.

키스가 말했다. "기자회견 주제가 뭔데?"

"예술품의 상호 대여와 관련해 폴란드와 미국의 미술관들을 위한 새롭고 합리적인 협정의 도입, 그렇게 되어 있네요." 토니는 종이에서 눈을 들었다. "타스의 스타 기자가 관심을 가질 만한 주제는 아니지 않나?"

캠이 말했다. "분명 날 만나러 오는 거야."

*

타냐는 미국 대사관의 기자회견실에 들어서자마자 캠 듀어를 발견했다. 키가 크고 마른 그는 뒤쪽에 가로등처럼 서 있었다. 그가 보이지 않았더라면 기자회견이 끝나고 찾아나설 생각이었는데 이편이 눈에 덜 띄고 좋았다.

하지만 그에게 다가가는 것이 너무 의도적인 접근처럼 보이지 않도록 일단은 발표를 듣기로 했다. 그녀는 좋아하는 폴란드 기자 옆자리에 앉았다. 다누타 고르스키는 혈기 왕성한 갈색 머리 여자로 이가 다 드러나게 활짝 웃는 사람이었다. 그녀는 수비위원회라는 준지하운동에 참여해 노동자들의 불만과 인권침해에 대한 팸플릿을 만들었다. 이런 불법적인 출판물은 '비부와'라고 했다. 다누타는 타냐와 같은 건물에 살았다.

미국 공보관이 미리 인쇄해 기자들에게 배포한 발표문을 읽는 사이 다누타가 타냐에게 속삭였다. "당신 그단스크에 다녀오고 싶을지도 모르겠어요."

"왜요?"

"레닌 조선소에서 파업이 있을 거래요."

"파업은 어디나 있잖아요." 노동자들은 정부가 결정한 엄청난 식품 가격 인상을 보상할 임금 인상을 요구하고 있었다. 타냐는 이를 자본주의국가에서나 벌어지는 파업인 '작업 중지'로 보도했다.

"내 말 믿어요." 다누타가 말했다. "이번에는 다를 수도 있어요."

천에 얼룩이 번지듯 시위가 퍼져나가는 것을 어떻게든 막고 싶었던 폴란드 정부는 파업이 벌어질 때마다 신속하게 대처해 해당 지역에서 임금을 올리거나 제한적인 양보를 했다. 지배층 엘리트의 악몽은—그리고 반체제 인사들의 꿈은—그런 얼룩들이 서로 만나 천의 색깔이 완전히 새롭게 변하는 것이었다.

"어떻게 달라요?"

"우리 위원회에 소속된 크레인 기사를 해고했는데, 괴롭혀서는 안 될 사람을 골랐어요. 안나 발렌티노비치는 쉰한 살 과부예요."

"그래서 기사도 정신이 있는 폴란드 남자들의 동정을 불러일으킨다는 거군요."

"그리고 그녀는 인기 있는 인물이에요. 사람들은 그녀를 파니 아니아, 즉 안나 부인이라고 불러요."

"한번 알아보죠." 딤카는 심각해질 가능성이 있는 시위라면 모두 내용을 알고 싶어했다. 크렘린의 강력한 탄압을 막아야 할 수도 있기 때문이다.

기자회견이 끝나자 타냐는 캠 듀어에게 다가가 러시아어로 조용히 말했다. "금요일 두시에 성 요한 성당으로 가서 바리치코프스키 십자가를 봐요."

"좋은 장소가 아니군요." 젊은이는 낮은 목소리로 불만을 표시했다.

"가든 말든 알아서 해요." 타냐가 말했다.

"이게 무슨 일인지 말해줘야죠." 캠은 단호하게 말했다.

타냐는 한동안 그와 더 이야기를 나누는 위험을 감수해야 한다는 걸 깨달았다. "소련이 서유럽을 침공할 경우 의사소통 때문이에요." 그녀가 말했다. "반대편에 설 폴란드 장교들이 집단화할 가능성이 있어요."

미국인의 입이 떡 벌어졌다. "오…… 이런……" 그는 더듬거렸다. "네, 알았습니다."

그녀는 그를 향해 웃었다. "만족해요?"

"그 사람 이름은 뭡니까?"

타냐는 망설였다.

캠이 말했다. "그는 내 이름을 알잖아요."

타냐는 이 남자를 믿기로 했다. 그녀는 이미 자기 목숨을 그의 손에 걸었다. "스타니스와프 파블락." 그녀는 말했다. "스타츠라고 해요."

"스타츠에게 보안상의 이유로 나 말고는 우리 대사관의 누구와도 이야기하면 안 된다고 전해주세요."

"좋아요." 타냐는 재빨리 건물을 나섰다.

그녀는 그날 저녁 스타츠에게 메시지를 전했다. 다음날 작별의 키스를 하고 북쪽으로 320킬로미터 떨어진 발트 해로 향했다. 그녀는 오래되었지만 믿음직스러운 메르세데스 벤츠 280S를 갖고 있었는데, 전조

등이 수직으로 두 개 달린 차였다. 늦은 오후 오래된 도시 그단스크의 한 호텔에 체크인을 했다. 그곳에서는 오스트루프 섬에 있는 조선소의 부두와 건선거가 정확히 강 건너로 보였다.

다음날은 안나 발렌티노비치가 해고된 지 정확히 일주일이 되는 날이었다.

타냐는 일찍 일어나 캔버스천으로 된 작업복을 입고 다리를 건너 섬으로 가서 해가 뜨기 전에 조선소에 도착했고 젊은 노동자 무리와 함께 안으로 걸어들어갔다.

운이 좋은 날이었다.

조선소에는 붙인 지 얼마 되지 않은 파니 아니아 복직 요구 포스터가 여기저기 보였다. 몇 명이 전단을 나누어주었다. 타냐는 하나를 받아 폴란드어로 된 내용을 해석해보았다.

> 안나 발렌티노비치는 그녀의 사례가 다른 사람들을 자극하기 때문에 골칫거리가 되었다. 다른 사람들을 위해 들고 일어나 동료들을 규합할 수 있었기 때문에 골칫거리가 되었다. 당국은 늘 지도자 자질이 있는 사람을 고립시키려 애쓴다. 만일 이에 맞서 싸우지 않는다면 그들이 작업량을 올리고 건강 및 안전 규정을 무시하고 초과근무를 강요할 때 우리를 위해 일어설 사람은 없을 것이다.

타냐는 충격을 받았다. 이건 월급을 올려달라거나 작업 시간을 단축하자는 게 아니었다. 공산당의 계급제도와는 독립적으로 폴란드 노동자들이 스스로 조직을 만들 수 있는 권리에 관한 것이었다. 중대한 진전이라는 느낌이 들었다. 뱃속에서 작은 희망의 불꽃이 피어올랐다.

타냐는 날이 점점 밝아오는 조선소 안을 돌아다녔다. 배를 만드는 일의 규모는 놀랍도록 엄청났다. 수천 명의 노동자, 수천 톤에 달하는 철강 제품, 수백만 개의 강철못. 건조중인 배들의 높은 부분이 그녀의 머리 위로 높이 솟아 있고, 그것들의 어마어마한 무게를 거미줄처럼 뻗은 비계가 위태롭게 받친 채 균형을 잡고 있었다. 모든 배 위에는 어마어마한 크기의 크레인이 고개를 숙이고 있었는데, 마치 경애하는 마음으로 거대한 여물통을 둘러싼 동방박사들 같았다.

그녀가 가는 곳마다 노동자들은 연장을 내려놓은 채 전단을 읽고 내용에 대해 토론하고 있었다.

몇 명의 남자가 행진을 시작해 타냐는 그들을 따라갔다. 그들이 임시로 만든 플래카드를 들고 전단을 나누어주며 다른 사람들에게 합류하라고 소리치면서 조선소 안에서 행진하는 사이 무리의 숫자는 점차 불어났다. 결국 주 출입문에 다다른 그들은 출근하는 노동자들에게 파업중이라고 말하기 시작했다.

그들은 조선소 문을 닫고서 사이렌을 울리고 가장 가까운 건물 위에서 폴란드 국기를 흔들었다.

그리고 파업위원회를 선출했다.

그 과정에서 방해가 있었다. 양복을 입은 한 남자가 굴착기 위로 기어올라가더니 모인 사람들에게 소리치기 시작했다. 타냐는 그가 하는 말을 전부 알아들을 수는 없었지만 파업위원회의 구성에 이의를 제기하는 것 같았다. 노동자들은 그의 말에 귀기울이고 있었다. 타냐는 가장 가까이 있는 남자에게 그가 누구냐고 물었다. "클레멘스 그니에흐라고 조선소 공장장이에요." 남자가 말했다. "나쁜 사람은 아니죠."

타냐는 경악했다. 이렇게 다들 약하다니!

그니에흐는 파업하는 사람들이 우선 작업을 재개한다면 협상을 하겠다고 제안했다. 타냐의 눈에 그것은 뻔한 수작이었다. 많은 사람이 그니에호에게 야유를 보내고 조소를 퍼부었지만 또다른 사람들은 고개를 끄덕이며 동조했고 몇몇은 자기들이 일하던 곳으로 돌아가려는 듯 자리를 떠났다. 설마 이렇게 빨리 무너져버리는 건 아니겠지?

그 순간 누군가 굴착기 위로 뛰어올라 공장장의 어깨를 두드렸다. 새로 등장한 사람은 키가 작고 어깨가 벌어지고 콧수염이 무성한 남자였다. 타냐는 딱히 인상적이지 않은 사람이라 생각했는데 군중은 그를 알아보고 환호성을 올렸다. 다들 그가 누군지 아는 게 분명했다. "나를 기억하십니까?" 남자는 모두가 들을 수 있을 만큼 큰 목소리로 공장장에게 말했다. "난 여기서 십 년 동안 일했습니다. 그런데 당신이 날 해고했어!"

"저 남자는 누구죠?" 타냐는 옆에 선 사람에게 물었다.

"레흐 바웬사죠. 그냥 전기공이지만 모두가 그를 알아요."

공장장은 군중 앞에서 바웬사와 논쟁을 벌이려 했지만 콧수염을 잔뜩 기른 키 작은 남자는 여지를 주지 않았다. "나는 점거 파업을 선언합니다!" 그의 외침에 모인 사람들은 소리를 지르며 동의했다.

공장장과 바웬사는 굴착기에서 내려왔다. 바웬사가 지휘를 맡았고, 모두 이의 없이 받아들이는 것 같았다. 바웬사가 공장장의 운전기사에게 그가 모는 리무진에 안나 발렌티노비치를 태워오라고 지시하자 기사는 시키는 대로 움직였고, 더 놀라운 것은 공장장도 반대하지 않았다는 것이었다.

바웬사는 파업위원회의 선거를 준비했다. 리무진은 안나를 데리고 돌아왔고 사람들은 우레와 같은 박수로 그녀를 맞았다. 키가 작고 남자처럼 머리를 짧게 자른 여자였다. 동그란 안경을 쓰고 굵은 가로줄무늬 블라우스를 입었다.

파업위원회와 공장장은 협상을 위해 건강안전센터로 들어갔다. 타냐는 슬쩍 그들과 함께 들어가보고도 싶었지만 운을 지나치게 믿지는 않기로 했다. 조선소 안에 들어와 있는 것만도 행운이었다. 노동자들은 서방의 기자들이라면 환영했지만 타냐의 기자증은 그녀가 타스에서 일하는 소련 기자임을 보여주었고, 만일 파업 노동자들이 그 사실을 알아낸다면 그녀를 내쫓을 터였다.

하지만 협상장에 있는 사람들은 테이블에 마이크를 설치한 것이 분명했다. 왜냐하면 그들의 논쟁이 전부 스피커를 통해 바깥에 중계되었기 때문이다. 타냐는 극단적인 민주주의에 충격을 받았다. 파업 노동자들은 스피커에서 들리는 발언에 따라 야유를 하거나 환호성을 지르며 자신들의 감정을 즉각 드러냈다.

그녀는 파업 노동자들이 안나의 복직 외에도 사후 보복 금지 등 여러 가지를 요구한다는 것을 알게 되었다. 공장장이 수용할 수 없는 한 가지는 놀랍게도 1970년 식품 가격 인상에 항의하다 경찰에 학살당한 노동자들을 기리는 추모비를 조선소 출입구 밖에 세우자는 내용이었다.

타냐는 이번 파업 역시 학살로 끝나지 않을지 의심스러웠다. 만일 그렇게 된다면 그녀는 자신이 위험의 한복판에 있는 것이라는 사실을 깨닫고 오싹해졌다.

그니에흐는 출입문 앞은 병원을 위해 지정된 장소라고 설명했다.

파업 노동자들은 추모비를 더 원한다고 말했다.

공장장은 조선소의 다른 장소에 추모의 뜻을 담은 동판을 설치하자고 제안했다.

그들은 거부했다.

한 노동자가 마이크에 대고 역겹다는 듯 말했다. "우리는 죽은 영웅들을 놓고 가로등 아래 거지들처럼 흥정을 하고 있습니다!"

밖에 있는 사람들은 박수를 쳤다.

협상에 나선 다른 사람은 사람들에게 직접 호소했다. 여러분은 추모비를 원합니까?

사람들이 소리를 지르며 대답했다.

공장장은 상급자와 논의해야 한다며 자리를 떠났다.

이제 출입문 밖에는 수천 명의 지지자가 와 있었다. 사람들은 파업 참가자들에게 전달할 음식을 기부받았다. 음식을 남에게 줄 만큼 여유 있는 폴란드 가정은 거의 없었지만, 수십 자루의 음식이 출입문을 통해 안쪽으로 전해졌고, 파업 참가자들은 점심을 먹었다.

공장장은 오후에 돌아와 최고 경영진이 추모비에 대해 원칙적으로 찬성했다고 발표했다.

바웬사는 모든 요구가 받아들여질 때까지 파업은 계속될 거라고 선언했다.

그리고 마치 뒤늦게 생각난 듯 그는 파업 참가자들은 자유로운 독립 노조의 결성에 대해서도 논의하길 원한다고 덧붙였다.

이제 정말로 흥미로워지는군. 타냐는 생각했다.

*

금요일 점심식사 후 캠 듀어는 바르샤바의 오래된 구역으로 차를 몰고 갔다.

마리오와 올리가 그를 따라왔다.

바르샤바의 대부분 지역은 전쟁으로 폐허가 되었다. 도시는 곧게 뻗은 도로와 인도, 현대적인 건물로 재건되었다. 그런 풍경은 은밀한 만남이나 수상쩍게 무언가 주고받는 일에는 적당하지 않았다. 하지만 도시를 설계한 사람들은 오래된 구역의 경우 원래 모습, 즉 자갈을 깐 도로와 좁은 골목, 생김새가 제각각인 집들을 재현하려고 분투했다. 그런 시도는 좀 지나치다 싶게 잘 진행되었다. 곧게 뻗은 모양과 일정한 양식, 그리고 산뜻한 색깔 때문에 마치 영화 세트처럼 지나치게 새것으로 보였다. 그럼에도 그 지역은 도시의 다른 곳보다 비밀 정보원에게 적절한 환경을 제공했다.

캠은 주차를 하고 높게 지은 타운하우스로 향했다. 그곳 1층에는 바르샤바의 실큰 핸즈에 해당하는 가게가 있다. 리트카를 만나기 전 캠은 그곳의 단골이었다.

아파트의 가장 큰 방에는 여자들이 란제리만 입고 앉아서 텔레비전을 보거나 담배를 피우고 있었다. 관능적으로 생긴 금발 여자가 얼른 일어나더니 가운 앞이 잠시 벌어지게 해 토실토실한 허벅지와 레이스 속옷을 슬쩍 보여주었다. "안녕, 츠리스테크, 몇 주 동안이나 안 오셨잖아요!"

"안녕, 펠라." 캠은 창가로 다가가 길거리를 내다보았다. 언제나처럼 마리오와 올리가 맞은편 바의 밖에 앉아 맥주를 마시면서 여름 드레스 차림으로 지나가는 여자들을 보고 있었다. 그들은 캠이 적어도 삼십 분은 이곳에 있을 거라고 생각할 것이다. 어쩌면 한 시간 동안.

지금까지는 좋았다.

펠라가 말했다. "왜 그래요, 마누라가 따라다녀요?"

다른 여자들이 웃었다.

캠은 돈을 꺼내 펠라에게 평소처럼 손으로 해주는 요금을 냈다. "오늘은 부탁이 있어." 그가 말했다. "내가 뒷문으로 좀 빠져나가도 되겠지?"

"당신 부인이 여기까지 와서 난리를 피울까요?"

"마누라가 아니야." 그는 말했다. "내 여자친구 남편이야. 말썽을 피우면 공짜로 빨아주겠다고 해. 돈은 내가 낼게."

펠라는 어깨를 으쓱했다.

캠은 뒤쪽 계단을 통해 마당으로 빠져나가면서 기분이 좋았다. 그는 미행하는 자들을 따돌렸다. 그리고 그들은 그걸 눈치채지 못했다. 그는 한 시간 안에 돌아와 앞문으로 떠날 것이다. 그들은 그가 아파트를 나갔다 온 것을 절대 모를 것이다.

그는 서둘러 구도심 시장 광장을 가로질러 시비엥토얀스카라는 거리를 따라 성 요한 성당으로 걸어갔다. 전쟁중 폐허가 되었다가 이후 다시 세운 성당이었다. SB는 더는 그를 뒤쫓지 못했다. 하지만 그들은 스타니스와프 파블락을 따라다니고 있을 터였다.

CIA 바르샤바 지부는 이번 접촉을 어떻게 처리할지 긴 회의를 거쳤다. 모든 단계를 계획해두었다.

성당 밖에서 캠은 상관 키스 도싯을 발견했다. 오늘 그는 폴란드 상점에서 산 품이 넉넉한 회색 양복 차림으로, 감시 작업을 할 때만 입는 옷이었다. 재킷 주머니에 모자를 쑤셔넣은 모습이었다. 그것은 모두 이상 없다는 뜻이었다. 만일 모자를 쓰고 있다면 SB가 성당 내부에 있고 만남은 취소되었다는 뜻이었다.

캠은 서쪽 면으로 난 고딕풍 주 출입문으로 들어갔다. 놀라운 건축양식과 거룩한 분위기가 경이로운 느낌을 증폭시켰다. 그는 적국의 정보원과 접촉을 앞두고 있었다. 결정적인 순간이었다.

만일 이번 일이 잘된다면 그는 CIA 요원으로서 확실한 경력을 쌓게 될 것이다. 그러지 못한다면 곧장 랭글리에 있는 책상 앞으로 돌아가야 한다.

캠은 스타츠가 그가 아니면 아무도 만나려 하지 않는 척을 했다. 이 거짓말의 목적은 키스가 캠을 미국으로 돌려보내기 어렵게 하기 위해서였다. 키스는 조사를 통해 리트카가 SB와 연결되어 있지도 않고 심지어 공산당원도 아니라는 사실이 드러났는데도 그녀를 문제삼고 있었다. 하지만 만일 캠이 폴란드의 대령을 CIA의 스파이로 만드는 데 성공한다면 키스를 무시할 수 있는 강력한 위치에 오를 것이다.

그는 비밀경찰을 찾아 주위를 샅샅이 살폈지만 보이는 사람은 모두 관광객이나 신자, 신부뿐이었다.

그는 북쪽 복도를 따라 유명한 16세기의 십자가가 있는 예배당으로 갔다. 잘생긴 폴란드인 장교가 십자가 앞에 서서 예수의 얼굴에 드러난 표정을 올려다보고 있었다. 캠은 남자 옆에 섰다. 두 사람뿐이었다.

캠은 러시아어로 말했다. "이게 우리의 마지막 대화입니다."

스타니스와프가 같은 언어로 대답했다. "왜요?"

"너무 위험해요."

"당신이?"

"아니, 당신이."

"그럼 어떻게 대화를 합니까? 타냐를 통하나요?"

"아닙니다. 사실 지금부터 당신과 내 관계에 대해서는 그녀에게 아무것도 말하지 말아주십시오. 그녀를 고리에서 빼내는 겁니다. 그녀와 잠자리를 계속해도 됩니다. 현재 그러고 있다면."

"감사하군요." 스타니스와프는 비꼬듯 말했다.

캠은 그의 태도는 무시했다. "어떤 차를 탑니까?"

"1975년식 녹색 사브 99입니다." 그가 자동차 번호판 번호를 말했다.

캐머런은 번호를 기억해두었다. "밤에는 어디 둡니까?"

"야나 올브라흐타 거리라고, 내가 사는 아파트 블록에서 가깝죠."

"주차할 때 창문을 아주 조금 열어놓으세요. 우리가 봉투를 넣겠습니다."

"위험해요. 다른 사람이 내용을 보면 어떻게 합니까?"

"걱정 마세요. 봉투에는 싼값에 세차하라는 타자로 친 누군가의 광고 전단이 들어 있을 겁니다. 하지만 뜨거운 다리미로 종이를 문지르면 메시지가 보일 겁니다. 그 내용을 보면 언제 어디서 만날지 알 수 있습니다. 만일 어떤 이유든 만나러 올 수 없다고 해도 문제는 없어요. 우리가 또다른 봉투를 보낼 겁니다."

"만나서 뭘 어떻게 한다는 거죠?"

"알려드릴 겁니다." 캠은 이 만남을 계획할 때 동료들과 합의한 사항이 많았다. 그 얘기들을 가능한 한 빨리 전달해야 했다. "당신의 동료 무리 말입니다."

"네?"

"음모를 꾸미지 마십시오."

"왜요?"

"들킬 겁니다. 음모는 언제나 들켜요. 마지막 순간까지 기다려야 합니다."

"그럼 우린 뭘 할 수 있죠?"

"두 가지요. 하나는 준비하는 겁니다. 머릿속으로 믿을 수 있는 사람들의 명단을 만드세요. 전쟁이 터졌을 때 그 각각이 정확히 어떻게 소련에 반기를 들지 결정해요. 레흐 바웬사 같은 반체제 인사들에게 당신을 알리세요. 하지만 당신이 뭘 하려는 건지는 귀띔해주면 안 됩니다. 텔레비전 방송국을 정찰하고 어떻게 장악할지 계획을 세워요. 그러나 모든 건 머릿속으로만 해야 합니다."

"나머지 하나는요?"

"우리에게 정보를 주십시오." 캠은 스스로 얼마나 긴장하고 있는지 드러내지 않으려 애썼다. 이것은 큰 요구조건이고 스타니스와프가 거부할 수도 있는 요청이었다. "소련과 다른 바르샤바조약기구 군대의 전투서열 말입니다. 병력, 탱크, 비행기의 수와—"
"전투서열이 무슨 뜻인지는 압니다."
"그리고 위기 상황에서 그들의 전투계획."
한참 말이 없던 스타니스와프는 마침내 입을 열었다. "알아낼 수 있습니다."
"좋습니다." 캠은 감정을 실어 말했다.
"그럼 그 대신 나는 뭘 받게 됩니까?"
"나는 당신에게 전화번호와 암호를 줄 겁니다. 오직 소련이 서유럽을 침공할 때만 사용해야 합니다. 당신이 전화를 걸면 펜타곤에서 폴란드어를 할 줄 아는 고위급 지휘관이 받을 겁니다. 그는 당신을 소련의 침공에 맞서 싸우는 폴란드 저항군의 대표로 대할 겁니다. 당신은 사실상 자유 폴란드의 지도자가 되는 겁니다."
스타니스와프는 깊은 생각에 잠긴 듯 고개를 끄덕였지만 캠은 상대가 제안에 매력을 느낀 것을 알 수 있었다. 한참 만에 그가 말했다. "만일 동의한다면 나는 내 목숨을 당신에게 맡기는 셈입니다."
"이미 맡겼죠." 캠이 말했다.

*

그단스크 조선소의 파업 노동자들은 국제 언론이 그들의 행동을 계속 보도할 수 있도록 신경썼다. 아이러니하게도 그것이 폴란드 국민들과 의사소통을 할 수 있는 가장 좋은 방법이었다. 폴란드 언론은 검열을 받았지만 서방 신문에 난 기사들은 미국 자본으로 운영되는 라디오 프리 유럽*을 통해 곧장 폴란드에 방송되었다. 그것은 폴란드 국민들이 그들 나라에서 어떤 일이 벌어지는지 그 진실을 알 수 있는 가장 중요한 방법이었다.

릴리 프랑크는 서독 텔레비전 뉴스를 통해 폴란드에서 벌어지는 사건들을 파악하고 있었다. 동베를린에서는 안테나 방향만 잘 맞추면 누구나 서독 텔레비전을 볼 수 있었다.

기쁘게도 폴란드 정부의 갖은 노력에도 불구하고 파업은 퍼져나갔다. 그디니아 조선소가 나섰고 대중교통 노동자들도 동조 파업에 나섰다. 그들은 연대파업위원회를 구성하고 레닌 조선소에 본부를 두었다. 그들의 첫번째 요구는 자유노조를 만들 권리였다.

동독의 많은 다른 사람들처럼 프랑크 가족은 베를린 미테의 타운하우스 2층 거실에 있는 프랑크 텔레비전 앞에 앉아서 이 모든 상황에 대해 열심히 토론했다. 철의 장막에 틈이 보였고 그들은 그것이 어떤 상황으로 이어질지 열심히 추측했다. 만일 폴란드인들이 들고 일어날 수 있다면 어쩌면 독일인들도 가능할 것이다.

폴란드 정부는 연대파업위원회에서 떨어져나와 합의하는 파업 참가자들에게는 임금 인상을 후하게 해주겠다며 각 공장별로 협상하려는 시도를 했다. 전술은 실패했다.

흔들리는 폴란드 경제는 이런 식으로는 오래 견딜 수 없었다. 마침내 정부는 현실을 받아들이고 부총리를 그단스크로 보냈다.

일주일 뒤 협상이 이루어졌다. 파업 참가자들은 자유노조를 만들 권리를 얻었다. 세상을 놀라게 한 승리였다.

만일 폴란드인들이 자유를 쟁취할 수 있다면, 다음은 독일인들의 차례일까?

---

* 동구권을 대상으로 한 미국의 라디오 방송국.

*

키스가 캠에게 말했다. "자네 아직 그 폴란드 여자 만나고 있더군."

캠은 아무 말도 하지 않았다. 물론 여전히 그녀를 만나고 있었다. 그는 사탕 가게 안 아이처럼 행복했다. 리트카는 그가 원할 때면 언제든 섹스하고 싶어했다. 지금까지 그와의 섹스를 원했던 여자는 아무도 없었다. "이게 좋아?" 그녀는 그를 애무하며 말했다. 그가 그렇다고 하면 그녀는 말했다. "그런데 조금 좋아, 아니면 많이 좋아, 아니면 너무 좋아서 죽고 싶을 정도야?"

키스가 말했다. "자네 요청은 거부되었다고 말했을 텐데."

"하지만 이유는 말하지 않으셨죠."

키스는 화가 난 것 같았다. "난 결정을 내렸어."

"하지만 그게 옳은 결정이었을까요?"

"내 권위에 도전하는 건가?"

"아니요, 지부장님이 제 여자친구에게 도전하고 계신 거죠."

키스는 더 화가 났다. "자네는 스타니스와프가 자네하고만 얘기한다는 이유로 날 좌지우지할 수 있다고 생각하는군."

정확히 그런 생각이었지만 캠은 부인했다. "그건 스타츠하고는 관계없습니다. 저는 아무 이유도 없이 그녀를 포기하지는 않겠다는 겁니다."

"어쩌면 자네를 해고해야 할지 모르겠군."

"그래도 그녀를 포기하지 않을 겁니다. 사실—" 캠은 망설였다. 머릿속에 떠오른 생각은 계획에 없던 것이었다. 그러나 어쨌든 말했다. "사실 그녀와 결혼하고 싶습니다."

키스는 어조를 바꾸었다. "캠, 그녀는 SB 요원이 아닐지도 몰라. 하지만 그래도 뭔가 숨겨진 의도를 갖고 자네랑 잠자리를 하는 것일 수도 있어."

캠은 발끈했다. "정보부와 관련된 일이 아니라면 지부장님과는 관계 없는 겁니다."

키스는 캠의 감정을 상하게 하지 않으려는 듯 점잖지만 끈질기게 말했다. "많은 폴란드 여자가 미국에 가고 싶어해. 그건 자네도 알잖나."

캠도 아는 사실이었다. 그 생각은 오래전에 했다. 그런 말을 키스에게 듣다니 당황스럽고 굴욕적이었다. 그는 무표정한 얼굴을 유지했다. "압니다." 그가 말했다.

"이런 말 하는 걸 용서하게. 하지만 그 여자는 그런 이유로 자네를 속이고 있을 수도 있어." 키스가 말했다. "그 가능성은 생각해봤나?"

"네, 생각해봤습니다." 캠이 말했다. "상관없습니다."

*

모스크바에서는 폴란드에 대한 침공 여부가 큰 쟁점이었다.

정치국 회의가 열리기 전날 딤카와 나탈리야는 니나 오닐로바 방에서 열린 사전회의에서 예브게니 필리포프와 부딪쳤다. 필리포프가 말했다. "우리 폴란드 동지들은 자본주의적 제국주의 세력에 고용된 배신자들의 공격에 저항하기 위해 시급한 군사적 지원을 요구하고 있어요."

나탈리야가 말했다. "당신은 1968년 체코슬로바키아와 1956년 헝가리에서처럼 침공을 원하고 있어요."

필리포프는 부인하지 않았다. "소련은 공산주의의 이익이 위협받을 때는 어느 국가든 침공할 권리가 있습니다. 그것이 브레즈네프 독트린이에요."

딤카가 말했다. "나는 군사행동에 반대입니다."

"그거 놀랍군." 필리포프는 빈정대듯 말했다.

딤카는 그런 태도를 모른 척했다. "헝가리와 체코슬로바키아 양국의 반혁명 모두 공산당 내 지배층 간부 중 수정주의 분자들이 주도했습니다." 그가 말했다. "그래서 닭의 머리를 쳐내는 것처럼 그들을 제거할 수 있던 겁니다. 그들은 대중의 지지를 얻지 못했기 때문이죠."

"왜 이번 위기는 달라야 하는 겁니까?"

"왜냐하면 폴란드 반혁명주의자들은 노동자층의 지도자로서 노동자 계층의 지지를 받기 때문입니다. 레흐 바웬사는 전기공입니다. 안나 발렌티노비치는 크레인 기사예요. 그리고 수백 개의 공장이 파업에 참여하고 있습니다. 우리는 대중운동을 다루고 있는 겁니다."

"그래도 다 부숴버리면 되지 않습니까. 지금 진지하게 공산주의 폴란드를 버리자고 제안하는 겁니까?"

"다른 문제도 있어요." 나탈리야가 끼어들었다. "돈이죠. 과거 1968년 소련 공산권은 외환 부채가 수십억 달러에 달하지 않았습니다. 오늘날 우리는 전체 부채를 서방에서 조달하고 있습니다. 카터 대통령이 바르샤바에서 뭐라고 했는지 들었을 거예요. 서방으로부터의 차관은 인권과 연결되어 있다고 했죠."

"그래서?"

"우리가 만일 폴란드로 탱크를 보내면 그들은 우리의 대출 한도를 취소할 겁니다. 그러므로 필리포프 동지, 당신의 침공은 소련 공산권 전체의 경제를 망쳐놓을 겁니다."

방안에는 침묵이 흘렀다.

딤카가 말했다. "다른 의견 있는 사람 있습니까?"

*

폴란드 장교가 붉은 군대에 등을 돌리는 것과 동시에 폴란드 노동자들이 공산주의의 폭정을 거부하고 나선 것은 캠에게 불길한 징조로 다가왔다. 두 사건은 같은 변화를 보여주고 있었다. 스타니스와프와 약속한 장소로 가면서 그는 자신이 역사적 지진의 일부가 될지 모르겠다고 느꼈다.

그는 대사관을 나와 차에 올랐다. 예상대로 마리오와 올리가 그를 뒤따랐다. 그가 스타니스와프와 만나는 동안에도 그들이 그를 감시하고 있는 것이 중요했다. 상호작용이 계획대로 된다면 마리오와 올리는 수상한 일은 벌어지지 않았다고 성실히 보고할 터였다.

캠은 스타니스와프가 그의 지시를 받았고 이해했기를 바랐다.

캠은 구도심 시장 광장에 차를 세웠다. 공식 정부 기관지인 〈트리부나 루두〉의 오늘 자 신문을 한 부 들고 광장을 가로질렀다. 마리오가 차에서 내려 그를 따라왔다. 잠시 후 올리가 멀리서 그뒤를 따랐다.

캠은 두 명의 비밀경찰을 뒤에 달고 골목길로 접어들었다.

어느 바에 들어가 창문 가까이 앉아 맥주를 주문했다. 근처에서 어슬렁거리는 그의 그림자들이 보였다. 그는 재빨리 자리를 뜰 수 있도록 맥주가 나오자마자 돈을 치렀다.

그는 맥주를 마시면서 자주 시계를 확인했다.

세시 일 분 전 밖으로 나갔다.

이런 식의 움직임은 버지니아 주 윌리엄스버그 근처의 CIA 훈련소 캠프 피어리에서 반복적으로 연습했다. 그곳에서는 완벽하게 해낼 수 있었지만 실전은 이번이 처음이었다.

그는 골목길 끄트머리에 다가서면서 발걸음을 조금 빠르게 했다. 모퉁이를 돌면서 힐끗 돌아보니 마리오는 30미터가량 뒤에 있었다.

모퉁이를 돌면 궐련과 살담배를 파는 가게가 나왔다. 스타니스와프는 캠이 예상한 바로 그 위치인 가게 밖에서 진열창을 들여다보고 있었다. 마리오가 모퉁이를 돌 때까지 삼십 초 정도 여유가 있었다. 서로 스쳐지나기에는 충분한 시간이었다.

해야 할 행동이라고는 그가 든 신문을 스타니스와프가 들고 있는 똑같은 신문과 바꿔치기하는 것뿐이었다. 다만 스타니스와프의 신문 속에는—모든 게 잘되었다면—그가 군 사령부의 자기 금고 안에 보관하는 서류의 사본이 들어 있을 터였다.

문제는 하나뿐이었다.

스타니스와프는 신문을 들고 있지 않았다.

대신 커다란 담황색 종이봉투를 들고 있었다.

그는 편지에 적힌 지시를 따르지 않았다. 이해를 잘못했거나 정확한 세부사항은 중요하지 않다고 여긴 것이다.

이유가 뭐든 상황은 잘못되었다.

캠의 머리는 공포로 얼어붙었다. 발걸음이 흔들렸다. 어떻게 해야 할지 알 수 없었다. 스타츠에게 욕설을 퍼붓고 싶었다.

그 순간 그는 스스로 감정을 억눌렀다. 애써 차분함을 유지했다. 즉각 결정을 내렸다. 그는 교환을 포기하지 않기로 했다. 어떻게든 해낼 것이다.

그는 똑바로 스타니스와프를 향해 걸어갔다.

두 사람은 서로 스쳐지나며 신문과 봉투를 바꿨다.

스타니스와프는 신문을 든 채 즉시 상점 안으로 들어가 시야에서 사라졌다.

캠은 서류가 들어 있어 두께가 2센티미터도 넘는 봉투를 들고 계속 걸었다.

다음번 모퉁이에서 다시 뒤쪽의 마리오를 흘깃 돌아보았다. 20미터쯤 떨어진 비밀경찰 남자는 느긋하고 자신 있는 분위기였다. 방금 무슨 일이 있었는지 눈치채지 못한 것이다. 그는 스타니스와프를 보지도 못했다.

그는 캠이 이제 신문 대신 봉투를 들고 있다는 사실을 눈치챌까? 만일 그렇다면 그가 캠을 체포하고 봉투를 몰수할 수도 있다. 그 상황은 곧 캠의 승리의 종말이며 스타니스와프의 생명의 끝이었다.

여름이었다. 캠은 봉투를 넣어 감출 코트도 입고 있지 않았다. 게다가 숨기는 건 더 좋지 않을 수도 있다. 갑자기 빈손이 되면 마리오가 눈치챌 확률이 더 높았다.

그는 길거리 신문판매대를 지나쳤지만 마리오가 보는 앞에서 멈춰서서 신문을 살 수는 없다는 걸 깨달았다. 그러면 원래 들고 있던 신문이 사라졌다는 사실이 더 도드라질 것이기 때문이다.

그는 자신이 바보 같은 실수를 했다는 걸 깨달았다. 상대와 스쳐지나며 교환해야 한다는 생각에만 너무 몰두한 나머지 가장 간단하게 빠져나갈 방법을 떠올리지 못했다. 그는 봉투를 받고 신문도 그대로 갖고 있어야 했다.

이제 너무 늦었다.

궁지에 몰린 기분이었다. 너무 초조해서 비명을 지르고 싶었다. 모든 걸 완벽하게 진행했는데 한 가지 작은 세부사항을 놓치다니!

상점 안으로 들어가 다른 신문을 살 수도 있다. 그는 신문을 파는 상점을 찾아보았다. 하지만 여기는 미국이 아니라 폴란드였고 골목마다 상점이 있지는 않았다.

다시 모퉁이를 돌아선 그는 쓰레기통을 발견했다. 할렐루야! 그는 발걸음을 빨리해 안을 들여다보았다. 운이 좋지 않았다. 신문은 없었다. 대신 표지 색이 화려한 잡지를 보았다. 그는 잡지를 잡아채 들고 계속 걸었다. 걷는 동안 표지는 안으로 가고 평범한 흑백의 안쪽이 밖으로 나오도록 보이지 않게 잡지를 접었다. 그는 코를 찡그렸다. 쓰레기통에 뭔가 구역질나는 게 있었던 모양이었고 그 냄새가 잡지에 배어 있었다. 그는 깊이 숨을 들이마시지 않으려고 안간힘을 쓰면서 봉투를 잡지 사이에 밀어넣었다.

기분이 나아졌다. 그는 이제 조금 전과 거의 비슷해 보였다.

그는 자동차로 돌아와 열쇠를 꺼냈다. 어쩌면 지금이 그들이 그를 불러세울 순간이었다. 그는 마리오가 말하는 것을 상상했다. "잠깐, 당신이 숨기려는 봉투 좀 보여주시오." 그는 최대한 빨리 문을 열었다.

몇 걸음 떨어진 곳에 마리오가 보였다.

캠은 차에 올라타 잡지를 조수석 발아래 공간에 넣었다.

고개를 드니 마리오와 올리가 차에 올라타고 있었다.

빠져나온 것 같았다.

진이 다 빠져 잠시 움직일 수가 없었다.

그러다가 그는 시동을 걸고 대사관으로 돌아왔다.

*

캠 듀어는 리트카의 단칸방에 앉아 그녀가 돌아오기를 기다리고 있었다.

그녀는 화장대 위에 그의 사진을 놓아두었다. 캠은 그걸 보고 너무 기뻐 울 뻔했다. 그의 사진을 액자에 넣어 거울 옆에 놓아두는 건 고사하고 지금까지 그의 사진을 원했던 여자조차 없었다.

방은 그녀의 성격을 드러내고 있었다. 그녀는 밝은 분홍색을 좋아했고 침대 커버와 테이블보, 쿠션이 모두 그 색이었다. 옷장에는 옷이 별로 없지만 모두 그녀에게 잘 어울리는 것들이었다. 짧은 치마, 브이넥 드레스, 예쁜 모조 장신구, 작은 꽃과 나비 무늬가 프린트된 것. 책장에는 제인 오스틴의 모든 작품이 영어판으로 꽂혀 있고 톨스토이의 『안나 카레니나』 폴란드어판도 있었다. 침대 밑 상자에는 몰래 숨겨둔 포르노 책처럼 미국 인테리어 잡지가 잔뜩이었다. 환한 색으로 칠한 주방에 햇빛 비치는 광경을 찍은 사진들이 잡지마다 가득했다.

오늘 리트카는 아내가 될 가능성이 있는 사람으로서 CIA의 조사를 받는 지루한 과정을 시작했다. 단지 여자친구 자격으로 받는 것보다 훨씬 철저한 조사였다. 그녀는 자신이 어떻게 살아왔는지 적고 며칠에 걸친 심문을 받고 철저한 거짓말탐지기 조사도 거쳐야 했다. 이 모든 일은 캠이 일상적인 업무를 처리하는 동안 대사관의 어딘가 다른 곳에서 진행되었다. 그녀가 집에 돌아오기 전까지는 볼 수 없었다.

이제 키스 도싯이 캠을 해고하기는 어려워질 것이다. 스타츠가 제공하는 정보는 순금이었다.

캠은 스타츠에게 35밀리미터짜리 소형 카메라를 주었다. 라이카를 흉내내 소련에서 만든 조르키라는 카메라였다. 그는 비서들이 있는 넓은 사무실에서 복사기에 서류를 넣는 대신 사무실 문을 닫고 서류를 사진으로 찍을 수 있었다. 그리고 수백 페이지에 달하는 문서를 몇 통 안 되는 필름으로 캠에게 넘길 수 있었다.

가장 최근 CIA 바르샤바 지부가 스타츠에게 한 질문은 이것이었다. '제2전략제대'를 이용한 소련의 서방 공격을 촉발시킬 수 있는 것은 무엇인가? 그가 답으로 제공한 서류들은 대단히 광범위해서 키스 도싯은 랭글리로부터 보기 드물게 서면으로 칭찬을 받았다.

그리고 마리오와 올리는 여전히 스타츠를 한 번도 보지 못했다.

그래서 캠은 리트카가 실제로 KGB 요원이라고 밝혀지지 않는 한 그는 해고당하지 않고 결혼도 금지되지 않으리라고 확신했다.

그러는 동안 폴란드는 자유를 향해 요동치고 있었다. 천만 명, 즉 폴란드 노동자 세 명 중 한 명이 첫번째 자유노조인 '연대'에 가입했다. 현재 폴란드의 가장 큰 문제는 소련이 아니라 돈이었다. 파업과 그로 인한 공산당 지도부의 마비는 이미 약해졌던 경제에 심각한 손상을 입혔다. 결과는 모든 것의 부족이었다. 정부는 고기와 버터, 밀가루의 공급량을 제한했다. 후한 임금 인상을 얻어낸 노동자들은 그들의 돈으로 아무것도 살 수 없다는 사실을 깨달았다. 암시장에서의 달러 가격이 두 배 이상 올라 120즈워티에서 250즈워티가 되었다. 제일서기는 기에레크에서 카니아로 바뀌었다가 다시 야루젤스키 장군이 자리를 물려받았지만 달라지는 것은 없었다.

감질나게도 레흐 바웬사와 '연대'는 공산주의를 뒤엎는 걸 머뭇거리고 있었다. 준비했던 총파업도 유혈사태를 두려워한 교황과 신임 미국 대통령 로널드 레이건의 조언에 따라 마지막 순간 취소했다. 캠은 레이건의 소심함에 실망했다.

그는 침대에서 내려와 식탁 위에 나이프와 포크, 접시를 준비했다. 그는 스테이크를 두 덩이 가져왔다. 당연히 외교관들은 폴란드인들을 괴롭히는 물자 부족에 구애받지 않았다. 그들은 다들 필사적으로 받고 싶어하는 달러로 값을 치렀다. 뭐든 원하는 대로 구할 수 있었다. 리트카는 어쩌면 심지어 공산당 엘리트들보다 더 잘 먹을 수도 있었다.

캠은 스테이크를 먹기 전에 사랑을 나눌지, 먹고 난 뒤로 미룰지 망설여졌다. 가끔은 기대감을 즐기는 것도 좋았다. 너무 서두를 때도 있었다. 리트카는 어느 쪽이든 신경쓰는 법이 없었다.

마침내 그녀가 집에 도착했다. 그녀는 그의 뺨에 키스하고 가방을 내려놓고 코트를 벗고 복도의 욕실로 갔다.

그녀가 돌아오자 그는 스테이크를 보여주었다. "아주 좋네." 그녀가 말했다. 여전히 그녀는 그를 바라보지 않았다.

"뭔가 잘못됐군, 그렇지?" 캠이 말했다. 그녀의 언짢은 모습은 한 번도 본 적이 없었다. 이건 특이했다.

"난 CIA 요원의 부인이 될 수 없을 것 같아." 그녀가 말했다.

캠은 공포를 억눌렀다. "무슨 일인지 말해봐."

"내일은 안 갈래. 참을 수가 없을 거야."

"뭐가 문제인데?"

"내가 범죄자가 된 것 같아."

"왜, 그들이 뭘 했는데?"

마침내 그녀는 그를 똑바로 보았다. "당신은 내가 미국에 가려고 당신을 이용한다고 믿어?"

"아니, 아니지!"

"그럼 왜 그들이 그걸 물어?"

"난 몰라."

"그런 질문이 국가안보와 조금이라도 관계가 있어?"

"전혀 없지."

"그들은 내가 거짓말을 한다고 비난해."

"거짓말했어?"

그녀는 어깨를 으쓱했다. "모든 걸 말하지는 않았지. 난 수녀가 아니야. 연애도 했어. 한두 명은 빠뜨렸는데, 당신네 끔찍한 CIA가 알고 있었어! 분명 내가 예전에 다닌 학교를 찾아갔을걸!"

"당신에게 과거가 있다는 거 알아. 나도 있어." 많지는 않지만. 캠은 그 생각을 말로 하지는 않았다. "신경 안 써."

"그들 때문에 내가 창녀가 된 것 같았어."

"미안해. 하지만 그들이 우리를 어떻게 생각하는지는 아무 상관도 없어. 당신에게 비밀취급 등급만 내준다면."

"그들이 당신에게 나에 관한 온갖 추잡한 이야기를 들려줄 거야. 날 싫어하는 사람들에게 들은 이야기들. 날 질투하는 여자애들, 내가 잠자리를 거부한 남자애들이 한 이야기."

"안 믿을 거야."

"약속해?"

"약속할게."

그녀는 그의 무릎에 앉았다. "투덜거려서 미안해."

"용서할게."

"사랑해, 캠."

"나도 사랑해."

"이제 기분이 나아졌어."

"다행이야."

"당신 기분도 나아지게 해줄까?"

이런 대화를 하면 캠은 입이 말랐다. "그래, 제발."

"좋아." 그녀는 일어섰다. "당신은 그냥 편하게 누워 있어, 자기."

*

데이브 윌리엄스는 아내 비프, 아들 존 리와 함께 처남 캠 듀어의 결혼식을 위해 바르샤바로 날아갔다.

존 리는 글을 읽지 못했지만 똑똑한 여덟 살이었고 좋은 학교에 다녔다. 데이브와 비프는 아이를 교육심리학자에게 데려가 아이가 흔한 질환인 실독증, 다른 말로 난독증으로 고생하고 있다는 걸 알게 되었다. 존 리가 읽는 법을 배울 수는 있지만 특별한 도움이 필요하고 추가로 열심히 노력해야 한다고 했다. 난독증은 유전이었고 여자아이보다는 남자아이가 더 고생했다.

데이브는 그제야 자신의 문제가 뭐였는지 깨달았다.

"난 학교를 다니는 내내 내가 멍청한 줄 알았어." 그는 그날 저녁 존 리를 재운 뒤 소나무로 장식한 데이지 팜의 주방에서 비프에게 말했다. "선생들도 똑같은 말을 했지. 내가 멍청하지 않다는 걸 아는 부모님은 내가 게으르다고 생각했고."

"넌 게으르지 않아." 그녀는 말했다. "넌 내가 아는 사람 중에서 가장 열심히 일해."

"난 뭔가 잘못되어 있었는데, 우린 그게 뭔지 몰랐어. 이제 알지."

"그리고 우리는 존 리가 너처럼 고생하지 않도록 챙길 거야."

평생 데이브를 따라다닌 읽고 쓰는 문제에 대한 의문은 풀렸다. 그런 일에 압박감을 느끼지 않게 된 것은 이미 오래전, 수백만 명이 부르는 노래의 가사를 쓰는 작곡가가 된 후부터였다. 그럼에도 그는 엄청나게 안심이 되었다. 미스터리는 풀렸고 잔인한 장애에 대한 해명을 들었다. 그 무엇보다 가장 중요한 것은 어떻게 해야 다음 세대에 영향을 미치지 않을 수 있는지 확실히 알았다는 점이었다.

"그리고 또 뭐 알게 된 것 없어?" 비프가 데이지 팜 카베르네 소비뇽을 잔에 따르며 말했다.

"그래." 데이브가 말했다. "아마 내 아이인 것 같아."

비프는 존 리의 아버지가 데이브인지 발리인지 확실히 알지 못했다. 아이는 자라고 변하면서 점점 더 데이브를 닮아갔지만, 그렇게 비슷한 것이 그에게 물려받은 건지 그를 보고 배운 것인지 알 수 없었다. 손동작이나 표현 방식, 열정 같은 건 아빠를 좋아하는 아들이라면 다 배울 수 있었다. 하지만 난독증은 아니다. "확실한 건 아니야." 비프가 말했다. "하지만 유력한 증거지."

"어쨌든 우린 신경 안 쓰니까." 데이브가 말했다.

하지만 두 사람은 이런 의구심을 존 리 본인을 포함한 그 누구에게도 말하지 않기로 맹세했다.

캠의 결혼식은 바르샤바 외곽의 작은 도시인 오트보츠크에 있는 현대식 가톨릭교회에서 치러졌다. 캠은 가톨릭을 받아들였다. 데이브는 전적으로 냉소적인 개종이었을 거라고 믿어 의심치 않았다.

신부는 그녀의 어머니가 결혼할 때 입었던 하얀 드레스를 입었다. 폴란드 사람들은 옷을 재활용해 입어야 했다.

리트카는 날씬하고 매력적이라고 데이브는 생각했다. 다리가 길고 가슴이 멋졌지만 그가 보기에는 입이 왠지 모르게 무자비한 인상을 풍겼다. 어쩌면 그가 너무 냉혹한지도 몰랐다. 십오 년을 록스타로 살아온 그는 여자들에 대해 냉소적이었다. 그의 경험상 여자들이 자기 이익을 위해 잠자리를 갖는 일은 대부분 사람들의 생각보다 훨씬 잦았다.

세 명의 신부 들러리는 각자 여름에 어울리는 밝은 분홍색 짧은 면 드레스를 입었다.

피로연은 미국 대사관에서 열렸다. 비용은 우디 듀어가 댔지만 대사관이었기 때문에 많은 양의 음식과 보드카 외에도 다른 마실 것을 확보할 수 있었다.

리트카의 아버지가 폴란드어와 영어를 섞어 농담을 했다. 한 남자가 정부가 운영하는 정육점에 가서 쇠고기 한 덩어리를 요구한다.

"니에 마—하나도 없어요."

"돼지고기요, 그럼."

"니에 마."

"송아지는요?"

"니에 마."

"닭고기."

"니에 마."

손님은 가게를 나온다. 정육점 주인의 아내가 말했다. "미친 사람이구먼."

"그러게." 주인이 말한다. "그런데 기억력은 끝내주네!"

미국인들은 당황한 듯 보였지만 폴란드인들은 실컷 웃었다.

데이브는 캠에게 매제가 플럼 넬리라는 사실을 아무에게도 말하지 말라고 당부했지만 언제나처럼 소문은 새어나갔고 데이브는 리트카의 친구들에게 에워싸였다. 신부 들러리들은 그를 두고 큰 소동을 벌였고 데이브는 마음만 먹으면 그들 가운데 누구나 또는 심지어—한 명이 귀띔해주었다—셋 모두와 잠자리를 할 수도 있었다.

"여러분은 저희 베이스 연주자를 만나야 해요." 데이브는 말했다.

캠과 리트카가 첫 춤을 추고 있을 때 비프가 데이브에게 조용히 말했다. "짜증나는 인간이지만 그래도 내 오빠니까, 마침내 누군가를 찾은 걸 보니 기뻐하지 않을 수가 없네."

데이브가 말했다. "리트카가 미국 여권을 노리고 결혼하는 게 아니라고 확신해?"

"우리 부모님도 그 걱정을 하더라. 하지만 캠은 서른넷에 총각이야."

"네가 옳아." 데이브가 말했다. "잃을 게 뭐 있겠어?"

*

1981년 9월 '연대'의 첫 전국대회에 참석한 타냐 드보르킨은 두려움으로 가득했다.

행사는 그단스크의 북쪽 교외 올리바의 성당에서 시작되었다. 두 개의 날카로운 칼처럼 생긴 탑이 나지막한 바로크 양식 정문 양쪽에 서 있고 대표단은 그곳을 통해 성당으로 들어갔다. 타냐는 바르샤바에서 같은 건물에 사는 이웃이자 기자이고 '연대'의 발기인이기도 한 다누타 고르스키와 나란히 앉아 있었다. 타냐와 마찬가지로 다누타는 공식 매체에는 담백하게 정통파적인 기사를 쓰면서 은밀히 자기만의 행동 강령에 따르고 있었다.

대주교는 평화와 조국에 대한 사랑을 주제로 분란을 일으키지 말라는 논조의 설교를 했다. 교황은 용감무쌍했지만 폴란드의 성직자들은 '연대'와 분쟁이 있었다. 공산주의를 증오하지만 타고난 권위주의자이기도 한 그들은 민주주의에 적대적이었다. 용감히 정권에 반대하는 영웅적인 신부들도 있지만 교회 고위층이 원하는 바는 하느님을 믿지 않는 독재정권을 기독교 독재정권으로 바꾸는 것이었다.

하지만 타냐가 신경쓰는 것은 교회도, 운동 세력을 갈라놓으려는 다른 어떤 세력도 아니었다. 훨씬 더 심상치 않은 것은 폴란드의 동쪽 국경에서 '지상 훈련중'인 십만 명의 붉은 군대 병력 및 그단스크 만에 주둔한 소련 해군의 위협적인 움직임이었다. 다누타가 오늘 〈트리부나 루두〉에 쓴 기사에 따르면 이 군사적 무력의 과시는 증가하는 미국의 호전성에 대한 반응이었다. 속는 사람은 없었다. 소련은 만일 '연대'가 엉뚱한 소리를 하면 침공할 준비가 돼 있다고 모두에게 말하고 싶은 것이었다.

미사가 끝나고 구백 명의 대표단은 버스를 타고 그단스크 대학 교정으로 이동했다. 대회는 그곳의 거대한 올리비아 체육관에서 열릴 예정이었다.

모든 상황이 대단히 자극적이었다. 크렘린은 '연대'를 혐오했다. 소련 공산권에서 과거 십 년 넘게 이토록 위험한 상황은 없었다. 폴란드 전역에서 민주적으로 선출된 대표단이 모여 토의를 거쳐 투표로 결의안을 통과시키고 있었고, 공산당은 아무런 통제도 하지 못했다. 이름만 빼면 국회였다. 만일 그 단어가 볼셰비키에 의해 더럽혀지지만 않았더라면 혁명으로 불려야 마땅했다. 소련이 미쳐 날뛰는 것도 이상하지 않았다.

체육관에는 전광판이 갖춰져 있었다. 레흐 바웬사가 연단에 서자 전광판에는 십자가와 함께 라틴어 구호가 표시되었다. 폴로니아 셈페르 피델리스. "폴란드는 언제나 충실하다."

타냐는 밖으로 나가 자동차로 가서 라디오를 틀었다. 모든 채널에서 정규 방송을 내보내고 있었다. 소련은 아직 침공하지 않았다.

토요일의 나머지 시간은 큰 드라마 없이 지나갔다. 화요일이 되어서야 타냐는 다시 두려움을 느끼기 시작했다.

정부는 노동자들에게 경영진의 임명에 간섭할 권리를 부여하는 노동자 자주관리에 대한 법률 초안을 발표했다. 타냐는 미국에서는 레이건 대통령이 이런 권리를 부여하는 데 절대로, 단 일 분도 고민하지 않았을 거라고 냉담하게 생각했다. 그럼에도 '연대'에게는 이 법안이 충분히 급진적이지 못했는데, 노동자가 경영진을 고용하고 해고할 권한을 갖지 못했기 때문이었다. 그래서 그들은 이 문제를 국민투표에 부칠 것을 제안했다.

레닌도 무덤 속에서 돌아누울 일이었다.

설상가상으로 그들은 만일 정부가 국민투표를 거부한다면 노조 스스로 국민투표를 실시하겠다는 조항을 추가했다.

타냐는 다시 바늘 끝 같은 두려움을 느꼈다. 보통은 공산당의 특권으로 남아 있는 지도자 노릇을 노조가 하기 시작했다. 무신론자들이 교회를 장악해나가고 있었다. 소련은 이런 상황을 절대 받아들이지 않을 것이다.

결의안은 한 표만 반대한 가운데 통과되었고 대표단은 일어서서 스스로에게 박수를 보냈다.

하지만 그게 전부가 아니었다.

누군가 체코슬로바키아와 헝가리, 동독, 그리고 '소련 모든 나라'의 노동자들에게 메시지를 보내자고 제안했다. 다른 무엇보다 이런 내용이 포함되어 있었다. "우리는 여러분 가운데 자유노조를 위한 어려운 투쟁의 길에 나서기로 결정한 이들에게 지지를 보냅니다." 이 결의안은 거수로 통과되었다.

너무 많이 나갔군. 타냐는 확신했다.

소련의 가장 큰 두려움은 자유를 위한 폴란드의 성전이 다른 철의 장막 국가들로 퍼지는 상황이었다. 그리고 대표단은 무모하게도 바로 그것을 격려하고 있었다! 이제 침공은 피할 수 없어 보였다.

다음날 언론은 소련의 분노로 가득찼다. '연대'가 주권국가의 내정에 간섭하고 있다며 새된 소리를 냈다.

하지만 여전히 침공은 없었다.

*

소련의 지도자 레오니트 브레즈네프는 폴란드 침공을 원치 않았다.

서방 은행들의 신용을 잃을 여유가 없었다. 그에게는 다른 계획이 있었다. 캠 듀어는 그것이 뭔지 스타츠에게서 알아냈다.

스타츠가 보내온 미가공 자료를 처리하는 데는 늘 며칠이 걸렸다. 그에게 위험하고 은밀한 방법을 통해 필름을 건네받는 것은 단지 시작에 불과했다. 미국 대사관 암실에서 필름을 현상해 문서들을 인쇄하고 복사해야 했다. 그런 다음 비밀취급 등급이 높은 번역요원이 앉아서 폴란드와 러시아어로 된 정보를 영어로 옮겼다. 만일 백 페이지가 넘어간다면—자주 그랬다—며칠은 걸렸다. 결과물은 다시 타자로 정리해 복사해야 했다. 그러면 마침내 캠은 자신의 그물에 어떤 물고기가 걸렸는지 알 수 있다.

바르샤바에 겨울 한파가 자리잡을 즈음 캠은 최근 들어온 정보를 세세히 읽어보다가 짜임새 있게 세부까지 준비해둔 폴란드 정부의 탄압 계획을 찾아냈다. 계엄이 선포되고 모든 자유는 보류되며 '연대'가 이룬 모든 합의는 파기될 것이다.

단지 긴급사태에 대비한 계획이었다. 하지만 캠은 야루젤스키가 취임 후 일주일도 지나지 않아 이 계획에 따라 가상훈련까지 실시했다는 사실을 알아내고 깜짝 놀랐다. 애초에 이런 상황을 염두에 두었던 것이 분명했다.

또한 브레즈네프는 그렇게 하라고 가차없이 그를 밀어붙이고 있었다.

야루젤스키는 연초에는 압박을 이겨냈다. 당시는 노동자들이 전국적으로 공장을 장악했고 총파업을 위한 준비가 순조롭게 진행되는 등 '연대'가 저항하기에 유리한 입장이었다.

그때는 '연대'가 활개치는 반면 공산주의자들은 굴복하는 것처럼 보였다. 하지만 지금은 노동자들의 경계가 태만했다.

게다가 그들은 배고프고 피곤하고 추웠다. 모든 것이 부족했고 인플

레이션 때문에 물가는 미쳐 날뛰었으며 식량 배급은 다시 옛날로 돌아가기를 원하는 공산당 관료들의 방해를 받았다. 야루젤스키는 사람들이 그 정도로 고생하고 나면 과거 권위적인 정부의 복귀를 축복처럼 느끼기 시작할 것이라 계산했다.

야루젤스키는 소련의 침공을 원했다. 그는 크렘린에 직설적인 메시지를 보냈다. "우리가 모스크바로부터 군사적 지원을 기대할 수 있습니까?"

돌아온 대답 역시 직설적이었다. "병력은 보내지 않을 예정임."

이것은 폴란드에게 좋은 뉴스라고 캠은 생각했다. 소련은 협박하며 엄포를 놓긴 했지만 최후의 수단은 쓰지 않을 것이다. 무슨 일이 벌어지든 폴란드 사람에 의해 저질러질 터였다.

하지만 야루젤스키는 여전히 소련의 지원 없이도 탄압을 가할 수 있었다. 그의 계획이 바로 스타츠의 필름 속에 있었다. 스타츠는 이 계획이 실행될까봐 두려운 것이 틀림없었다. 왜냐하면 손수 써서 보낸 메모까지 있었기 때문이다. 드문 일이라 캠은 진지하게 관심을 기울이지 않을 수 없었다. 스타츠는 이렇게 썼다. "레이건이 재정적 지원을 중단하겠다고 위협함으로써 이런 상황을 막을 수 있음."

캠은 현명한 의견이라고 생각했다. 서방 정부 및 은행으로부터의 빚이 폴란드가 아직 가라앉지 않도록 해주고 있었다. 민주주의보다 더 나쁜 한 가지는 파산이었다.

캠은 외교정책에서 더 공격적으로 행동하겠다고 약속한 레이건에게 투표했다. 이제 그에게 기회가 왔다. 만일 그가 재빨리 행동한다면 레이건은 폴란드의 어마어마한 뒷걸음질을 막을 수 있었다.

*

조지와 베리나는 조지가 하원의원으로 대표하는 워싱턴 시 경계 바로 너머 메릴랜드 주 프린스 조지스 카운티에 쾌적한 교외 주택을 갖고 있었다. 그는 이제 주마다 다른 교파의 교회에 가서 유권자들과 함께 예배에 참석해야 했다. 그의 일에는 몇 가지 그런 따분한 종류도 섞여 있었지만 대부분 시간은 열정적으로 바삐 움직였다. 지미 카터가 물러나고 로널드 레이건이 백악관을 차지했고, 조지는 미국에서 가장 가난한 이들을 위해 싸울 수 있었다. 그들 가운데 많은 수는 흑인이었다.

한두 달에 한 번씩 마리아 서머스는 그녀의 대자代子 잭을 보러 왔다. 십팔 개월이 된 아이는 할머니 재키처럼 혈기가 왕성했다. 그녀는 대개 아이가 볼 책을 가져왔다. 브런치를 먹은 뒤 조지가 설거지를 하면 마리아가 접시의 물기를 닦고 두 사람은 정보와 외교정책에 관해 이야기했다.

마리아는 여전히 국무부에서 일했다. 현재 그녀의 상관은 알렉산더 헤이그 국무장관이었다. 조지는 국무부가 폴란드에 대해 더 좋은 정보를 받고 있느냐고 물었다. "훨씬 나아요." 그녀가 말했다. "당신이 뭘 한 건지 모르지만 CIA의 능력이 훨씬 나아졌어요."

조지는 씻은 접시를 건네주었다. "그래서 바르샤바는 어떻게 돌아가고 있나요?"

"소련은 침공하지 않을 거예요. 우린 알아요. 폴란드의 공산주의자들이 침공을 요청했지만 소련이 단도직입적으로 거절했어요. 하지만 브레즈네프는 야루젤스키에게 계엄령을 선포하고 '연대'를 없애라며 압박을 가하고 있어요."

"그것참 딱한 일이네요."

"국무부의 의견도 그래요."

조지는 망설였다. "하지만이라는 당신 다음 말이 들리는데요……"

"당신은 날 너무 잘 알아요." 그녀는 웃었다. "우리는 계엄령 계획을 짓밟을 힘이 있어요. 레이건 대통령이 그저 미래의 경제원조는 인권에 달렸다, 그 말만 하면 돼요."

"왜 안 그러는데요?"

"그와 앨 헤이그는 폴란드인들이 자국민에게 계엄령을 내릴 거라고 진심으로 믿지 않아요."

"누가 알아요? 어쨌거나 경고를 하는 게 현명할 수도 있어요."

"나도 그렇게 생각해요."

"그럼 왜 안 하는데요?"

"저들은 우리의 정보력이 얼마나 뛰어난지 상대편이 알아차리는 걸 원치 않아요."

"좋은 정보가 있어도 활용하지 않으면 의미가 없어요."

"아마 활용할 거예요." 마리아가 말했다. "하지만 지금 당장은 망설이고 있어요."

*

크리스마스까지 두 번의 주말을 남기고 바르샤바에 눈이 내리고 있었다. 타냐는 토요일 밤을 혼자서 보냈다. 스타츠는 왜 그녀의 아파트에 올 수 있는지 또는 없는지 절대 설명하지 않았다. 그가 사는 곳을 알지만 그녀는 한 번도 그의 집에 가본 적이 없었다. 캠 듀어를 소개받은 뒤로 그는 군에 관해서는 아예 입을 다물었다. 타냐는 미국에 정보를 넘기고 있기 때문이라고 생각했다. 그는 밤에는 탈출용 땅굴을 파고 낮에는 온종일 착실한 행동을 보이는 포로 같았다.

하지만 오늘은 타냐가 그 없이 보낸 두번째 토요일이었다. 이유가 뭔지는 정확히 몰랐다. 그녀가 지겨워진 걸까? 남자들은 그런 법이다. 변치 않고 삶의 일부로 남아 있는 유일한 남자는 바실리였고, 그와는 절대 잠자리를 갖지 않았다.

그녀는 바실리를 그리워하는 자신을 발견했다. 난잡한 생활을 하는 그와 절대로 사랑에 빠질 수는 없지만 그에게 끌렸다. 자기가 남자에게서 좋아하는 것은 용기임을 그녀는 깨닫기 시작했다. 그녀의 인생에서 가장 중요한 남자들은 파스 올리바, 스타츠 파블락, 바실리였다. 우연히 셋 다 굉장히 잘생겼다. 또한 용감하기도 했다. 파스는 미국의 힘에 맞섰고 스타츠는 붉은 군대의 비밀을 적에게 넘겼으며 바실리는 크렘린의 힘에 도전했다. 세 명 가운데 그녀의 상상력을 가장 전율하게 하는 것은 바실리였다. 그는 시베리아에서 굶주리고 지독한 추위에 시달리며 엄청난 글을 썼기 때문이다. 그녀는 그가 어떻게 지내는지 궁금했고 지금은 무슨 이야기를 쓰고 있는지 알고 싶었다. 그가 과거의 카사노바 생활로 다시 돌아갔는지, 아니면 정말 진심으로 정착했는지 궁금했다.

그녀는 침대에 누워 졸릴 때까지 독일어로 『닥터 지바고』를 읽다가—러시아어로는 아직 출간되지 않았다—불을 껐다.

뭔가를 두드리는 소리에 잠이 깼다. 그녀는 일어나 앉아 불을 켰다. 새벽 두시 반이었다. 누군가 문을 두드리고 있지만 그녀의 방문은 아니었다.

그녀는 일어나 창밖을 보았다. 도로 양쪽에 주차된 자동차들 위에 새로 내린 눈이 쌓여 있었다. 도로 중앙에는 뭐든 원하는 대로 할 수 있다고 생각하는 경찰 특유의 방식대로 경찰차 두 대와 BTR-60 장갑차 한 대가 아무렇게나 세워져 있었다.

바깥의 소음은 두드리는 소리에서 부수는 소리로 바뀌었다. 누군가 대형 해머로 건물을 부수려는 것처럼 들렸다.

타냐는 목욕가운을 걸치고 현관으로 나갔다. 문 안쪽 테이블에서 자동차 열쇠, 잔돈과 함께 놓아둔 타스 기자 신분증을 집어들었다. 문을 열고 복도를 내다보았다. 이웃 두 사람이 마찬가지로 긴장한 채 밖을 내다보고 있는 걸 제외하면 아무 일도 없었다.

타냐는 문이 닫히지 않도록 의자로 받쳐두고 밖으로 나갔다. 소음은 한 층 아래서 들렸다. 난간 아래로 내려다보니 악명 높은 보안경찰 ZOMO의 위장 군복을 입은 한 무리의 남자들이 눈에 들어왔다. 쇠지레와 해머를 휘두르며 그들은 타냐의 친구 다누타 고르스키의 집 문을 때려부수고 있었다.

타냐는 소리를 질렀다. "뭐하는 거예요? 무슨 일이에요?"

일부 주민도 궁금해하며 소리를 질렀다. 경찰은 못 들은 척했다.

안쪽에서 문이 열리자 다누타의 남편이 파자마를 입고 안경을 쓴 채 겁에 질린 모습으로 서 있었다. "뭘 원하는 겁니까?" 그가 말했다. 아파트 안쪽에서 아이들의 울음소리가 들렸다.

경찰들은 그를 밀치고 안으로 들어갔다.

타냐는 아래층으로 달려갔다. "이럴 수는 없어요!" 그녀는 소리질렀다. "누군지 정체를 밝혀야죠!"

두 명의 건장한 경찰이 아파트에서 다누타를 끌고 나왔다. 풍성한 머리는 엉망이고 잠옷 위에 하얀색 면직물 실내복을 입고 있었다.

타냐는 계단을 막고 그들 앞에 섰다. 기자 신분증을 들어 보였다. "난 소련의 기자예요!" 그녀가 외쳤다.

"그럼 저리 꺼져." 한 명이 대답했다. 그는 왼손에 든 쇠지레를 그녀를 향해 휘둘렀다. 다른 손으로 몸부림치는 다누타를 붙잡으려 애쓰느라 되는대로 휘두른 것이지만 쇠지레는 타냐의 얼굴로 날아들었다. 그녀는 불타는 듯한 통증을 느끼며 비틀비틀 뒤로 물러섰다. 두 경찰은 그녀를 밀치고 다누타를 끌고 계단을 내려갔다.

타냐는 오른눈에 피가 고였지만 왼쪽 눈으로 볼 수 있었다. 다른 경찰이 아파트에서 타자기와 전화 자동응답기를 들고 나왔다.

다누타의 남편이 아이 한 명을 안고 다시 나타났다. "집사람을 어디로 데려가는 겁니까?" 그가 소리쳤다. 경찰은 대답하지 않았다.

타냐가 그에게 말했다. "당장 군에 전화해서 알아낼게요." 한 손으로 다친 얼굴을 감싼 채 그녀는 다시 계단을 올라갔다.

그녀는 현관의 거울을 흘깃 보았다. 이마가 찢어지고 볼은 빨갛고 멍든 자리가 이미 부어오르고 있었지만 뼈는 아무데도 부러진 것 같지 않았다.

그녀는 스타츠에게 전화를 걸려고 수화기를 들었다.

신호가 가지 않았다.

텔레비전과 라디오를 켰다. TV 화면에는 아무것도 나오지 않았고 라디오도 침묵을 지켰다.

그렇다면 이것은 다누타만이 아니다.

이웃 한 명이 그녀를 따라 집으로 들어왔다. "의사에게 전화해드릴게요." 여자가 말했다.

"시간이 없어요." 타냐는 좁은 욕실로 들어가 수건에 물을 적셔서 신중하게 얼굴을 닦았다. 그러고는 침실로 돌아와 재빨리 방한용 내의를 입고 청바지에 두툼한 스웨터와 크고 두껍고 안감에 털이 달린 코트를 입었다.

그녀는 계단을 뛰어내려가 차에 올라탔다. 눈이 다시 내리고 있었지만 대로는 텅 비었고, 금세 이유를 알 수 있었다. 온통 탱크와 군 트럭이었다. 파멸에 대한 점점 커져가는 불안감을 느끼며 그녀는 다누타의 체포가 거대한 뭔가의 일부라는 불길한 사실을 깨달았다.

하지만 바르샤바의 중심으로 몰려온 병력은 러시아 군대가 아니었다. 1968년의 프라하와는 달랐다. 차량에는 폴란드군 표시가 달렸고 군인들은 폴란드 군복 차림이었다. 폴란드인들은 스스로 자신들의 수도를 침공한 것이다.

그들은 도로를 차단하고 있었다. 하지만 이제 막 시작한 참이라 아직은 그들을 우회할 수 있었다. 타냐는 미끄러운 굽은 길에서도 운에 기대며 메르세데스를 빠르게 몰아 도시 서쪽의 야나 올브라흐타 거리로 향했다. 그녀는 스타츠가 사는 건물 앞에 차를 세웠다. 주소는 알았지만 직접 오는 것은 처음이었다. 그는 늘 막사보다 조금 나은 곳이라고 말했다.

그녀는 안으로 달려들어갔다. 정확히 어느 집인지 찾아내는 데 약간의 시간이 걸렸다. 스타츠가 안에 있기를 빌며 문을 두드렸지만 아무래도 바깥 길거리에 군인들과 함께일 거라는 압도적인 가능성에 두렵기도 했다.

한 여자가 문을 열었다.

타냐는 깜짝 놀라 아무 말도 하지 못했다. 스타츠는 다른 여자친구가 있었던 걸까?

상냥하게 생긴 금발 여자는 분홍색 나일론 잠옷을 입고 있었다. 그녀는 타냐의 얼굴을 보더니 깜짝 놀랐다. "다쳤군요!" 그녀가 폴란드어로 말했다.

타냐는 여자 뒤로 보이는 복도에서 작은 빨간색 세발자전거를 발견했다. 이 여자는 그의 여자친구가 아니라 아내였고, 그들에게는 아이가 있었다.

타냐는 전기충격을 당한 듯 죄책감이 들었다. 그녀는 스타츠를 그의 가족으로부터 빼앗고 있었다. 그리고 그는 두 여자에게 거짓말을 하고 있었다.

그녀는 현재의 비상 상황으로 애써 생각을 돌렸다. "파블락 대령에게 말을 전해야 해요." 그녀가 말했다. "급해요."

여자는 러시아 악센트를 듣더니 즉시 태도가 바뀌었다. 그녀는 화가 나서 타냐를 노려보았다. "그러니까 네가 그 러시아 창녀군." 그녀가 말했다.

스타츠는 아내에게 외도를 완벽하게 감추는 데 실패한 것이 분명했다. 타냐는 그가 유부남인 걸 몰랐다고 해명하고 싶었지만 지금은 그럴 때가 아니었다. "그런 얘기 할 시간이 없어요!" 그녀는 절망적으로 말했다. "저들이 도시를 장악하고 있어요! 그는 어디 있어요?"

"여기 없어."

"그를 찾을 수 있게 도와주겠어요?"

"아니. 이제 꺼져, 죽어버려." 여자는 문을 쾅 닫았다.

"젠장." 타냐는 말했다.

그녀는 아파트 문밖에 서 있었다. 아픈 뺨에 손을 댔다. 말도 안 되게 부어오르는 것 같았다. 이제 어떻게 해야 할지 알 수 없었다.

혹시 무슨 일이 벌어지고 있는지 알 만한 다른 사람은 캠 듀어였다. 그에게 전화를 걸지는 못할 것이다. 도시의 모든 민간인 전화가 끊긴 듯했다. 하지만 캠은 어쩌면 미국 대사관으로 갔을 수도 있었다.

밖으로 달려나간 그녀는 다시 차에 올라타고 도시 남쪽으로 달렸다. 군인들이 차단했을 도심을 피해 교외로 가로질러 나갔다.

스타츠에게는 아내가 있었다. 그는 두 여자를 속이고 있었다. 말솜씨 좋은 거짓말쟁이였어. 타냐는 씁쓸하게 생각했다. 어쩌면 좋은 스파이인지는 몰랐다. 타냐는 너무 화가 나서 남자를 포기하고 싶은 마음이었다. 그들은 모두 빌어먹을 정도로 똑같았다.

그녀는 가로등에 플래카드를 설치하는 한 무리의 군인을 보았다. 자세히 보려고 멈춰 섰지만 차에서 내리는 위험은 감수하지 않았다. 플래카드는 구국군사위원회라는 기구가 발행한 포고문이었다. 그런 위원회는 없었다. 의심할 것도 없이 야루젤스키가 막 만들어낸 기구일 것이다. 그녀는 두려움 속에 내용을 읽었다. 계엄령을 선포한다. 시민권이 일시 중지될 것이며 국경이 폐쇄되고 도시를 벗어나는 여행 및 모든 공적인 집회가 금지되고 밤 열시부터 새벽 여섯시까지 통행금지가 실시된다. 법과 질서를 회복하기 위해 군에 권한을 부여한다.

이건 탄압이었다. 그리고 주의깊게 계획한 움직임이었다. 플래카드는 미리 인쇄해둔 것들이었다. 계획이 무자비하리만큼 효율적으로 시행되고 있었다. 희망이 조금이라도 있을까?

타냐는 다시 달렸다. 어두운 거리에서 ZOMO 요원 두 명이 그녀의 차 전조등 불빛 앞에 모습을 드러냈고 그중 한 명이 손을 들어 보였다. 그 순간 뺨을 찌르는 듯한 고통이 느껴졌고 순식간에 결정을 내려야 했다. 그녀는 가속페달을 바닥에 닿도록 밟았다. 자동차가 앞으로 튀어나가자 그녀는 강력한 독일 엔진의 성능에 감사했고 요원들은 깜짝 놀라 옆으로 비켜섰다. 그녀가 탄 차는 찢어지는 소리를 내며 모퉁이를 돌아 그들이 총을 겨누기 전에 시야에서 벗어났다.

잠시 후 대사관의 하얀 대리석 건물 앞에 차를 세웠다. 모든 불이 켜져 있었다. 그들도 무슨 일인지 알아내려고 애쓰는 중이었다. 그녀는 차에서 뛰어내려 출입구에 서 있는 미군 해병대원에게 달려갔다. "캠듀어에게 전할 중요한 정보가 있어요." 그녀는 영어로 말했다.

해병대원은 그녀의 뒤를 가리켰다. "지금 오는 것 같군요."

타냐가 돌아보니 라임색 폴스키 피아트 한 대가 멈춰 서고 있었다. 캠이 운전석에 앉아 있었다. 타냐가 차로 달려가자 캠은 창문을 내렸다. 그는 늘 그랬듯 러시아어로 말했다. "맙소사, 얼굴은 어떻게 된 겁니까?"

"ZOMO와 대화 좀 했어요." 그녀는 말했다. "무슨 일인지 아세요?"

"정부가 '연대'의 거의 모든 지도자와 발기인을 체포했습니다. 수천 명이에요." 캠은 암울하게 말했다. "모든 전화선이 끊겼어요. 국내의 모든 주요 도로는 대대적으로 차단되었습니다."

"하지만 러시아인들은 보이지 않아요!"

"없죠. 폴란드인들이 자국민에게 이러고 있는 겁니다."

"미국 정부는 이럴 줄 알았나요? 스타츠가 당신에게 말했어요?"

캠은 말이 없었다.

타냐는 그것을 긍정으로 받아들였다. "레이건이 뭔가를 해서 멈출 수 있지 않았어요?"

캠 역시 타냐처럼 당황스럽고 실망한 모양이었다. "막을 수 있었을 겁니다." 그가 말했다.

타냐는 자신의 목소리가 절망감에 찢어지듯 높아지는 것을 들었다. "그럼, 빌어먹을, 왜 막지 않은 거죠?"

"모르겠어요." 캠이 말했다. "그냥 모르겠습니다."

*

타냐가 모스크바의 집에 돌아오자 바실리가 보낸 꽃다발이 어머니의 아파트에서 그녀를 기다리고 있었다. 1월의 모스크바에서 어떻게 장미를 찾아낸 걸까?

꽃은 삭막한 풍경 속에서 밝게 빛나는 점 같았다. 타냐는 두 가지 충격에 괴로웠다. 스타츠는 그녀를 속였고 야루젤스키 장군은 폴란드 국민을 배신했다. 스타츠는 파스 올리바보다 더 나을 것이 없었고 그녀는 어디서 자신의 판단이 잘못된 건지 궁금했다. 어쩌면 공산주의에 대한 그녀의 판단도 틀렸을지 몰랐다. 그녀는 늘 공산주의가 지속될 수 없다고 믿었다. 1956년 헝가리 국민들의 반란이 분쇄될 때 그녀는 학생이었다. 십이 년 뒤 프라하의 봄 때도 똑같은 상황이 벌어졌고, 또다시 십삼년이 지난 뒤 '연대'가 같은 길로 사라졌다. 어쩌면 공산주의는 할아버지 그리고리가 죽으며 믿었던 것처럼 미래의 길인지 몰랐다. 그렇다면 그녀의 조카이자 딤카의 아들딸인 그리샤와 카탸 앞에는 암울한 미래가 놓여 있었다.

타냐가 집에 도착한 지 얼마 지나지 않아 바실리가 그녀를 저녁식사에 초대했다.

두 사람은 이제 공개적인 친구 사이가 된다는 데 서로 동의했다. 그는 사회에 복귀했다. 그의 라디오 쇼는 오래 이어지며 성공했고, 그는 작가동맹의 스타였다. 그가 서방에서 베스트셀러가 된 『동상』을 포함해 다른 반공산주의 책들을 쓴 반체제 작가 이반 쿠즈네초프이기도 하다는 사실은 아무도 몰랐다. 두 사람이 그렇게 오랫동안 비밀을 지키는 데 성공한 것은 놀라운 일이라고 타냐는 생각했다.

그녀가 퇴근해 바실리의 집으로 가려는데 표트르 오폿킨이 입에 담배를 문 채 인상을 찌푸리며 말을 붙였다. "또 저질렀군." 그는 말했다. "자네가 소에 관해 쓴 기사 때문에 최고위층에서 항의가 왔어."

타냐가 블라디미르 지역을 방문했는데, 그곳 공산당 관리들이 너무 비효율적이라 사료는 창고에 쌓인 채 썩어가고 어마어마한 수의 소가 죽어가고 있었다. 그녀는 분노에 찬 기사를 썼고 다닐은 그 기사를 내

보냈다. 그녀가 말했다. "제 생각에는 부패하고 게을러 소들을 죽게 내버려둔 놈들이 항의했을 것 같은데요."

"그들은 신경쓰지 마." 오폿킨이 말했다. "중앙위원회의 이데올로기 담당 서기의 편지를 받았단 말이야!"

"그는 소에 대해 잘 알겠군요, 아닌가요?"

오폿킨은 문서 한 장을 그녀에게 내밀었다. "그 내용을 취소하는 기사를 내야 해."

타냐는 문서를 받아들었지만 읽지는 않았다. "왜 그렇게 우리나라를 망치는 사람들을 옹호하는 데 관심이 많아요?"

"우리는 공산당 간부들을 약하게 만들면 안 돼!"

타냐의 책상에 놓인 전화가 울려 그녀는 수화기를 들었다. "타냐 드보르킨입니다."

어렴풋이 익숙한 목소리가 말했다. "블라디미르에서 죽어가는 소에 관한 기사를 쓰셨더군요."

타냐는 한숨을 내쉬었다. "네, 그랬어요. 그리고 이미 질책을 받았고요. 전화주신 분은 누구시죠?"

"나는 농업을 책임지고 있는 서기입니다. 미하일 고르바초프라고 합니다. 1976년 당신과 인터뷰한 적이 있죠."

"그랬죠." 타냐는 고르바초프가 오폿킨의 비난에 자기 비난까지 보태려는 것이 분명하다고 추측했다.

고르바초프가 말했다. "나는 당신의 훌륭한 분석에 축하하려고 전화했습니다."

타냐는 깜짝 놀랐다. "저는…… 어, 감사합니다, 동지!"

"우리 농장은 그런 비효율을 없애는 일이 절실하죠."

"아, 서기 동지, 실례지만 그 말씀을 저희 편집장에게 좀 해주시겠습니까? 지금 막 그 기사를 두고 논의중이었는데, 그는 그 보도를 철회해야 한다고 합니다."

"철회? 헛소리군. 전화 바꿔주시오."

타냐는 씩 웃으며 오폿킨에게 말했다. "고르바초프 서기께서 통화하고 싶으시다네요."

처음에 오폿킨은 그녀의 말을 믿지 않았다. 그는 수화기를 받더니 말했다. "미안하지만 누구십니까?"

그 순간부터 그는 조용해졌고 가끔 대답만 했다. "네, 동지."

마침내 그가 수화기를 내려놓았다. 그러고는 타냐에게 한마디 말도 없이 가버렸다.

크게 만족한 타냐는 철회 기사를 구겨서 쓰레기통에 던져넣었다.

그녀는 뭘 기대해야 할지도 모르는 채 바실리의 아파트로 갔다. 그가 자기 하렘에 들어오라고 제의하지 않기를 바랐다. 혹시 그럴지 몰라서 그의 열의를 꺾을 수 있도록 섹시하지 않은 서지 바지에 칙칙한 회색 스웨터를 입고 왔다. 그럼에도 그녀는 이날 저녁을 기다리는 자신을 발견했다.

그는 파란색 스웨터와 하얀 셔츠 차림으로 문을 열었는데 두 옷 모두 새것으로 보였다. 그녀는 그의 뺨에 키스한 뒤 자세히 살펴보았다. 머리칼이 잿빛으로 변했지만 여전히 숱이 많고 구불거렸다. 쉰 살의 나이에도 날씬한 몸이 꼿꼿했다.

그는 그루지야의 샴페인 한 병을 따고 테이블 위에 먹을 것을 차렸다. 네모난 토스트에 달걀 샐러드와 토마토를 올렸고, 오이 위에는 생선알을 얹었다. 타냐는 누가 음식을 만들었는지 궁금했다. 여자친구 가운데 한 명을 시켜서 준비했다 해도 이상할 것 없는 사람이었다.

책과 그림으로 가득한 아파트는 편안했다. 바실리는 카세트테이프를 틀 수 있는 플레이어도 갖고 있었다. 그는 그가 수령할 수 없는 엄청난 액수의 해외 인세 없이도 부유했다.

그는 폴란드의 모든 걸 알고 싶어했다. 크렘린은 어떻게 침공도 하지 않고 '연대'를 물리쳤을까? 어떻게 야루젤스키는 폴란드 국민을 배신했을까? 그는 아파트가 도청당한다고 생각하지는 않았지만 혹시 몰라서 차이콥스키의 테이프를 틀어두었다.

타냐는 그에게 '연대'가 아직 죽지 않았다고 말해주었다. 그들은 지하로 숨었다. 계엄령하에서 체포된 많은 사람이 아직 감옥에 있지만 성차별주의자 비밀경찰은 여자가 중요한 역할을 맡는다는 사실을 받아들이는 데 실패했다. 여성 발기인 거의 대부분은 여전히 체포되지 않았고, 체포되었다가 풀려난 다누타도 그 가운데 한 명이었다. 그녀는 다시 정체를 숨긴 채 불법 신문과 전단을 발행하고 연락 체계를 다시 구축하고 있었다.

그럼에도 타냐는 희망이 없었다. 다시 봉기하면 그들은 다시 짓밟힐 터였다. 바실리는 그보다는 낙관적이었다. "아슬아슬했군." 그는 말했다. "지난 오십 년 동안 누구도 공산주의를 물리치는 일에 그렇게 가까이 갔던 적은 없었어."

옛날 같아. 타냐는 샴페인의 술기운에 느긋해져서 편안한 느낌으로 생각했다. 예전 1960년대 초 바실리가 투옥되기 전, 그들은 가끔 이렇게 함께 앉아서 정치와 문학과 예술에 대해 이야기하고 다투기도 했다.

그녀는 미하일 고르바초프에게 전화가 온 이야기를 해주었다. "이상한 자야." 바실리가 말했다. "농업부에서 일하면 그를 많이 보거든. 그는 유리 안드로포프의 애완견이야. 바위처럼 단단한 공산주의자고. 부인은 더 심해. 하지만 윗사람들을 불쾌하게 하지 않는 상황에서는 언제나 개혁론자들의 아이디어를 지지해준단 말이야."

"딤카는 그 사람을 높이 평가해요."

"브레즈네프가 죽으면—이제 그리 멀지 않았을 거야, 오, 하느님 제발—안드로포프가 지도자 자리에 도전할 거야. 고르바초프가 뒤를 밀 테고. 그 시도가 실패하면 두 사람 다 끝이야. 그들은 지방으로 쫓겨갈 걸. 하지만 안드로포프가 성공하면 고르바초프의 미래는 밝을 거야."

"다른 어느 나라에서든 고르바초프는 쉰 살이니 지도자가 되기에 딱 알맞은 나이예요. 여기서는 너무 어리죠."

"크렘린은 노인 병동이니까."

바실리는 쇠고기가 들어간 비트 수프를 내왔다. "이거 맛있네요." 타냐가 말했다. 묻지 않을 수 없었다. "누가 만들었어요?"

"물론 내가 만들었지. 누구겠어?"

"모르죠. 가정부 있어요?"

"그냥 할머니 한 분이 와서 아파트를 청소하고 셔츠를 다리지."

"그럼 여자친구들 중 한 명?"

"지금은 여자친구 없어."

타냐는 흥미가 끌렸다. 바르샤바로 떠나기 전 마지막으로 나눈 대화가 떠올랐다. 그는 자기가 철이 들었고 달라졌다고 주장했다. 그녀는 그렇게 말만 할 것이 아니라 행동으로 보여야 한다고 했다. 그리고 그것 역시 그녀를 침대로 끌어들일 작정으로 한 또다른 이야기일 뿐이라고 확신했다. 내가 틀렸을 수도 있을까? 그녀는 아니라고 생각했다.

식사를 마치고 그녀는 그에게 런던에 쌓이고 있는 인세에 대해서는 어떤 느낌인지 물었다.

"당신이 그 돈을 가져야지." 그가 말했다.

"바보 같은 소리 말아요. 당신이 책을 썼잖아요."

"난 잃을 것이 없었어. 이미 시베리아에 있었다고. 그들은 날 죽이는 것 말고는 내게 더 심한 짓을 할 수 없었지. 죽는다면 나도 시베리아에서 벗어날 수 있었을 테고. 하지만 당신은 모든 걸 걸었잖아. 당신의 경력, 당신의 자유, 당신의 목숨까지. 그 돈을 가질 자격이 있는 사람은 나보다는 당신이야."

"글쎄요, 당신이 그 돈을 내게 줄 수 있다고 해도 안 받을래요."

"그럼 그 돈은 내가 죽을 때까지 아마도 그대로 있겠군."

"당신은 서방으로 탈출하고 싶다는 생각은 안 들어요?"

"아니."

"확고한 것 같군요."

"확고해."

"왜요? 항상 뭐든 원하는 대로 쓸 수 있잖아요. 라디오 연속물도 안 해도 되고."

"난 안 갈 거야…… 당신이 같이 가지 않으면."

"진심으로 하는 말이 아니잖아요."

그는 어깨를 으쓱했다. "당신이 내 말을 믿을 거라고 기대하지는 않아. 왜 믿겠어? 하지만 당신은 내 인생에서 가장 소중한 사람이야. 당신은 시베리아까지 와서 날 찾았지. 아무도 안 그랬어. 날 풀려나게 하려고 애썼어. 내 작품을 자유세계로 몰래 빼냈고. 이십 년 동안 당신은 인간으로서 될 수 있는 최고의 친구였어."

그녀는 감동했다. 그런 식으로는 생각해보지 못했다. "그렇게 말해줘서 고마워요." 그녀는 말했다.

"그냥 사실에 불과한 얘기야. 난 안 떠나." 그러고는 그가 덧붙였다. "물론 당신이 같이 가지 않는다면."

그녀는 그를 바라보았다. 진지한 제안일까? 물어보기가 두려웠다. 그녀는 창밖의 가로등 불빛에 소용돌이치는 눈송이를 바라보았다.

바실리가 말했다. "이십 년이야. 우린 키스도 한 번 안 했지."

"그래요."

"하지만 당신은 내가 무정한 카사노바라고 생각하고."

사실 그녀는 이제 어떻게 생각해야 할지 알 수 없었다. 그가 변한 건가? 사람이 정말 변하기는 하나? 그녀는 말했다. "이렇게 오랜 시간이 지나 우리의 기록을 망가뜨리는 건 창피한 일이에요."

"그래도 난 그러고 싶어. 온 마음을 바쳐서."

그녀는 화제를 바꾸었다. "기회가 주어지면 서방으로 망명할래요?"

"당신과 함께라면. 아니면 안 가."

"나는 늘 소련을 떠나지 않고 더 나은 곳으로 만들고 싶었어요. 하지만 '연대'가 패하고 나서는 더 나은 미래에 대해 믿기 어렵다는 걸 알았죠. 공산주의는 천 년 동안 이어질 수도 있어요."

"최소한 나나 당신보다는 오래갈 수 있겠지."

타냐는 가장자리에서 망설이고 있었다. 그에게 얼마나 키스하고 싶은지 스스로에게 놀랐다. 그리고 더 있었다. 그녀는 여기 머물고 싶었다. 이 따뜻한 아파트의 이 소파 위에서, 창밖으로 눈송이가 떨어지는 가운데 그와 오래, 아주 오래 얘기하고 싶었다. 정말이지 이상한 감정이었다. 어쩌면 사랑인지도 몰랐다.

그래서 그녀는 그에게 키스했다.

잠시 후 두 사람은 침실로 들어갔다.

*

나탈리야는 언제나 소식을 가장 먼저 알았다. 그녀가 크리스마스이브에 불안한 표정으로 딤카의 사무실에 나타났다. "안드로포프가 정치국 회의에 참석하지 않을 거래." 그녀는 말했다. "병이 심해서 병원을 떠날 수가 없대."

다음 정치국 회의는 크리스마스 다음날로 예정되어 있었다.

"젠장." 딤카가 말했다. "그건 위험한데."

유리 안드로포프가 훌륭한 소련 지도자로 드러나다니 이상한 일이었다. 과거 십오 년 동안 그는 잔인하고 야만적인 비밀경찰 KGB의 유능한 수장이었다. 이제는 소련 공산당의 서기장으로서 반체제 인사들을 무자비하게 억압하고 있었다. 하지만 당내에서는 새로운 아이디어와 개혁에 놀라우리만큼 관대했다. 마치 이단자를 고문하면서도 추기경들과는 하느님의 존재에 관해 토론하는 중세 교황처럼 안드로포프는 측근에 속한 사람들—딤카와 나탈리야도 그에 속했다—과는 소련 체제에 부족한 것이 무엇인지 자유롭게 이야기를 나누었다. 그리고 이야기는 행동으로 이어졌다. 고르바초프가 맡은 업무는 농업에서 경제 전반으로 확장되었고, 그는 소련 경제의 지방분권화 계획을 세워 모스크바에 있던 일부 권력과 의사결정권을 문제와 가까운 곳의 관리자에게 넘겼다.

안타깝게도 안드로포프는 1983년 크리스마스, 지도자가 된 지 채 일 년도 지나지 않아 병을 얻었다. 그래서 딤카와 나탈리야는 걱정이었다. 안드로포프와 지도자 자리를 두고 싸웠던 사람은 고루해빠진 콘스탄틴 체르넨코였고 그는 여전히 서열 두번째 자리를 지키고 있었다. 딤카는 체르넨코가 안드로포프의 병을 핑계 삼아 다시 통제력을 강화하지 않을지 걱정스러웠다.

나탈리야는 말했다. "안드로포프가 대독을 시킬 연설문을 썼어."

딤카는 고개를 흔들었다. "그걸로는 부족해. 안드로포프가 자리를 비우면 체르넨코가 회의를 진행할 테고, 일단 그렇게 되면 모두가 그를 대기중인 지도자로 받아들일 거야. 그러면 온 나라가 뒷걸음칠 수도 있어." 생각만 해도 우울해지는 전망이었다.

"말할 필요도 없이 고르바초프가 회의를 진행해야 해."

"하지만 체르넨코가 서열 두번째야. 그자도 병원에 있었으면 좋았을걸."

"금방 그렇게 될 거야. 건강한 사람이 아니니까."

"하지만 아주 금방은 아니겠지. 어떻게든 그를 건너뛸 방법이 없을까?"

나탈리야는 생각했다. "글쎄, 정치국은 안드로포프가 하라는 대로 해야 하잖아."

"그럼 고르바초프가 회의를 진행하도록 그가 명령을 내리면 되나?"

"그래, 그럴 수 있지. 그는 여전히 보스니까."

"연설문에 한 문단을 보태도 돼."

"완벽해. 내가 연락해서 제안을 할게."

그날 오후 늦게 딤카는 나탈리야의 사무실로 오라는 메시지를 받았다. 그리로 간 딤카는 그녀의 눈이 흥분과 승리감으로 빛나는 것을 보았다. 그녀의 곁에는 안드로포프의 개인 보좌관인 아르카디 볼스키가 있었다. 안드로포프는 볼스키를 병원으로 불러 연설문에 추가할 내용을 수기로 써서 건네주었다. 볼스키가 그 내용을 딤카에게 건넸다.

마지막 문단은 아래와 같았다.

여러분이 아는 이유로 나는 가까운 미래에 정치국과 서기국의 회의를 진행하지 못합니다. 그래서 나는 중앙위원회 위원들이 정치국과 서기국의 대표자를 미하일 세르게예비치 고르바초프에게 위임하는 문제를 검토해주기 바랍니다.

제안처럼 썼지만 크렘린에서 지도자의 제안은 직접적인 명령이나 다름없다.

"이건 다이너마이트야." 딤카가 말했다. "그들은 거역할 리 없어."

"제가 이걸 어떻게 해야 합니까?" 볼스키가 말했다.

딤카가 말했다. "첫째, 누군가 갈기갈기 찢어버려도 소용없도록 복사본을 몇 부 만들어놓게. 그리고……" 딤카는 망설였다.

나탈리야가 말했다. "아무에게도 말하지 마세요. 보골류보프에게 그냥 줘요." 클라브디 보골류보프는 정치국 회의의 서류 준비 책임자였다. "드러나지 않게 신경쓰고요. 그냥 안드로포프의 연설문이 들어 있는 빨간색 서류철에 추가 서류를 넣으라고만 하세요."

그들은 그것이 최고의 계획이라고 동의했다.

크리스마스는 큰 축제는 아니었다. 공산주의자들은 크리스마스의 종교색을 싫어했다. 그들은 산타클로스를 얼음 할아버지*로, 성모마리아를 눈꽃 아가씨로 바꾸었고 축하일도 새해 첫날로 옮겼다. 아이들은 그날 선물을 받는다. 이제 스무 살인 그리샤는 카세트플레이어를, 열네 살인 카탸는 새 드레스를 받을 예정이었다. 고위급 공산주의 정치가인 딤카와 나탈리야는 그들의 개인적인 믿음에도 불구하고 크리스마스를 축하할 꿈을 꾸지 않았다. 두 사람 모두 평소처럼 일했다.

하루 뒤 딤카는 정치국 회의가 열리는 회의실로 향했다. 그는 문가에서 미리 와 있던 나탈리야와 마주쳤다. 그녀는 곤혹스러운 표정이었다. 그녀는 안드로포프의 연설문이 든 빨간 서류철을 펼쳐들고 있었다. "빼버렸어!" 그녀가 말했다. "그들이 마지막 문단을 빼버렸다고!"

---

* 얼음을 자유자재로 이용하는 슬라브 설화 속 등장인물로, 손녀인 눈꽃 아가씨와 함께 다닌다.

딤카는 풀썩 앉았다. "체르넨코가 이렇게 배포 있는 줄은 정말 몰랐군." 그는 말했다.

그들이 할 수 있는 건 없다는 사실을 그는 깨달았다. 안드로포프는 병원에 있다. 만일 그가 회의실에 들이닥쳐 모두에게 소리를 지르면 권위가 회복될 것이다. 하지만 그는 그럴 수 없었다. 체르넨코는 안드로포프의 약점을 정확히 예측했다.

"그들이 이겼어, 그렇지?" 나탈리야가 말했다.

"그래." 딤카가 말했다. "다시 침체의 시대가 시작되는 거야."

9부
폭탄

1984~1987

55장

조지 제이크스는 워싱턴 도심에서 열린 아프리카계 미국인 미술 전시회 개막식에 참석했다. 미술에 큰 관심은 없지만 흑인 하원의원은 그런 일에 힘을 보태야 했다. 하원의원으로서 그가 하는 일 대부분은 그보다는 훨씬 중요했다.

레이건 대통령이 정부의 국방비 예산을 어마어마하게 증액했지만 돈은 누가 낼 것인가? 엄청난 세금 감면을 받은 부자들은 아니었다.

조지가 곧잘 하는 농담이 있다. 어느 기자가 레이건에게 어떻게 세금을 감면하는 동시에 정부 지출을 늘릴 수 있는지 물었다. "장부를 이중으로 관리하면 됩니다"라는 대답이 돌아왔다는 얘기였다.

현실에서 레이건의 계획은 사회보장과 노인건강보험을 축소하는 것이었다. 만일 그의 뜻대로 된다면 실업자와 생활보호대상 가정은 국방산업의 붐에 돈을 바치고 밀려날 것이다. 그런 생각을 하면 조지는 미친듯이 화가 났다. 하지만 조지와 하원의 다른 의원들이 이런 상황을 막기 위해 싸우고 있고 지금까지는 성공했다.

결말은 정부 부채의 증가였다. 레이건은 적자를 늘렸다. 펜타곤을 위한 그 많은 번쩍거리는 새 무기들은 미래 세대가 비용을 부담할 터였다.

조지는 웨이터가 들고 있는 쟁반에서 화이트와인을 한 잔 집어들고 전시를 둘러보다가 한 기자와 잠시 이야기를 나누었다. 시간이 많지 않았다. 베리나는 오늘밤 조지타운에서 열리는 정치 만찬에 참석하느라 외출해야 해서 그가 이제 네 살인 아들 잭을 돌봐야 했다. 그들은 보모가 있지만—두 사람 다 힘든 일을 하기 때문에 꼭 필요했다—늘 둘 중 한 명은 보모가 나타나지 않을 상황에 대비해 예비대원 노릇을 했다.

그는 입에도 대지 않은 술잔을 내려놓았다. 공짜 와인은 절대 마실 가치가 없다. 그는 코트를 입고 전시회를 떠났다. 차가운 비가 내리기 시작해 전시 카탈로그로 머리를 가리고 서둘러 차로 향했다. 우아하고 오래된 메르세데스는 오래전에 사라졌다. 정치인은 미국 차를 몰아야 했다. 그는 이제 은색 링컨 타운카를 탔다.

차에 탄 그는 와이퍼를 작동시키고 프린스 조지스 카운티로 출발했다. 사우스 캐피털 스트리트 다리를 건너 슈틀랜드 파크웨이를 타고 동쪽으로 향했다. 길이 얼마나 막히는지 보고 욕설을 내뱉었다. 늦을 것 같았다.

집에 도착하니 베리나의 빨간 재규어가 출발 준비를 마친 채 진입로에 코를 내밀고 있었다. 그 차는 그녀의 마흔번째 생일에 아버지에게서 받은 선물이었다. 조지는 그 옆에 차를 세우고 저녁에 해야 할 업무 서류로 가득찬 가방을 들고서 집안으로 걸어들어갔다.

검은색 칵테일드레스에 에나멜 하이힐 차림으로 복도에 서 있는 베리나는 굉장히 멋져 보였다. 그녀는 스컹크처럼 화가 나 있었다. "늦었잖아!" 그녀가 소리쳤다.

"정말 미안해." 조지가 말했다. "슈틀랜드 파크웨이 교통이 오늘 미쳤더라고."

"오늘 만찬 파티는 정말 내게 중요하단 말이야. 레이건 내각 각료가 세 명이나 올 텐데, 지각하게 생겼어!"

조지는 그녀의 초조함을 이해했다. 로비스트로서 영향력 있는 인사들과의 사교적 만남은 돈으로도 살 수 없는 기회였다. "지금 왔잖아." 그가 말했다.

"난 가정부가 아니야! 약속을 했으면 지켜야지!"

이렇게 장황한 비난은 드문 일이 아니었다. 그녀는 종종 화를 내고 그에게 소리를 질렀다. 그는 늘 차분하게 받아들이려 애썼다. "보모 티파니는 있어?"

"아니, 없어. 아파서 집에 갔어. 그래서 내가 당신을 기다려야 했던 거야."

"잭은 어디 있어?"

"방에서 TV 봐."

"좋아, 지금 가서 같이 있어줄게. 당신은 나가보라고."

그녀는 맹렬하게 소리지르더니 성큼성큼 나갔다.

그는 저녁 자리에서 아내 옆자리에 앉게 될 사람이 누군지 몰라도 좀 질투가 났다. 그녀는 여전히 그가 지금껏 만나본 여자 중에서 가장 섹시했다. 하지만 이제는 그녀의 남편이 되는 것보다 그가 십오 년 동안 그랬듯 애인으로 멀리 떨어져 사는 편이 낫다는 것을 알았다. 옛날에는 일주일 동안 요즘 한 달 하는 것보다 섹스를 더 많이 했다. 결혼한 뒤 두 사람이 주로 육아 문제로 종종 벌인 맹렬한 다툼은 천천히 떨어지는 강한 황산처럼 서로를 향한 애정을 조금씩 부식시켰다. 그들은 함께 살면서 아이를 돌보고 각자의 일에 충실했다. 그들은 서로 사랑하고 있을까? 조지는 이제 알 수 없었다.

그는 방으로 들어갔다. 잭은 TV 앞 소파에 앉아 있었다. 아이는 조지에게 엄청난 위로가 되었다. 그는 옆에 앉아 아이의 작은 어깨에 팔을 둘렀다. 잭이 바짝 다가앉았다.

잭은 뭔가 모험에 말려든 고등학생들 이야기를 보고 있었다. "뭐 보고 있었니?" 조지가 물었다.

"〈신동들〉. 재미있어요."

"무슨 얘기인데?"

"컴퓨터로 사기꾼을 잡아요."

천재 아이들 가운데 한 명이 흑인인 것을 보고 조지는 생각했다. 세상은 이렇게 돌아가는구나.

*

"이런 식사에 초대받다니 정말 운이 좋은 거야." 캠 듀어는 조지타운 도서관 근처 R가의 웅장한 저택 앞에서 택시를 내리며 아내 리트카에게 말했다. "우리 두 사람 다 좋은 인상을 줬으면 좋겠어."

리트카는 냉소적이었다. "당신은 비밀경찰에서 중요한 사람이잖아." 그녀가 말했다. "내 생각에는 그들이 당신한테 좋은 인상을 줘야 할 것 같은데."

리트카는 미국이 어떻게 돌아가는지 이해하지 못했다. "CIA는 비밀경찰이 아니야." 캠이 말했다. "여기 사람들 기준으로 보면 내가 그다지 중요한 사람도 아니고."

그래도 캠은 아주 보잘것없는 사람은 아니었다. 과거에 백악관에서 근무했던 경험이 있는 그는 이제 레이건 행정부와 CIA 사이의 연락 담당자였다. 이 일을 맡게 되어 아주 흐뭇했다.

폴란드에서의 레이건의 실패에 대한 실망은 극복했다. 그는 경험 부족 탓으로 돌렸다. '연대'가 무너질 때 레이건은 대통령이 된 지 일 년도 채 안 된 시기였다.

머릿속 한구석에서는 대통령이라면 자리에 앉는 순간부터 자신만만하게 결단을 내릴 만큼 똑똑하고 박식해야 하는 거 아니냐는, 반대를 위한 반대 의견도 있었다. 캠은 닉슨의 말을 떠올렸다. "레이건은 좋은 친구야. 하지만 외교정책 면에서 도대체 무슨 일이 벌어지고 있는지 몰라."

하지만 레이건은 심장이 제자리에 박혀 있었고, 그게 중요했다. 그는 열렬한 반공주의자였다.

리트카가 말했다. "또 당신 할아버지는 상원의원이었잖아!"

그것 역시 별로 내세울 게 못 되었다. 거스 듀어는 나이가 구십대였다. 아내가 세상을 떠난 후 그는 우디와 비프, 증손자인 존 리와 가까워지기 위해서 버펄로에서 샌프란시스코로 이사했다. 정계에서는 오래전에 은퇴했다. 게다가 민주당원이고 레이건 지지자의 기준으로 보면 극단적인 진보주의자였다.

캠과 리트카는 짧은 계단을 따라 작은 프랑스 성처럼 보이는 빨간 벽돌집으로 올라갔다. 슬레이트 지붕에 지붕창이 났고 하얀 돌로 만든 출입문 위에는 작지만 그리스 신전 같은 박공벽 장식이 되어 있었다. 이 집의 주인은 프랭크와 메리벨 린드먼으로 부부는 레이건의 선거 자금으로 엄청난 기부를 했고, 레이건의 감세정책으로 수백만 달러의 수혜를 받았다. 메리벨은 워싱턴 사교계를 주름잡는 대여섯 명의 여자 가운데 하나였다. 그녀는 미국을 운영하는 남자들을 즐겁게 해주었다. 캠이 이곳에 와서 운이 좋다고 느끼는 이유는 바로 그 때문이었다.

린드먼 부부는 공화당원이지만 메리벨의 만찬은 양당이 함께하는 행사라 캠은 오늘밤 양측 고위급 인사들을 만나기를 기대하고 있었다.

집사가 두 사람의 코트를 받았다. 웅장한 홀을 둘러보며 리트카가 말했다. "왜 이 사람들은 이런 끔찍한 그림들을 걸어두는 거야?"

"서방의 미술이야." 캠이 말했다. "저건 레밍턴*이야. 아주 가치 있지."

"내가 돈이 많으면 저런 카우보이랑 인디언 그림은 안 살 거야."

"특징이 있잖아. 인상파 화가들이 꼭 최고여야만 하는 건 아니야. 미국 화가들도 그만큼 훌륭해."

"아니, 그렇지 않아. 누구나 안다고."

"의견의 차이일 뿐이지."

리트카는 어깨를 으쓱했다. 미국생활의 또하나의 미스터리군.

집사는 그들을 넓은 거실로 안내했다. 18세기 응접실처럼 보였다. 용이 그려진 중국 카펫이 깔렸고 노란색 실크로 덮은 다리 가는 의자들이 여러 개 놓여 있었다. 알고 보니 그들이 처음 도착한 손님이었다. 잠시 후 메리벨이 다른 문에서 모습을 드러냈다. 빨간 머리가 풍성하고 당당한 인상이었는데, 머리는 원래 그 색일 수도 있고 아닐 수도 있었다. 캠이 보기에는 별나게 큰 다이아몬드 목걸이도 걸고 있었다. "이렇게 일찍 오다니 친절도 하셔라!" 그녀가 말했다.

캠은 그 말이 질책임을 알았지만 리트카는 의식하지 못했다. "멋진 집이 너무너무 보고 싶었거든요." 그녀는 마구 떠들었다.

"미국생활은 어때요?" 메리벨이 그녀에게 물었다. "말해주세요. 부인의 의견으로는 이 나라에서 가장 좋은 게 뭔가요?"

리트카는 잠시 생각했다. "여기는 흑인이 많잖아요." 그녀가 말했다.

캠은 신음을 눌렀다. 도대체 무슨 말을 하는 거야?

---

* 미국 서부 삶의 사실적 묘사로 유명한 프레더릭 레밍턴.

메리벨은 깜짝 놀라 입을 다물었다.

리트카는 샴페인 잔 쟁반을 든 웨이터와 카나페를 가져오는 가정부, 집사 등 모든 흑인을 향해 손을 흔들어 보였다. "저 사람들이 문을 열거나 음료를 서빙하거나 바닥을 쓰는 것처럼 모든 일을 하잖아요. 폴란드에서는 그런 일을 할 사람이 없거든요. 모두 스스로 해야 해요!"

메리벨은 반쯤 정신이 나간 것 같았다. 이런 대화는 레이건의 워싱턴에서도 옳지 않았다. 그 순간 그녀는 리트카의 어깨 너머로 다른 손님이 돌아다니는 것을 보았다. "카림, 반가워요!" 그녀는 소리를 높였다. 그러고는 티 없이 깔끔한 가는 세로줄무늬 정장 차림의 피부가 검고 잘생긴 남자를 껴안았다. "캠 듀어랑 부인 리트카랑 인사해요. 이쪽은 카림 압둘라라고, 사우디 대사관에 근무하죠."

카림은 악수를 했다. "얘기 들었습니다, 캠." 그가 말했다. "나는 랭글리의 당신 동료 몇몇과 긴밀하게 일하고 있죠."

카림은 캠에게 자신이 사우디 정보부에 있다는 것을 밝히고 있었다.

카림이 리트카에게 고개를 돌렸다. 그녀는 놀란 눈치였다. 캠은 이유를 알았다. 그녀는 카림처럼 얼굴이 검은 사람을 메리벨의 파티에서 만나리라고 생각하지 못했기 때문이다.

하지만 카림의 매력이 리트카를 사로잡았다. "폴란드 여인들이 세계에서 가장 아름답다는 말을 들어왔습니다." 그가 말했다. "하지만 그 말을 믿지 않았죠. 이 순간까지는 말이죠." 그는 그녀의 손에 키스했다.

리트카는 그런 식의 헛소리는 얼마든지 들어줄 수 있었다.

"흑인들에 대한 말씀 들었습니다." 카림이 말했다. "동의합니다. 우리 사우디아라비아에도 없죠. 그래서 우리는 인도에서 흑인들을 수입해야 한답니다!"

캠은 카림의 인종차별주의에서 드러나는 미세한 구분에 리트카가 놀라고 있다는 걸 알 수 있었다. 카림에게 인도인은 흑인이지만 아랍인은 흑인이 아니었다. 다행히 리트카는 입다물고 남자 말을 들어야 할 때를 잘 알았다.

더 많은 손님이 들어섰다. 카림은 목소리를 낮췄다. "하지만 말이죠." 그는 음모를 꾸미듯 말했다. "말을 가려서 해야 합니다. 일부 손님들은 진보주의자일 수도 있거든요."

그 말을 입증하듯 키가 크고 운동선수처럼 생긴, 숱 많은 금발의 남자가 들어왔다. 그는 영화배우처럼 생겼다. 재스퍼 머리였다.

캠은 기분이 좋지 않았다. 그는 십대 때부터 재스퍼를 미워했다. 그러다가 재스퍼는 탐사기사를 쓰는 기자가 되어 닉슨 대통령 하야에 한몫 거들었다. 그가 닉슨에 관해 쓴 책 『교활한 딕』은 베스트셀러가 되고 영화로도 만들어졌다. 카터 행정부 시절에는 상대적으로 조용했던 그였지만 레이건이 자리에 앉자마자 다시 공격을 시작했고, 지금은 피터 제닝스, 바버라 월터스처럼* 텔레비전에서 가장 유명한 사람들 가운데 한 명이었다. 당장 어젯밤만 해도 〈오늘〉에서 머리는 삼십 분이나 할애해 미국의 지원을 받는 엘살바도르 군사독재정권에 대해 방송했다. 그는 엘살바도르에서 그곳 정부의 암살부대가 삼만 명을 죽였다는 인권단체의 주장을 되풀이했다.

〈오늘〉을 방송하는 방송국 소유주가 메리벨의 남편 프랭크 린드먼이었고, 그래서 재스퍼는 아마도 저녁식사 초대를 거절할 수 없었을 것이다. 프랭크는 재스퍼를 자르라는 백악관의 압력을 받았지만 아직까지는 거부하고 있었다. 대주주이긴 해도 그는 이사회에 답변을 해야 했고, 방송국에서 가장 인기 있는 스타 가운데 한 명을 해고한다면 문제

* 둘 다 미국의 뉴스 앵커다.

를 일으킬 만한 투자자들도 있었다.

메리벨은 뭔가 초조하게 기다리는 눈치였다. 그때 한 손님이 제법 늦게 도착했다. 깜짝 놀랄 만큼 아름다운 흑인 여자 로비스트 베리나 마퀀드였다. 캠은 그녀를 만나본 적이 없지만 사진을 통해 얼굴을 알았다.

집사가 저녁식사 시작을 알리자 모두 쌍여닫이문을 지나 식당으로 향했다. 여자들은 반짝거리는 유리그릇과 은제 접시에 온실에서 키운 노란 장미를 담아 꾸민 긴 식탁을 보고 탄성을 질렀다. 캠은 리트카의 눈이 휘둥그레진 것을 보았다. 아마 추측하건대 그녀의 인테리어 잡지 속 사진들을 능가하는 광경일 것이다. 분명 이렇게 호화로운 모습은 본 적도 없고 심지어 상상하지도 못했을 터였다.

식탁에는 열여덟 명이 둘러앉았지만 대화는 즉시 한 사람이 장악했다. 수지 캐넌이라는 독설을 퍼붓는 가십 기자였다. 그녀가 쓰는 기사의 절반은 사실이 아닌 것으로 밝혀졌지만 그녀는 약점의 냄새를 맡는 자칼의 후각이 있었다. 그녀는 보수파였지만 정치보다 스캔들에 관심이 더 많았다. 그녀에게 비밀이란 없었다. 캠은 리트카가 입다물고 있기를 기도했다. 오늘 나온 얘기 가운데 무엇이든 내일 신문에서 볼 수 있었다.

하지만 수지는 놀랍게도 캠에게 날카로운 눈길을 보냈다. "제가 알기로 당신과 재스퍼는 아는 사이죠." 그녀가 말했다.

"별로 그렇지도 않아요." 캠이 말했다. "아주 오래전에 런던에서 만났죠."

"하지만 제가 듣기로는 두 분이 한 여자에게 사랑에 빠졌다더군요."

도대체 저 여자가 그걸 어떻게 알지? "전 열다섯 살이었어요, 수지." 캠이 말했다. "아마 런던의 여자애들 절반에게 빠졌을 겁니다."

수지는 재스퍼에게 고개를 돌렸다. "당신은 어때요? 이 라이벌 관계를 기억하나요?"

재스퍼는 옆에 앉은 베리나 마퀀드와 깊은 이야기를 나누던 중이었다. 지금 그는 짜증스러운 기색이었다. "수지, 이십 년도 더 지난 십대 시절의 연애를 기사로 쓰고 그걸 뉴스라고 부를 생각이라면, 당신이 편집장이랑 자는 사이가 분명하다고 할 수밖에요."

모두가 웃었다. 실제로 수지는 그녀가 몸담은 신문사의 편집장과 결혼했다.

캠은 수지의 웃음이 억지라는 걸 알아차렸다. 그녀의 눈은 재스퍼를 향한 증오로 번쩍였다. 그는 수지가 젊은 기자였을 때 정확하지 않은 기사를 마구잡이로 여럿 쓴 다음 〈오늘〉에서 해고당한 사실을 떠올렸다.

그녀가 말했다. "어제 틀림없이 TV에서 재스퍼의 프로그램을 흥미롭게 보셨겠군요, 캠."

캠은 말했다. "흥미롭다기보다는 실망했습니다. 대통령과 CIA는 엘살바도르의 반공산주의 정부를 지원하려고 애쓰고 있어요."

수지가 말했다. "재스퍼는 반대편에 선 것 같고요, 안 그래요?"

재스퍼가 말했다. "난 진실의 편입니다, 수지. 당신이 이해하기 어렵다는 거 알아요." 캠은 그의 발음에 영국 악센트가 남아 있지 않다는 걸 알아차렸다.

캠이 말했다. "주요 방송국에서 그런 식의 선전을 보게 되어 유감이었습니다."

재스퍼가 쏘아붙였다. "너라면 삼만 명이나 되는 자국 시민을 살해한 정부에 대해 어떻게 보도하겠어?"

"우린 그 숫자를 인정하지 않아."

"그럼 너는 얼마나 많은 엘살바도르 시민이 그 나라 정부에 의해 살해되었다고 생각하는데? CIA가 추측한 숫자를 줘봐."

"방송 전에 우리에게 물어봤어야지."

"오, 물어봤어. 답이 없었지."

"중앙아메리카에 완벽한 정부는 존재하지 않아. 넌 우리가 지지하는 정부들에 초점을 맞추는 거라고. 내 생각에 넌 그냥 반미국주의야."

수지가 웃었다. "당신은 영국인이죠, 아닌가요, 재스퍼?" 그녀는 독이 섞인 달콤함으로 물었다.

재스퍼는 화가 난 기색이었다. "나는 십 년도 더 전에 미국 시민이 되었습니다. 이 나라를 위해 빌어먹을 목숨을 걸었을 만큼 친미국적인 사람이죠. 나는 미군에서 이 년을 복무했어요. 그 가운데 일 년은 베트남에 있었고요. 그렇다고 사이공에서 책상 앞에 엉덩이 붙이고 앉아 있지도 않았어요. 난 전투를 봤고 사람들을 죽였습니다. 당신은 절대 그런 적이 없죠, 수지. 그리고 넌 어때, 캠? 넌 베트남에서 뭘 했는데?"

"난 징집당하지 않았어."

"그렇다면 아무래도 넌 그냥 입 닥치고 있는 게 낫겠군."

메리벨이 끼어들었다. "이만하면 재스퍼와 캠 이야기는 충분한 것 같군요." 그녀는 옆자리의 뉴욕에서 온 하원의원에게로 고개를 돌렸다. "당신네 도시에서 동성애자들에 대한 차별을 금지했더군요. 의원님도 찬성하세요?"

화제가 게이들의 권리로 바뀌어 캐머런은 한숨 돌렸다. 하지만 너무 이른 안심이었다.

다른 나라들의 법률은 어떤가 하는 질문이 나오자 수지가 말했다. "폴란드에서는 법이 어때요, 리트카?"

"폴란드는 가톨릭 국가예요." 리트카가 말했다. "거기는 동성애자가 없어요." 잠시 침묵이 뒤따른 뒤 그녀가 덧붙였다. "정말 다행이죠."

*

재스퍼 머리는 베리나 마퀀드와 같은 시간에 린드먼의 집을 나섰다. "수지 캐넌은 정말 말썽꾼이에요." 그는 계단을 내려가며 말했다.

베리나는 가로등 아래 하얀 이를 드러내며 웃었다. "그건 사실이죠."

두 사람은 인도까지 내려왔다. 재스퍼가 부른 택시는 보이지 않았다. 그는 베리나를 차까지 데려다주었다. "수지는 날 노리고 있어요." 그가 말했다.

"크게 해를 끼칠 수도 없잖아요, 안 그래요? 당신은 이제 거물인데."

"반대예요. 지금 워싱턴에서는 날 향한 일련의 작전이 벌어지고 있어요. 대선이 있는 해고, 정권에서는 어젯밤 내가 내보낸 그런 프로그램들을 원치 않죠." 그는 베리나에게 속마음을 털어놓는 것이 편안했다. 그들은 마틴 루서 킹의 죽음을 목격한 날 우연히 함께였다. 그때의 친밀한 감정은 결코 사라지지 않았다.

베리나가 말했다. "당신이라면 가십 같은 공격은 확실히 이겨낼 수 있을 거예요."

"모르겠어요. 내 상사는 샘 케이크브레드라고, 오랜 라이벌인데 한 번도 날 좋아한 적이 없어요. 방송국을 소유한 프랭크 린드먼은 구실만 있다면 날 제거하고 싶어 안달이고요. 지금 당장은 날 자르면 뉴스가 편향되었다는 비난을 받을까봐 이사회가 두려워하고 있는 거죠. 하지만 실수 하나면 나도 끝이에요."

"수지처럼 해야죠. 그리고 상사랑 결혼해요."

"할 수 있으면 그러겠어요." 그는 도로를 위아래로 살폈다. "열한시에 택시를 불렀는데 안 보이네요. 회사에서 리무진 비용은 대주지 않거든요."

"태워다줄까요?"

"그러면 고맙죠."

그들은 재규어에 올라탔다.

그녀는 하이힐을 벗더니 그에게 내밀었다. "그쪽 바닥에 놔줄래요?" 그녀는 스타킹만 신고 운전을 했다. 재스퍼는 섹시한 전율을 느꼈다. 그는 늘 베리나에게 몹시 마음이 끌렸다. 그는 늦은 밤 차량들 사이로 끼어들어 도로를 따라 속도를 높이는 그녀의 모습을 지켜보았다. 조금 빠르긴 해도 운전이 능숙했다. 놀랄 일은 아니었다.

"내가 신뢰하는 사람은 별로 없어요." 그는 말했다. "난 지금 미국에서 가장 유명한 사람들 중 하나인데, 과거 그 어느 때보다 더 외로워요. 하지만 당신은 믿어요."

"나도 같은 느낌이에요. 멤피스의 그 끔찍했던 날부터 그랬어요. 총성을 들었던 그 순간보다 내가 더 연약하게 느껴진 적은 없어요. 당신이 양팔로 내 머리를 감쌌죠. 그런 건 잊히지 않는 법이에요."

"조지보다 내가 먼저 당신을 찾아냈더라면 좋았을 텐데."

그녀는 그를 흘깃 보더니 웃었다.

그게 무슨 뜻인지 그는 확신할 수 없었다.

두 사람은 그가 사는 곳에 도착했고 차가 일방통행로의 왼쪽에 붙어 섰다. "태워다줘서 고마워요." 재스퍼가 말했다. 그는 차에서 내렸다. 그러고는 차 안쪽으로 몸을 기울여 바닥에 두었던 그녀의 구두를 집어서 조수석에 올려놓았다. "멋진 구두예요." 그는 말하고 문을 닫았다.

그는 차 반대편으로 돌아서 인도로 올라가 운전석 쪽에 섰다. 그녀가 유리창을 내렸다. "잘 자라는 키스를 잊었네요." 그가 말했다. 그는 자동차 안으로 몸을 넣어 그녀의 입술에 키스했다. 그녀는 즉시 입을 열었다. 키스는 순식간에 열정적으로 변했다. 베리나는 그의 목을 잡고 차

안으로 머리를 끌어당겼다. 두 사람은 미친듯이 열심히 키스했다. 재스퍼는 차 안으로 손을 넣고 칵테일드레스 치마 속으로 뻗어 그녀의 다리 사이 부드러운 면으로 덮인 삼각형을 움켜쥘 때까지 손을 밀어올렸다. 그녀는 신음하더니 그의 손길을 향해 엉덩이를 거칠게 들어올렸다.

숨이 가빠져 재스퍼는 입술을 뗐다. "들어와요."

"안 돼요." 그녀는 사타구니에서 그의 손을 떼어냈다.

"내일 만나요."

그녀는 대답하는 대신 그의 머리와 어깨를 차 밖으로 밀어냈다.

그는 다시 말했다. "내일 만날 거예요?"

그녀는 기어를 넣었다. "전화해요." 그녀가 말했다. 그러고는 페달을 밟고 부르릉거리며 떠났다.

*

조지 제이크스는 재스퍼 머리의 텔레비전 쇼를 믿어야 할지 확신이 서지 않았다. 조지조차 레이건 대통령이 자국민을 수천 명 살해한 정부를 지지한다는 건 사실이 아닐 것 같았다. 그러다가 사 주 뒤 〈뉴욕 타임스〉가 엘살바도르 암살부대의 수장 니콜라스 카란사 대령이 CIA 요원이며 미국 납세자들이 낸 돈으로 구만 달러의 연봉을 받았다는 충격적인 사실을 밝혔다.

유권자들은 격분했다. 그들은 워터게이트 사건 이후 CIA가 제자리를 찾았다고 생각해왔다. 그러나 CIA는 대량 학살을 저지르도록 괴물에게 돈을 주는 등 통제 불능인 것이 분명했다.

조지는 서재에서 가방에 든 서류를 열시 조금 안 된 시간에 마무리했다. 만년필 뚜껑은 닫았지만 그 자리에 좀더 앉아 생각했다.

하원 정보위원회의 그 누구도 카란사 대령에 대해 알지 못했고, 상원에 있는 같은 위원회의 모든 구성원 역시 마찬가지였다. 허를 찔린 그들은 모두 당황했다. 그들은 CIA를 감독해야 했다. 사람들은 이 혼란이 그들의 잘못이라고 생각했다. 하지만 정보요원들이 거짓말을 한다면 그들이 뭘 할 수 있단 말인가?

그는 한숨을 내쉬고 일어섰다. 서재를 나와 불을 끄고 잭의 방으로 갔다. 아이는 깊이 잠들어 있었다. 아이가 이렇게 평화롭게 잠든 모습을 보면 조지는 심장이 터질 것 같았다. 잭은 두 명의 백인 조부모를 두고 있음에도 부드러운 피부가 마치 재키처럼 놀라울 정도로 검었다. 아프리카계 미국인 사회에서 그렇게들 검은색이 아름답다고 해도 여전히 옅은 피부색이 인기였다. 하지만 조지의 눈에 잭은 아름다웠다. 곰인형을 베고 있는 아이의 자세가 불편해 보였다. 조지는 자기와 같은 부드러운 곱슬머리를 느끼며 아이의 머리 아래로 손을 넣었다. 머리를 조금 들어서 부드럽게 곰을 빼낸 다음 조심스럽게 다시 베개에 내려놓았다. 잭은 아무것도 모르고 잘 잤다.

조지는 주방으로 가서 우유를 한 잔 따라 들고 침실로 들어갔다. 베리나는 이미 잠옷을 입고 침대에 누워 잡지를 옆에 잔뜩 쌓아두고 읽으면서 동시에 TV를 보고 있었다. 조지는 우유를 마시고 욕실로 가서 이를 닦았다.

그들은 조금씩 나아지고 있는 것 같았다. 요즘 들어서는 거의 잠자리를 하지 않았지만 베리나는 훨씬 차분해졌다. 사실 벌써 한 달 정도 화가 폭발하지 않았다. 그녀는 열심히 일했고 가끔 저녁에 늦었다. 아마도 일이 힘들 때 더 행복한 모양이었다.

조지는 셔츠를 벗고 세탁물 바구니 뚜껑을 열었다. 셔츠를 바구니에 던져넣으려는 순간 베리나의 속옷이 보였다. 레이스가 달린 검은색 브래지어와 그와 한 세트인 팬티였다. 새것 같았는데 그걸 입은 그녀의 모습을 본 기억은 없었다. 섹시한 속옷을 샀다면 왜 그에게 보여주지 않았을까? 그녀는 그런 일로 부끄러워할 사람이 절대 아니었다.

좀더 자세히 살피니 더 이상한 것이 보였다. 금빛 머리칼이었다.

그는 끔찍한 두려움에 사로잡혔다. 뱃속이 뒤집혔다. 그는 속옷을 바구니에서 꺼냈다.

속옷을 들고 침실로 가서 말했다. "내가 미쳤다고 말해줘."

"당신 미쳤어." 그녀는 말했다. 그러더니 그가 손에 든 것을 보았다. "내 옷 빨아주게?" 빈정거리는 투였지만 긴장이 느껴졌다.

"멋진 속옷이야." 그는 말했다.

"당신 운 좋네."

"하지만 당신이 이걸 입은 걸 본 적은 없어."

"운이 안 좋네."

"하지만 누군가는 봤지."

"그럼. 번스타인 박사야."

"번스타인 박사는 대머리야. 당신 속옷에 금발 머리칼이 묻어 있어."

그녀의 카푸치노 같은 피부는 더욱 창백해졌지만 그녀는 여전히 시비조였다. "그래, 셜록 홈스. 그래서 뭘 밝혀냈나?"

"당신이 긴 금발의 남자와 섹스를 했다는 거지."

"왜 상대방이 남자라고 생각하지?"

"그야 당신이 남자를 좋아하니까."

"난 여자도 좋아할 수 있어. 유행이잖아. 이제 모두 양성애자라고."

조지는 진심으로 슬펐다. "바람피우고 있다는 걸 부인하지 않는군."

"이런 조지, 들키고 말았네."

그는 믿을 수 없다는 듯 고개를 흔들었다. "가벼운 일이라고 생각하는 거야?"

"그런 것 같아."

"그럼 인정을 해. 누구하고 하고 있는 거야?"

"말하지 않을 테니까 다시는 묻지 마."

조지는 점점 더 화를 억누르기 어려워졌다. "전혀 잘못이 없는 것처럼 행동하는군!"

"잘못한 척은 하지 않을 거야. 그래, 나 좋아하는 사람이랑 만나고 있어. 당신 기분 나쁘게 해서 미안해."

조지는 당혹스러웠다. "어떻게 느닷없이 이럴 수가 있어?"

"천천히 벌어진 일이야. 우린 오 년 동안 결혼생활을 했어. 노래 가사처럼 흥분은 지나가버렸다고."

"내가 뭘 잘못했지?"

"나랑 결혼한 거지."

"언제 그렇게 화가 나게 된 거야?"

"화가 나? 난 그냥 지루했을 뿐이야."

"어떻게 하고 싶은데?"

"난 더이상 존재하는 것 같지도 않은 결혼생활 때문에 그 사람을 포기할 수는 없어."

"내가 받아들이지 않을 거 알잖아."

"그럼 헤어져. 당신은 죄수가 아니야."

조지는 화장대 의자에 앉아 양손에 얼굴을 묻었다. 격렬한 감정의 파도에 휩쓸렸고 문득 어린 시절로 돌아가 있는 자신을 발견했다. 반에서 아버지가 없는 아이는 자기 혼자라 부끄러웠던 기억이 났다. 다른 아이들이 아버지와 함께 공놀이를 하거나 구멍난 자전거 타이어를 고치거나 야구방망이를 사거나 신발을 신어보는 모습을 보고 부러워하며 느꼈던 고통을 다시 느꼈다. 그의 눈으로 볼 때는 어머니와 그를 버린 남자, 아들에게 모든 걸 바친 여인을 조금도 보살피지 않고 그들의 사랑으로 태어난 아이도 돌보지 않은 남자를 향한 분노가 새롭게 끓어올랐다. 그는 비명을 지르고 싶었고 베리나를 주먹으로 때리고 싶었고 울고 싶었다.

그는 한참 만에 간신히 입을 열었다. "난 잭을 두고 떠나지 않아." 그가 말했다.

"당신이 선택할 일이지." 베리나가 말했다. 그녀는 TV를 끄고 잡지를 바닥으로 던지더니 침대맡 조명을 끄고 그에게서 등을 돌리고 누웠다.

"끝이야?" 조지는 놀라서 물었다. "그게 당신이 할 말 전부야?"

"난 잘 거야. 조찬 모임 있어."

그는 그녀를 노려보았다. 내가 아내라는 사람을 알기나 한 건가?

물론 그는 그녀를 알았다. 베리나는 두 사람이라는 걸 머릿속으로는 알고 있었다. 한 사람은 공민권을 위해 헌신하는 활동가였고 다른 한 사람은 놀기 좋아하는 여자였다. 그는 둘 모두를 사랑했고, 그가 도와준다면 그 둘은 한 사람으로서 행복하고 정신적으로 안정될 거라 믿었다. 그의 생각은 틀렸다.

그는 그대로 한참 앉아서 길모퉁이의 가로등 불빛이 흐릿하게 비쳐드는 가운데 그녀를 보고 있었다. 난 오랫동안 당신을 기다렸어. 그는 생각했다. 그렇게 오랫동안 멀리 떨어진 채 사귀었지. 그러다 결국 당신이 나와 결혼해 우린 잭을 얻었고 난 다 잘될 거라고 생각했어. 영원히.

마침내 그는 일어섰다. 옷을 벗고 잠옷을 입었다.

침대에 올라가 그녀 옆에 누울 수는 없었다.

손님방에 침대가 있지만 잠자리가 준비되어 있지 않았다. 그는 복도로 나가 옷장에서 가장 두꺼운 코트를 꺼냈다. 그리고 손님방으로 가

코트를 덮고 누웠다.

하지만 잠들지 않았다.

*

조지는 얼마 전 베리나가 가끔은 어울리지 않는 옷을 입는다는 걸 깨달았다. 그녀가 순진한 소녀처럼 보이고 싶을 때 입는 예쁜 꽃무늬 드레스가 있는데, 사실 그 옷을 입으면 이상했다. 얼굴 색깔과 어울리지 않는 갈색 정장은 비싸게 구입해놓고 실수였다는 걸 인정하려 들지 않았다. 겨자색 스웨터는 입으면 아름다운 녹색 눈이 탁하고 흐릿해 보였다.

다들 그런 행동을 하지. 조지는 생각했다. 그 역시 크림색 셔츠가 세 장이나 있는데 얼른 칼라가 닳아서 버렸으면 했다. 온갖 이유로 사람들은 자기가 싫어하는 옷을 입는다.

하지만 사랑하는 사람을 만날 때는 절대 그러지 않는다.

베리나는 검은 아르마니 정장에 청록색 블라우스를 입고 검은 산호 목걸이로 치장하면 영화배우처럼 보였고 그녀 스스로도 알았다.

그녀는 애인을 만나러 가는 것이 분명했다.

조지는 너무 자존심이 상한 나머지 뱃속이 물어뜯기는 것처럼 아팠다. 이런 상황을 더는 두고 참을 수 없었다. 마치 다리에서 뛰어내리는 느낌이었다.

베리나는 일찍 집을 나섰고 일찍 오겠다고 했다. 조지는 그들이 점심시간에 만난다고 생각했다. 그는 잭과 아침을 먹고 보모 티파니에게 아이를 맡겼다. 그리고 의사당 근처 캐넌 하우스 오피스 빌딩에 있는 자신의 사무실로 가서 그날 약속을 모두 취소했다.

정오에 베리나의 빨간 재규어는 여느 때와 마찬가지로 시내 그녀의 사무실 근처에 세워져 있었다. 조지는 한 블록 아래서 은색 링컨을 타고 출구를 지켜보고 있었다. 빨간 자동차는 열두시 삼십분에 나타났다. 그는 도로로 접어들어 그녀를 따라갔다.

그녀는 포토맥 강을 건너 버지니아 주 시골로 들어섰다. 차들이 줄어들면서 그는 뒤로 물러났다. 그녀에게 들킨다면 난처해질 터였다. 그녀가 흔해빠진 은색 링컨을 알아보지 못하길 바랐다. 예전의 눈에 띄는 메르세데스였다면 이런 일은 하지도 못했을 것이다.

한시가 되기 몇 분 전 그녀는 도로를 벗어나 우스터소스라는 교외 레스토랑의 주차장으로 들어갔다. 조지는 속도를 내서 지나친 다음 1.6킬로미터쯤 더 가 유턴해 돌아왔다. 그는 레스토랑 주차장으로 들어가 재규어가 보이는 곳에 자리를 잡고 주차했다. 그리고 기다렸다.

그는 곰곰이 생각했다. 바보짓이라는 걸 알았다. 이런 행동이 난처한 상황, 또는 더 나쁜 상황으로 끝날 수 있다는 걸 알았다. 차를 몰고 떠나야 한다는 것도 알았다.

하지만 그는 아내의 애인이 누군지 알아야 했다.

그들은 세시에 나왔다.

베리나가 걷는 모습을 보니 점심을 먹으며 와인을 한두 잔 마신 모양이었다. 그들은 손을 맞잡고 주차장으로 걸어왔다. 남자의 말을 듣고 베리나가 킥킥대는 모습에 조지는 속에서 뜨거운 분노가 끓어올랐다.

남자는 키가 크고 어깨가 벌어졌고 긴 금발은 숱이 많았다.

더 가까이 오자 조지는 재스퍼 머리를 알아보았다.

"이 개자식." 그는 소리내어 말했다.

재스퍼는 늘 베리나에게 욕망을 품고 있었다. 마틴 루서 킹이 '나에게는 꿈이 있습니다' 연설을 하던 날, 윌러드 호텔에서 처음 만났던 바로 그 순간부터였다. 하지만 베리나에게 욕망을 품은 남자는 많았다.

조지는 그 많은 남자들 가운데 재스퍼가 배신자일 거라고는 상상도 못 했다.

그들은 재규어로 걸어가 키스했다.

조지는 차를 몰고 떠나야 한다는 걸 알았다. 알아내고 싶은 것은 알아냈다. 다른 할 일은 없었다.

베리나의 입이 열리는 것이 보였다. 그녀는 엉덩이를 들이대며 재스퍼에게 몸을 기댔다. 두 사람은 눈을 감고 있었다.

조지는 차에서 내렸다.

재스퍼가 베리나의 젖가슴을 움켜쥐었다.

조지는 문을 쾅 닫고 주차장을 가로질러 그들에게 다가갔다.

재스퍼는 너무 열중하고 있었지만 베리나는 쾅 소리를 듣고 눈을 떴다. 그녀는 조지를 보고 재스퍼를 밀어내더니 소리를 질렀다.

너무 늦었다.

조지는 오른팔을 뒤로 당기고 등과 어깨의 모든 힘을 실어 재스퍼에게 주먹을 날렸다. 주먹은 재스퍼의 왼쪽 얼굴을 때렸다. 부드러운 살을, 바로 다음 순간 단단한 이와 뼈를 짓눌러 뭉개는 느낌이 아주 만족스러웠다. 그 순간 손에 작열하는 고통이 느껴졌다.

재스퍼는 뒤로 비틀거리다 바닥에 쓰러졌다.

베리나가 소리를 질렀다. "조지! 무슨 짓을 한 거야?" 그녀는 스타킹이 어찌되든 아랑곳하지 않고 재스퍼 옆에 무릎을 꿇었다.

재스퍼는 한쪽 팔꿈치로 몸을 받치더니 얼굴을 만졌다. "빌어먹을 짐승 같으니." 그가 조지에게 말했다.

조지는 재스퍼가 땅을 박차고 일어나 반격해주길 바랐다. 그는 더 많은 폭력과 고통, 피를 원했다. 한참 극도의 분노 속에서 재스퍼를 노려보았다. 그러다 분노가 사그라지면서 재스퍼가 일어나 싸울 생각이 없다는 걸 깨달았다.

조지는 돌아서서 차로 돌아와 운전해서 그곳을 떠났다.

집에 돌아오니 잭은 자기 침실에서 모아둔 장난감 자동차들을 가지고 놀고 있었다. 조지는 보모가 이야기를 듣지 못하도록 문을 닫았다. 그는 경주용 자동차 같은 커버가 덮인 침대에 앉았다. "아주 어려운 얘기를 해줄 거야." 그가 말했다.

"손은 왜 그래요?" 잭이 말했다. "전부 빨갛고 부었어요."

"뭘 좀 내려쳤어. 아빠 말 잘 들어야 해."

"좋아요."

이건 네 살짜리가 이해하기는 어려운 일일 것이다. "아빠가 널 언제까지나 사랑한다는 거 알지?" 조지가 말했다. "아빠는 이제 작은 아이가 아니지만 재키 할머니가 아빠를 사랑하는 것처럼."

"할머니 오늘 와요?"

"어쩌면 내일 오실 거야."

"할머니는 쿠키를 가져와요."

"잘 들어. 가끔 아빠와 엄마는 서로 사랑하지 않을 때도 있어. 그거 알고 있니?"

"네. 피트 로빈슨네 아빠는 걔네 엄마를 이제 사랑하지 않는대요." 잭의 목소리는 무거워졌다. "이혼했어요."

"네가 이해한다니 다행이다. 왜냐하면 네 엄마랑 아빠도 더는 서로 사랑하지 않거든."

조지는 잭의 얼굴을 보며 알아듣는지 아닌지 살폈다. 아이는 뭔가 있을 수 없는 일이 벌어졌다는 듯 당황한 눈치였다. 아이의 표정에 조지의 가슴이 뒤틀리는 것 같았다. 그는 생각했다. 내가 어떻게 세상에서 가장 사랑하는 사람에게 이렇게 잔인한 짓을 할 수 있지?

어쩌다가 여기까지 온 거야?

"아빠가 손님방에서 자는 거 알지."

"네."

어려운 부분이었다. "아빠 오늘밤은 할머니네 가서 잘 거야."

"왜요?"

"엄마랑 아빠가 더는 서로 사랑하지 않으니까."

"좋아요. 그럼 아빠 내일 봐요."

"아빠는 앞으로 오랫동안 할머니네서 잘 거야."

잭은 이 일이 자기에게도 영향을 미친다는 사실을 깨닫기 시작했다. "나 잘 때 책 읽어줄 거예요?"

"네가 좋다면 매일 밤 읽어주지." 조지는 이 약속을 지키겠다고 맹세했다.

잭은 여전히 무슨 의미인지 알아내려 하고 있었다. "아침에 따뜻한 우유 만들어줄 거예요?"

"가끔. 아니면 엄마가 만들어줄 거야. 아니면 티파니가 만들어주고."

잭은 상대가 얼버무리면 알아차렸다. "모르겠어요." 아이가 말했다. "아빠가 할머니네서 안 자는 게 좋겠는데."

조지는 용기가 달아났다. "글쎄, 두고봐야지." 그가 말했다. "자, 아이스크림 좀 먹을까?"

"좋아요!"

조지의 인생 최악의 날이었다.

*

의사당에서 프린스 조지스 카운티에 있는 집으로 차를 몰며 조지는 인질들에 대해 곰곰이 생각했다. 올해 들어 레바논에서 미국인 네 명과 프랑스인 한 명이 납치당했다. 미국인 한 명은 풀려났지만 나머지는 어딘가의 감옥에서 시들어가고 있었다. 이미 죽지 않았다면. 조지는 그 미국인 가운데 한 명이 베이루트의 CIA 지부장이라는 걸 알았다.

납치범들은 1982년 이스라엘의 레바논 침공에 대한 대응으로 조직된 헤즈볼라, 즉 신의 정당이라는 이슬람 무장단체가 거의 확실했다. 그들은 이란에서 자금을 지원받고 이란혁명 수비대에게 훈련을 받았다. 미국은 헤즈볼라를 이란 정부의 전투부대로 여겨 이란을 테러 지원국으로 분류했고, 그러므로 그들이 무기를 사지 못하도록 막아야 했다. 레이건 대통령이 암살과 납치를 일삼는 잔인한 반군 조직 콘트라에 자금을 대며 니카라과에서의 테러를 지원하는 걸 고려하면 아이러니한 일이라고 조지는 생각했다.

그럼에도 조지는 레바논에서 벌어지는 일에 화가 났다. 그는 결의에 불타는 해병대를 베이루트로 보내고 싶었다. 사람들에게 미국 시민을 납치한 대가를 가르쳐줘야 했다!

그런 마음이 강력한 한편 유치한 대응이라는 것도 알았다. 이스라엘의 침공이 헤즈볼라를 키운 것처럼 헤즈볼라에 대한 폭력적인 미국의 공격은 더 많은 테러리즘을 낳을 터였다. 또다른 한 세대의 중동 젊은이들이 거대한 악마 미국에 복수를 맹세하며 자랄 것이다. 조지와 생각이 있는 모든 사람은 피가 식으면 복수는 절로 사라진다는 사실을 깨달았다. 유일한 해답은 고리를 부수는 것이었다.

실천은 말처럼 쉽지 않았다.

조지는 자기가 개인적으로 그 시험에 실패했다는 것 역시 알고 있었다. 그는 재스퍼 머리를 때렸다. 재스퍼는 겁쟁이가 아니지만 맞서 싸우고 싶은 유혹을 현명하게 이겨냈다. 결과적으로 큰 피해가 생기지 않았다. 조지가 자랑할 일은 아니었다.

조지는 다시 어머니와 살고 있었다. 마흔여덟의 나이에! 베리나는 여전히 가족이 살던 집에서 잭과 살았다. 조지는 재스퍼가 그곳에 와서 밤을 보낸다고 추측했지만 확실하게 알 수는 없었다. 그는 이혼남으로 살아갈 방법을 찾느라 기를 쓰고 있었다. 수백만 명의 다른 남녀와 똑같았다.

금요일 밤이었고 그는 주말로 마음을 돌렸다. 그는 베리나의 집으로 가는 길이었다. 그들은 일상의 틀을 잡아갔다. 조지는 금요일 저녁 잭을 데리고 재키 할머니네 집으로 가서 주말을 보내고 다시 월요일 아침에 돌려보냈다. 아이를 그렇게 키우고 싶지는 않았지만 그가 해낼 수 있는 최선이었다.

그는 둘이서 뭘 할지 생각했다. 내일은 공공도서관에 함께 가서 잘 때 읽어줄 책을 빌려올 것이다. 일요일에는 물론 교회에 간다.

그는 목장처럼 생긴, 자기 집이었던 곳에 도착했다. 베리나의 차는 진입로에 보이지 않았다. 아직 집에 오지 않았다. 조지는 차를 세우고 현관문으로 들어갔다. 예의상 벨을 누르고 자기가 가진 열쇠로 문을 열고 들어갔다.

집안은 조용했다. "접니다." 그는 큰 소리로 말했다. 주방에는 아무도 없었다. 혼자서 TV 앞에 앉아 있는 잭을 찾아냈다. "여, 친구." 그는 말했다. 옆에 앉아 잭의 어깨에 팔을 둘렀다. "티파니는 어디 갔니?"

"집에 갔어요." 잭이 말했다. "엄마는 늦어요."

조지는 화를 꾹 참았다. "그럼 너 혼자 여기 있는 거야?"

"티파니가 비상이래요."

"그게 얼마나 오래되었는데?"

"몰라요." 잭은 아직 시간을 볼 줄 몰랐다.

조지는 불같이 화가 났다. 그의 네 살짜리 아들이 집에 혼자 남겨진 것이다. 베리나는 도대체 무슨 생각을 하고 있는 거지?

그는 일어서서 주위를 둘러보았다. 잭의 주말용 가방은 복도에 놓여 있었다. 조지가 안을 들여다보니 필요한 모든 게 들어 있었다. 잠옷, 갈아입을 옷, 곰인형. 티파니 보모는 잭에게 비상이라고 설명한 사태에 대응하러 떠나기 전 모든 걸 챙겨놓았다.

그는 주방으로 가 메모를 남겼다. "잭이 집에 혼자 있었어. 전화해."

그리고 잭을 데리고 나와 차로 향했다.

재키의 집까지는 1.6킬로미터도 되지 않았다. 두 사람이 도착하자 재키는 잭에게 우유 한 잔과 집에서 만든 쿠키를 주었다. 아이는 할머니에게 옆집 고양이에 대한 얘기를 시시콜콜 들려주었다. 고양이가 찾아와 접시에 있는 우유를 먹는다고 했다. 이야기가 끝나자 재키가 조지를 보고 말했다. "그래, 왜 그리 화가 났어?"

"응접실로 들어가서 말씀드릴게요." 그들은 옆방으로 갔고 조지가 말했다. "잭이 집에 혼자 있었어요."

"오, 그래서는 안 되지."

"젠장, 당연하죠."

이번만은 그녀도 상스러운 말에 뭐라고 하지 않았다. "왜 그런지 혹시 아니?"

"베리나는 약속한 시간에 집에 오지 않았고 보모는 꼭 가야 할 사정이었던 거죠."

그 순간 밖에서 찢어지는 듯한 타이어 소리가 났다. 두 사람이 창밖을 내다보니 베리나가 빨간 재규어에서 내려 문으로 달려오고 있었다.

조지가 말했다. "죽여버릴 거예요."

재키가 베리나를 맞았다. 베리나는 주방으로 달려가 잭에게 키스했다. "오, 아가야. 괜찮니?" 그녀가 눈물을 흘리며 말했다.

"네." 잭은 태연히 말했다. "나 쿠키 먹었어요."

"할머니 쿠키는 정말 굉장하지 않니?"

"그럼요."

조지가 말했다. "베리나, 이리로 와서 설명을 하는 게 좋겠어."

그녀는 땀을 흘리며 헐떡이고 있었다. 이번만큼은 자기가 상황을 장악한다는 거만함이 보이지 않았다. "겨우 오 분 늦었어!" 그녀가 소리를 질렀다. "그 빌어먹을 보모가 왜 가버렸는지 모른다고!"

"잭을 봐야 할 때는 절대 늦으면 안 돼." 조지는 엄격하게 말했다.

그녀는 그 말에 불쾌해했다. "아, 그래서 당신은 한 번도 안 그랬다고?"

"난 아이를 혼자 둔 적 없어."

"나 혼자서는 너무 힘들어."

"당신 혼자인 건 당신 탓이잖아."

재키가 말했다. "조지, 네 말은 틀렸어."

"끼어들지 마세요, 어머니."

"아니야. 여긴 내 집이고 내 손자 얘기잖아. 난 뭐든 끼어들 수 있다."

"그냥 못 넘어가요, 어머니! 이 여자가 잘못했다고요."

"내가 아무것도 잘못한 게 없었다면 널 갖지 못했겠지."

"그건 이 문제랑 상관없어요."

"난 그저 우린 누구나 실수를 한다고 말하는 거야. 그리고 가끔은 어쨌거나 별일 없이 넘어가기도 하고 그런다고. 그러니까 베리나 좀 그만 괴롭혀. 그래봐야 좋을 일도 없다."

내키지는 않았지만 조지는 어머니가 옳다는 걸 알았다. "하지만 앞으로 어떻게 하죠?"

베리나가 말했다. "미안해, 조지. 근데 나 어떻게 감당이 안 돼." 그녀는 울기 시작했다.

재키가 말했다. "자, 이제 소리지르는 건 멈췄으니 생각을 해볼 수 있겠구나. 너희가 쓰는 보모는 좋지 않아."

베리나가 말했다. "어머니는 보모 구하기가 얼마나 힘든지 모르세요! 우리는 다른 대부분 사람들보다 상황이 더 나빠요. 남들은 다 불법 이민자를 쓰고 현금을 준다고요. 하지만 정치인들은 영주권이 있고 세금 내는 사람을 써야 하는데, 아무도 그런 일을 하려 하지 않아요!"

"좋아, 진정해라. 널 비난하는 게 아니야." 재키는 베리나에게 말했다. "어쩌면 내가 도울 수 있어."

조지와 베리나는 멍하니 재키를 보았다.

재키가 말했다. "난 예순네 살이야. 은퇴할 나이고 뭔가 할 일이 필요해. 내가 너희를 도와주마. 보모가 속을 썩이거든 잭을 이리로 데려와. 필요하면 여기서 재워도 된다."

"세상에." 조지가 말했다. "해결책이 될 수 있겠네요."

베리나가 말했다. "재키, 그러면 정말 좋죠!"

"고마워하지 마라, 얘야. 나는 나 좋으려고 이러는 거야. 내 손자를 더 자주 볼 수 있으니까."

조지가 말했다. "일이 너무 힘들지 않겠어요, 어머니?"

재키는 무시하는 듯한 소리를 냈다. "내게 일이 너무 힘들었던 적이 언제였니?"

조지는 웃었다. "없겠죠, 아마."

그렇게 문제는 해결됐다.

56장

레베카의 뺨에 차가운 눈물이 흘러내렸다.

북해에서 불어오는 10월의 살을 에는 듯한 바람이 함부르크의 올스도르프 묘지를 쓸며 지나갔다. 이곳은 세계에서 가장 큰 묘역 가운데 하나로, 4제곱킬로미터에 달하는 슬픔과 애도의 공간이었다. 그곳에는 나치에 학대받은 희생자들을 위한 추모비, 저항운동을 벌인 사람들을 위한 나무숲, 1943년 고모라 작전이라는 연합국의 폭격에 의해 열흘 동안 죽어간 삼만팔천 명에 달하는 함부르크의 남녀와 아이들을 위한 공동묘지가 있었다.

베를린장벽의 희생자를 위해 따로 마련된 구역은 없었다.

레베카는 무릎을 꿇고 앉아 남편의 무덤 위에 흩어진 낙엽을 치웠다. 그리고 흙 위에 장미 한 송이를 내려놓았다.

그녀는 가만히 서서 묘비를 보며 그를 추억했다.

베른트는 일 년 전 세상을 떠났다. 예순두 살의 나이였고, 척추 외상이 있는 사람치고는 오래 살았다. 마지막에는 신장이 문제를 일으켰는데 그런 부상을 입은 환자들에게는 흔한 사망 원인이었다.

레베카는 그의 인생에 대해 생각했다. 베를린장벽 때문에, 동독에서 탈출하다 입은 부상 때문에 망가진 삶이었지만 그럼에도 그는 잘살았다. 좋은 교사였고, 어쩌면 위대한 교사였는지도 몰랐다. 그는 동독 공산주의의 압제에 도전했고 자유를 향해 탈출했다. 첫번째 결혼은 이혼으로 끝났지만 그와 레베카는 이십 년 동안 열정적으로 서로를 사랑했다.

그를 추억하러 여기까지 올 필요는 없었다. 그녀는 매일매일 그를 생각했다. 그의 죽음은 마치 몸이 잘려나가는 것 같았다. 그녀는 그가 없다는 사실에 끊임없이 놀랐다. 두 사람이 오랫동안 함께 살았던 아파트에 혼자 남은 그녀는 가끔 그에게 말을 걸고 그날 하루에 대해, 뉴스에 대해 이야기하고 그녀의 기분이 어떤지, 배고픈지 피곤한지 불안한지 이야기했다. 그녀는 이사를 하지 않았다. 집안에는 그가 혼자서 움직일 수 있게 도와준 밧줄과 손잡이가 그대로 남아 있었다. 휠체어는 마치 그가 몸을 일으키고 그리로 간신히 움직여 앉기를 기다리는 것처럼 침대 한쪽 옆에 놓여 있었다. 자위를 할 때면 그녀는 그가 옆에 누워 한 팔로 그녀를 안고 있는 모습을, 그의 따뜻한 몸을, 그녀의 입술에 닿는 그의 입술을 상상했다.

다행히 그녀의 일은 끊임없이 그녀를 몰입하게 하고 도전 의식을 불러일으켰다. 현재 그녀는 서독 정부 외무부의 차관급이었다. 러시아어를 하고 동독에서 산 경험이 있어 동유럽을 전문 분야로 삼고 있었다. 그녀는 자유 시간이 거의 없었다.

비극적이게도 독일의 통일은 더 멀어진 것 같았다. 보수적인 동독의 지도자 에리히 호네커는 난공불락으로 보였다. 사람들은 여전히 장벽을 넘어 탈출하려다가 죽임을 당했다. 또 소련에서 안드로포프의 죽음은 단지 또다른 칠십대의 병든 지도자 콘스탄틴 체르넨코를 등장시키는 데 그쳤다. 베를린에서 블라디보스토크까지 이어지는 소련 제국은 그 안에서 시민들이 몸부림치고 자주 가라앉지만 앞으로 나아가는 법이라고는 없는 늪과도 같았다.

레베카는 베르트에 대한 상념이 다른 생각으로 옮겨가는 걸 깨달았다. 가야 할 시간이었다. "안녕, 내 사랑." 그녀는 부드럽게 말하고 천천히 그의 무덤 곁을 떠났다.

그녀는 추운 묘지를 가로지르며 두꺼운 코트를 여미고 양팔로 팔짱을 꼈다. 감사하는 마음으로 자동차에 올라타 시동을 걸었다. 그녀는 여전히 휠체어 승강장치가 달린 밴을 탔다. 이제는 보통 승용차로 바꿔야 할 때였다.

그녀는 차를 몰고 아파트로 갔다. 건물 밖에 빛나는 검은색 메르세데스 S500이 서 있고 그 옆에 모자를 쓴 운전기사가 서 있었다. 기분이 좋아졌다. 기대했던 대로 발리가 자기 열쇠로 아파트 문을 열고 들어와 있었다. 그는 라디오를 틀어놓고 주방 테이블에 앉아서 팝송에 발장단을 맞추고 있었다. 테이블 위에는 플럼 넬리의 신보 〈꿈의 해석〉이 놓여 있었다. "보게 돼서 다행이야." 그가 말했다. "공항 가는 길이거든. 샌프란시스코로 갈 거야." 그는 일어서서 그녀에게 키스했다.

몇 년 있으면 마흔이 될 그는 아주 멋졌다. 여전히 담배는 피우지만 약이나 술에는 손도 대지 않았다. 파란 데님 셔츠 위에 황갈색 가죽재킷을 입고 있었다. 어떤 여자가 덥석 채가야지. 레베카는 생각했다. 발리는 여자친구들은 있어도 서둘러 정착할 마음이 없어 보였다.

발리에게 키스하며 팔을 만져보니 입고 있는 재킷의 가죽이 실크처럼 부드러웠다. 아마도 어마어마하게 비싼 옷일 터였다. 그녀가 말했다. "하지만 막 앨범 녹음을 끝냈잖아."

"미국 순회공연이 있거든. 리허설 때문에 삼 주 동안 데이지 팜에 가 있어야 해. 한 달 안에 필라델피아부터 시작이야."

"멤버들에게 내 사랑을 전해주렴."

"꼭 그럴게."

"공연은 오랜만이네."

"삼 년 됐지. 그래서 리허설이 길어. 하지만 요즘은 경기장에서 하는 공연이 유행이거든. 열두 그룹이 극장이나 체육관에서 두세 곡씩 부르던 올스타 투어링 비트 공연이랑은 다르지. 관객 오만 명이랑 우리만 있는 거야."

"유럽에서도 할 거니?"

"응, 그런데 날짜는 아직 정해지지 않았어."

"독일에서도?"

"거의 확실하지."

"알려줘."

"당연하지. 아마 공짜 티켓을 보내줄 수 있을 거야."

레베카는 웃었다. 발리의 누나로서 그녀는 플럼 넬리 공연장 무대 뒤에 가면 언제나 왕족 대접을 받았다. 밴드는 인터뷰에서 가끔 옛날 함부르크 시절 이야기를 꺼내며 발리의 누나 덕분에 일주일에 한 번 제대로 된 식사를 할 수 있었다는 이야기도 들려주었다. 그래서 그녀는 로큰롤 세계에서는 유명했다.

"멋진 공연이 되길 빌게." 그녀가 말했다.

"누나는 부다페스트로 간다면서?"

"그래, 무역 회담이 있어."

"거기 동독 사람들도 좀 와?"

"그래, 왜?"

"그 사람들이 알리스에게 앨범을 전해줄 수 있을까?"

레베카는 얼굴을 찡그렸다. "모르겠어. 내가 동독 정치인들하고 관계가 좋지 않아서 말이야. 그들은 나를 자본주의적 제국주의자들의 종으로 생각하고, 나는 그들이 선거로 뽑히지도 않은 깡패들이고 사람들을 공포로 다스리면서 계속 가둬둔다고 생각하거든."

발리는 웃었다. "그러니까 별로 접점이 없다는 거네."

"없지. 하지만 노력은 해볼게."

"고마워." 그는 앨범을 건네주었다.

레베카는 앨범 커버에 실린 사진을 보았다. 머리가 긴 중년의 네 남자가 청바지를 입고 있었다. 여자를 밝히는 베이스 연주자 버즈는 살이 좀 쪘다. 게이인 드러머 루는 머리가 벗어지고 있다. 밴드의 리더 데이브는 머리에 회색빛이 돌기 시작했다. 그들은 유명했고 성공했고 부자였다. 그녀는 이 아파트를 찾아오던 배고픈 아이들을 떠올렸다. 마르고 꾀죄죄하고 재치 있고 매력적이고 희망과 꿈으로 가득찼던 모습. "너희 성공했어." 그녀는 말했다.

"그래." 발리가 말했다. "그랬지."

*

부다페스트에서 열리는 회의 마지막날 저녁, 레베카와 다른 대표단들은 토커이 와인 시음 기회를 얻었다. 그들은 헝가리 정부가 운영하는 와인협회 소유의 지하 저장고를 방문했다. 다뉴브 강 동쪽 페슈트 지역에 위치한 곳이었다. 그들은 각기 다른 화이트와인 몇 종류를 시음했다. 달지 않은 것, 강한 것, 알코올이 약하고 달콤한 '에센치어', 그 유명한 천천히 발효되는 '어수'까지.

세계 어디서나 정부 관료들은 파티를 여는 데 소질이 없었고 레베카는 이번에도 지루한 행사가 될 듯해 걱정이었다. 하지만 곡선으로 이루어진 천장과 술병이 쌓여 있는 오래된 지하실은 아늑한 분위기였고 헝가리의 매콤한 경단 요리와 속을 채운 버섯, 소시지 등 먹을 것도 제공되었다.

레베카는 동독 대표단 가운데 한 명을 골라서 그에게 가장 애교 넘치는 웃음을 지어 보였다. "우리 독일 와인이 더 낫지 않아요?" 그녀가 말했다.

그녀는 교태를 부려가며 그와 한참 이야기를 나눈 다음 물어보았다. "전 동베를린에 조카가 있어요. 그애에게 팝 레코드를 보내고 싶은데, 우편으로 보내면 상할까봐 걱정되네요. 혹시 전해주실 수 있을까요?"

"네, 가능할 것 같아요." 그는 확신 없이 대답했다.

"괜찮다면 내일 아침식사 때 드릴게요. 정말 친절하시네요."

"좋아요." 난처해하는 그의 모습에 레베카는 혹시 그가 레코드를 슈타지에 넘기는 건 아닐까 하는 생각이 들었다. 하지만 그녀가 할 수 있는 일은 시도해보는 것뿐이었다.

와인에 모두가 느긋해졌을 때 그녀와 동갑인 헝가리의 정치인으로 그녀가 좋아하는 프레데리크 비로가 다가왔다. 그는 그녀와 마찬가지로 외교정책 전문가였다. "이 나라의 진실은 뭔가요?" 그녀가 그에게 물었다. "진짜로는 어떻게 돌아가고 있는 거예요?"

그는 시계를 들여다보았다. "여기서 당신이 묵는 호텔까지는 1.6킬로미터쯤 돼요." 그가 말했다. 그가 말했다. 그는 교육을 받은 헝가리인 대부분처럼 독일어가 유창했다. "같이 걸어가겠습니까?"

두 사람은 코트를 받아 그곳을 떠났다. 그들은 넓고 시커먼 강을 따라 걸었다. 멀리 보이는 건너편 강둑에 중세도시 부더의 불빛이 언덕 꼭대기 궁전 위로 낭만적으로 떠올랐다.

"공산당은 번영을 약속했고 사람들은 실망했죠." 비로는 걸으며 말했다. "심지어 공산당원들도 카다르 정부에 대해 불평합니다." 아무래도 그는 도청 가능성이 없는 야외에서 이야기하기가 더 자유로운 듯했다.

그녀가 말했다. "그럼 해결책은요?"

"이상한 건, 모두 답을 알고 있다는 사실입니다. 우리는 의사결정권을 분리하고, 제한적으로 시장을 도입하고, 반半합법적인 회색시장을 합법화해 성장시킬 필요가 있습니다."

"누가 훼방을 놓고 있는 거죠?" 그녀는 마치 법정의 변호사처럼 질문을 하고 있다는 걸 깨달았다. "용서하세요." 그녀가 말했다. "당신을 취조하려는 건 아니에요."

"천만에요." 그는 웃으면서 말했다. "저는 직설적으로 말하는 사람이 좋습니다. 시간이 절약되니까요."

"여자가 그렇게 말하면 남자들은 보통 화를 내던데요."

"전 아니에요. 제가 적극적인 여자에게 약하다고 해도 되겠군요."

"그런 여자랑 결혼했어요?"

"했었죠. 지금은 이혼했습니다."

그것은 내가 상관할 문제가 아니지. 레베카는 깨달았다. "누가 개혁을 훼방놓고 있는지 말하려던 참이었죠."

"권력과 일자리를 손에서 놓게 될 만오천여 명의 관료, 모든 의사결정을 내리던 오만 명의 공산당 고위 관리, 그리고 1956년 이래 우리 지도자 노릇을 해온 야노시 카다르죠."

레베카는 눈썹을 치켜세웠다. 비로는 놀랄 만큼 솔직했다. 퍼뜩 비로의 솔직한 의견이 어쩌면 완전히 자발적인 것은 아닐지도 모른다는 생각이 머릿속을 스쳤다. 이 대화는 혹시 계획된 것이 아닐까? 그녀는 말했다. "카다르는 대안이 있나요?"

"네." 비로가 말했다. "헝가리 노동자의 생활수준을 유지하기 위해 독일을 포함한 서방의 은행으로부터 계속 더 돈을 빌리고 있습니다."

"그러면 그 빚에 대한 이자는 어떻게 지불할 건가요?"

"정말 좋은 질문이에요." 비로가 말했다.

그들은 레베카의 호텔이 있는 곳까지 다다랐다. 강가에서 길을 건너면 호텔이었다. 그녀는 멈춰 서서 제방 벽에 몸을 기댔다. "카다르는 변화할 수 없는 존재인가요?"

"꼭 그렇지는 않죠. 저는 전도유망한 젊은이 미클로시 네메트와 가깝습니다."

아, 이 대화의 요점은 이거군. 레베카는 생각했다. 네메트가 카다르에 맞서는 개혁주의자라고 독일 정부에 조용히 비공식적으로 전하라는 거야.

"그는 삼십대고 아주 똑똑합니다." 비로가 말을 이었다. "그러나 우리는 헝가리가 소련의 상황을 그대로 반복하지 않을까 두렵습니다. 브레즈네프가 안드로포프로, 다시 체르넨코로 바뀌었죠. 화장실에 늙은 이들이 줄을 서서 기다리는 것이나 마찬가지예요."

레베카는 웃었다. 그녀는 비로가 좋았다.

그는 고개를 숙이더니 그녀에게 키스했다.

크게 놀라지는 않았다. 그가 자기에게 끌리고 있다는 건 눈치챘다. 놀라운 것은 그녀가 키스를 받고 엄청나게 흥분했다는 사실이었다. 그녀도 그에게 열정적으로 키스했다.

그러다 그녀는 뒤로 물러났다. 양손을 그의 가슴에 대고 조금 밀어냈다. 가로등 불빛 아래 그를 자세히 살펴보았다. 오십대의 남자가 아도니스일 리 없지만 프레데리크의 얼굴에서는 지성과 연민, 그리고 인생의 아이러니를 두고 씁쓸하게 웃을 수 있는 능력이 엿보였다. 회색 머리는 짧게 잘랐고 눈은 파란색이었다. 짙은 파란색 코트를 입고 밝은 빨간색 목도리를 둘러 보수성에 약간의 화사함을 더했다.

그녀는 말했다. "왜 이혼했어요?"

"내가 바람을 피웠고 아내가 날 떠났죠. 얼마든지 비난해도 됩니다."

"아뇨." 그녀는 말했다. "실수는 나도 했어요."

"후회했지만 너무 늦었죠."

"아이들은요?"

"둘인데 다 컸어요. 아이들은 절 용서했습니다. 마르터는 재혼했지만 저는 아직 혼자죠. 당신은요?"

"첫 남편은 알고 보니 슈타지를 위해 일하고 있어서 이혼했어요. 두 번째 남편은 베를린장벽을 탈출하다가 다쳤고요. 휠체어를 타야 했지만 우린 이십 년 동안 행복했죠. 그이는 일 년 전 세상을 떠났어요."

"저런, 이제 좀 좋은 일이 많이 생겨야겠네요."

"어쩌면 그렇겠죠. 호텔 입구까지 좀 바래다줄래요?"

그들은 길을 건넜다. 가로등이 덜 환한 모퉁이에서 그녀는 그에게 다시 키스했다. 이번에는 좀더 즐길 수 있었고, 그에게 몸을 바짝 붙였다.

"나랑 같이 밤을 보내요." 그는 말했다.

그녀는 몹시 끌렸다. "안 돼요." 그녀가 말했다. "너무 일러요. 당신을 잘 알지도 못하잖아요."

"하지만 당신은 내일 돌아갈 거잖아요."

"알아요."

"다시 못 만날지도 몰라요."

"분명히 다시 만날 거예요."

"내 아파트로 갈 수도 있어요. 당신 방으로 올라가도 되고요."

"아뇨, 하지만 끈질기게 그러니까 기분은 좋네요. 잘 자요."

"그럼 안녕히."

그녀는 돌아섰다.

그가 말했다. "나는 가끔 본에 가요. 열흘 안에 갈 겁니다."

그녀는 웃으며 돌아섰다.

그가 말했다. "나랑 저녁식사 하겠어요?"

"꼭 그러고 싶어요." 그녀는 말했다. "전화해요."

"좋아요."

그녀는 웃으며 호텔 로비로 들어섰다.

*

어느 오후 릴리가 베를린 미테의 집에 있는데 조카 알리스가 비바람을 뚫고 책을 빌리러 왔다. 알리스는 성적이 좋은데도 어머니가 저항가요를 부르며 지하운동을 한 경력이 있다는 이유로 대학 입학을 거부당했다. 하지만 알리스는 독학을 결심했고, 그래서 공장 일을 마치면 저녁에 영어를 공부하고 있었다. 카를라에게 모드 할머니로부터 물려받은 영어 소설책이 조금 있었다. 릴리는 알리스가 찾아왔을 때 마침 집에 있었고, 함께 위층 응접실로 올라가 빗물이 창문을 두드리는 동안 책을 살펴보았다. 모두 전쟁 전에 나온 오래된 책들일 터였다. 알리스는 셜록 홈스 시리즈를 뽑았다. 릴리가 헤아려보니 알리스는 그 책들을 읽는 네번째 세대였다.

알리스가 말했다. "우리 서독 방문 허가를 신청했어요." 그녀는 젊은이다운 패기가 흘러넘쳤다.

"우리?" 릴리가 물었다.

"헬무트랑 나."

헬무트 카펠은 알리스의 남자친구였다. 그녀보다 한 살 많은 스물두 살의 대학생이었다.

"특별한 이유라도 있니?"

"함부르크에 있는 아버지를 방문하고 싶다고 했어요. 헬무트 조부모님이 프랑크푸르트에 있어요. 하지만 플럼 넬리가 월드 투어를 하고 있고, 우리는 무대에 선 아버지 모습을 정말 보고 싶어요. 어쩌면 방문 시기를 독일 공연하고 맞출 수 있지 않을까 싶어요. 아버지가 독일 공연을 한다면."

"당연히 하겠지."

"그들이 우릴 보내줄까요?"

"운이 좋을 수도 있지." 릴리는 젊은 낙관주의의 용기를 꺾고 싶지 않았지만 내심 기대는 하지 않았다. 그녀 자신도 늘 신청이 거부되었다. 허가를 받는 사람이 거의 없었다. 알리스와 헬무트처럼 젊은이라면 당국은 돌아오지 않을 작정이라고 의심할 것이다.

릴리가 봐도 의심스러웠다. 알리스는 자주 서독에서의 삶에 대해 아쉬운 듯 말했다. 다른 대부분 젊은 사람들처럼 그녀는 검열당하지 않은 책과 신문을 읽고 새로운 영화와 연극을 보고 일흔두 살 먹은 에리히 호네커가 허락했든 말든 상관없이 음악을 듣고 싶어했다. 만일 그녀가 동독을 빠져나갈 수 있다면 왜 돌아오겠는가?

알리스가 말했다. "뭐, 우리 가족이 당국의 나쁜 평판을 얻게 된 건 사실 내가 태어나기도 전의 일 때문이잖아요. 나를 처벌하지는 않을 거예요."

하지만 네 엄마 카롤린이 여전히 그런 노래들을 부르고 있지. 릴리는 생각했다.

초인종이 울렸고 잠시 뒤 홀에서 흥분한 목소리가 들려왔다. 무슨 일인지 알아보러 내려간 그들은 젖은 레인코트를 입고 서 있는 카롤린을 발견했다. 엉뚱하게도 여행가방을 든 모습이었다. 그녀를 맞은 카를라는 일할 때 입는 간호사복 위에 앞치마를 걸친 채 옆에 서 있었다.

카롤린의 얼굴은 울어서 벌겋게 부어올라 있었다.

알리스가 말했다. "엄마……?"

릴리가 말했다. "무슨 일이야?"

카롤린이 말했다. "알리스, 네 의붓아버지가 날 떠났어."

릴리는 당황스러웠다. 오도 포슬러가? 유순한 포슬러가 아내를 떠날 용기가 있다니 놀라웠다.

알리스는 말없이 어머니를 양팔로 안았다.

카를라가 말했다. "언제 그런 거야?"

카롤린은 손수건으로 코를 닦았다. "세 시간 전에 그이가 말했어요. 이혼하고 싶대요."

릴리는 생각했다. 불쌍한 알리스, 아버지가 둘 다 떠나다니.

카를라는 화를 내며 말했다. "하지만 목회자는 이혼하면 안 되잖아."

"교회 일도 그만둔대요."

"세상에."

릴리는 지진이 가족을 강타했음을 깨달았다.

카를라는 현실적으로 생각했다. "앉는 게 좋겠다. 같이 주방으로 가자. 알리스, 엄마 코트를 받아서 마르게 걸어둬. 릴리는 커피를 만들고."

릴리는 물을 끓이고 찬장에서 케이크를 꺼냈다. 카를라가 말했다. "카롤린, 오도에게 무슨 일이 생긴 거니?"

그녀는 고개를 숙였다. "그이는……" 말하기 힘든 기색이 역력했다. 눈길을 피하며 그녀가 조용히 말했다. "오도는 자기가 동성애자라는 걸 깨달았대요."

알리스는 작게 비명을 질렀다.

카를라가 말했다. "정말 끔찍하게 놀랍구나!"

릴리는 퍼뜩 떠오르는 기억이 있었다. 오 년 전 그들 모두 헝가리에서 모였을 때, 그러니까 발리가 오도를 처음 만났을 때 그녀는 발리의 얼굴에 스치던, 잠깐이지만 선명한 놀라움을 보았다. 발리는 순간 오도에 대한 진실을 직감적으로 알았던 걸까?

릴리 자신도 카롤린에 대한 오도의 사랑이 뜨거운 열정이 아닌 기독교적 사명은 아닌지 늘 의심스러웠다. 혹시라도 어느 남자가 릴리에게 청혼하는 일이 생긴다면, 친절을 베푸는 마음은 아니길 바랐다. 그녀에 대한 갈망이 너무 커서 도저히 그녀에게서 손을 뗄 수 없어야 했다. 그것이 결혼을 위한 프러포즈에 걸맞은 이유였다.

카롤린이 고개를 들었다. 이제 엄청난 진실을 털어놓았으니 카를라와 눈을 마주칠 수 있었다. "사실 그다지 큰 충격은 아니었어요." 그녀는 조용히 말했다. "저도 왠지 그럴 것 같았거든요."

"어떻게?"

"결혼한 지 얼마 지나지 않았을 때 파울이라는 아주 잘생긴 남자가 있었어요. 그는 일주일에 몇 번씩 초대를 받아 저녁을 먹으러 왔고 제 의실에서 성경 공부를 했고, 토요일 오후에는 둘이서 트렙토버 공원으로 오래 산책을 하러 가기도 했어요. 어쩌면 아무 짓도 안 했을 수도 있죠. 오도가 거짓말하는 사람은 아니니까. 하지만 잠자리를 할 때 왠지 그이가 파울을 생각하고 있다는 느낌이 분명히 들었어요."

"그래서 무슨 일이 있었는데? 그 관계는 어떻게 끝났고?"

릴리는 케이크는 작게 자르며 귀를 기울였다. 그녀가 케이크 조각을 접시에 담았다. 아무도 손대지 않았다.

카롤린이 말했다. "자세한 사정은 전혀 몰라요. 파울이 집과 교회에 발길을 끊었어요. 오도는 이유를 말하지 않았고요. 어쩌면 둘이 육체적인 사랑에서 물러난 건지도 모르죠."

카를라가 말했다. "목사로서 끔찍한 갈등에 시달렸을 게 분명해."

"알아요. 화가 나지 않을 때는 그이가 너무 불쌍하기도 해요."

"가련한 오도."

"하지만 파울은 대여섯 명의 젊은 남자들 가운데 처음에 불과했어요. 다들 비슷하게 끔찍이 잘생기고 독실한 기독교인이었죠."

"그럼 지금은?"

"이제 오도는 진정한 사랑을 찾았어요. 내게 비굴할 정도로 사과했지만 그는 진짜 자신과 마주하기로 마음먹었어요. 오이겐 프로이트라는 남자랑 같이 살 거래요."

"일은 어떻게 하고?"

"신학대학에서 가르치는 일을 하고 싶대요. 그게 진정한 자기 천직이라면서요."

릴리는 주전자에 담은 커피 가루에 끓인 물을 부었다. 오도와 카롤린이 헤어졌다고 하면 발리 기분이 어떨지 궁금했다. 물론 저주받은 베를린장벽 때문에 카롤린, 그리고 알리스와 합칠 수는 없었다. 하지만 그러고 싶을까? 그는 다른 여자와 완전한 정착을 하지는 않았다. 릴리는 발리 인생의 영원한 사랑은 카롤린이라고 생각했다.

하지만 모든 건 현실과 동떨어진 얘기였다. 그들이 함께할 수 없다고 공산당이 결정해두었기 때문이다.

카를라가 말했다. "오도가 목사 일을 그만둔다면 너도 집에서 나와야 하잖아."

"네. 전 집이 없어요."

"바보 같은 소리 마. 네 집은 늘 여기였다."

“그렇게 말하실 줄 알았어요.” 그러고 나서 카롤린은 울음을 터뜨렸다.

초인종이 울렸다.

“제가 나갈게요.” 릴리가 말했다.

현관 밖에는 두 남자가 서 있었다. 운전기사 복장인 한 명이 다른 한 명에게 우산을 씌워주고 있었다. 한스 호프만이었다.

“들어가도 되나?” 한스는 그렇게 말했지만 대답을 기다리지도 않고 안으로 걸어들어왔다. 그는 가로세로가 30센티미터 정도 되는 상자를 들고 있었다.

운전기사는 길가에 세워둔 검은색 ZIL 리무진으로 돌아갔다.

릴리는 마지못해 물었다. “왜 왔어요?”

“네 조카 알리스와 얘기하려고.”

“걔가 여기 있는지는 어떻게 알았어요?”

한스는 웃기만 할 뿐 대답하지 않았다. 슈타지는 모든 걸 알았다.

릴리는 주방으로 갔다. “한스 호프만이 왔어요. 알리스랑 얘기하고 싶대요.”

알리스는 두려움에 창백해진 얼굴로 일어섰다.

카를라가 말했다. “그를 위층으로 데려가, 릴리. 너도 같이 있고.”

카롤린이 의자에서 몸을 반쯤 일으켰다. “나도 같이 갈게요.”

카를라는 카롤린의 팔을 붙잡으며 말렸다. “넌 지금 슈타지를 상대할 상태가 아니야.”

카롤린은 그 말을 받아들이고 다시 의자에 앉았다. 릴리는 알리스를 위해 문을 열어주었고 두 사람은 주방을 나와 홀로 나갔다. 두 여자는 계단을 올라갔고 한스가 뒤따라갔다.

릴리는 몸에 밴 예의 때문에 자기도 모르게 한스에게 커피를 권할 뻔했다. 그가 목이 타서 죽어도 그럴 수는 없었다.

한스는 알리스가 테이블 위에 두고 내려간 셜록 홈스 책을 집어들었다. "영어로군." 혐의를 확인이라도 하는 듯한 투였다. 그는 고급 울 바지가 구겨지지 않도록 무릎 부분을 위로 당기며 의자에 앉았다. 네모난 상자는 의자 옆 바닥에 내려놓았다. 그가 말했다. "그래, 젊은 알리스. 서독으로 여행 가고 싶다고? 이유가 뭐지?"

그는 이제 거물이었다. 릴리는 그의 직책을 정확히 모르지만 그는 그냥 비밀경찰 요원이 아니었다. 그는 전국회의에서 연설을 하고 기자회견도 했다. 하지만 프랑크 가족을 괴롭힐 수 없을 정도까지 출세한 것은 아니었다.

"아버지가 함부르크에 살아요." 알리스가 그의 질문에 대답했다. "고모 레베카도요."

"네 아버지는 살인자야."

"내가 태어나기도 전의 일이에요. 그걸로 날 벌주는 거예요? 그런 게 공산주의가 말하는 정의는 아니겠죠?"

이번에도 한스는 그럴 줄 알았다는 식으로 의기양양하게 고개를 끄덕였다. "입만 산 것이 네 할머니랑 똑같구나. 이 가족은 배우는 법이 없어."

릴리가 화를 내며 말했다. "우리가 배운 건 공산주의에서는 하급 관리가 법이나 정의와 관계없이 복수를 할 수 있다는 거예요."

"그런 식의 이야기가 알리스의 여행 허가를 내주도록 날 설득할 방법이라고 생각하나?"

"당신은 이미 작정했잖아요." 릴리는 진력이 나서 말했다. "거부할 거면서. 허가를 내주려고 여기까지 오지는 않았을 거 아니에요. 당신은 그저 고소해하고 싶은 거죠."

알리스가 말했다. "카를 마르크스가 쓴 글 어디에 공산주의국가의 노동자는 다른 나라에 여행할 수 없다고 나와 있어요?"

"돌아가는 상황에 따라서 제한이 필요한 거야."

"아니, 그렇지 않아요. 나는 아버지가 보고 싶어요. 당신이 막고 있죠. 왜? 그냥 당신이 그러고 싶으니까요! 사회주의하고는 전혀 상관없고 모든 게 독재 때문이에요."

한스의 입이 뒤틀렸다. "너희 부르주아들." 그는 역겹다는 듯 말했다. "너희는 다른 사람들이 너희를 권력으로 누르는 걸 못 참지."

"부르주아?" 릴리가 말했다. "나는 차에서 내려 현관문까지 올 때 우산을 씌워줄 제복 입은 운전기사가 없어요. 알리스도 그렇고. 이 방안에 부르주아는 한 사람뿐이에요, 한스."

그는 상자를 들더니 알리스에게 건넸다. "열어봐." 그가 말했다.

알리는 갈색 종이포장을 뜯었다. 안에는 플럼 넬리의 최신 앨범 〈꿈의 해석〉이 들어 있었다. 그녀의 얼굴이 환해졌다.

릴리는 한스가 이제 무슨 수작을 부리려는 건지 궁금했다.

"네 아버지 레코드를 한번 틀어보지?" 한스가 말했다.

알리스는 칼라 커버 안에 든 하얀색 봉투를 꺼냈다. 그리고 검지와 엄지로 그 안에서 검은색 플라스틱 레코드를 끄집어냈다.

레코드는 두 동강이 나 있었다.

한스가 말했다. "부서진 것 같구나. 안됐다."

알리스는 울기 시작했다.

한스는 일어섰다. "나가는 길은 알아." 그는 그렇게 말하고 가버렸다.

*

운터 덴 린덴은 동베를린에서 브란덴부르크 문으로 이어지는 넓은 도로다. 도로는 서베를린에서 다른 이름으로 바뀌어 이어지며 티어가르텐을 가로질렀다. 하지만 1961년 이후 운터 덴 린덴은 베를린장벽에 막혀 브란덴부르크 문에서 막다른 길이 되었다. 서쪽의 공원에서 브란덴부르크 문을 바라보면 높고 흉하고 그라피티로 뒤덮인 회색과 녹색의 담이 경관을 망쳤고 독일어로 경고판이 붙어 있었다.

경고

당신은 지금 서베를린을 벗어나고 있음

담장 너머는 장벽이 만든 학살 현장이었다.

플럼 넬리의 현장 스태프들은 흉한 담에 바짝 붙여 무대를 설치하고 공원을 향해서 강력한 스피커들을 쌓아올렸다. 발리의 지시에 따라 똑같이 강력한 스피커들이 반대편 동베를린을 향했다. 그는 알리스가 그의 음악을 들었으면 했다. 한 기자가 그에게 동독 정부는 스피커를 반대할 수도 있다고 말했다. "그들에게 말하세요, 장벽을 없애면 나도 스피커를 치우겠다고." 발리의 그 말은 모든 신문에 실렸다.

원래 독일 공연은 함부르크에서 할 예정이었지만, 한스 호프만이 알리스의 레코드를 부쉈다는 소식을 들은 발리는 데이브에게 베를린으로 장소를 바꿔 한스 호프만이 알리스에게 듣지 못하게 하려던 음악을 백만 명의 동베를린 사람들에게 들려주는 것으로 복수를 하자고 했다. 데이브는 아주 멋진 생각이라고 했다.

지금 두 사람은 함께 서서 옆에서 무대를 보고 있었고 수천 명의 팬이 공원으로 모여들고 있었다. "우리가 했던 공연 중 가장 큰 소리가 날 거야." 데이브가 말했다.

"좋아." 발리가 말했다. "빌어먹을 라이프치히까지 내 기타 소리가 들렸으면 좋겠어."

"옛날 기억해?" 데이브가 말했다. "야구장에 있던 조그만 스피커들."

"아무도 우리 음악을 못 들었지. 우리도 안 들렸으니까!"

"이제 딱 우리가 생각한 소리를 십만 명이 들을 수 있어."

"기적 같은 일이야."

발리가 대기실로 돌아오니 레베카가 와 있었다. "정말 굉장해." 그녀는 말했다. "공원에 십만 명은 모일 거야!"

그녀는 비슷한 연배로 보이는 회색 머리 남자와 함께였다. "이쪽은 내 친구 프레드 비로야." 그녀는 말했다.

발리와 악수를 하고 프레드가 말했다. "만나서 영광입니다." 헝가리 악센트가 섞인 독일어였다.

발리는 기분이 좋았다. 누나가 쉰셋의 나이에 데이트를 하고 있다니! 정말 잘된 일이었다. 지적이면서도 지나치게 진지하지는 않은 인상이 그녀에게 맞는 사람인 것 같았다. 그리고 다이애나 비 같은 머리 모양에 자주색 드레스를 입은 레베카는 젊어 보였다.

그들은 잠시 이야기를 나누고 발리가 준비할 수 있도록 대기실을 나갔다. 발리는 깨끗한 청바지와 불타는 것처럼 빨간 셔츠로 갈아입었다. 관객들이 그의 표정을 더 잘 읽을 수 있도록 거울을 들여다보며 아이라이너를 칠했다. 조심스럽게 마약을 하던 때를 떠올리니 역겨운 기분이었다. 연주하는 동안에는 침착함을 유지하기 위해 조금, 공연이 끝나면 보상으로 잔뜩 마약을 했다. 그때의 습관으로 돌아가고 싶은 유혹은 단 일 초도 느끼지 않았다.

무대로 올라가라는 신호가 왔다. 그는 데이브, 버즈, 루와 합류했다. 데이브의 온 가족이 행운을 빌어주려고 와 있었다. 데이브의 아내 비프, 열한 살짜리 아들 존 리, 부모님 데이지와 로이드, 심지어 누나 에비까지. 모두가 그들의 데이브를 자랑스러워하는 것 같았다. 발리는 그들 모두를 보게 되어 기뻤지만, 그들의 존재가 자신은 가족을 볼 수 없다는 통렬한 사실을 떠오르게 했다. 베르너와 카를라, 릴리, 카롤린, 그리고 알리스.

하지만 운이 좋다면 그들도 장벽 건너편에서 들을 수 있을 터였다.

밴드는 무대로 올라갔고 모인 관객들이 고함을 지르며 그들을 반갑게 맞았다.

*

운터 덴 린덴은 노소를 가리지 않고 수천 명에 이르는 플럼 넬리의 팬들로 북적거렸다. 릴리와 그녀의 가족, 그리고 카롤린과 알리스, 알리스의 남자친구 헬무트는 이른 아침부터 그곳에 나와 있었다. 그들은 사람들이 장벽에 접근하지 못하도록 경찰이 설치한 차단벽 가까이 자리를 지키고 있었다. 하루 온종일 인파가 불어나면서 길거리는 축제 분위기로 바뀌었고 사람들은 낯선 이들과 이야기를 하고 음식을 나누고 휴대용 대형 카세트 플레이어로 플럼 넬리의 테이프를 틀었다. 어둠이 깔리면서 사람들은 맥주와 와인 병을 땄다.

그 순간 밴드가 공연을 시작했고 군중은 미쳐 날뛰었다.

동베를린에서 보이는 것이라고는 아치 꼭대기의 청동 말 네 마리가 끄는 승리의 마차뿐이었다. 하지만 큰 소리로 똑똑히 들을 수 있었다. 루의 드럼, 버즈의 둔탁한 베이스, 데이브의 리듬기타와 높은 음으로 내는 화음, 그리고 가장 멋진 발리의 완벽한 팝 바리톤 음성과 시적인 기타 선율까지. 익숙한 노래들이 높게 쌓인 스피커에서 터져나와 뭉클한 마음으로 춤추는 관중에 흥분을 안겼다. 우리 오빠야. 릴리는 계속 생각했다. 우리 오빠가 세상을 향해 노래하고 있어. 베르너와 카를라는 자랑스러워 보였고 카롤린은 웃고 있었다. 알리스는 눈가가 빛났다.

릴리는 고개를 들어 주변에 있는 정부의 사무실 건물을 바라보았다. 작은 발코니에 넥타이와 짙은 색 코트 차림인 대여섯 명의 남자가 가로등 불빛에 또렷이 보였다. 그들은 춤추고 있지 않았다. 한 명은 사람들의 사진을 찍고 있었다. 분명 슈타지일 거야. 릴리는 생각했다. 호네커 정권에 충성하지 않는 배신자들의 기록을 만드는 것이었다. 그리고 요즘은 거의 대부분 사람이 정권에 충성하지 않았다.

좀더 자세히 살피던 그녀는 비밀경찰 가운데 한 명이 누군지 알 것 같았다. 한스 호프만이 거의 확실했다. 키가 크고 약간 구부정한 남자였다. 그는 오른팔로 격렬하게 내려치는 시늉을 해 보이며 화가 나서 말하고 있는 것 같았다. 발리는 인터뷰에서 동독이 그들의 음악을 듣지 못하게 막기 때문에 여기서 공연을 하고 싶다고 했다. 한스는 그가 알리스의 레코드를 망가뜨린 일 때문에 이렇게 공연이 열리고 사람들이 모였음을 분명히 알 터였다. 화가 난 것도 당연했다.

그녀는 한스가 체념한 듯 양손을 들어 보이더니 돌아서서 발코니를 벗어나 건물 안으로 사라지는 모습을 보았다. 한 곡이 끝나고 다른 곡이 시작되었다. 사람들은 플럼 넬리 최고의 히트곡 가운데 한 곡의 전주 코드를 알아듣고 반갑게 소리질렀다. 발리의 목소리가 스피커를 통해 흘러나왔다. "이 곡은 내 어린 딸을 위한 노래입니다."

그러더니 그는 노래했다. "네가 보고 싶어, 알리샤."

릴리는 알리스를 보았다. 눈물이 얼굴을 타고 흘러내렸지만 그녀는 웃고 있었다.

57장

1984년 3월 16일 레바논에서 헤즈볼라에 납치된 윌리엄 버클리는 공식적으로는 베이루트 주재 미국 대사관의 정무 담당관으로 되어 있었다. 사실 그는 CIA 지부장이었다.

캠 듀어는 빌 버클리와 아는 사이였고 좋은 사람이라고 생각했다. 빌은 보수적인 브룩스 브러더스 양복을 입는 가냘픈 몸의 소유자였다. 회색 머리칼이 무성한 외모는 여자들에게 인기가 많았다. 경험 많은 군인인 그는 한국에서 싸웠고 베트남에서는 특수부대에서 복무했으며 대령으로 전역했다. 1960년대에 CIA의 특수활동부에 들어왔다. 암살 임무를 수행하는 부서였다.

쉰일곱 살인 빌은 독신이었다. 랭글리에 도는 소문으로는 노스캐롤라이나 주의 파머에 사는 캔디스라는 여자와 장거리 연애를 한다고 했다. 그녀는 그에게 연애편지를 쓰고 그는 세계 각지에서 그녀에게 전화를 했다. 그가 미국에 있을 때 두 사람은 연인이었다. 아니, 사람들 말이 그랬다.

랭글리의 다른 모든 사람과 마찬가지로 캠은 납치에 대해 분노했고 어떻게든 빌을 구출하고 싶었다. 하지만 모든 노력은 실패했다.

게다가 더 나쁜 소식도 있었다. 빌이 부리던 요원들과 정보원들이 한 명씩 사라지기 시작했다. 헤즈볼라가 빌에게서 그들의 이름을 알아내고 있었다. 그 말은 그가 고문을 당한다는 뜻이었다.

CIA는 헤즈볼라의 고문 방법을 알았고, 빌에게 무슨 일이 일어나고 있는지 추측할 수 있었다. 그는 눈을 가린 채 쇠사슬에 손목과 발목이 묶여서 관처럼 생긴 상자에 갇힌 채 하루하루, 일주일 또 일주일을 보내고 있을 터였다. 그렇게 몇 달을 보내고 나면 그는 말 그대로 미쳐버릴 것이다. 침을 흘리고 알아들을 수 없는 말을 지껄이고 덜덜 떨고 눈을 굴리고 갑자기 겁에 질려 마구 비명을 질러댈 것이다.

그래서 마침내 누군가 납치범들에 대한 대응 계획을 들고 찾아왔을 때 캠은 대단히 기뻤다.

그 계획은 CIA에서 나온 것이 아니라 대통령의 국가안보 보좌관인 버드 맥팔레인의 생각이었다. 버드 밑에서 일하는 직원 가운데 일명 '올리'로 알려진 올리버 노스라는 용맹이 지나친 해병대 중령이 있었다. 노스가 도움을 받기 위해 채용한 사람들 가운데 팀 테더가 있었고, 팀이 캠에게 맥팔레인의 계획을 말해준 것이다.

캠은 열의에 넘쳐 팀을 플로렌스의 사무실로 들였다. CIA 요원으로 일한 적 있는 팀은 한때 플로렌스와 알던 사이였다. 늘 그렇듯 그는 여전히 군인처럼 머리를 깎았고, 오늘은 민간인 옷 가운데 군 제복과 가장 비슷한 사파리 슈트를 입고 있었다.

"우리는 외국인들과 일할 겁니다." 팀이 설명했다. "다섯 명으로 이루어진 팀 세 개를 만듭니다. 그들은 CIA에서 고용한 사람도 아니고, 심지어 미국인도 아닐 겁니다. 하지만 정보국에서 그들을 훈련시키고 무장시키고 자금을 댈 예정입니다."

플로렌스는 고개를 끄덕였다. "그럼 이 팀들이 뭘 하죠?" 그녀는 중립적으로 물었다.

"중요한 건 납치범들이 일을 벌이기 전에 치는 겁니다." 팀이 말했다. "그들이 납치나 폭탄 공격, 또는 다른 어떤 테러 행위를 계획하고 있다는 걸 알게 되면 이중 한 팀을 보내 범인들을 제거하는 거죠."

"확실히 정리해봅시다." 플로렌스가 말했다. "이 팀들은 테러리스트들이 범죄를 저지르기 전에 그들을 죽인다는 겁니까?"

그녀는 캠과 달리 이 계획에 신나지 않은 것이 분명했고, 그는 예감이 좋지 않았다.

"바로 그렇죠." 팀이 말했다.

"질문 하나만 합시다." 플로렌스가 말했다. "두 사람, 정신 나간 거 아니에요?"

캠은 격분했다. 플로렌스는 어떻게 이 계획을 반대할 수 있지?

팀은 화를 내며 말했다. "통념을 벗어나는 계획이란 건 알지만—"

"통념을 벗어나요?" 플로렌스가 말을 잘랐다. "문명국이라면 어디서나 이건 살인입니다. 정당한 법 절차도 안 거쳐, 증거도 필요 없어, 당신이 허가만 하면 목표물이 될 자들은 그저 범죄를 저지를 생각만 있었던 건지도 모르는 거잖아요."

캠이 말했다. "사실상 살인은 아니죠. 우리 행동은 경찰이 자기에게 총을 겨눈 범죄자를 향해 먼저 총을 발사하는 것과 비슷한 겁니다. 선제 정당방위라고 하죠."

"이제 변호사 노릇도 하는군요, 캠."

"제 의견이 아닙니다. 스포킨의 의견이죠." 스탠리 스포킨은 CIA의 고문 변호사였다.

"글쎄요, 스탠은 틀렸어요." 플로렌스가 말했다. "왜냐하면 우리는 우리를 겨눈 총을 절대 보지 못하기 때문이에요. 누가 테러 행위를 저지를지 알아낼 방법이 없어요. 우린 레바논에서 그 정도 양질의 정보가 없다고요. 있었던 적이 없었죠. 그러니까 결국 테러 행위를 계획하고 있을지 모른다고 우리가 생각하는 사람들을 죽이고 말 겁니다."

"어쩌면 우리 정보의 신뢰도를 높일 수도 있겠죠."

"그 외국인들은 신뢰도가 어떻죠? 이 5인조 팀에서는 누가 일하게 되나요? 베이루트 현지의 악당인가요? 용병들? 국제 보안회사에서 일하는 유럽인 쓰레기들? 그들을 어떻게 신뢰하죠? 그들을 어떻게 통제하나요? 그런데도 그들이 무슨 짓을 하든 책임은 우리가 져야겠죠. 특히 무고한 사람들을 죽인다면요!"

팀이 말했다. "아니, 아닙니다. 전체 작전은 우리와 거리를 둘 거고 관계를 부인할 수 있습니다."

"내가 듣기에는 그다지 부인할 수 있을 것 같지 않군요. CIA가 훈련을 시키고 장비를 주고 자금을 대서 활동을 시키는데. 그리고 정치적 결과는 생각해본 겁니까?"

"납치와 폭탄 테러가 줄겠죠."

"어쩜 그렇게 순진해요? 우리가 그런 식으로 헤즈볼라를 치면 그들이 물러나 앉아서 이러겠어요? '이런, 미국인들이 생각보다 거칠군. 아무래도 테러에 대한 생각은 모두 포기하는 게 낫겠어.' 아니, 아니에요. 그들은 복수하겠다며 비명을 지를 거라고요! 중동에서 폭력은 늘 더 많은 폭력을 일으켜요. 아직도 그걸 몰라요? 헤즈볼라는 베이루트의 해병대 막사에 폭탄 공격을 했어요. 왜일까요? 당시 해병대 사령관이었던 게러티 대령 말에 따르면 미군 6함대가 수크알가브라는 지역의 무고한 무슬림들에게 포격을 가한 데 대한 보복이었어요. 하나의 잔혹한 행위가 다른 행동을 불러오는 거죠."

"그럼 당신은 그냥 포기해버리고 할 수 있는 게 없다고 할 겁니까?"

"쉽게 해낼 수 있는 일은 없어요. 어려운 정치적 작업만 있을 뿐이죠. 우리는 양측의 온도를 낮춰 자제시키고 그들이 몇 번이고 협상 테이블을 떠나버린다 해도 재차 끌어내야 해요. 포기하지 말고 무슨 일이 생겨도 폭력의 수위를 높여서는 안 된다고요."

"내 생각에는 우리가—"

그러나 플로렌스의 이야기는 끝나지 않았다. "이 계획은 범죄고, 비현실적이고, 중동에 끔찍한 정치적 결과를 불러올 테고, CIA와 대통령, 그리고 미합중국의 평판을 위태롭게 할 겁니다. 하지만 그게 전부가 아니에요. 그 계획을 절대로 실행할 수 없는 한 가지 이유가 더 있죠."

그녀가 말을 멈춰서 캠은 묻지 않을 수 없었다. "뭔데요?"

"우리가 암살을 수행하지 못하도록 대통령이 금지했어요. '미국에 고용되거나 미국을 대행하는 자는 누구든 암살에 관여하거나 관여하기 위해 모의해서는 안 된다.' 행정명령 12333호예요. 1981년에 로널드 레이건이 서명했어요."

"내 생각에 그는 잊어버렸을 것 같은데요." 캠이 말했다.

*

마리아는 워싱턴 시내에 있는, 모두 '우디스'라 부르는 우드워드 앤드 로스럽 백화점에서 플로렌스 기어리를 만났다. 그들이 만난 장소는 브래지어 판매장이었다. 정보요원 대부분은 남자였고 누구든 그들을 따라 이곳에 들어온다면 쉽게 눈에 띌 터였다. 심지어 체포될 수도 있다.

"난 전에는 34A를 입었어요." 플로렌스가 말했다. "지금은 36C를 입어요. 어떻게 된 걸까요?"

마리아는 킥킥대며 웃었다. 마흔여덟 살인 그녀는 플로렌스보다 조금 더 나이가 많았다. "중년 여성의 세계로 온 거죠." 그녀가 말했다. "난 엉덩이는 늘 컸지만 작고 귀여운 가슴은 혼자서 잘 서 있었다고요. 지금은 아주 단단히 받쳐줘야 해요."

이십 년 동안 워싱턴에서 일하면서 마리아는 근면성실하게 인맥을 관리해왔다. 그녀는 인간관계에 따라서 얼마나 많은 일이 이루어지는지—좋은 쪽이든 나쁜 쪽이든—일찌감치 배웠다. CIA가 약속과 달리 플로렌스를 정보요원으로 훈련시키는 대신 비서로 쓰던 과거에 마리아는 같은 여자 입장에서 그녀가 안됐다는 느낌이었다. 마리아의 인맥은 대개 여자였고 늘 진보주의자였다. 그녀는 그들과 정보를 교환했고 정적의 위협적인 움직임에 대해 미리 경고했고, 가끔은 보수적인 남자들이었다면 옆으로 치워두었을지 모르는 프로젝트에 보다 높은 우선순위를 부여하는 방식으로 신중하게 그들을 도왔다. 남자들이 하는 일과 거의 같았다.

두 사람은 각자 대여섯 개의 브라를 골라 입어보러 갔다. 화요일 오전이어서 탈의실은 비어 있었다. 그럼에도 플로렌스는 목소리를 낮게 유지했다. "버드 맥팔레인이 완전히 정신 나간 계획을 제안했어요." 그녀가 블라우스 단추를 풀며 말했다. "하지만 빌 케이시는 CIA를 투입했어요." 케이시는 레이건 대통령의 친구로 CIA 수장이었다. "대통령도 허가를 했고요."

"무슨 계획인데요?"

"외국인으로 구성된 암살부대를 훈련시켜서 베이루트에서 테러범들을 죽이는 거죠. 그들은 선제적 대테러 활동이라고 하더군요."

마리아는 충격을 받았다. "하지만 이 나라 법률상 그건 범죄잖아요.

그들이 성공한다면 맥팔레인과 케이시, 로널드 레이건은 모두 살인자가 되는 거예요."

"바로 그렇죠."

두 여자는 입고 있던 브라를 벗고 거울 앞에 나란히 섰다. "보이죠?" 플로렌스가 말했다. "더는 앞으로 꼿꼿이 서 있지 않아요."

"나도 마찬가지예요."

백인 여자와는 너무 쑥스러워 이런 행동을 하지 못했을 시절도 있었지. 마리아는 생각했다. 어쩌면 정말 시대가 바뀌고 있는지도 몰랐다.

그들은 브라를 입어보기 시작했다. 마리아가 말했다. "케이시가 정보위원회에 보고했나요?"

"아뇨. 레이건은 그냥 위원장과 부위원장, 그리고 공화당과 민주당의 상하원 지도자들에게만 알려도 되겠다고 결정했어요."

바로 그 때문에 조지 제이크스는 이 건을 모르고 있는 것이리라. 마리아는 짐작했다. 레이건은 교활한 짓을 저질렀다. 두 정보위원회는 최소한 약간의 비판적인 의문이라도 제기할 목적으로 진보주의자들의 자리를 할당해두었다. 레이건은 비판자들을 배제하고 자신을 지지할 사람들에게만 정보를 제공할 방법을 찾아낸 것이다.

플로렌스가 말했다. "그중 한 팀이 바로 지금 여기 미국에서 이 주간 훈련을 받고 있어요."

"그러니까 모든 게 상당히 많이 진전됐네요."

"그렇죠." 플로렌스는 검은색 브라를 입은 자신의 모습을 바라보았다. "우리 프랭크는 내 가슴이 달라져서 기뻐해요. 그는 늘 가슴이 큰 마누라를 원했거든요. 하느님께 감사하기 위해 교회를 다녀야 한다나."

마리아는 웃었다. "멋진 남편을 뒀군요. 남편이 새 브라도 마음에 들어했으면 좋겠어요."

"그럼 당신은요? 당신 속옷을 감상할 사람은 누구죠?"

"알잖아요. 난 일과 결혼했다고요."

"늘 그랬나요?"

"아주 오래전에 한 남자가 있었죠. 하지만 죽었어요."

"정말 유감이에요."

"고마워요."

"그럼 그후로는 아무도 없었어요?"

그녀는 거의 머뭇거리지도 않았다. "일보직전까지 간 사람이 한 명 있어요. 난 남자도 좋아하고 섹스도 좋아하지만, 인생 전체를 포기하고 한 남자의 부속품이 될 준비는 안 되었어요. 당신의 프랭크는 그런 걸 분명히 이해하겠지만 그런 남자는 많지 않아요."

플로렌스는 고개를 끄덕였다. "자기 말이 전적으로 옳아요."

마리아는 얼굴을 찌푸렸다. "그 살인부대에 대해서 내가 어떻게 하기를 바라죠?" 어쨌거나 플로렌스는 비밀 정보요원이니 마리아가 재스퍼 머리에게 기밀을 유출했다는 걸 알아냈거나 추측했을 수도 있다는 생각이 퍼뜩 들었다. 그녀는 마리아가 이 건도 흘리기를 바라는 걸까?

하지만 플로렌스는 말했다. "지금 당장은 아무것도 안 하면 좋겠어요. 그 계획은 아직까지는 싹을 잘라낼 수 있는 멍청한 생각에 불과해요. 난 그저 정보 계통에 속하지 않은 누군가가 이 건에 대해 확실히 알고 있었으면 하는 거예요. 만일 위태로운 상황이 닥치고, 닉슨이 불법 침입에 대해 거짓말한 것처럼 레이건이 살인에 대해 거짓말을 시작하면 적어도 당신은 진실을 알고 있겠죠."

"그전까지 우리는 그저 그런 일이 벌어지지 않도록 기도나 하는 거죠."

"아멘."

*

"첫번째 목표물을 골랐네." 팀 테더가 캠에게 말했다. "우린 거물을 잡을 거야."

"파드랄라?"

"바로 그자야."

캠은 고개를 끄덕였다. 무하마드 후세인 파드랄라는 손꼽히는 무슬림 학자이자 대大아야톨라*였다. 설교를 통해 그는 레바논을 점령한 이스라엘에 대한 무장 항전을 촉구했다. 헤즈볼라는 그가 영감을 주는 존재 이상은 아니라고 했지만, CIA는 그가 배후에서 조직적 납치활동을 조종한다고 믿었다. 캠은 그가 죽는 걸 보면 기쁠 터였다.

캠과 팀은 랭글리에 있는 캠의 사무실에 앉아 있었다. 책상에는 그와 닉슨 대통령이 깊은 대화를 나누는 사진 액자가 놓여 있었다. 랭글리는 닉슨을 위해 일한 경력이 여전히 자랑스러울 수 있는 몇 안 되는 곳 가운데 하나였다. "파드랄라가 추가로 납치를 계획하고 있어요?" 캠이 물었다.

팀이 말했다. "교황이 계속 세례식을 할 거냐고 묻는 건가?"

"작전팀은 어때요? 신뢰할 만합니까? 통제가 잘되나요?" 플로렌스 기어리의 반대는 잠재웠지만 그녀의 의혹은 어리석은 것이 아니었고 캠은 지금도 그녀가 한 말을 기억하고 있었다.

팀은 한숨을 쉬었다. "캠, 그들이 신뢰할 만한 자들이라면, 적법한 권위를 존중하는 책임감 있는 자들이라면 살인 청부업자로 고용할 수도

* 아야톨라는 이슬람 시아파에서 고위 성직자에게 수여하는 칭호로, 그중 가장 중요한 극소수가 대아야톨라가 된다.

없었겠지. 그런 부류 나름으로 그럭저럭 믿을 만해. 그리고 지금으로서는 그런대로 통제되고 있네."

"어쨌든 최소한 우리가 그들에게 자금을 대고 있는 건 아니군요. 내게 사우디에서 온 돈이 있거든요. 삼백만 달러."

팀은 눈썹을 치켜세웠다. "그건 잘했군."

"감사합니다."

"우리 전체 계획을 실질적으로 사우디 정보부의 통제하에 두어야 할지도 몰라. 부인할 수 있는 여지를 높이기 위해서 말이지."

"좋은 생각입니다. 그렇다고 해도 파드랄라가 살해당했을 때를 대비해 뭔가 그럴듯한 이야기가 필요할 겁니다."

팀은 한참 생각하더니 말했다. "이스라엘에 책임을 돌리지."

"그거 좋군요."

"모사드라면 그런 짓을 했을 거라고 모두 믿을 준비가 되어 있어."

캠은 불안한 듯 얼굴을 찌푸렸다. "그래도 걱정스럽습니다. 그들이 정확히 어떻게 해낼지 알 수 있었으면 좋겠어요."

"모르는 편이 나을 텐데."

"알아야 해요. 제가 레바논으로 가볼 수도 있어요. 가까이서 보기 위해 말이죠."

"그럴 거면 조심하도록 하게." 팀이 말했다.

*

캠은 하얀색 도요타 코롤라를 렌트해 베이루트의 중심에서 남쪽으로 달려 이슬람교도가 가장 많은 교외 지역인 비르 엘아베드로 향했다. 흉물스러운 콘크리트 아파트 정글 속에 아름답고 위풍당당한 이슬람 사원이 여기저기 보였는데, 거친 소나무가 빽빽하게 자란 숲속 한복판 공터에 우아한 수종을 견본 삼아 조심스럽게 키우는 광경을 보는 듯했다. 가난한 나라여도 좁은 도로는 차들로 북적였고 상점과 노점마다 사람들이 몰려 있었다. 날씨가 더웠고 도요타에는 에어컨이 달려 있지 않았지만 캠은 제멋대로 구는 사람들과의 접촉이 두려워 창문을 닫고 달렸다.

전에도 CIA의 안내인과 함께 이 지역을 방문한 적이 있는 캠은 아야톨라 파드랄라가 사는 거리를 금방 알아냈다. 그는 높이 솟은 아파트 건물을 천천히 지나서 그 블록 전체를 빙 돈 다음 도로를 사이에 두고 건물 맞은편에 차를 세웠다.

같은 거리에 아파트 건물이 몇 개 더 있고 극장 하나, 그리고 가장 중요한 사원이 하나 있었다. 매일 오후 같은 시간에 파드랄라는 기도를 하러 아파트를 나서서 사원까지 걸어갔다.

그들은 그때 그를 죽이기로 했다.

제발 일을 망치지 않게 하시옵소서. 캠은 기도했다.

파드랄라가 걸어가야 하는 좁게 뻗은 길가에 자동차들이 줄지어 주차되어 있었다. 그 가운데 하나에 폭탄이 실려 있다. 캠은 어느 차인지 알지 못했다.

근처 어딘가에 암살자가 숨어서 아야톨라를 기다리며 캠처럼 지켜보고 있을 터였다. 캠은 자동차들과 거리를 내려다보는 창문들을 자세히 살폈다. 암살자는 보이지 않았다. 다행이었다. 암살자라면 당연히 그래야 하듯 감쪽같이 숨어 있었다.

사우디측은 무고한 행인이 다칠 일은 없을 거라며 캠을 안심시켰다. 파드랄라는 늘 경호원들에게 둘러싸여 있었다. 당연히 그 가운데 일부는 부상을 입겠지만 그들 덕분에 그들의 지도자와 일반 대중은 늘 멀리 떨어져 있었다.

캠은 폭탄의 위력이 그렇게 정확하게 예측될까 걱정이었다. 하지만 전쟁중에는 가끔 시민들이 다치기도 한다. 히로시마와 나가사키에서 죽임을 당한 일본 여자들과 아이들을 보라. 물론 미국은 일본과 전쟁을 했지만 레바논과는 아니었다. 그러나 캠은 같은 규칙이 적용된다고 스스로 말했다. 지나던 사람 몇 명이 조금 다친다 해도 분명 결과가 수단을 정당화해줄 것이다.

그럼에도 그는 행인들의 수에 놀랐다. 자동차 폭탄은 인적이 드문 곳에 더 적합했다. 여기라면 고성능 라이플을 가진 명사수가 더 나은 선택 같았다.

이제는 너무 늦었다.

그는 시계를 보았다. 파드랄라가 계획보다 늦어지고 있었다. 불안했다. 캠은 그가 서둘러주기를 바랐다.

길거리에 성인 여자와 여자아이가 많아서 캠은 그 이유가 궁금했다. 잠시 후 그는 그들이 사원에서 나오고 있다는 걸 알아차렸다. 여자들을 위한 특별한 행사가 있었던 게 틀림없었다. 아마도 무슬림들의 어머니회 같은 행사가 열린 모양이었다. 불안하게 그들이 빌어먹을 도로를 꽉 메우고 있었다. 암살팀은 폭발을 취소해야 할 수도 있었다.

지금으로서는 파드랄라가 아예 더 늦게 오기를 바라야 할 터였다.

그는 무선으로 작동하는 일종의 격발장치를 숨긴 채 경계를 서는 남자를 찾아 다시 도시 경관을 샅샅이 살폈다. 이번에는 찾아낸 것 같았다. 300미터쯤 떨어진 곳, 사원의 길 건너편에 한 주택 옆벽 1층 창문이 열려 있었다. 찾아내지 못할 수도 있었지만 오후 해가 서쪽 하늘로 기울면서 그림자가 움직이는 바람에 그의 모습이 드러났다. 표정은 알아볼 수 없지만 캠은 그의 보디랭귀지를 읽을 수 있었다. 준비를 마친 채 기다리며 긴장되고 두려운 모습으로 긴 접이식 안테나가 달린 트랜지

스터라디오 같은 물건을 양손에 들고 있는데, 다만 라디오를 목숨줄이라도 되는 듯 부여잡고 있었다.

점점 더 많은 여자들이 사원에서 나왔고, 일부는 히잡만 머리에 둘렀지만 다른 사람들은 부르카로 몸 전체를 가렸다. 여자들은 인도 양쪽으로 북적거리며 움직였다. 캠은 얼른 혼잡한 상황이 끝났으면 했다.

파드랄라가 사는 건물을 지켜보던 그는 아야톨라가 예닐곱 명의 남자에게 둘러싸여 밖으로 나오는 끔찍한 광경을 보았다.

파드랄라는 키 작은 노인으로 흰 수염을 길게 길렀다. 검은색 둥근 모자를 썼고 하얀 가운을 입었다. 조심스럽고 똑똑해 보이는 표정이었고, 함께 건물에서 나온 사람이 뭐라고 하는 말에 살짝 미소지으며 거리로 나서고 있었다.

"안 돼." 캠은 소리내어 말했다. "지금은 아니야. 지금은 안 돼!"

그는 거리를 살펴보았다. 여전히 보도에는 웃고 이야기를 나누는 성인 여자들과 소녀들이 가득했고, 그들의 미소와 몸짓에서는 엄숙한 행사가 끝나고 성스러운 장소를 떠나는 사람들 특유의 안도감이 묻어났다. 그들은 의무를 다해 영혼의 원기를 회복했고, 세속의 생활을 다시 시작할 준비를 마친 채 식사와 대화를, 가족이나 친구들과 즐겁게 보낼 저녁을 기다리고 있었다.

다만 그들 가운데 일부는 죽을 것이다.

캠은 차에서 뛰어내렸다.

암살범이 숨어 있는 주택 창문을 향해 미친 사람처럼 손을 흔들었지만 반응은 없었다. 놀랄 일도 아니었다. 캠은 너무 멀리 있었고 암살범은 파드랄라에게 집중해 있었다.

캠은 도로 건너편을 바라보았다. 파드랄라가 캠에게서 멀어지며 활기찬 걸음걸이로 사원과 암살자의 은신처를 향해 걸어가고 있었다. 몇 초면 폭발이 일어날 터였다.

캠은 도로를 따라 암살자가 숨은 주택을 향해 달리기 시작했지만 북적거리는 여자들 때문에 빠르게 움직일 수가 없었다. 누가 봐도 미국인인 그가 수많은 무슬림 여자 사이로 달리는 모습에 사람들은 호기심과 적대감이 뒤섞인 표정을 지었다. 바로 길 건너편까지 파드랄라를 따라잡은 그는 한 경호원이 다른 이들에게 그를 가리키는 모습을 보았다. 몇 초 지나지 않아 누군가 그에게 다가와 말을 걸 터였다.

그는 앞뒤 가리지 않고 계속 뛰었다. 주택을 15미터 정도 앞둔 곳에 멈춰 서서 창문 안쪽 암살자를 향해 소리를 지르며 손을 흔들었다. 이제 성긴 수염이 나고 겁에 질린 표정의 젊은 아랍인이 확실히 보였다.

"하지 마!" 캠은 이제 자신의 목숨이 걸린 걸 알면서도 소리를 질렀다. "중지, 중지해! 제기랄, 중지하란 말이야!"

뒤쪽에서 누군가 그의 어깨를 붙잡더니 거친 아랍어로 뭐라고 공격적으로 말을 걸어왔다.

그 순간 무시무시한 폭발이 일었다.

캠은 나뒹굴었다.

누가 널빤지로 등을 때린 것처럼 숨을 쉴 수 없었다. 머리가 아팠다. 비명과 남자들의 욕설이 들렸고 돌무더기가 미끄러지며 무너지는 소리도 들렸다. 그는 몸을 굴리고 숨을 쉰 다음 간신히 일어섰다. 살아 있었고 그가 아는 한 심하게 다치지도 않았다. 한 아랍인이 그의 발치에 쓰러져 꼼짝하지 않았는데, 아마도 그의 어깨를 붙잡았던 자 같았다. 남자의 몸이 폭발력을 모두 뒤집어쓰면서 캠을 보호한 모양이었다.

그는 길 건너편을 바라보았다.

"오, 맙소사." 그가 말했다.

여기저기 끔찍하게 뒤틀리고 부러져 피투성이인 시체들이 즐비했다.

쓰러져 움직이지 않거나 아니면 상처를 부여잡고 비명을 지르고 비틀거리며 사랑하는 이들을 찾고 있었다. 몇몇 사람들의 헐렁한 중동식 옷이 날아가버렸고 많은 여자들이 반나체상태로 외설적인 격한 죽음을 맞았다.

두 개의 아파트 건물 현관이 파괴되었고 커다란 콘크리트 덩어리 같은 석재, 의자나 텔레비전 등 가재도구가 여전히 길거리로 떨어지고 있었다. 몇몇 건물은 불타고 있었다. 도로는 높은 곳에서 아무렇게나 떨어진 것처럼 망가진 차들로 가득했다.

캠은 즉시 폭탄이 너무 컸다는 생각이 들었다.

길 건너편에서 하얀 수염에 검은 모자를 쓴 파드랄라가 경호원들에게 이끌려 서둘러 건물로 되돌아가는 모습이 보였다. 다치지는 않은 것 같았다.

임무는 실패했다.

캠은 살육의 현장인 주변을 둘러보았다. 얼마나 많은 사람이 죽었을까? 오십 명, 육십 명, 어쩌면 칠십 명까지도 될 것 같았다. 그리고 수백 명이 다쳤다.

그곳을 벗어나야 했다. 몇 초도 지나지 않아 사람들은 누가 이런 짓을 저질렀는지 생각하기 시작할 것이다. 얼굴에 멍이 들고 옷이 찢어졌다고 해도 그들은 그가 미국인이라는 사실을 알아챌 것이다. 누가 됐든 즉각적인 복수가 가능하다는 생각을 해내기 전에 일대를 벗어나야 했다.

그는 서둘러 차로 돌아갔다. 유리창이 모조리 박살났지만 움직이기는 할 것 같았다. 그는 문을 벌컥 열었다. 깨진 유릿조각들이 시트를 뒤덮고 있었다. 재킷을 벗어서 시트에 덮인 유릿조각을 치웠다. 그리고 혹시 남은 조각들이 있을까봐 재킷을 접어서 시트에 깔았다. 그러고는 차에 올라 열쇠를 돌렸다.

시동이 걸렸다.

그는 차를 움직여 유턴한 다음 그곳을 떠났다.

전에는 신경질적인 과장이라고 생각했던 플로렌스 기어리의 말을 떠올렸다. "문명국이라면 어디서나 이건 살인입니다."

하지만 이건 단지 살인이 아니었다. 대량 살육이었다.

로널드 레이건 대통령의 범죄였다.

캠 듀어의 범죄이기도 했다.

*

잭은 응접실의 작은 테이블 위에 지그소 퍼즐을 놓고 아버지인 조지가 지켜보는 가운데 대모인 마리아와 함께 맞추고 있었다. 일요일 오후, 프린스 조지스 카운티에 있는 재키 제이크스의 집이었다. 그들은 모두 함께 베델 복음교회에 다녀와 재키가 만든 다진 돼지고기 찜에 양파 소스와 검은 콩을 곁들여 먹었다. 그런 다음 마리아가 다섯 살짜리에게 너무 쉽지도 어렵지도 않도록 신중히 고른 퍼즐을 꺼냈다. 곧 마리아는 떠날 테고 조지는 잭을 베리나의 집에 데려다줘야 했다. 그런 뒤 주방 식탁에 서류를 쌓아두고 앉아서 두어 시간 동안 다음주 의회에서 할 일을 준비해야 했다.

하지만 지금은 업무의 압박에서 벗어난 고요한 순간이었다. 오후의 햇빛이 퍼즐 위로 숙인 두 사람의 머리를 비추었다. 잭은 잘생겨질 거라고 조지는 생각했다. 이마는 튀어나오고 눈 사이가 멀고 코는 귀엽게 납작했고 입은 웃는 모양에 턱도 맵시 있고 전체적으로 비율이 좋았다. 벌써 성격이 드러나는 표현들을 했다. 퍼즐 맞추기의 지적 도전에 푹 빠져들어 자기, 또는 마리아가 제대로 된 조각을 찾아내면 만족감에 웃음을 지었고 작은 얼굴이 환하게 밝아졌다. 조지는 이토록 흥미진진하고 감동적인 것을 한 번도 본 적이 없었다. 정신이 자라며 자식은 매일 숫자와 글자, 기계장치와 사람, 사회적 집단에 관해 새로이 이해해나가기 시작했다. 잭이 내달리고 뛰어오르고 공을 던지는 모습도 기적 같지만 조지는 이렇게 정신적으로 깊이 몰두하는 모습에 가슴이 더 뭉클했다. 그의 눈에 자부심과 감사, 그리고 경외의 눈물이 차올랐다.

그는 마리아에게도 감사했다. 그녀는 한 달에 한 번 정도 늘 선물을 들고 찾아와 끈기 있게 책을 읽거나 이야기를 하거나 게임을 하면서 대자와 시간을 보내주었다. 마리아와 재키는 잭에게 부모의 이혼으로 인한 정신적 충격을 이겨낼 수 있는 안정감을 주었다. 조지가 결혼생활을 정리한 지도 이제 일 년이었다. 잭은 더이상 한밤중에 깨어 울지 않았다. 아이는 새로운 방식의 삶에 적응하는 것 같았다. 그래도 조지는 장기적으로 아이에게 미칠 영향은 걱정하지 않을 수 없었다.

두 사람은 지그소 퍼즐을 끝냈다. 완성된 작품을 감상하기 위해 재키 할머니가 불려왔고, 그녀는 잭을 주방으로 데려가 우유 한 잔과 쿠키를 먹였다.

조지는 마리아에게 말했다. "잭에게 해주는 모든 일이 고마워요. 당신은 역사상 최고의 대모예요."

"희생하는 건 아니에요." 그녀는 말했다. "아이를 알아가는 게 나도 즐거워요."

마리아는 내년이면 쉰 살이었다. 그녀 자신의 아이는 절대 가질 수 없을 것이다. 시카고에 조카들이 있지만 그녀가 모성애를 가장 많이 쏟는 대상은 잭이었다.

"할말이 있어요." 마리아가 말했다. "중요한 일이에요."

그녀가 일어서서 응접실 문을 닫자 조지는 무슨 일인지 궁금했다.

그녀는 다시 앉아서 말했다. "그저께 베이루트에서 발생한 자동차 폭탄 테러 말이에요."

"끔찍했죠." 조지가 말했다. "팔십 명 사망에 이백 명이 다쳤고, 대부분 성인 여자와 여자아이였으니까."

"이스라엘이 폭탄을 설치한 게 아니에요."

"그럼 누가 한 거죠?"

"우리요."

"도대체 무슨 소리예요?"

"테러에 대응하기 위한 레이건 대통령의 결정이었죠. 범인은 레바논 현지인이지만 CIA가 그들을 훈련시키고 자금을 대고 통제했어요."

"맙소사. 하지만 대통령은 비밀 작전을 수행하려면 내가 속한 위원회에 알려야 해요."

"조사해보면 알겠지만 위원장과 부위원장에게는 알렸을 거예요."

"끔찍하네요." 조지가 말했다. "그런데 당신 아주 확신하는군요."

"CIA의 고위급 직원에게 들었어요. 정보국의 많은 전문가는 그 계획 전체에 반대하고 있어요. 하지만 대통령이 원했고 빌 케이시가 억지로 실행했죠."

"도대체 무슨 생각을 한 거죠?" 조지는 이해할 수 없었다. "수많은 사람을 살해했어요!"

"그들은 어떻게든 납치를 멈추길 원했어요. 그리고 파드랄라가 배후에서 조종한다고 생각한 거죠. 그를 처치하려고 한 거예요."

"그런데 망쳐버렸군요."

"철저히 망쳤죠."

"이건 밝혀야 해요."

"내 생각도 그래요."

재키가 들어왔다. "우리 젊은이께서 어머니에게 돌아갈 준비가 되셨다는구나."

"가요." 조지는 일어섰다. "좋아요." 그는 마리아에게 말했다. "내가 처리하죠."

"고마워요."

조지는 잭과 함께 차에 올라타고 천천히 교외 도로를 지나 베리나의 집으로 향했다. 진입로에 서 있는 베리나의 빨간색 재규어 옆에 재스퍼 머리의 청동색 캐딜락이 보였다. 재스퍼가 와 있다면 타이밍이 괜찮은 듯했다.

베리나가 검은 티셔츠와 색이 바랜 파란 청바지 차림으로 문가로 나왔다. 조지는 안으로 들어갔고 베리나는 잭을 데리고 욕실로 갔다. 재스퍼가 주방에서 나와 조지는 말했다. "괜찮다면 이야기 좀 하고 싶은데요."

재스퍼는 경계하는 듯했지만 말했다. "그러죠."

"어, 좀 들어가겠습니까?" 조지는 내 서재라고 말할 뻔했지만 그러지 않았다. "서재로."

"좋습니다."

자신의 옛 책상 위에 재스퍼의 타자기와 기자라면 필요할 『미국 인명사전』 『세계지도』 『피어스 백과사전』 『미국 정치 연감』 같은 참고서적이 쌓여 있는 모습을 보니 조지는 마음이 아팠다.

서재는 팔걸이의자가 하나 있는 작은 방이었다. 두 사람 다 책상 앞 의자에는 앉고 싶어하지 않았다. 어색한 망설임이 지나가고 재스퍼가 책상 의자를 꺼내 팔걸이의자 맞은편에 놓아서 두 사람 모두 앉았다.

조지는 마리아의 이름은 거론하지 않은 채 그녀가 한 말을 전했다. 말하는 동안 마음 한구석에서는 왜 베리나가 자신이 아닌 재스퍼를 택했을까 궁금했다. 조지가 생각하기에 재스퍼는 칼로 자른 듯한 자기중심적 무자비함이 있었다. 조지가 이런 의문을 말하자 어머니는 말했다. "재스퍼는 TV 스타야. 베리나의 아버지는 스타 영화배우지. 베리나가 칠 년 동안 같이 일한 마틴 루서 킹은 공민권운동의 스타였어. 어쩌면 베리나의 남자는 스타여야 하는지도 몰라. 하지만 내가 어떻게 알겠니?"

"이건 다이너마이트군요." 조지에게서 이야기를 다 듣고 난 재스퍼가 말했다. "정보 출처는 확실한 겁니까?"

"내가 당신에게 그동안 전해준 다른 이야기들과 같은 데서 나온 얘기입니다. 100퍼센트 믿을 만해요."

"이건 레이건 대통령을 대량 학살자로 만들 겁니다."

"그렇죠." 조지가 말했다. "압니다."

58장

그 일요일 재키와 조지, 마리아, 어린 잭이 교회에서 〈우리 강가에서 만나리〉를 부르고 있을 때 모스크바에서 콘스탄틴 체르넨코가 죽었다.

모스크바 시간으로 저녁 일곱시를 이십 분 넘긴 시각이었다. 딤카와 나탈리야는 집에서 열다섯 살 학생인 딸 카탸와 스물한 살 대학생인 딤카의 아들 그리샤와 함께 저녁으로 콩 수프를 먹고 있었다. 일곱시 삼십분에 전화가 울렸다. 나탈리야가 수화기를 들었다. 그녀가 "안녕, 안드레이"라고 말하는 순간 딤카는 무슨 일인지 알 수 있었다.

체르넨코는 겨우 십삼 개월 전 지도자가 될 때부터 죽어가고 있었다. 지금은 간경변증과 폐기종으로 병원에 있었다. 온 모스크바가 조바심을 내며 그가 숨을 거두길 기다리고 있었다. 나탈리야는 병원 간호사인 안드레이에게 뇌물을 주고 체르넨코가 마지막 숨을 거두자마자 전화해 달라고 부탁했다. 지금 그녀는 수화기를 내려놓고 그의 짐작을 확인해 주었다. "죽었어." 그녀가 말했다.

이제 희망의 순간이었다. 삼 년 사이 세번째로 지치고 늙은 보수파

지도자가 죽었다. 새롭고 젊은 사람이 나서서 소련을 딤카가 원하는 나라로, 그리샤와 카탸가 살아가고 아이들을 키우기에 적합한 모습으로 변화시킬 기회가 다시 한번 생겼다. 하지만 그런 희망은 전에도 두 번이나 좌절되었다. 이번에도 같은 일이 벌어질까?

딤카는 접시를 옆으로 밀었다. "지금 움직여야 해." 그가 말했다. "승계는 다음 몇 시간 안에 결정되니까."

나탈리야는 고개를 끄덕여 동의했다. "유일한 문제는 다음번 정치국 회의에서 누가 사회를 맡느냐는 거지."

딤카는 아내의 말이 옳다고 생각했다. 소련에서는 그런 식으로 일이 돌아갔다. 경마에서 어떤 말이 조금이라도 앞서나가기 시작하는 즉시 다른 말에는 아무도 돈을 걸려고 하지 않는다.

미하일 고르바초프는 제이서기, 즉 공식적으로 사망한 지도자의 바로 아래 직위였다. 하지만 그가 그 자리에 임명될 때 보수파의 격렬한 반대가 있었다. 그들은 개혁가가 아닌 일흔 살의 모스크바 당 지도자 빅토르 그리신을 원했다. 고르바초프는 그 경주에서 한 표 차이로 이겼다.

아이들 앞에서 이 문제를 논의하고 싶지 않았던 딤카와 나탈리야는 식탁을 벗어나 침실로 들어갔다. 딤카는 창가에 서서 모스크바의 불빛을 내려다보았고 나탈리야는 침대 끄트머리에 앉았다. 그들에게는 시간이 별로 없었다.

딤카가 말했다. "체르넨코가 죽었으니 정치국에는 고르바초프와 그리신을 포함해 정확히 멤버가 열 명이야." 그 열 명이 소련 권력의 핵심층이었다. "내 계산으로 그들은 정확히 반으로 갈라질 거야. 고르바초프를 지지하는 사람이 넷이고 그리신도 마찬가지니까."

"하지만 그들 모두가 시내에 있는 건 아니야." 나탈리야가 지적했다. "그리신을 지지하는 두 명이 나가 있어. 셰르비츠키는 미국에, 쿠나예프는 고향인 카자흐스탄에 있으니 비행기로 다섯 시간이 걸리지."

"고르바초프의 사람 중 하나도 그래. 보로트니코프가 유고슬라비아에 있으니까."

"그럼 여전히 우리가 3 대 2로 이기고 있네. 앞으로 몇 시간이겠지만."

"고르바초프는 오늘밤 전체회의를 소집해야 해. 내 생각에는 장례식 계획이 안건이라고 하면 될 거야. 회의를 소집하면 의장을 맡을 수 있어. 그리고 일단 그 회의에서 의장 자리를 맡으면 뒤이어 열리는 회의마다 자동적으로 사회를 맡게 되고, 그러면 지도자가 되는 거야."

나탈리야는 얼굴을 찌푸렸다. "당신 말이 옳지만 난 더 확실히 해두고 싶어. 회의에 불참한 사람들이 내일 날아와서는 자기들은 참석하지 못했으니 모든 걸 다시 논의하자고 말하는 상황은 원치 않거든."

딤카는 잠시 생각했다. "달리 우리가 뭘 할 수 있을지 모르겠네." 그가 말했다.

딤카는 침실에 있는 전화기로 고르바초프에게 전화를 걸었다. 고르바초프는 체르넨코가 죽은 것을 이미 알고 있었다. 그 역시 스파이가 있었다. 그는 딤카와 마찬가지로 즉시 회의를 소집해야 한다는 데 동의했다.

딤카와 나탈리야는 무거운 겨울코트에 부츠를 신고 크렘린으로 차를 몰았다.

한 시간 뒤 소련에서 가장 강한 권력을 가진 남자들이 정치국 회의실로 모였다. 딤카는 여전히 걱정스러웠다. 고르바초프의 무리는 그를 지도자를 만들고 결정의 번복을 막을 절묘한 조치가 필요했다.

회의 직전에 고르바초프는 뚝딱 해결책을 내놓았다. 그는 최대의 라이벌인 빅토르 그리신에게 정식으로 말했다. "빅토르 바실리예비치, 이 회의를 진행해주시겠습니까?"

말이 들릴 만큼 가까이 서 있던 딤카는 아연실색했다. 고르바초프가 도대체 무슨 짓을 하고 있는 거지? 패배를 인정하는 건가?

하지만 딤카 바로 옆에 있던 나탈리야는 승리의 웃음을 지었다. "훌륭해!" 그녀는 조용히 기뻐하며 말했다. "그리신을 의장으로 추천해도 어차피 다른 사람들이 투표로 부결시킬 거야. 거짓 제안이자 속이 빈 선물상자인 거지."

그리신은 잠시 생각하더니 같은 결론을 내린 것이 분명했다. "아니오, 동지." 그가 말했다. "동지께서 이 회의를 이끌어줘야겠소."

그 순간 딤카는 승리감이 커지며 고르바초프가 덫을 닫았다는 사실을 깨달았다. 일단 거부한 이상 그리신은 내일 지지자들이 도착했을 때 마음을 바꿔 의장직을 요구하기는 어려울 것이다. 어떤 식이든 그리신에게 의장을 맡기자는 제안은 그가 이미 그 자리를 포기한 적이 있다는 주장에 부딪힐 것이다. 그리고 그런 주장에 반대한다면 그는 어쨌든 주저하는 사람으로 보일 것이다.

그러니까 고르바초프가 소련의 새 지도자가 될 거라고 딤카는 결론을 내렸다.

지금 벌어진 상황이 바로 그것이었다.

*

집에 온 타냐는 바실리에게 자신의 계획을 얼른 들려주고 싶었다.

두 사람은 이 년 동안 비공식적이지만 사실상 같이 살고 있었다. 결혼은 하지 않았다. 일단 법적으로 부부가 되면 절대로 함께 소련을 떠날 수 없을 터였다. 그들은 소련 공산권을 벗어날 결심이었다. 두 사람 모두 갇힌 기분이었다. 타냐는 타스를 위해 기사를 쓰면서 당의 기본 방침을 비굴하게 따라야 했다. 바실리는 이제 턱이 네모진 KGB 스파이가 멍청하고 잔혹한 미국 스파이를 무찌르는 텔레비전 프로그램에서 가장 중요한 역할을 하는 작가였다. 그리고 두 사람 모두 바실리가 찬사를 받는 소설가 이반 쿠즈네초프라는 사실을 세상에 꼭 알리고 싶었다. 그의 책 『노인 병동』—브레즈네프, 안드로포프, 체르넨코에 대한 통렬한 풍자—은 현재 서방에서 베스트셀러였다. 가끔 바실리는 말했다. 중요한 것은 오로지 전 세계에서 읽히는 이야기에 소련에 관한 진실을 썼다는 사실뿐이라고. 하지만 타냐는 그가 몰래 변태짓을 한 사람처럼 두려워하며 자기 작품을 감추는 대신 스스로의 명예를 자랑스럽게 차지하고 싶어한다는 것을 알았다.

그러나 타냐는 잔뜩 흥분해 들뜬 와중에도 말을 꺼내기 전 주방의 라디오를 켜는 수고를 잊지 않았다. 정말로 그들의 아파트가 도청당하고 있다고 생각하지는 않았지만 그것이 오랜 습관이었고, 위험을 무릅쓸 필요는 없었다.

라디오에서는 아나운서가 고르바초프가 부인과 함께 레닌그라드에 있는 청바지 공장을 방문한 일을 소개하고 있었다. 타냐는 그 의미를 알아차렸다. 과거 소련 지도자들은 철강공장이나 조선소를 방문했다. 고르바초프는 소비재를 중요하게 여겼다. 그는 늘 소련의 제품이 서방 제품만큼 좋아야 한다고 말했다. 그의 전임자들은 꿈도 꾸지 않던 일이었다.

또 그는 부인과 함께 다녔다. 예전 지도자들의 부인과 달리 라이사는 그저 부속품이 아니었다. 그녀는 미국의 퍼스트레이디처럼 매력적이고 옷을 잘 입었다. 똑똑하기도 했다. 남편이 제일서기가 되기 전까지 그녀는 대학에서 강의를 했다.

이 모든 상황이 희망적이긴 했지만 타냐의 생각에는 상징적인 수준을 벗어나지 못했다. 뭐가 됐든 일이 될지는 서방에 달려 있었다. 만일 독일과 미국이 소련의 자유화를 인식하고 변화를 장려하는 행동을 취한다면 고르바초프는 뭔가 이뤄낼 수도 있다. 하지만 본과 워싱턴의 매파가 이것을 빈틈으로 인식하고 위협적, 또는 공격적인 움직임을 보인다면 소련의 지배층 엘리트는 정통파적인 공산주의와 군사력 과잉의 껍데기 속으로 후퇴할 수도 있었다. 그러면 고르바초프는 실패한 크렘린 개혁가들의 무덤 속 코시긴, 흐루쇼프와 함께할 것이다.

"나폴리에서 극본 작가들 회의가 있어요." 타냐는 배경음으로 라디오가 수다스럽게 떠드는 가운데 바실리에게 말했다.

"아!" 바실리는 중요성을 바로 알아챘다. 나폴리는 선거로 선출된 공산주의 정부가 있는 곳이다.

그들은 소파에 함께 앉았다. 타냐가 말했다. "그들은 소련 공산권의 작가들을 초대하고 싶어해요. 텔레비전 쇼를 만드는 건 할리우드만이 아니라는 걸 증명하고 싶은 거죠."

"그렇겠지."

"당신은 소련에서 가장 성공적인 텔레비전 작가잖아요. 당신이 가야 해요."

"누가 운 좋은 사람일지는 작가동맹에서 결정하겠지."

"KGB의 조언에 따를 게 분명하죠."

"내게 기회가 올까?"

"신청서를 내요. 그럼 내가 딤카에게 추천하라고 할 테니까요."

"당신도 갈 수 있어?"

"나는 다닐에게 타스 기사를 위해 그 회의를 취재하게 해달라고 요청하겠어요."

"그럼 우리 둘 다 자유세계에 있게 되는 거야."

"그렇죠."

"그다음엔?"

"구체적으로는 생각해보지 못했지만 그 부분이 가장 쉬울 거예요. 우리 호텔방에서 런던의 앤 머리에게 전화를 할 수 있어요. 우리가 이탈리아에 있는 걸 아는 즉시 그녀는 다음 비행기를 탈 거예요. 우리는 KGB 경호원들을 따돌리고 그녀와 함께 로마로 가는 거죠. 그녀는 이반 쿠즈네초프가 사실은 바실리 옌코프고, 그와 그의 여자친구가 영국에 정치적 망명을 요청한다고 세상에 알릴 거예요."

바실리는 조용해졌다. "정말 그런 일이 가능하다고 생각해?" 그의 말투는 거의 동화에 대해 이야기하는 아이와 흡사했다.

타냐는 그의 양손을 잡았다. "모르겠어요." 그녀가 말했다. "하지만 시도해보고 싶어요."

*

딤카는 이제 크렘린에 큰 사무실을 갖고 있었다. 전화기가 두 대 놓인 커다란 책상과 작은 회의용 탁자, 그리고 난로 앞에는 두 개의 소파가 놓여 있다. 벽에는 유명한 소련의 그림 〈유데니치에 맞서 푸틸로프 기계공장에 모인 사람들〉이 원래 크기로 걸렸다.

그가 맞이한 손님은 혁신적인 생각을 가진 헝가리 정부의 각료 프레데리크 비로였다. 그는 딤카보다 두세 살 많았지만 소파에 앉아 딤카의 비서에게 물 한 잔을 청하는 그의 모습에서는 두려움이 비쳤다. "제가 질책을 받으러 여기 온 건가요?" 그는 억지웃음을 지으며 말했다.

"왜 그렇게 물으시죠?"

"저는 헝가리 공산주의의 현상황이 좋지 않다고 생각하는 사람들 가운데 한 명입니다. 그건 비밀이 아니죠."

"그런 생각이나 다른 무엇으로도 질책할 의도는 없습니다."

"그럼 칭찬을 받게 되나요?"

"그것도 아닙니다. 저는 야노시 카다르가 죽거나 사임하는 즉시 당신과 당신 친구들이 새로운 헝가리 정권을 구성하리라 추측하고 있고, 당신에게 행운을 빌어주고 싶습니다. 하지만 그 얘길 하려고 와달라고 한 것도 아닙니다."

비로는 물을 마시지도 않고 내려놓았다. "이젠 정말 두렵군요."

"괴로움에서 벗어나도록 해드리죠. 고르바초프가 가장 우선하는 건 군사 지출을 줄이고 더 많은 소비재를 생산해 소련 경제를 향상시키는 겁니다."

"훌륭한 계획이군요." 비로는 경계하는 목소리로 말했다. "헝가리에서도 많은 사람이 원하는 바입니다."

"우리의 유일한 문제는 그게 먹히질 않는다는 겁니다. 아니, 정확히 말하면 충분히 빨리 먹히지 않는 거지만 결국 마찬가지죠. 소련은 망하고 파산한 빈털터리입니다. 당장 닥친 위기의 원인은 원유 가격의 하락이지만, 장기적으로 보면 계획경제가 제대로 기능하지 못해 실적이 나지 않는 것이 문제입니다. 상황이 너무 심각해서 미사일 주문을 취소하고 청바지를 더 많이 만든다고 해결될 일이 아닙니다."

"해답은 뭐죠?"

"더이상은 보조금을 지원할 수 없습니다."

"헝가리에요?"

"모든 동유럽 국가에 말입니다. 여러분은 생활수준에 걸맞은 비용을 지불한 적이 한 번도 없습니다. 우리가 원유와 다른 원자재를 시장가격보다 싸게 팔고 아무도 원하지 않는 형편없는 여러분의 제품을 사는 방식으로 지원한 거죠."

"그야 물론 사실입니다." 비로는 인정했다. "하지만 인민들을 입다물게 해 공산당이 권력을 계속 유지하는 데는 그것이 유일한 방법이었죠. 만일 생활수준이 떨어지면 사람들이 왜 공산주의자가 되어야 하는지 스스로 묻기까지 오래 걸리지 않을 겁니다."

"압니다."

"그럼 우리는 어떻게 해야 하죠?"

딤카는 의도적으로 어깨를 으쓱해 보였다. "그건 제 문제가 아닙니다. 여러분 문제죠."

"우리 문제라고요?" 비로는 믿을 수 없다는 듯 말했다. "도대체 무슨 말도 안 되는 소리를 하는 겁니까?"

"여러분이 해결책을 찾아야 한다는 뜻입니다."

"우리가 찾아낸 해결책이 크렘린의 마음에 들지 않으면요?"

"상관없어요." 딤카가 말했다. "이제 당신들은 알아서 하는 겁니다."

비로는 냉소적이었다. "지금 사십 년에 걸친 소련의 동유럽 지배가 끝났고 우리가 독립적인 국가들이 되기라도 했다는 겁니까?"

"바로 그렇습니다."

비로는 딤카를 오랫동안 노려보았다. 그러더니 말했다. "믿을 수 없는 말이군요."

*

타냐와 바실리는 물리학자인 타냐의 외숙모 조야를 만나러 병원을 찾았다. 일흔네 살인 조야는 유방암을 앓고 있었다. 장군의 아내인 그녀는 개인 병실에 입원해 있었다. 방문객들이 한 번에 두 명씩 들어갈 수 있었기 때문에 타냐와 바실리는 다른 가족들과 밖에서 기다렸다.

잠시 후 볼로댜 외삼촌이 서른아홉 살인 아들 코탸의 팔을 잡고 나왔다. 전쟁에서 영웅적으로 활약한 강인한 사내 볼로댜는 이제 아이처럼 무력한 모습으로 어디든 안내받는 대로 움직이며 이미 눈물에 푹 젖은 손수건을 쥐고 걷잡을 수 없이 흐느껴 울고 있었다. 그들은 사십 년 동안 결혼생활을 했다.

타냐는 그녀의 사촌이자 볼로댜와 조야의 딸 갈리나와 함께 들어갔다. 그녀는 외숙모의 모습에 충격받았다. 심지어 육십대일 때도 고개가 절로 돌아갈 만큼 아름다웠던 조야는 지금 죽은 사람처럼 말랐고 거의 대머리인데다 세상을 떠날 순간까지 며칠, 아니 어쩌면 몇 시간밖에 남지 않은 듯 보였다. 하지만 잠들었다 깼다를 반복하는 그녀는 고통스러워 보이지는 않았다. 아마도 모르핀을 주사한 것이리라 타냐는 짐작했다.

"볼로댜는 전쟁 후 미국에 갔었고 그들이 히로시마 폭탄을 어떻게 만들었는지 알아냈어." 약기운에 취한 조야는 흡족한 기분으로 경솔한 말을 했다. 타냐는 그만두시라고 할까 했지만 이제 이런 비밀은 아무에게도 의미가 없다는 생각이 들었다. "그이는 시어스로벅의 카탈로그도 가져왔어." 조야는 웃으며 계속 추억 이야기를 했다. "미국인이면 누구나 살 수 있는 아름다운 것들로 가득차 있었지. 드레스, 자전거, 레코드, 아이들을 위한 따뜻한 코트, 농부들을 위한 트랙터까지 있었어. 나는 믿으려고 하지 않았지. 그들의 선전이라고 생각했거든. 하지만 볼로댜는 그곳에 가봤고, 그게 사실인 걸 알았어. 그때부터 나는 미국에 가고 싶었어. 그냥 보려고. 그냥 많이 있는 것을 보려고. 하지만 이제 그럴 수가 없겠지." 그녀는 다시 눈을 감았다. "괜찮아." 그녀는 중얼거렸고 다시 잠든 것 같았다.

잠시 후 타냐와 갈리나는 밖으로 나왔고, 두 명의 손주가 침대 옆으로 향했다.

딤카가 도착해 나머지 사람들과 함께 복도에서 기다리고 있었다. 그는 타냐와 바실리를 옆으로 데려가 목소리를 낮췄다. "내가 당신을 나폴리에서 열릴 회의에 보내도록 추천했어요." 그가 바실리에게 말했다.

"고맙네—"

"고마워하지 말아요. 성공 못했으니까. 오늘 예브게니 필리포프라는 불쾌한 자와 이야기를 해봤습니다. 이제 이런 문제는 그자가 맡고 있거든요. 그리고 그는 당신이 지난 1961년 반체제 활동을 해서 시베리아로 쫓겨났다는 걸 알아요."

타냐가 말했다. "하지만 바실리는 사회에 복귀했어!"

"필리포프도 알아. 복귀는 복귀고, 해외에 가는 건 다른 문제라고 하더군. 물어볼 것도 없었어." 딤카는 타냐의 팔을 쓰다듬었다. "미안하다, 동생아."

"그럼 우린 여기 갇힌 거네." 타냐가 말했다.

바실리가 씁쓸하게 말했다. "이십오 년 전 시 낭송회에서 걸린 전단 한 장 때문에 난 여전히 벌을 받고 있군. 우리는 우리나라가 계속 변하고 있다고 생각했는데 사실 그런 일은 절대 없었던 거야."

타냐가 말했다. "조야 외숙모처럼 우린 절대 바깥세상을 보지 못하겠지."

"아직 포기하기는 일러." 딤카가 말했다.

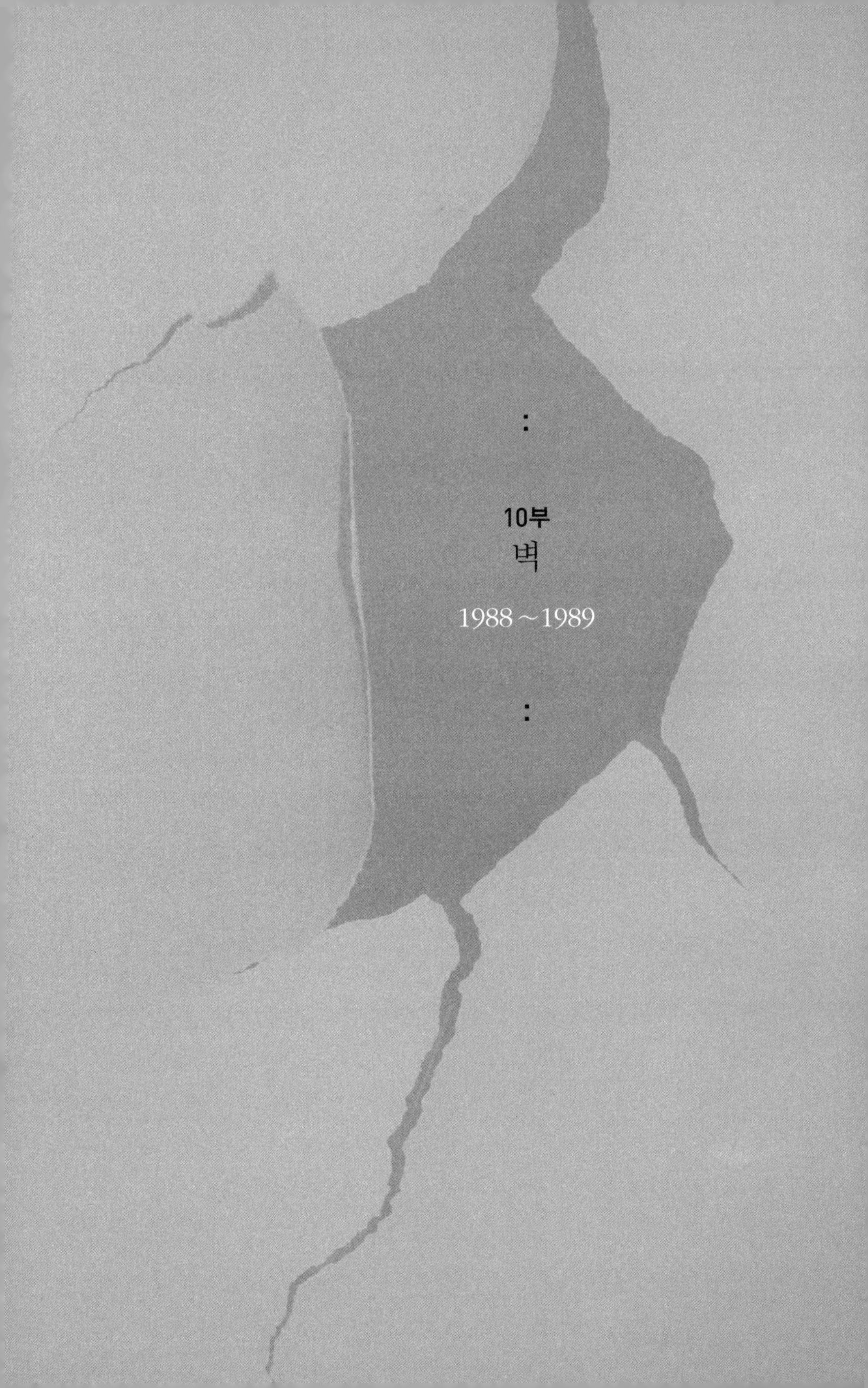

10부
벽

1988~1989

59장

1988년 가을 재스퍼 머리는 해고당했다.

그는 놀라지 않았다. 워싱턴의 분위기는 달랐다. 레이건 대통령은 니카라과의 테러에 자금을 지원하고, 인질 협상을 위해 이란에 무기를 공급하고, 베이루트의 도로에서 여자들과 아이들을 크게 훼손된 시체로 만드는 등 닉슨 대통령을 물러나게 한 것보다 더한 범죄를 저질렀음에도 여전히 인기가 좋았다. 레이건에 협력한 부통령 조지 H. W. 부시가 다음 대통령이 될 것 같았다. 어떻게 된 일인지—재스퍼는 어떻게 이런 수법이 먹히는지 알 수 없었다—대통령에게 도전해 그가 속임수를 쓰고 거짓말하는 걸 잡아내는 사람은 1970년대와 달리 더는 영웅이 아니었으며 대신 충성심이 없고 심지어 반미국적인 사람 취급을 받았다.

그래서 재스퍼는 충격이 아니라 깊은 상처를 받았다. 그는 이십 년 전 〈오늘〉에 합류했고 이 프로그램이 엄청나게 높은 평가를 받는 뉴스쇼가 되도록 도왔다. 해고당하는 것은 인생을 모두 바친 작업을 부정당하는 것 같았다. 넉넉한 퇴직금도 고통을 달래주지 못했다.

어쩌면 마지막 방송 말미에서 레이건을 조롱하지 말았어야 했는지 몰랐다. 시청자에게 프로그램을 떠나게 되었다는 소식을 전한 다음 그는 말했다. "그리고 기억하십시오. 만일 대통령이 여러분께 비가 온다고 말하는데 정말 진정성이 있어 보인다면, 어쨌거나 창밖을 내다보세요. 그저 확인을 해보시란 겁니다." 프랭크 린드먼은 격노했다.

동료들이 올드 이빗 그릴에서 송별회를 열어주었고 워싱턴의 거물 대부분이 모였다. 늦은 저녁 재스퍼는 바에 몸을 기대고 연설을 했다. 상처받고 슬픈 그는 반항적으로 말했다. "나는 이 나라를 사랑합니다. 1963년 처음 이곳에 왔을 때부터 사랑했습니다. 이곳이 자유로운 곳이어서 사랑했습니다. 제 어머니는 나치 치하의 독일에서 탈출했습니다. 나머지 가족들은 빠져나오지 못했죠. 히틀러가 맨 처음 한 일은 언론을 장악해 정부에 빌붙도록 한 것입니다. 레닌도 마찬가지였습니다." 재스퍼는 와인을 몇 잔 마신 상태였고 그 결과 약간 지나치게 솔직해졌다. "헌법 따위 개나 줘버리는 대통령을 폭로하고 망신을 주는 무례한 신문과 텔레비전 프로그램이 있기 때문에 미국은 자유롭습니다." 그는 술잔을 들어올렸다. "자유로운 언론을 위해. 무례함을 위해. 미국에 하느님의 축복이 있길."

다음날 늘 몰락한 사람을 걷어차는 일에 열을 올리는 수지 캐넌이 재스퍼에 대한 길고 신랄한 기사를 실었다. 그녀는 재스퍼가 베트남에서 복무하고 미국 시민으로 귀화한 것도 다 미국에 대한 치명적인 증오를 숨기기 위한 필사적인 시도임을 암시하려 했다. 게다가 지난 1960년대에 비 윌리엄스를 캠 듀어에게서 뺏은 것과 똑같이 베리나를 조지 제이크스에게서 뺏었다며 그를 무자비한 성적 약탈자로 표현하기도 했다.

결과적으로 그는 다른 일자리를 잡기 어려워졌다. 몇 주 동안 애를 쓴 뒤 결국 다른 방송국으로부터 본에서 근무하는 유럽 특파원 자리를 제안받았다.

"당연히 그보다는 나은 자리가 있겠지." 베리나가 말했다. 그녀는 패배자를 돌볼 겨를이 없었다.

"날 앵커로 쓰려는 방송국은 없어."

두 사람은 늦은 저녁 거실에서 막 뉴스를 보고 난 뒤였고 잠자리에 들 준비를 하고 있었다.

"하지만 독일?" 베리나가 말했다. "이제 막 일을 시작하는 젊은 애들이 가는 자리 아니야?"

"꼭 그렇지는 않아. 동유럽은 혼란스러운 상황이야. 앞으로 일이 년 사이 그쪽 지역에서 재미있는 기사들이 좀 나올 수도 있어."

그녀는 불리한 상황을 어떻게든 극복해보려는 그의 시도를 그대로 두지 않았다. "더 좋은 일자리도 있어." 그녀는 말했다. "〈워싱턴 포스트〉에서 칼럼니스트 자리를 준다고 하지 않았어?"

"난 평생 방송국에서 일했어."

"지역 방송국 쪽에는 지원하지도 않았잖아." 그녀가 말했다. "당신은 작은 연못에서도 큰 물고기가 될 수 있어."

"아니, 그럴 수 없어. 망해가는 한물간 사람이겠지." 그런 생각만으로도 재스퍼는 굴욕감에 몸이 떨렸다. "그렇게는 못하겠어."

그녀의 얼굴에 반항적인 표정이 떠올랐다. "어쨌든 독일로 함께 가자는 말은 참아줘."

예상하고는 있었지만 재스퍼는 그녀의 불퉁한 결정에 깜짝 놀랐다. "왜?"

"당신은 독일어를 하지만 난 못해."

재스퍼의 독일어는 유창하지 않았지만 그걸 따지는 것이 최선은 아니었다. "모험이 될 거야." 그는 말했다.

"진지해져야지." 베리나가 매몰차게 말했다. "난 아들이 있어."

"잭에게도 모험이 될 거야. 아이는 2개 국어를 할 수 있을 거라고."

"조지가 소송을 걸어서 잭을 해외로 못 데려가게 할 거야. 우리는 공동 양육권을 갖고 있어. 그리고 어쨌든 내가 그러지 않을 거야. 잭은 아버지와 할머니가 필요해. 게다가 내 일은 어쩌고? 난 크게 성공했어, 재스퍼. 내 밑에서 일하는 사람이 열두 명이고, 모두 진보적인 목적을 위해 정부에 로비를 하고 있어. 그걸 포기하라고 진지하게 내게 요구할 수는 없어."

"그럼 내가 휴일에 집으로 오면 되겠네."

"진심이야? 그럼 우리는 무슨 관계가 되는 건데? 금발을 땋아내린 라인 강의 통통한 아가씨와 당신이 침대 위에서 뒹굴 때까지 얼마나 걸릴 것 같아?"

재스퍼가 평생 난잡하게 살아온 건 사실이지만 베리나를 두고 바람을 피운 적은 전혀 없었다. 그녀를 잃는다는 것이 갑자기 견딜 수 없어졌다. "난 참을 수 있어." 그는 필사적으로 말했다.

베리나는 그가 괴로워하는 모습을 보더니 목소리가 부드러워졌다. "재스퍼, 정말 감동이야. 심지어 당신 말이 진심이라고 생각해. 하지만 난 당신이 어떤 사람인지 알고 당신은 내가 어떤 사람인지 알아. 우리 둘 다 오래 참지는 못할 거야."

"들어봐." 그는 주장했다. "미국의 방송국에서 일하는 모두가 내가 일자리를 구한다는 걸 알아. 그리고 이게 내가 받은 유일한 제안이야. 모르겠어? 난 빌어먹을 구석까지 몰렸다고. 다른 대안이 없어!"

"이해해, 그리고 유감이야. 하지만 우린 현실적으로 생각해야 해."

재스퍼는 냉소보다 동정이 더 나쁘다는 걸 알았다. "어쨌거나 이 상태가 영원히 계속되지는 않을 거야." 그는 반항적으로 말했다.

"그래?"
"그럼. 난 재기할 거야."
"본에서?"
"과거 어느 때보다 많은 유럽의 뉴스가 미국을 주름잡을 거야. 당신은 날 지켜보기만 하면 돼, 빌어먹을."
베리나의 얼굴이 슬퍼졌다. "젠장, 당신 정말로 갈 생각이네."
"말했잖아, 가야 한다고."
"알았어." 그녀는 유감스러운 듯 말했다. "돌아왔을 때 내가 여기 있을 거라 기대하진 마."

*

재스퍼는 부다페스트가 처음이었다. 젊었을 때 그는 늘 서쪽, 미국만 바라보았다. 게다가 그의 평생 동안 헝가리에는 공산주의의 잿빛 구름이 드리워져 있었다. 하지만 1988년 11월 경제가 무너지면서 놀랄 만한 일이 벌어졌다. 소수의 젊은 개혁 성향 공산주의자들이 정부를 장악했고 그 한 명인 미클로시 네메트가 총리가 되었다. 많은 변화 중 특히 그는 주식시장을 만들었다.
재스퍼는 그 점이 가장 놀라웠다.
불과 육 개월 전 헝가리 공산당의 악당 같은 지도자 카로이 그로스는 『뉴스위크』 잡지에 헝가리에서 복수 정당에 의한 민주주의는 "역사적으로 불가능하다"고 말했다. 하지만 네메트는 독립적인 정치 "클럽들"을 인정하는 새로운 법률을 제정했다.
이것은 엄청난 뉴스였다. 하지만 변화가 지속될 것인가? 아니면 모스크바에 금방 짓밟힐 것인가?

재스퍼는 1월의 눈보라 속에 부다페스트로 날아갔다. 다뉴브 강 옆에 서 있는 거대한 의사당 건물의 네오고딕 양식 탑에 눈이 두껍게 내려앉았다. 재스퍼가 미클로시 네메트를 만난 것은 그 건물 안이었다.

재스퍼는 레베카 헬트의 도움을 받아 인터뷰를 따냈다. 그녀를 만난 적은 없지만 데이브 윌리엄스와 발리 프랑크에게서 들어 알고 있었다. 본에 도착하자마자 그녀부터 찾았다. 접촉할 수 있는 독일인 가운데 그나마 가장 가까운 사람이었다. 그녀는 이제 독일 외무부에서 중요한 인물이었다. 더 좋은 것은 그녀가 미클로시 네메트의 보좌관인 프레데리크 비로와 친구—재스퍼가 추측하기로는 연인 같았다—사이라는 사실이었다. 비로가 인터뷰를 주선했다.

지금 로비에서 만나 재스퍼를 미로 같은 복도와 통로를 지나 총리 사무실로 안내하는 사람이 비로였다.

네메트는 마흔한 살밖에 되지 않았다. 그는 키가 작았고 숱이 많은 갈색 곱슬머리로 이마를 살짝 덮은 모습이었다. 얼굴에서는 지성과 결의가 엿보였지만 동시에 불안함도 드러났다. 인터뷰를 위해 오크 테이블에 앉은 그는 긴장된 모습으로 보좌관들에게 둘러싸여 있었다. 그는 자신이 재스퍼뿐 아니라 미국 정부를 향해 말하는 중이라는 사실을 또렷하게 인식하고 있는 것이 분명했다. 그리고 모스크바 역시 그 모습을 지켜볼 터였다.

여느 총리와 마찬가지로 그는 대부분 예상 가능했던 진부한 표현들로 말했다. 어려운 시간을 앞두고 있지만 장기적으로 볼 때 이 나라는 더 강한 모습으로 부상할 것입니다. 어쩌고저쩌고. 재스퍼는 생각했다. 이 사람은 이보다 나은 뭔가가 필요해.

그는 새로운 정치적 "클럽들"이 결국에는 자유로운 정치 정당이 될 수 있느냐고 물었다.

네메트는 재스퍼를 날카로운 시선으로 강렬하게 쏘아보더니 단호하고 분명한 목소리로 말했다. "그것이 우리의 위대한 포부들 가운데 하나입니다."

재스퍼는 놀라움을 감추었다. 철의 장막 뒤에는 독립적인 정치 정당을 가진 나라가 없다. 네메트는 진심으로 하는 말일까?

재스퍼는 공산당이 헝가리 사회에서 "지도적인 역할"을 포기할 수도 있느냐고 물었다.

네메트는 다시 아까 그 표정을 지었다. "내 생각에는 이 년 내에 정치국 위원이 아닌 사람이 정부의 수장이 되는 것도 가능하리라 봅니다." 그가 말했다.

재스퍼의 입에서 하느님 맙소사, 라는 말이 나올 뻔했다.

그는 계속해서 도박에서 이기고 있었고 이제 큰 패를 던질 때였다. "소련이 1956년에 그랬던 것처럼 이런 변화를 막으려고 개입하지 않을까요?"

네메트는 같은 표정을 세번째 지어 보였다. "고르바초프는 끓는 냄비의 뚜껑을 열었습니다." 그는 천천히 명확하게 말했다. 그리고 덧붙였다. "뜨거운 김에 고통스러울 수 있지만 변화는 되돌릴 수 없는 것입니다."

재스퍼는 유럽에서 처음으로 큰 뉴스를 건졌다는 걸 알았다.

*

며칠 뒤 그는 미국 텔레비전에서 방송된 자신의 보도를 비디오테이프로 봤다. 레베카가 그의 곁에 앉아 있었다. 그녀는 침착하고 자신감 넘치는 오십대 여자로 친근하지만 권위가 느껴졌다. "그래요. 나는 네메트가 한 말이 모두 진심이라고 생각해요." 그녀는 재스퍼의 질문에 대답했다.

재스퍼는 의사당 건물 앞에서 머리 위로 떨어지는 눈송이를 맞으며 카메라를 향해 말하면서 보도를 마무리했다. "이 동유럽 국가의 땅은 딱딱하게 얼어 있습니다." 화면 속에서 그가 말했다. "하지만 언제나 그렇듯 땅속에서는 봄의 씨앗들이 움직이고 있습니다. 헝가리 국민들이 변화를 원하는 것은 분명해 보입니다. 하지만 모스크바 권력자들이 그걸 허용할까요? 미클로시 네메트는 크렘린에 새로운 관용의 분위기가 감돈다고 믿습니다. 그가 옳은지는 시간만이 말해줄 수 있습니다."

재스퍼의 보도는 끝났지만 다른 내용이 덧붙여져 지금 그는 깜짝 놀랐다. 새로 취임하는 조지 H. W. 부시 대통령의 국무장관이 될 제임스 베이커의 대변인이 보이지 않는 인터뷰어를 향해 말하는 장면이었다. "공산주의자들의 태도가 부드러워진다는 신호는 신뢰할 수 없습니다." 대변인이 말했다. "소련은 거짓으로 미국의 경계를 늦추려 하고 있습니다. 위협이 감지되는 순간 기꺼이 동유럽에 개입할 거라는 크렘린의 의지를 의심할 이유는 없습니다. 현재 시급한 것은 NATO의 핵 억지력이 확실하다는 사실을 강조하는 것입니다."

"이런, 맙소사." 레베카가 말했다. "저 사람들은 어떤 세상에 살고 있는 거지?"

*

1989년 2월 타냐 드보르킨은 바르샤바로 돌아왔다.

그녀는 바실리 혼자 모스크바에 남겨두게 되어 유감이었다. 주된 이유는 그가 그리울 것이기 때문이지만, 그가 아파트를 매력 넘치는 십대 소녀들로 채울까봐 여전히 조금 불안한 마음도 있었다. 그런 일이 벌어질 거라고 진심으로 믿지는 않았다. 그런 시절은 지났다. 그런데도 그 걱정이 그녀를 조금 괴롭혔다.

하지만 바르샤바 파견은 엄청난 임무였다. 폴란드는 들끓고 있었다. 어찌된 일인지 '연대'는 무덤에서 되살아났다. 놀랍게도 야루젤스키 장군—겨우 칠 년 전 자유를 탄압하며 모든 약속을 깨고 독립적인 노조를 짓밟은 독재자—은 자포자기해 반대 세력과의 원탁회의에 동의했다.

타냐가 생각하기에 야루젤스키는 변하지 않았다. 변한 건 크렘린이었다. 야루젤스키는 변함없이 늙은 폭군이지만 더는 소련의 지원을 확신하지 못했다. 딤카에 따르면 야루젤스키는 모스크바의 도움 없이 폴란드의 문제들을 직접 해결해야 한다는 말을 들었다고 했다. 미하일 고르바초프가 처음 이 말을 했을 때 야루젤스키는 믿지 않았다. 동유럽 지도자 가운데 믿은 사람은 아무도 없었다. 하지만 그 이야기도 삼 년 전이고 마침내 메시지는 충분히 받아들여지고 있었다.

타냐는 무슨 일이 벌어질지 몰랐다. 아무도 몰랐다. 평생 살아오면서 변화와 자유화, 자유에 대해 이렇게 많이 들어본 적은 없었다. 그러나 소련 공산권에서 권력을 잡고 있는 것은 여전히 공산주의자들이었다. 그녀와 바실리가 그들의 비밀을 밝히고 이반 쿠즈네초프라는 작가의 진짜 정체를 세상에 말할 수 있는 날은 가까워지고 있을까? 지난날 그런 희망들은 늘 소련 탱크의 무한궤도 아래 괴멸되는 것으로 끝나고 말았다.

바르샤바에 도착하자마자 타냐는 다누타 고르스키의 아파트에 저녁 식사 초대를 받았다.

문 앞에 서서 벨을 누르며 그녀는 마지막으로 다누타를 봤을 때를 떠올렸다. 그녀는 칠 년 전 야루젤스키가 계엄령을 선포하던 날 밤 바로

이 아파트에서 위장복을 입은 잔인한 ZOMO 보안경찰에게 끌려나가고 있었다.

지금 활짝 웃으며 문을 연 다누타는 치아와 머리칼 모두 멀쩡했다. 다누타는 타냐와 포옹을 나눈 다음 그녀를 작은 아파트의 식당으로 안내했다. 그녀의 남편인 마레크가 헝가리 리슬링을 한 병 땄고 식탁에는 간단히 먹을 수 있는 크기의 소시지 한 그릇과 작은 머스터드 접시가 놓여 있었다.

"나 감옥에 십팔 일 동안 갇혀 있었어요." 다누타가 말했다. "내가 다른 수감자들을 과격하게 만드니까 내보내줬나봐요." 그녀는 고개를 뒤로 젖히며 웃었다.

타냐는 그런 배포가 존경스러웠다. 내가 만일 레즈비언이었다면 다누타에게 빠졌을 거야. 그녀는 생각했다. 타냐가 사랑했던 남자들은 모두 용감했다.

"지금 나는 원탁회의에 참여하고 있어요." 다누타가 말을 이었다. "매일, 온종일."

"진짜로 둥그런 테이블이에요?"

"네, 엄청 커요. 원칙적으로는 아무도 책임자가 아니라는 거죠. 하지만 실제로는 레흐 바웬사가 회의를 주재하고 있어요."

타냐는 경이로웠다. 배우지 못한 전기공이 폴란드의 미래를 둘러싼 논쟁에서 우위를 차지하고 있었다. 이런 일은 공장노동자로 볼셰비키였던 할아버지 그리고리 페시코프의 꿈이었다. 하지만 바웬사는 반공주의자였다. 한편으로 그녀는 그리고리 할아버지가 살아서 이런 아이러니를 보지 못해 다행이라고 생각했다. 봤더라면 가슴이 무너졌을 것이다.

"원탁회의에서 뭐라도 나올까요?" 타냐가 물었다.

다누타가 대답하기도 전에 마레크가 말했다. “속임수예요. 야루젤스키는 상대를 불구로 만들려는 겁니다. 상대편 지도자들을 공산주의 정부의 일부로 끌어들이고 체제는 바꾸지 않는 수법으로요. 권력을 놓지 않기 위한 전략이죠.”

다누타가 말했다. “어쩌면 마레크가 옳을지 몰라요. 그러나 속임수는 먹히지 않을 거예요. 우리는 독립적인 노조와 언론의 자유, 진짜 선거를 요구하고 있어요.”

타냐는 충격을 받았다. “야루젤스키가 실제로 자유선거를 의논하고 있다고요?” 폴란드 기존의 가짜 선거제도로는 공산당과 그들과 동맹을 맺은 자들만 후보로 출마할 수 있었다.

“회담은 자꾸 결렬되고 있어요. 하지만 파업은 막아야겠으니 그가 다시 원탁회의를 소집하고, 그러면 우리는 다시 선거를 요구하죠.”

“파업 뒤에는 뭐가 있는 거죠?” 타냐는 말했다. “그러니까, 근본적으로요.”

마레크가 다시 끼어들었다. “사람들이 뭐라고 하는지 아세요? ‘사십오 년 동안 공산주의였는데, 아직도 화장실 휴지가 없어.’ 우린 가난해요! 공산주의는 작동하지 않아요.”

“마레크가 옳아요.” 다누타가 다시 말했다. “몇 주 전 여기 바르샤바의 한 상점이 다음 월요일에 텔레비전 수상기 계약금을 받겠다고 발표했어요. 다시 말하지만 상점에 텔레비전이 있는 게 아니라 약간 들여올 수 있을 것 같았던 거죠. 사람들이 금요일부터 미리 줄을 서기 시작했어요. 월요일 아침에는 줄을 선 사람이 만오천 명이나 되었어요. 단지 명단에 이름을 올리려고요!”

다누타는 주방으로 들어가더니 향기로운 ‘주파 오구르코바’ 접시를 들고 돌아왔다. 타냐가 무척 좋아하는 시큼한 오이 수프였다. “그래서 어떻게 되는 건가요?" 타냐는 열심히 먹으며 말했다. "진짜 선거를 하게 되나요?"

"아니죠." 마레크가 말했다.

"어쩌면요." 다누타가 말했다. "가장 최근 제안은 의회의 3분의 2에 해당하는 수는 공산당을 위해 남겨두고 나머지 의석은 자유선거를 실시하자는 거였어요."

마레크가 말했다. "그럼 그건 여전히 가짜 선거잖아!"

다누타가 말했다. "하지만 지금 방식보다는 낫겠죠. 안 그래요, 타냐?"

"모르겠어요." 타냐가 말했다.

*

봄 해빙기는 아직 오지 않았고 모스크바가 여전히 눈 이불을 덮고 있을 때 헝가리의 신임 총리가 미하일 고르바초프를 만나러 왔다.

미클로시 네메트가 오는 것을 알고 있는 예브게니 필리포프는 회담 몇 분 전에 지도자의 사무실 밖에서 딤카를 붙들고 길게 이야기를 늘어놓았다. "이런 터무니없는 생각은 멈춰야 해!" 그가 말했다.

요즘 필리포프는 딤카가 보기에 점점 더 당황해서 허둥거렸다. 그의 회색 머리는 단정치 못했고 어딜 가나 조급하게 돌아다녔다. 이제 그는 육십대 초반이었고, 얼굴에는 인생의 많은 시간 동안 지어온 못마땅하게 찌푸린 표정이 아예 자리를 잡았다. 그의 헐렁한 양복과 엄청나게 짧은 머리는 다시 유행하고 있었다. 서방의 젊은이들은 그런 스타일을 복고풍이라 불렀다.

필리포프는 고르바초프를 증오했다. 소련의 지도자는 필리포프가 평생 맞서 싸워온 것들에 찬성했다. 엄격한 당의 규율이 아닌 규칙 완화.

중앙의 계획과는 대조적인 개인의 주도권. 자본주의적 제국주의에 맞서는 전쟁이 아닌 서방과의 친선. 딤카는 지는 싸움을 하느라 세월을 낭비하는 사람에게 거의 동정심이 우러날 지경이었다.

최소한 딤카는 그것이 지는 싸움이길 바랐다. 충돌은 아직 끝나지 않았다.

"특별히 뭐가 터무니없다는 겁니까?" 딤카는 진력이 나서 말했다.

"독립적인 정치 정당이라니!" 필리포프는 잔혹 행위라도 언급하는 투였다. "헝가리인들은 위험한 경향을 촉발시킨 거야. 이제 폴란드의 야루젤스키도 같은 이야기를 하고 있어. 야루젤스키가!"

딤카는 믿지 못하는 필리포프의 마음을 이해했다. 폴란드의 폭군이 이제 '연대'를 나라의 미래의 일부로 받아들이고 정치 정당들이 경쟁하는 서방식 선거의 허용을 논의하다니 정말 놀라운 일이었다.

더구나 필리포프가 아는 게 다가 아니었다. 딤카의 누이가 타스 특파원으로 바르샤바에 머물면서 그에게 정확한 정보를 보내오고 있었다. 야루젤스키는 궁지에 몰렸고 '연대'는 요지부동이었다. 그들은 단지 논의만 하는 것이 아니라 선거 계획을 짜고 있었다.

필리포프와 크렘린의 보수파들이 막으려고 분투하는 바로 그 상황이었다.

"이런 식의 진전은 대단히 위험해!" 필리포프가 말했다. "저들은 반혁명과 수정주의 경향으로 가는 문을 열고 있어. 그게 무슨 뜻이겠어?"

"우리에게 더이상 위성국가들을 지원할 돈이 없다는 뜻이죠."

"우리에게 위성국가란 없어. 동맹국이지."

"그들이 뭐든 우리가 돈을 내주지 않는 한 시키는 대로 하지 않을 겁니다."

"우리에게는 공산주의를 수호할 군대가 있었어. 이젠 아니지만."

그의 과장된 말에는 일부 진실도 있었다. 고르바초프는 동유럽에서 이십오만 명의 병력과 만 대의 탱크를 철수한다고 발표했다. 경제를 위해 반드시 필요한 조치였지만 동시에 평화적인 제스처이기도 했다. "우리는 그런 규모의 군대를 유지할 수 없습니다." 딤카가 말했다.

필리포프는 분개한 나머지 금방이라도 폭발할 것 같았다. "지금 우리가 1917년 이후로 쌓아온 모든 것의 종말에 대해서 말하고 있다는 걸 모르겠나?"

"흐루쇼프는 이십 년이면 우리가 부와 군사력 면에서 미국을 따라잡을 수 있다고 했습니다. 이제 이십팔 년이 되었지만 우리는 1961년 흐루쇼프가 그 말을 했을 당시보다 훨씬 더 뒤져 있습니다. 예브게니, 당신은 뭘 지키기 위해서 싸우는 겁니까?"

"소련이지! 우리가 군사력을 줄이고 동맹국들 사이에 수정주의가 서서히 진행되도록 허락하는 걸 보면서 미국인들이 무슨 생각을 하겠어? 그들은 남몰래 회심을 미소를 짓고 있다고! 부시 대통령은 냉전주의자고, 우리를 뒤엎으려는 의도를 갖고 있어. 스스로를 속이지 마."

"저는 동의하지 않습니다." 딤카는 말했다. "우리가 군비를 축소하면 축소할수록 미국인들은 그들의 핵무기를 비축할 이유가 점점 줄어드는 겁니다."

"당신 말이 맞기를 바라지." 필리포프가 말했다. "우리 모두를 위해서." 그는 걸어가버렸다.

딤카 역시 자신이 옳기를 바랐다. 필리포프는 고르바초프의 전략이 가진 결함을 분명히 지적했다. 그 전략은 부시 대통령이 합리적으로 행동한다는 조건에 의지하고 있었다. 만일 미국이 군축에 상응하는 조치를 취한다면 고르바초프의 정당성이 입증되고 크렘린 내 그의 경쟁자들은 바보처럼 보일 것이다. 하지만 부시가 대응에 실패한다면—아니면 그보다 더 나쁘게 국방 예산을 증액한다면—고르바초프가 바보처럼 보일 터였다. 그의 입지는 약해지고, 그를 반대하는 자들은 그 기회를 잡아 그를 뒤엎고 초강대국끼리 대치하던 과거로 되돌아가려 할 것이다.

딤카는 고르바초프의 사무실로 향했다. 그는 네메트와의 만남이 기다려졌다. 헝가리에서 벌어지고 있는 상황이 흥미진진했다. 고르바초프가 네메트에게 뭐라고 할지 무척 궁금하기도 했다.

소련의 지도자는 예상할 수가 없었다. 그는 평생 공산주의자로 살았지만 그럼에도 다른 나라에 공산주의를 강요할 마음이 없었다. 그의 전략은 분명했다. 글라스노스트와 페레스트로이카, 즉 개방과 개혁이었다. 그의 전술은 그보다 덜 명확했고, 모든 특정 사안에 대해 그가 어디로 튈지 알 수가 없었다. 그 탓에 딤카는 긴장을 늦출 수 없었다.

고르바초프는 네메트에게 우호적인 느낌이 아니었다. 헝가리 총리는 한 시간 회담을 요구했지만 이십 분으로 조정되었다. 어려운 회담이 될 수도 있었다.

네메트는 딤카와 이미 아는 사이인 프레데리크 비로와 함께 도착했다. 고르바초프의 비서는 즉시 세 사람을 웅장한 사무실로 안내했다. 크림색을 칠한 나무로 벽장식을 한 천장이 높고 넓은 방이었다. 고르바초프는 구석에 놓인 검게 칠한 현대식 나무책상에 앉아 있었다. 책상 위에는 전화기 한 대와 전기스탠드 말고는 아무것도 없었다. 방문객들은 멋진 검은색 가죽의자에 앉았다. 모든 것이 현대성을 상징했다.

네메트는 별로 격식을 차리지 않고 곧장 본론으로 들어갔다. 그는 곧 자유선거를 선언할 거라고 했다. 자유는 자유를 뜻했다. 결과적으로 공산당이 아닌 정부가 생겨날 수 있다는 것이었다. 모스크바는 그 상황에 대해 어떻게 느낄 것인가?

고르바초프는 얼굴을 붉혔고 벗어진 머리에 난 자주색 점이 진해졌다. "올바른 길은 레닌주의의 뿌리로 돌아가는 것입니다." 그가 말했다.

별 의미가 없는 말이었다. 소련을 바꾸고자 노력했던 모든 사람은 레닌주의의 뿌리로 돌아가자고 주장했다.

고르바초프는 말을 이었다. "공산주의는 스탈린 이전으로 돌아감으로써 길을 다시 찾을 수 있을 것입니다."

"아닙니다, 그럴 수 없어요." 네메트는 퉁명스럽게 말했다.

"오직 당만이 공평한 사회를 만들어낼 수 있습니다! 이건 그냥 운에 맡길 일이 아닙니다."

"우리는 동의하지 않습니다." 네메트는 아픈 사람처럼 보이기 시작했다. 안색이 창백해지고 목소리는 떨렸다. 그는 교황의 권위에 도전하는 추기경이었다. "매우 직접적인 질문을 한 가지 드려야겠습니다." 그가 말했다. "만일 우리가 선거를 실시하고 공산당이 정권을 차지하지 못하면 소련은 1956년처럼 군사력으로 개입할 겁니까?"

실내는 쥐죽은듯 고요했다. 딤카조차 고르바초프가 뭐라고 대꾸할지 몰랐다.

그때 고르바초프가 러시아어 한 마디로 대답했다. "니예트." 아니요.

네메트는 사형선고를 받았다가 취소된 사람처럼 보였다.

고르바초프가 덧붙였다. "최소한 내가 이 자리에 앉아 있는 한은 그렇습니다."

네메트는 웃었다. 고르바초프가 권좌에서 밀려날 위험은 없다고 생각하는 것이다.

그 생각은 틀렸다. 크렘린은 늘 세계를 향해 공동전선을 내세우고 있지만, 겉으로 드러나는 것처럼 조화를 이룬 적은 단 한 번도 없었다. 사람들은 고르바초프의 통제가 얼마나 약한지 잘 몰랐다. 네메트는 고르바초프 본인의 의중을 알게 되어 만족했지만 딤카는 그렇게 어리석지 않았다.

하지만 네메트의 용건은 끝나지 않았다. 그는 이미 고르바초프에게서 엄청난 양보를 받아냈다. 소련이 헝가리에서 공산주의가 타도되는 걸 막기 위해 개입하지 않겠다는 약속을 한 것이다! 그럼에도 네메트는 놀라울 정도로 뻔뻔하게 더 큰 보장을 원했다. "울타리가 다 허물어져 갑니다." 그는 말했다. "새로 세우지 못하면 포기해야 합니다."

딤카는 네메트가 무슨 말을 하는지 알았다. 공산주의 헝가리와 자본주의 오스트리아 사이에는 240킬로미터에 달하는 스테인리스스틸 전기 철조망이 놓여 있었다. 당연히 유지와 관리에 많은 비용이 들어갔다. 그 모든 걸 새로 설치하려면 엄청난 돈이 들 터였다.

고르바초프가 말했다. "새로 설치해야 하면 새로 설치하세요."

"아닙니다." 네메트가 말했다. 그는 긴장했는지는 몰라도 단호했다. 딤카는 그의 배포가 존경스러웠다. "우리는 돈이 없습니다. 울타리도 필요가 없고요." 네메트가 말을 이었다. "그건 바르샤바조약기구의 장비입니다. 원하시면 직접 새로 설치해야 합니다."

"그럴 일은 없을 겁니다." 고르바초프가 말했다. "소련은 이제 그런 돈이 없습니다. 원유가 배럴당 40달러였던 십 년 전에는 우리가 뭐든 원하는 대로 할 수 있었습니다. 지금은 어떻습니까? 9달러나 되나요? 우린 파산했습니다."

"서로 제대로 이해했는지 확인하겠습니다." 네메트가 말했다. 그는 얼굴에 흐르는 땀을 손수건으로 닦았다. "만일 소련이 돈을 내지 않으면 우리는 울타리를 새로 만들지 않을 것이고, 그러면 울타리는 더이상 효과적인 장벽으로 기능하지 않습니다. 사람들이 오스트리아로 갈 수도 있고, 우리는 그걸 막지 않을 겁니다."

또다시 의미심장한 침묵이 흘렀다. 그러다 마침내 고르바초프가 한숨을 쉬며 말했다. "알겠습니다."

그것으로 회담은 끝났다. 헤어지는 인사는 형식적이었다. 헝가리인들은 최대한 재빨리 물러나야 했다. 그들은 원하던 모든 걸 얻었다. 그들은 고르바초프와 악수를 하고 빠른 걸음으로 방을 나갔다. 고르바초프가 마음을 바꾸기 전에 비행기를 타고 싶은 눈치였다.

딤카는 상념에 빠져 자신의 사무실로 돌아왔다. 고르바초프는 그를 두 번 놀라게 했다. 첫번째는 네메트의 개혁에 대한 예상치 못했던 적의였고, 두번째는 그 개혁안에 실질적인 반대를 하지 않았다는 점이었다.

헝가리는 울타리를 포기할 것인가? 그것은 철의 장막에서 본질적인 부분이다. 만일 갑자기 사람들이 국경을 넘어 서방으로 가는 것을 허용한다면 심지어 자유선거보다도 더 중대한 변화가 될 수 있었다.

그러나 필리포프와 보수파는 아직 항복하지 않았다. 그들은 고르바초프가 조금이라도 약해지는 신호를 보이지는 않는지 지켜보고 있었다. 딤카는 그들이 쿠데타를 일으킬 사전 계획을 세우고 있다는 걸 믿어 의심치 않았다.

깊은 생각에 잠겨 사무실 벽에 걸린 혁명의 장면이 담긴 커다란 그림을 보고 있는데 나탈리야가 전화를 했다. "랜스 미사일이 뭔지 알지?" 그녀는 느닷없이 말했다.

"단거리 지대지 전략핵무기지." 그는 대답했다. "미국이 독일에 칠백 기쯤 갖고 있고. 다행히 사정거리가 120킬로미터밖에 안 되지."

"이젠 안 그래." 그녀는 말했다. "부시 대통령은 그걸 개선하고 싶대. 새 미사일은 450킬로미터까지 날아갈 거야."

"젠장." 이것이야말로 딤카가 두려워했고 필리포프가 예견했던 바였다. "하지만 이치에 맞지 않잖아. 레이건과 고르바초프가 중거리 탄도 미사일을 철수시킨 것이 얼마 되지도 않는데."

"부시는 레이건이 군축과 관련해 너무 지나쳤다고 생각해."

"이 계획은 얼마나 확정적인 거야?"

"KGB 워싱턴 지부에 따르면 부시는 냉전 매파에 스스로 둘러싸였대. 국방장관인 체니는 전쟁광이야. 스코크로프트도 마찬가지고." 브렌트 스코크로프트는 국가안보 보좌관이다. "콘돌리자 라이스라는 여자도 마찬가지로 끔찍해."

딤카는 절망했다. "필리포프가 말하겠군. '내가 그랬잖아.'"

"필리포프와 다른 사람들이지. 고르바초프에게는 위험한 전개야."

"미국의 일정표는 어때?"

"5월에 있을 NATO 회의에서 서유럽에 압박을 가할 거야."

"젠장." 딤카가 말했다. "이제 우리 큰일났군."

*

레베카 헬트는 늦은 저녁 함부르크의 아파트 주방에서 둥그런 식탁 위에 서류를 늘어놓은 채 일하고 있었다. 조리대 위에는 지저분한 커피잔과 저녁으로 먹은 햄 샌드위치 부스러기가 남은 접시가 놓여 있었다. 그녀는 일할 때 입는 깔끔한 옷을 벗고 화장을 지우고 샤워를 하고 낡고 헐렁한 속옷과 오래된 실크 가운을 입었다.

그녀는 첫 미국 출장을 준비하고 있었다. 상관인 한스 디트리히 겐셔와 동행할 예정이었다. 그는 독일 부총리이자 외무장관이고 그녀가 소속된 자유민주당의 당수였다. 그들의 임무는 미국인들에게 그들이 왜 더는 핵무기를 원치 않는지 설명하는 것이었다. 소련은 고르바초프가 들어서면서 위협의 강도가 점점 줄어들고 있었다. 개선된 핵무기는 단지 불필요한 것일 뿐만이 아니었다. 어쩌면 실제로 고르바초프의 평화적 움직임을 약화시키고 모스크바 매파의 영향력을 키워 역효과를 낼 수도 있다.

그녀가 크렘린의 권력 암투에 관한 독일 정보부의 평가 보고서를 읽고 있는데 초인종이 울렸다.

시계를 보았다. 아홉시 삼십분이었다. 오기로 한 손님도 없는데다 손님을 맞을 옷차림은 확실히 아니었다. 하지만 같은 건물에 사는 이웃이 우유 한 통을 빌리는 것처럼 소소한 볼일로 찾아왔을 수도 있다.

그녀는 상근 경호원을 둘 정도의 가치는 없었다. 테러범의 관심을 끌 만큼 중요한 인물은 아니다. 하느님, 감사합니다. 그래도 문을 열기 전 방범 구멍으로 내다보고 확인할 수는 있었다.

그녀는 밖에 프레데리크 비로가 서 있는 모습을 보고 깜짝 놀랐다.

심정이 복잡했다. 연인의 깜짝 방문은 즐거웠지만 그녀의 모습은 완벽한 공포였다. 쉰일곱 나이의 여자라면 누구나 남자 앞에 서기 전 준비할 시간을 원하기 마련이다.

하지만 화장을 하고 속옷을 갈아입는 동안 복도에서 기다려달라고 할 수는 없었다.

그녀는 문을 열었다.

"내 사랑." 그는 그렇게 말하고 그녀에게 키스했다.

"당신을 만나서 기쁘지만 너무 느닷없네요." 그녀는 말했다. "내 꼴이 말이 아니라고요."

그가 안으로 들어서자 그녀는 문을 닫았다. 그는 한 걸음 떨어져서 그녀를 자세히 살폈다. "헝클어진 머리에 안경, 실내복, 맨발." 그가 말했다. "사랑스러운데요."

그녀는 웃고는 그를 주방으로 데려갔다. "저녁은 먹었어요?" 그녀가 말했다. "오믈렛이라도 만들어줄까요?"

"커피나 좀 줘요. 비행기에서 먹었어요."

"함부르크에서 뭘 하고 있는 거예요?"

"상관이 보내서 왔어요." 프레드는 테이블에 앉았다. "다음주에 네메트 총리가 콜 총리를 만나러 독일에 와요. 그는 콜에게 질문을 할 겁니다. 그리고 다른 모든 정치인처럼 질문을 하기 전에 답을 알고 싶어 해요."

"무슨 질문이요?"

"설명을 해야겠군요."

그녀는 커피가 담긴 잔을 프레드 앞에 내놓았다. "설명해요. 밤새 들을 수 있어요."

"오래 걸리지 않았으면 좋겠네요." 그는 가운 속 그녀의 다리에 손을 뻗었다. "다른 계획이 있거든요." 그의 손이 속옷에 닿았다. "이런!" 그가 말했다. "넉넉한 팬티네요."

그녀는 얼굴을 붉혔다. "당신이 올 줄 몰랐다니까요!"

그는 씩 웃었다. "양손을 다 넣을 수 있겠는데요. 아니, 양팔을 다."

그녀는 그의 손을 밀어내고 테이블 맞은편으로 자리를 옮겼다. "내일 오래된 속옷은 전부 버릴 거예요." 그녀는 그의 맞은편에 앉았다. "그만 부끄럽게 하고 왜 여기 왔는지나 말해줘요."

"헝가리는 오스트리아와의 국경을 개방할 거예요."

레베카는 귀를 의심했다. "무슨 말을 하는 거예요?"

"우리가 국경을 개방할 거라고요. 울타리가 망가지도록 방치할 겁니다. 어디로든 국민들이 원하는 곳으로 가게 내버려두는 거죠."

"농담이겠죠."

"정치적인 동시에 경제적인 결정이기도 해요. 울타리는 무너지고 있는데 우리는 그걸 다시 세울 돈이 없어요."

레베카는 이해가 되기 시작했다. "하지만 헝가리인들이 빠져나갈 수 있다면 다른 누구나 빠져나갈 수 있어요. 체코나 폴란드 사람들은 어떻게……"

"막지 않아요."

"……그리고 동독인들도. 오, 이런 세상에. 우리 가족도 빠져나올 수 있겠군요!"

"그래요."

"그럴 수는 없어요. 소련이 허락하지 않을 테니까."

"네메트가 모스크바에 가서 고르바초프에게 말했어요."

"고르비는 뭐래요?"

"아무 말도 안 했어요. 달가워하지는 않았지만 개입하지 않을 거예요. 그 역시 새 울타리를 세울 돈이 없어요."

"하지만……"

"크렘린에서 회담할 때 나도 있었어요. 네메트가 솔직하게 물었어요. 1956년처럼 소련이 침공할 겁니까? 그의 대답은 아니요였어요."

"그 말을 믿어요?"

"네."

이건 세상을 뒤바꿀 뉴스였다. 레베카는 이런 상황을 위해 정치적 삶을 다 바쳤지만 실제로 이런 일이 벌어지다니 믿기지 않았다. 그녀의 가족이 동독에서 서독으로 올 수 있다니! 자유야!

그때 프레드가 말했다. "한 가지 곤란한 일이 생길 수도 있어요."

"그럴까봐 걱정이었죠."

"고르바초프는 군사적인 개입이 없다고 약속했지만 경제적 제재는 배제하지 않았어요."

레베카는 그런 것쯤 걱정거리가 아니라고 생각했다. "헝가리 경제는 서방세계 방식으로 바뀔 테고 성장할 거예요."

"그게 우리가 원하는 겁니다. 하지만 시간이 걸리겠죠. 국민들은 고생할 테고요. 크렘린은 우리 경제가 조정을 거칠 시간도 갖기 전에 경제적 몰락으로 밀어넣으려고 할지 몰라요. 그러면 반혁명이 일어날 수도 있죠."

레베카는 그의 말이 옳다는 걸 알았다. 심각한 위험이었다. "너무 좋은 상황이라고 생각하긴 했어요." 그녀는 풀이 죽어 말했다.

"절망하지 말아요. 우린 해결책이 있어요. 그래서 내가 여기 온 거죠."

"무슨 계획인데요?"

"우리는 유럽에서 가장 부유한 나라의 지원이 필요해요. 만일 독일 은행들로부터 대규모 차관을 얻어낸다면 우리는 소련의 압력을 이겨낼 수 있어요. 다음주 네메트가 콜에게 차관을 요청할 거예요. 당신이 그런 내용을 직접 결정할 수 없다는 걸 알아요. 하지만 내게 조언을 줄 수 있으면 좋겠군요. 콜이 뭐라고 할까요?"

"대가가 국경 개방이라면 거절 못할 거예요. 정치적 이익은 둘째 치고 독일 경제에 어떤 의미일지 생각해봐요."

"우린 엄청나게 많은 돈이 필요할 수도 있어요."

"얼마나요?"

"어쩌면 십억 도이치마르크?"

"걱정 말아요." 레베카가 말했다. "받을 수 있어요."

*

조지 제이크스 하원의원 앞에 놓인 CIA 보고서에 따르면 소련의 경제는 점점 더 악화되고 있었다. 고르바초프의 개혁—지방분권화, 소비재 집중, 군축—은 충분하지 못했다.

동유럽 위성국가들에서도 소련을 따라 자국의 경제를 자유화하려는 압박이 있었지만 그 어떤 변화도 소소한 동시에 점진적일 것이라고 정보국은 예측했다. 만일 어느 국가든 노골적으로 공산주의를 거부한다면 고르바초프가 탱크를 보낼 거라고 했다.

하원 정보위원회 회의를 위해 앉은 조지에게는 옳은 말로 들리지 않았다. 폴란드, 헝가리, 체코슬로바키아는 소련보다 앞서 달리며 자유기업과 민주주의를 향해 움직이고 있고 고르바초프는 그들을 붙잡으려는 그 어떤 시도도 하지 않고 있었다.

그러나 부시 대통령과 체니 국방장관은 소련의 위협을 열렬히 믿었고, 언제나 그렇듯 CIA는 대통령에게 그가 듣고 싶어하는 걸 말해야 한다는 압박을 느끼고 있었다.

조지는 회의 내용이 불만족스러웠고 불안했다. 그는 자그마한 의사당 지하철에 올라타 캐넌 하우스 오피스 빌딩에 있는 북적거리는 세 개의 공간으로 이루어진 자신의 사무실로 돌아왔다. 로비에는 리셉션 데스크와 기다리는 방문객을 위한 소파, 회의를 위한 원형 탁자가 있다. 한쪽에는 행정실이 자리잡았고 직원들의 책상과 책장, 서류철 캐비닛이 꽉 들어차 있었다. 반대쪽은 조지의 방으로 책상과 회의용 탁자, 그리고 보비 케네디의 사진이 있었다.

그는 오후 일정 가운데 앨라배마 주 애니스턴에서 온 클래런스 보이어 목사와의 만남이 기다려졌다. 목사는 공민권에 대해 이야기를 나누고 싶어했다.

조지는 애니스턴을 절대 잊지 못할 것이다. 그곳에서 프리덤 라이더들이 폭도의 공격을 받았고 그들의 버스가 화염병에 불탔다. 누군가 조지를 죽이려고 심각하게 애쓰던 순간은 그때뿐이었다.

만나자는 요청에 분명 좋다고 대답했지만 지금은 자기가 왜 그랬는지 기억나지 않았다. 그는 그를 만나고 싶어 앨라배마에서 온 목사가 흑인일 거라 짐작하고 있던 터라 보좌관이 백인 남자를 안내해 들어왔을 때 깜짝 놀랐다. 보이어 목사는 조지와 비슷한 나이였고 회색 정장에 하얀 셔츠, 검은 넥타이 차림이었지만 아마 워싱턴에서 걸어다닐 일이 많아서인 듯 운동화를 신었다. 앞니가 크고 턱은 움푹 파였는데 듬성듬성 흰머리가 섞여 붉은 날다람쥐와 더욱 닮아 보였다. 어딘가 희미하게 눈에 익은 외모였다. 그는 그와 똑같이 생긴 십대 남자아이를 한 명 데려왔다.

"저는 애니스턴 육군보급창에서 일하는 병사들과 일반인들에게 예수 그리스도의 복음을 전하고자 애쓰고 있습니다." 보이어는 자기소개를 하며 말했다. "신자들 가운데 많은 사람이 흑인입니다."

보이어는 성실한 사람이라고 조지는 생각했다. 더구나 여러 인종으로 이루어진 교회를 꾸리고 있다는 건 흔치 않은 일이었다. "공민권에 대해 어떤 관심을 갖고 있습니까, 목사님?"

"저, 의원님. 저는 젊었을 때 인종차별주의자였습니다."

"많은 사람이 그랬죠." 조지가 말했다. "우리 모두 많은 걸 배웠어요."

"저는 배우는 것 이상이었습니다." 보이어가 말했다. "수십 년 동안 깊이 뉘우쳤습니다."

그건 조금 특이했다. 의원과 만나자는 사람들 가운데 일부는 거의 미친 자들이었다. 조지의 보좌관들이 최선을 다해 정신병자를 걸러냈지만 가끔 그물에 걸리지 않는 사람이 있다. 하지만 조지가 보기에 보이어는 아주 평범했다. "뉘우치셨다고요." 조지는 시간을 벌려고 상대방의 말을 따라 했다.

"제이크스 의원님." 보이어는 진지하게 말했다. "저는 의원님께 사과를 드리러 왔습니다."

"정확히 무슨 일 때문인가요?"

"1961년에 제가 의원님을 쇠지레로 때렸습니다. 제가 의원님 팔을 부러뜨린 것 같습니다."

순간적으로 조지는 왜 목사가 낯이 익는지 알 수 있었다. 그는 애니스턴의 폭도들 가운데 한 명이었다. 마리아를 치려고 하는 그를 조지가 팔로 막아냈다. 그의 팔은 아직도 날씨가 추우면 아팠다. 조지는 깜짝 놀라 진지한 목회자를 멍하니 바라보았다. "그 사람이었군요." 그가 말했다.

"네, 의원님. 뭐라고 변명할 말이 없습니다. 제가 무슨 짓을 했는지 알고 있고, 그건 잘못된 행동이었습니다. 하지만 절대 의원님을 잊은 적이 없습니다. 저는 그저 제가 얼마나 미안해하는지 의원님이 아셨으면 했고, 또 제가 저지른 악행을 고백하는 모습을 제 아들이 지켜봤으면 했습니다."

조지는 너무 놀라 어쩔 줄 몰랐다. 이런 일은 겪어본 적이 없었다. "그래서 목사가 되신 거군요." 그가 말했다.

"처음에는 술을 마셨습니다. 위스키 때문에 저는 일자리와 집, 자동차를 잃었습니다. 그러다가 어느 일요일 주님께서 제 발걸음을 가난한 동네의 어느 판잣집 설교회로 이끄셨습니다. 흑인 설교자께서 마태복음 25장, 특히 40절로 설교를 하셨습니다. '너희가 여기 내 형제 중에 지극히 작은 자 하나에게 한 것이 곧 내게 한 것이니라.'"

조지는 그 구절에 대한 설교를 여러 번 들었다. 누구에게든 잘못한 행동은 예수께 잘못한 행동이라는 뜻이었다. 다른 어떤 시민들보다 잘못된 대접을 많이 받은 흑인들은 그런 생각에서 큰 위안을 얻었다. 심지어 버밍햄의 16번가 침례교회에 있는 웨일스 광부들이 기증한 유리창에도 그 구절이 적혀 있다.

보이어가 말했다. "저는 놀리려고 그 교회에 들어갔지만 구원을 받았습니다."

조지가 말했다. "마음의 변화가 생겼다니 기쁩니다, 목사님."

"감히 의원님의 용서를 구할 수는 없습니다만 하느님께는 용서받기를 바라고 있습니다." 보이어는 일어섰다. "귀중한 시간을 더는 빼앗지 않도록 하겠습니다. 감사합니다."

조지도 일어섰다. 강렬한 감정에 휩싸인 사람에게 적절한 대응을 해주지 못한 느낌이었다. "가시기 전에 악수를 하시죠." 그가 말했다. 그는 보이어의 손을 두 손으로 잡았다. "만일 하느님께서 용서하신다면 저도 용서를 해야겠지요, 클래런스."

보이어는 목이 메는 듯했다. 조지의 손을 잡고 흔드는 그의 눈에 눈물이 차올랐다.

조지는 충동적으로 목사를 껴안았다. 흐느끼는 그의 몸이 떨렸다.

잠시 후 조지는 팔을 풀고 뒤로 물러났다. 보이어는 무슨 말을 하려했지만 하지 못했다. 그는 흐느끼며 돌아서서 방을 나갔다.

그의 아들이 조지와 악수를 했다. "감사합니다, 의원님." 소년은 떨리는 목소리로 말했다. "의원님의 용서가 저희 아버지에게 얼마나 큰 의미인지 말로 다 할 수 없습니다. 의원님은 위대한 분입니다." 아이는 보이어를 따라 밖으로 나갔다.

조지는 멍한 기분으로 등을 기대고 앉았다. 야, 정말 멋지군! 그는 생각했다.

*

그날 저녁 그는 그 일을 마리아에게 말했다.

그녀의 반응은 냉담했다. "당신은 그들을 용서할 자격이 있겠죠. 부러진 건 당신 팔이잖아요." 그녀가 말했다. "나는 차별주의자에게 그다지 연민이 생기지 않아요. 난 보이어 목사가 몇 년 감옥살이를 하든지 아니면 쇠사슬에 묶여 지내는 걸 보고 싶어요. 그런 다음에야 그의 사과를 받아들일 수 있을지도 몰라요. 부패한 판사, 잔인한 경찰, 폭탄을 만든 자 모두가 여전히 자유롭게 돌아다니고 있는 거 알잖아요. 그들은 저지른 짓에 대해서 한 번도 정의의 심판을 받은 적이 없어요. 일부는 어쩌면 빌어먹을 연금을 받아먹고 있겠죠. 그런데 그런 자들이 용서까지 바란다고요? 난 그들 마음이 편안해지도록 도울 생각이 없어요. 만일 그들이 죄책감으로 괴로워한다면 난 기뻐요. 그자들도 최소한 그 정도는 겪어야죠."

조지는 웃었다. 마리아는 오십대가 되더니 점점 더 거침없어졌다. 그녀는 국무부에서 가장 고위급 가운데 한 명으로 공화당원과 민주당원 모두에게 존경을 받았다. 행동에서도 자신감과 권위가 넘쳤다.

두 사람은 그녀의 아파트에 있었고 그녀는 조지가 식탁을 차리는 동안 허브로 속을 채운 농어를 요리하고 있었다. 좋은 냄새가 실내를 채우면서 조지의 입에 침이 고였다. 마리아는 그의 술잔에 린마 샤르도네 와인을 가득 따르고 브로콜리를 찜통에 넣었다. 그녀는 예전보다 조금 더 몸무게가 늘었고, 조지의 기름기 없는 요리법 취향을 따라보려 애쓰고 있었다.

저녁을 먹은 뒤 두 사람은 커피를 가지고 소파로 갔다. 마리아는 느긋한 분위기였다. "지난날을 돌아보면서 내가 국무부에 들어갈 때보다 떠날 때 세상이 더 안전해졌다고 말할 수 있으면 좋겠어요." 그녀가 말했다. "내 조카들과 대자인 잭은 아이를 키우며 초강대국이 벌이는 대참사의 위협이 머릿속에서 떠나지 않는 일이 없었으면 해요. 그러면 나는 내 인생을 잘살았다고 말할 수 있겠죠."

"어떤 기분인지는 알겠어요." 조지가 말했다. "하지만 그건 몽상 같아요. 그게 가능하겠어요?"

"어쩌면요. 소련 공산권은 2차 세계대전 이후 그 어느 때보다 붕괴 가능성이 높아요. 우리의 모스크바 주재 대사는 브레즈네프 독트린은 끝났다고 믿고 있어요."

브레즈네프 독트린은 소련이 동유럽을 통제한다고 했다. 먼로 독트린이 남아메리카를 통제할 권리를 미국에 부여한 것과 다르지 않았다.*

"그리고 우리는 고르바초프가 실각하지 않도록 가능한 한 모든 수를 써서 도와야 해요. 하지만 그러지 않죠. 부시 대통령은 이 모든 상황이 고르바초프에 의한 신용 사기라고 생각하기 때문이에요. 그래서 그는 실제로 유럽에서 우리 핵무기를 증강하려고 하죠."

"그런 행동은 고르바초프를 약화시킬 게 확실하고 크렘린 매파의 용기를 북돋아주겠죠."

"바로 그래요. 어쨌거나 내일은 독일에서 사람들이 잔뜩 와서 대통령의 오해를 풀려고 애쓸 거예요."

"운이 좋았으면 좋겠군요." 조지는 회의적으로 말했다.

"그래요."

조지는 커피를 모두 마셨지만 일어나고 싶지 않았다. 편안한 기분이

* 영국과의 전쟁에서 승리한 미국은 1823년 먼로 독트린을 발표해 남아메리카에 대한 유럽의 간섭에 반대했다.

었고 좋은 음식과 와인을 배불리 먹고 마셨고 마리아와 이야기하는 건 늘 즐거웠다. "그거 알아요?" 그가 말했다. "내 아들과 어머니를 빼면 나는 당신이 세상 누구보다 좋아요."

"베리나는 어쩌고요?" 마리아가 날카롭게 말했다.

조지는 웃었다. "그녀는 당신의 옛 남자친구인 리 몽고메리랑 만나고 있어요. 그는 지금 〈워싱턴 포스트〉 편집장이잖아요. 진지한 관계인 것 같아요."

"잘됐네요."

"기억하는지 모르겠지만……" 어쩌면 이 말은 해서는 안 되는지도 몰랐다. 하지만 그는 와인을 반병이나 마셨고, 그래서 에라 모르겠다 싶은 심정이었다. "우리 이 소파에서 섹스했던 거 기억해요?"

"조지." 그녀는 말했다. "기억 못할 정도로 그런 걸 자주 하지는 않아요."

"불행하게도 나 역시 마찬가지예요."

그녀는 웃었지만 이렇게 말했다. "기쁘네요."

그는 향수에 젖었다. "그게 얼마나 오래전이죠?"

"닉슨이 사임하던 날 밤이니까, 십오 년 전이에요. 당신은 젊고 잘생겼었죠."

"당신은 거의 오늘만큼 아름다웠고요."

"와, 역시 말솜씨가 좋네요."

"좋지 않았어요? 섹스 말이에요."

"좋았다고요?" 그녀는 불쾌한 척했다. "그게 다예요?"

"끝내줬죠."

"그래요."

그는 놓친 기회들에 대한 후회에 사로잡혔다. "우린 어떻게 된 거죠?"

"갈 길이 각자 달랐어요."

"그런 것 같군요." 침묵이 흘렀고, 그 순간 조지가 말했다. "다시 해보고 싶어요?"

"절대 물어보지 않을 줄 알았는데."

두 사람은 키스했고, 조지는 즉시 처음이 어땠는지 기억났다. 무척 느긋하고, 자연스럽고, 적절했다.

그녀의 몸은 변했다. 더 부드럽고 덜 팽팽하고 손에 닿는 피부는 더 건조했다. 그는 자신의 몸 역시 마찬가지일 거라고 추측했다. 레슬링으로 다져진 근육은 사라진 지 오래였다. 하지만 다를 건 없었다. 그녀의 입술과 혀는 그의 입속에서 바삐 움직였고, 감각적이고 사랑스러운 여인의 품속으로 끌려들어가는 열렬한 기쁨은 여전했다.

그녀는 그의 셔츠 단추를 풀었다. 그가 셔츠를 벗는 사이 그녀는 일어서서 재빨리 드레스를 벗었다.

조지가 말했다. "더 깊어지기 전에……"

"뭐죠?" 그녀는 다시 앉았다. "생각이 달라졌어요?"

"반대예요. 그건 그렇고 예쁜 브라네요."

"고마워요. 당신이 금방 풀어버릴 수 있어요." 그녀는 그의 허리띠를 풀었다.

"하지만 하고 싶은 말이 있어요. 모든 걸 망쳐버릴 수도 있지만……"

"말해요." 그녀는 말했다. "운에 맡겨보죠."

"난 뭔가를 깨닫고 있어요. 예전에 이미 알았어야 했던 것 같아요."

그녀는 말없이 살짝 웃으며 그를 바라보았다. 그는 기분이 이상했다. 무슨 일이 벌어질지 그녀가 정확히 알고 있는 듯했다.

"당신을 사랑한다는 걸 깨닫는 중이에요." 그는 말했다.

"정말 그래요?"

"네. 싫지는 않은 거죠? 괜찮아요? 내가 분위기를 망쳤나요?"

"바보군요." 그녀가 말했다. "난 당신 사랑한 지 오래인걸요."

*

레베카는 따뜻한 봄날 워싱턴의 국무부에 도착했다. 화단에는 수선화가 피어 있고 그녀는 희망으로 가득했다. 소련 제국은 약해지는 중이었고 어쩌면 치명적인 상황일 수도 있다. 독일은 통일되고 자유로워질 기회를 맞았다. 미국은 제대로 된 방향으로 조금씩 밀어주기만 하면 되었다.

레베카는 자기를 입양한 어머니 카를라 덕분에 여기 워싱턴에 와서 조국을 대표해 세상에서 가장 권력이 강한 남자들과 협상하게 되었다고 생각했다. 카를라는 전쟁통의 베를린에서 공포에 질린 열세 살짜리 유대인 여자애를 데려다 국제적인 정치인이 될 수 있도록 자신감을 불어넣었다. 꼭 사진을 찍어서 어머니께 보내야지. 레베카는 생각했다.

상관인 한스 디트리히 겐셔, 그리고 보좌관 몇 명과 함께 그녀는 아르데코 양식의 국무부 건물로 들어섰다. 2층 높이의 로비에는 〈인간 자유의 수호〉라는 거대한 벽화가 있었는데, 미국 군대가 지키는 다섯 가지 자유를 보여주는 그림이었다.

독일인들은 레베카가 지금까지 따뜻하고 지적인 전화 목소리로만 알고 있던 여자의 영접을 받았다. 마리아 서머스였다. 레베카는 마리아가 흑인인 걸 보고 깜짝 놀랐다. 그러고 나서 죄책감이 들었다. 흑인이 국무부의 높은 자리에 앉지 못할 이유는 없었다. 그제야 레베카는 건물 내에 검은 얼굴이 거의 존재하지 않는다는 걸 깨달았다. 마리아는 특이한 경우였고 어쨌든 레베카가 놀랄 만도 한 일이었다.

마리아는 친절하고 반갑게 맞아주었지만 국무장관 제임스 베이커는 같은 기분이 아니라는 사실이 금방 확연하게 드러났다. 독일인들은 그의 사무실 밖에서 오 분, 그리고 십 분을 기다렸다. 마리아는 수치스러운 기색이 역력했다. 레베카는 걱정되기 시작했다. 이것은 사고일 수 없다. 독일 부총리를 계속 기다리게 하는 것은 계산된 모욕이었다. 베이커는 분명 적대적일 것이다.

레베카는 미국인들이 이런 짓을 한다는 이야기를 전에도 들었다. 나중에 그들은 방문객들이 그들의 견해 때문에 냉대받았다는 말을 언론에 흘릴 테고, 난처한 이야기가 고국 언론에 등장하는 것이다. 로널드 레이건은 영국의 야당 당수 닐 키넉이 군축론자라는 이유로 그에게 같은 짓을 했다.

레베카는 그런 식의 모욕에 거의 신경쓰지 않았다. 남성 정치인들은 허영을 부리는 경우가 잦았다. 제 물건을 흔들어대며 돌아다니는 어린 남자애들이었다. 하지만 그건 회의가 비생산적일 것이라는 뜻이고, 국제 긴장 완화에 나쁜 소식이었다.

십오 분이 지나서야 그들은 안으로 안내받았다. 베이커는 몸이 빼빼 마르고 탄탄한 남자로 텍사스 악센트가 있었지만 시골 촌뜨기 같은 느낌은 전혀 없었다. 깔끔하게 머리를 자르고 옷을 차려입은 모습이었다. 그는 한스 디트리히 겐셔와 티가 날 만큼 간단하게 악수를 나누고 말했다. "당신네 태도에 우리는 깊이 실망했습니다."

다행히 겐셔 역시 호락호락한 사람이 아니었다. 그는 십오 년 동안 독일 부총리이자 외무장관이었고 결례를 무시하는 방법을 알았다. 벗어지는 머리에 안경을 쓴 그는 살이 찌고 호전적인 얼굴이었다. "우리는 귀국의 정책이 시대에 뒤졌다고 느끼고 있습니다." 그가 차분하게 말했다. "유럽의 상황은 변했고 여러분은 그걸 감안해야 합니다."

"우리는 NATO의 핵 억지력을 유지해야 합니다." 베이커는 주문을 반복해 외우듯 말했다.

겐셔는 조바심을 억누르느라 눈에 띄게 애썼다. "우리는 동의하지 않습니다. 우리 국민도 그렇습니다. 독일인 다섯 가운데 네 명은 모든 핵무기가 유럽에서 철수하기를 바랍니다."

"그들은 크렘린의 선전에 속아넘어가고 있어요!"

"우리는 민주주의 안에 살고 있습니다. 결국에는 국민들이 결정하는 겁니다."

딕 체니 미국 국방장관도 방에 있었다. "크렘린의 가장 중요한 목표 가운데 하나가 유럽을 비핵화하는 겁니다." 그가 말했다. "그들의 덫에 걸려들면 안 됩니다!"

겐셔는 자기보다 유럽 정치에 대해 아는 것이 훨씬 적은 사람들에게서 가르침을 받으려니 짜증스러운 것이 분명했다. 마치 일부러 둔한 척하는 학생들에게 뭔가 설명하다 결국 실패하는 학교 교사 같았다. "냉전은 끝났습니다." 그가 말했다.

레베카는 논의가 아무런 성과도 거두지 못하리라는 사실을 깨닫고 경악했다. 누구도 귀기울이지 않았다. 모두가 각자 마음을 미리 정해둔 상태였다.

그녀가 옳았다. 몇 분 동안 양쪽의 짜증스러운 의견이 오가다 결국 회담은 끝나고 말았다.

사진 촬영 시간도 없었다.

독일인들이 떠날 때 레베카는 이 상황을 구제할 방법은 없는지 머리를 쥐어짜봤지만 아무 생각도 나지 않았다.

로비에서 마리아 서머스가 레베카에게 말했다. "제가 기대했던 대로 굴러가지 않았네요."

그것은 사과는 아니지만 마리아의 위치에서 허락된 사과에 가장 가까운 표현이었다. "괜찮아요." 레베카가 말했다. "점수 내기가 아니라 대화가 많아야 했는데 유감스럽네요."

"이 문제에 대해서 최고위층이 서로 더 가까이 다가서게 할 방법이 뭔가 없을까요?"

어떻게 해야 할지 모르겠다고 말하려던 레베카는 어떤 생각이 퍼뜩 떠올랐다. "있을 수도요." 그녀는 말했다. "부시 대통령을 유럽으로 데려가면 어때요? 직접 보게 하는 거예요. 폴란드인, 헝가리인과 대화를 하게 해요. 그럼 마음을 바꿀 수도 있을 거예요."

"당신이 옳아요." 마리아가 말했다. "제안해보죠. 고마워요."

"행운을 빌어요." 레베카가 말했다.

60장

릴리 프랑크와 그녀의 가족은 깜짝 놀랐다.

그들은 서독 텔레비전의 뉴스를 보고 있었다. 동독에 사는 사람은 누구나, 심지어 당 관료들조차 서독 방송을 보았다. 그들 지붕의 안테나 각도만 봐도 알 수 있었다.

릴리의 부모인 카를라와 베르너에다 카롤린과 알리스, 알리스의 약혼자인 헬무트까지 함께였다.

오늘 5월 2일, 헝가리는 오스트리아와의 국경을 개방했다.

조심스럽게 진행하지도 않았다. 정부는 부다페스트에서 빈으로 이어지는 도로가 국경을 넘는 지점인 헤제슈헐롬에서 기자회견을 열었다. 그들은 거의 소련을 자극해 반응을 이끌어내려고 애쓰는 것처럼 보였다. 성대한 의식과 함께 수백 개의 해외 언론 카메라 앞에서 전체 국경을 따라 전기경보 및 감시장치의 스위치가 꺼졌다.

프랑크 가족은 믿을 수가 없어 멍하니 보고 있었다.

커다란 절단기를 든 국경 경비대원들이 울타리를 자르기 시작했고,

커다란 직사각형의 철조망을 집어서 다른 곳으로 가져가더니 아무렇게나 던져 쌓아올렸다.

릴리가 말했다. "맙소사, 철의 장막이 무너져내리네."

베르너가 말했다. "소련은 절대 찬성하지 않을 거야."

릴리는 확신할 수 없었다. 요즘은 아무것도 확신할 수가 없었다. "소련이 받아들일 거라고 예상하지 않았다면 헝가리인들도 이런 짓을 안 했겠죠. 안 그래요?"

그녀의 아버지는 고개를 흔들었다. "저들은 어쩌면 하고 싶은 대로 할 수 있을 거라고 생각했는지도 모르지……"

알리스는 희망으로 눈이 반짝거렸다. "하지만 이건 저랑 헬무트가 떠날 수 있다는 뜻이잖아요!" 그녀가 말했다. 그녀와 약혼자는 필사적으로 동독을 벗어나길 바랐다. "우린 그냥 휴가를 떠나는 것처럼 헝가리로 차를 몰고 간 다음 걸어서 국경을 넘으면 돼요!"

릴리는 공감했다. 그녀는 자신이 놓친 인생의 기회를 알리스가 갖게 되기를 간절히 바랐다. 하지만 그렇게 쉽게 될 리 없었다.

헬무트가 말했다. "그럴 수 있을까? 정말?"

"아니야, 그럴 수 없어." 베르너가 단호하게 말했다. 그는 텔레비전을 가리켜 보였다. "무엇보다 먼저, 실제로 국경을 걸어서 넘는 사람이 아무도 없잖아. 진짜로 그런 일이 벌어지는지 한번 보자꾸나. 둘째, 헝가리 정부가 언제든 마음을 바꾸고 사람들을 체포할 수 있어. 셋째, 만일 헝가리가 정말로 떠나는 사람들을 내버려두면 소련이 탱크를 보내 막고 나서겠지."

릴리는 아버지가 너무 비관적인 것일 수도 있다고 생각했다. 이제 일흔이 된 그는 늙으면서 소심해지고 있었다. 사업에서도 그런 점이 보였다. 아버지는 텔레비전 리모컨에 대한 생각을 비웃었는데, 리모컨이 없어서는 안 될 물건으로 빠르게 자리잡자 아버지가 운영하는 공장은 그 흐름을 따라잡느라 난리를 피워야 했다. "두고봐야죠." 릴리가 말했다. "앞으로 며칠 동안 몇몇 사람이 탈출을 시도할 거예요. 그러면 누가 그들을 막아서는지 알게 되겠죠."

알리스는 흥분해서 말했다. "만일 베르너 할아버지가 틀렸으면요? 이런 기회를 그냥 놓칠 수는 없어요! 우린 어떻게 해야 해요?"

그녀의 어머니 카롤린이 불안한 듯 말했다. "위험할 것 같은데."

베르너가 릴리에게 말했다. "우리가 헝가리에 갈 수 있도록 동독 정부가 허락할 거라고 생각하는 이유가 뭐냐?"

"그럴 수밖에 없어요." 릴리가 대꾸했다. "수천 가족의 여름휴가를 취소한다면 정말 혁명이라도 일어날걸요."

"남들에게는 안전하다고 밝혀진다 해도 우리는 다를 수 있어."

"왜요?"

"왜냐하면 우리는 프랑크 가족이니까." 베르너는 분한 투로 말했다. "네 어머니는 사회민주당 시의원이었고, 네 언니는 한스 호프만에게 굴욕을 안겼고, 발리는 국경 경비대원을 죽였고, 너와 카롤린은 저항가요를 부르지. 그리고 우리 가족의 사업체는 서베를린에 있어서 저들이 몰수할 수가 없어. 우리는 공산주의자들에게 늘 거슬리는 존재야. 그 결과 불행하게도 특별 대우를 받는 거지."

릴리가 말했다. "그러니까 우리는 특별 대책을 세우면 되죠. 그거면 돼요. 알리스와 헬무트는 더 조심할 거예요."

"아무리 위험해도 난 가고 싶어요." 알리스는 단호하게 말했다. "나는 위험을 이해했고, 그걸 무릅쓸 준비가 되었어요." 그녀는 비난하듯 할아버지를 바라보았다. "할아버지는 두 세대를 공산주의 치하에서 키우셨어요. 공산주의는 비열하고 야만적이고 멍청하고 파산했죠. 하지만 아직도 여기 있어요. 나는 서방에서 살고 싶어요. 헬무트도 마찬가지예요. 우리는 우리 아이들이 자유과 번영 속에 자라게 하고 싶어요." 그녀는 약혼자에게 고개를 돌렸다. "안 그래?"

"그래." 그는 말했다. 하지만 릴리가 느끼기에 알리스보다는 조심스러웠다.

"미친 짓이야." 베르너가 말했다.

카를라가 처음으로 입을 열었다. "미친 짓이 아니에요, 여보." 그녀는 베르너에게 힘주어 말했다. "물론 위험하죠. 하지만 우리가 했던 일을 떠올려봐요. 우리가 자유를 위해 무릅썼던 위험들을."

"우리 가운데 일부는 죽었어."

카를라는 약해지지 않았다. "하지만 위험을 무릅쓸 가치가 있다고 생각했죠."

"그때는 전쟁중이었어. 나치를 물리쳐야 했다고."

"이건 알리스와 헬무트의 전쟁이에요. 냉전이요."

베르너는 망설이다가 한숨을 내쉬었다. "어쩌면 당신 말이 옳겠지." 그가 마지못해 말했다.

"좋아요." 카를라가 말했다. "그렇다면 계획을 세워보자."

릴리는 다시 TV를 보았다. 헝가리에서는 아직도 울타리를 부수고 있었다.

*

폴란드의 선거일 타냐는 후보로 나선 다누타와 함께 성당에 갔다.

6월 4일 맑은 일요일이었고 파란 하늘에 구름 몇 조각만 떠 있었다. 다누타는 두 아이에게 가장 좋은 옷을 입히고 머리를 빗어주었다. 마레크는 '연대'의 색깔이자 폴란드 국기의 색인 빨갛고 하얀 넥타이를 맸다. 다누타는 빨간색 깃털을 꽂은 하얀색 밀짚모자를 썼다.

타냐는 고통스러우리만큼 의구심이 들었다. 이 모든 일이 실제로 일어나고 있단 말인가? 폴란드에서 선거? 헝가리에서 울타리를 부숴? 유럽에서의 군축? 개방하고 개혁하겠다던 고르바초프의 말이 진실이었단 말인가?

타냐는 바실리와의 자유를 꿈꾸었다. 두 사람은 전 세계를 돌아다닐 터였다. 파리, 뉴욕, 리우데자네이루, 델리. 바실리는 텔레비전 방송과 인터뷰하며 자신의 작품과 오랜 세월 지켜온 비밀에 대해 이야기할 것이다. 타냐는 여행기를 쓰고 어쩌면 그것을 그녀 자신의 책으로 낼 것이다.

하지만 공상에서 깨어난 그녀는 시간이 흐르면서 나쁜 소식을 기다리고 있었다. 도로 차단, 탱크, 체포, 통행금지, 끔찍한 정장을 입은 대머리 남자들이 텔레비전에 나와 그들이 자본주의적 제국주의자들의 반혁명 계획을 저지했다고 선언하는 모습.

신부는 가장 독실한 후보에게 투표하라고 신자들을 독려했다. 모든 공산주의자는 원칙적으로 무신론자이니 그 말은 확실한 방향 지시가 되었다. 권위적인 폴란드의 성직자들은 진보적인 '연대'의 운동을 그다지 달가워하지 않았지만 그들도 진짜 적이 누군지는 알았다.

선거는 '연대'가 기대했던 것보다 빨리 진행되었다. 노조는 돈을 모금하고 사무실을 빌리고 직원들을 고용하고 전국적 총선 유세를 시작하는 모든 일을 몇 주 안에 서둘러 해내야 했다. 이미 튼튼한 조직을 갖춘 정부는 시작할 준비가 되었다는 사실을 아는 야루젤스키가 '연대'를 곤경에 빠뜨리기 위해 의도한 것이었다.

하지만 그것이 야루젤스키의 마지막 영리한 행동이었다. 그때부터 공산주의자들은 그들의 승리가 분명하니 굳이 유세할 필요가 없다는 듯 무기력해졌다. 그들의 슬로건은 "우리와 함께 더 안전하게"였다. 꼭 콘돔 광고 같은 말이었다. 타냐는 그 농담을 타스로 보내는 기사에 넣었는데, 놀랍게도 편집자들이 그 부분을 들어내지 않았다.

사람들 마음속에서 이번 선거는 거의 십 년 가까이 이 나라의 잔혹한 지도자였던 야루젤스키 장군과 말썽꾼 전기공 레흐 바웬사의 경쟁이었다. 다누타는 다른 모든 '연대'의 후보가 그러듯 바웬사와 사진을 찍었고 그 사진이 온갖 곳에 내걸렸다. 유세 기간 동안 노조는 매일 신문을 발행했고 대개 다누타와 그녀의 여자 친구들이 기사를 썼다. '연대'의 가장 인기 높은 포스터는 윌 케인 보안관 역을 맡은 게리 쿠퍼가 등장하는 것으로, 권총 대신 투표용지를 든 그의 모습과 함께 1989년 6월 4일 정오라는 슬로건이 쓰여 있었다.*

공산주의자들의 유세가 무력하리라는 것은 예상된 바라고 타냐는 생각했다. 어쨌든 모자를 벗어 들고 사람들에게 "제게 한 표를 주십시오"라고 말하는 것은 폴란드의 엘리트 지배층으로서는 도무지 납득할 수 없는 행동이었다.

새로 구성되는 상원의회는 자리가 100석이었고 공산당은 그 가운데 대부분을 차지하리라 기대하고 있었다. 경제적으로 구석까지 몰린 폴란드 국민들은 아마도 개성이 강한 바웬사보다는 익숙한 야루젤스키에게 표를 던질 거라고 타냐는 예상했다. 하원의회에서는 공산당이 질 수가 없었는데, 의석 65퍼센트가 공산당과 그 동맹을 위해 따로 배정되었기 때문이다.

'연대'의 포부는 소박했다. 현실적인 소수의 표라도 확보할 수 있다

* 1952년 게리 쿠퍼는 〈정오(하이 눈)〉라는 서부영화에 출연했다.

면 공산당은 그들이 정부에서 목소리를 내도록 인정할 수밖에 없을 것이다.

타냐는 그들이 옳기를 바랐다.

미사가 끝나고 다누타는 성당 안 모든 사람과 악수를 나누었다.

그러고 나서 타냐와 고르스키 가족은 투표소로 향했다. 투표용지가 길고 복잡해서 '연대'는 투표장 밖에 안내소를 설치해 사람들에게 투표 방법을 일러주었다. 마음에 드는 후보에 표시하는 것이 아니라 싫은 후보를 줄로 그어 지우는 방식이었다. '연대'의 활동가들은 시범을 보이며 모의 투표용지의 모든 공산주의자를 신나게 줄로 그어 지웠다.

타냐는 사람들이 투표하는 모습을 지켜보았다. 대부분의 사람에게 이번이 처음으로 경험하는 자유선거였다. 초라한 차림의 한 여자가 연필을 들고 투표용지를 따라내려가며 공산당 후보가 보일 때마다 만족스러운 듯한 소리를 내며 웃음과 함께 이름 위로 연필을 놀리는 모습도 보였다. 타냐는 투표용지에 부정적인 표시를 하면서 쾌감을 몸으로 느낄 수 있는 방식을 채택한 것은 정부의 실책이 아니었나 생각되었다.

그녀는 일부 투표자들과 얘기를 나누며 선택을 할 때 어떤 기분이었는지 묻기도 했다. "나는 공산당원에게 투표했어요." 비싼 코트를 입은 여자가 말했다. "그들이 이번 선거를 가능하게 했잖아요." 하지만 대부분은 '연대'의 후보자를 고른 것 같았다. 물론 타냐가 뽑은 표본은 완벽하게 비과학적이었다.

그녀는 점심을 먹으러 다누타의 집에 들렀고, 두 여자는 마레크에게 아이들을 맡기고서 타냐의 차로 도심에 있는 서프라이즈 카페 위층의 '연대' 본부로 향했다.

그곳 분위기는 들떠 있었다. 여론조사에 따르면 '연대'가 앞서고 있지만 50퍼센트 정도가 모르겠다고 대답했기 때문에 아무도 그 결과에 기대지 않았다. 하지만 전국에서 들어오는 소식들은 사기가 높다고 말하고 있었다. 타냐 자신도 유쾌하고 낙관적인 기분이었다. 결과야 어떻든 소련 공산권 국가에서 진짜 선거가 실시되고 있고, 그것만으로도 기뻐할 이유가 되었다.

그날 저녁 투표가 마무리된 뒤 타냐는 다누타와 함께 그녀가 출마한 선거구의 개표를 보러 갔다. 긴장되는 순간이었다. 당국이 속이기로 작정하면 결과를 왜곡할 방법은 수없이 많았다. '연대'의 개표 검사원이 유심히 지켜보고 있었지만 누구도 심각한 부정을 발견하지 못했다. 그것만으로도 놀라운 일이었다.

그리고 다누타는 압도적인 승리를 거두었다.

다누타는 정말로 기대하지 않았던 모양이었다. 타냐는 충격으로 창백해진 그녀의 얼굴에서 알 수 있었다. "내가 의원이야." 그녀는 믿을 수 없다는 듯 말했다. "사람들이 선출한 의원." 그러더니 그 얼굴에 이를 드러내며 활짝 웃는 표정이 떠올랐고 그녀는 모두의 축하를 받기 시작했다. 너무 많은 사람이 그녀에게 키스해 타냐는 위생이 걱정될 정도였다.

개표소를 빠져나오자마자 그들은 가로등이 밝히는 거리를 따라 서프라이즈 카페로 돌아왔다. 그곳에서는 모두가 텔레비전 주위에 몰려 있었다. 다누타의 결과만이 압도적인 승리가 아니었다. '연대'의 후보들은 지금까지는 어느 누가 기대했던 것보다 잘해내고 있었다. "이거 멋지네요." 타냐가 말했다.

"아니, 그렇지 않아요." 다누타가 침울하게 말했다.

타냐는 '연대' 사람들의 분위기가 가라앉은 걸 깨달았다. 승리 소식에 이런 식으로 침울한 반응을 보이다니 이해할 수 없었다. "도대체 뭐가 문제인 거죠?"

"우린 너무 잘하고 있어요." 다누타가 말했다. "공산당이 이런 결과를 받아들일 리 없어요. 뭔가 반응이 있을 거예요."

타냐는 해보지 못한 생각이었다.

"지금까지 정부는 한군데서도 이기지 못했어요." 다누타가 말을 이었다. "상대 후보가 나서지 않은 곳에서 최소 50퍼센트도 득표하지 못한 공산당 후보도 있어요. 너무 모멸적이에요. 야루젤스키는 결과를 인정하지 않을 거예요."

"내가 오빠에게 말하겠어요." 타냐가 말했다.

그녀는 크렘린과 빠르게 연결되는 특별한 전화번호를 갖고 있었다. 늦은 시간이었지만 딤카는 여전히 사무실에 있었다. "그래, 야루젤스키가 방금 이리로 전화했어." 그가 타냐에게 말했다. "공산당이 창피를 당하고 있다더군."

"야루젤스키가 뭐래?"

"팔 년 전 정확히 그랬던 것처럼 계엄령을 내리고 싶어해."

타냐는 가슴이 무너져내렸다. "젠장." 그녀는 아이들이 울고 있는 와중에 다누타가 ZOMO 깡패들에게 감옥으로 끌려가던 일을 떠올렸다. "다시는 안 돼."

"그는 선거 무효 선언을 제안했어. '우리는 여전히 권력의 손잡이를 거머쥐고 있다'고 하더군."

"그건 사실이야." 타냐는 우울하게 말했다. "그들이 총을 전부 갖고 있으니까."

"하지만 야루젤스키는 혼자 그런 짓을 하기는 겁이 나나봐. 고르바초프의 지지를 원해."

타냐는 기운이 살아났다. "고르비는 뭐라고 했어?"

"아직 대답하지 않았어. 지금 누가 그를 깨우는 참이야."

"뭐라고 할 것 같아?"

"아마도 야루젤스키에게 자기 문제는 직접 해결하라고 할 거야. 지난 사 년 내내 그렇게 말해왔으니까. 하지만 확신할 수는 없어. 당이 자유선거에서 그렇게 완전히 거부당하는 걸 보면…… 그건 고르바초프에게조차 너무 심한 결과거든."

"언제 알 수 있어?"

"고르바초프는 네, 아니요만 말하고 다시 자러 갈 거야. 한 시간 뒤에 전화해."

타냐는 전화를 끊었다. 어떻게 생각해야 할지 알 수 없었다. 야루젤스키는 1981년에 그랬듯이 '연대'의 모든 활동가를 체포하고 시민의 자유를 창밖으로 내던지고 다시 독재를 시행하는 등 탄압 준비를 마친 것이 분명했다. 공산주의국가에서 자유의 향기가 느껴질라치면 언제나 벌어지던 일이었다. 하지만 고르바초프는 옛 시절은 지났다고 말했다. 그게 사실일까?

폴란드는 이제 곧 알게 될 터였다.

타냐는 고통스러운 긴장감 속에서 전화기를 노려보았다. 다누타에게 뭐라고 해야 하나? 모두를 공포에 빠뜨리고 싶지는 않았다. 하지만 그들에게 야루젤스키의 의도를 경고해줘야 할지도 몰랐다.

다누타가 그녀에게 말했다. "이제 당신도 침울해 보이는군요. 당신 오빠가 뭐래요?"

타냐는 머뭇거리다가 아무것도 결정된 건 없다고 말하기로 결심했다. 그것이 단순한 사실이었다. "야루젤스키가 고르바초프에게 전화했는데, 아직 연결은 안 된 모양이에요."

그들은 계속 화면을 지켜보았다. '연대'는 모든 곳에서 이기고 있었다. 지금까지 공산당은 단 한 석도 따내지 못했다. 결과가 더 나올수록 일찌감치 보이던 조짐을 확인하는 것에 불과했다. 압도적이라는 말도 충분히 강하지 못했다. 쓰나미라는 표현이 더 가까웠다.

카페 전체에 행복감과 두려움이 뒤섞여 있었다. 그들이 바랐던 점진적인 권력의 이동은 이제 기대할 수 없었다. 앞으로 24시간 안에 둘 중 하나의 상황이 벌어질 것이다. 공산주의자들이 완력으로 다시 권력을 잡는다. 만일 그러지 않는다면 그들은 영원히 끝이다.

타냐는 힘겹게 한 시간을 꼬박 기다린 다음 다시 모스크바로 전화를 걸었다.

"둘이 이야기했어." 딤카가 말했다. "고르바초프는 탄압에 대한 지원을 거부했어."

"하느님, 감사합니다." 타냐가 말했다. "그럼 야루젤스키는 어떻게 할 거래?"

"가능한 한 빠르게 후퇴하겠지."

"진짜?" 타냐는 너무 좋은 소식이라 믿기지가 않았다.

"달리 선택지가 없어."

"뭔가 있을 줄 알았어."

"즐겁게 축하를 해도 돼."

타냐는 전화를 끊고 다누타에게 말했다. "폭력은 없을 거래요." 그녀는 말했다. "고르바초프가 그럴 수 없게 했어요."

"오, 맙소사." 다누타의 목소리에는 환희와 믿을 수 없다는 기분이 뒤섞여 있었다. "우리가 진짜로 이겼어요, 그렇죠?"

"그래요." 타냐는 말했다. 만족감과 희망이 가슴 밑바닥에서부터 끓어올랐다. "이건 종말의 시작이에요."

*

7월 7일, 찌는 듯이 더운 한여름의 부쿠레슈티였다. 딤카와 나탈리야는 고르바초프와 함께 바르샤바조약기구 정상회의에 와 있었다. 회의를 개최한 니콜라에 차우셰스쿠는 루마니아의 미치광이 독재자였다.

의제 가운데 가장 중요한 것은 '헝가리 문제'였다. 딤카는 그 안건을 포함시킨 사람이 에리히 호네커라는 것을 알았다. 헝가리의 자유화는 개혁을 진행하지 않는 정권의 억압적인 태도에 주의를 환기시키면서 다른 모든 바르샤바조약기구 국가를 위협했는데, 그중 동독이 최악의 위기를 맞고 있었다. 헝가리에서 휴가를 보내던 수백 명의 동독인이 텐트를 벗어나 숲속으로 가서 낡은 울타리에 난 구멍을 통해 오스트리아로 넘어가 자유를 찾았다. 벌러톤 호수에서 국경으로 향하는 도로는 그들이 후회 없이 버린 싸구려 트라반트, 바르트부르크 자동차로 어지러웠다. 대부분은 여권이 없었지만 문제되지 않았다. 그들은 서독으로 이송되어 그곳에서 자동으로 시민권을 받고 자리를 잡을 수 있도록 도움을 받았다. 낡은 차는 곧 더 믿음직스럽고 편안한 폭스바겐으로 바꿀 수 있을 것이 분명했다.

바르샤바조약기구의 지도자들은 국기가 드리워진 테이블들이 사각형으로 놓인 커다란 방에서 만났다. 늘 그러듯 딤카와 나탈리야 같은 보좌관들은 방 끄트머리에 모여 앉아 있었다. 호네커가 원동력을 제공했지만 차우셰스쿠가 지휘를 맡았다. 고르바초프의 옆자리에서 일어선 그는 헝가리 정부의 개혁론자 정책을 공격하기 시작했다. 그는 키가 작고 허리가 굽은 사내로 눈썹의 숱이 많고 눈빛은 미친 사람 같았다. 회의실에 있는 수십 명을 향해 말하는데도 경기장에 모인 수천 명의 청중 앞에서 연설하듯 소리를 지르고 몸을 움직여 보였다. 고함을 치는 동안 뒤틀린 입술 사이로 침이 튀었다. 그는 아무렇지도 않게 원하는 바를 말했다. 1965년의 재현이었다. 그는 바르샤바조약기구가 헝가리를 침공해 미클로시 네메트를 축출하고 정통파적인 공산당이 지배하는 나라로 되돌려야 한다고 했다.

딤카는 실내를 둘러보았다. 호네커는 고개를 끄덕였다. 체코의 무자비한 밀로시 야케시도 동의한다는 표정이었다. 불가리아의 토도르 지프코프는 분명하게 동의했다. 오직 폴란드의 지도자 야루젤스키 장군만이 미동 없이 무표정하게 앉아 있었는데, 아마도 선거의 패배로 겸손하게 처신하는 것 같았다.

이들 모두가 잔혹한 폭군이자 고문과 살인을 일삼는 자들이었다. 스탈린도 예외가 아니었고 그 역시 전형적인 공산주의 지도자였다. 그런 사람들이 지배자가 되도록 허락하는 정치체제라면 사악한 것이라고 딤카는 생각했다. 그걸 알아내는 데 우리 모두 왜 그렇게 오래 걸린 걸까?

하지만 딤카의 눈은 회의실에 있는 대부분의 사람과 마찬가지로 고르바초프를 향해 있었다.

수사학은 더는 문제되지 않았다. 누가 옳고 누가 그른지는 중요하지 않았다. 이 회의실에 모인 모든 사람은 벗어진 머리에 와인 흘린 자국이 있는 사내의 동의 없이는 아무것도 할 힘이 없었다.

딤카는 고르바초프가 어떻게 나올지 알 것 같았다. 하지만 절대 확신할 수는 없었다. 고르바초프 스스로도 그가 지배하는 제국과 마찬가지로 보수와 개혁으로 나뉘어 있었다. 어떤 연설도 그의 마음을 바꿔놓을 것 같지 않았다. 회의가 진행되는 거의 내내 그는 지루해 보였다.

차우셰스쿠의 목소리는 거의 비명처럼 높아졌다. 바로 그 순간 고르바초프의 눈길이 미클로시 네메트와 마주쳤다. 러시아인은 차우셰스쿠가 혹평과 침을 뱉어내는 동안 헝가리인에게 살짝 웃어 보였다.

그리고, 고르바초프가 눈을 찡긋하는 모습에 딤카는 경악했다.

고르바초프는 조금 더 웃어 보이더니 고개를 돌리고 다시 지루해하는 표정으로 되돌아갔다.

*

마리아는 부시 대통령의 유럽 방문이 거의 끝날 때까지 간신히 재스퍼 머리를 피했다.

그녀는 한 번도 재스퍼를 만난 적이 없었다. 그가 어떻게 생겼는지는 알았다. 다른 모든 사람처럼 그를 텔레비전에서 봤기 때문이다. 실제로 보니 키가 더 컸고, 그것뿐이었다. 오랫동안 그녀는 그가 취재한 최고의 기사들에 대한 정보를 비밀리에 제공했고, 그는 그런 사실을 알지 못했다. 그가 접촉하는 사람은 중개자 역할을 하는 조지 제이크스뿐이었다. 그들은 조심했다. 그랬기 때문에 절대로 발각되지 않은 것이었다.

그녀는 재스퍼가 어떻게 〈오늘〉에서 해고당했는지 자세한 내막을 알고 있었다. 백악관이 방송국 소유주인 프랭크 린드먼에게 압력을 가했고, 그렇게 해서 스타 기자는 외국으로 유배를 떠난 것이다. 하지만 동유럽의 정세가 들끓는데다 재스퍼의 후각이 좋은 기사의 냄새를 맡으면서 그가 맡은 일은 매우 중요해졌다.

부시와 마리아를 포함한 수행원들은 마지막 방문지인 파리에 도착했다. 마리아가 프랑스혁명 기념일인 7월 14일 기자단과 함께 샹젤리제 거리에 서서 끝없이 이어지는 군 병력과 무기의 행진을 지켜보면서 얼른 집으로 돌아가 조지와 다시 사랑을 나누고 싶다는 생각을 하고 있는데 재스퍼가 말을 걸었다. 그는 얼굴 크림을 광고하는 거대한 포스터 속 에비 윌리엄스를 가리켰다. "저 친구가 열다섯 살일 때 저한테 푹 빠졌었죠." 그가 말했다.

마리아는 포스터를 바라보았다. 에비 윌리엄스는 그녀의 정치색 때문에 할리우드에서 블랙리스트에 올랐지만 유럽에서는 엄청난 스타였고, 마리아는 그녀가 개인적으로 유기농 화장품을 출시해 영화로 번 것보다 더 많은 돈을 벌었다는 이야기를 읽은 것이 생각났다.

"당신이랑은 한 번도 만난 적이 없군요." 재스퍼가 말했다. "하지만 난 베리나 마퀀드와 함께 살 때 당신의 대자인 잭 제이크스와 알고 지냈죠."

마리아는 조심스럽게 그와 악수를 나누었다. 기자와 이야기하는 건 늘 위험했다. 무슨 말을 하든 관계없이, 그저 대화를 나누었다는 사소한 사실만으로도 입장이 불리해질 수 있었다. 실제로 무슨 말을 했는지에 대해 늘 논란이 일 가능성이 있기 때문이다. "마침내 만나게 되어 기쁘군요." 그녀는 말했다.

"이뤄내신 업적을 존경하고 있습니다." 그가 말했다. "당신이 쌓은 경력은 백인 남성이라고 해도 놀라울 겁니다. 아프리카계 미국인으로서는 믿기 어려울 정도죠."

마리아는 웃었다. 물론 재스퍼는 매력적이었다. 그는 그것으로 사람들의 입을 열었다. 또한 그는 완벽하게 신뢰할 수 없었다. 기사를 위해서라면 자기 어머니도 배신할 사람이었으니까. 그녀는 중립적으로 말했다. "유럽에서는 어떻게 지내고 있나요?"

"지금 당장은 유럽이 세계에서 가장 흥미진진한 곳입니다." 그는 말했다. "제가 운이 좋았죠."

"그거 잘됐네요."

"그와 달리 부시 대통령에게는 이번 방문이 성공적이지 못한 것 같습니다." 재스퍼가 말했다.

시작이로군. 마리아는 생각했다. 그녀는 곤란한 입장이었다. 재스퍼의 평가에 동의하면서도 대통령과 국무부의 정책을 옹호해야 했다. 부시는 동유럽에서 이는 자유운동에서 지도자 자리를 차지하는 데 실패했다. 그는 너무 소심했다. 하지만 그녀는 말했다. "우리는 나름대로 승리를 거두었다고 생각해요."

"글쎄요, 그렇게 말씀하실 수밖에 없겠죠. 하지만 오프더레코드로 말하자면, 부시가 야루젤스키를—구식 공산주의자 폭군을—폴란드 대통령에 출마하라고 설득한 게 옳은 일이었을까요?"

"야루젤스키는 점진적인 개혁을 감독할 최고의 후보일 수도 있어요." 마리아는 말했지만 그렇게 믿지는 않았다.

"부시는 백억 달러의 차관을 요청한 '연대'에 일억 달러라는 시시한 금액의 지원을 제안해 레흐 바웬사를 격분하게 했죠."

"부시 대통령은 조심성이 많습니다." 마리아는 주장했다. "폴란드 사람들이 우선 스스로 경제를 개혁하고 그다음에 원조를 받아야 한다는 게 대통령의 생각이죠. 안 그러면 돈 낭비가 될 겁니다. 대통령은 보수주의자입니다. 재스퍼, 당신은 그게 싫을지 몰라도 미국 국민들은 좋아해요. 그래서 국민이 그를 뽑은 겁니다."

재스퍼는 한 점 따낸 걸 알고 웃음지었지만 계속 밀어붙였다. "헝가리에서 부시는 국경 울타리를 제거한 일에 대해 실제로 압력을 넣은 야권이 아닌 공산당 정부를 칭찬했습니다. 그는 계속해서 헝가리 사람들에게 너무 멀리, 너무 빨리 나가지 말라고 말하고 있어요! 자유세계 지도자의 조언이 어떻게 그럴 수 있죠?"

마리아는 반박하지 않았다. 재스퍼의 말이 100퍼센트 옳았다. 그녀는 그를 피하기로 했다. 잠시 스스로 생각할 시간을 벌면서 그녀는 낮은 트럭들이 옆구리에 프랑스 국기를 그려넣은 긴 미사일을 싣고 지나가는 모습을 지켜보았다. 그러다 말했다. "당신은 더 좋은 기사를 놓치고 있어요."

그는 회의적으로 눈썹을 치켜세웠다. 그런 식의 비난이 재스퍼 머리를 향하는 적은 거의 없었다. "말씀하시죠." 그는 가벼운 흥미를 느끼며 말했다.

"온더레코드로는 말할 수 없어요."

"그럼 오프더레코드로 하죠."

그녀는 그를 쏘아보았다. "확실히 해둬야 해요."

"확실해요."

"좋아요. 어쩌면 당신도 알겠지만, 대통령이 듣고 있는 조언 중에는 고르바초프가 사기꾼이고 글라스노스트와 페레스트로이카는 공산당의 빈말이고, 이 모든 게 서방을 속여서 조급히 대비 태세를 풀고 무장을 해제하도록 하려는 거짓말이라는 내용도 있어요."

"누가 그런 조언을 하는 겁니까?"

대답은 CIA와 국가안보 보좌관, 국방장관이었지만 마리아는 비록 오프더레코드라고 해도 기자 앞에서 그들을 들이받고 싶지는 않았다. 그래서 말했다. "재스퍼, 그걸 이미 알고 있지 않다면 당신은 우리 모두가 생각하는 그런 기자가 아니겠죠."

그는 씩 웃었다. "좋아요. 그럼 그 큰 기사라는 건 뭡니까?"

"부시 대통령은 그 조언을 받아들이려고 했어요. 이번 방문에 나서기 전에는 말이죠. 기삿거리라는 건 대통령이 이곳 유럽 땅에서 진실을 봤고 그에 따라 생각을 바꿨다는 거예요. 폴란드에서 대통령은 이렇게 말했어요. '역사가 만들어지는 바로 그 현장에서 목격자가 된 것 같은 들뜬 기분이야.'"

"그 말 인용해도 되나요?"

"될 거예요. 제게 한 말이니까요."

"고마워요."

"대통령은 이제 공산세계의 변화가 진짜이고 항구적이라는 걸 믿어요. 그리고 그런 일은 벌어지지 않는다고 우리 자신을 속일 게 아니라 조심스럽게 격려해야 한다는 것도요."

재스퍼는 마리아를 한참 바라보았다. 마리아가 생각하기에 그의 눈빛에는 놀라움과 함께 존경의 마음이 담겨 있었다. "당신 말이 옳아요." 마침내 그는 말했다. "그게 더 나은 기사군요. 워싱턴에 남은 딕 체니나 브렌트 스코크로프트 같은 냉전의 전사들이 미친듯이 화를 내겠네요."

"그 말을 한 건 당신이에요." 마리아가 말했다. "내가 아니에요."

*

릴리와 카롤린, 알리스, 그리고 헬무트는 릴리의 하얀색 트라반트를 몰고 베를린을 떠나 헝가리의 벌러톤 호수로 향했다. 언제나 그렇듯 이틀이 걸렸다. 가는 동안 릴리와 카롤린은 두 사람이 아는 모든 노래를 불렀다.

그들은 두려움을 감추기 위해 노래했다. 알리스와 헬무트는 서방으로 탈출을 시도할 것이다. 무슨 일이 벌어질지는 아무도 몰랐다.

릴리와 카롤린은 뒤에 남을 터였다. 두 사람 다 독신이었지만 그럼에도 그들의 삶은 동독에 있었다. 그들은 정권을 증오했지만 달아나기보다는 그에 맞서고 싶었다. 남은 인생이 창창한 알리스와 헬무트는 달랐다.

릴리는 탈출을 시도했던 사람은 둘밖에 몰랐다. 레베카, 그리고 발리였다. 레베카의 약혼자는 지붕에서 떨어져 평생 불구로 살았다. 발리는 국경 경비병을 차로 치어 죽였고 오랫동안 트라우마가 그를 따라다녔다. 그들은 행복한 선례를 남기지 못했다. 하지만 이제 상황은 바뀌었다. 그렇지 않은가?

휴가 캠핑장에 도착한 첫날 저녁 그들은 베르톨트라는 중년 남자를 만났다. 그는 자신의 텐트 밖에 앉아서 캔맥주를 마시는 대여섯 명의 젊은이에게 장황하게 말을 늘어놓고 있었다. "확실하잖아, 안 그래?" 그는 은밀한 척하지만 잘 들리는 목소리로 말했다. "이 모든 게 슈타지가 만든 함정이라는 거야. 반체제 분자들을 잡아내는 그들의 신종 수법이지."

땅바닥에 앉아 담배를 피우던 젊은이는 회의적인 것 같았다. "그럼 어떻게 작동하죠?"

"국경을 넘자마자 오스트리아 경찰이 체포하는 거지. 그들이 헝가리 경찰에게 넘기면 수갑을 채워 동독으로 보내는 거야. 그러면 리히텐베르크에 있는 슈타지 본부의 취조실로 직행이지."

근처에 서 있던 한 여자가 말했다. "어떻게 그런 걸 알아요?"

"내 사촌이 여기서 국경을 넘으려고 했어." 베르톨트가 말했다. "걔가 나한테 마지막으로 한 말이 이거야. '빈에 가서 엽서 보낼게.' 근데 지금은 드레스덴 근처 노동수용소에 갇혀 우라늄 광산에서 일해. 우리 정부가 그런 광산에서 일할 사람을 찾을 방법은 그것밖에 없어. 아무도 그런 일을 하지 않으려 하거든. 방사능 때문에 폐암이 생긴대."

가족은 잠자리에 들기 전 베르톨트의 이론에 대해서 나지막하게 논의했다. 알리스는 비웃으며 말했다. "베르톨트는 뭐든 다 안다고 떠드는 부류의 사람인 거야. 사촌이 우라늄 광산에서 일하고 있는 걸 자기가 어떻게 알았겠어? 정부는 그런 식으로 죄수를 이용하는 걸 허락하지 않아."

하지만 헬무트는 걱정했다. "그자가 멍청이일 수도 있어. 하지만 그의 이야기가 진짜라면? 국경은 함정일 수도 있어."

알리스가 말했다. "오스트리아인들이 탈출한 사람들을 돌려보낼 이유가 없잖아. 그들은 공산주의를 사랑하지 않아."

"탈출한 사람들을 위해 노력과 돈을 쓰고 싶지 않을 수도 있지. 오스트리아인들이 왜 동독인들을 걱정하겠어?"

그들은 한 시간 동안 의논했지만 아무 결론도 내리지 못했다. 릴리는 걱정스러워 한참 잠을 이루지 못했다.

다음날 아침 공용 식당에서 릴리는 햄과 치즈가 담긴 커다란 접시를 앞에 두고 다른 젊은이 무리에게 자신의 이론을 떠들어대는 베르톨트를 발견했다. 저 사람은 진짜일까, 아니면 슈타지 소속 사기꾼일까? 알아내야 할 것만 같았다. 그는 한동안은 그 자리에 있을 듯했다. 릴리는 그의 텐트를 뒤져봐야겠다고 충동적으로 결심했다. 그녀는 식당을 나섰다.

텐트는 잠겨 있지 않았다. 여행객들은 그저 돈이나 값나가는 물건을 두고 다니지 말라는 정도의 안내를 받았다. 그럼에도 베르톨트의 텐트 입구는 끈으로 단단히 묶여 있었다.

릴리는 당연히 그럴 자격이 있는 사람처럼 느긋하게 보이도록 애쓰면서 끈을 풀기 시작했다. 심장이 북을 치는 것처럼 쿵쾅거렸다. 지나가는 사람들을 죄지은 듯 바라보지 않으려고 노력했다. 몰래 숨어드는 데는 익숙했다. 카롤린과 함께 하는 공연은 늘 절반쯤은 불법이었다. 하지만 이런 짓은 그녀도 해본 적이 없었다. 어떤 이유에서든 베르톨트가 아침을 일찍 먹고 예상보다 빨리 돌아온다면 뭐라고 해야 할까? "이런, 엉뚱한 텐트네. 죄송해요!" 텐트들은 모두 비슷비슷해 보였다. 그 말을 믿을 수도 있다. 하지만 그가 어떻게 나올까? 경찰에 신고할까?

그녀는 텐트 덮개를 열고 안으로 들어섰다.

베르톨트는 남자치고는 깔끔했다. 옷은 개어서 여행가방에 넣어두었고 빨랫감으로 가득찬 끈으로 조이는 주머니가 하나 있었다. 안전면도기와 면도 비누가 든 세면도구 가방도 있었다. 침대는 금속관에 캔버스 천을 걸쳐서 만든 것이었다. 침대 옆에는 독일어 잡지가 여러 권 보였다. 의심할 것은 전혀 없어 보였다.

서둘지 마. 그녀는 속으로 말했다. 주의깊게 단서를 찾아. 이 사람은 누구고 여기서 뭘 하고 있는 걸까?

캠핑용 침대 위에 접어서 올려놓은 슬리핑백이 보였다. 슬리핑백을 들자 뭔가 묵직한 느낌이 들었다. 지퍼를 내리고 슬리핑백 안쪽을 뒤졌다. 포르노 사진들이 실린 책 한 권이 나왔다. 그리고 총 한 자루도.

총신이 짧은 작고 검은 권총이었다. 그녀는 무기에 관해서는 별로 아는 것이 없어 어느 회사 물건인지 확인할 수 없었지만 9밀리미터라고들 하는 것이라고 생각했다. 숨겨두기 용이하게 만들어진 총으로 보였다.

그녀는 청바지 주머니에 총을 쑤셔넣었다.

그녀는 의문에 대한 답을 구했다. 베르톨트는 뭐든 다 아는 허풍쟁이가 아니었다. 그는 슈타지 요원으로 이곳에 와서 위협적인 이야기를 퍼뜨리고 탈출하는 사람들을 단념시키는 일을 하고 있었다.

릴리는 슬리핑백을 다시 접어두고 텐트 밖으로 나왔다. 베르톨트는 보이지 않았다. 그녀는 떨리는 손으로 재빨리 텐트 덮개를 다시 묶어두었다. 몇 초만 있으면 안전했다. 총이 잘 있는지 확인해보자마자 베르톨트는 누군가 왔었다는 걸 알 테지만 그녀가 지금 이 순간만 잘 넘긴다면 그는 누구 짓인지 절대 알아낼 수 없었다. 릴리는 그가 총을 도난당한 일을 헝가리 경찰에 신고조차 못할 거라고 추측했다. 그들의 휴가지 캠핑장에 독일 비밀경찰이 권총을 들여왔다는 걸 헝가리 경찰이 못

마땅해할 게 분명하기 때문이었다.

그녀는 재빨리 걸었다.

카롤린은 헬무트와 알리스의 텐트에서 낮은 목소리로 여전히 국경을 넘는 일이 함정인지 아닌지 이야기를 나누고 있었다. 릴리는 대화를 중단시켰다. "베르톨트는 슈타지 요원이야." 그녀가 말했다. "그의 텐트를 뒤졌어." 그러고는 주머니에서 총을 꺼내 보였다.

"마카로프군요." 군에 복무한 적이 있는 헬무트가 말했다. "소련에서 만든 반자동 권총인데, 슈타지에 기본으로 지급되는 무기죠."

릴리가 말했다. "만일 국경이 진짜 함정이라면 슈타지는 그 사실을 비밀로 유지하겠지. 베르톨트가 모두에게 떠드는 걸 보면 그 이야기가 사실이 아니라는 증거야."

헬무트는 고개를 끄덕였다. "그걸로 제겐 충분하네요. 우린 넘어갈 겁니다."

그들 모두 일어섰다. 헬무트가 릴리에게 말했다. "제가 총을 없애버릴까요?"

"그래, 그래줘." 그녀는 총을 없앨 수 있게 되어 안심하며 건넸다.

"호숫가에서 인적 드문 곳을 찾은 다음 호수에 던져버릴게요."

헬무트가 총을 없애러 간 사이 여자들은 짐짓 휴가온 가족인 양 어딘가에 놀러 다녀올 것처럼 자동차 트렁크에 수건과 수영복, 선크림을 챙겨넣었다. 헬무트가 돌아오자 그들은 식료품점으로 가서 치즈와 빵, 와인을 샀다.

그런 다음 그들은 서쪽으로 향했다.

릴리는 줄곧 뒤돌아봤지만 그들을 따라오는 사람은 아무도 없는 듯 보였다.

그들은 80킬로미터를 달린 다음 국경에 가까워지자 큰길에서 벗어났다. 알리스는 지도와 나침반을 갖고 있었다. 숲속에서 적당한 소풍 장소를 찾는 척하며 시골길을 따라 돌아다니던 그들은 동독 번호판을 단 채 길가에 버려진 자동차를 몇 대 발견했고, 원하던 지역을 제대로 찾아왔다는 걸 알았다.

공무원으로 보이는 사람이라고는 흔적도 보이지 않았지만 릴리는 걱정스러웠다. 동독 비밀경찰이 탈출하는 사람들에게 관심이 있는 것은 분명해도 할 수 있는 일은 아무것도 없는지 몰랐다.

그들이 작은 호수를 지날 때 알리스가 말했다. "내 계산으로는 여기서 국경까지는 1.6킬로미터도 안 돼."

잠시 후 운전대를 잡은 헬무트는 도로를 버리고 나무들 사이 비포장길로 접어들었다. 그는 물가에서 몇 걸음 떨어진 공터에 차를 세웠다.

그는 엔진을 껐다. "자." 그가 조용한 가운데 말했다. "점심을 먹는 척해볼까요?"

"아니야." 알리스가 말했다. 그녀의 목소리는 긴장으로 높아졌다. "난 지금 가고 싶어."

그들 모두 차에서 내렸다.

알리스가 나침반을 보며 앞장섰다. 걸음의 속도를 늦출 덤불이 별로 없어서 걷기가 쉬웠다. 키가 큰 소나무들 사이로 비쳐든 햇빛이 발아래 카펫처럼 깔린 솔잎 위에 금빛 조각을 던지고 있었다. 숲은 조용했다. 릴리에게 물새의 일종인 새가 우는 소리가 들렸고 가끔 멀리서 트랙터가 우르릉거렸다.

그들은 낮게 뻗은 나뭇가지에 절반쯤 가려진 노란색 바르트부르크 나이트 자동차를 지나쳤다. 창문은 깨지고 펜더는 이미 녹슨 모습이었다. 열려 있는 트렁크에서 새 한 마리가 날아올랐고, 릴리는 새가 차 안에 둥지를 틀었나 궁금했다.

그녀는 주위를 끊임없이 살피며 군복임을 알아볼 수 있는 녹색이나 회색 천조각을 찾았지만 전혀 보이지 않았다. 헬무트도 마찬가지로 바짝 경계하는 모습인 것을 알아볼 수 있었다.

오르막을 따라올라가자 어느새 갑자기 숲이 끝났다. 깔끔하게 정리된 구역이 나왔고 100미터쯤 떨어진 곳에 울타리가 보였다.

크게 인상적이지는 않았다. 기둥은 대충 깎은 나무였다. 울타리는 여러 줄의 철조망으로 이루어져 있었는데 아마 예전에는 전기가 흘렀을 것이다. 가장 윗줄은 높이 180센티미터 정도의 평범한 가시철조망이었다. 철조망 너머는 노란 곡식들이 8월 햇볕에 익어가는 들판이었다.

그들은 나무가 없는 깔끔한 구역을 지나 울타리로 다가갔다.

알리스가 말했다. "바로 여기서 울타리를 타고 넘으면 돼."

헬무트가 말했다. "분명히 전기 스위치를 껐겠지?"

"그럼." 알리스가 말했다.

참을 수 없다는 듯 카롤린이 손을 뻗어 철조망을 만졌다. 아래위 가리지 않고 철조망을 손으로 꼭 쥐어보았다. "꺼졌어." 그녀는 말했다.

알리스는 어머니, 그리고 릴리와 키스하고 포옹을 나누었다. 헬무트는 악수를 했다.

100미터쯤 떨어진 언덕 뒤에서 헝가리 국경 수비대의 회색 튜닉과 높이 솟은 모자 차림인 병사 두 명이 모습을 드러냈다.

릴리가 말했다. "오, 안 돼!"

두 병사는 소총을 겨누었다.

"모두 꼼짝하지 말아요." 헬무트가 말했다.

알리스가 말했다. "이렇게 아슬아슬하게 잡히다니 믿을 수가 없어!" 그녀는 울기 시작했다.

"절망하지 마." 헬무트가 말했다. "아직 끝난 게 아니야."

가까이 다가온 병사들은 소총을 내리더니 독일어로 말했다. 무슨 일이 벌어지는지 정확히 아는 게 분명했다. "여기서 뭐하는 겁니까?" 한 병사가 말했다.

"숲속으로 소풍 나왔어요." 릴리가 말했다.

"소풍이요? 정말입니까?"

"우린 나쁜 짓을 하려던 게 아니에요!"

"여기는 접근하면 안 되는 곳입니다."

릴리는 병사들이 그들을 체포할까봐 극도로 두려웠다. "좋아요, 알았어요." 그녀는 말했다. "돌아갈게요!"

그녀는 헬무트가 싸움에 휘말릴까봐 두려웠다. 그들 모두 죽임을 당할 수도 있다. 몸이 떨리고 다리 힘이 빠졌다.

두번째 병사가 입을 열었다. "조심하세요." 그가 말했다. 그리고 그들이 지나온 방향으로 울타리를 가리켰다. "여기서 400미터쯤 가면 울타리가 뚫린 곳이 있습니다. 혹시 실수로 국경을 넘을 수도 있죠."

두 병사는 서로 마주보더니 신나게 웃었다. 그러고는 아까 가던 방향으로 가버렸다.

릴리는 놀라서 멀어지는 그들의 등을 멍하니 바라보았다. 그들은 뒤도 돌아보지 않고 계속 걸어가고 있었다. 릴리와 나머지 세 사람은 그들이 시야에서 사라질 때까지 아무 말도 하지 않고 지켜보았다.

그러고 나서 릴리가 말했다. "저 사람들 우리한테……"

"울타리가 뚫린 곳을 찾으라는 거예요!" 헬무트가 말했다. "빨리 가서 찾아요!"

그들은 서둘러 병사들이 가리킨 쪽을 향해 걸었다. 혹시 숨어야 할 경우를 대비해 숲의 가장자리를 따라 움직였다. 아니나 다를까 400미터쯤 걸어가자 울타리가 부서진 곳에 도착했다. 나무기둥들이 뽑혀 있고 철조망은 군데군데 끊어진 채 땅에 널브러져 있었다. 마치 무거운 화물차가 밀고 지나간 것처럼 보였다. 주변 땅은 잔뜩 짓밟힌 모습이었고 풀은 갈색으로 죽었는데 그나마도 별로 남아 있지 않았다. 뚫린 곳을 넘으면 두 개의 들판 사이로 난 오솔길이 멀리 작은 숲과 지붕 몇 개가 보이는 곳으로 이어졌다. 마을이거나 아니면 민가가 몇 채 모인 듯했다.

자유.

근처에 있는 작은 소나무에 삼십, 사십 어쩌면 오십 개는 되어 보이는 열쇠고리가 매달려 있었다. 사람들이 다시는 돌아오지 않겠다는 반항의 표시로 그들의 아파트나 자동차 열쇠를 두고 간 모양이었다. 가벼운 산들바람에 나뭇가지들이 움직이면 햇빛을 받은 금속들이 반짝거렸다. 꼭 크리스마스트리처럼 보였다.

"망설이지 마." 릴리가 말했다. "우린 십 분 전에 이미 작별인사를 했어. 그냥 가."

알리스가 말했다. "사랑해요, 엄마. 그리고 릴리."

"가." 카롤린이 말했다.

알리스는 헬무트의 손을 잡았다.

릴리는 울타리를 따라 나무를 베어낸 구역을 좌우로 살펴보았다. 아무도 보이지 않았다.

두 젊은이는 쓰러진 울타리 위를 조심스럽게 넘어 뚫린 국경을 통과했다.

국경을 넘은 두 사람은 불과 3미터 거리에 있었지만 멈춰 서서 손을 흔들었다. "우린 자유야!" 알리스가 말했다.

릴리가 말했다. "발리에게 사랑한다고 전해줘."

"나도." 카롤린이 말했다.

알리스와 헬무트는 손을 맞잡고 곡식이 자라는 들판 사이 오솔길을 따라 걸었다.

오솔길 끝까지 간 그들은 다시 손을 흔들었다.

그러고는 작은 마을로 들어서며 시야에서 사라졌다.

카롤린의 얼굴은 눈물에 젖어 있었다. "다시 만날 수나 있을지 모르겠네." 그녀는 말했다.

61장

서베를린은 발리를 향수에 젖게 했다. 십대일 때 기타를 들고 쿠담 거리의 미네젱거 포크 클럽에서 에벌리 브러더스의 히트곡을 부르던 일, 미국으로 가서 팝스타가 되기를 꿈꾸던 일이 생각났다. 난 원하던 걸 얻었어. 그는 생각했다. 그리고 원치 않았던 것도 많이 가졌지.

호텔에 체크인을 하던 그는 재스퍼 머리와 우연히 마주쳤다. "여기 와 있다는 얘기 들었어." 발리가 말했다. "독일에서 벌어지는 일들이 흥미진진해진 모양이군."

"맞아." 재스퍼가 말했다. "미국인들은 보통 유럽 뉴스에 관심이 없는데, 이건 특별해."

"방송하던 〈오늘〉 프로그램은 당신이 없으니까 예전 같지 않아. 듣기로는 시청률이 떨어졌다더군."

"유감인 척하고 있어야겠지. 요새는 뭘 하고 지내?"

"새 앨범 만들어. 데이브가 캘리포니아에서 믹싱을 하고 있어. 현악기랑 철금을 추가하는 바람에 아무래도 망칠 것 같아."

"베를린에는 무슨 일이야?"

"딸 알리스를 만나러 왔지. 그애가 동독에서 탈출했어."

"네 부모님은 아직 거기 남아 계시고?"

"응, 여동생 릴리도 있지." 그리고 카롤린도. 발리는 그녀를 생각했지만 언급하지는 않았다. 그는 그녀도 탈출하기를 무척 바라고 있었다. 그렇게 오랜 세월이 지났는데도 가슴 깊은 곳에서는 여전히 그녀를 그리워하고 있었다. "레베카가 이곳 서독에 있어." 그는 덧붙였다. "누나는 이제 외무부에서 거물이야."

"알아. 나한테 많은 도움을 주셨지. 어쩌면 우리가 함께 장벽으로 갈라진 가족에 대한 기사를 만들어볼 수도 있겠군. 냉전으로 인한 인간적 괴로움을 보여줄 수 있을 거야."

"아니." 발리는 단호하게 말했다. 그는 지난 1960년대에 재스퍼와 했던 인터뷰를 잊지 않았다. 그 인터뷰는 동쪽에 남은 프랑크 가족에게 많은 괴로움을 안겼다. "내 가족이 동독 정부에 시달리게 될 거야."

"안타깝군. 어쨌거나 만나서 반가웠어."

발리는 프레지덴셜 스위트룸에 체크인했다. 응접실의 TV를 켰다. 아버지의 공장에서 만든 프랑크 제품이었다. 뉴스는 온통 헝가리를 거쳐 동독을 탈출하는 사람들의 이야기였다. 이제는 체코슬로바키아도 통로가 되고 있었다. 그는 소리만 줄이고 TV를 켜두었다. 다른 일을 할 때 TV를 켜두는 것이 습관이었다. 엘비스도 같은 습관이 있었다는 걸 알았을 때는 전율이 느껴졌다.

그는 샤워를 하고 옷을 갈아입었다. 그때 프런트에서 전화가 와서 알리스와 헬무트가 아래 와 있다고 알려주었다. "올려보내세요." 발리가 말했다.

바보같이, 긴장하고 있었다. 자기 딸과 만나는 것이었다. 하지만 그는 알리스가 스물다섯 살이 될 때까지 딱 한 번 만났을 뿐이었다. 당시 십대였던 그녀는 비쩍 마르고 금발을 길게 기른 모습이 1960년대에 처음 만났던 카롤린을 떠올리게 했다.

잠시 후 벨이 울려 문을 열었다. 알리스는 이제 젊은 여인이었고 얼이 빠진 것 같은 십대의 모습은 보이지 않았다. 금발은 짧은 단발로 잘라서인지 젊었을 때의 카롤린과 놀랄 만큼 비슷한 모습은 아니었지만 그녀를 닮아 촛불 천 개를 켠 듯한 웃음은 여전했다. 누추한 동독의 옷차림과 초라한 신발을 신은 모습에 발리는 아이를 데리고 쇼핑을 해야겠다고 기억해두었다.

그는 어색하게 그녀의 양볼에 키스하고 헬무트와 악수를 나누었다.

알리스는 스위트룸을 둘러보고 말했다. "와, 방이 좋네요."

로스앤젤레스에 있는 호텔들에 비하면 아무것도 아니었지만 발리는 아무 말도 하지 않았다. 그녀는 배워야 할 것이 많았지만 시간은 넉넉했다.

그는 룸서비스로 커피와 케이크를 시켰다. 그들은 응접실 테이블에 둘러앉았다. "이거 이상하구나." 발리는 솔직히 말했다. "넌 내 자식인데 우리는 서로를 잘 몰라."

"하지만 난 아빠의 노래를 알아요." 알리스가 말했다. "한 곡도 빠짐없이요. 아빠는 곁에 없었지만 평생 내게 노래를 불러줬어요."

"그거 엄청나구나."

"그래요."

그들은 탈출하던 이야기를 자세히 들려주었다. "돌아보면 쉬웠어요." 알리스가 말했다. "하지만 그때는 무서워서 죽는 줄 알았죠."

그들은 프랑크 공장의 회계사 에노크 아네르센이 임대해준 아파트에서 임시로 살고 있었다. "앞으로 뭘 할 거니? 장래에 말이야." 발리가 물었다.

헬무트가 말했다. "저는 전기기술자였는데요, 사업을 배우고 싶습니다. 다음주에는 프랑크 텔레비전의 세일즈맨 한 명과 출장을 가기로 했어요. 아버님 되시는 베르너 씨가 그렇게 시작하는 거라고 하셨어요."

알리스가 말했다. "동독에서 난 약국에서 일했어요. 처음에는 여기서도 같은 일을 하겠지만 언젠가는 내 약국을 차리고 싶어요."

발리는 두 사람이 일할 생각을 하는 게 기뻤다. 두 사람이 그의 돈으로 살고 싶어할지 모른다고 남몰래 불안한 마음을 품었던 터였다. 만일 그랬더라면 두 사람에게 좋지 않았을 것이다. 그는 웃으며 말했다. "두 사람 모두 음악계에서 일하고 싶어하지 않아 기쁘군."

알리스가 말했다. "하지만 가장 중요한 건 아이를 갖고 싶다는 거예요."

"정말 기쁘다. 할아버지 록스타가 될 날이 너무나 기다려지는구나. 결혼할 생각이냐?"

"얘기중이에요." 그녀가 말했다. "동독에 살 때는 생각도 하지 않던 일인데 이제 좀 원하게 됐어요. 아빠 생각은 어떠세요?"

"결혼 자체는 내겐 큰일이 아니지만, 너희가 결혼하겠다고 결정한다면 짜릿할 것 같다."

"좋아요. 아빠, 우리 결혼식에서 노래 불러주실 거죠?"

그 말이 불쑥 들이닥쳐 발리를 때려눕혔다. 그가 할 수 있는 일이라곤 울지 않는 것뿐이었다. "당연하지, 얘야." 그는 간신히 말했다. "기꺼이 불러야지." 감정을 감추느라 그는 텔레비전으로 고개를 돌렸다.

화면에서는 전날 저녁 동독 라이프치히에서 있었던 시위가 나오고 있었다. 시위대는 촛불을 들고 침묵 속에 교회에서부터 행진을 했다. 평화적인 시위였지만 경찰의 밴이 군중을 덮쳐 여러 명을 깔아뭉갰고, 차에서 뛰어나온 경찰관들이 행진하는 사람들을 체포하기 시작했다.

헬무트가 말했다. “저 나쁜 놈들.”

발리가 말했다. “무슨 시위를 하는 거니?”

“여행 자유화를 요구하는 거죠.” 헬무트가 말했다. “우리는 탈출했지만 돌아갈 수는 없어요. 알리스는 이제 아빠를 만났지만 엄마를 만나러 갈 수는 없죠. 전 부모님과 헤어졌고요. 과연 살아서 다시 볼 수 있을지 모르겠어요.”

알리스는 화를 내며 말했다. “사람들이 시위를 하는 건 우리가 이런 식으로 살아야 할 이유가 없어서예요. 나는 아빠뿐 아니라 엄마도 볼 수 있어야 한다고요. 우리는 동독과 서독을 오갈 수 있어야 해요. 독일은 한 나라예요. 장벽을 없애야 해요.”

“나도 동감이다.” 발리가 말했다.

*

딤카는 상관이 마음에 들었다. 고르바초프는 마음 깊은 곳에서 진실을 믿었다. 레닌이 죽고 난 뒤 소련의 지도자는 하나같이 거짓말쟁이들이었다. 그들은 잘못된 일은 모두 얼버무리며 넘어가고 진실은 인정하기를 거부했다. 지난 육십오 년 동안 소련 지도자들의 가장 놀라운 특징은 사실을 직시하기를 거부한다는 점이었다. 고르바초프는 달랐다. 소련을 강타하는 폭풍우를 뚫고 항해하려고 애쓰는 동안 그는 단 하나의 원칙을 따랐다. 바로 진실을 말해야 한다는 것이었다. 딤카는 그를 존경해 마지않았다.

딤카와 고르바초프 두 사람 다 에리히 호네커가 동독의 지도자 자리에서 물러났을 때 기뻐했다. 호네커는 국가와 당을 통제하지 못했다. 하지만 그들은 그의 후계자에게 실망했다. 짜증스럽게도 자리를 이어

받은 자는 호네커의 충성스러운 부하 에곤 크렌츠였다. 윗돌을 빼서 아랫돌을 괴는 꼴이었다.

그럼에도 딤카는 고르바초프가 크렌츠에게 도움의 손길을 내밀어야 한다고 생각했다. 소련은 동독이 무너지도록 둘 수 없었다. 폴란드의 민주적 선거나 헝가리의 자유시장이 있어도 소련은 살아갈 수 있을지 모르지만 독일은 달랐다. 독일은 유럽처럼 동과 서로, 공산주의와 자본주의로 나뉘어 있었다. 그리고 서독이 승리한다면 그것은 자본주의의 우월함을 드러내는 신호인 동시에 마르크스와 레닌이 꾼 꿈의 종말일 터였다. 고르바초프도 그것은 허락하지 못했다. 어떻게 허락할 수가 있겠는가?

누구나 그렇듯이 크렌츠는 이 주 뒤 순례하듯 모스크바를 방문했다. 딤카는 숱 많은 회색 머리에 얼굴이 통통하고 만족스러운 듯 우쭐거리는 남자와 악수를 했다. 젊었을 때는 여자들에게 인기가 많았을 것 같았다.

노란색 나무로 벽을 장식한 커다란 사무실에서 고르바초프는 냉정하지만 격식을 갖춰 그를 맞았다.

크렌츠는 그의 수석 경제 보좌관이 작성한 보고서를 가져왔다. 다름 아닌 동독이 파산했다는 내용이 담긴 것이었다. 그는 호네커가 그동안 보고서를 감춰두었다고 주장했다. 딤카는 동독 경제의 진실이 수십 년 동안 숨겨져 있었다는 것을 알았다. 경제 발전에 대한 모든 선전은 거짓말이었다. 공장과 광산의 생산성은 서방에 비하면 절반도 못 미치는 수준이었다.

"우리는 계속 빚을 늘리면서 버텨왔습니다." 크렌츠는 노란색 나무로 치장한 커다란 크렘린의 방에서 검은색 가죽의자에 앉아 고르바초프에게 말했다. "일 년에 백억 도이치마르크죠."

고르바초프마저 충격을 받았다. "백억?"

"장기차관의 이자를 내기 위해서 단기차관을 들여오고 있습니다."

딤카가 끼어들었다. "그건 불법입니다. 은행들이 알면……"

"우리 채무의 이자는 이제 일 년에 사십오억 달러이고, 전체 외화 소득의 3분의 2에 해당합니다. 이 위기를 극복하기 위해서는 소련의 도움이 반드시 필요합니다."

고르바초프는 발끈했다. 그는 동유럽 국가의 지도자들이 돈을 구걸하는 걸 증오했다.

크렌츠는 알랑거렸다. "어떻게 보면 동독은 소련의 자식이라고 할 수 있습니다." 그는 남자의 농담을 시도했다. "아버지가 되어서 아들을 인정하지 않으면 안 되는 법이죠."

고르바초프는 미소조차 짓지 않았다. "우리는 도움을 제공할 수 있는 상황이 아닙니다." 그가 무뚝뚝하게 말했다. "소련의 현상황에서는 그럴 수 없습니다."

딤카는 놀랐다. 그는 고르바초프가 이렇게까지 가차없으리라고는 예상하지 않았다.

크렌츠는 당황했다. "그럼 우리는 어떻게 합니까?"

"귀국의 국민들에게 진실해야 합니다. 지금까지 해왔던 대로는 살아갈 수 없다는 사실을 말하십시오."

"문제가 생길 겁니다." 크렌츠가 말했다. "비상사태를 선포해야 합니다. 조치를 취해서 장벽을 대규모로 돌파하는 상황을 막아야 합니다."

딤카는 이것은 정치적 협박에 가까워지는 발언이라고 생각했다. 고르바초프 역시 같은 의견이었고 그는 결심을 굳혔다. "그런 상황에서라면 붉은 군대의 구제를 받을 생각은 마시오." 고르바초프는 말했다. "그런 문제들은 귀국이 알아서 해결해야 합니다."

진심으로 하는 말일까? 소련은 정말 동독에서 손떼는 건가? 흥분하고 있던 딤카에게 놀라움이 더해졌다. 고르바초프는 끝까지 가려는 것일까?

크렌츠는 하느님이 존재하지 않는다는 사실을 알게 된 사제처럼 보였다. 동독은 소련이 창조했고 크렘린의 금고에서 원조를 받았고 소련 군대의 힘으로 보호를 받았다. 그는 그 모든 게 끝났다는 생각을 받아들이지 못했다. 다음에 뭘 하면 좋을지 전혀 모르는 것이 분명했다.

크렌츠가 떠난 뒤 고르바초프가 딤카에게 말했다. "동독에 주둔하고 있는 우리 군 사령관들에게 연락해 주의사항을 알려두게. 어떤 상황에서도 그곳 정부와 시민의 충돌에 관여해서는 안 된다고. 이것이 절대 우선사항이야."

맙소사. 딤카는 생각했다. 진짜 끝이란 말인가?

*

11월이 되자 동독의 주요 도시에서는 매주 시위가 일어났다. 시위대 수가 점점 늘었고 사람들은 점점 과감해졌다. 그들은 몽둥이를 앞세운 무자비한 경찰의 돌격에 무너지지 않았다.

릴리와 카롤린은 집에서 멀지 않은 알렉산더 광장 집회에서 공연해 달라는 초청을 받았다. 수십만 명이 참여한 집회였다. 누군가 거대한 플래카드에 슬로건을 써서 가져왔다. 비어 진트 다스 폴크. '우리는 국민이다.' 광장 외곽에는 폭동 진압 장비를 갖춘 경찰이 몽둥이를 들고 군중 속으로 쳐들어가라는 명령을 기다리고 있었다. 하지만 경찰관들이 시위대보다 더 두려워하는 것 같았다.

여러 명의 연사가 연달아 공산정권을 맹렬히 비난했지만 경찰은 아무 조치도 하지 않았다.

행사 주최측에서는 공산주의에 찬성하는 연설도 허락했는데, 놀랍게도 정부가 체제 옹호를 위해 선택한 연사는 한스 호프만이었다. 카롤린과 함께 무대 한쪽 끝에서 순서가 오기를 기다리던 릴리는 이십오 년 동안 그녀의 가족을 박해한, 구부정한 모습의 낯익은 남자를 지켜보았다. 값비싼 파란색 코트에도 불구하고 그는 추위에 떨고 있었다. 아니, 어쩌면 두려움 때문인지도 몰랐다.

한스는 온화하게 미소지으려고 했지만 그저 흡혈귀처럼 보일 뿐이었다. "동지들." 그가 말했다. "당은 인민의 목소리에 귀기울여왔으니 새로운 조치가 취해질 것입니다."

그것이 헛소리임을 아는 사람들은 쉿쉿거리며 야유하기 시작했다.

"그러나 우리는 발전하는 공산주의 안에서 당이 주역임을 인식하고 질서정연한 방식으로 나아가야 합니다."

쉿쉿 소리는 우우, 하는 조롱으로 바뀌었다.

릴리는 한스를 주의깊게 바라보았다. 표정에서 분노와 좌절이 비쳤다. 일 년 전만 해도 그는 한마디만으로 모여 있는 사람 가운데 누구든지 파괴해버릴 수 있었다. 하지만 이제 갑자기 사람들이 힘을 가진 것 같았다. 그는 사람들을 조용히 시키지도 못했다. 마이크의 도움을 받고도 목청껏 외쳐대야 목소리가 들렸다. "특히 예전 지도부가 저지른 어떤 잘못에 대해서든 국가안보조직의 구성원을 희생양으로 삼아서는 절대 안 될 것입니다."

수십 년 동안 사람들을 억압했던 깡패와 사디스트에게 동정을 베풀어달라고 비는 데 지나지 않는 그 말에 군중은 격분했다. 그들은 야유를 보내며 소리질렀다. "슈타지 라우스." "슈타지 꺼져."

한스는 목청껏 소리질렀다. "어쨌거나 그들은 그저 명령에 따랐을 뿐입니다!"

그 말은 믿을 수 없다는 우레와 같은 폭소를 자아냈다.

한스로서는 비웃음의 대상이 되는 것이 최악의 운명이었다. 그는 분노로 얼굴이 벌게졌다. 불현듯 릴리는 이십팔 년 전 레베카가 2층 창문에서 한스의 신발을 그에게 던지던 광경이 떠올랐다. 그때도 이웃 여자의 냉소적인 웃음에 한스는 격분했었다.

지금 한스는 마이크 앞을 떠나지 않고 있지만 시끄러워서 발언은 하지 못했는데, 그럼에도 포기할 생각은 없어 보였다. 이것은 그와 군중 사이의 의지의 싸움이었고, 그가 패배했다. 그의 오만한 표정은 일그러졌고 거의 눈물을 흘릴 것 같았다. 마침내 그는 마이크 앞에서 뒤돌아 연설용 탁자에서 물러났다.

그는 그를 향해 웃음과 야유를 보내는 사람들에게 다시 한번 시선을 보내더니 포기했다. 걸어나가던 그는 릴리를 알아보았다. 카롤린과 함께 기타를 들고 무대로 올라가던 그녀와 눈이 마주쳤다. 그 순간 그는 얻어맞은 개처럼 보였고, 그 모습이 너무 비참해 보여 불쌍한 마음이 들 정도였다.

그녀는 그를 스쳐지나 무대 중앙으로 걸어나갔다. 몇몇 사람이 릴리와 카롤린을 알아보았고, 두 사람의 이름을 아는 사람도 있어 환영의 환호성이 터져나왔다. 그들은 마이크 앞에 섰다. 메이저 코드를 튕긴 다음 함께 〈이 땅은 네 땅〉을 부르기 시작했다.

군중은 이제 미쳐 날뛰었다.

*

본은 라인 강 제방 위에 있는 지방도시였다. 한 나라의 수도로 보기 어려운 선택지였고, 바로 그런 이유, 즉 그곳이 임시 수도이며 언젠가 베를린이 다시 통일된 독일의 수도가 될 거라는 독일 국민의 믿음을 상징하기 위해 선택된 곳이었다. 하지만 그로부터 사십 년이 지난 지금도 여전히 본은 수도였다.

지루한 곳이지만 레베카에게는 잘 맞았다. 늘 너무 바빠서 프레드 비로가 찾아왔을 때를 제외하고는 사교생활을 할 수도 없었다.

그녀는 바빴다. 그녀의 전문 분야인 동유럽이 혁명의 극심한 고통에 빠져 있었고 언제 끝날지 아무도 몰랐다. 대개는 점심시간에도 일을 했지만 오늘은 아니었다. 외무부를 나선 그녀는 자주 찾는 저렴한 레스토랑에 혼자 걸어가 감자와 사과, 베이컨으로 만든 히멜 운트 에르데, 즉 천국과 지상이라는 음식을 주문했다.

식사를 하고 있는데 한스 호프만이 나타났다.

레베카는 의자를 뒤로 밀고 일어섰다. 처음 든 생각은 그가 그녀를 죽이러 왔다는 것이었다. 도움을 청하려고 비명을 지르려던 찰나, 그의 얼굴에 떠오른 표정을 보았다. 패배한 자의 서글픈 표정이었다. 그녀의 두려움이 사라졌다. 그는 더이상 위협이 되지 못했다.

"겁내지 마. 해치려는 거 아니야." 그가 말했다.

그녀는 일어선 채로 말했다. "원하는 게 뭐야?"

"잠깐만 얘기해. 일이 분이면 돼. 더도 바라지 않아."

순간 그녀는 어떻게 그가 동독에서 서독으로 왔는지 궁금했지만, 문득 비밀경찰의 고위 관료에게는 여행 제한이 적용되지 않는다는 걸 깨달았다. 그들은 뭐든 하고 싶은 대로 할 수 있었다. 그는 아마 동료들에게 본에서 정보수집 활동을 해야 한다고 말했을 것이다. 어쩌면 정말 그럴 수도 있다.

레스토랑 사장이 다가와 말했다. "괜찮으십니까, 프라우 헬트?"

레베카는 잠시 더 한스를 바라보았다. 그러고는 말했다. "네, 고마워요, 귄터. 괜찮은 것 같아요." 그녀는 다시 앉았고 한스는 맞은편에 앉았다.

그녀는 포크를 들었다가 다시 내려놓았다. 식욕이 달아났다. "그럼 일이 분만."

"도와줘." 그가 말했다.

그녀는 귀를 의심하지 않을 수 없었다. "뭐?" 그녀가 말했다. "당신을 도와?"

"모든 게 무너지고 있어. 난 빠져나가야 해. 군중은 날 비웃어. 그들이 날 죽일 것 같아 두려워."

"도대체 내가 뭘 해줄 수 있다는 거야?"

"머물 곳과 돈, 서류가 필요해."

"정신 나갔어? 나와 내 가족에게 그런 짓들을 해놓고?"

"내가 왜 그랬는지 몰라?"

"날 증오하니까!"

"당신을 사랑해서 그랬어."

"바보 같은 소리 하지 마."

"당신과 당신 가족을 감시하라는 임무를 받은 건 맞아. 집에 침투하기 위해 당신과 데이트를 했지. 하지만 그때 무슨 일이 일어났어. 사랑에 빠진 거야."

그는 전에도 같은 말을 한 적이 있다. 그녀가 장벽을 넘어 탈출하던 그날. 그 말이 진짜였다. 정신이 나간 거야. 그녀는 그렇게 결론지었다. 다시 두려워지기 시작했다.

"아무에게도 내 감정을 말하지 않았어." 그는 향수에 젖은 듯 웃으며 말했다. 사악한 속임수가 아닌 젊은 시절의 순결한 사랑이라도 떠올리는 듯 보였다. "나는 당신을 부당하게 이용하고 당신의 감정을 조종하는 척했던 거야. 하지만 당신을 정말 사랑했어. 그때 당신이 결혼해야 한다고 한 거지. 난 천국에 있었어! 상급자들에게 들이밀 완벽한 핑계가 생긴 거라고."

그는 꿈속 세상에서 살았다. 하지만 동독을 지배한 엘리트 모두가 마찬가지 아니었을까?

"우리가 남편과 아내로 함께 보낸 그 일 년은 내 인생 최고의 시간이었어." 한스가 말했다. "당신의 거절에 가슴이 찢어졌고."

"어떻게 그렇게 말해?"

"내가 왜 재혼 안 한 것 같아?"

그녀는 깜짝 놀랐다. "모르지." 그녀가 말했다.

"다른 여자들에게는 관심 없어. 레베카, 당신이 내 평생의 사랑이야."

그녀는 그를 빤히 바라보았다. 그리고 이것이 단순한 바보 같은 이야기가 아니라 공감을 얻어내려는 절망적인 시도임을 깨달았다. 한스는 진지했다. 그의 말이 모두 진심이었다.

"날 다시 받아줘." 그는 애원했다.

"안 돼."

"제발."

"대답은 아니요야." 그녀는 말했다. "언제나 아니요일 거야. 당신이 무슨 말을 해도 내 마음은 바뀌지 않아. 당신이 알아듣게 하려고 험한 말을 쓰게 하진 말아줘." 내가 왜 상처주는 말을 하는 데 망설이는 거지. 그녀는 생각했다. 이 사람은 내게 잔인하게 대할 때 한 번도 머뭇거리지 않았는데. "그냥 내가 한 말을 받아들이고 돌아가줘."

"좋아." 그는 슬프게 말했다. "당신이 이렇게 나올 줄은 알았지만 시도는 해봐야 했어." 그는 일어섰다. "고마워, 레베카. 그때 행복한 한 해를 보내줘서. 난 언제나 당신을 사랑할 거야." 그는 돌아서서 레스토랑 밖으로 사라졌다.

레베카는 여전히 잔뜩 충격받은 채로 그를 멍하니 바라보았다. 하느님, 맙소사. 그녀는 생각했다. 생각도 못한 일인걸.

62장

흐릿하게 앞을 가리는 안개와 지옥 같은 동쪽 지역의 연기를 내뿜는 공장에서 풍기는 유황 냄새가 느껴지는 베를린의 11월 어느 추운 날이었다. 커져가는 위기의 취재를 돕기 위해 서둘러 바르샤바에서 자리를 옮겨온 타냐가 느끼기에 동독은 금방이라도 심장마비를 일으킬 것 같았다. 모든 게 무너져내리고 있었다. 장벽을 쌓아올리기 전인 1961년, 너무 많은 사람이 서독으로 달아나 학교는 교사 부족으로 문을 닫고 병원은 뼈만 남은 의료진이 운영하던 그 시절의 모습이 놀라우리만큼 반복되고 있었다. 뒤에 남은 사람들은 더욱더 화가 났고 절망했다.

새로운 지도자인 에곤 크렌츠는 여행에 초점을 맞추었다. 그는 그 문제에서 사람들을 만족시킬 수 있다면 다른 불만들은 사라지리라 희망했다. 타냐가 보기에는 잘못된 판단이었다. 좀더 많은 자유를 요구하는 것이 동독 사람들의 습관이 될 것 같았다. 크렌츠는 11월 6일 내무부의 허가를 받은 국민이라면 해외여행이 가능하다는 요지의 새로운 여행 규정을 발표했는데, 한 사람당 소지할 수 있는 금액이 15도이치마르크,

즉 서독에서 소시지 한 접시와 맥주 한 잔을 살 수 있는 금액이었다. 이런 양보는 대중의 비웃음을 샀다. 11월 9일 오늘, 점점 더 절박해진 지도자는 또다른 여행법을 발표하기 위한 기자회견을 예정해두고 있었다.

타냐는 어디든 원하는 곳에 가고 싶어하는 동독 사람들의 열망에 공감했다. 그녀 역시 그녀 자신과 바실리를 위해 같은 자유를 간절히 바라고 있었다. 바실리는 세계적으로 유명했지만 필명 뒤에 숨어 있었다. 그는 자신의 책이 출판되지 않는 소련을 떠나본 적이 없다. 그의 또다른 자아가 탄 상을 직접 받으러 갈 수 있어야 마땅했고, 가서 갈채의 햇볕을 쬐어야 했다. 그리고 그녀도 함께 가고 싶었다.

불행하게도 그녀는 어떻게 해야 동독이 국민들을 자유롭게 해줄 수 있을지 방법이 보이지 않았다. 동독은 독립된 국가로 존재할 수조차 없었고, 애초에 장벽을 쌓은 것도 그런 이유에서였다. 만일 그들이 시민들에게 여행을 허락한다면 수백만 명이 영영 떠나버릴 것이다. 서독은 지나치게 꼼꼼한 보수주의 국가로 여성의 권리에 대한 태도가 구식이었지만 동독에 비하면 천국일 터였다. 가장 진취적인 젊은 세대가 대규모로 빠져나가고도 살아남을 수 있는 나라는 없다. 그러므로 크렌츠는 동독 국민들이 가장 절실하게 원하는 한 가지만은 절대 허락하지 않을 것이다.

그래서 저녁 여섯시에 조금 못 미친 시간 모렌 가의 국제언론센터로 향하는 타냐는 큰 기대를 품지 않았다. 회견장은 기자와 사진기자, 텔레비전 카메라로 북적였다. 빨간 좌석은 빈자리가 없어 타냐는 회견장 옆쪽에 자리잡은 사람들 사이로 끼어들었다. 외신기자들이 대거 몰려와 있었다. 그들은 피 냄새를 맡을 수 있었다.

여섯시 정각 크렌츠의 대변인인 귄터 샤보브스키가 다른 세 명의 관리와 함께 회견장에 들어서서 연단에 놓인 테이블에 앉았다. 머리가 회색인 그는 회색 양복에 회색 넥타이를 맸다. 그는 능력 있는 관료로 타냐는 그를 좋아하고 신뢰했다. 한 시간가량 그는 내각의 변화와 행정개혁에 대해 발표했다.

공산당 정부가 변화를 요구하는 대중을 만족시키기 위해 서두르는 모습에 타냐는 경이를 느꼈다. 이런 경우는 거의 알려져 있지 않았다. 아주 드물게 이런 일이 벌어진다 해도 금방 탱크들이 밀려오곤 했다. 그녀는 1968년 프라하의 봄, 1981년 '연대' 사건으로 괴로웠던 실망감을 기억했다. 하지만 딤카의 말에 따르면 소련은 더이상 반대 의견을 짓밟을 힘도 의지도 없다고 했다. 그녀는 그 말이 진실이기를 감히 바랄 엄두조차 내지 못했다. 그녀는 그녀와 바실리가 두려움 없이 진실을 글로 쓸 수 있는 삶을 마음속에 그려보았다. 자유. 상상이 잘되지 않았다.

일곱시에 샤보브스키는 새로운 여행법을 발표했다. "모든 동독 국민은 국경 검문소를 이용해 국외로 나갈 수 있습니다." 그가 말했다. 분명치 않은 내용에 여러 명의 기자가 확실히 해줄 것을 요구했다.

샤보브스키 자신도 확실히 알지 못하는 것 같았다. 그는 반달 모양의 안경을 쓰고 법령을 크게 읽었다. "외국으로의 개인적인 여행은 기존 비자의 제시나 여행의 필요성, 또는 가족관계의 증명 없이도 신청이 가능하다."

하나같이 애매한 관료주의적 언어였지만 좋은 내용 같았다. 누군가 말했다. "새로운 이 규정은 언제 시행에 들어갑니까?"

샤보브스키는 모르는 게 분명했다. 타냐는 그가 땀을 흘리는 걸 알아차렸다. 추측으로는 새 법률이 성급하게 마련된 것 같았다. 그는 앞에 놓인 문서들을 뒤적거려가며 대답할 내용을 찾았다. "제가 아는 바로는……" 그는 말했다. "지체 없이, 즉시입니다."

타냐는 당혹스러웠다. 뭔가가 즉시 시행되었다. 그런데 뭐라고? 누구나 그냥 차를 몰고 검문소로 가서 넘어간다고? 하지만 더이상의 설명 없이 기자회견은 끝났다.

타냐는 프리드리히 가에 있는 메트로폴리스 호텔까지 짧은 거리를 걸으면서 기사를 어떻게 써야 좋을지 고심했다. 지저분하지만 웅장한 대리석 로비에서는 슈타지 요원들이 늘 입는 가죽재킷에 청바지 차림으로 어슬렁거리며 담배를 피우거나 화질이 좋지 않은 텔레비전을 보고 있었다. 화면에는 기자회견장의 모습이 보였다. 타냐가 방 열쇠를 건네받는데 한 프런트 직원이 다른 직원에게 하는 말이 들렸다. "저게 무슨 말이야? 그냥 가면 되는 건가?"

아무도 알지 못했다.

*

발리는 그가 묵는 서베를린의 호텔 스위트룸에서 알리스와 헬무트를 보러 비행기를 타고 온 레베카와 함께 뉴스를 보고 있었다. 모두 모여서 저녁식사를 함께 할 계획이었다.

발리와 레베카는 ZDF의 일곱시 프로그램 〈호이테〉에서 단신처럼 전달되는 뉴스를 보고 당혹감을 감추지 못했다. 동독에 새로운 여행 규정이 생겼는데, 의미가 명확하지 않았다. 발리의 가족이 서독에 있는 그를 방문할 허가를 받을 수 있다는 것인지 알 수 없었다. "카롤린도 금방 다시 볼 수 있을지 모르겠군." 그는 생각에 잠겼다.

잠시 후 알리스와 헬무트가 겨울코트와 스카프를 벗으며 들어왔다.

여덟시에 발리는 채널을 ARD의 〈타게스샤우〉로 돌렸지만 추가로 알아낸 것은 없었다. 발리의 인생을 망쳐놓은 장벽이 열리는 것은 불가능해 보였다. 불현듯 모든 것이 너무 익숙한 기억이 스쳐지나갔다. 그는 조 헨리의 낡은 검은색 프라모 밴의 운전대를 잡고 있던 충격적인 그 몇 초를 다시 체험했다. 국경 경비병이 무릎을 꿇고 그를 향해 기관단총을 겨누던 순간의 두려움을, 운전대를 돌려 경비병을 향해 달리던 순간의 공포를, 총알에 앞유리가 박살나던 순간의 혼란을 다시 떠올렸다. 바퀴가 사람 위로 넘어가며 덜컹하던 때의 느낌에 속이 뒤집혔다. 그런 다음 그는 차단기를 부수며 뚫고 자유로워졌다.

장벽이 그의 순수함을 빼앗아갔다. 그에게서 카롤린을 빼앗아갔다. 그리고 딸의 어린 시절도.

이제 스물여섯번째 생일을 며칠 앞둔 그 딸이 말했다. "장벽은 아직 장벽인 거죠, 아닌가?"

레베카가 말했다. "알 수가 없구나. 저들이 거의 실수로 국경을 개방한 것 같아."

발리가 말했다. "밖에 나가 길거리에서 무슨 일이 벌어지고 있는지 볼까?"

*

릴리와 카롤린, 베르너, 카를라는 수백만 명의 동독 사람들과 마찬가지로 ARD의 〈타게스샤우〉를 꾸준히 시청했다. 국가의 통제를 받으며 아무도 믿지 않는 환상의 세계를 묘사하는 다른 뉴스와 달리 그 프로그램은 진실을 말한다고 생각했다. 그럼에도 모호한 내용의 여덟시 뉴스를 보고 그들은 어리둥절했다. 카를라가 말했다. "국경이 개방된 거야, 아니야?"

베르너가 말했다. "그럴 리가 없지."

릴리가 일어섰다. "난 가서 확인할 거예요."

결국 네 명 모두 밖으로 나섰다.

집밖에 발을 내딛고 차가운 공기를 들이마시자마자 그들은 대기중에서 흥분의 기운을 느꼈다. 노란 가로등이 흐릿하게 밝히고 있는 동베를린 거리들은 평상시와 달리 사람과 자동차로 붐볐다. 모두 대부분 무리를 지어 같은 방향, 장벽 쪽으로 향하고 있었다. 일부 청년들은 히치하이킹을 시도하고 있었는데, 일주일 전만 해도 그런 행동은 체포될 수 있는 범죄였다. 사람들은 낯모르는 이에게 말을 걸어 무엇을 알고 있는지, 지금 서베를린으로 갈 수 있다는 게 정말 사실인지 물었다.

카롤린은 릴리에게 말했다. "발리는 서베를린에 있어. 라디오에서 들었어. 알리스를 만나러 온 것이 분명해." 그녀는 깊이 생각하는 것 같았다. "그 둘이 서로 좋아했으면 좋겠는데."

프랑크 가족은 프리드리히 가를 따라 멀리서 찰리 검문소의 강력한 조명이 보일 때까지 남쪽으로 걸었다. 찰리 검문소는 도로의 한 블록을 차지한 시설로 가까운 치머 가는 공산주의 쪽이었고 반대쪽 코흐 가는 자유 지역이었다.

검문소에 가까워지면서 그들은 슈타트미테 지하철역에서 쏟아져나온 사람들로 군중이 불어나는 모습을 보았다. 자동차들도 길게 늘어서 있었는데 운전자들은 검문소로 접근할지 말지 갈팡질팡하는 게 분명했다. 축하의 분위기가 느껴졌지만 정말 축하할 일이 있는지 릴리는 확신이 서지 않았다. 그녀가 보기에는 출입문이 열리지 않았다.

많은 사람이 얼굴을 드러내는 게 두려워 조명빛이 닿지 않는 곳으로 물러섰다. 하지만 용감한 이들은 체포당해 노동수용소에서의 삼 년 형을 선고받을 위험을 감수하고 더 가까이 다가가 '국경 지역 무단 침입'이라는 범죄를 저질렀다.

검문소에 가까워지며 도로가 좁아지고 사람들은 더 빽빽해졌다. 릴리와 그녀의 가족은 맨 앞까지 뚫고 나아갔다. 앞쪽으로 대낮처럼 밝은 조명 아래 사람과 자동차가 지날 수 있는 빨갛고 하얀 출입구, 총을 들고 돌아다니는 경비병, 세관 건물이 보였고 그 모든 걸 내려다보는 탑이 솟아 있었다. 지휘소 유리창 안쪽에 전화기를 든 한 장교의 모습이 보였는데 팔을 크게 휘둘러 절망적인 몸짓을 해가며 통화중이었다.

검문소의 왼쪽과 오른쪽으로는 코흐 가 양쪽을 따라서 혐오스러운 장벽이 서 있었다. 릴리는 뱃속이 뒤집히는 것 같았다. 이것이 그녀의 인생 대부분 동안 가족을 둘로 갈라놓고 다시는 만날 수 없게 만든 구조물이었다. 그녀는 한스 호프만보다 장벽이 더 혐오스러웠다.

릴리가 큰 소리로 말했다. "누구 통과하려고 해본 사람 있나요?"

옆에 있던 여자가 화를 내며 말했다. "저들이 돌려보내요. 경찰서에서 받은 비자가 필요하대요. 하지만 내가 경찰서에 가봤는데 그들은 아무것도 모르고 있었어요."

한 달 전이었다면 그 여자는 전형적인 관료주의의 무능함에 어깨를 으쓱해 보이고는 집으로 돌아갔을 것이다. 하지만 오늘밤은 상황이 달랐다. 그녀는 아직 여기 남아 있었고 만족하지 않았고 항의하고 있었다. 집으로 돌아가는 사람은 아무도 없었다.

릴리 주변의 사람들이 박자를 맞춰 소리질렀다. "열어라! 열어라!"

그들의 목소리가 잦아들었을 때 릴리는 장벽 건너편에서 나는 소리를 들었다. 귀를 기울여보았다. 뭐라고 하는 거지? 한참 만에야 그녀는 무슨 말인지 알아들었다. "넘어와! 넘어와!" 그녀는 서베를린의 시민들 역시 검문소로 몰려들었다는 사실을 깨달았다.

무슨 일이 벌어질까? 이 일은 어떻게 끝날까?

십여 대의 밴이 치머 가를 따라 검문소로 접근하더니 오륙십 명의 국경 경비병이 내렸다.

릴리 옆에 서 있던 베르너가 불길하게 말했다. "증원병이 왔군."

*

딤카와 나탈리야는 흥분하고 긴장한 채 고르바초프의 사무실에 있는 검은색 가죽의자에 앉아 있었다. 동유럽 위성국가들이 각자의 길을 가도록 하는 고르바초프의 전략은 위기로 이어졌고 이제 끓어넘칠 지경이었다. 이 상황은 위험할 수도, 희망적일 수도 있다. 어쩌면 둘 다일 수도 있다.

딤카에게 중요한 건 늘 그렇듯 그의 손자들이 어떤 세상에서 자라느냐였다. 니나와의 사이에서 얻은 아들 그리고르는 이미 결혼했다. 딤카와 나탈리야의 딸 카탸는 대학에 다녔다. 두 아이 모두 앞으로 몇 년 안에 아이를 갖게 될 것이다. 그 아이들에게 준비된 미래는 어떤 것인가? 구시대의 공산주의는 정말 끝났나? 딤카는 아직 알 수 없었다.

딤카는 고르바초프에게 말했다. "수천 명의 사람이 베를린장벽 검문소로 모여들고 있습니다. 동독 정부가 출입문을 열지 않으면 폭동이 벌어질 겁니다."

"그건 우리 문제가 아니야." 고르바초프가 말했다. 기도문처럼 늘 듣는 소리였다. 그는 언제나 그렇게 말했다. "서독의 콜 총리와 얘기를 해야겠네." 그가 말을 이었다.

나탈리야가 말했다. "그는 오늘밤 폴란드에 있습니다."

"최대한 빨리 전화를 연결하도록 해. 늦어도 내일까지는. 나는 그가 독일 통일에 대해 말하기 시작하는 걸 원하지 않아. 그러면 위기가 더 고조될 거라고. 아마도 지금 당장 동독이 처리할 수 있는 불안정한 상황은 장벽의 개방뿐이겠지."

틀림없는 말이라고 딤카는 생각했다. 국경이 개방되었다면 통일 독일은 먼 미래의 일이 아니었다. 하지만 그런 자극적인 쟁점은 당장은 거론하지 않는 편이 나았다.

"지금 당장 서독과 연결하겠습니다." 나탈리야가 말했다. "다른 건 없으십니까?"

"없어, 고맙네."

나탈리야와 딤카는 일어섰다. 고르바초프는 여전히 당장의 위기에 대해 어떻게 하라는 말을 하지 않았다. 딤카가 말했다. "동베를린에서 에곤 크렌츠가 연락해오면 어떻게 할까요?"

"날 깨우지 말게."

딤카와 나탈리야는 사무실을 나왔다.

밖에서 딤카가 말했다. "그가 빨리 움직이지 않으면 너무 늦어버릴 거야."

"뭐가 너무 늦어?" 나탈리야가 물었다.

"공산주의를 구하기에는 너무 늦어버리겠지."

*

마리아 서머스는 프린스 조지스 카운티에 있는 재키 제이크스의 집에서 대자인 잭과 이른 저녁을 먹고 있었다. TV가 켜져 있었고, 그녀는 코트를 입고 목도리를 두른 차림으로 베를린에서 소식을 전하는 재스퍼 머리를 보았다. 그는 찰리 검문소의 자유 구역 쪽에서 프리드리히가 중앙에 세워진 연합군의 작은 초소 근처에 몰린 사람들 사이에 서 있었다. 그의 옆에는 당신은 지금 미국 구역을 떠나고 있습니다라는 내용을 4개 국어로 쓴 표지판이 서 있었다. 뒤쪽으로는 조명등과 감시탑이 보였다.

재스퍼가 말했다. "공산주의의 위기는 오늘밤 이곳에서 새로운 긴장의 정점에 도달했습니다. 몇 주 동안 이어진 시위 끝에 동독 정부는 오늘 서독과의 국경을 개방한다고 발표했습니다. 하지만 국경 경비대나 여권을 관리하는 경찰에는 아무도 알리지 않은 것 같습니다. 그래서 수천 명의 베를린 시민이 악명 높은 장벽의 양쪽에 모여 새롭게 얻어낸 왕래의 권리를 누리게 해달라고 요구하고 있습니다만, 정부는 아무 조치도 취하지 않고 있습니다. 게다가 무장한 경비병들로 인해 점점 긴장이 고조되고 있습니다."

잭은 샌드위치를 다 먹고 목욕을 하러 갔다. "아홉 살이 되더니 새삼 부끄러워하더구나." 재키가 묘한 표정으로 말했다. "이제 할머니랑 목욕하기에는 너무 나이가 많다더라고."

마리아는 베를린에서 전해진 소식에 매료되었다. 그녀는 사랑했던 케네디 대통령이 세계를 향해 했던 말을 기억했다. "이히 빈 아인 베를리너."

"저는 평생 미국 정부를 위해 일하며 보냈어요." 그녀는 재키에게 말했다. "그 세월 내내 우리 목표는 공산주의를 물리치는 거였죠. 하지만 결국 공산주의는 스스로 몰락했어요."

"무슨 일이 벌어지는 거야?" 재키가 말했다. "나는 어찌 돌아가는지 모르겠구나."

"새로운 세대의 지도자들이 권력을 잡았는데, 가장 중요한 사람은 고르바초프예요. 그들이 장부를 들춰서 숫자를 본 다음 말한 거예요. '이게 우리가 최선을 다한 결과라면 공산주의는 해서 뭐하나?' 국무부에 들어오지 말 걸 그랬나봐요. 저랑 다른 수백 명이 그렇게 느끼고 있어요."

"만일 그랬으면 뭘 했을까?"

마리아는 생각도 하지 않고 말했다. "결혼했겠죠."

재키는 자리에 앉았다. "조지는 네 비밀을 절대 말해주지 않았어." 그녀가 말했다. "하지만 나는 분명 네가 유부남을 사랑한다고 생각했지, 1960년대에 말이다."

마리아는 고개를 끄덕였다. "저는 평생 두 남자를 사랑했어요." 그녀가 말했다. "그 사람과 조지죠."

재키가 말했다. "어떻게 된 거야? 그 사람이 아내에게 돌아간 거냐? 유부남들은 대개 그러거든."

"아뇨." 마리아가 말했다. "죽었어요."

"오, 이런 세상에!" 재키가 말했다. "그 사람 케네디 대통령이었니?"

마리아는 깜짝 놀라 재키를 바라보았다. "어떻게 아셨어요?"

"몰랐다. 그냥 추측했지."

"제발 아무에게도 말하지 말아주세요! 조지는 알지만 다른 사람은 아무도 몰라요."

"나는 비밀을 지킬 줄 안단다." 재키는 웃었다. "그레그는 조지가 여섯 살이 될 때까지 자기가 아버지인 줄 몰랐지."

"고맙습니다. 혹시라도 알려지면 쓰레기 같은 저질 신문에 온통 도배될 거예요. 제 경력에 얼마나 큰 타격을 입을지는 아무도 몰라요."

"걱정하지 마. 하지만 잘 들어. 조지는 금방 집에 올 거야. 너희는 이제 실질적으로 동거를 하고 있어. 두 사람 아주 잘 맞는다." 그녀는 목소리를 낮췄다. "난 네가 베리나보다 훨씬 더 좋아."

마리아는 웃었다. "저희 집 식구들도 케네디 대통령보다는 조지를 더 좋아하겠죠. 사실을 알았더라면요. 그건 분명해요."

"너랑 조지가 결혼할 것 같으니?"

"문제는 제가 하원의원과 결혼하면 일을 계속할 수 없다는 거예요. 전

한쪽 당에 치우치면 안 되거든요. 최소한 그렇게 보이기라도 해야 해요."

"너도 언젠가 은퇴하겠지."

"칠 년만 더 지나면 저 예순이에요."

"그때는 조지랑 결혼할래?"

"조지가 원하면요. 할래요."

*

레베카는 찰리 검문소의 서쪽 편에 발리, 알리스, 헬무트와 함께 있었다. 그녀는 재스퍼 머리와 그의 카메라를 피하기 위해 조심했다. 군중에 섞여 길거리에 몰려다니는 것은 정부의 각료로서는 말할 것도 없고 하원의원으로서 옳지 않은 느낌이었다. 하지만 이런 기회를 놓칠 생각은 없었다. 이것은 장벽에 대한 역사상 최고의 시위였다. 장벽은 그녀가 사랑했던 남자를 불구로 만들고 그녀의 인생을 망쳐놓았다. 동독 정부는 이 위기에서 살아남을 수 없다. 그렇지 않을까?

공기는 차가웠지만 사람들 덕에 훈훈했다. 검문소를 향해 뻗은 프리드리히 가에는 수천 명이 모여 있었다. 레베카와 다른 사람들은 앞쪽에 있었다. 연합국 막사를 지나면 프리드리히 가와 코흐 가가 교차하는 곳에 도로를 가로질러 하얀색 페인트가 칠해져 있다. 서베를린이 끝나고 동베를린이 시작되는 지점을 보여주는 선이었다. 모퉁이에 있는 아들러 카페는 엄청나게 손님이 몰려 떠들썩하게 장사를 하고 있었다.

장벽은 프리드리히 가와 교차되는 코흐 가를 따라 서 있었다. 사실 장벽은 두 겹이었는데 둘 다 키 큰 콘크리트였고 사이에 빈 공간이 있었다. 장벽의 서쪽 면은 갖가지 색의 그라피티로 뒤덮여 있었다. 레베카가 서 있는 곳 맞은편의 빈 공간 너머에는 무장한 경비병 여럿이 빨

갖고 하얀 출입구 차단기 앞에 서 있었고, 세 개의 출입구 중 두 군데는 차량용, 하나는 보행자용이었다. 출입구 너머에는 세 개의 감시탑이 있었다. 레베카는 유리창 뒤 군인들이 적의를 품은 채 망원경으로 군중을 살피는 모습을 보았다.

레베카 주위의 일부 사람들은 경비병들에게 말을 걸어 동독 사람들이 넘어올 수 있도록 해달라고 애원하기도 했다. 경비병들은 대꾸하지 않았다. 장교 한 명이 군중에게 다가와 아직 동쪽으로부터의 여행에 관한 새 규정이 생기지 않았다고 설명하려 했다. 아무도 그를 믿으려 들지 않았다. 그들은 그 내용을 TV에서 봤기 때문이다!

사람들이 밀어붙이는 힘을 당해낼 수 없어 레베카는 점점 앞으로 떠밀리다 결국 하얀 선을 넘었고, 엄밀히 따지면 동베를린으로 넘어간 자신을 발견했다. 경비병들은 어쩔 줄 모르고 지켜보기만 했다.

잠시 후 경비병들이 출입구 뒤로 물러났다. 레베카는 깜짝 놀랐다. 동독의 군인들은 보통 군중 앞에서 물러나는 법이 없기 때문이다. 그들은 어떤 무자비한 방법을 동원해서라도 군중을 통제했다.

이제 교차로에 경비병들은 보이지 않았고 모인 사람들은 계속해서 조금씩 앞으로 나아갔다. 이중벽은 양쪽 다 뚝 끊겼고, 안쪽과 바깥쪽을 짧은 벽이 이으며 그 사이 빈 공간으로 진입할 수 없도록 차단했다. 놀랍게도 시위대 가운데 용감한 두 명이 그 벽을 기어올라가 콘크리트 벽 꼭대기의 둥근 부분에 앉았다.

경비병들이 다가와 그들에게 말했다. "내려와주십시오."

두 사람은 예의바르게 거절했다.

레베카는 심장이 두근거렸다. 장벽에 기어오른 사람들은 동베를린에 있었다. 그녀도 마찬가지였다. 그러니 장벽을 넘었다고 경비병이 총을 쏠 수도 있었다. 지난 이십팔 년 동안 많은 사람이 그렇게 총을 맞았다.

하지만 사격은 없었다. 대신 또다른 사람들이 각각 다른 곳에서 장벽에 올라간 다음 꼭대기에 앉아 양쪽으로 다리를 내려 흔들어대며 어떻게 해보려는 경비병들에게 저항하고 있었다.

경비병들은 출입구 뒤 제자리로 돌아갔다.

놀라운 광경이었다. 공산주의자들의 기준으로 보면 이건 무법천지이자 무정부상태였다. 하지만 누구도 이를 막으려 하지 않았다.

레베카는 1961년 8월의 그 일요일을 기억했다. 서른 살이었던 그녀는 집을 떠나 서베를린으로 향했다가 모든 검문소가 철조망으로 가로막힌 것을 보았다. 지금까지 장벽은 그녀 인생의 절반 동안 존재했다. 마침내 그 시절이 끝나는 걸까? 그녀는 온 마음을 바쳐 그때가 오기를 고대했다.

사람들은 이제 공개적으로 장벽에, 경비대에, 동독 정권에 대항하고 있었다. 그리고 경비병들의 분위기가 바뀌고 있는 걸 레베카는 알아차렸다. 일부는 시위대와 대화를 하기도 했는데, 그것은 금지된 일이었다. 시위대 한 사람이 손을 뻗어 경비병의 모자를 낚아채더니 제 머리에 썼다. 경비병이 말했다. "돌려받을 수 있겠습니까? 모자가 없으면 제가 곤란해집니다." 시위대 남자는 마음씨 좋게 모자를 돌려주었다.

레베카는 손목시계를 들여다보았다. 자정이 거의 다 된 시간이었다.

*

벽의 동쪽 편에서는 릴리 주변에 모인 사람들이 구호를 외치고 있었다. "보내달라! 보내달라!"

검문소의 서쪽 편에서 대답하는 구호가 들렸다. "와라! 와라! 와라!"

몰려든 사람들은 시간이 지날수록 조금씩 경비병들을 향해 다가갔다. 이제 그들은 출입구에 닿을 만큼 접근했고 경비병들은 검문소 안쪽으로 물러섰다.

릴리의 뒤쪽으로는 수만 명의 사람과 줄지어 선 차량들이 프리드리히 가를 따라서 보이지 않는 곳까지 길게 이어져 있었다.

상황이 위험할 정도로 불안정하다는 건 모두가 알고 있었다. 릴리는 경비병들이 군중을 향해 사격을 시작할까봐 두려웠다. 그들은 수만 명이나 되는 분노한 사람들로부터 스스로를 보호할 만큼 총알이 많지 않았다. 하지만 달리 뭘 어쩌겠는가?

바로 다음 순간 릴리는 알게 되었다.

갑자기 장교 한 명이 나타나 소리질렀다. "알레스 아우프(다 열어)!"

모든 출입구가 한 번에 열렸다.

기다리고 있던 사람들 사이에서 함성이 일었고 그들은 앞으로 몰려나갔다. 모두가 보행자 통로와 차량 관문으로 물밀듯 밀려나가는 동안 릴리는 가족과 떨어지지 않으려고 몸부림을 쳤다. 사람들은 달리고 넘어지고 기쁨에 소리지르고 비명을 올리며 검문소를 통과했다. 반대편 출입구도 마찬가지로 열렸다. 그쪽에서도 사람들이 밀려들어와 동과 서가 만났다.

사람들은 눈물을 흘리고 부둥켜안고 키스했다. 기다리던 군중은 꽃다발과 샴페인 병을 들고 있었다. 기쁨의 함성에 귀청이 터질 것 같았다.

릴리는 주위를 둘러보았다. 부모는 그녀 뒤쪽 가까이에 있었다. 카롤린은 바로 앞에 있었다. 그녀가 말했다. "발리와 레베카는 어디 있을까?"

*

에비 윌리엄스의 미국 복귀는 성공적이었다. 그녀는 브로드웨이 연극인 〈인형의 집〉 첫날 공연에서 기립박수를 받았다. 입센의 암울하고 자기성찰적인 드라마는 그녀 연기의 최고봉인 강렬한 음울함과 완벽하게 어울렸다.

박수를 치다 지친 관객들이 마침내 극장을 떠나자 데이브와 비프, 그들의 열여섯 살짜리 아들 존 리는 무대 뒤로 가서 찬사를 보내러 몰려든 사람들과 함께했다. 에비의 대기실은 꽃과 사람으로 가득했고, 얼음에 담근 샴페인도 몇 병 있었다. 하지만 이상하게 다들 조용했고 샴페인 뚜껑도 따지 않았다.

출연자 대부분이 구석에 놓인 TV를 둘러싸고 서서 베를린에서 전해지는 뉴스를 말없이 지켜보고 있었다.

데이브가 말했다. “뭐야? 무슨 일인데?”

*

캠은 랭글리에 있는 자신의 사무실에서 팀 테더와 함께 텔레비전을 보며 스카치를 마시고 있었다. 생방송 화면에 베를린의 재스퍼 머리가 등장해서 흥분해 소리를 질러댔다. “출입구가 열리고 동독인들이 넘어오고 있습니다! 수백 명, 수천 명씩 몰려오고 있습니다! 오늘은 역사적인 날입니다! 베를린장벽이 무너졌습니다!”

캠은 TV 소리를 죽였다. “믿어져요?”

테더는 건배하듯 술잔을 들어올렸다. “공산주의의 종말이지.”

“우리가 그 오랜 세월 노력해왔던 일이죠.” 캠이 말했다.

테더는 회의적으로 고개를 흔들었다. “우리가 했던 모든 일은 전혀 효과가 없었어. 그렇게 온갖 노력을 기울였지만 베트남과 쿠바, 니카라과는 공산주의국가가 되었지. 우리가 공산주의를 막으려고 했던 다른 곳들을 좀 봐. 이란, 과테말라, 칠레, 캄보디아, 라오스…… 그 어느 곳도 우리 자랑거리는 못 돼. 게다가 동유럽은 이제 우리 도움 없이도 공산주의를 버리고 있고."

"어쨌거나 우리는 우리에게 공적을 돌릴 방법을 생각해야죠. 아니면 최소한 대통령에게라도요."

"부시는 대통령 자리에 앉은 지 일 년도 채 안 돼. 게다가 그는 내내 돌아가는 상황에서 한발 물러나 있었지." 팀이 말했다. "그는 자기가 이 상황을 만들었다고 주장할 수 없어. 뭔가 했다면 오히려 속도를 늦추려는 시도뿐이지."

"그럼 레이건이라도?" 캠은 생각에 잠겼다.

"합리적으로 생각하라고." 테더가 말했다. "레이건이 해낸 일이 아니야. 고르바초프가 해냈지. 그와 원유 가격이 해낸 일이라고. 그리고 어쨌든 공산주의가 잘 돌아가지 않았다는 사실 때문이지."

"스타워즈*는요?"

"그 무기 시스템은 과학소설 수준 이상으로 올라간 적이 한 번도 없어. 소련을 포함해 모두 알다시피 말이야."

"그래도 어쨌든 레이건이 연설을 했죠. '고르바초프 씨, 이 장벽을 부수시오.' 기억해요?"

"기억해. 사람들에게 레이건이 연설을 해서 공산주의가 무너졌다고 말하겠다는 거야? 절대 믿지 않을걸."

"분명히 믿을 겁니다." 캠이 말했다.

* 1983년 레이건 대통령이 발표한 계획으로, 날아오는 미사일을 대기권 밖에서 파괴한다는 구상.

*

레베카가 처음 본 사람은 아버지였다. 키가 큰 그는 금발이 많이 빠졌고, 브이자로 파인 코트 사이 깔끔하게 맨 넥타이가 보였다. 전보다 더 늙어 보였다. "봐!" 그녀는 발리에게 소리를 질렀다. "아버지야!"

발리의 얼굴에 환한 웃음이 번졌다. "그러네." 그가 말했다. "이렇게 많은 사람 속에서 가족을 찾을 수 있을 줄은 몰랐어." 그가 레베카의 어깨에 팔을 둘렀고 그들은 함께 잔뜩 몰린 사람들을 뚫고 나아갔다. 헬무트와 알리스가 바로 뒤에서 따라갔다.

절망스러울 만큼 움직이기가 어려웠다. 빽빽이 들어찬 사람들 모두 춤추고 기뻐 날뛰고 아무하고나 껴안았다.

레베카는 아버지 옆에 있는 어머니를, 그리고 릴리와 카롤린을 발견했다. "우릴 아직 못 봤어." 그녀는 발리에게 말했다. "손을 흔들어!"

소리를 질러봐야 소용없었다. 모두가 소리를 지르고 있었다. 발리가 말했다. "이거 세상에서 가장 규모가 큰 길거리 축제군."

머리에 컬을 만 여자 하나가 레베카에게 달려들어 부딪쳤지만 발리가 팔로 지탱해준 덕에 넘어지지 않았다.

그 순간 마침내 두 무리는 서로 만났다. 레베카는 아버지의 품에 안겼다. 이마에 아버지의 입술을 느꼈다. 익숙한 키스, 수염이 조금 자란 아버지의 턱이 얼굴에 닿고 면도 로션 향기가 희미하게 느껴지자 그녀는 가슴이 터질 것만 같았다.

발리는 어머니를 껴안았다. 그리고 서로 상대를 바꿨다. 레베카는 눈물 때문에 앞이 보이지 않았다. 그들은 릴리와 카롤린을 껴안았다. 카롤린은 알리스에게 키스하며 말했다. "이렇게 빨리 널 다시 볼 수 있을지 몰랐어. 영원히 다시 못 볼 줄 알았어."

레베카는 카롤린과 인사를 나누는 발리를 바라보았다. 그는 카롤린의 양손을 잡았고 두 사람은 서로를 바라보았다. 발리가 간단히 말했다. "카롤린, 다시 만나서 너무 행복해. 정말 행복해."

"나도." 그녀가 말했다.

그들은 한밤중에 유럽 한복판, 길거리 한복판에서 서로 팔짱을 끼고 둥글게 원을 그리고 서 있었다. "우리가 만났어." 카를라는 원을 그린 가족을 보며 환히 행복하게 웃었다. "마침내 다시 모인 거야. 그렇게 많은 일을 겪고." 그녀는 잠시 멈추었다가 다시 말했다. "그렇게 많은 일을 겪고 말이야."

:

에필로그

2008년 11월 4일

:

63장

마리아는 자정이 되기 몇 초 전 재키 제이크스의 집 거실을 둘러보며 참으로 이상한 가족이 아닌가 생각했다.

마리아의 시어머니인 재키 본인은 여든아홉의 나이에도 그 어느 때보다 거침없었다.

지난 십이 년 동안 마리아의 남편이 되어준 조지는 이제 일흔두 살로 머리가 하얗게 셌다. 마리아는 예순의 나이에 처음으로 신부가 되었는데, 그렇게 행복하지 않았더라면 쑥스러울 뻔했다.

조지의 전처인 베리나도 있었는데, 틀림없이 미국에서 가장 아름다운 예순아홉 살 여인일 터였다. 그녀는 두번째 남편인 리 몽고메리와 함께였다.

그리고 조지가 베리나와 낳은 아들이 있다. 스물일곱 살인 잭은 변호사로 아내와 예쁘장한 다섯 살짜리 딸 마르가와 함께였다.

그들은 텔레비전을 보고 있었다. 화면에는 무아지경으로 행복한 이십사만 명의 군중이 모인 시카고의 한 공원이 방송되고 있었다.

무대 위에는 한 가족이 보였다. 잘생긴 아버지, 아름다운 어머니, 예쁘게 생긴 어린 두 딸이었다. 대통령 선거일이었고, 버락 오바마가 이겼다.

미셸 오바마와 딸들은 무대에서 내려가고 대통령 당선인이 마이크로 다가가 말했다. "안녕하십니까, 시카고."

제이크스 가족의 큰어른 재키가 말했다. "이제 모두 쉿. 잘 들어." 그녀는 볼륨을 높였다.

오바마는 짙은 회색 정장에 버건디 넥타이를 맸다. 그의 뒤로 마리아로서는 헤아릴 수도 없을 만큼 많은 미국 국기가 산들바람에 부드럽게 흔들렸다.

천천히, 문장이 끝날 때마다 잠시 멈춰가며 오바마가 말했다. "혹시 아직도 미국이 뭐든 가능한 곳인지 묻는 분이 있다면, 나라를 세운 이들의 꿈이 우리 시대에 살아 있는지 여전히 궁금한 분이 있다면, 우리 민주주의의 힘에 대해 아직도 의문을 품는 분이 있다면, 오늘밤이 여러분께 대답이 될 것입니다."

마리아가 앉아 있는 소파로 어린 마르가가 다가왔다. "마리아 할머니." 아이가 말했다.

마리아는 아이를 안아올려 무릎에 앉히고 말했다. "쉿, 아가야 지금은 조용. 모두 새로운 대통령의 말을 듣고 싶어한단다."

오바마가 말했다. "젊은이와 노인, 부자와 가난한 자, 민주당원과 공화당원, 흑인, 백인, 히스패닉, 아시아인, 미국 원주민, 게이, 양성애자, 장애인과 비장애인이 함께 말해준 대답입니다. 이 미국인들이 세계에 전하는 메시지는 우리가 단 한 번도 단순한 개인의 집합체거나 붉은 주와 푸른 주의 집합체*였던 적이 없다는 것입니다. 우리는 지금, 그리고 앞으로도 영원히 아메리카 합중국입니다."

"마리아 할머니." 마르가가 다시 속삭였다. "할아버지 봐요."

마리아는 남편 조지를 바라보았다. 텔레비전을 보고 있는 그의 주름진 갈색 얼굴에 눈물이 흘러내렸다. 그는 큰 흰색 손수건으로 눈물을 닦아냈지만 곧바로 다시 눈물이 나왔다.

마르가가 말했다. "할아버지 왜 울어요?"

마리아는 이유를 알았다. 그는 보비를 위해서, 마틴을 위해서, 그리고 잭을 위해서 울고 있었다. 네 명의 주일학교 여학생을 위해서. 메드거 에버스를 위해서. 죽었거나 살아 있는 모든 자유의 전사를 위해서.

"왜요?" 마르가가 다시 물었다.

"얘야." 마리아가 말했다. "그건 긴 이야기란다."

---

* 붉은 주는 공화당을, 푸른 주는 민주당을 지지하는 주이다.

시간의 영광은 싸우는 왕들을 화해하게 하고
거짓의 가면을 벗기고 진실을 밝혀내는 것
오래된 것들에 시간의 인장을 찍는 것
아침을 깨우고 밤을 감시하는 것
나쁜 짓을 한 자가 바르게 바뀔 때까지 학대하는 것

위풍당당한 건물을 너의 시간으로 폐허로 만들고
그들의 화려한 금탑에 먼지를 입히는 것

셰익스피어, 『루크리스의 능욕』

감사의 말

'20세기 3부작'의 중요한 역사 조언자는 리처드 오버리다. 이번 책에 도움을 준 다른 역사학자들은 클레이번 카슨, 메리 풀브룩, 클레어 매컬럼 그리고 마티아스 라이스다.

그 시대에 살며 사건들을 겪었던 수없이 많은 사람들 역시 초고를 검토하거나 인터뷰를 통해 도움을 주었다. 특히 케네디의 백악관에 대해서 미미 앨퍼드, 팝스타의 모습에 대해서 피터 애셔, 베트남에 대해서 제이 코번과 하워드 스트링어, 닉슨의 백악관에 대해서 프랭크 개넌과 그의 동료인 짐 캐버너, 토드 헐린, 제프 셰퍼드, 공민권에 대해서 존 루이스 하원의원, 그리고 독일에서의 삶에 대해 앙겔라 슈피치히와 안네마리 벵케가 도움을 주었다. 늘 그랬듯 조언자를 찾을 수 있도록 도와준 이는 뉴욕의 '작가들을 위한 조사 센터'의 댄 스태어러였다.

조사차 미국 남부로 여행을 떠났을 때 안내를 맡아준 이들도 있다. 앨라배마 주 버밍햄의 배리 맥닐리, 조지아 주 애틀랜타의 론 플러드, 워싱턴 D. C.의 이스마일 나스카이였다. 프레데릭스버그 그레이하운드 정류장의 레이 영은 1960년대의 사진을 찾아주는 친절을 베풀었다.

친구인 조니 클레어와 크리스 매너스는 초고를 읽고 유용한 비평을 많이 해주었다. 샬럿 켈치가 수없이 많은 실수를 고쳐주었다.

가족들은 헤아릴 수 없는 방법으로 도움을 주었다. 킴 터너 박사는 여러 문제, 특히 의료와 관련해 조언을 해주었다. 잰 터너와 바버라 폴릿은 초고를 읽고 통찰력 있고 유용한 견해를 주었다.

원고를 읽어준 편집자와 에이전트는 에이미 버코워, 셔리스 피셔, 레슬리 겔브먼, 필리스 그랜, 닐 나이런, 수전 오피, 제러미 트러베이선, 그리고 늘 변함없이 앨 주커먼이 있다.

옮긴이 **남명성**
한양대학교를 졸업하고 방송국 PD와 인터넷 기획자로 일했다. 현재 전문번역가로 활동하고 있다. 옮긴 책으로 『거인들의 몰락』 『세계의 겨울』 『천사학』 『본 슈프리머시』 『우리들의 반역자』 『문신 속 여인과 사랑에 빠진 남자』 『높은 성의 사내』 『스노크래시』 『파이트』 『남겨진 자들』 『열세번째 시간』 『밤의 기억들』 『셜록 홈즈: 주홍색 연구』 『셜록 홈즈: 바스커빌 가문의 개』 등이 있다.

문학동네 블랙펜 클럽
영원의 끝 2

초판인쇄 2016년 6월 23일 | 초판발행 2016년 6월 30일

지은이 켄 폴릿 | 옮긴이 남명성 | 펴낸이 염현숙
책임편집 박아름 | 편집 황문정 | 독자모니터 박미진
디자인 고은이 이원경 | 저작권 한문숙 박혜연 김지영
마케팅 정민호 이미진 정진아 | 홍보 김희숙 김상만 이천희
제작 강신은 김동욱 임현식 | 제작처 영신사

펴낸곳 (주)문학동네
출판등록 1993년 10월 22일 제406-2003-000045호
주소 10881 경기도 파주시 회동길 210
전자우편 editor@munhak.com | 대표전화 031) 955-8888 | 팩스 031) 955-8855
문의전화 031) 955-1927(마케팅) 031) 955-2654(편집)
문학동네카페 http://cafe.naver.com/mhdn | 트위터 @munhakdongne

ISBN 978-89-546-4143-2 04840
978-89-546-4141-8 (세트)

www.munhak.com